Copyright © 2024 Pandorga

All rights reserved. Todos os direitos reservados.
Editora Pandorga
1ª Edição | 2024

Diretora Editorial	*Silvia Vasconcelos*
Coordenador Editorial	*Equipe Pandorga*
Ilustração de Capa	*Rafaela Villela*
Montagem de Capa	*Lilian Guimarães*
Projeto gráfico e Diagramação	*Rafaela Villela e Lilian Guimarães*
Tradução	*Marina Timbo*
Elementos pré textuais	*Ricardo Marques*
Revisão	*Eliana Moura Mattos, Gustavo Rocha e Ricardo Marques*

As Ilustrações

Gastão Simões da Fonseca (ou Gaston Simões da Fonseca) (16 de outubro de 1874 - 18 de junho de 1943) foi um artista francês nascido no Brasil. Em 1909, fez 131 ilustrações para histórias de Arthur Conan Doyle.

Os pontos de vista desta obra podem ser sensíveis a grupos étnicos e minorias sociais. Por uma questão de fidelidade ao texto, eles foram mantidos, porém, não refletem de forma alguma os valores e as posições da Editora Pandorga ou de seus colaboradores da produção editorial.

PandorgA

Dados Internacionais de Catalogação na Publicação (CIP) de acordo com ISBD

D754m   Doyle, Arthur Conan

As melhores aventuras de Sherlock Holmes / Arthur Conan Doyle; traduzido por Marina Timbo. - Cotia, SP : Pandorga, 2024.
416 p. ; 16cm x 23cm.

Tradução de: The Adventures of Sherlock Holmes
ISBN: 978-65-5579-261-4

1. Literatura inglesa. 2. Ficção. 3. Mistério. I. Timbo, Marina. II. Título.

2024-54   CDD 823
                                                    CDU 821.111

Elaborado por Odilio Hilario Moreira Junior - CRB-8/9949
Índices para catálogo sistemático:
1. Literatura inglesa 823
2. Literatura inglesa 821.111

AS MELHORES AVENTURAS DE
SHERLOCK HOLMES

ARTHUR CONAN DOYLE

PandorgA

SUMÁRIO

Introdução à Obra [6]

I. Escândalo na Boêmia [9]

II. A Liga dos Ruivos [33]

III. Um Caso de Identidade [58]

IV. O Mistério do Vale de Boscombe [76]

V. Cinco Sementes de Laranja [102]

VI. O Homem com Lábio Torcido [123]

VII. A Aventura do Carbúnculo Azul [147]

VIII. A Aventura da Faixa Pintada [168]

IX. A Aventura do Polegar do Engenheiro [195]

X. A Aventura do Nobre Solteiro [217]

XI. A Aventura do Diadema de Berilo [240]

XII. A Aventura das Faias Avermelhadas [265]

XIII. A Aventura do Vampiro de Sussex [291]

XIV. A Aventura da Casa Vazia [310]

XV. A Aventura da Escola do Priorado, Parte 1 [332]

XVI. A Aventura da Escola do Priorado, Parte 2 [340]

XVII. A Aventura do Pé-do-diabo [365]

Sobre o autor [393]

Curiosidades [395]

Introdução à Obra

Em 14 de outubro de 1892 era publicada a primeira coletânea de histórias de Sherlock Holmes (The Adventures of Sherlock Holmes), que agora chega às suas mãos com texto integral em português. Os contos que compõem esta coleção já vinham sendo publicados desde 1887 na revista mensal "*The Strand Magazine*".

O experiente detetive Sherlock Holmes tem uma combinação única de habilidades intelectuais e métodos, sua observação atenta e abordagem lógica para resolver crimes e mistérios garantem êxito em casos que a própria Scotland Yard teve dificuldades.

Visando construir um personagem inteligente e eficaz, Conan Doyle deu a Holmes poderes brilhantes de dedução; o detetive é capaz de extrair relevantes informações a partir de detalhes aparentemente sem importância. Sua capacidade de observação surpreende até mesmo seus leitores mais vorazes. A cada nova história, nos fascinamos com a capacidade dedutiva e de investigação de Sherlock. Sempre atento a ambientes, comportamentos e características físicas, não descansa até ver seu caso solucionado.

Se há uma pequena mostra de envolvimento de Sherlock com Irene Adler, em outros casos, o detetive permaneceu sempre frio e impassível. Mantendo-se distante emocionalmente e focando exclusivamente na análise objetiva dos fatos, Holmes obtem uma eficácia incomparável.

Porém, seus poderes de dedução e foco seriam insuficientes sem um amplo conhecimento em diversas áreas, como geologia, música, literatura, química e botânica. Seu intelecto muito acima da média sempre foi uma ferramenta para conectar pontas soltas e resolver casos complexos.

Como todo detetive, muitas vezes foi necessário que Holmes estivesse incógnito, que fosse invisível aos olhos dos investigados, e vários foram os disfarces usados pelo investigador ao longo das histórias, como em 'Um Escândalo na Boêmia', primeiro conto desta coleção.

O jeito de se vestir de Holmes também se tornou um importante elemento de fascínio que o personagem exerce sobre leitores e fãs de todo o mundo. As descrições da vestimenta do detetive nos contos são relativamente breves, abrindo margem para muitas interpretações e variações.

Em diversos aspectos da trama e do personagem, Conan Doyle pareceu propositalmente conservar lacunas, produzindo uma névoa que alimenta a idolatria e o mistério que envolvem o detetive. Por falar em névoa, o cachimbo de argila, sempre à mão, tornou-se um elemento recorrente do figurino de Sherlock, principalmente em momentos de ócio ou de intenso pensamento dedutivo.

Do ponto de vista literário, os efeitos do personagem e das aventuras seguem ecoando e influenciando escritores. Embora não tenha sido o primeiro detetive da literatura mundial, Sherlock Holmes rapidamente tornou-se o mais famoso. O padrão narrativo e as tramas elaboradas moldaram a forma como autores escreveram romances policiais desde então.

A seguir, você terá acesso a 17 contos de Sherlock Holmes, cada qual com suas particularidades e desafios. Neles, o olhar atento de Watson, seu fiel escudeiro, nos dá uma perspectiva única e extremamente necessária, informando não apenas fatos, mas aspectos comportamentais e estilísticos importantíssimos para entendermos a genialidade do universo de Sherlock Holmes.

QUE COMECEM AS AVENTURAS!

Minicurrículo

Ricardo Marques é graduado em Letras e especialista em 'História, Cultura e Sociedade'. Desde 2015, atua como revisor e tradutor de obras literárias. Nos últimos anos, tem se dedicado sobretudo à pesquisa e às reedições de clássicos da literatura brasileira e estrangeira.

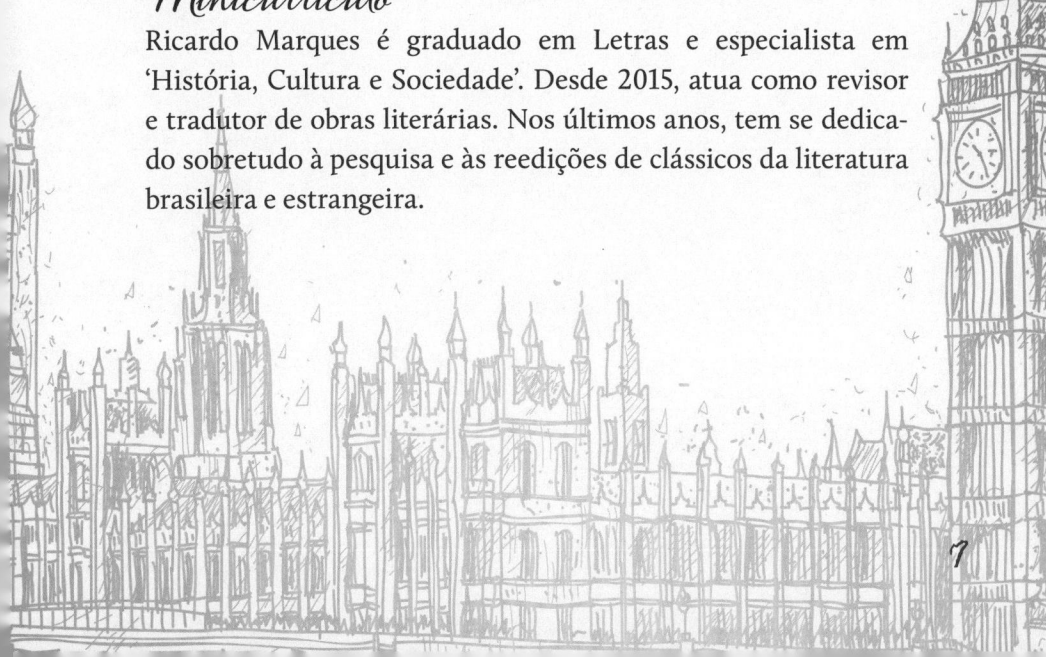

I. ESCÂNDALO NA BOÊMIA

· I ·

Para **SHERLOCK HOLMES** ela sempre foi *a* mulher. Raramente o ouvi se referir a ela por qualquer outro nome. Aos olhos dele, ela eclipsa todo o seu sexo e predomina sobre ele. Não que ele sentisse qualquer emoção semelhante ao amor por Irene Adler. Todas as emoções, essa em particular, eram repugnantes para sua mente fria, precisa, mas admiravelmente sensata. Ele era, creio eu, a mais perfeita máquina de raciocínio e observação que o mundo já viu, mas, como amante, teria se colocado em uma posição inconsistente. Ele nunca falava de paixões mais suaves, salvo com gozação e desprezo. Elas eram coisas admiráveis para o observador — excelentes para retirar o véu dos motivos e das ações dos homens. Mas, para o pensador treinado, admitir essas intrusões em seu temperamento delicado e primorosamente ajustado era introduzir uma distração que poderia deixar dúvida em todos os seus resultados mentais. Uma sujeira em um instrumento sensível ou um rachado em uma de suas lentes poderosas não seriam tão perturbadores quanto uma grande emoção em uma natureza como a dele. E, mesmo assim, existia só uma mulher para ele, e essa mulher era Irene Adler, de memória suspeita e questionável.

Pouco vi Holmes recentemente. Meu casamento nos afastou. A minha completa felicidade e meus interesses centrados em casa, que cresciam em volta do homem que se acha antes de tudo mestre do seu próprio estabelecimento, foram o suficiente para absorver toda a minha atenção, enquanto Holmes, que odiava toda forma de sociedade com sua alma boêmia, ficou em nosso alojamento na Baker, enterrado entre seus livros e alternando as semanas entre cocaína e ambição, a sonolência da droga e a energia de sua natureza ávida. Ele ainda estava profundamente atraído pelo estudo do crime, ocupado com suas imensas capacidades e seu extraordinário poder de observação ao seguir as pistas e esclarecendo todos esses mistérios que foram relegados pela polícia como sem solução. De tempos em tempos eu ouvia alguma vaga história do que ele tem feito: sua convocação a Odessa no caso do assassinato de Trepoff, o esclarecimento da tragédia dos irmãos Atkinson no Trincomalee e, finalmente, a missão que ele realizou com tanta delicadeza e sucesso para a família real da Holanda. Porém, além desses sinais de atividade, que eu dividi apenas com todos os meus leitores na imprensa, eu sabia pouco do meu antigo amigo e companheiro.

Uma noite — no dia 20 de março de 1888 — eu estava retornando de uma viagem até um paciente (pois tinha voltado a praticar meu trabalho civilmente), quando meu caminho me levou por Baker Street. Enquanto eu passava pela memorável porta, que sempre associarei em minha mente com meu galanteio e com os sombrios incidentes do *Estudo em Escarlate*, fui tomado pelo desejo de ver Holmes mais uma vez e saber como ele estava usando seus poderes extraordinários. Seus cômodos estavam bem iluminados, mesmo quando olhei para cima; vi sua figura alta e simples passar duas vezes em uma silhueta escura contra as cortinas. Ele andava pelo cômodo com pressa, impaciente, com sua cabeça abaixada tocando o peito e suas mãos fechadas atrás das costas. Para mim, que sabia todos os seus humores e hábitos, sua atitude e conduta contavam sua própria história. Ele estava trabalhando novamente. Havia saído de seus sonhos criados pela droga e estava farejando um novo problema. Eu toquei a campainha e fui levado para uma sala que um dia já foi parcialmente minha.

Suas maneiras não foram efusivas. Raramente eram, mas ele estava contente, creio eu, em me ver. Com quase nenhuma palavra dita, mas com um olhar amigável, ele apontou para uma poltrona, jogou seu estojo de charutos e indicou o compartimento de bebidas e o gaseificador no canto. E então se levantou, ficando em frente ao fogo, e me inspecionou com sua maneira singularmente introspectiva.

— O matrimônio combina com você — ele observou. — Creio eu, Watson, que engordou três quilos e meio desde a última vez que o vi.

— Três! — eu respondi.

— Realmente, eu deveria ter pensado um pouco mais. Só um pouco mais, creio eu, Watson. E vejo que novamente está praticando medicina. Você não me contou que tinha intenção de voltar ao trabalho.

— Então como você sabe?

— Eu vejo, eu deduzo. Como eu sei que se molhou recentemente e que tem a criada mais desajeitada e sem cuidado?

— Meu querido Holmes — eu disse —, isso já é demais. Você teria ido para a fogueira se tivesse vivido alguns séculos atrás. É verdade que eu fui a uma caminhada rural na quinta e voltei para casa imundo, mas troquei de roupa e não consigo imaginar como você deduziu isso. Quanto à Mary Jane, ela é incorrigível, e minha esposa deu o aviso-prévio, mas, de novo, não consigo imaginar como deduziu.

Ele riu e esfregou suas longas e nervosas mãos uma na outra.

— É simples — ele falou. — Meus olhos me falam que, na parte de dentro do seu sapato esquerdo, bem onde a luz atinge, o couro está marcado por seis cortes quase paralelos. Obviamente, eles foram causados por alguém que raspou com pouco cuidado os cantos da sola para poder remover lama seca incrustada. Por isso, você vê, minha dupla dedução de que esteve em clima desagradável e de que tinha um espécime maligno de cortadora de botas da classe servil de Londres. Quanto à sua prática: se um senhor entra em meus cômodos cheirando a iodofórmio, com uma marca escura de nitrato de prata em seu indicador direito e uma saliência no lado direito de sua cartola, onde ele escondeu seu estetoscópio, eu deveria ser estúpido, de fato, se não o declarasse um membro ativo da profissão médica.

Não pude deixar de rir da facilidade com a qual ele explicou seu processo de dedução.

— Quando você explica seu raciocínio — comentei —, a coisa sempre me parece ser tão ridiculamente simples, que eu mesmo poderia fazê--lo, embora fique perplexo em cada instância de seu raciocínio, até você explicar seu processo. Mas ainda acredito que meus olhos são tão bons quanto os seus.

— De fato — ele respondeu, acendendo um cigarro e se jogando em uma poltrona —, você vê, mas não observa. A distinção é clara. Por exemplo, você frequentemente via os degraus que levam do salão para este cômodo.

— Frequentemente.

— Com que frequência?

— Bem, centenas de vezes.

— Então quantos há?

— Quantos? Não sei.

— Exatamente! Você não os observou, apesar de tê-los visto. Esse é o meu ponto. Eu sei que existem dezessete degraus, pois eu vi e observei. Aliás, já que está interessado nesses pequenos problemas, e já que você é bom em contar uma ou duas crônicas das minhas frívolas experiências, talvez se interesse por isso. — Ele me jogou uma grossa folha de papel rosa que estava sobre a mesa. — Veio no último correio — ele disse. — Leia em voz alta.

A nota estava sem data; não havia nem assinatura, nem endereço.

"Vai visitá-lo à noite, quinze para as oito" — "dizia —, "um cavalheiro que lhe deseja consultar sobre um assunto profundamente grave do momento. Seus serviços recentes a uma das casas reais da Europa mostraram que o senhor é o único a quem se pode confiar esses assuntos, que são de uma importância sem exageros. Esse é o relato que de todos os lugares recebemos. Esteja em seu quarto, então, a essa hora, e não estranhe se seu visitante usar uma máscara."

— Isso é de fato um mistério — comentei. — O que imagina que significa?

— Ainda não tenho dados. É um erro colossal teorizar sem dados. Insensivelmente, começa-se a distorcer os fatos para caberem dentro das teorias em vez de as teorias se adequarem aos fatos. Mas a nota em si... O que deduz dela?

Eu examinei a escrita com cuidado e o papel no qual foi escrito.

— O homem que escreveu é provavelmente bem de vida — comentei, esforçando-me para imitar o processo de meu companheiro. — O pacote desse papel deve ter custado caro. É peculiarmente forte e rígido.

— *Peculiar* é exatamente a palavra — disse Holmes. — Não é um papel inglês. Segure-o contra a luz.

Escândalo na Boêmia

Eu o fiz e vi um "E" maiúsculo com um "g" minúsculo, um "P" e um "G" maiúsculos com um "t" minúsculo marcados na textura do papel.

— O que acha disso? — perguntou Holmes.

— O nome do criador, sem dúvida, ou seu monograma talvez.

— Não. O "G" com o "t" é para "Gesellschaft", que significa "empresa" em alemão. É uma contração comum, como o "Ltda."; o "P", é claro, é para "papel". Agora o "Eg"... Vamos olhar no *Dicionário Geográfico*. — Ele pegou um volume marrom grande de suas estantes. — Eglow, Eglonitz, aqui, Egria. É em um país que fala alemão, na Boêmia, não muito longe de Carlsbad. "Conhecido por ser o cenário da morte de Wallenstein e por suas inúmeras fábricas de vidro e papel." Ha! Ha! Meu rapaz, o que acha disso? — Seus olhos brilharam e ele soprou uma grande nuvem azul de seu cigarro.

— O papel foi feito na Boêmia — eu disse.

— Exatamente. E o homem que escreveu é alemão. Você notou a construção particular da frase: "Esse é o relato que de todos os lugares recebemos"? Um francês ou um russo não teriam escrito isso. É o alemão que é indelicado com verbos. Só resta, portanto, descobrir o que quer esse alemão que escreve em papel da Boêmia e prefere usar uma máscara a mostrar seu rosto. Aqui vem ele, se não me engano, para tirar nossas dúvidas.

Enquanto ele falava, havia um som de cascos de cavalos e rodas contra o meio-fio, seguido de um toque da campainha. Holmes assobiou.

— Um par, pelo som — ele disse. — Sim — continuou, olhando pela janela. — Uma bela carruagem e um belo par de cavalos; cento e cinquenta guinéus cada. Há dinheiro envolvido nesse caso, Watson, antes de mais nada.

— Acho melhor eu ir, Holmes.

— Nem um pouco, doutor. Fique onde está. Fico perdido sem meu Boswell.[1] E isso promete ser interessante. Seria uma pena perder.

— Mas seu cliente...

— Não importa. Eu quero sua ajuda, ele pode querer também. Aí vem ele. Sente-se naquela poltrona, doutor, e nos dê atenção.

Um passo lento e pesado, que podia ser ouvido nas escadas e no corredor, parou imediatamente diante da porta. Depois houve uma batida alta e autoritária.

— Entre! — disse Holmes.

---

1 Escritor escocês. (N. E.)

Um homem entrou, e não podia ter menos que 1,95 de altura, de um peitoral e músculos de um Hércules. Vestia-se com uma riqueza que, na Inglaterra, seria vista como mau gosto. Faixas pesadas de astracã estavam cortadas através das mangas e da frente do seu casaco trespassado, enquanto o manto azul que estava jogado sobre seus ombros era forrado com seda vermelha e fixado no pescoço com um broche que consistia em um único berilo flamejante. Botas que se estendiam até a metade de suas panturrilhas e adornadas no topo com um pelo marrom, completando a impressão de opulência bárbara, sugerida pela sua aparência. Ele carregava um chapéu de aba larga em suas mãos, enquanto usava uma máscara de vizard na parte de cima da face, indo até embaixo das maçãs do rosto, que aparentemente havia ajeitado naquele exato momento, pois sua mão ainda estava levantada quando entrou. A parte de baixo do seu rosto parecia a de um homem com gênio forte, com os lábios grossos e o queixo longo e fino, sugestivo de uma determinação que beirava a teimosia.

— Recebeu meu bilhete? — perguntou com uma voz forte e dura, marcada pelo sotaque alemão. — Eu falei que viria. — Olhou de um para o outro, como se não soubesse a quem se dirigir.

— Sente-se, por favor — Holmes disse. — Esse é meu colega e amigo, Dr. Watson, que ocasionalmente é bom o bastante para me ajudar com meus casos. A quem tenho a honra de me dirigir?

— Pode me chamar de conde Von Kramm, um nobre boêmio. Presumo que esse cavalheiro, seu amigo, é um homem de honra e discrição, a quem eu posso confiar um assunto de extrema importância. Caso contrário, prefiro me comunicar apenas com o senhor, em particular.

Levantei-me para ir, mas Holmes me segurou pelo pulso e me puxou de volta para a cadeira.

— Nós dois ou nenhum — ele falou. — O senhor pode dizer diante desse cavalheiro qualquer coisa que queira dizer a mim.

O conde encolheu os ombros largos.

— Então vou começar — ele disse — obrigando vocês dois ao mais absoluto sigilo por dois anos.

Ao final desse tempo, o assunto não terá importância. No momento, não exagero em dizer que é de tal tamanho, que poderá ter influência na história europeia.

— Eu prometo — disse Holmes.

— Eu também.

— Perdoem-me por esta máscara — continuou nosso estranho visitante. — A digníssima pessoa que me emprega deseja que seu agente seja desconhecido para vocês, e confesso de imediato que o título pelo qual acabei de me chamar não é exatamente meu.

— Estou ciente disso — Holmes disse secamente.

— As circunstâncias são de grande delicadeza e todas as precauções devem ser tomadas para extinguir o que pode vir a ser um imenso escândalo e comprometer uma das famílias reinantes da Europa. Para ser franco, o assunto envolve a grande Casa de Ormstein, reis hereditários da Boêmia.

— Eu também estava ciente disso — murmurou Holmes, relaxando em sua poltrona e fechando os olhos.

Nosso visitante olhou com surpresa aparente para a figura lânguida e relaxada do homem que sem dúvida fora retratado a ele como o dedutor mais incisivo e o agente mais enérgico da Europa. Holmes reabriu lentamente os olhos, mirando com impaciência seu cliente gigantesco.

— Se Vossa Majestade pudesse condescender em expor seu caso — ele observou —, eu poderia aconselhá-lo melhor.

O homem saltou da cadeira e andou de um lado para o outro na sala, em uma agitação sem controle. Então, com um gesto de desespero, ele arrancou a máscara do rosto e jogou-a no chão.

— O senhor está certo! — ele gritou. — Eu sou o rei. Por que devo tentar esconder isso?

— De fato, por quê? — murmurou Holmes. — Vossa Majestade não precisou falar para eu saber que me dirigia a Wilhelm Gottsreich Sigismond von Ormstein, grão-duque de Cassel-Felstein e rei hereditário da Boêmia.

— Mas o senhor pode entender — disse nosso estranho visitante, sentando-se mais uma vez e passando sua mão pela testa grande e branca. — O senhor pode entender que não estou acostumado a fazer esse tipo de coisa sozinho. No entanto, o assunto era tão delicado, que não poderia confiá-lo a um agente sem me colocar em seu poder. Vim incógnito de Praga com o propósito de consultá-lo.

— Então, por favor, consulte — disse Holmes, fechando novamente os olhos.

— Os fatos são estes: cerca de cinco anos atrás, durante uma longa visita a Varsóvia, conheci a famosa aventureira Irene Adler. O nome é sem dúvida familiar para o senhor.

— Por favor, procure-a no meu índice, doutor — murmurou Holmes sem abrir os olhos. Por muitos anos ele havia adotado um sistema de catalogação com parágrafos concernentes a pessoas e objetos, de modo que era difícil nomear um assunto ou sujeito sobre os quais ele não pudesse fornecer informações imediatamente. Neste caso, encontrei sua biografia entre a de um rabino hebreu e a de um comandante que escrevera uma monografia sobre peixes de águas profundas.

— Deixe-me ver! — disse Holmes. — Hum! Nascida em Nova Jersey no ano de 1858. Contralto. Hum! La Scala, hum! Prima-dona da Ópera Imperial da Varsóvia... Sim! Aposentada do palco operístico... Ah! Mora em Londres, isso mesmo! Vossa Majestade, pelo que entendi, envolveu-se com essa jovem, escreveu-lhe algumas cartas comprometedoras e agora deseja recebê-las de volta.

— Exatamente. Mas como...

— Houve um casamento secreto?

— Nenhum.

— Sem documentos ou alguma certidão?

— Nada.

— Então não consigo entender, Vossa Majestade. Se essa jovem apresentar suas cartas para chantagem ou outros fins, como pode provar a autenticidade?

— A caligrafia.

— Ora, ora! Falsificação.

— Meu papel particular.

— Roubado.

— Meu próprio selo.

— Imitado.

— Minha fotografia.

— Comprada.

— Nós dois estávamos na fotografia.

— Minha nossa! Isso é muito ruim! Vossa Majestade de fato cometeu uma indiscrição.

— Eu estava louco, perturbado.

— Comprometeu-se seriamente.

— Eu era apenas o príncipe herdeiro na época. Era jovem. Tenho trinta anos agora.

— A foto deve ser recuperada.

— Nós tentamos e falhamos.

— Vossa Majestade deve pagar. Tem que ser comprada.

— Ela não vai vender.

— Roubada, então.

— Cinco tentativas foram feitas. Com meu pagamento, dois ladrões saquearam a casa. Uma vez, extraviamos a bagagem dela quando ela viajou. Nós a emboscamos duas vezes. Não houve resultado.

— Nenhum sinal da fotografia?

— Absolutamente nenhum.

Holmes riu.

— É, de fato, um problema bem pequeno — disse meu amigo.

— Mas um problema muito sério para mim — retrucou o rei, em tom de censura.

— Muito, de fato. E o que ela propõe fazer com a fotografia?

— Me arruinar.

— Mas como?

— Estou prestes a me casar...

— Ouvi dizer.

— Com Clotilde Lothman von Saxe-Meningen, segunda filha do rei da Escandinávia. Você deve conhecer os princípios rígidos da família dela. Ela é a delicadeza em pessoa. Qualquer dúvida quanto à minha conduta encerraria o noivado.

— E Irene Adler?

— Ameaça enviar a fotografia para eles. E ela vai fazer isso. Eu sei que vai. Você não a conhece, mas ela tem uma alma de aço. Tem o rosto da mais bela mulher e a mente do mais decidido dos homens. Para eu não me casar com outra mulher, não há nada que ela não faça. Nada.

— Tem certeza de que ela ainda não enviou?

— Tenho certeza.

— Por quê?

— Porque ela disse que a enviaria no dia em que o noivado fosse anunciado publicamente. Isso será na próxima segunda-feira.

— Ah, então ainda temos três dias — disse Holmes, com um bocejo. — Isso é muito bom, pois há um ou dois assuntos importantes para tratar no momento. Vossa Majestade ficará, é claro, em Londres por enquanto?

— Certamente. Você vai me encontrar no Langham, com o nome de conde Von Kramm.

— Então, eu o deixarei saber do nosso progresso.

— Por favor, faça-o. Eu estarei muito ansioso.

— Quanto ao dinheiro?

— Você tem carta branca.

— Realmente?

— Eu lhe daria uma das províncias do meu reino por essa fotografia.

— E para as despesas atuais?

O rei tirou uma pesada bolsa de camurça que estava debaixo de sua capa e a colocou na mesa.

— Aqui há 300 libras em ouro e 700 em notas — ele disse.

Holmes rabiscou um recibo em uma folha de seu caderno e entregou a ele.

— E o endereço da senhorita? — perguntou ele.

— É residência Briony, na Serpentine Avenue, em St. John's Wood.

Holmes tomou nota.

— Outra pergunta — disse ele. — A fotografia era um cartão de gabinete?[2]

— Sim, era.

— Então, boa noite, Vossa Majestade. Espero em breve termos boas notícias. E boa noite, Watson — ele acrescentou enquanto as rodas da carruagem real rolavam pela rua. — Se fizer a gentileza de vir amanhã à tarde, às três horas, gostaria de conversar sobre esse assunto com você.

· II ·

Precisamente às três horas eu estava na Baker Street, mas Holmes ainda não havia retornado. A senhoria me informou que ele saiu pouco depois das oito da manhã. Sentei-me ao lado do fogo, com a intenção de esperá-lo, por mais que demorasse. Eu já estava profundamente interessado em sua investigação, pois, embora não estivesse cercada por nenhuma

---

2 Estilo de fotografia montada em cartolina e muito usada na Europa do final do século XIX para ser exibida em armários, daí o nome. (N. E.)

das características sombrias e estranhas associadas com os dois crimes que já registrei, a natureza do caso e a posição elevada de seu cliente conferiram-lhe um aspecto único. Na verdade, além da natureza da investigação que meu amigo tinha em mãos, havia algo em sua compreensão magistral de uma situação e em seu raciocínio agudo e incisivo, tornando-se um prazer estudar seu sistema de trabalho, seguindo os métodos rápidos e sutis pelos quais ele desvendou os mistérios mais desordenados. Eu estava tão acostumado com seu invariável sucesso, que a própria possibilidade de seu fracasso nem sequer me passava pela cabeça.

Eram quase quatro horas quando a porta se abriu e um cavalariço de aparência bêbada, malcuidado, de costeletas, com um rosto inflamado e roupas de má reputação entrou na sala. Acostumado como estava com os incríveis poderes do meu amigo no uso de disfarces, tive de olhar três vezes antes de ter certeza de que era ele. Com um aceno de cabeça, desapareceu no quarto, de onde saiu em cinco minutos com um terno de *tweed* e respeitável como antes. Colocando as mãos nos bolsos, ele esticou as pernas em frente ao fogo e riu com vontade por alguns minutos.

— Bem, realmente! — exclamou, e então se sufocou, rindo de novo até ser obrigado a se deitar, mole e indefeso, na cadeira.

— O que foi?

— É muito engraçado. Tenho certeza de que você nunca poderia imaginar como utilizei minha manhã ou o que acabei fazendo.

— Não consigo imaginar. Suponho que você tenha observado os hábitos e talvez a casa da Srta. Irene Adler.

— Exatamente, mas a sequência foi bastante incomum. Eu vou lhe contar, no entanto. Saí de casa um pouco depois das oito horas da manhã no papel de cavalariço desempregado. Existe uma admirável simpatia e camaradagem entre os cavalariços. Seja um deles e você saberá tudo o que há para saber. Logo encontrei a residência Briony. É uma casa encantadora, com jardim nos fundos; sua parte anterior é construída bem em cima da rua; tem dois andares. Fechadura Chubb na porta. Grande sala de estar do lado direito, bem mobiliada, com janelas compridas quase até o chão e aqueles fechos ingleses ridículos que uma criança poderia abrir. Atrás, não havia nada notável, exceto que a janela da passagem podia ser alcançada do alto da cocheira. Dei a volta nela e examinei de perto todos os pontos de vista, mas sem notar mais nada de interessante. Então, vagueei na rua e descobri, como esperava, que havia um estábulo em uma alameda que desce por uma parede do jardim. Ajudei os moços da estrebaria a esfregarem seus cavalos e recebi em troca duas moedas, um copo de leite, dois enchimentos de fumo felpudo e todas as informações que poderia desejar sobre a Srta. Adler, e também sobre uma dúzia de outras pessoas na vizinhança pelas quais eu não estava nem um pouco interessado, mas cujas biografias fui obrigado a ouvir.

— E quanto à Irene Adler? — perguntei.

— Oh, ela virou a cabeça de todos os homens daquela região. É a coisa mais delicada sob um chapéu neste planeta. Isso é o que dizem nos estábulos de Serpentine. Ela vive calmamente, canta em shows, sai às cinco todos os dias e volta às sete em ponto para o jantar. Raramente sai em outros momentos, exceto quando canta. Tem apenas um visitante masculino, mas ele é muito presente; nunca a visita menos de uma vez por dia e, com frequência, duas vezes. É Godfrey

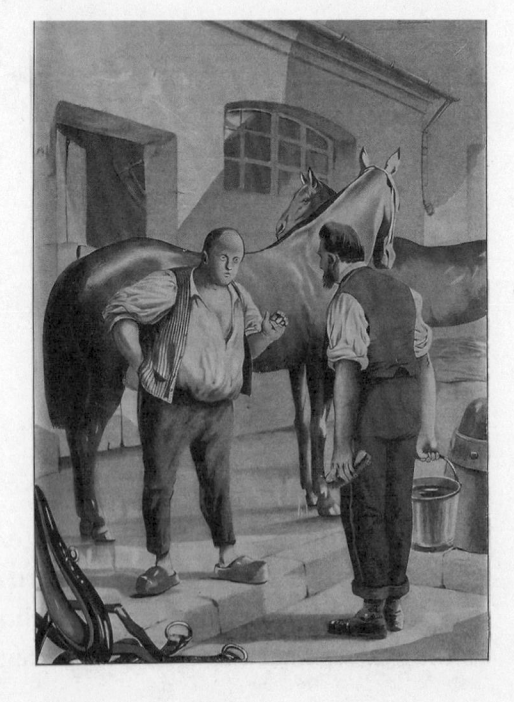

Escândalo na Boêmia

Norton, advogado, do Inner Temple,[3] moreno, bonito e elegante. Veja as vantagens de ter um cocheiro como confidente. Levaram-no para casa uma dúzia de vezes dos estábulos de Serpentine e sabiam tudo sobre ele. Depois de ouvir o que eles tinham a dizer, comecei a subir e a descer perto da residência Briony mais uma vez, e a planejar uma investida. Esse Godfrey Norton era evidentemente um fator importante. Ele ser advogado me pareceu nefasto. Qual era a relação entre eles e qual o objetivo de suas visitas? Ela era sua cliente, amiga ou amante? Se for o primeiro caso, ela provavelmente lhe deu a fotografia para guardar; se for o último, é menos provável. Do detalhe dessa questão dependia se eu deveria continuar meu trabalho na residência Briony ou voltar minha atenção para os aposentos do cavalheiro no Temple. Era um ponto delicado e ampliou o campo de minha investigação. Temo estar aborrecendo-o com esses detalhes, mas tenho que o deixar a par das minhas pequenas dificuldades, para que você possa entender a situação.

— Estou acompanhando — respondi.

— Ainda estava ponderando o assunto em minha mente quando uma carruagem de aluguel se aproximou da residência Briony e um cavalheiro saiu. Ele era um homem notavelmente bonito, moreno, nariz aquilino e de bigodes — evidentemente o homem de quem eu tinha ouvido falar. Parecia estar com pressa; gritou para o cocheiro esperar e passou raspando pela empregada, que abriu a porta com o ar de um homem que já era de casa. Ele ficou na casa cerca de meia hora e pude vê-lo de relance nas janelas da sala de estar, andando de um lado para o outro, falando animadamente e agitando os braços. Eu não conseguia ver nada dela. Logo ele emergiu, parecendo ainda mais agitado do que antes. Ao se aproximar da carruagem, tirou um relógio de ouro do bolso e olhou para ele seriamente:

"— Conduza como um louco" — gritou —, "primeiro para Gross & Hankey's na Regent Street e depois para a Igreja de Santa Mônica na Edgware Road. Receberá meio guinéu se fizer isso em vinte minutos!"

Eles foram embora, e eu estava considerando se deveria segui-los, quando um landau bem-cuidado subiu a estrada, o cocheiro com o casaco abotoado apenas pela metade e a gravata debaixo da orelha,

---

[3] Temple é um distrito jurídico de Londres, um dos epicentros do direito inglês. É composto pelo Inner Temple e pelo Middle Temple. Godfrey Norton, por ser advogado, tinha negócios ou um escritório no distrito. (N. E.)

enquanto todas as tiras de seu cinto estavam saindo das fivelas. Mal havia parado antes que ela disparasse da porta de sua casa para dentro dele. Eu só a vi de relance no momento, mas era uma mulher adorável, com um rosto pelo qual um homem poderia morrer.

"— À Igreja de Santa Mônica, John!" — ela gritou —, "e meio soberano[4] se você chegar lá em vinte minutos."

Era bom demais para perder, Watson. Eu estava pensando se deveria correr ou me empoleirar atrás de seu landau quando um tílburi passou pela rua. O cocheiro olhou duas vezes para um cliente tão esfarrapado, mas eu saltei para dentro antes que ele pudesse contestar.

"— À Igreja de Santa Mônica" — eu disse — "e meio soberano se você chegar lá em vinte minutos!"

Eram 11h35, e obviamente estava claro que algo estava acontecendo. Meu cocheiro dirigia em alta velocidade. Acho que nunca tive uma viagem mais rápida, mas os outros chegaram lá antes de nós. A carruagem de aluguel e o landau com seus cavalos fumegando estavam em frente à porta quando cheguei. Paguei ao homem e corri para a igreja. Não havia ninguém ali, exceto os dois que eu havia seguido e um clérigo de sobrepeliz, que parecia estar censurando-os. Estavam os três juntos em frente ao altar. Eu fui andando pela nave lateral como qualquer outro desocupado faria ao entrar em uma igreja. De repente, para minha surpresa, os três no altar se viraram para mim e Godfrey Norton veio correndo o mais rápido que pôde em minha direção.

"— Graças a Deus!" — ele gritou. — "Você serve. Venha! Venha!"

"— O quê?" — perguntei.

"— Venha, venha, homem, apenas três minutos, ou não será legal."

Fui meio arrastado até o altar e, antes que soubesse onde estava, me vi murmurando respostas que foram sussurradas em meu ouvido, jurando coisas das quais eu não sabia e ajudando no matrimônio de Irene Adler, solteirona, com Godfrey Norton, solteirão. Tudo foi feito em um instante, e lá estava o senhor me agradecendo de um lado e a senhora do outro, enquanto o clérigo sorria para mim. Foi a posição mais absurda em que me vi na vida, e foi a própria lembrança disso que me fez rir há pouco. Parece que houve alguma informalidade sobre sua licença; que

---

[4] Soberano é uma antiga moeda de ouro da Grã-Bretanha; essa moeda valia 1 libra esterlina, usada atualmente apenas para fins comemorativos. (N. E.)

Escândalo na Boêmia

o clérigo se recusou terminantemente a casá-los sem uma testemunha; e que minha aparição afortunada salvou o noivo de ter que sair às ruas em busca de um padrinho. A noiva me deu um soberano, que pretendo usar na corrente do relógio como recordação dessa ocasião.

— Essa é uma reviravolta muito inesperada — eu disse. — E então?

— Bem, achei meus planos seriamente ameaçados. Parecia que o par poderia partir imediatamente e, portanto, necessitaria de medidas rápidas e enérgicas de minha parte. Na porta da igreja, porém, eles se separaram: ele voltando para o Temple e ela para sua própria casa. "Devo passear no parque às cinco, como de costume", ela disse ao deixá-lo. Não ouvi mais nada. Eles se afastaram em direções diferentes e eu saí para fazer meus próprios planos.

— Que são?

— Um pouco de carne fria e um copo de cerveja — ele respondeu, tocando a campainha. — Tenho estado muito ocupado para pensar em comida, e provavelmente estarei ainda mais ocupado esta noite. Aliás, doutor, quero sua cooperação.

— Ficarei encantado.

— Você não se importa de infringir a lei?

— Nem um pouco.

— Nem de correr risco de ser preso?

— Não por uma boa causa.

— Oh, a causa é excelente!

— Então eu sou seu homem.

— Eu sabia que poderia contar com você.

— Mas o que deseja?

— Quando a Sra. Turner trouxer a bandeja, esclarecerei tudo a você. Agora — ele disse enquanto se voltava faminto para a comida simples que nossa senhoria tinha providenciado —, eu devo discutir isso enquanto como, pois não tenho muito tempo. Já são quase cinco horas. Em duas horas devemos estar no local de ação. A Srta. Irene, ou melhor, senhora, retorna do passeio às sete. Devemos estar na residência Briony para encontrá-la.

— E então?

— Você pode deixar isso comigo. Já providenciei o que deve ocorrer. Há apenas um ponto em que devo insistir. Você não deve interferir, aconteça o que acontecer. Entendido?

— Devo ser neutro?

— E não fazer nada, não importando o que aconteça. Provavelmente haverá alguns desagrados. Não se meta, pois vão acabar me levando para dentro da casa. Quatro ou cinco minutos depois, a janela da sala se abrirá. Você deve se posicionar perto dessa janela aberta.

— Sim.

— Você deve me observar, pois estarei à vista para você. E, quando eu levantar minha mão, você vai jogar na sala o que eu lhe der para jogar, e vai, ao mesmo tempo, gritar "Fogo!". Entendido?

— Completamente.

— Não é nada formidável — disse ele, tirando do bolso um longo rolo em forma de charuto. — É uma bomba de fumaça comum, usada por encanadores e equipada com uma tampa em cada extremidade para se acender sozinha. Sua tarefa se limita a isso. Quando você gritar "Fogo", muitas pessoas também o farão. Então, você pode caminhar até o fim da rua, e eu me juntarei a você em dez minutos. Fui claro?

— Devo permanecer neutro, chegar perto da janela, observá-lo e, ao sinal, atirar este objeto, então gritar "Fogo!" e esperar você na esquina da rua.

— Exatamente.

— Então você pode contar comigo.

— Excelente. Acho que está quase na hora de me preparar para o novo papel que devo desempenhar.

Ele desapareceu em seu quarto e voltou em poucos minutos caracterizado como um clérigo não conformista amigável e simplório. Seu largo chapéu preto, suas calças folgadas, sua gravata branca, seu sorriso simpático e sua aparência geral de curiosidade benevolente e perscrutadora eram de tal modo, que o próprio Sr. John Hare poderia ter se igualado. Não foi apenas porque Holmes mudou de roupa. Sua expressão, seus modos, sua própria alma pareciam variar com cada novo papel que assumia. O palco perdeu um bom ator, assim como a ciência perdeu um aguçado pensador quando ele se tornou um especialista em crime.

Eram 6h15 quando deixamos Baker Street, e ainda faltavam dez minutos para a hora marcada quando chegamos à Serpentine Avenue. Já estava anoitecendo e as lâmpadas estavam sendo acesas enquanto caminhávamos para cima e para baixo em frente à residência Briony, esperando a chegada de sua ocupante. A casa era exatamente como eu havia imaginado a partir da descrição sucinta de Sherlock Holmes, mas

Escândalo na Boêmia

a localidade tinha a aparência de ser menos privada do que eu esperava. Ao contrário, para uma pequena rua em um bairro tranquilo, era extremamente animada. Havia um grupo de homens malvestidos, fumando e rindo em um canto, um amolador de tesouras com sua roda, dois guardas que flertavam com uma enfermeira e vários rapazes bem-vestidos que se espreguiçavam com charutos nas suas bocas.

— Veja — observou Holmes enquanto caminhávamos de um lado para o outro na frente da casa —, esse casamento simplifica as coisas. A fotografia se torna uma faca de dois gumes agora. Provavelmente Irene seja avessa à divulgação do retrato, porque, se este for visto pelo Sr. Godfrey Norton, a situação se assemelhará à de nosso cliente, ou seja, é como se a princesa estivesse vendo a foto. Agora a questão é: Onde vamos encontrar a fotografia?

— De fato, onde?

— É improvável que ela a carregue consigo. É do tamanho adequado para a exposição em um gabinete. Muito grande para esconder facilmente sob o vestido de uma mulher. Ela sabe que o rei é capaz de emboscá-la e revistá-la. Duas tentativas desse tipo já foram feitas. Podemos assumir, então, que ela não a carregue consigo.

— Onde, então?

— Seu banqueiro ou seu advogado. Existem essas duas possibilidades. Mas estou inclinado a pensar que não. As mulheres são naturalmente reservadas e gostam de manter seus segredos. Por que entregaria para outra pessoa? Ela poderia confiar em sua própria tutela, mas não sabia que influência indireta ou política poderia ser exercida sobre um homem de negócios. Além disso, lembre-se de que ela decidiu usá-la em alguns dias. Deve ser em um lugar em que possa colocar as mãos sobre ela. Deve estar em sua própria casa.

— Mas tentaram roubá-la duas vezes.

— Pff! Eles não sabiam como olhar.

— Mas como você vai olhar?

— Eu não vou olhar.

— O que então?

— Vou fazer com que ela me mostre.

— Mas ela vai recusar.

— Ela não será capaz. Mas eu escuto o barulho das rodas. É a carruagem dela. Agora cumpra minhas ordens ao pé da letra.

Enquanto ele falava, o brilho das luzes laterais de uma carruagem contornou a curva da avenida. Era um pequeno landau que chacoalhou até a porta da residência Briony. Ao encostar, um dos vagabundos na esquina correu para abrir a porta na esperança de ganhar uma moeda, mas foi empurrado por outro, que avançou com a mesma intenção. Estourou uma briga feroz, que foi aumentada pelos dois guardas, os quais tomaram partido com um dos vadios, e pelo amolador de tesouras, que estava participando igualmente do outro lado. Um golpe foi desferido e, em um instante, a senhora, que havia descido da carruagem, era o centro de um pequeno grupo de homens corados e lutando, que se golpeavam ferozmente com os punhos e bastões. Holmes correu para a multidão para proteger a senhora, mas, assim que a alcançou, deu um grito e caiu no chão, com sangue lhe escorrendo pelo rosto. Em sua queda, os guardas correram em uma direção e os vadios na outra, enquanto várias pessoas mais bem-vestidas, que haviam assistido à briga sem participar dela, se aglomeraram para ajudar a senhora e cuidar do homem ferido. Irene Adler, como ainda a chamarei, subiu apressada os degraus, mas ficou no topo com sua figura esplêndida delineada contra as luzes do corredor, olhando para a rua.

— O pobre cavalheiro está muito ferido? — ela perguntou.

— Ele está morto — gritaram várias vozes.

— Não, não, há vida nele! — gritou outro. — Mas ele partirá antes que você possa levá-lo ao hospital.

— É um sujeito corajoso — disse uma mulher. — Teriam ficado com a bolsa da senhora e o relógio se não fosse por ele. Eram uma gangue, e uma das pesadas. Ah, ele está respirando agora.

— Ele não pode ficar na rua. Podemos levá-lo para dentro, senhora?

— Certamente. Traga-o para a sala de estar. Há um sofá confortável. Por aqui, por favor!

Lenta e solenemente, ele foi levado para dentro da residência Briony e colocado na sala principal, enquanto, do meu posto perto da janela, eu ainda observava os procedimentos. As lâmpadas estavam acesas e as persianas não estavam fechadas, de modo que eu podia ver Holmes deitado no sofá. Não sei se naquele momento ele se sentiu tomado de remorso pelo papel que desempenhava, mas sei que nunca me senti mais profundamente envergonhado de mim mesmo em minha vida do que quando vi a bela criatura contra quem eu estava conspirando, ou a graça e a bondade com que atendeu o homem ferido. E, no entanto, seria a maior das traições a Holmes recuar agora da parte que ele havia me confiado. Endureci meu coração e tirei a bomba de debaixo do meu sobretudo. Afinal, pensei, não a estamos machucando, mas evitando apenas que ela machuque outra pessoa.

Holmes havia se sentado no sofá e eu o vi se mover como um homem que precisa de ar. Uma empregada correu e abriu a janela. No mesmo instante, eu o vi levantar a mão e, ao sinal, joguei meu foguete na sala com um grito de "Fogo!". A palavra mal saiu da minha boca, toda a multidão de espectadores, bem e malvestidos – cavalheiros, cavalariços e criadas – juntaram-se um grito geral de "Fogo!". Nuvens espessas de fumaça percorreram a sala e saíram pela janela aberta. Tive um vislumbre de vultos correndo e, um momento depois, a voz de Holmes de dentro, assegurando que era um alarme falso. Escorregando no meio da multidão que gritava, fiz meu caminho até a esquina da rua e em dez minutos me alegrei ao encontrar o braço do meu amigo no meu e fugir da cena de tumulto. Ele caminhou rapidamente e em silêncio por alguns minutos, até que dobramos uma das ruas tranquilas que levam à Edgware Road.

— Você se saiu bem, doutor — comentou. — Nada poderia ter sido melhor. Está tudo certo.

— Você está com a fotografia?

— Eu sei onde está.

— E como descobriu?

— Ela me mostrou, como eu disse que faria.

— Eu ainda não entendi.

— Não quero fazer mistério — disse ele, rindo. — A questão era perfeitamente simples. Você, claro, viu que todo mundo na rua era cúmplice. Eles foram todos contratados para esta tarde.

— Eu imaginei.

— Então, quando a briga começou, eu tinha um pouco de tinta vermelha fresca na palma da minha mão. Corri para frente, caí, coloquei minha mão no rosto e me tornei um espetáculo de dar pena. É um velho truque.

— Eu também imaginei isso.

— Então eles me carregaram. Ela estava fadada a me receber. O que mais poderia fazer? E em sua sala de estar, que era exatamente a sala de que eu suspeitava. Tinha de estar entre essa sala e seu quarto, e eu me sentia determinado a ver onde estaria. Eles me deitaram em um sofá, fiz um gesto para respirar, eles foram obrigados a abrir a janela e você teve sua chance.

— Como isso o ajudou?

— Era muito importante. Quando uma mulher pensa que sua casa está pegando fogo, seu instinto é imediatamente correr para o que ela mais valoriza. É um impulso perfeitamente avassalador, e mais de uma vez tirei vantagem disso. No caso do escândalo de substituição de Darlington, foi útil para mim, e também para os negócios do castelo Arnsworth. Uma mulher casada agarra seu bebê, uma solteira pega sua caixa de joias. Agora estava claro para mim que nossa senhora não tinha nada em casa mais precioso para ela do que aquilo que buscamos; ela correria para protegê-lo. O alarme de incêndio foi orquestrado de forma admirável. A fumaça e os gritos foram suficientes para abalar nervos de aço. Ela reagiu magnificamente. A fotografia está em uma reentrância atrás de um painel deslizante, logo acima do cordão da campainha. Ela chegou lá em um instante, e percebi que ia resgatá-la. Quando gritei que era um alarme falso, ela colocou de volta no armário, olhou para o rojão queimado, saiu correndo da sala e não a vi desde então. Levantei-me e, oferecendo minhas desculpas, escapei da casa. Hesitei se deveria tentar obter a fotografia imediatamente, mas o cocheiro havia entrado e, como me observava de perto, parecia mais seguro esperar. Um pouco de precipitação excessiva pode arruinar tudo.

— E agora? — perguntei.

— Nossa busca está praticamente concluída. Vou visitá-la com o rei amanhã e com você, se quiser vir conosco. Seremos conduzidos à sala de estar para esperar a senhora, mas é provável que, quando ela vier, não encontre nem nós nem a fotografia. Pode ser uma satisfação para Sua Majestade recuperá-la com suas próprias mãos.

— E a que horas vocês vão visitá-la?

— Às oito da manhã. Ela não estará acordada, portanto teremos a área livre. Além disso, devemos estar atentos, pois esse casamento pode significar uma mudança completa na vida e nos hábitos dela. Devo telegrafar ao rei sem demora.

Chegamos à Baker Street e paramos na porta. Ele estava procurando a chave em seus bolsos quando alguém que passava disse:

— Boa noite, Sr. Sherlock Holmes.

Havia várias pessoas na calçada no momento, mas a saudação parecia vir de um jovem magro que passou correndo, vestindo um sobretudo.

— Já ouvi essa voz antes — disse Holmes, olhando para a rua mal iluminada. — Eu me pergunto quem diabos poderia ter sido.

· III ·

Dormi na Baker Street naquela noite, e estávamos ocupados com nossa torrada e café pela manhã quando o rei da Boêmia entrou correndo no quarto.

— Você realmente a pegou! — ele exclamou, agarrando Sherlock Holmes pelos ombros e olhando ansiosamente para seu rosto.

— Ainda não.

— Mas você tem esperanças?

— Eu tenho esperanças.

— Então vamos. Estou impaciente para ir.

— Precisamos de uma carruagem.

— Não precisa, minha brougham[5] está esperando.

— Isso vai simplificar as coisas. — Nós descemos e partimos mais uma vez para a residência Briony.

— Irene Adler se casou — observou Holmes.

— Casou-se! Quando?

— Ontem.

— Mas com quem?

— Com um advogado inglês chamado Norton.

— Mas ela não pode amá-lo.

— Espero que sim.

— E por que a esperança?

— Porque isso pouparia Vossa Majestade de todos os aborrecimentos futuros. Se a senhora ama o marido, ela não ama Vossa Majestade; não há razão, portanto, para que ela interfira no plano de Vossa Majestade.

---

5 Brougham era um tipo de carruagem inglesa de quatro rodas bem leve e puxada a cavalos. Foi nomeada assim em homenagem ao Lord Brougham, que a encomendou da empresa de carruagens Robinson & Cook em 1838. (N. E.)

— É verdade. E ainda... bem! Eu gostaria que ela fosse da minha própria classe! Que rainha ela teria sido! — Ele caiu em um silêncio taciturno, que não foi quebrado até pararmos na Serpentine Avenue.

A porta da residência Briony estava aberta e uma senhora idosa apareceu na escada. Ela nos observou com um olhar sarcástico quando saímos do Brougham.

— Sr. Sherlock Holmes, acredito eu? — disse ela.

— Eu sou o Sr. Holmes — respondeu meu companheiro, olhando para ela com um olhar questionador e bastante surpreso.

— De fato! Minha senhora avisou que provavelmente o senhor viria. Ela partiu esta manhã com o marido, no trem das 5h15, de Charing Cross para o continente.

— O quê?! — Sherlock Holmes cambaleou para trás, pálido de desgosto e surpresa. — Você quer dizer que ela deixou a Inglaterra?

— Para nunca mais voltar.

— E os papéis? — perguntou o rei, com voz rouca. — Tudo está perdido.

— Veremos. — Ele passou pela criada e correu para a sala, seguido pelo rei e por mim. Os móveis estavam espalhados em todas as direções, com prateleiras desmontadas e gavetas abertas, como se a senhora os tivesse saqueado às pressas antes de sua fuga. Holmes correu para o cordão da campainha, abriu uma pequena veneziana de correr e, mergulhando sua mão, tirou uma fotografia e uma carta. A fotografia era da própria Irene Adler em vestido de noite, e a carta tinha o título "Sherlock Holmes, esq.[6] Para ser entregue quando procurada". Meu amigo a abriu e nós três a lemos juntos. Estava com a data da noite anterior, à meia-noite, e dizia o seguinte:

"Meu caro Sr. Sherlock Holmes,

Você realmente fez isso muito bem. Você me enganou completamente. Até depois do alarme de incêndio, eu não tinha suspeitas. Mas, quando descobri como eu mesma havia me traído, comecei a pensar. Eu fui avisada sobre você meses atrás. Disseram-me que, se o rei empregasse um agente, certamente seria você. E seu endereço me foi dado. No entanto,

---

6   Abreviação para o título honorífico britânico de esquire, originalmente usado para nobres a serviço da nobreza. (N. E.)

com tudo isso, você me fez revelar o que queria saber. Mesmo depois de começar a suspeitar, achei difícil pensar mal de um velho clérigo tão querido e gentil. Mas, você sabe, eu mesma fui treinada como atriz. Traje masculino não é novidade para mim. Costumo tirar proveito da liberdade que isso proporciona. Mandei John, o cocheiro, vigiá-lo, subi correndo as escadas, vesti minhas roupas de passeio, como as chamo, e desci assim que você partiu.

Bem, eu o segui até sua porta, e assim me certifiquei de que eu era realmente um objeto de interesse para o célebre Sr. Sherlock Holmes. Então, de maneira um tanto imprudente, desejei-lhe boa noite e fui ao Temple para ver meu marido.

Nós dois pensamos que o melhor recurso era a fuga, quando perseguida por um antagonista tão formidável, então você encontrará o ninho vazio quando vier amanhã. Quanto à fotografia, seu cliente pode descansar em paz. Amo e sou amada por um homem melhor que ele. O rei pode fazer o que quiser sem impedimento de alguém com quem ele cruelmente cometeu uma injustiça. Guardo-a apenas para preservar uma arma que sempre me protegerá de quaisquer ciladas que ele organize no futuro. Deixo outra fotografia que ele possa querer ter, caro Sr. Sherlock Holmes.

Muito sinceramente,

Irene Norton, nascida Adler"

— Mas que mulher! Oh, que mulher! — exclamou o rei da Boêmia, quando todos os três leram a epístola. — Eu não disse quão rápida e decidida ela era? Ela não teria sido uma rainha admirável? Não é uma pena que ela não estivesse em meu nível?

— Pelo que eu vi dessa senhora, ela parece, de fato, estar em um nível muito diferente de Vossa Majestade — disse Holmes friamente. — Lamento não ter sido capaz de levar os negócios de Vossa Majestade a uma conclusão bem-sucedida.

— Pelo contrário, meu caro senhor — exclamou o rei. — Não poderia ter mais sucesso. Eu sei que sua palavra é inviolável. A fotografia está tão segura quanto se estivesse queimada.

— Fico feliz em ouvir Vossa Majestade dizer isso.

— Estou em dívida com você. Por favor, diga-me de que forma posso recompensá-lo. Este anel... — Ele tirou um anel de esmeralda de seu dedo e o depositou na palma da mão.

— Vossa Majestade tem algo que valorizarei ainda mais — disse Holmes.

— Você tem apenas que dizer.

— Essa fotografia!

O rei olhou para ele com espanto.

— A fotografia de Irene! — ele exclamou. — Certamente, se você a quiser.

— Agradeço a Vossa Majestade. Então, não há mais nada a ser feito sobre o assunto. Tenho a honra de lhe desejar um bom dia. — Ele se curvou e, virando sem observar a mão que o rei estendeu para ele, partiu em minha companhia para seus aposentos.

E foi assim que um grande escândalo ameaçou afetar o reino da Boêmia e os melhores planos de Sherlock Holmes foram derrotados pela inteligência de uma mulher. Ele costumava se divertir com a inteligência das mulheres, mas não o ouvi fazer isso ultimamente. E, quando fala de Irene Adler, ou quando se refere à fotografia dela, é sempre sob o título honorífico de *a* mulher.

II. A LIGA DOS RUIVOS

Visitei meu amigo, o Sr. **SHERLOCK HOLMES**, um dia, no outono do ano passado, e o encontrei em uma conversa profunda com um cavalheiro idoso, muito robusto, de rosto rosado e flamejantes cabelos ruivos. Com um pedido de desculpas por minha intrusão, estava prestes a me retirar quando Holmes me puxou abruptamente para dentro da sala e fechou a porta atrás de mim.

— Você não poderia ter vindo em melhor hora, meu caro Watson — disse cordialmente.

— Estava com medo de que estivesse ocupado.

— E estou. Muito mesmo.

— Então posso esperar na próxima sala.

— De maneira alguma. Este cavalheiro, Sr. Wilson, tem sido meu parceiro e ajudante em muitos de meus casos de maior sucesso, e não tenho dúvidas de que será de extrema utilidade a mim e a você também.

O cavalheiro corpulento levantou-se parcialmente da cadeira e cumprimentou-me com um gesto de saudação, lançando de seus olhos pequenos e gordos um olhar rápido e questionador.

— Sente-se no sofá — disse Holmes, recostando-se na poltrona e juntando as pontas dos dedos, como era seu costume quando estava com um espírito perscrutador. — Sei, meu caro Watson, que compartilha do meu amor por tudo que é bizarro e fora das convenções e rotina monótona da vida cotidiana. Você demonstrou seu prazer por isso com um entusiasmo que o levou a fazer crônicas e, se me permite dizer, a embelezar de certo modo tantas de minhas pequenas aventuras.

— Seus casos realmente foram de muito interesse para mim — observei.

— Você deve se lembrar de que comentei outro dia, pouco antes de entrarmos no problema muito simples apresentado pela Srta. Mary Sutherland, que, para efeitos estranhos e combinações extraordinárias, devemos olhar para a própria vida, que é sempre muito mais ousada do que qualquer esforço da imaginação.

— Uma proposição da qual tomei a liberdade de duvidar.

— Sim, doutor, mas, mesmo assim, deve concordar com meu ponto de vista. Caso contrário, continuarei empilhando fato sobre fato em você até que sua razão ceda sob eles e reconheça que estou certo. Bem, o Sr. Jabez Wilson teve a bondade de me visitar esta manhã e iniciar uma narrativa que promete ser uma das mais singulares que já ouvi nos últimos tempos. Você me ouviu comentar que as coisas mais estranhas e únicas muitas vezes estão relacionadas não com os crimes maiores, mas com os menores e, ocasionalmente, de fato quando há espaço para dúvidas se algum crime foi cometido. Pelo que soube, é impossível dizer se o presente caso é crime ou não, mas os acontecimentos estão com certeza entre os mais singulares que já ouvi. Sr. Wilson, tenha a grande gentileza de recomeçar sua narrativa. Eu lhe pergunto não apenas por que meu amigo, Dr. Watson, não ouviu a parte inicial, mas também porque a natureza peculiar da história me deixa ansioso para obter todos os detalhes possíveis de seus lábios. Via de regra, quando ouço uma ligeira indicação do curso dos acontecimentos, sou capaz de me guiar pelos milhares de outros casos semelhantes que me ocorrem na memória. Nesse, sou forçado a admitir que os fatos são, no melhor de minha opinião, únicos.

O cliente corpulento estufou o peito com uma aparência de orgulho e tirou um jornal sujo e amassado do bolso interno do sobretudo. Enquanto olhava a coluna do anúncio com a cabeça inclinada para a frente e o papel achatado sobre o joelho, dei uma boa observada no homem e esforcei-me, aos modos de meu companheiro, para ler as indicações que poderiam ser apresentadas por sua vestimenta ou aparência.

Não aprendi muito com minha inspeção. Nosso visitante carregava todas as marcas de um comerciante britânico comum, obeso, pomposo e lento. Ele usava calças xadrez bastante largas, uma sobrecasaca preta não muito limpa, desabotoada na frente, e um colete desbotado com uma acobreada corrente Albert e um quadrangular pedaço de metal perfurado, dependurando-se ornamentalmente. Uma cartola puída e um sobretudo marrom desbotado, com gola de veludo enrugada, estavam sobre uma cadeira ao lado dele. Ao todo, pela minha análise, não havia nada de notável no homem, exceto sua cabeleira ruiva flamejante e a expressão de extremo pesar e descontentamento em suas feições.

O olhar rápido de Sherlock Holmes percebeu minha ocupação. Ele balançou a cabeça com um sorriso ao notar meus olhares questionadores.

— Além dos fatos óbvios de que ele, em algum momento, fez trabalho manual, cheira a rapé, é maçom, esteve na China e escreveu consideravelmente nos últimos dias, não posso deduzir mais nada.

O Sr. Jabez Wilson se levantou de sua cadeira, com o dedo indicador sobre o papel, mas com os olhos em meu companheiro.

— Como, em nome da boa sorte, você sabia de tudo isso, Sr. Holmes? —perguntou. — Como sabia, por exemplo, que eu fazia trabalhos manuais? É verdade, de fato, pois comecei como carpinteiro de navios.

— Suas mãos, meu caro senhor. Sua mão direita é bem maior que a esquerda. Você trabalhou com ela, e os músculos estão mais desenvolvidos.

— Bem, o rapé, então, e a Maçonaria?

— Não vou insultar sua inteligência contando como inferi isso, especialmente porque, mesmo contra as regras estritas de sua ordem, você usa um alfinete de gravata de esquadro e compasso.

— Ah, claro, eu esqueci disso, mas e a escrita?

— O que mais poderia ser indicado pelo punho direito, polido por doze centímetros, e o esquerdo, com o remendo liso perto do cotovelo com que você se apoia sobre a mesa?

— Bem, mas e a China?

— O peixe que você tatuou logo acima do pulso direito só poderia ter sido feito na China. Fiz um pequeno estudo sobre marcas de tatuagem e até contribuí com a literatura sobre o assunto. Esse truque de tingir as escamas dos peixes com um rosa delicado é bastante peculiar da China.

Além disso, vejo uma moeda chinesa pendurada na corrente de seu relógio. A questão fica ainda mais simples.

O Sr. Jabez Wilson riu muito.

— Bem, ora essa! — exclamou. — A princípio, pensei que você tivesse feito algo inteligente, mas vejo que não foi nada de mais.

— Começo a pensar, Watson — disse Holmes —, que cometi um erro ao explicar. "*Omne ignotum pro magnifico*"[7], você sabe, e minha pobre pequena reputação, tal como é, naufragará se eu for tão sincero. Não consegue encontrar o anúncio, Sr. Wilson?

— Sim, achei agora — respondeu com o dedo grosso e vermelho plantado no meio da coluna. — Aqui está. Isso é o que começou tudo. Leia você mesmo, senhor.

Peguei o papel e li o seguinte:

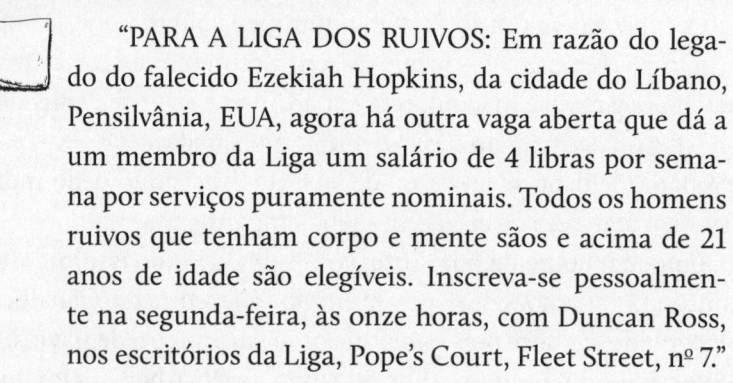

"PARA A LIGA DOS RUIVOS: Em razão do legado do falecido Ezekiah Hopkins, da cidade do Líbano, Pensilvânia, EUA, agora há outra vaga aberta que dá a um membro da Liga um salário de 4 libras por semana por serviços puramente nominais. Todos os homens ruivos que tenham corpo e mente sãos e acima de 21 anos de idade são elegíveis. Inscreva-se pessoalmente na segunda-feira, às onze horas, com Duncan Ross, nos escritórios da Liga, Pope's Court, Fleet Street, nº 7."

— Que diabos isso quer dizer? — soltei depois de ter lido duas vezes o anúncio extraordinário.

Holmes riu e se contorceu na cadeira, como era seu hábito quando estava de bom humor.

— É um pouco fora do comum, não é? — disse. — E agora, Sr. Wilson, comece do zero e conte-nos tudo sobre você, sua família e o efeito que esse anúncio teve sobre sua sorte. Primeiro fará uma anotação, doutor, do jornal e da data.

— É o *The Morning Chronicle* de 27 de abril de 1890. Apenas dois meses atrás.

---

7 "Tudo que é desconhecido tende a ser magnífico" – citação em latim do historiador romano Tácito na obra *Agrícola* (N. T.).

A Liga dos Ruivos

— Muito bem. E então, Sr. Wilson?

— Bem, é exatamente como lhe disse, Sr. Holmes — começou Jabez Wilson, enxugando a testa. — Tenho uma pequena casa de penhores na Coburg Square, perto da cidade. Não é muito grande e, nos últimos anos, não tem feito mais do que apenas me sustentar. Eu costumava manter dois assistentes, mas agora tenho apenas um, e teria dificuldade para pagá-lo mesmo se estivesse disposto a receber metade do salário para aprender o negócio.

— Qual é o nome desse jovem prestativo? — perguntou Holmes.

— É Vincent Spaulding, e ele também não é tão jovem. É difícil dizer sua idade. Eu não desejaria um assistente mais inteligente, Sr. Holmes, e sei muito bem que ele poderia melhorar e ganhar o dobro do que sou capaz de lhe dar. Mas, afinal, se está satisfeito, por que eu deveria colocar ideias em sua cabeça?

— De fato, por quê? Você parece mais afortunado por ter um empregado que cobra menos que o preço total de mercado. Não é algo comum entre os patrões de hoje em dia. Não sei se seu assistente é tão notável quanto seu anúncio.

— Ó, ele também tem seus defeitos — disse Wilson. — Nunca houve um homem mais inclinado para a fotografia. Tira fotos com uma câmera quando deveria estar exercitando sua mente, e então mergulha no porão como um coelho em sua toca para revelá-las. Essa é sua principal falha, mas, no geral, é um bom trabalhador. Não tem vícios.

— Ele ainda está com você, presumo.

— Sim, senhor. Ele e uma menina de quatorze anos, que cozinha um pouco e mantém o lugar limpo. Isso é tudo que tenho em casa, pois sou viúvo e nunca tive família. Vivemos muito quietos, senhor, nós três. Mantemos um teto sobre nossas cabeças, pagamos nossas dívidas e nada mais. A primeira coisa que nos chamou atenção foi aquele anúncio. Spaulding desceu ao escritório exatamente nesse dia, oito semanas atrás, com este mesmo papel em suas mãos, e disse:

"— Desejo a Deus, Sr. Wilson, que eu seja um homem ruivo."

"— Por quê?" — perguntei.

"— Ora — argumentou —, "aqui está uma vaga na Liga dos Ruivos. Vale uma pequena fortuna para qualquer homem que consiga entrar, e entendo que há mais vagas do que homens, de modo que os curadores não sabem o que fazer com o dinheiro. Se meu cabelo mudar de cor, aqui está um pequeno leito muito pronto para eu deitar minha cabeça."

"— Ora, o que é então?" — perguntei.

— Como vê, Sr. Holmes, sou um homem que fica em casa e, como meus clientes vêm a mim em vez de eu ter que ir a eles, muitas vezes ficava semanas a fio sem colocar o pé no tapete da porta. Dessa forma, não sabia muito o que estava acontecendo lá fora, e sempre ficava feliz com as novidades.

"— Você nunca ouviu falar da Liga dos Ruivos?" — perguntou com os olhos abertos.

"— Nunca."

"— Ora, eu me pergunto isso pois você se qualifica para uma das vagas."

"— E quanto é?" — perguntei.

"— Oh, apenas algumas centenas por ano, mas o trabalho é leve e não precisa interferir muito nas outras ocupações."

— Bem, você pode facilmente pensar que isso me fez aguçar os ouvidos, pois o negócio não ia bem há alguns anos, e algumas centenas de libras extras teriam sido muito úteis.

"— Conte-me tudo sobre isso" — pedi.

"— Bem" — começou, mostrando-me o anúncio —, "você pode ver por si mesmo que a Liga tem uma vaga e um endereço onde deve se inscrever para obter os detalhes. Pelo que posso entender, foi fundada por um milionário americano, Ezekiah Hopkins, muito peculiar em seus modos. Ele próprio era ruivo e tinha uma grande simpatia por todos os ruivos. Assim, ao morrer, constatou-se que havia deixado sua enorme fortuna nas mãos de curadores, com instruções de aplicar os juros na concessão de alojamento fácil a homens cujos cabelos fossem dessa cor. Pelo que ouvi, é um pagamento esplêndido para se fazer muito pouco."

"— Mas" — disse —, "deve haver milhões de ruivos que se candidatariam."

"— Não tantos quanto você imagina" — respondeu. — "Você pode ver que é realmente restrito a londrinos e a adultos. Aquele americano veio a Londres quando era jovem e queria fazer uma boa reviravolta na cidade velha. Ouvi que não adianta você se candidatar se seu cabelo for vermelho-claro, vermelho-escuro, ou qualquer coisa que não um vermelho brilhante, flamejante e ardente. Agora, se se dispusesse a se inscrever,

Sr. Wilson, entraria facilmente, mas talvez não valha a pena mudar os planos por causa de algumas centenas de libras.

— Senhores, como podem ver por si mesmos, é fato que meu cabelo é de uma tonalidade muito abundante e rica, de modo que me pareceu que, se houvesse alguma competição no assunto, eu teria uma chance tão boa quanto qualquer homem que já conheci. Vincent Spaulding parecia saber tanto a respeito, que achei que poderia ser útil. Então ordenei que cerrasse as portas nesse dia e viesse imediatamente comigo. Ele estava muito disposto a ter uma folga, por isso fechamos o estabelecimento e partimos para o endereço que nos era indicado no anúncio.

— Espero nunca mais ter uma visão como essa novamente, Sr. Holmes. Do norte, sul, leste e oeste, todo homem com um tom de ruivo no cabelo tinha ido para a cidade responder ao anúncio. A Fleet Street estava entupida de gente ruiva, e a Pope's Court parecia um carrinho de laranja de um feirante. Não havia imaginado que em todo o país existissem tantos como aqueles, reunidos por um único anúncio. Eram de todos os tons de cor – palha, cobre, laranja, tijolo, *setter* irlandês[8], fígado, barro –, mas, como disse Spaulding, não havia muitos que apresentassem a tonalidade real e viva, cor de chama. Quando vi quantos estavam esperando, teria desistido, desesperado. No entanto, Spaulding não quis saber. Não sei como fez isso, mas empurrou, puxou e bateu com a cabeça até que me fez passar pela multidão e subir os degraus que levavam ao escritório. Havia um fluxo duplo na escada. Alguns subindo com esperança, e outros, voltando abatidos, mas nos apresentamos o melhor que pudemos e logo chegamos ao escritório.

— Sua experiência foi muito divertida — observou Holmes enquanto seu cliente fazia uma pausa e refrescava sua memória com uma pitada enorme de rapé. — Por favor, continue esse interessantíssimo relato.

— Não havia nada no escritório, exceto algumas cadeiras de madeira e uma mesa de negociação, atrás da qual estava sentado um homenzinho com uma cabeça ainda mais vermelha que a minha. Dizia algumas palavras a cada candidato à medida que ia subindo e, então, sempre conseguia encontrar neles alguma falha que os desqualificava. Afinal, conseguir uma vaga não parecia ser uma tarefa tão fácil. No entanto, quando chegou nossa vez, o homenzinho foi muito mais favorável a mim do que a

---

8 Raça de cachorro com pelagem acobreada (N. E.).

qualquer dos outros, e fechou a porta quando entramos para que pudesse ter uma palavra em particular conosco.

"— Este é o Sr. Jabez Wilson" — disse meu assistente —, "e ele está disposto a preencher uma vaga na Liga."

"— É admiravelmente adequado a ela" — respondeu o outro. — "Tem todos os requisitos. Não me lembro de ter visto algo tão bom."

— Ele deu um passo para trás, inclinou a cabeça para o lado e olhou para meu cabelo até que eu me sentisse bastante tímido. Então, de repente, mergulhou para a frente, apertou minha mão e me cumprimentou calorosamente pelo meu sucesso.

"— Seria uma injustiça hesitar" — disse. — "No entanto, tenho certeza de que vai me desculpar por tomar uma precaução óbvia."

— Assim, agarrou meu cabelo com as duas mãos e puxou até eu gritar de dor.

"— Há lágrimas em seus olhos" — reparou, ao me soltar. — "Percebo que tudo está de acordo, mas precisamos ter cuidado, pois duas vezes fomos enganados por perucas e, uma, por tinta. Eu poderia te contar histórias de cera de sapateiro que iriam te deixar enojado com a natureza humana."

— Ele foi até a janela e gritou a plenos pulmões que a vaga fora preenchida. Um gemido de decepção veio de baixo, e todo o povo se afastou em diferentes direções, até que não houvesse nenhum ruivo à vista, exceto eu mesmo e o gerente.

"— Meu nome" — disse ele — "é Sr. Duncan Ross, e eu mesmo sou um dos aposentados do fundo deixado por nosso nobre benfeitor. Você é um homem casado, Sr. Wilson? Tem família?"

Respondi que não, e seu sorriso sumiu imediatamente.

"— Meu Deus!" — disse com gravidade — "É algo muito sério! Lamento ouvir você dizer isso. O fundo era, é claro, para a propagação e disseminação dos ruivos, bem como para sua manutenção. É extremamente lamentável que você seja solteiro."

— Meu rosto se entristeceu com isso, Sr. Holmes, pois pensei que, afinal, não teria a vaga, mas, depois de pensar por alguns minutos, ele prometeu que tudo ficaria bem.

"— No caso de outro" — retomou —, "a objeção pode ser fatal, mas devemos nos esforçar em favor de um homem com uma cabeleira como a sua. Quando poderá assumir suas novas funções?"

"— Bem, é um pouco complicado, pois já tenho um negócio" — respondi.

"— Oh, não se preocupe, Sr. Wilson!" — disse Vincent Spaulding. — "Sou capaz de cuidar disso para você."

"— Seria qual horário?" — perguntei.

"— Das dez às duas."

— Uma casa de penhores funciona principalmente à noite, Sr. Holmes, especialmente quinta e sexta à noite, que é pouco antes do dia do pagamento. Por isso, seria muito bom ganhar um pouco de manhã. Além disso, sabia que meu assistente era um bom homem e que cuidaria de tudo que aparecesse.

"— É melhor para mim" — disse. — "E o pagamento?"

"— São 4 libras por semana."

"— E o trabalho?"

"— É puramente nominal."

"— O que você chama de 'puramente nominal'?"

"— Bem, você tem que estar no escritório, ou pelo menos no prédio, o tempo todo. Se sair, perderá seu cargo para sempre. O contrato é bem claro nesse ponto. Você não cumpre as condições se sair do escritório durante esse período."

"— São apenas quatro horas por dia e não devo cogitar sair" — repeti.

"— Não há desculpa" — disse o Sr. Duncan Ross. — "Nem doença, nem negócios, nem qualquer outra coisa. Você deve ficar lá, ou perderá seu pagamento."

"— E o trabalho?"

"— É copiar a *Encyclopædia Britannica*. Tem o primeiro volume nessa prensa. Você deve trazer sua própria tinta, canetas e papel almaço, e nós fornecemos esta mesa e cadeira. Estará pronto amanhã?"

"— Certamente" — respondi.

"— Então, adeus, Sr. Jabez Wilson, e deixe-me parabenizá-lo mais uma vez pela importante posição que teve a sorte de conquistar."

— Ele me retirou da sala, e fui para casa com meu assistente, mal sabendo o que dizer ou fazer. Estava muito satisfeito com minha própria sorte. Bem, pensei sobre o assunto o dia todo e, à noite, estava novamente desanimado, pois havia me convencido de que o negócio devia ser alguma grande farsa ou fraude, embora não pudesse imaginar qual seria seu objetivo. Parecia totalmente impossível acreditar que alguém pudesse fazer esse Testamento ou que pagasse essa quantia por algo tão simples, como copiar a *Encyclopædia Britannica*. Vincent Spaulding fez o que pôde para me animar, mas, na hora de dormir, eu já havia sido tomado pelo negativismo. No entanto, pela manhã, decidi dar uma olhada de qualquer maneira. Então comprei um frasco de tinta de um *penny* e, com uma caneta de pena e sete folhas de papel almaço, parti para a Pope's Court.

— Para minha surpresa e deleite, estava tudo certo. A mesa estava preparada para mim, e o Sr. Duncan Ross estava lá para verificar se eu começaria a trabalhar. Ele me fez iniciar pela letra "A" e depois me deixou, mas aparecia de vez em quando para ver se estava tudo bem comigo. Às duas horas, me deu boa-tarde, elogiou-me pela quantidade de texto que havia copiado e trancou a porta do escritório atrás de mim.

"Isso continuou dia após dia, Sr. Holmes, e, no sábado, o gerente entrou e depositou quatro moedas de ouro pelo meu trabalho da semana. Foi a mesma coisa na semana seguinte e na outra. Todas as manhãs eu ia lá às dez, e todas as tardes saía às duas. Aos poucos, o Sr. Duncan Ross começou a vir apenas uma vez por manhã, e então, depois de um tempo, não apareceu mais. Mesmo assim, é claro, nunca ousei sair da sala por um instante, pois não tinha certeza de quando ele poderia vir, e o pagamento era tão bom, e ajudou tanto, que não arriscaria perdê-lo.

"Oito semanas se passaram assim, e eu tinha escrito sobre Abades e Arcos e Armadura e Arquitetura e Ática, e esperava com diligência poder chegar ao "B" logo. Custou-me algo em papel almaço e quase enchi uma prateleira com meus escritos. Então, de repente, todo o negócio chegou ao fim."

— Ao fim?

— Sim, senhor. Nesta manhã. Fui para meu trabalho como de costume às dez horas, mas a porta estava fechada e trancada, com um pequeno quadrado de papelão martelado no meio do painel, com uma tacha. Aqui está. Leia você mesmo.

Ele ergueu um pedaço de papelão branco do tamanho de uma folha de papel. Estava escrito o seguinte:

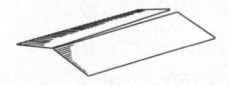

"A LIGA DOS RUIVOS ESTÁ DISSOLVIDA.
9 de outubro de 1890."

Sherlock Holmes e eu examinamos esse breve anúncio e o rosto triste por trás dele, até que o lado cômico do caso se sobrepôs tão completamente a todas as outras considerações, que ambos explodimos em gargalhadas.

— Não consigo ver nada de muito engraçado — exclamou nosso cliente, corando até as raízes de sua cabeça em chamas. — Se não pode fazer nada melhor do que rir de mim, vou para outro lugar.

— Não, não — exclamou Holmes, empurrando-o de volta para a cadeira da qual havia se levantado. — Eu realmente não gostaria de perder seu caso por nada neste mundo. É extremamente incomum. Mas há, se me desculpar, algo um pouco engraçado nisso. Diga, o que fez quando encontrou o cartão na porta?

— Fiquei pasmo, senhor. Não sabia o que fazer. Então liguei para os escritórios, mas nenhum deles parecia saber nada sobre isso. Finalmente, fui até o proprietário, que é um contador que mora no andar térreo, e perguntei se poderia me dizer o que aconteceu com a Liga dos Ruivos. Ele disse que nunca tinha ouvido falar de algo do tipo. Então perguntei quem era o Sr. Duncan Ross. Respondeu que o nome era novo para ele.

"— Bem" — disse —, "o cavalheiro do número 4."

"— O quê? O homem ruivo?"

"— Sim."

"— Oh" — respondeu —, "o nome dele era William Morris. Era um advogado e estava usando meu quarto como uma conveniência temporária, até que suas novas instalações estivessem prontas. Ele se mudou ontem."

"— Onde posso encontrá-lo?"

"— Em seus novos escritórios."

— Ele me disse o endereço: King Edward Street, nº 17, perto de St. Paul's. Eu parti, Sr. Holmes, mas, quando cheguei àquele endereço, era uma fábrica de joelheiras artificiais, e ninguém nunca tinha ouvido falar do Sr. William Morris ou do Sr. Duncan Ross.

— E o que você fez então? — perguntou Holmes.

— Fui para casa, na Saxe-Coburg Square, e aceitei o conselho de meu assistente. Mas ele não poderia me ajudar de forma alguma. Só poderia dizer que, se eu esperasse, teria resposta pelo correio. Isso não foi bom o suficiente, Sr. Holmes. Não queria perder um emprego assim sem lutar, então, como ouvi dizer que você era bom o bastante para dar conselhos aos pobres que precisam, vim imediatamente até aqui.

— E agiu com muita sabedoria — elogiou Holmes. — Seu caso é extremamente notável, e ficarei feliz em examiná-lo. Pelo que me disse, acho que é possível que questões mais graves estejam associadas a isso do que pode parecer à primeira vista.

— Graves mesmo! — concordou o Sr. Jabez Wilson. — Perdi 4 libras por semana.

— No que diz respeito a você pessoalmente — observou Holmes —, não vejo que tenha qualquer reclamação contra essa Liga extraordinária. Pelo contrário, você é, como eu entendo, mais rico em cerca de 30 libras, para não falar do conhecimento minucioso que adquiriu sobre cada assunto que começa com a letra "A". Não perdeu nada com eles.

— De fato, senhor. Mas quero descobrir sobre eles, quem são e qual era seu objetivo em pregar essa peça comigo, se é que foi uma peça. Foi uma piada muito cara para eles, pois custou 32 libras.

— Faremos o possível para esclarecer esses pontos para você. Uma ou duas perguntas, Sr. Wilson. Aquele seu assistente que primeiro chamou sua atenção para o anúncio, há quanto tempo está com você?

— Havia cerca de um mês na época.

— Como chegou até você?
— Em resposta a um anúncio.
— Era o único candidato?
— Não, havia uma dúzia.
— Por que o escolheu?
— Porque era habilidoso e sairia barato.
— Pela metade do salário, na verdade.
— Sim.
— Como é esse Vincent Spaulding?
— Pequeno, robusto, muito rápido em seus trejeitos, sem pelos faciais, apesar de estar perto dos trinta anos. Tem uma cicatriz esbranquiçada de ácido em sua testa.

Holmes se aprumou na cadeira com excitação considerável.
— Foi o que eu pensei — declarou. — Você observou se suas orelhas possuem furos para brincos?
— Sim, senhor. Ele disse que um cigano havia feito isso quando era criança.
— Hum! — disse Holmes, voltando a pensar profundamente. — Ainda está trabalhando com você?
— Ah, sim senhor. Acabei de deixá-lo.
— E ele cuidou dos seus negócios em sua ausência?
— Nada a reclamar, senhor. Nunca tem nada para se fazer pela manhã.
— Isso basta, Sr. Wilson. Ficarei feliz em dar minha opinião em um dia ou dois. Hoje é sábado. Espero que até segunda-feira cheguemos a uma conclusão.
— Bem, Watson — disse Holmes quando nosso visitante nos deixou —, o que acha disso tudo?
— Não acho nada — respondi com honestidade. — É um negócio muito misterioso.
— Como de regra — lembrou Holmes —, quanto mais bizarra é a coisa, menos misteriosa ela é. São os crimes comuns e inexpressivos os

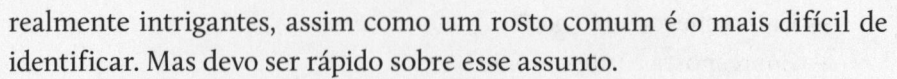

realmente intrigantes, assim como um rosto comum é o mais difícil de identificar. Mas devo ser rápido sobre esse assunto.

— O que vai fazer, então? — perguntei.

— Fumar — respondeu. — É um problema de três cachimbos, e imploro que não fale comigo por cinquenta minutos. — Ele se enrolou na cadeira com os joelhos magros encolhidos até o nariz aquilino, e lá ficou sentado, com os olhos fechados e seu cachimbo de barro preto projetando-se para fora, como um bico de algum pássaro estranho. Cheguei à conclusão de que havia adormecido, e, de fato, eu mesmo tinha repousado minha cabeça quando, de repente, saltou da cadeira com o gesto de um homem que se decidiu e pousou o cachimbo sobre a cornija da lareira.

— Sarasate tocará no St. James's Hall esta tarde — anunciou. — O que acha, Watson? Seus pacientes poderiam dispensá-lo por algumas horas?

— Não tenho nada para fazer hoje. Meus atendimentos nunca são muito interessantes.

— Então ponha seu chapéu e venha. Vou primeiro para a cidade. Podemos almoçar no caminho. Observo que há uma boa quantidade de música alemã na programação, o que tem mais a ver com meu gosto do que italiana ou francesa. É introspectiva, e quero ser introspectivo. Venha comigo!

Viajamos de bonde até Aldersgate, e uma curta caminhada nos levou à Saxe-Coburg Square, cenário da história singular que ouvimos de manhã. Era um lugar pequeno, afetado, embora miserável, onde quatro fileiras de casas de tijolos sujos de dois andares davam para uma área cercada por grades, com um gramado de erva daninha e algumas moitas de loureiros desbotados, que lutavam duramente contra uma atmosfera carregada de fumaça. Três bolas douradas e um quadro marrom com "JABEZ WILSON" em letras brancas, sobre uma casa de esquina, anunciavam o local onde nosso cliente ruivo conduzia seus negócios. Sherlock Holmes parou na frente dele, com a cabeça inclinada para o lado, e observou tudo com os olhos brilhando fortemente entre as pálpebras franzidas. Em seguida, caminhou devagar pela rua e depois desceu de novo até a esquina, ainda reparando com atenção as residências. Finalmente, voltou à casa de penhores e, tendo atingido com vigor a calçada duas ou três vezes com sua bengala, foi até a porta e bateu. Esta foi imediatamente aberta por um jovem de aparência brilhante e bem barbeado, que lhe pediu para entrar.

— Obrigado — agradeceu Holmes. — Só queria perguntar como você iria daqui até o Strand.

— Terceira à direita, quarta à esquerda — respondeu prontamente o assistente, fechando a porta.

— Rapaz inteligente esse — observou Holmes enquanto nos afastávamos. — É, na minha opinião, o quarto mais inteligente de Londres, e, por ousadia de minha parte, digo que não tenho certeza de que não possa reivindicar ser o terceiro. Já conheci algo parecido com ele antes.

— Evidentemente — adiantei —, o assistente do Sr. Wilson está muito envolvido nesse mistério da Liga dos Ruivos. Tenho certeza de que você perguntou seu caminho apenas para que pudesse vê-lo.

— Não ele.

— O que então?

— Os joelhos de suas calças.

— E o que viu?

— O que eu esperava ver.

— Por que atingiu o chão?

— Meu caro doutor, esse é um momento de observação, não de conversa. Somos espiões em um país inimigo. Sabemos algo sobre a Saxe-Coburg Square. Vamos agora explorar as partes que estão por trás disso.

A estrada em que nos encontramos, quando viramos a esquina da Saxe-Coburg Square, apresentava um contraste tão grande com ela quanto a frente de uma foto tem com sua parte de trás. Era uma das principais ruas que conduziam o tráfego da cidade para o norte e oeste. A estrada foi bloqueada com o imenso fluxo de comércio em uma maré dupla, para dentro e para fora, enquanto as trilhas estavam pretas com o enxame apressado de pedestres. Foi difícil perceber, ao olharmos para a linha de lojas elegantes e instalações comerciais imponentes, que realmente ficavam do outro lado da praça desbotada e estagnada que havíamos acabado de abandonar.

— Deixe-me ver — pediu Holmes, parando na esquina e olhando ao longo da linha. — Gostaria de lembrar apenas a ordem das casas aqui. É um hobby meu ter um conhecimento exato de Londres. Há Mortimer's, a tabacaria, a pequena loja de jornais, a filial de Coburg do City and Suburban Bank, o restaurante vegetariano e o depósito de carruagens de McFarlane. Isso nos leva direto para o outro bloco. E agora, doutor, fizemos nosso trabalho, então é hora de nos divertirmos. Um sanduíche e uma xícara de café, e depois para a terra dos violinos, onde tudo é doçura, delicadeza e harmonia, e não há clientes ruivos para nos irritar com seus enigmas.

Meu amigo era um músico entusiasta, sendo ele próprio não apenas um intérprete muito competente, mas também um compositor sem méritos comuns. Durante toda a tarde, se sentou na cabine envolto na mais perfeita felicidade, acenando suavemente com seus dedos longos e finos no ritmo da música, enquanto seu rosto sorridente e lânguido e seus olhos sonhadores eram muito diferentes dos de Holmes, o cão de caça, Holmes, o implacável, perspicaz e agente criminal preparado, como era possível perceber. Em seu caráter singular, a natureza dual se afirmava de maneira alternada, e sua extrema exatidão e astúcia representavam, como muitas vezes pensei, a reação contra o humor poético e contemplativo que ocasionalmente predominava nele. O balanço de sua natureza o levou do langor extremo à energia devoradora, e, como eu bem sabia, nunca foi tão formidável como quando, por dias a fio, descansava em sua poltrona em meio a improvisações e edições em letras pretas. Foi então que a luxúria da caça viria de repente sobre ele, e seu brilhante poder de raciocínio subiria ao nível da intuição, até que aqueles que não estavam familiarizados com seus métodos olhassem para ele com desconfiança, como para um homem cujo conhecimento não era o mesmo de outros mortais. Quando o vi naquela tarde tão envolvido com a música no St. James's Hall, senti que um tempo terrível poderia estar chegando àqueles a quem ele havia se disposto a caçar.

— Você talvez queira ir para casa, sem dúvida, doutor — comentou quando saímos.

— Sim, seria ótimo.

— E tenho alguns negócios a fazer que vão levar algumas horas. Esse na Saxe-Coburg Square é sério.

— Por que sério?

— Um crime considerável está sob avaliação. Tenho todos os motivos para acreditar que chegaremos a tempo de impedir. Mas o fato de hoje ser sábado complica bastante as coisas. Vou querer sua ajuda esta noite.

— A que horas?

— Às dez será o suficiente.

— Estarei na Baker Street às dez.

A Liga dos Ruivos

— Muito bem. E aviso, doutor, que pode haver um pouco de perigo, então coloque sutilmente seu revólver do Exército no bolso. — Ele acenou com a mão, girou nos calcanhares e desapareceu em um instante entre a multidão.

Acredito que não sou mais burro do que meus vizinhos, mas sempre fui oprimido pela consciência de minha própria burrice em minhas relações com Sherlock Holmes. Eu tinha ouvido e visto o mesmo que ele e, ainda assim, por suas palavras, era evidente que descobrira com clareza não apenas o que havia acontecido, mas o que estava para acontecer, sendo que, para mim, todo o negócio ainda estava confuso e grotesco. Enquanto me dirigia à minha casa em Kensington, pensei em tudo, desde a extraordinária história do copiador ruivo da *Encyclopædia*, até a visita à Saxe-Coburg Square e as palavras agourentas que disse ao se afastar de mim. O que seria essa expedição noturna e por que deveria ir armado? Para onde estávamos indo e o que faríamos? Percebi em Holmes a impressão que o assistente daquele penhorista de rosto liso era um homem formidável, que poderia complicar as coisas. Tentei decifrá-lo, mas desisti, aflito, e deixei o assunto de lado até que a noite trouxesse uma explicação.

Eram 9h15 quando saí de casa e atravessei o parque, passando pela Oxford até a Baker Street. Duas carruagens estavam paradas na porta e, quando entrei, ouvi o som de vozes acima. Ao chegar em sua sala, encontrei Holmes conversando animadamente com dois homens, um dos quais reconheci como Peter Jones, agente oficial da polícia, enquanto o outro era comprido, magro, de rosto triste, com um chapéu muito brilhante e uma túnica respeitável.

— Ah! Nosso grupo está completo — comemorou Holmes, abotoando sua jaqueta e pegando da prateleira seu pesado chicote de caça. — Watson, você conhece o Sr. Jones, da Scotland Yard? Deixe-me apresentá-lo ao Sr. Merryweather, que será nosso companheiro na aventura desta noite.

— Caçaremos em dupla de novo, doutor, veja só — disse Jones de seu jeito influente. — Nosso amigo aqui é um homem maravilhoso para começar uma perseguição. Tudo o que ele quer é um cachorro experiente para ajudá-lo na parte difícil.

— Espero que não seja uma perseguição desenfreada — observou o Sr. Merryweather tristemente.

— O senhor pode confiar em Holmes — disse com altivez o agente da polícia. — Ele conta com seus próprios pequenos métodos, que são, se ele não se importa que eu diga, um pouco teóricos e fantásticos demais, mas tem as qualidades de um detetive. Não é demais dizer que uma ou duas vezes, como no caso do assassinato de Sholto e do tesouro de Agra, foi mais correto do que a polícia oficial.

— Ó, se você diz isso, Sr. Jones, está tudo bem — respondeu o estranho com deferência. — Mesmo assim, confesso que sinto falta de minhas apostas. É a primeira noite de sábado que não aposto em vinte e sete anos.

— Acho que você vai descobrir — disse Sherlock Holmes — que irá jogar por uma aposta mais alta do que nunca esta noite, e que a jogada será mais emocionante. Para você, Sr. Merryweather, a aposta será de cerca de 30 mil libras, e para você, Jones, será o homem sobre quem deseja pôr suas mãos.

— John Clay, o assassino, ladrão, destruidor e falsificador. É jovem, Sr. Merryweather, mas está no topo de sua profissão, e eu preferiria ter minhas algemas nele do que em qualquer criminoso em Londres. O John Clay é um homem notável. Seu avô foi um duque real, e ele próprio esteve em Eton e Oxford. Seu cérebro é tão astuto quanto seus dedos e, embora vejamos sinais dele a cada passo, nunca sabemos onde encontrar o próprio homem. Ele irá invadir uma casa na Escócia em uma semana e levantará dinheiro para construir um orfanato na Cornualha na próxima. Estive em seu encalço por anos e nunca pus os olhos nele até hoje.

— Espero ter o prazer de apresentá-los esta noite. Também tive um ou dois pequenos encontros com o Sr. John Clay, e concordo com você que é o melhor de sua profissão. Porém, já passa das dez, e é hora de começarmos. Se vocês dois pegarem a primeira carruagem, Watson e eu seguiremos na segunda.

Sherlock Holmes não foi muito comunicativo durante a longa viagem, e recostou-se no banco cantarolando as músicas que ouvira à tarde. Sacolejamos por um labirinto infinito de ruas iluminadas a gás até emergirmos na Farrington Street.

— Estamos perto agora — comentou meu amigo. — Esse tal Merryweather é diretor de banco e está pessoalmente interessado no assunto. Achei bom ter Jones conosco também. Não é um mau sujeito, embora seja um imbecil absoluto em sua profissão. Ele tem uma virtude positiva. É tão corajoso quanto um buldogue, e tão tenaz quanto uma lagosta se colocar suas garras em alguém. Aqui estamos, e tem gente esperando por nós.

A Liga dos Ruivos

Havíamos chegado à mesma rua movimentada em que nos encontrávamos pela manhã. Nossas carruagens foram dispensadas e, seguindo a orientação do Sr. Merryweather, atravessamos uma passagem estreita e uma porta lateral que ele abriu para nós. Dentro havia um pequeno corredor que terminava em um enorme portão de ferro. Este também foi aberto, e descemos um lance de degraus de pedras sinuosas, que terminava em outro portão formidável. O Sr. Merryweather parou para acender uma lanterna e nos conduziu por uma passagem escura com cheiro de terra. Então, abriu uma terceira porta para uma enorme abóbada ou porão, todo abarrotado de contêineres e caixas enormes.

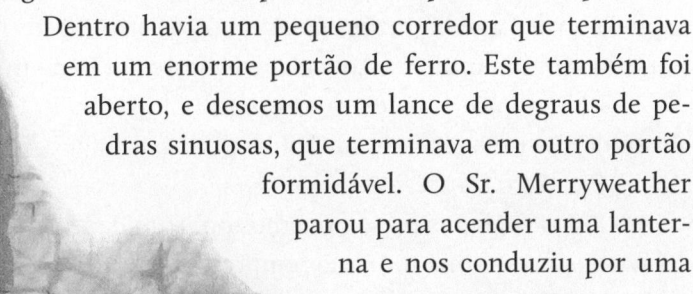

— Você não é muito vulnerável de cima — observou Holmes enquanto erguia a lanterna e olhava ao redor.

— Nem de baixo — disse o Sr. Merryweather, batendo sua bengala nas lajes que cobriam o chão. — Minha nossa, parece um tanto oco! — comentou, olhando surpreso.

— Realmente devo pedir a você para ficar um pouco mais quieto! — ordenou Holmes severamente. — Você já colocou em risco todo o sucesso de nossa expedição. Seria muito pedir que tivesse a boa vontade de se sentar em uma dessas caixas e não interferir?

O solene Sr. Merryweather empoleirou-se em um caixote, com uma expressão muito ressentida no rosto, enquanto Holmes caía de joelhos no chão e, com a lanterna e uma lente de aumento, começava a examinar minuciosamente as rachaduras entre as pedras. Alguns segundos foram suficientes para satisfazê-lo, pois se levantou de um salto e colocou a lente no bolso.

— Temos pelo menos uma hora pela frente — observou —, pois eles mal podem dar qualquer passo até que o penhorista esteja seguro na cama. Não perderão um minuto, pois quanto mais cedo fizerem seu trabalho, mais tempo terão para a fuga. Estamos neste momento, doutor, como sem dúvida você adivinhou, no porão da filial do City, um dos principais bancos de Londres. O Sr. Merryweather é o presidente, e vai explicar a você que há razões pelas quais os criminosos mais ousados de Londres têm um interesse considerável neste porão no momento.

— Nosso ouro francês — sussurrou o diretor. — Recebemos vários avisos de que uma tentativa de roubo pode ser feita.

— Seu ouro francês?

— Sim. Há alguns meses, tivemos oportunidade de reforçar nossas reservas e, para esse fim, tomamos emprestados 30.000 napoleões do Banco da França. Tornou-se conhecido que nunca tivemos ocasião de desempacotar o dinheiro e que este ainda está em nosso porão. A caixa em que estou sentado contém 2.000 napoleões embalados entre camadas de folha de chumbo. Nossa reserva de ouro é muito maior no momento do que normalmente é mantida em uma única filial, e os diretores demonstraram receio em relação a isso.

— Que foi muito bem justificado — observou Holmes. — E agora é hora de bolarmos nossos pequenos planos. Espero que dentro de uma hora as coisas cheguem ao clímax. Nesse ínterim, Sr. Merryweather, devemos colocar a tampa sobre aquela lanterna.

— E nos sentarmos no escuro?

— Acho que sim. Trouxe um baralho no bolso e pensei que, já que somos quatro pessoas, você poderia apostar. Mas vejo que os preparativos do inimigo foram tão longe, que não podemos nos arriscar com a presença de uma luz. E, antes de tudo, devemos escolher nossas posições. Esses são homens ousados e, embora estejam em desvantagem, podem nos causar algum mal, a menos que tenhamos cuidado. Ficarei atrás desta caixa, e vocês se escondam atrás destas. Então, quando eu acender uma luz sobre eles, se aproximem rapidamente. Se atirarem, Watson, não tenha escrúpulos em abatê-los.

Coloquei meu revólver engatilhado em cima da caixa de madeira atrás da qual me agachei. Holmes desligou sua lanterna e nos deixou na escuridão total, uma escuridão absoluta como eu nunca havia experimentado antes. O cheiro de metal quente permaneceu para nos garantir que a luz ainda estava lá, pronta para piscar a qualquer momento.

Para mim, com os nervos à flor da pele, havia algo deprimente e subjugante no breu repentino e ar frio e úmido do cofre.

— Eles têm apenas uma saída — sussurrou Holmes —, por meio da casa na Saxe-Coburg Square. Espero que tenha feito o que eu pedi, Jones.

— Tenho um inspetor e dois policiais esperando na porta da frente.

— Então fechamos todos os buracos. Agora devemos ficar em silêncio e esperar.

Mas que longo tempo! Ao comparar relatos, mais tarde, tudo durou apenas uma hora e quarenta e cinco minutos, mas pareceu-me que a noite já devia ter quase chegado ao fim e que o amanhecer estava raiando sobre nós. Meus membros estavam cansados e rígidos, pois temia mudar de posição. Ainda assim, meus nervos estavam sob o mais alto nível de tensão, e minha audição era tão aguda, que não só podia ouvir a respiração suave de meus companheiros, mas distinguir a inspiração mais profunda e pesada do volumoso Jones da respiração leve e suspirada do diretor do banco. Da minha posição, podia olhar por cima da caixa na direção do chão. De repente, meus olhos captaram o brilho de uma luz.

No início, foi apenas uma pálida centelha no pavimento de pedra. Depois alongou-se até se tornar uma linha amarela, e então, sem qualquer aviso ou som, um corte pareceu se abrir e uma mão apareceu, uma mão branca, quase feminina, que tateou no centro da pequena área iluminada. Por um minuto ou mais, a mão, com seus dedos contorcendo-se, projetou-se do chão. Então foi retirada tão repentinamente quanto apareceu, e tudo ficou escuro de novo, exceto a única centelha sinistra que marcava uma fenda entre as pedras.

Seu desaparecimento, entretanto, foi momentâneo. Com um som dilacerante, uma das grandes pedras brancas virou-se de lado e deixou um buraco quadrado aberto, através do qual fluía a luz de uma lanterna. Por cima da beirada, apareceu um rosto juvenil bem definido, que parecia aguçado ao redor. Então, com uma das mãos de cada lado da abertura, ergueu-se nas alturas dos ombros e da cintura até que um joelho descansasse na beirada. Em outro instante, parou ao lado do buraco, puxando atrás de si um companheiro ágil e pequeno como ele, com um rosto pálido e uma cabeleira muito ruiva.

— A barra está limpa — sussurrou. — Você tem o cinzel e as bolsas? Ótimo, Scott! Jogue, Archie, jogue, e eu pego!

Sherlock Holmes saltou e agarrou o intruso pelo colarinho. O outro mergulhou no buraco, e ouvi o som de um pano se rasgando enquanto Jones agarrava o casaco. A luz brilhou sobre o cano de um revólver, mas o chicote de caça de Holmes atingiu o pulso do homem, e a pistola retiniu no chão de pedra.

— Não adianta, John Clay — avisou Holmes suavemente. — Você não tem chance alguma.

— Estou vendo — o outro respondeu com a maior frieza. — Suponho que meu amigo esteja bem, embora eu veja que você arrancou a capa do seu paletó.

— Há três homens esperando por ele na porta — disse Holmes.

— Ó, de fato! Você pensou em todos os detalhes. Devo cumprimentá-lo.

— E eu a você — respondeu Holmes. — Sua ideia do ruivo foi muito inovadora e eficaz.

— Você verá seu amigo novamente em breve — prometeu Jones. — Ele é mais rápido em descer buracos do que eu. Apenas espere enquanto arrumo o chapéu.

A Liga dos Ruivos

— Imploro que não me toque com suas mãos imundas — comentou nosso prisioneiro enquanto as algemas prendiam seus pulsos. — Você pode não estar ciente, mas tenho sangue real em minhas veias. Tenha a gentileza, também, de se dirigir a mim sempre dizendo "senhor" e "por favor."

— Tudo bem — aceitou Jones com um olhar fixo e uma risadinha. — Bem, por favor, senhor, suba as escadas para que possamos pegar uma carruagem para levar Vossa Alteza à delegacia.

— Assim está melhor — disse John Clay serenamente. Ele fez uma expressiva reverência para nós três e saiu em silêncio sob custódia do detetive.

— Realmente, Sr. Holmes — disse o Sr. Merryweather enquanto nós os seguíamos para fora do porão —, não sei como o banco pode agradecer ou retribuir. Não há dúvida de que você detectou e derrotou, da maneira mais completa, uma das mais determinadas tentativas de assalto a banco com que já tive a experiência de me deparar.

— Eu tinha uma ou duas pequenas contas para acertar com o Sr. John Clay — contou Holmes. — Tive uma pequena despesa com esse caso, que espero que o banco reembolse, mas, apesar disso, me sinto amplamente recompensado por ter tido uma experiência que é, em muitos aspectos, única, e por ouvir a narrativa muito notável da Liga dos Ruivos.

— Veja, Watson — explicou ele nas primeiras horas da manhã, enquanto nos sentávamos diante de um copo de uísque com soda na Baker Street —, era perfeitamente óbvio, desde o início, que o único objetivo possível desse negócio bastante fantástico do anúncio da Liga e da cópia da *Encyclopædia* devia ser afastar esse penhorista nada brilhante do caminho por várias horas, todos os dias. Era uma forma curiosa de proceder, mas, na verdade, seria difícil sugerir uma melhor. O método foi sem dúvida concebido pela mente engenhosa de Clay em razão da cor do cabelo de seu cúmplice. As 4 libras por semana eram uma isca que deveria atraí-lo, e o que significavam 32 libras para eles, que estavam mirando em milhares? Eles colocam o anúncio, um bandido tem o cargo temporário, o outro incita o homem a se inscrever e, juntos, conseguem garantir sua ausência todas as manhãs da semana. Desde o momento em que soube que o assistente tinha vindo por metade do salário, ficou óbvio para mim que tinha um forte motivo para aceitar a situação.

— Mas como poderia adivinhar o motivo?

— Se houvesse mulheres na casa, eu suspeitaria de uma mera intriga amorosa corriqueira. Isso, entretanto, estava fora de cogitação. A loja do homem era pequena, e não havia nada em sua casa que pudesse justificar preparativos tão elaborados e de tão grandes despesas como as que estavam tendo. Deveria, então, ser algo fora de casa. O quê? Pensei no gosto do assistente pela fotografia e em seu truque para desaparecer no porão. O porão! Era o fim dessa pista confusa. Então fiz perguntas sobre esse misterioso assistente e descobri que precisaria lidar com um dos criminosos mais frios e ousados de Londres. Ele estava fazendo algo no porão, algo que demorava muitas horas por dia, por meses a fio. Mais uma vez, o que poderia ser? Não conseguia pensar em nada, exceto que ele estava cavando um túnel para algum outro edifício.

— Tirei essas conclusões antes de visitar o local. Eu o surpreendi batendo na calçada com minha bengala. Estava verificando se o porão se estendia na frente ou atrás. Não estava na frente. Então toquei a campainha e, como esperava, o assistente atendeu. Tivemos alguns conflitos, mas nunca tínhamos nos visto antes. Mal olhei para o rosto dele. Seus joelhos eram o que eu queria ver. Você mesmo deve ter notado como estavam gastos, enrugados e manchados. Eles falaram daquelas horas de escavação. O único ponto restante era o que estavam cavando. Virei a esquina, vi o City and Suburban Bank confinado com as instalações de nosso amigo, e senti que havia resolvido meu problema. Quando você voltou para casa após o show, visitei a Scotland Yard e o presidente do banco, com o resultado que você viu.

— E como poderia saber que fariam a tentativa esta noite? — perguntei.

— Bem, o fechamento do escritório da Liga foi um sinal de que não se importavam mais com a presença do Sr. Jabez Wilson. Em outras palavras, que haviam concluído o túnel. Mas era essencial que o usassem logo, pois poderia ser descoberto, ou o ouro ser movido. O sábado seria mais adequado do que qualquer outro dia, pois daria dois dias para a fuga. Por todas essas razões, eu esperava que fossem esta noite.

— Você raciocinou maravilhosamente — exclamei em admiração sincera. — É uma corrente muito elaborada, mas cada elo soa verdadeiro.

— Isso me salvou do tédio — respondeu, bocejando. — Ai de mim! Já sinto que minha hora está chegando. Minha vida é gasta em um longo esforço para escapar dos lugares comuns da existência. Esses pequenos casos me ajudam nesse sentido.

— E você é um benfeitor — elogiei.

Ele encolheu os ombros.

— Bem, talvez. Afinal de contas, há que se ter alguma utilidade — observou. — "O homem não é nada. A obra é tudo", como escreveu Gustave Flaubert a George Sand.

III.
UM CASO DE IDENTIDADE

— Meu caro amigo — disse **SHERLOCK HOLMES** enquanto nos sentávamos de cada lado da lareira em seu alojamento na Baker Street —, a vida é infinitamente mais estranha do que qualquer coisa que a mente do homem possa inventar. Não ousaríamos conceber as coisas que são realmente trivialidades da existência. Se pudéssemos voar para fora daquela janela de mãos dadas, pairar sobre esta grande cidade, remover com suavidade os telhados e espiar as coisas estranhas que estão acontecendo, as estranhas coincidências, os planejamentos, os objetivos cruzados, as maravilhosas correntes de eventos, trabalhando através de gerações e levando aos resultados mais extravagantes, tornaria toda ficção, com seus convencionalismos e conclusões previsíveis, mais obsoleta e nada lucrativa.

— E, no entanto, não estou convencido disso — respondi. — Os casos que vêm à tona nos jornais são, via de regra, bastante descarados e vulgares. Temos, em nossos relatórios policiais, o realismo levado a seu limite e, contudo, o resultado não é, devo confessar, nem fascinante, nem artístico.

— Certa seleção e critério devem ser usados para produzir um efeito realista — observou Holmes. — Isso está faltando no relatório da polícia,

Um Caso de Identidade

em que se dá mais ênfase, talvez, aos chavões do magistrado do que aos detalhes, que, para um observador, contêm a essência vital de todo o assunto. Pode ter certeza de que não há nada tão antinatural quanto o trivial.

Sorri e balancei a cabeça.

— Posso entender perfeitamente seu pensamento — disse. — Claro, em sua posição de conselheiro não oficial e ajudante de todos os que estão absolutamente intrigados, em três continentes você é colocado em contato com tudo o que é estranho e bizarro. Mas aqui — peguei o jornal matutino do chão —, vamos fazer um teste prático. Aqui está o primeiro título com o qual me deparo: "A crueldade de um marido para com sua esposa". Há meia coluna impressa, mas sei, sem ler, que tudo é perfeitamente familiar para mim. Existe, é claro, a outra mulher, a bebida, o empurrão, o golpe, a contusão, a irmã simpática ou a senhoria. O mais cruel dos escritores não poderia inventar nada mais bruto.

— Na verdade, seu exemplo não ajuda seu argumento — afirmou Holmes, pegando o papel e olhando para ele. — Este é o caso da separação de Dundas e, por acaso, eu estava empenhado em esclarecer alguns pequenos pontos relacionados a ele. O marido era abstêmio, não havia outra mulher, e a conduta de que se queixava era que ele havia adquirido o hábito de encerrar todas as refeições arrancando os dentes falsos e jogando-os em sua esposa, o que, você admitirá, não é uma ação que provavelmente ocorra à imaginação do contador de histórias comum. Puxe uma pitada de rapé, doutor, e reconheça que ganhei um ponto a mais que você em seu exemplo.

Ele estendeu sua caixa de rapé de ouro velho, com uma grande ametista no centro da tampa. Seu esplendor contrastava tanto com seus modos caseiros e vida simples, que não pude deixar de comentar sobre isso.

— Ah — continuou —, esqueci que não te via há algumas semanas. É uma pequena lembrança do rei da Boêmia em troca de minha ajuda no caso dos papéis de Irene Adler.

— E o anel? — perguntei, olhando para um brilho notável que cintilou em seu dedo.

— Era da família reinante da Holanda, embora o caso em que a eles servi fosse de tal delicadeza, que não posso confiar nem mesmo a você, que foi bom ouvinte quando narrei um ou dois de meus pequenos problemas.

— E você tem algum disponível agora? — perguntei com interesse.

— Uns dez ou doze, mas nenhum que apresente qualquer aspecto interessante. São importantes, sabe, mas sem serem interessantes. Na verdade, descobri que geralmente é em questões sem importância que existe um campo para a observação e para a análise rápida de causa e efeito, que dá charme a uma investigação. Os crimes maiores tendem a ser mais simples, pois, quanto maior o crime, mais óbvio é o motivo. Nesses casos, exceto por um assunto bastante intrincado que me foi encaminhado de Marselha, não há nada que apresente características interessantes. É possível, entretanto, que eu possa ter algo melhor antes que muito tempo se passe, pois esse é um dos meus clientes, se não estiver muito enganado.

Ele havia se levantado de sua cadeira e estava parado entre as persianas abertas, olhando para a rua de Londres, de tonalidade neutra e opaca. Vi por cima do ombro que, na calçada em frente, estava uma mulher alta com um pesado boá de pele em volta do pescoço e uma grande pena vermelha em um chapéu de aba larga, inclinado sobre sua orelha em um estilo coquete da duquesa de Devonshire. Sob essa grande panóplia, ela espiava nossas janelas, nervosa e hesitante, enquanto seu corpo oscilava para frente e para trás, e seus dedos remexiam os botões das luvas. De repente, com um mergulho, como o do nadador que sai da margem, ela atravessou correndo a rua, e ouvimos o tinir agudo do sino.

— Já vi esses sintomas antes — disse Holmes, jogando o cigarro no fogo. — Essa agitação na calçada sempre significa um *affaire de cœur*[9]. Ela gostaria de um conselho, mas não tem certeza se o assunto é ou não muito delicado. Ainda assim, podemos adivinhá-lo. Quando uma mulher foi seriamente ofendida por um homem, não vacila, e o sintoma comum é a campainha quebrada devido à força com que toca. Aqui podemos concluir que o assunto tem a ver com amor, mas que a donzela não está tão zangada quanto perplexa ou triste. Lá vem ela em pessoa para tirar nossas dúvidas.

Enquanto ele falava, ouviu-se uma batida na porta, e o criado entrou para anunciar a Srta. Mary Sutherland, enquanto a própria assomava atrás de sua pequena figura negra como um navio mercante a pleno vapor atrás de um minúsculo barco-piloto. Sherlock Holmes deu-lhe as boas-vindas com a gentileza agradável pela qual era notável. Depois de fechar a porta e indicar-lhe uma poltrona, examinou-a de forma minuciosa e, ainda assim, resumida, modo que lhe era peculiar.

---

9   Assunto do coração, em francês. (N. T.)

Um Caso de Identidade

— Você não acha — disse — que com essa sua visão curta é um pouco desafiador datilografar tanto?

— Sim, no início foi — ela respondeu —, mas agora sei, sem olhar, onde estão as letras. — Então, de repente, percebendo todo o significado de suas palavras, ela teve um sobressalto violento e olhou para cima, com medo e espanto em seu rosto largo e bem-humorado. — Você já ouviu falar de mim, senhor Holmes? — exclamou. — Se não, como poderia saber de tudo isso?

— Não importa — disse Holmes rindo. — É minha função saber as coisas. Talvez eu tenha treinado para ver o que os outros ignoram. Do contrário, por que você viria me consultar?

— Vim procurá-lo, senhor, porque ouvi falar de você pela Sra. Etherege, cujo marido você achou tão facilmente, apesar de a polícia e todos o considerarem morto. Oh, Sr. Holmes, gostaria que fizesse o mesmo por mim. Não sou rica, mas ainda ganho cem por ano por direito próprio, além do pouco que recebo com a máquina de escrever, e daria tudo para saber o que aconteceu ao Sr. Hosmer Angel.

— Por que veio me consultar com tanta pressa? — perguntou Sherlock Holmes, com as pontas dos dedos unidas e os olhos voltados para o teto.

Mais uma vez, uma expressão de espanto apareceu no rosto um tanto vazio da Srta. Mary Sutherland.

— Sim, de fato saí de casa rapidamente — respondeu —, pois fiquei zangada ao ver a maneira desleixada com que o Sr. Windibank, isto é, meu pai, está lidando com tudo. Ele não foi à polícia e não veio a você. E então, finalmente, não fez nada e continuou dizendo que não havia mal nenhum. Isso me deixou louca. Peguei minhas coisas e vim imediatamente até você.

— Seu pai — disse Holmes —, seu padrasto, com certeza, já que o nome é diferente.

— Sim, meu padrasto. Eu o chamo de pai, embora também pareça engraçado, pois é apenas cinco anos e dois meses mais velho do que eu.

— E sua mãe? Está viva?

— Oh, sim, minha mãe está viva e bem. Não fiquei muito satisfeita, Sr. Holmes, quando se casou novamente logo após a morte de meu pai, e com um homem que era quase quinze anos mais novo que ela. Meu pai era encanador em Tottenham Court Road e deixou um negócio organizado para trás, que minha mãe continuou com o Sr. Hardy, o administrador. Mas quando o Sr. Windibank chegou, ele a fez vender o negócio, pois ele era muito superior, um comerciante de vinhos. Eles receberam 4.700 libras pelo valor de mercado e juros, o que não foi tanto quanto meu pai poderia ter recebido se estivesse vivo.

Eu esperava ver Sherlock Holmes impaciente com essa narrativa desconexa e inconsequente, mas, ao contrário, a ouviu com a maior concentração.

— Sua pequena renda — perguntou — vem do negócio?

— Oh, não senhor. É bem diferente. Foi deixada para mim por meu tio Ned em Auckland. É uma ação da Nova Zelândia, rendendo 4,5%. O valor era de 2.500 libras, mas só posso tocar nos juros.

— Você me interessa muito — disse Holmes. — E já que tira uma soma tão grande quanto cem por ano com o que ganha na barganha, sem dúvida viaja um pouco e se dá ao luxo de todas as maneiras. Acredito que uma senhorita solteira pode se dar muito bem com uma renda de cerca de 60 libras.

— Eu poderia viver com muito menos do que isso, Sr. Holmes, mas você entende que, enquanto eu morar em casa, não desejo ser um fardo. Por isso, eles têm acesso ao dinheiro apenas enquanto eu ficar com eles. Claro, é só por enquanto. O Sr. Windibank saca meus juros a cada trimestre e paga para minha mãe. Descobri que posso me sair muito bem com o que ganho datilografando. Isso me traz dois pences por folha, e muitas vezes posso fazer de quinze a vinte folhas por dia.

— Você deixou sua situação muito clara para mim — afirmou Holmes. — Este é meu amigo, Dr. Watson, diante de quem você pode

Um Caso de Identidade

falar tão livremente quanto diante de mim. Por favor, conte-nos agora tudo sobre sua conexão com o Sr. Hosmer Angel.

Um rubor subiu pelo rosto da Srta. Sutherland, e ela mexeu com nervosismo na franja de sua jaqueta.

— Eu o conheci no baile dos instaladores de gás — começou. — Costumavam mandar convites para meu pai quando estava vivo. Depois se lembraram de nós e mandaram para minha mãe. O Sr. Windibank não queria que fôssemos. Nunca desejou que fôssemos a lugar nenhum. Ficaria muito bravo se eu quisesse participar de uma festa da escola dominical. Mas dessa vez estava decidida a ir, e iria, pois que direito tinha de me impedir? Ele disse que o público não era adequado para nós conhecermos, quando todos os amigos do meu pai deveriam estar lá. E disse que eu não tinha nada adequado para vestir, quando estava com minha pelúcia roxa que nunca tinha tirado da gaveta. Por fim, quando nada mais serviu, ele foi para a França para tratar dos negócios da empresa, mas nós fomos, mamãe e eu, com o Sr. Hardy, que costumava ser nosso administrador, e foi lá que conheci o Sr. Hosmer Angel.

— Suponho — disse Holmes — que quando o Sr. Windibank voltou da França, ficou muito aborrecido por você ter ido ao baile.

— Oh, bem, foi muito tranquilo quanto a isso. Ele riu, me lembro, encolheu os ombros e disse que não adiantava negar nada a uma mulher, pois ela teria o que quisesse.

— Entendo. Então, no baile dos instaladores de gás, você conheceu, pelo que entendi, um cavalheiro chamado Sr. Hosmer Angel.

— Exatamente, eu o conheci naquela noite, e ele nos visitou no dia seguinte para perguntar se tínhamos chegado em casa bem. Depois disso, o encontramos, quer dizer, Sr. Holmes, eu o encontrei duas vezes em caminhadas, mas depois que meu pai voltou de novo, o Sr. Hosmer Angel não pôde mais me visitar.

— Não?

— Bem, você sabe que meu pai não gostava de nada disso. Ele não teria visitas se pudesse evitar, e costumava dizer que uma mulher deve ser feliz em seu próprio círculo familiar. Mas então, como eu costumava dizer para minha mãe, uma mulher quer seu próprio círculo, e eu ainda não tinha o meu.

— Mas e quanto ao Sr. Hosmer Angel? Ele não tentou ver você?

— Bem, meu pai estava partindo para a França novamente em uma semana, e Hosmer escreveu dizendo que seria mais seguro e melhor não nos vermos antes de sua partida. Poderíamos escrever enquanto isso, e ele costumava escrever todos os dias. Pegava as cartas pela manhã, então não havia necessidade de papai saber.

— Você estava noiva do cavalheiro nessa época?

— Oh, sim, Sr. Holmes. Ficamos noivos depois da primeira caminhada que fizemos. Hosmer, Sr. Angel, era caixa em um escritório na Leadenhall Street...

— Qual escritório?

— Isso é o pior de tudo, Sr. Holmes. Não sei.

— Onde ele morava?

— Ele dormia no local.

— E você não sabe o endereço dele?

— Não, exceto que era Leadenhall Street.

— Para onde você envia suas cartas, então?

— Para o correio da Leadenhall Street, para serem retiradas só quando solicitado. Ele disse que, se fossem mandadas para o escritório, ele seria criticado por todos os outros funcionários por receber cartas de uma senhora. Então me ofereci para datilografar, como ele fazia, mas ele não quis, porque disse que, quando eu escrevia, pareciam vir de mim, mas quando era datilografado, sempre sentia que a máquina havia se interposto entre nós. Isso só mostra como gostava de mim, Sr. Holmes, e os pequenos detalhes em que pensava.

— Foi muito sugestivo — disse Holmes. — Há muito é uma tese minha que as pequenas coisas são infinitamente as mais importantes. Consegue se lembrar de mais alguma coisa sobre o Sr. Hosmer Angel?

— Era um homem muito tímido, Sr. Holmes. Preferia caminhar comigo à noite do que à luz do dia, pois dizia que odiava ser notado. Era muito reservado e cavalheiresco. Até sua voz era gentil, pois teve abcesso peritonsilar e glândulas inchadas quando jovem, me contou. Isso o deixou com uma garganta fraca e uma forma de falar hesitante e sussurrante. Estava sempre bem-vestido, muito arrumado e simples, mas seus olhos eram fracos, assim como os meus, e usava óculos escuros para se proteger da claridade.

— Bem, e o que aconteceu quando o Sr. Windibank, seu padrasto, voltou para a França?

Um Caso de Identidade

— O Sr. Hosmer Angel me visitou e propôs que nos casássemos antes que meu pai voltasse. Estava falando terrivelmente sério e me fez jurar, com minhas mãos no Testamento, que o que quer que acontecesse, sempre lhe seria fiel. Mamãe disse que ele estava certo em me fazer jurar, e que isso era um sinal de sua paixão. Ela foi totalmente a seu favor desde o início e gostou ainda mais dele do que eu. Então, quando falaram em casamento dentro de uma semana, comecei a perguntar sobre meu pai, mas os dois disseram para não me preocupar, apenas lhe contar depois, e minha mãe disse que acertaria tudo com ele. Eu não gostei disso, Sr. Holmes. Parecia engraçado eu ter qde lhe pedir autorização, já que era apenas alguns anos mais velho do que eu, mas não queria fazer nada às escondidas. Por isso, escrevi para meu pai em Bordeaux, onde a empresa tem seus escritórios na França, mas a carta voltou para mim na manhã do casamento.

— A carta não chegou a ele, então?

— Não, senhor. Ele tinha partido para a Inglaterra pouco antes de ela chegar.

— Ah! Lamentável. Seu casamento foi arranjado, então, para a sexta-feira. Era para ser na igreja?

— Sim, senhor, mas muito discretamente. Era para ser no St. Saviour's, perto de King's Cross. Depois tomaríamos o café da manhã no St. Pancras Hotel. Hosmer veio nos buscar em um cabriolé, mas, como éramos dois, nos colocou ali e entrou em uma carruagem, que, por acaso, era a única na rua. Chegamos primeiro à igreja e, quando o landau chegou, esperamos que saísse, mas não saiu, e quando o cocheiro desceu do camarote e olhou, não havia ninguém lá! O cocheiro disse que não podia imaginar o que havia acontecido com ele, pois com os próprios olhos o vira entrar. Isso foi na última sexta-feira, Sr. Holmes, e nunca vi nem ouvi nada desde então que pudesse lançar qualquer luz sobre o que aconteceu com ele.

— Parece-me que você foi tratada de forma muito indigna — disse Holmes.

— Ao contrário, senhor! Ele era muito bom e gentil para me deixar assim. Ora, durante toda a manhã me disse que, acontecesse o que acontecesse, eu era dele, e que, mesmo que surgisse algo totalmente imprevisto para nos separar, eu sempre deveria lembrar que fui prometida a ele e que ele reivindicaria sua promessa mais cedo ou mais tarde. Parecia uma conversa estranha para uma manhã de casamento, mas o que sucedeu desde então explica isso.

— Certamente. Sua própria opinião é, então, que alguma catástrofe imprevista ocorreu a ele?

— Infelizmente. Acredito que previu algum perigo. Caso contrário, não teria falado assim. E acho que o que previu, aconteceu.

— Mas não tem noção do que pode ter sido?

— Nenhuma.

— Mais uma pergunta. Como sua mãe encarou o ocorrido?

— Ficou com raiva e disse que eu nunca mais falaria sobre o assunto.

— E seu pai? Você contou a ele?

— Sim, e ele parecia pensar que algo havia acontecido e que eu voltaria a ouvir falar de Hosmer novamente. Como ele disse, que interesse alguém poderia ter em me levar às portas da igreja e depois me deixar? Agora, se tivesse pedido meu dinheiro emprestado, ou se tivesse se casado comigo e levado meu dinheiro consigo, poderia haver algum motivo, mas Hosmer era muito independente financeiramente e nunca olharia para um xelim meu. O que poderia ter acontecido? E por que não pôde escrever? Oh, fico meio louca só de pensar nisso. Não consigo pregar o olho à noite. — Ela puxou um pequeno lenço de seu regalo de pele e começou a soluçar pesadamente nele.

— Vou examinar o caso para você — disse Holmes, levantando-se —, e não tenho dúvidas de que chegaremos a algum resultado definitivo. Deixe o peso da questão repousar sobre mim agora. Não permita que sua mente se ocupe mais com isso. Mais importante, tente fazer o Sr. Hosmer Angel desaparecer de sua memória, como ele fez com você.

Um Caso de Identidade

— Então você não acha que vou vê-lo de novo?

— Receio que não.

— Mas o que aconteceu com ele?

— Você vai deixar essa questão em minhas mãos. Gostaria de uma descrição precisa dele e de todas as cartas que puder me dar.

— Publiquei um anúncio para ele no *Chronicle* do sábado passado — disse ela. — Aqui está o anúncio e aqui estão quatro cartas dele.

— Obrigado. E seu endereço?

— Lyon Place, Camberwell, nº 31.

— O endereço do Sr. Angel você nunca teve, conforme disse. Onde é o local de trabalho de seu pai?

— Ele viaja pela Westhouse & Marbank, grandes importadores de vinho clarete da Fenchurch Street.

— Obrigado. Você contou seu relato muito claramente. Deixe os papéis aqui e lembre-se do conselho que lhe dei. Que todo o incidente lhe seja uma página virada. Não deixe que afete sua vida.

— Você é muito gentil, Sr. Holmes, mas não posso fazer isso. Serei fiel a Hosmer. Ele deve me encontrar pronta para quando voltar.

Apesar de todo o chapéu ridículo e do rosto vazio, havia algo de nobre na fé simples de nossa visitante que merecia nosso respeito. Ela colocou seu pequeno pacote de papéis sobre a mesa e seguiu seu caminho, com a promessa de que voltaria sempre que fosse convocada.

Sherlock Holmes ficou sentado em silêncio por alguns minutos, com as pontas dos dedos ainda pressionadas, as pernas esticadas à sua frente e o olhar voltado para o teto. Em seguida, tirou da prateleira o velho e oleoso cachimbo de barro, que era para ele um conselheiro e, depois de acendê-lo, recostou-se na cadeira, com as grossas coroas de nuvens azuis girando acima dele e um olhar de langor infinito em seu rosto.

— Uma figura bastante interessante, aquela donzela — observou. — Eu a achei mais interessante do que seu pequeno problema, que, aliás, é um tanto banal. Você encontrará casos paralelos se consultar meu índice, em Andover, em 1877. Houve algo parecido em Haia no ano passado. Por mais velha que seja a ideia, entretanto, havia um ou dois detalhes que eram novos para mim. Mas a própria donzela foi muito instrutiva.

— Você pareceu notar muitos detalhes sobre ela que eram bastante invisíveis para mim — comentei.

— Não invisíveis, mas despercebidos, Watson. Você não sabia para onde olhar e, por isso, perdeu tudo o que era importante. Jamais conseguirei fazer com que perceba a importância das mangas, a excentricidade das unhas dos polegares ou as grandes peças que podem estar penduradas na renda de uma bota. Agora, o que percebeu da aparência daquela mulher? Descreva-a.

— Bem, tinha um chapéu de palha cor de ardósia de aba larga, com uma pena de um vermelho-tijolo. Sua jaqueta era preta, com miçangas pretas costuradas e uma franja de pequenos enfeites de azeviche preto. Seu vestido era marrom, um pouco mais escuro do que a cor do café, com um pouco de pelúcia roxa no pescoço e nas mangas. Suas luvas eram acinzentadas e gastas no dedo indicador direito. Suas botas, não observei. Ela tinha pequenos brincos de ouro redondos pendentes e um ar de quem é bastante abastada de uma maneira comum, confortável e fácil de lidar.

Sherlock Holmes bateu palmas suavemente e riu.

— Palavra de honra, Watson, está se saindo maravilhosamente bem. Você foi muito bem, de fato. É verdade que perdeu tudo que era importante, mas acertou o método e tem um olho rápido para as cores. Nunca confie em impressões gerais, meu rapaz. Concentre-se nos detalhes. Meu primeiro olhar é sempre na manga de uma mulher. No homem, talvez seja melhor primeiro olhar o joelho da calça. Como pode observar, essa mulher usava pelúcia nas mangas, um material muito útil para mostrar vestígios. A linha dupla um pouco acima do pulso, onde a máquina de escrever pressiona a mesa, estava lindamente definida. A máquina de costura, do tipo manual, deixa uma marca semelhante, mas apenas no braço esquerdo e na lateral mais afastada do polegar, em vez de ficar bem na parte mais larga, como estava. Então olhei para o rosto dela e, observando a ponta de um pincenê em cada lado de seu nariz, arrisquei um comentário sobre visão curta e datilografia que pareceu surpreendê-la.

— Isso também me surpreendeu.

— Mas, com certeza, era óbvio. Fiquei então muito surpreso e interessado ao olhar para baixo e observar que, embora as botas que ela usava não fossem diferentes umas das outras, eram de fato ímpares, uma com biqueira ligeiramente decorada, e a outra, lisa. Uma era abotoada apenas nos dois botões inferiores de cinco, e a outra no primeiro, terceiro e quinto. Agora, quando você vê que uma jovem, de forma bem-vestida, saiu de

Um Caso de Identidade

casa com botas estranhas, meio abotoadas, não é nenhuma grande dedução dizer que estava com pressa.

— E o que mais? — perguntei, profundamente interessado, como sempre estava, pelo raciocínio incisivo de meu amigo.

— Notei, de passagem, que ela havia escrito um bilhete antes de sair de casa, mas só depois de estar completamente vestida. Você observou que sua luva direita estava rasgada no dedo indicador, mas não viu que a luva e o dedo estavam manchados com tinta violeta. Ela tinha escrito com pressa, e mergulhara a caneta muito fundo. Deve ter sido esta manhã, ou a marca não permaneceria clara no dedo. Tudo isso é divertido, embora um tanto elementar, mas devo voltar ao trabalho, Watson. Você se importaria de ler para mim a descrição do Sr. Hosmer Angel no anúncio?

Segurei o pequeno papel impresso contra a luz.

— "Desaparecido" — dizia — "na manhã do dia 14 um cavalheiro chamado Hosmer Angel. Cerca de um metro e setenta de altura, fortemente constituído, tez pálida, cabelo preto, um pouco careca no centro, bigode espesso e preto, óculos escuros, leve fraqueza na fala. Estava vestido, quando visto pela última vez, com sobrecasaca preta revestida com seda, colete preto, corrente Albert dourada e calças de tweed cinza, com polainas marrons sobre botas com laterais elásticas. Sabe-se que trabalhou em um escritório na Leadenhall Street. Qualquer pessoa trazendo..."

— Já é o suficiente — interrompeu Holmes. — Quanto às cartas — continuou, olhando por cima delas —, são muito comuns. Absolutamente nenhuma pista sobre o Sr. Angel, exceto que cita Balzac uma vez. Há um ponto notável, no entanto, que sem dúvida o impressionará.

— Elas são datilografadas — comentei.

— Não só isso, mas a assinatura é datilografada. Olhe para o pequeno "Hosmer Angel" na parte inferior. Há uma data, veja, mas sem inscrição, exceto Leadenhall Street, um tanto vaga. O ponto sobre a assinatura é muito sugestivo. Na verdade, podemos chamá-lo de conclusivo.

— Sobre o quê?

— Meu caro amigo, é possível que não perceba como isso afeta o caso?

— Não posso dizer que sim, a não ser que ele desejasse poder negar sua assinatura se fosse instituída uma ação por quebra de promessa.

— Não, esse não era o ponto. No entanto, vou escrever duas cartas que devem resolver a questão. Uma é para uma empresa na cidade. A outra é para o padrasto da jovem, o Sr. Windibank, perguntando se poderia nos encontrar aqui às dezoito horas amanhã. É sempre preferível que façamos negócios com os parentes do sexo masculino. E agora, doutor, não podemos fazer nada até que cheguem as respostas dessas cartas. Podemos colocar nossa pequena investigação na prateleira por enquanto.

Já tinha tido tantos motivos para acreditar nos sutis poderes de raciocínio e na extraordinária energia de ação de meu amigo, que senti que ele devia ter alguns fundamentos sólidos para a atitude segura e fácil com que tratou o mistério singular que lhe solicitaram perscrutar. Soube que fracassou só duas vezes, no caso do rei da Boêmia e da fotografia de Irene Adler, mas, quando olhei para trás, para o estranho assunto do *Signo dos Quatro*[10] e as circunstâncias extraordinárias relacionadas com o *Um estudo em vermelho*, achei que seria um emaranhado estranho que ele não poderia desfazer.

Deixei-o, então, ainda fumando seu cachimbo de barro preto, com a convicção de que, quando voltasse na noite seguinte, descobriria que tinha nas mãos todas as pistas que levariam à identidade do desaparecido noivo da Srta. Mary Sutherland.

Um caso profissional de grande gravidade estava chamando minha atenção na época, e durante todo o dia seguinte estive ocupado ao lado da cama do paciente. Foi só por volta das dezoito horas que me vi livre e pude pular em um cabriolé até a Baker Street, meio com medo de ser tarde demais para ajudar no desfecho do pequeno mistério. Encontrei Sherlock Holmes sozinho, porém, meio adormecido, com sua figura longa e magra encolhida em sua poltrona. Um formidável conjunto de frascos e tubos de ensaio, com o cheiro pungente e limpo de ácido clorídrico, disse-me que ele passara o dia no trabalho químico, que lhe era tão querido.

— Bem, você resolveu? — perguntei quando entrei.

— Sim. Era o bissulfato de barita.

— Não, não, o mistério! — exclamei.

— Oh, aquilo! Pensei que era o sal em que venho trabalhando. Nunca houve mistério no assunto, embora, como disse ontem, alguns dos detalhes sejam interessantes. A única desvantagem é que não existe lei que possa tocar no canalha.

---

10 Em *As Grandes Histórias de Sherlock Holmes*, box publicado pela Editora Pandorga, é possível encontrar essa e outras obras, como *O cão dos Baskerville* e *Um estudo em vermelho* (N. E.).

Um Caso de Identidade

— Quem era ele, então, e qual seu objetivo em abandonar a Srta. Sutherland?

A pergunta mal saiu da minha boca, e Holmes ainda não tinha aberto os lábios para responder, quando ouvimos passos pesados no corredor e uma batida na porta.

— Este é o padrasto da menina, Sr. James Windibank — disse Holmes. — Ele me escreveu para dizer que estaria aqui às dezoito. Entre!

O homem era um sujeito robusto, de tamanho médio, com cerca de trinta anos de idade, bem barbeado e de pele pálida, com modos afáveis e insinuantes, e um par de olhos cinzentos maravilhosamente agudos e penetrantes. Lançou um olhar questionador para cada um de nós, colocou sua cartola brilhante sobre o aparador e, com um leve cumprimento, sentou-se na cadeira mais próxima.

— Boa noite, Sr. James Windibank — cumprimentou Holmes. — Acho que esta carta datilografada é sua, na qual marcou um encontro comigo para as dezoito horas.

— Sim, senhor. Receio estar um pouco atrasado, mas não sou exatamente meu próprio chefe, sabe? Lamento que a Srta. Sutherland o tenha perturbado com esse pequeno assunto, pois penso que é muito melhor não lavar roupa suja desse tipo em público. Foi muito contra a minha vontade que ela veio, mas é uma garota bastante excitável e impulsiva, como você deve ter notado, e não é facilmente controlada depois que toma uma decisão. É claro que não me importei muito com você, já que não está ligado à polícia oficial, mas não é nada agradável ter um infortúnio familiar como esse espalhado por aí. Além disso, é uma despesa inútil, pois como você poderia encontrar esse Hosmer Angel?

— Pelo contrário — discordou Holmes calmamente. — Tenho todos os motivos para acreditar que terei sucesso em achar o Sr. Hosmer Angel.

O Sr. Windibank teve um sobressalto violento e largou as luvas.

— Estou muito feliz em ouvir isso — comemorou.

— É curioso — observou Holmes — que uma máquina de escrever tenha de fato tanta individualidade quanto a caligrafia de um homem. A menos que sejam muito novas, não há duas que escrevam de maneira exatamente igual. Algumas letras ficam mais gastas do que outras, e algumas ficam apenas de um lado. Agora, o senhor observa nesta sua nota, Sr. Windibank, que em todos os casos há um pequeno deslize do "E" e um ligeiro defeito na cauda do "R". Existem quatorze outras características, mas essas são as mais óbvias.

— Fazemos toda a nossa correspondência com a máquina do escritório e, sem dúvida, está um pouco gasta — respondeu nosso visitante, olhando atentamente para Holmes com seus olhinhos brilhantes.

— E agora vou mostrar o que é um verdadeiro estudo muito interessante, Sr. Windibank — continuou Holmes. — Penso em escrever outra pequena monografia qualquer dia desses sobre a máquina de escrever e sua relação com o crime. É um assunto ao qual dediquei um pouco de atenção. Tenho aqui quatro cartas que dão a entender serem do homem desaparecido. São todas datilografadas. Em cada caso, não apenas os "Es" estão arrastados, e os "Rs", sem cauda, mas observará, se quiser usar minha lente de aumento, que as outras quatorze características às quais aludi também estão aí.

O Sr. Windibank saltou da cadeira e pegou o chapéu.

— Não posso perder tempo com esse tipo de conversa fantástica, Sr. Holmes — disse. — Se conseguir pegar o homem, pegue-o e me avise.

— Certamente — disse Holmes, dando um passo para o lado e girando a chave na porta. — Já te aviso que o peguei!

— O quê! Onde? — exclamou o Sr. Windibank, ficando branco nos lábios e olhando em volta como um rato em uma armadilha.

— Oh, não vai funcionar, realmente não vai — disse Holmes com suavidade. — Não há como escapar disso, Sr. Windibank. É muito transparente, e foi um péssimo elogio quando disse que, para mim, era impossível resolver uma questão tão simples. Está certo! Sente-se e deixe-nos conversar sobre isso.

Nosso visitante desabou em uma cadeira, com um rosto medonho e um brilho de umidade na testa.

— Não... Não é suficiente para uma acusação — gaguejou.

— Temo que não seja. Mas, cá entre nós, Windibank, foi um truque tão cruel, egoísta e impiedoso, de uma mesquinhez como jamais vi. Agora, deixe-me recapitular o curso dos eventos, e me corrija se eu estiver errado.

O homem sentou-se encolhido em sua cadeira, com a cabeça afundada no peito, como quem está totalmente esmagado. Holmes apoiou os pés na ponta da lareira e, recostando-se com as mãos nos bolsos, começou a falar mais consigo mesmo, ao que parecia, do que conosco.

— O homem se casou com uma mulher muito mais velha por causa do dinheiro dela — disse —, e gostou de usar o dinheiro da filha enquanto ela morasse com eles. Era uma soma considerável para pessoas em sua posição, e sua perda teria feito uma grande diferença. Valeu a pena um esforço para preservá-lo. A filha era de boa índole, amável, mas carinhosa e afetuosa em seus modos, de modo que era evidente que, com suas justas vantagens pessoais e poucos rendimentos, não poderia ficar solteira por muito tempo. Agora, seu casamento significaria, é claro, a perda de cem libras por ano, então o que seu padrasto faz para evitar isso? Ele segue o plano óbvio de mantê-la em casa e proibi-la de buscar a companhia de pessoas de sua idade. Mas logo descobriu que isso não iria funcionar para sempre. Ela ficou inquieta, insistiu em seus direitos e finalmente anunciou sua intenção positiva de ir a um certo baile. O que seu inteligente padrasto faz, então? Concebe uma ideia que tem mais crédito em sua cabeça do que em seu coração. Com a conivência e ajuda de sua esposa, se disfarçou, cobriu aqueles olhos penetrantes com óculos escuros, mascarou o rosto com um bigode, afundou aquela voz clara em um sussurro insinuante, e, duplamente seguro por causa da visão curta da moça, apareceu como o Sr. Hosmer Angel, afastando outros amantes ao despertar o amor ele mesmo.

— No início, era só uma brincadeira — gemeu nosso visitante. — Nunca pensamos que ficaria tão entusiasmada.

— Muito provavelmente, não. Seja como for, a jovem se empolgou de verdade e, tendo se convencido de que seu padrasto estava na França, a suspeita de traição nunca passou por sua mente. Ela ficou lisonjeada com as atenções do cavalheiro, e o efeito foi aumentado pela profusa e expressa admiração de sua mãe. Então o Sr. Angel começou a visitá-la, pois era óbvio que o assunto deveria ser levado o mais longe possível para que um efeito real fosse produzido. Houve reuniões e um noivado, que enfim impediriam o afeto da garota de se voltar para outra pessoa. Mas o engano não poderia ser mantido para sempre. Essas pretensas viagens à França eram bastante complicadas. A coisa a fazer era claramente encerrar o negócio de uma maneira tão dramática, que deixaria uma impressão permanente na cabeça da jovem e evitaria que ela olhasse para qualquer outro pretendente por algum tempo. Daí aqueles votos de fidelidade exigidos sobre o Testamento, e daí também as alusões a uma possibilidade de algo acontecer na própria manhã do casamento. James Windibank desejava que a Srta. Sutherland ficasse tão ligada a Hosmer Angel, e tão incerta quanto a seu destino, que, nos próximos dez anos, de forma alguma ela daria ouvidos a outro homem. Ele a trouxe até a porta da igreja e então, como não podia ir mais longe, convenientemente desapareceu pelo velho truque de entrar por uma porta de uma carruagem e sair pela outra. Acho que essa foi a cadeia de eventos, Sr. Windibank!

Nosso visitante recuperou algo de sua autoconfiança enquanto Holmes falava, e se levantou da cadeira agora com um sorriso de escárnio frio no rosto pálido.

— Pode ser isso ou não, Sr. Holmes — desafiou —, mas, se você é tão astuto, deveria ser esperto o suficiente para saber que é você quem está infringindo a lei agora, e não eu. Não fiz nada digno de acusação desde o início, mas, enquanto você mantiver essa porta trancada, estará aberto a uma ação por ameaça de agressão e cárcere ilegal.

— A lei não pode, como você disse, tocar em você — disse Holmes, destrancando e abrindo a porta —, mas nunca houve um homem que merecesse mais punição. Se a jovem tem um irmão ou um amigo, ele deve passar um chicote em seus ombros. Por Júpiter! — continuou, corando ao ver o sorriso amargo no rosto do homem. — Não faz parte dos meus deveres com minha cliente, mas aqui está um chicote à mão, e acho que vou me presentear com... — Ele deu dois passos rápidos para o objeto, mas, antes que pudesse agarrá-lo, houve um barulho selvagem de passos na escada, a pesada porta do corredor bateu, e da janela pudemos ver o Sr. James Windibank correndo com toda a sua velocidade pela rua.

— Esse é um canalha de sangue frio! — disse Holmes, rindo enquanto se jogava na cadeira mais uma vez. — Esse sujeito passará de crime em crime até que faça algo muito ruim e termine em uma forca. O caso, em alguns aspectos, não foi totalmente destituído de entretenimento.

— Até agora não consigo ver todas as etapas de seu raciocínio — comentei.

— Bem, é claro que era óbvio desde o início que esse Sr. Hosmer Angel devia ter algum motivo forte para aquela conduta curiosa, e está igualmente claro que o único homem que realmente lucrou com o incidente, pelo que pudemos ver, foi o padrasto. Então, o fato de os dois nunca estarem juntos, e de um sempre aparecer quando o outro estava fora, era sugestivo. O mesmo acontecia com os óculos escuros e a voz curiosa, que sugeriam um disfarce, assim como os bigodes espessos.

Minhas suspeitas foram todas confirmadas por sua ação peculiar ao datilografar sua assinatura, o que, é claro, inferia que sua caligrafia era tão familiar para ela, que ela reconheceria até mesmo a menor amostra. Todos esses fatos isolados, junto a muitos outros menores, apontavam para uma mesma direção.

— E como os percebeu?

— Depois de avistar aquele homem uma vez, foi fácil ter certeza. Eu conhecia a empresa para a qual trabalhava. A partir da descrição impressa, eliminei tudo que pudesse ser resultado de um disfarce, os bigodes, os óculos, a voz, e enviei para a empresa com um pedido para que me informassem se correspondia às características de algum de seus viajantes. Eu já havia percebido as peculiaridades da máquina de datilografar e escrevi para o próprio homem em seu endereço comercial, perguntando se poderia vir aqui. Como esperava, sua resposta foi datilografada e revelou os mesmos defeitos triviais, mas característicos. O mesmo correio trouxe-me uma carta de Westhouse & Marbank, de Fenchurch Street, para dizer que a descrição coincidia em todos os aspectos com a de seu empregado, James Windibank. *Voilà tout!*[11]

— E a Srta. Sutherland?

— Se eu contar a ela, ela não vai acreditar em mim. Você deve se lembrar do velho ditado persa: "Há perigo para quem rouba o filhote de um tigre, e perigo também para quem rouba a ilusão de uma mulher". Há tanto sentido em Hafiz quanto em Horácio, e o mesmo tanto de conhecimento de mundo.

---

11   Isso é tudo", expressão francesa conclusiva (N. E.).

IV. O MISTÉRIO DO VALE DE BOSCOMBE

Certa manhã, estávamos sentados para o desjejum, minha esposa e eu, quando a empregada trouxe uma correspondência. Era de **SHERLOCK HOLMES**, e dizia:

"Você tem alguns dias de folga? Acabo de receber um telegrama do oeste da Inglaterra em conexão com uma tragédia no Vale de Boscombe. Ficarei feliz se vier comigo. Ar e cenário perfeitos. Saio de Paddington às 11h15."

— O que acha, querido? — ela perguntou, olhando para mim. — Você vai?

— Realmente não sei o que dizer. Estou com muitas consultas.

— Oh, Anstruther fará seu trabalho. Você tem parecido um pouco pálido ultimamente. Acho que a mudança de ar lhe fará bem, e você está sempre tão interessado nos casos do Sr. Sherlock Holmes.

— Eu seria ingrato se não fosse, tendo em vista o que ganhei com um deles — respondi. — Mas, se for, devo fazer as malas imediatamente, pois tenho apenas meia hora.

O Mistério do Vale de Boscombe

Minha experiência de vida no acampamento no Afeganistão teve pelo menos o efeito de me tornar um viajante rápido e pronto. Meus desejos eram poucos e simples, de modo que, antes do tempo estabelecido, eu estava com minha mala em uma carruagem, dirigindo-me para a estação Paddington. Sherlock Holmes estava andando para cima e para baixo na plataforma. Sua figura alta e magra tornava-se ainda mais esguia e mais alta por causa de sua longa capa de viagem cinza e sua boina de tecido justo.

— Foi muito bom você ter vindo, Watson — disse. — Faz-me uma considerável diferença ter alguém comigo em quem possa confiar totalmente. A ajuda local é sempre inútil ou tendenciosa. Se puder guardar os dois assentos no canto, vou pegar as passagens.

Tínhamos o vagão só para nós, exceto por uma imensa pilha de papéis que Holmes trouxera com ele, os quais remexeu e leu, com intervalos para anotações e meditação, até que passássemos de Reading. Então, de repente, enrolou todos em uma bola gigantesca e os jogou na prateleira.

— Você ouviu alguma coisa sobre o caso? — perguntou.

— Nem uma palavra. Faz alguns dias que não leio jornal.

— A imprensa londrina não tem relatos muito completos. Acabei de examinar todos os artigos recentes para dominar os detalhes. Parece, pelo que percebi, ser um daqueles casos simples extremamente difíceis.

— Isso soa um pouco paradoxal.

— Mas é muito verdadeiro. A singularidade é quase invariavelmente uma pista. Quanto mais comum e sem características for um crime, mais difícil será resolvê-lo. Nesse, entretanto, eles estabeleceram um caso muito sério contra o filho do homem assassinado.

— É um assassinato, então?

— Bem, supõe-se que sim. Não tomarei nada como certo até ter a oportunidade de examinar pessoalmente o assunto. Vou explicar-lhe o estado das coisas, tanto quanto pude compreender, em poucas palavras. O Vale de Boscombe é um distrito rural não muito longe de Ross, em Herefordshire. O maior proprietário de terras dessa região é o Sr. John Turner, que ganhou dinheiro na Austrália e voltou há alguns anos para o país. Uma das fazendas que possuía, a de Hatherley, foi alugada ao Sr. Charles McCarthy, também ex-australiano. Os homens se conheceram na colônia, de modo que não foi incomum que, ao se instalarem, o fizessem o mais próximo possível um do outro. Turner era aparentemente o mais rico, então McCarthy tornou-se seu inquilino, mas ainda permaneceu, ao que parece, em termos de igualdade perfeita, visto que com frequência estavam juntos. McCarthy tinha um filho, um rapaz de dezoito anos, e Turner tinha uma filha única da mesma idade, mas nenhum dos dois tinha esposas vivas. Eles parecem ter evitado convívio com as famílias inglesas vizinhas e levado uma vida aposentada, embora ambos os McCarthys gostassem de esportes e fossem vistos com frequência nas corridas do bairro. McCarthy manteve dois criados, um homem e uma menina. Turner tinha uma família grande, pelo menos meia dúzia. Isso é tudo que pude reunir sobre eles. Agora, os fatos.

— No dia 3 de junho, ou seja, na segunda-feira passada, McCarthy saiu de sua casa em Hatherley por volta das quinze horas e desceu até o reservatório do Boscombe, pequeno lago formado pela expansão do riacho que desce o vale homônimo. Ele saíra com seu criado pela manhã em Ross e dissera ao homem que precisava se apressar, pois tinha um compromisso importante para cumprir às quinze. Desse compromisso, nunca mais voltou vivo.

— Da fazenda de Hatherley ao Lago Boscombe são quatrocentos metros, e duas pessoas o viram quando passou por aquele terreno. Uma era uma velha, cujo nome não é mencionado, e a outra era William Crowder, um guarda-caça a serviço do Sr. Turner. Ambas as testemunhas declaram que o Sr. McCarthy estava caminhando sozinho. O guarda-caça acrescenta que poucos minutos depois de ver o Sr. McCarthy passar, avistou seu filho, o Sr. James McCarthy, indo na mesma direção com uma arma debaixo do braço. Pelo que acreditava, o pai estava realmente à vista no momento, e o filho o estava seguindo. Ele não pensou mais no assunto até que ouviu, à noite, a tragédia que ocorrera.

— Os dois McCarthys foram vistos depois que William Crowder, o guarda-caça, os perdeu de vista. O Lago Boscombe é arredondado e densamente arborizado, com apenas uma franja de grama e juncos em volta. Uma garota de quatorze anos, Patience Moran, que é filha do caseiro do Vale Boscombe, estava em um dos bosques colhendo flores.

O Mistério do Vale de Boscombe

Ela afirma que, enquanto estava lá, viu, na orla do bosque e perto do lago, o Sr. McCarthy e seu filho, e que pareciam ter uma briga violenta. Ela ouviu o Sr. McCarthy, o mais velho, usar uma linguagem muito forte com seu filho, e viu o último levantar a mão como se fosse bater no pai. Ela ficou tão assustada com a violência deles, que fugiu e disse à mãe, quando chegou em casa, que havia visto os dois McCarthys brigando perto do Lago Boscombe, e que temia que fossem lutar. Ela mal disse as palavras quando o jovem Sr. McCarthy veio correndo até a cabana para dizer que havia encontrado o pai morto na floresta e pedir a ajuda do caseiro. Ele estava muito agitado, sem arma ou chapéu, e observou-se que sua mão direita e manga estavam manchadas de sangue fresco. Ao segui-lo, encontraram o cadáver estendido na grama ao lado do lago. A cabeça havia sido atingida por repetidos golpes de alguma arma pesada e maciça. Os ferimentos foram tais, que poderiam muito bem ter sido infligidos pela coronha da arma de seu filho, encontrada caída na grama a poucos passos do corpo. Nessas circunstâncias, o jovem foi preso instantaneamente, e um veredicto de homicídio doloso foi deferido no inquérito de terça-feira e levado na quarta-feira aos magistrados de Ross, que encaminharam o caso para as próximas instâncias. Esses são os principais fatos, conforme apresentados ao legista e ao tribunal policial.

— Eu dificilmente poderia imaginar um caso mais condenatório — comentei. — Se alguma evidência circunstancial aponta para um criminoso, é essa.

— A evidência circunstancial é uma coisa muito complicada — respondeu Holmes, pensativo. — Pode parecer apontar diretamente para uma coisa, mas se você mudar um pouco seu ponto de vista, poderá descobrir que aponta de uma maneira igualmente inflexível para algo muito diferente. Devo confessar, entretanto, que o caso parece bastante grave contra o jovem, e é muito possível que seja de fato o culpado. Há várias pessoas na vizinhança. No entanto, entre elas está a Srta. Turner, a filha do proprietário de terras vizinho, que acredita em sua inocência e que contratou Lestrade, de quem você deve se lembrar em relação ao *Um estudo em vermelho*, para resolver o caso em sua defesa. Lestrade, ficando muito intrigado, encaminhou o caso para mim. Portanto, dois cavalheiros de meia-idade estão voando para o oeste a oitenta quilômetros por hora, em vez de digerirem silenciosamente o café da manhã em casa.

— Receio — disse eu — que os fatos sejam tão óbvios, que você ganhará pouco crédito ao resolver esse caso.

— Não há nada mais enganoso do que um fato óbvio — respondeu, rindo. — Além disso, podemos ter a chance de encontrar alguns outros de forma alguma óbvios para o Sr. Lestrade. Você me conhece muito bem para pensar que estou me gabando quando digo que confirmarei ou destruirei sua teoria por meios que ele é totalmente incapaz de empregar, ou mesmo de compreender. Para dar o primeiro exemplo, percebo muito claramente que em seu quarto a janela está do lado direito, e ainda assim, questiono se o Sr. Lestrade teria notado algo tão evidente como isso.

— Mas como é possível?

— Meu caro amigo, eu o conheço bem. Conheço a organização militar que caracteriza você. Barbeia-se todas as manhãs e, nessa estação, o faz à luz do sol, mas, como seu barbear fica cada vez menos completo à medida que avançamos no lado esquerdo, até que se torne desleixado à medida que contornamos o ângulo da mandíbula, é certamente muito claro que esse lado é menos iluminado do que o outro. Eu não poderia imaginar um homem com seus hábitos olhando para si mesmo sob uma luz igual e ficando satisfeito com tal resultado. Apenas menciono isso como exemplo trivial de observação e inferência. É aí que reside meu trabalho, e é bem possível que possa ser de alguma utilidade na investigação que temos diante de nós.

O Mistério do Vale de Boscombe

Há um ou dois pontos menores que foram levantados no inquérito e que vale a pena considerar.

— Quais são?

— Parece que a prisão não ocorreu imediatamente, mas depois do retorno à Fazenda Hatherley. Quando o inspetor de polícia lhe informou que ele estava sendo preso, comentou que não estava surpreso ao ouvir aquilo, e que não era mais do que merecia. Essa observação teve o efeito natural de remover quaisquer vestígios de dúvida que possam ter permanecido na mente do júri.

— Foi uma confissão — exclamei.

— Não, pois foi seguido por um protesto de inocência.

— No topo de uma série de eventos tão condenáveis, foi pelo menos um comentário muito suspeito.

— Pelo contrário — disse Holmes —, no momento, é a fenda mais brilhante que posso ver em meio às nuvens. Por mais inocente que pudesse ser, ele não poderia ser um imbecil absoluto a ponto de não ver que as circunstâncias eram muito sombrias contra ele. Se tivesse parecido surpreso com sua própria prisão, ou fingido indignação com isso, eu o teria considerado altamente suspeito, porque tal surpresa ou raiva não seria natural naquelas circunstâncias, e ainda assim poderiam parecer a melhor política para um intrigante homem. Sua franca aceitação da situação o marca como inocente, ou então como um homem de considerável autocontrole e firmeza. Quanto à sua observação sobre merecer, também não seria anormal, considerando que estava ao lado do cadáver de seu pai, e que não há dúvida de que naquele mesmo dia havia se esquecido de seu dever filial, discutindo com ele, e até mesmo, segundo a menina cuja evidência é tão importante, levantando a mão como para agredi-lo. A autocensura e o arrependimento exibidos em sua observação parecem-me mais sinais de uma mente sã do que de uma culpada.

Balancei minha cabeça.

— Muitos homens foram enforcados com base em evidências muito menores — observei.

— Foram mesmo. E muitos foram enforcados injustamente.

— Qual é a versão do jovem?

— Receio que não seja muito útil para sua defesa, embora haja um ou dois pontos sugestivos. Você vai encontrar aqui e pode ler por si mesmo.

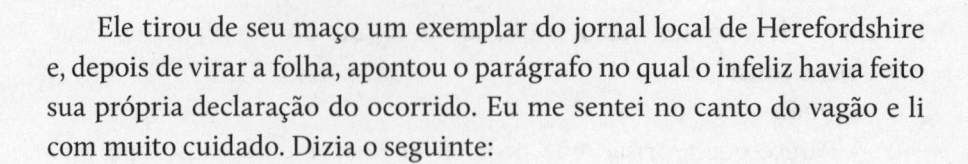

Ele tirou de seu maço um exemplar do jornal local de Herefordshire e, depois de virar a folha, apontou o parágrafo no qual o infeliz havia feito sua própria declaração do ocorrido. Eu me sentei no canto do vagão e li com muito cuidado. Dizia o seguinte:

Sr. JAMES MCCARTHY, o único filho do falecido, foi então chamado e testemunhou o seguinte:

Estive três dias fora de casa em Bristol e acabara de regressar na manhã da última segunda-feira, 3. Meu pai estava ausente de casa quando cheguei e fui informado, pela criada, que ele havia ido de carruagem a Ross com John Cobb, o cavalariço. Pouco depois de meu retorno, ouvi as rodas de sua carruagem no quintal e, olhando pela janela, vi-o sair e caminhar rapidamente para fora, embora não soubesse em que direção estivesse indo. Peguei então minha arma e saí em direção ao Lago Boscombe, com a intenção de visitar a coelheira que fica do outro lado. No caminho, vi William Crowder, o guarda-caça, como ele havia declarado em seu depoimento, mas ele está enganado ao pensar que eu estava seguindo meu pai. Eu não tinha ideia de que ele estava na minha frente. Quando estava a cerca de cem metros do lago, ouvi um grito de "Cooee!", que era um sinal usual entre mim e meu pai. Então corri para frente e o encontrei de pé perto do lago. Ele pareceu muito surpreso ao me ver e me perguntou asperamente o que eu estava fazendo ali. Seguiu-se uma conversa que resultou em palavrões e quase golpes, pois meu pai era um homem de temperamento muito violento. Vendo que seu temperamento estava se tornando ingovernável, deixei-o e voltei para a Fazenda Hatherley. Eu não tinha andado mais do que cento e cinquenta metros quando ouvi um grito horrível atrás de mim, que me fez correr de volta. Encontrei meu pai morrendo no chão, com a cabeça terrivelmente ferida. Larguei minha arma e o segurei em meus braços, mas quase instantaneamente expirou. Ajoelhei-me ao lado dele por alguns minutos e, em seguida, fiz meu caminho para pedir ajuda ao Sr. Turner,

O Mistério do Vale de Boscombe

o caseiro, pois sua casa era a mais próxima. Não vi ninguém perto de meu pai quando voltei e não tenho ideia de como ele recebeu seus ferimentos. Não era um homem popular, sendo um tanto frio e severo em seus modos, mas não tinha, pelo que sei, nenhum inimigo ativo. Não sei mais nada sobre o assunto.

Investigador: Antes de morrer seu pai fez alguma declaração?

Depoente: Ele murmurou algumas palavras, mas só consegui captar alguma alusão a um rato.

Investigador: O que entendeu disso?

Depoente: Não significava nada para mim. Achei que ele estivesse delirando.

Investigador: Qual foi o ponto em que você e seu pai tiveram essa briga final?

Depoente: Prefiro não responder.

Investigador: Infelizmente devo insistir que responda.

Depoente: Para mim, é realmente impossível lhe dizer. Posso lhe assegurar que não tem nada a ver com a triste tragédia que se seguiu.

Investigador: Isso cabe ao tribunal decidir. Não preciso lhe afirmar que sua recusa em responder prejudicará consideravelmente sua defesa em quaisquer procedimentos futuros que possam surgir.

Depoente: Ainda assim devo recusar.

Investigador: Entendo que o grito de "Cooee!" era um sinal comum entre você e seu pai.

Depoente: Era.

Investigador: Como foi, então, que ele pronunciou isso antes de vê-lo, e antes mesmo de saber que você tinha voltado de Bristol?

Depoente (com considerável confusão): Não sei.

Um membro do júri: Você não viu nada que despertasse suas suspeitas quando voltou, ao ouvir o grito, e encontrou seu pai mortalmente ferido?

Depoente: Nada definitivo.

Investigador: O que quer dizer com isso?

Depoente: Fiquei tão perturbado e agitado ao correr para o campo aberto, que não conseguia pensar em nada, exceto em meu pai. No entanto, tenho uma vaga impressão de que, enquanto corria, algo estava caído no chão à minha esquerda. Parecia-me ser algo de cor cinza, uma espécie de casaco ou talvez uma manta. Quando me levantei do corpo de meu pai, olhei em volta procurando por ele, mas havia sumido.

Investigador: Você quer dizer que ele desapareceu antes de você pedir ajuda?

Depoente: Sim, sumiu.

Investigador: Você não pode dizer o que era?

Depoente: Não. Tive apenas uma sensação de que havia algo lá.

Investigador: Quão longe do corpo?

Depoente: A alguns metros.

Investigador: E quão longe da borda da floresta?

Depoente: A aproximadamente a mesma distância.

Investigador: Então, se foi retirado, foi enquanto você estava a uma dúzia de metros dele?

Depoente: Sim, mas de costas.

Isso conclui a inspeção da testemunha.

— Entendo — disse enquanto olhava a coluna — que o investigador, em seus comentários finais, foi bastante severo com o jovem McCarthy. Ele chama a atenção, e com razão, para a discrepância sobre seu pai ter sinalizado para ele antes de vê-lo, também para sua recusa em dar detalhes

O Mistério do Vale de Boscombe

de sua conversa com seu pai e para seu relato singular das palavras da vítima ao morrer. Todos são, como ele observa, totalmente contra o filho.

Holmes riu baixinho para si mesmo e se esticou no assento almofadado.

— Tanto você quanto o investigador têm se esforçado para destacar os pontos mais fortes a favor do jovem — disse. — Não vê que ao mesmo tempo dá a ele o crédito por ter muita imaginação e muito pouca? Muito pouca, se não pudesse inventar uma causa de disputa que lhe desse a simpatia do júri; muita, se tirou de sua própria consciência algo tão excêntrico quanto uma referência à morte de um rato e ao incidente do pano que desaparece. Não, senhor, abordarei esse caso do ponto de vista de que o que esse jovem diz é verdade, e veremos onde essa hipótese nos levará. Agora aqui está minha edição de bolso de Petrarca, e nenhuma outra palavra direi sobre esse caso até que estejamos na cena do crime. Almoçamos no Swindon, e vejo que estaremos lá em vinte minutos.

Eram quase quatro horas quando finalmente, depois de passar pelo belo Vale de Stroud e sobre o amplo e reluzente Severn, nos encontramos na bela pequena cidade de Ross. Um homem esguio, parecido com um furão, furtivo e de aparência astuta, esperava por nós na plataforma. Apesar da sobrecapa marrom-clara e das calças de couro que usava em deferência ao ambiente rústico, não tive dificuldade em reconhecer Lestrade, da Scotland Yard. Com ele, nos dirigimos até o Hereford Arms, onde já havia um quarto reservado para nós.

— Pedi uma carruagem — disse Lestrade enquanto nos sentávamos para tomar uma xícara de chá. — Conheço sua natureza enérgica e sabia que não estaria contente até que estivesse na cena do crime.

— Foi muito gentil e elogioso de sua parte — respondeu Holmes. — É inteiramente uma questão de pressão barométrica.

Lestrade pareceu espantado.

— Não estou entendendo bem — confessou.

— Como está o barômetro? Vinte e nove, vejo. Sem vento e nenhuma nuvem no céu. Tenho aqui uma caixa de cigarros que precisa ser fumada, e o sofá é muito superior à abominação usual de um hotel rural. Não creio que seja provável que use a carruagem esta noite.

Lestrade riu com indulgência.

— Você, sem dúvida, já tirou suas conclusões pelos jornais — concluiu. — O caso é tão claro quanto uma haste de pique, e quanto mais alguém o analisa, mais claro se torna. Ainda assim, é óbvio, não se pode recusar uma dama. Ela ouviu falar de você e gostaria de ter sua opinião, embora eu lhe dissesse várias vezes que não havia nada que pudesse fazer que eu já não tivesse feito. Ora, não acredito! Aqui está a carruagem dela na porta.

Ele mal havia falado, e logo entrou correndo na sala uma das moças mais adoráveis que já vi em minha vida. Seus olhos violetas brilhantes, seus lábios entreabertos, um rubor rosado em suas bochechas, todo seu comportamento comedido perdido por causa de sua aflição e preocupação avassaladora.

— Oh, Sr. Sherlock Holmes! — exclamou, olhando para nós, um a um, e, finalmente, com a rápida intuição de uma mulher, agarrando-se a meu companheiro. — Estou tão feliz que veio. Vim para lhe dizer isso. Sei que James não cometeu o crime. Sei disso, e quero que comece seu trabalho sabendo disso também. Nunca duvide desse ponto. Conhecemo-nos desde que éramos crianças, e sei de seus defeitos como ninguém, mas ele tem um coração tão mole, que não faria mal a uma mosca. Tal acusação é absurda para quem realmente o conhece.

— Espero que possamos inocentá-lo, Srta. Turner — disse Sherlock Holmes. — Você pode confiar que farei tudo o que puder.

— Mas você leu as evidências. Já formou alguma conclusão? Não vê alguma lacuna, alguma falha? Você mesmo não acha que ele é inocente?

— Acho muito provável.

— Ah, sim! — ela exclamou, jogando a cabeça para trás e olhando desafiadoramente para Lestrade. — Ouviu? Ele me dá esperanças.

Lestrade encolheu os ombros.

— Temo que meu colega tenha sido um pouco rápido em tirar suas conclusões — ele disse.

— Mas ele está certo. Oh! Sei que está certo. James nunca faria isso. E sobre a briga dele com o pai, tenho certeza de que o motivo pelo qual não falou sobre isso com o investigador foi porque estava preocupado.

— Com o quê? — perguntou Holmes.

— Não é hora de esconder nada. James e seu pai tiveram muitas divergências sobre mim. O Sr. McCarthy estava muito ansioso para que houvesse um casamento entre nós. James e eu sempre nos amamos como irmão e irmã, mas é claro que ele é jovem e viu muito pouco da vida ainda e, bem, naturalmente, não queria se comprometer com nada disso ainda. Portanto, houve brigas, e essa, tenho certeza, foi uma delas.

— E seu pai? — perguntou Holmes. — Era a favor de tal união?

— Não, ele era contrário também. Ninguém, exceto o Sr. McCarthy, era a favor. — Um rápido rubor passou por seu rosto jovem e fresco quando Holmes lançou um de seus olhares penetrantes e questionadores para ela.

— Obrigado por essa informação — disse. — Posso visitar seu pai amanhã?

— Acho que o médico não irá permitir.

— O médico?

— Sim, não soube? Meu pobre pai já não estava bem há anos, mas isso o derrubou completamente. Ele está de cama. O Dr. Willows diz que está um caco e que seu sistema nervoso está em frangalhos. O Sr. McCarthy foi o único homem vivo que conheceu meu pai nos velhos tempos em Victoria.

— Ah! Em Victoria! Isso é importante.

— Sim, nas minas.

— Naturalmente. Foi nas minas de ouro onde, pelo que entendi, o Sr. Turner ganhou seu dinheiro.

— Sim, certamente.

— Obrigado, Srta. Turner. Você tem sido de grande ajuda para mim.

— Você vai me avisar se tiver alguma notícia amanhã? Sem dúvida você irá para a prisão para ver James. Oh, se o fizer, Sr. Holmes, diga a ele que sei que é inocente.

— Direi, Srta. Turner.

— Tenho que ir para casa agora, porque papai está muito doente e sente muito minha falta quando o deixo. Adeus, e que Deus o ajude em sua investigação. — Ela saiu correndo da sala com a mesma impulsividade com que havia entrado, e ouvimos as rodas de sua carruagem sacudindo pela rua.

— Estou com vergonha de você, Holmes — disse Lestrade com dignidade após alguns minutos de silêncio. — Por que criou esperanças naquilo que está fadado ao desapontamento? Não tenho coração excessivamente mole, mas chamo isso de crueldade.

— Acho que vejo uma maneira de inocentar James McCarthy — disse Holmes. — Você tem uma ordem para vê-lo na prisão?

— Sim, mas apenas para você e para mim.

— Então devo reconsiderar minha resolução sobre sair. Ainda temos tempo de pegar um trem para Hereford e vê-lo esta noite?

— Com folga.

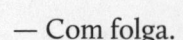

— Então vamos. Watson, temo que achará muito tedioso, mas só estarei fora por algumas horas.

Desci com eles até a estação e depois vaguei pelas ruas da pequena cidade, finalmente voltando ao hotel, onde me deitei no sofá e tentei me interessar por um romance de capa amarela. O fraco enredo era muito superficial se comparado ao profundo mistério que estávamos tateando. Percebi que minha atenção vagava tão continuamente da ficção para o fato, que finalmente desisti da leitura e me dediquei inteiramente aos acontecimentos do dia. Supondo que a história desse jovem infeliz fosse absolutamente verdadeira, então que coisa infernal, que calamidade absolutamente imprevista e extraordinária poderia ter ocorrido entre o momento em que se separou de seu pai e em que, atraído por seus gritos, correu para a clareira? Foi algo terrível e mortal. O que poderia ter sido? A natureza dos ferimentos não poderia revelar algo a meus instintos médicos?

Toquei a campainha e pedi o jornal semanal do condado, que continha um relato literal do inquérito. No depoimento do cirurgião, foi afirmado que o terço posterior do osso parietal esquerdo e a metade esquerda do osso occipital foram estilhaçados por um golpe forte de uma arma sem corte. Marquei o ponto em minha própria cabeça. É evidente que tal golpe deve ter sido desferido por trás. Isso foi até certo ponto a favor do acusado, pois, quando visto brigando, ficou cara a cara com seu pai. Ainda assim, não era muito, pois o homem mais velho poderia ter virado as costas antes do golpe ser desferido. Ainda assim, pode ser de alguma serventia chamar a atenção de Holmes para isso. Em seguida, havia a referência peculiar à morte de um rato. O que isso significa? Não podia ser delírio. Um homem que morre por um golpe repentino não costuma delirar. Não, era mais provável que fosse uma tentativa de explicar como ele conheceu seu fim. Mas o que isso poderia indicar?

Forcei meu cérebro a encontrar alguma explicação possível. O incidente do pano cinza visto pelo jovem McCarthy. Se fosse verdade, o assassino deve ter deixado cair alguma parte de sua vestimenta em sua fuga, presumivelmente seu sobretudo, e tido a ousadia de voltar e levá-lo embora no instante em que o filho estava ajoelhado com as costas viradas, a uma dúzia de passos de distância. Que teia de mistérios e improbabilidades era aquela coisa toda! Não fiquei surpreso com a opinião de Lestrade, mas tinha tanta fé no conhecimento de Sherlock Holmes, que não poderia perder as esperanças enquanto cada fato novo parecia fortalecer sua convicção da inocência do jovem McCarthy.

Já estava tarde quando Holmes voltou sozinho, pois Lestrade estava hospedado na cidade.

— O barômetro ainda está muito alto — comentou ao se sentar. — É importante que não chova antes de podermos visitar o local. Por outro lado, um homem dever estar nas suas melhores faculdades para um trabalho tão preciso como esse, e eu não queria fazê-lo quando exausto por uma longa viagem. Visitei o jovem McCarthy.

— E que informações tirou dele?

— Nada.

— Não pôde ele lançar nenhuma luz?

— Absolutamente nada. Uma hora, pensei que sabia quem tinha cometido o crime e que estava acobertando outra pessoa, mas agora estou convencido de que está tão confuso quanto todo mundo. Não é um jovem muito perspicaz, embora de uma beleza de se admirar e, acho também, de bom coração.

— Não posso admirar os gostos dele — comentei —, se é mesmo verdade que era contrário a um casamento com uma jovem tão encantadora quanto essa Srta. Turner.

— Ah, aí está uma história bastante dolorosa. Esse sujeito está loucamente apaixonado por ela, mas, cerca de dois anos atrás, quando era apenas um garoto, e antes de realmente conhecê-la, pois ela tinha estado ausente cinco anos em um colégio interno, o que o idiota fez se não cair nas garras de uma garçonete em Bristol e se casar com ela no cartório? Ninguém sabe uma palavra sobre o assunto, mas você pode imaginar como deve ser enlouquecedor para ele ser repreendido por não fazer o que gostaria de fazer, mesmo sabendo ser absolutamente impossível. Foi um frenesi desse tipo que o levou a jogar as mãos para o ar quando seu pai, em sua última conversa, o instigava a propor casamento a Srta. Turner.

— Por outro lado, ele não tinha como se sustentar, e seu pai, que, segundo todos os relatos, era um homem muito duro, o teria derrubado completamente se soubesse a verdade. Foi com sua esposa garçonete que ele passara os últimos três dias em Bristol, e seu pai não sabia onde ele estava. Marque esse ponto. É importante. Há males que vêm para o bem, todavia, pois a garçonete, descobrindo pelos jornais que ele está com sérios problemas e em risco de ser enforcado, rejeitou-o completamente e escreveu-lhe para dizer que ela já tem um marido em um estaleiro nas Bermudas, de modo que realmente não há mais vínculo entre eles. Acho que essa notícia consolou o jovem McCarthy por tudo o que sofreu.

— Mas se ele é inocente, quem fez isso?

— Ah! Quem? Chamo vossa atenção muito particularmente para dois detalhes. O primeiro deles é que o homem assassinado tinha um encontro marcado com alguém no lago, e esse alguém não poderia ser seu filho, pois este estava ausente e ele não sabia quando voltaria. O segundo é que o homem assassinado gritou "Cooee!" antes de saber que seu filho havia retornado. Esses são os aspectos cruciais dos quais depende o caso. E agora vamos falar sobre George Meredith, por favor, e deixaremos todos os assuntos menores para amanhã.

Não choveu, como Holmes previra, e a manhã amanheceu clara e sem nuvens. Às nove horas, Lestrade nos chamou com a carruagem, e partimos para a Fazenda Hatherley e o Lago Boscombe.

— Há notícias sérias esta manhã — observou Lestrade. — Dizem que o Sr. Turner, do hall, está tão doente, que sua vida está por um fio.

— Um homem idoso, presumo — disse Holmes.

— Cerca de sessenta anos, mas sua constituição foi abalada por sua vida no exterior, e ele tem estado com a saúde debilitada já há algum tempo. Esse negócio teve um efeito muito ruim sobre ele. Era um velho amigo de McCarthy e, devo acrescentar, um grande benfeitor para ele, pois descobri que lhe alugou a Fazenda Hatherley de graça.

— Interessante! — exclamou Holmes.

— Ah, sim! De centenas de outras maneiras, o ajudou. Todo mundo aqui fala de sua bondade para com ele.

— Mesmo? Não lhe parece um tanto estranho que esse McCarthy, que parece ter tido tão pouco e ter estado com tamanhas dívidas para com Turner, ainda falasse em casar seu filho com a filha do amigo, que, presumivelmente, é herdeira da propriedade, e, ainda por cima, de uma maneira tão presunçosa, como se fosse apenas o caso de uma mera proposta e que tudo o mais se seguiria? É ainda mais estranho, pois sabemos que o próprio Turner era contrário à ideia. A filha nos disse isso. Você não deduz algo?

— Chegamos às deduções e inferências — disse Lestrade, piscando para mim. — Já acho bastante difícil lidar com os fatos, Holmes, sem perseguir teorias e fantasias.

— Você está certo — respondeu Holmes recatadamente. — Você realmente acha muito difícil lidar com os fatos.

— De qualquer forma, compreendi um que você parece achar difícil de entender — respondeu Lestrade com certo entusiasmo.

— E ele seria...

— Que esse McCarthy Sênior foi morto por McCarthy Júnior, e que todas as teorias contrárias são fantasias do mundo da lua.

— Bem, o luar é mais brilhante do que o nevoeiro — disse Holmes, rindo. — Mas agora ou estou muito enganado ou esta, à esquerda, não seria a Fazenda Hatherley...

— Sim, é.

Era uma construção ampla e de aparência confortável, de dois andares, com telhado de ardósia e grandes manchas amarelas de líquen nas paredes cinzentas. As persianas fechadas e as chaminés sem fumaça, porém, davam-lhe uma aparência abatida, como se o peso desse horror ainda pairasse sobre ela. Batemos à porta. A empregada, a pedido de Holmes, nos mostrou as botas que seu amo usava na hora de sua morte e um par do filho, embora não o que tivesse usado naquele dia. Depois de medi-los com muito cuidado em sete ou oito pontos diferentes, Holmes desejou ser levado ao pátio, de onde todos nós seguimos a trilha sinuosa que levava ao Lago Boscombe.

Sherlock Holmes transformava-se quando farejava uma pista dessas. Homens que conhecessem apenas o pensador silencioso e lógico de Baker Street não o reconheceriam. Seu rosto ficou vermelho e sombrio. Suas sobrancelhas estavam desenhadas em duas linhas negras duras, enquanto seus olhos brilhavam por baixo delas com um brilho de aço. Seu rosto estava curvado para baixo, os os ombros arqueados, os lábios comprimidos e as veias saltadas como um chicote em seu pescoço longo e musculoso. Suas narinas pareciam dilatar-se com uma luxúria puramente animalesca pela perseguição, e sua mente estava tão absolutamente concentrada no assunto diante dele, que uma pergunta ou observação caía despercebida em seus ouvidos, ou, no máximo, apenas provocava um rosnado rápido e impaciente em resposta. Rápida e silenciosamente, ele seguiu o caminho que percorria os prados e, assim, por meio da floresta, até o Lago Boscombe. Era um terreno úmido e pantanoso, como todo aquele distrito, e havia marcas de muitos pés, tanto no caminho quanto em meio à grama curta que o delimitava dos dois lados. Às vezes, Holmes se apressava, às vezes parava, e uma vez fez um pequeno desvio para o prado. Lestrade e eu caminhamos atrás dele, o detetive, indiferente e desdenhoso, enquanto eu observava meu amigo com o interesse que brotava da convicção de que cada uma de suas ações tinha um objetivo específico.

O Lago Boscombe, pequeno lençol de água cercado de juncos com aproximadamente cinquenta metros de largura, está situado na fronteira entre a Fazenda Hatherley e o parque privado do rico Sr. Turner. Acima da floresta que o alinhava do outro lado, podíamos ver os pináculos vermelhos e salientes que marcavam o local da residência do abastado proprietário. No lado Hatherley do lago, a floresta ficava muito densa, e havia um estreito cinturão de grama encharcada, com vinte passos de largura entre a orla das árvores e os juncos que ladeavam o lago. Lestrade nos mostrou o local exato em que o corpo fora encontrado e, de fato, o solo estava tão úmido, que pude ver claramente os traços que haviam sido deixados pela queda do homem ferido. Para Holmes, como pude ver em seu rosto ansioso e olhos perscrutadores, muitas outras coisas deviam ser lidas na grama pisoteada. Ele andou ao redor como um cão farejador, e então se virou para meu companheiro.

— Por que você entrou no lago? — perguntou.

— Pesquei com um ancinho. Achei que pudesse haver alguma arma ou outro vestígio. Mas como diabos...

— Ah, não, não! Não tenho tempo! Esse seu pé esquerdo com sua torção para dentro está em todo o lugar. Uma toupeira poderia rastreá-lo, e lá ele desaparece entre os juncos. Oh, como tudo teria sido simples se eu estivesse aqui antes que eles viessem como uma manada de búfalos e chafurdassem em tudo. Aqui é onde veio o grupo com o caseiro. Eles cobriram todos os rastros por quase dois metros e meio ao redor do corpo. Mas aqui estão três trilhas separadas dos mesmos pés. — Ele tirou uma lente e se deitou em sua capa impermeável para ter uma visão melhor, falando o tempo todo, mais para si do que para nós. — Estes são os pés do jovem McCarthy. Duas vezes ele estava andando, e uma vez correu rapidamente, de modo que as solas estão profundamente marcadas, e os calcanhares, quase invisíveis. Isso valida sua versão. Ele correu quando viu seu pai no chão. Então aqui estão os pés do pai enquanto ele andava para cima e para baixo. O que é isto então? É a coronha da arma enquanto o filho ficava escutando. E isto? Ahá! O que temos aqui? Ponta dos pés! Na ponta dos pés! Botas quadradas também, bastante incomuns! Elas vêm, vão, voltam. Claro que isso foi para o sobretudo. Agora, de onde elas vieram?

Ele subia e descia, às vezes perdendo, às vezes encontrando a trilha, até que estávamos bem dentro da orla da mata e sob a sombra de uma grande faia, a maior árvore da vizinhança. Holmes traçou seu caminho até o outro lado dela e deitou-se mais uma vez com um pequeno grito de satisfação. Por muito tempo permaneceu lá, virando as folhas e gravetos secos, juntando o que me parecia ser pó em um envelope e examinando com suas lentes não apenas o chão, mas a casca da árvore até onde pudesse alcançar. Uma pedra denteada jazia entre o musgo, e ele também a examinou cuidadosamente e a guardou. Em seguida, seguiu um caminho através da floresta até chegar à estrada, onde todos os vestígios foram perdidos.

— Tem sido um caso consideravelmente interessante — comentou, voltando a seu jeito natural. — Imagino que esta casa cinza à direita deva ser o chalé. Acho que vou entrar e ter uma palavra com Moran, e talvez escrever uma pequena nota. Feito isso, podemos voltar para nosso almoço. Vocês podem ir para a carruagem. Eu me juntarei a vocês em breve.

Levamos cerca de dez minutos para retornarmos a nosso veículo e voltarmos para Ross, com Holmes ainda carregando a pedra que pegara na floresta.

— Isso pode interessar a você, Lestrade — comentou, estendendo-a. — O assassinato foi feito com ela.

— Não vejo marcas.

— Não há nenhuma.

— Como sabe, então?

— A grama estava crescendo embaixo dela. Ela havia ficado ali apenas alguns dias. Não havia sinal de um lugar de onde tenha sido tirada. Corresponde aos ferimentos. Não há sinal de qualquer outra arma.

— E o assassino?

— É um homem alto, canhoto, manca com a perna direita, usa botas de caça de sola grossa e capa cinza, fuma charutos indianos, usa piteira e leva no bolso um canivete sem corte. Existem vários outros indícios, mas esses podem ser suficientes para nos ajudar em nossa busca.

Lestrade riu.

— Acho que ainda não acredito — disse. — As teorias são muito boas, mas temos que lidar com um júri britânico obstinado.

— Veremos — respondeu Holmes calmamente em francês. — Você trabalha com seu próprio método, e eu irei trabalhar com o meu. Estarei ocupado esta tarde e provavelmente retornarei a Londres no trem noturno.

— E deixar seu caso inacabado?

— Não. Acabado.

— Mas e o mistério?

— Está resolvido.

— Quem foi o criminoso, então?

— O cavalheiro que descrevi.

— Mas quem é ele?

O Mistério do Vale de Boscombe

— Certamente não seria difícil descobrir. Este não é um distrito tão populoso.

Lestrade encolheu os ombros.

— Sou um homem prático — disse —, e realmente não posso me comprometer a andar pelo país à procura de um cavalheiro canhoto com uma perna manca. Eu me tornaria motivo de chacota na Scotland Yard.

— Tudo bem — replicou Holmes calmamente. — Eu lhe dei a chance. Aqui está sua hospedagem. Adeus. Escrever-lhe-ei antes de partir.

Tendo deixado Lestrade em seus aposentos, dirigimo-nos a nosso hotel, onde encontramos o almoço sobre a mesa. Holmes estava calado e enterrado em pensamentos com uma expressão de dor no rosto, como quem se encontra em posição perplexa.

— Olhe aqui, Watson — chamou quando a toalha foi tirada —, sente-se nesta cadeira e deixe-me pregar um pouco para você. Não sei bem o que fazer e devo valorizar seu conselho. Acenda um charuto e deixe-me explicar.

— Por favor, faça isso.

— Bem, agora, ao considerar esse caso, há dois pontos sobre a narrativa do jovem McCarthy que nos impressionaram instantaneamente, embora tenham me impressionado a favor dele e, a você, contra. O primeiro foi o fato de que seu pai, de acordo com seu relato, gritou "Cooee!" antes de vê-lo. O segundo foi que o pai, enquanto morria, fez referência a um rato. Ele murmurou várias outras palavras, entende, mas isso foi tudo o que chamou a atenção do filho. Agora, nossa investigação deve começar a partir dessa bifurcação, e vamos iniciar presumindo que o que o rapaz diz é absolutamente verdade.

— E quanto a esse "Cooee!", então?

— Bem, obviamente não poderia ter sido feito para o filho. O filho, pelo que ele sabia, estava em Bristol. Foi mero acaso estar ao alcance da voz. O "Cooee!" tinha o objetivo de atrair a atenção de quem quer que fosse com quem ele tinha o compromisso. Mas "Cooee!" é um grito distintamente australiano, usado entre australianos. Há uma forte possibilidade de que a pessoa que McCarthy esperava encontrar no Lago Boscombe era alguém que esteve na Austrália.

— E o rato, então?

Sherlock Holmes tirou um papel dobrado do bolso e alisou-o sobre a mesa. — Este é um mapa da Colônia de Victoria — disse ele. — Mandei um telegrama para Bristol ontem à noite. — Ele colocou a mão sobre parte do mapa. O que você lê?

— "*RAT*" — li.

— E agora? — Ele ergueu a mão.

— "*BALLARAT*".

— Exatamente. Essa foi a palavra que o homem pronunciou, e da qual seu filho só captou algumas letras. Ele estava tentando pronunciar o nome de seu assassino. Fulano de Ballarat.

— Que maravilhoso! — exclamei.

— É óbvio. E agora, veja, eu estava próximo da solução do caso. A posse de uma vestimenta cinza era um terceiro ponto que, admitindo que a afirmação do filho estivesse correta, era verdadeiro. Saímos agora da mera imprecisão para o sinal definitivo de um australiano de Ballarat com uma capa cinza.

— Certamente.

— Que ficou em casa no distrito, pois o lago só pode ser acessado pela fazenda ou pela propriedade, onde os estranhos dificilmente poderiam passar.

— Exatamente.

— É aí que entra nossa pesquisa de campo de hoje. Ao examinar o terreno, obtive os detalhes insignificantes relativos à personalidade do criminoso, que dei àquele imbecil do Lestrade.

— Mas como você os descobriu?

— Você conhece meu método. Baseia-se na observação de coisas triviais.

— Sua altura eu sei que você pode estimar pelo comprimento de suas passadas. Suas botas também podem ser identificadas pelas pegadas.

— Sim, eram botas peculiares.

— Mas e sua deficiência física?

— A impressão do pé direito sempre foi menos nítida do que a do esquerdo, pois colocou menos peso sobre ele. Por quê? Porque mancou. Ele é coxo.

— Mas e quanto a ser canhoto?

— O senhor mesmo ficou impressionado com a natureza do ferimento, conforme registrado pelo médico legista no inquérito. O golpe foi desferido imediatamente por trás, mas, mesmo assim, foi do lado esquerdo. Agora, como isso pode acontecer se não se tratar de um homem canhoto? Ele havia ficado atrás daquela árvore durante a conversa entre pai e filho.

Até havia fumado lá. Encontrei a cinza de um charuto, que meu conhecimento especial de cinzas de tabaco me permite declarar ser um charuto indiano. Como você sabe, dediquei alguma atenção a isso e escrevi uma pequena monografia sobre as cinzas de 140 variedades diferentes de cachimbo, charuto e tabaco. Depois de encontrá-las, olhei em volta e achei a bituca no musgo onde ele a jogou. Era um charuto indiano, da variedade que se enrola em Rotterdam.

— E a piteira?

— Pude ver que o fim não estava em sua boca. Portanto, usou uma piteira. A ponta havia sido cortada, não mordida, mas o corte não era limpo, então deduzi um canivete sem corte.

— Holmes — disse —, você teceu uma rede em torno desse homem da qual ele não pode escapar, e salvou uma vida humana inocente tão verdadeiramente como se tivesse cortado a corda que o enforcava. Vejo a direção a que tudo isso aponta. O culpado é...

— Sr. John Turner — anunciou o garçom do hotel, abrindo a porta da nossa sala de estar e conduzindo um visitante.

O homem que entrou era uma figura estranha e impressionante. Seu passo lento e manco e ombros curvados davam a aparência de decrepitude, mas suas feições duras, profundas e escarpadas, e seus membros enormes mostravam que possuía uma força incomum de corpo e caráter. Sua barba emaranhada, cabelo grisalho e sobrancelhas pendentes marcantes combinavam para dar um ar de dignidade e poder à sua aparência, mas seu rosto era de um branco acinzentado, enquanto seus lábios e cantos de suas narinas estavam tingidos de um tom de azul. Ficou claro para mim, à primeira vista, que ele estava nas garras de alguma doença mortal e crônica.

— Por favor, sente-se no sofá — disse Holmes gentilmente. — Você recebeu minha nota?

— Sim, o caseiro me entregou. Você disse que queria me ver aqui para evitar um escândalo.

— Achei que as pessoas falariam se eu fosse ao hall.

— E por que queria me ver? — Ele olhou para meu companheiro com desespero em seus olhos cansados, como se sua pergunta já tivesse sido respondida.

— Sim — disse Holmes, respondendo mais ao olhar do que às palavras. — É verdade. Sei tudo sobre McCarthy.

O velho afundou o rosto nas mãos.

— Deus me ajude! — exclamou. — Mas eu não teria permitido que o jovem sofresse algum dano. Dou-lhe minha palavra de que teria falado se o caso fosse para o tribunal de segunda instância.

— Fico feliz em ouvir você dizer isso — disse Holmes gravemente.

— Eu teria falado agora se não fosse por minha querida menina. Isso partiria seu coração. Irá partir seu coração ela ouvir que fui preso.

— Pode não chegar a esse ponto — disse Holmes.

— O quê?

— Não sou um agente oficial. Sei que foi sua filha quem solicitou minha presença aqui, e estou agindo em prol dos interesses dela, só que o jovem McCarthy deve ser liberado.

— Sou um homem moribundo — disse o velho Turner. — Tenho diabetes há anos. Meu médico diz que vou viver em torno de um mês. No entanto, prefiro morrer sob meu próprio teto do que em uma prisão.

Holmes levantou-se e sentou-se à mesa com a caneta na mão e um maço de papel à sua frente.

O Mistério do Vale de Boscombe

— Basta nos dizer a verdade — disse. — Vou anotar os fatos. Você vai assiná-lo, e Watson aqui pode ser a testemunha. Posso produzir sua confissão em último caso para salvar o jovem McCarthy. Prometo que não vou usá-la a menos que seja absolutamente necessário.

— Tudo bem — concordou o velho. — É uma questão de saber se viverei para ir ao tribunal, então pouco importa para mim, mas gostaria de poupar Alice do choque. E agora vou esclarecer tudo a você. Foi um longo período de planejamento, mas não vou demorar muito para contar.

"Você não conhecia esse homem morto, o McCarthy. Ele era um demônio encarnado. Posso lhe garantir isso. Deus o mantenha fora das garras de um homem como ele. Seu domínio está sobre mim há vinte anos e destruiu minha vida. Vou contar primeiro como caí em suas garras.

"Foi no início dos anos de 1860, nas escavações. Eu era um jovem rapaz à época, de sangue quente e imprudente, pronto para virar minha mão para qualquer coisa. Eu me vi entre maus companheiros, comecei a beber, não tive sorte com minha demanda, embrenhei-me no mato e me tornei o que aqui se chamaria de ladrão de estradas. Éramos seis, e tínhamos uma vida selvagem e livre, assaltando uma estação de vez em quando ou parando as carroças no caminho para as escavações. Black Jack de Ballarat foi o nome que usei, e nosso grupo ainda é lembrado na colônia como a Gangue Ballarat.

"Um dia, um trem carregado de ouro desceu de Ballarat para Melbourne. Ficamos esperando por ele e o atacamos. Eram seis soldados e seis de nós, então foi por pouco, mas matamos quatro no primeiro embate. Três de nossos homens foram mortos, porém, antes de conseguirmos o prêmio. Coloquei minha pistola na cabeça do cocheiro, que era esse mesmo McCarthy. Desejo ao Senhor ter atirado nele, mas o poupei, embora tenha visto seus olhinhos perversos fixos em meu rosto, como para se lembrar de cada traço. Nós escapamos com o ouro, nos tornamos ricos e seguimos para a Inglaterra sem suspeitas. Lá eu me separei de meus velhos amigos e decidi estabelecer uma vida tranquila e respeitável. Comprei esta propriedade, que estava à venda por acaso, e me propus a fazer um pouco de bem com meu dinheiro para compensar o modo como o havia ganhado. Eu me casei também e, embora minha esposa tenha morrido jovem, me deixou minha querida Alice. Mesmo quando apenas uma bebê, sua mãozinha parecia me levar para o caminho certo como nada mais havia feito. Resumindo, virei a página e fiz meu melhor para compensar o passado. Tudo estava indo bem até que McCarthy me achou. Eu tinha ido à cidade para fazer um investimento e o encontrei na Regent Street, quase descalço e desagasalhado."

"— Aqui estamos, Jack" — ele disse, tocando-me no braço. — "Seremos tão bons como uma família para você. Somos dois, eu e meu filho, e você pode cuidar da gente. Se não fizer isso, a Inglaterra é um bom país, cumpridora da lei, e sempre há um policial por perto."

— Bem, eles desceram aqui para o oeste. Não havia como me livrar deles. Lá viveram de graça em minhas melhores terras desde então. Não houve descanso para mim, nem paz, nem esquecimento. Onde quer que eu fosse, lá estava seu rosto astuto e sorridente a meu lado. Piorou à medida que Alice crescia, pois ele logo percebeu que eu tinha mais medo de que ela conhecesse meu passado do que a polícia. Eu tinha que dar tudo que ele quisesse, sem questionar: terra, dinheiro, casas. Até que finalmente ele pediu uma coisa que não pude dar: Alice.

"O filho dele tinha crescido, sabe, assim como minha filha, e como eu era conhecido por minha saúde debilitada, pareceu-lhe um belo golpe seu filho tomar toda a propriedade. Mas lá estava eu, resoluto. Eu não deixaria sua estirpe amaldiçoada se misturar à minha. Não que eu não gostasse do rapaz, mas seu sangue estava nele, e isso era o suficiente. Permaneci firme. McCarthy ameaçou. Eu o desafiei a se vingar de mim da pior maneira. Deveríamos nos encontrar no lago, no meio do caminho entre nossas casas, para conversar sobre o assunto.

"Quando desci lá, o encontrei conversando com o filho. Então fumei um charuto e esperei atrás de uma árvore até que ele ficasse sozinho. Mas, enquanto ouvia sua conversa, tudo o que havia de sombrio e amargo em mim pareceu vir à tona. Ele estava incentivando seu filho a se casar com minha filha, sem se importar com o que ela pudesse pensar, como se fosse uma vagabunda das ruas. Enlouqueceu-me pensar que eu e tudo o que mais amava ficaríamos nas mãos de um homem como aquele. Eu não poderia quebrar a maldição? Já era um moribundo e desesperado, embora lúcido e com membros ainda fortes. Sabia que meu próprio destino estava selado. Mas minha memória e minha garota! Ambas poderiam ser salvas se eu pudesse silenciar aquela língua asquerosa.

"Então fiz, Sr. Holmes, e faria de novo. Por mais que tenha pecado, levei uma vida de martírio para pagar minha dívida. Mas o fato de minha garota estar enredada nas mesmas malhas que me prendiam era mais do que eu poderia sofrer. Eu o derrubei sem nenhum remorso, como se ele fosse uma fera asquerosa e venenosa. Seu grito trouxe de volta seu filho, mas eu já havia alcançado a cobertura da floresta, embora tenha sido forçado a voltar para buscar a capa que deixei cair na minha fuga. Essa é a verdadeira história, senhores, de tudo o que aconteceu."

— Bem, não cabe a mim julgá-lo — disse Holmes enquanto o velho assinava a declaração que havia sido extraída. — Só desejo que nunca sejamos expostos a tal tentação.

— Rogo que não, senhor. E o que pretende fazer?

— Pela sua saúde, nada. Você mesmo está ciente de que em breve terá que responder por sua ação em um tribunal superior ao da segunda instância. Vou manter sua confissão e, se McCarthy for condenado, serei forçado a usá-la. Do contrário, nunca será vista por olhos mortais, e seu segredo, esteja você vivo ou morto, estará seguro conosco.

— Adeus, então — disse o velho solenemente. — Seus leitos de morte, quando vierem, serão mais suaves pela paz que deram a meu espírito. — Cambaleando e tremendo todo o seu corpo gigante, ele mancou lentamente para fora da sala.

— Deus nos ajude! — disse Holmes após um longo silêncio. — Por que o destino prega tais peças com pobres vermes indefesos? Nunca ouço falar de um caso como esse sem que pense nas palavras de Baxter e diga: "Lá vai, mas pela graça de Deus, Sherlock Holmes".

James McCarthy foi absolvido no tribunal de segunda instância com base em uma série de objeções levantadas por Holmes e submetidas ao advogado de defesa. O velho Turner viveu sete meses após nossa conversa, mas agora está morto, e há toda a perspectiva de que o filho e a filha possam viver felizes juntos, na ignorância da nuvem sombria que repousa sobre seu passado.

V. CINCO SEMENTES DE LARANJA

    Quando passo os olhos por minhas anotações e registros dos casos de **SHERLOCK HOLMES** entre os anos 1882 e 1890, me deparo com tantos que apresentam características estranhas e interessantes, que não é fácil saber qual escolher e qual abandonar. Alguns, entretanto, já ganharam publicidade por meio dos jornais, e outros não ofereceram um campo para aquelas qualidades peculiares que meu amigo possuía em um grau tão elevado e que é o objetivo destas crônicas ilustrar. Alguns, também, confundiram sua habilidade analítica e seriam, como narrativas, começos sem fim, enquanto outros foram apenas parcialmente esclarecidos e têm suas explicações baseadas mais em conjecturas e suposições do que naquela prova lógica absoluta, que foi assim tão prezada por ele. Há, no entanto, um desses últimos que foi tão notável em seus detalhes e tão surpreendente em seus resultados, que me sinto tentado a narrá-lo, apesar de haver pontos de conexão com ele que nunca foram, e provavelmente nunca serão, totalmente esclarecidos.

    O ano de 1887 nos forneceu uma longa série de casos de maior ou menor interesse, dos quais mantenho os registros. Entre meus títulos neste, de doze meses, encontro um relato da aventura da Câmara Paradol, da Sociedade Amadora de Mendicantes, que mantinha um luxuoso clube na abóbada inferior de um armazém de móveis, relacionados com a perda da barca inglesa *Sophy Anderson*, as aventuras singulares dos Grice Patersons na Ilha de Uffa e, finalmente, o caso de envenenamento de Camberwell. Nesse último, como pode ser lembrado, Sherlock Holmes foi capaz, ao dar corda no relógio do morto, de provar que havia sido encerrado duas horas antes e que, portanto, o falecido tinha ido para a cama nesse período, uma dedução da maior importância para esclarecer o mistério. Posso esboçar tudo isso em alguma data futura, mas nenhum deles apresenta características tão singulares como a estranha sequência de circunstâncias, a qual peguei minha pena agora para descrever.

Foi nos últimos dias de setembro, e os vendavais de equinócio lufavam com violência excepcional. O dia todo o vento assobiou, e a chuva bateu contra as janelas, de modo que mesmo aqui, no coração da grande Londres, éramos forçados a suspender nossas mentes por um instante da rotina e a reconhecer a presença daquelas grandes forças elementais que vociferam para a humanidade através das grades de sua civilização, como feras indomadas em uma gaiola. À medida que a noite caía, a tempestade ficava mais forte e mais barulhenta, e o vento berrava e soluçava como uma criança na chaminé. Sherlock Holmes sentou-se mal-humorado de um lado da lareira, organizando seus registros de crimes, enquanto eu, do outro, estava mergulhado em uma das belas histórias marítimas de Clark Russell, até que o uivo do vendaval de fora pareceu se misturar com o texto, e o respingo da chuva, se estender até o longo golpe das ondas do mar. Minha esposa estava visitando a mãe dela, e por alguns dias fui morador mais uma vez de meus antigos aposentos na Baker Street.

— Ora — eu disse, erguendo os olhos para meu companheiro —, aquela era certamente a campainha. Quem poderia vir esta noite? Algum amigo seu, talvez?

— Exceto você, não tenho nenhum — respondeu. — Não incentivo visitantes.

— Um cliente, então?

— Nesse caso, é algo sério. Nada menos faria um homem sair em tal dia e em tal hora. Mas é mais provável que seja algum amigo da senhoria, presumo.

Sherlock Holmes estava errado em sua conjectura, pois houve um passo no corredor e uma batida na porta. Ele estendeu o braço comprido para afastar a lamparina de si e em direção à cadeira vazia em que o recém-chegado deveria se sentar.

— Entre! — pediu.

O homem que entrou era jovem, com cerca de vinte e dois anos, bem-cuidado e bem-vestido, com um toque de requinte e delicadeza em suas maneiras. O guarda-chuva esvoaçante que segurava na mão e sua longa e brilhante capa à prova d'água falavam sobre o tempo violento que havia enfrentado. Ele olhou em volta ansiosamente sob o brilho da lamparina, e pude ver que seu rosto estava pálido, e seus olhos, como os de um homem oprimido por uma grande ansiedade.

— Devo desculpas a você — disse ele, erguendo o pincenê dourado até os olhos. — Espero não ter interrompido. Acho que trouxe alguns vestígios da tempestade e da chuva para seu quarto confortável.

— Dê-me seu casaco e guarda-chuva — disse Holmes. — Eles podem descansar aqui no cabide e logo estarão secos. Você veio do sudoeste, pelo que vejo.

— Sim, de Horsham.

— Essa mistura de argila e giz, que vejo nas pontas dos seus pés, é bastante característica.

— Vim pedir um conselho.

— Isso pode ser facilmente obtido.

— E ajuda.

— Isso nem sempre é tão fácil.

— Ouvi falar de você, Sr. Holmes. Ouvi do major Prendergast como você o salvou no escândalo do Clube Tankerville.

— Ah, claro. Ele foi injustamente acusado de trapacear nas cartas.

— Ele disse que você poderia resolver qualquer coisa.

— Ele falou demais.

— Que você nunca é derrotado.

— Já fui derrotado quatro vezes, três vezes por homens e uma vez por uma mulher.

— Mas o que é isso comparado com o número de seus sucessos?

— É verdade que geralmente tenho tido sucesso.

— Então você pode ter mais um comigo.

Cinco Sementes de Laranja

— Eu imploro que leve sua cadeira até a lareira e me forneça alguns detalhes sobre seu caso.

— Não é um caso comum.

— Nenhum dos que vêm a mim são. Sou o último tribunal de apelação.

— E ainda questiono, senhor, se, em toda a sua experiência, já ouviu uma cadeia de eventos mais misteriosa e inexplicável do que aquela que aconteceu em minha própria família.

— Você me enche de interesse — disse Holmes. — Por favor, nos dê os fatos essenciais desde o início, e depois posso questioná-lo sobre os detalhes que me parecem os mais importantes.

O jovem puxou a cadeira e empurrou os pés molhados na direção da lareira.

— Meu nome — começou — é John Openshaw, mas meus próprios negócios têm, tanto quanto posso entender, pouco a ver com esse problema terrível. É uma questão hereditária. Então, para dar uma ideia dos fatos, devo voltar ao início.

— Você deve saber que meu avô tinha dois filhos, meu tio Elias e meu pai Joseph, e que tinha uma pequena fábrica em Coventry, a qual ampliou na época da invenção do ciclismo. Ele era o titular da patente do pneu inquebrável Openshaw, e seu negócio teve tanto sucesso, que conseguiu vendê-lo e aposentar-se com uma bela quantia.

— Meu tio Elias emigrou para a América quando jovem e se tornou um fazendeiro na Flórida, onde, dizem, se deu muito bem. Na época da guerra, lutou no exército de Jackson e, depois, sob comando de Hood, tornando-se coronel. Quando Lee depôs as armas, meu tio voltou para sua plantação, onde permaneceu por três ou quatro anos. Por volta de 1869 ou 1870, voltou para a Europa e adquiriu uma pequena propriedade em Sussex, perto de Horsham. Ele fizera uma fortuna considerável nos Estados Unidos, e seu motivo para deixá-la foi sua aversão aos negros e à política republicana de estender a concessão a eles. Era um homem singular, feroz e de temperamento explosivo, muito desbocado quando estava zangado e de inclinações ao isolamento. Durante todos os anos em que viveu em Horsham, duvido que algum dia tenha posto os pés na cidade. Ele tinha um jardim e dois ou três campos ao redor de sua casa, e lá fazia seus exercícios, embora muitas vezes, por semanas a fio, nunca saísse de seu quarto. Bebia muito conhaque e fumava muito, mas não queria companhia nem amigos, nem mesmo seu irmão.

— Já com minha companhia, não se importava. Na verdade, até criou uma afeição por mim, pois, na época em que me viu pela primeira vez, eu tinha cerca de 12 anos. Isso foi em 1878, depois de ele ter passado oito ou nove anos na Inglaterra. Ele implorou a meu pai que me deixasse morar com ele e foi muito gentil comigo, do seu jeito. Quando estava sóbrio, gostava de jogar gamão e damas comigo, e faria de mim seu representante, tanto junto aos criados como aos comerciantes, de modo que, aos dezesseis anos, já era senhor da casa. Guardava todas as chaves e podia ir aonde quisesse e fazer o que quisesse, desde que não o perturbasse em sua privacidade. Havia uma exceção singular, no entanto, pois ele tinha um único quarto, uma despensa no sótão, que estava invariavelmente trancada e na qual nunca permitiria que eu ou qualquer outra pessoa entrasse. Com a curiosidade de um menino, espiei pelo buraco da fechadura, mas nunca fui capaz de ver mais do que uma coleção de baús e trouxas velhas, como seria de se esperar em uma sala como aquela.

— Um dia, era março de 1883, uma carta com carimbo estrangeiro estava sobre a mesa em frente ao prato do coronel. Não era comum receber cartas, pois suas contas eram pagas com dinheiro à vista, e ele não tinha amigos de espécie alguma. "Da Índia!", ele disse ao pegá-la, "carimbo postal de Pondicherry! O que pode ser isso?". Abrindo apressadamente, do envelope caíram em seu prato cinco pequenas sementes de laranja secas.

Comecei a rir disso, mas a risada cessou ao ver seu rosto. Seus lábios haviam caído, seus olhos estavam salientes, sua pele estava da cor de cal, e olhava para o envelope ainda o segurando em sua mão trêmula, "K. K. K.!", exclamou, e então, "Meu Deus, meu Deus, meus pecados se apoderaram de mim!".

"— O que é, tio?" — exclamei.

"— Morte" — respondeu, e, levantando-se da mesa, retirou-se para seu quarto, deixando-me palpitando de horror.

— Peguei o envelope e vi, rabiscado em tinta vermelha na aba interna, logo acima da goma, a letra K repetida três vezes. Não havia mais nada, exceto as cinco sementes secas. Qual poderia ser a razão de seu terror avassalador? Saí da mesa do desjejum e, ao subir a escada, encontrei-o descendo com uma chave velha e enferrujada, que deve ter pertencido ao sótão, em uma mão, e uma caixinha de latão, como uma caixa de dinheiro, na outra.

"— Eles podem fazer o que quiserem, mas ainda assim vou dar um xeque-mate" — disse, com um juramento. — "Diga a Mary que quero acender a lareira de meu quarto hoje e mande buscar Fordham, o advogado de Horsham."

— Fiz o que ele mandou e, quando o advogado chegou, fui convidado a entrar no quarto. A lareira estava crepitando intensamente, e nela havia uma massa de cinzas pretas e fofas, como de papel queimado, enquanto a caixa de latão estava aberta e vazia ao lado dela. Quando olhei para a caixa, percebi, com um sobressalto, que na tampa estava impresso o triplo K que eu havia lido de manhã no envelope.

"— Desejo que você, John" — disse meu tio —, "testemunhe minha vontade. Deixo minha propriedade, com todas as suas vantagens e desvantagens, para meu irmão, seu pai, de quem, sem dúvida, você herdará. Se você pode desfrutar em paz, ótimo! Se descobrir que não pode, siga meu conselho, meu rapaz, e deixe-a para seu inimigo mais mortal. Lamento dar-lhe uma coisa tão agridoce, mas não posso dizer que rumo tudo vai tomar. Por favor, assine o papel onde o Sr. Fordham lhe mostrar."

— Assinei o papel conforme as instruções, e o advogado levou-o consigo. O incidente singular causou, como você pode pensar, a mais profunda impressão em mim. Ponderei sobre isso e o revirei em minha mente, sem ser capaz de entender nada. Ainda assim, não consegui me livrar da vaga sensação de pavor que aquilo suscitava, embora tenha ficado menos aguda com o passar das semanas e nada acontecesse para perturbar nossa rotina. Pude ver uma mudança em meu tio, no entanto. Ele bebia mais do que nunca e estava menos inclinado a qualquer tipo de interação. A maior parte do tempo passava no quarto, com a porta trancada por dentro, mas às vezes saía correndo de casa em uma espécie de frenesi de bêbado e rasgava o jardim com um revólver na mão, berrando que não tinha medo de ninguém e que não devia ser encurralado como uma ovelha no cercado, por homem ou demônio. Quando esses acessos acabavam, porém, ele entrava precipitadamente pela porta, trancava-a e barrava-a atrás de si, como um homem que não consegue mais enfrentar o terror que está na raiz de sua alma. Em tais ocasiões, vi seu rosto, mesmo em um dia frio, brilhar com a umidade, como se tivesse sido levantado recentemente de uma bacia.

— Bem, para encerrar o assunto, Sr. Holmes, e para não abusar de sua paciência, chegou uma noite em que ele deu um daqueles ataques de bebedeira do qual nunca mais voltou. Nós o encontramos, quando fomos procurá-lo, com o rosto voltado para baixo em uma pequena poça de espuma verde, que ficava ao pé do jardim. Não havia nenhum sinal de violência, e a água tinha apenas sessenta centímetros de profundidade, de modo que o júri, tendo em conta sua conhecida excentricidade, proferiu o veredicto de "Suicídio". Mas eu, que sabia como ele estremeceu só de pensar na morte, tive muita dificuldade para me convencer de que havia largado tudo para enfrentá-la. Só que a ação foi aprovada, e meu pai passou a deter a propriedade e cerca de 14 mil libras, creditadas no banco.

— Um momento — interrompeu Holmes. — Sua declaração é, prevejo, uma das mais notáveis que já ouvi. Deixe-me saber as datas de recebimento da carta, por seu tio, e a de seu suposto suicídio.

— A carta chegou em 10 de março de 1883. Sua morte foi sete semanas depois, na noite de 2 de maio.

— Obrigado. Prossiga, por favor.

— Quando meu pai assumiu a propriedade de Horsham, ele, a meu pedido, fez um exame cuidadoso do sótão, que sempre estivera trancado. Encontramos a caixa de latão lá, embora seu conteúdo tivesse sido destruído. No interior da capa, havia uma etiqueta de papel com as iniciais K. K. K. repetidas, e "Cartas, memorandos, recibos e um registro" escrito abaixo. Presumimos que isso indicava a natureza dos papéis destruídos pelo coronel Openshaw. Quanto ao resto, não havia nada de muito importante no sótão, exceto uma grande quantidade de documentos espalhados e cadernos de notas relacionados com a vida de meu tio na América. Alguns deles eram da época da guerra, e mostravam que ele havia cumprido bem seu dever e que tinha a reputação de um bravo soldado. Outros eram de uma data durante a reconstrução dos estados do Sul, e estavam principalmente relacionados com a política, pois ele evidentemente havia assumido um papel importante na oposição aos políticos mal-intencionados que haviam sido enviados do Norte.

— Bem, foi no início de 1884 quando meu pai veio morar em Horsham, e tudo correu da melhor maneira possível conosco até janeiro de 1885. No quarto dia após o Ano-novo, ouvi meu pai dar um grito agudo de surpresa quando nos sentamos juntos à mesa do café da manhã. Lá estava ele, sentado, com um envelope recém-aberto em uma das mãos e cinco sementes de laranja secas na palma estendida da outra. Ele sempre ria do que chamava de "minha história idiota sobre o coronel", mas parecia muito assustado e confuso agora que a mesma coisa acontecera a ele.

"— Ora, o que diabos isso significa, John?" — gaguejou.

— Meu coração se transformou em chumbo.

"— É a K. K. K" — eu disse. Ele olhou dentro do envelope.

"— É mesmo" — exclamou. — "Aqui estão as letras. Mas o que é isso que está escrito acima delas?"

"— Coloque os papéis no relógio de sol" — li, espiando por cima do ombro.

"— Quais papéis? Que relógio de sol?" — perguntou.

"— O relógio de sol no jardim. Não há outro" — eu disse. — "Mas os papéis devem ser aqueles destruídos."

"— Ora!" — respondeu, agarrando-se fortemente à sua coragem. — "Estamos em uma terra civilizada, e não podemos ter tolices desse tipo. De onde vem essa coisa?"

"— De Dundee" — respondi, olhando para o carimbo do correio.

"— Uma piada absurda" — acrescentou. — "O que tenho a ver com relógios de sol e papéis? Não devo me importar com tamanho absurdo."

"— Você certamente deveria falar com a polícia" — recomendei.

"— Para que eles tirem sarro de mim? Nada disso."

"— Então deixe-me fazer isso."

"— Não, eu o proíbo Não vou fazer um estardalhaço sobre esse absurdo."

— Foi em vão discutir com ele, pois era um homem muito obstinado. Eu andava, porém, com o coração cheio de pressentimentos. No terceiro dia após a chegada da carta, meu pai saiu de casa para visitar um velho amigo seu, o major Freebody, que comanda um dos fortes em Portsdown Hill. Fiquei feliz por ele ir, pois me parecia que estava mais longe do perigo quando longe de casa. Entretanto, eu estava errado. No segundo dia de ausência, recebi um telegrama do major implorando-me que fosse até lá imediatamente. Meu pai havia caído sobre uma das profundas covas de calcário que havia na vizinhança e estava deitado, sem sentidos, com o crânio despedaçado. Corri até ele, mas faleceu sem nunca ter recuperado a consciência. Ele tinha, ao que parece, voltado de Fareham no crepúsculo, e, como o local era desconhecido por ele, e o poço de calcário não tinha vedação, o júri não hesitou em proferir um veredicto de "Morte por causas acidentais" ao examinar todos os fatos relacionados com sua morte. Não consegui encontrar nada que pudesse sugerir a hipótese de assassinato. Não havia sinais de violência, nenhuma pegada, nenhum roubo, nenhum registro de estranhos vistos nas estradas. E, no entanto, não preciso lhe dizer que minha mente estava longe de estar tranquila e que eu estava quase certo de que alguma trama infame fora tecida em torno dele.

"Dessa forma sinistra, obtive minha herança. Você vai me perguntar por que não me livrei da propriedade. Respondo que estava bem convencido de que nossos problemas eram de alguma forma dependentes de um incidente na vida de meu tio, e que o perigo seria tão premente em uma casa quanto na outra.

"Foi em janeiro de 1885 que meu pobre pai encontrou seu fim, e dois anos e oito meses se passaram desde então. Durante esse tempo, vivi feliz em Horsham e comecei a ter esperança de que essa maldição sobre a família tivesse passado e que tivesse terminado na última geração. Eu tinha começado a me confortar cedo demais, pois ontem de manhã o golpe foi desferido da mesma forma que em meu pai."

O jovem tirou do colete um envelope amassado e, voltando-se para a mesa, sacudiu sobre ele cinco pequenas sementes de laranja secas.

— Este é o envelope — continuou. — O carimbo postal é de Londres, divisão oriental. Dentro estão as mesmas palavras da última mensagem endereçada ao meu pai: "K. K. K.", e então "Coloque os papéis no relógio de sol".

— O que você fez? — perguntou Holmes.

— Nada.

— Nada?

— Para falar a verdade — afundou o rosto nas mãos finas e brancas —, me senti impotente, como um daqueles coelhos pobres quando a cobra se contorce em sua direção. Parece que estou nas mãos de algum mal inexorável, o qual nenhuma previsão ou precaução podem evitar.

— Não! Não! — exclamou Sherlock Holmes. — Você deve agir, homem, ou estará perdido. Nada além de energia poderá salvá-lo. Não é hora para desespero.

— Fui à polícia.
— Ah!
— Mas eles ouviram minha história com um sorriso. Estou convencido de que o inspetor formou a opinião de que as cartas são todas brincadeiras e que as mortes de meus parentes foram realmente acidentes, como declarou o júri, e que não tiveram relação com as advertências.

Holmes balançou as mãos cerradas no ar.
— Incrível imbecilidade! — exclamou.
— Eles, no entanto, me permitiram um policial, que pode ficar na casa comigo.
— Ele veio com você esta noite?
— Não. Suas ordens eram para ficar na casa.

Novamente Holmes esbravejou.
— Por que veio até mim? — perguntou. — E, acima de tudo, por que não veio imediatamente?
— Eu não sabia. Foi só hoje que falei com o major Prendergast sobre meus problemas e que fui aconselhado por ele a vir até você.
— Na verdade, se passaram dois dias desde que você recebeu a carta. Devíamos ter agido antes disso. Você não tem nenhuma evidência adicional além daquela que colocou diante de nós? Nenhum detalhe sugestivo que possa nos ajudar?
— Há uma coisa — respondeu John Openshaw. Ele remexeu no bolso do casaco e, tirando um pedaço de papel descolorido de cor azul, colocou-o sobre a mesa. — Tenho alguma lembrança — disse — de que no dia em que meu tio queimou os papéis, observei que as pequenas margens não queimadas, que jaziam entre as cinzas, eram desta cor particular. Encontrei esta única folha no chão de seu quarto, e estou inclinado a pensar que pode ser um dos papéis que, talvez, se destacou dos outros e, dessa forma, escapou da destruição. Além da menção às sementes, não vejo como pode nos ajudar muito. Acho que é uma página de algum diário particular. A escrita é, sem dúvida, de meu tio.

Holmes moveu a lamparina, e nós dois nos debruçamos sobre a folha de papel, que mostrou, pela borda irregular, que realmente havia sido arrancada de um livro. O título era "Março de 1869" e, abaixo, estavam os seguintes avisos enigmáticos:

Cinco Sementes de Laranja

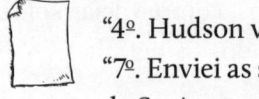

"4º. Hudson veio. Mesma velha plataforma."
"7º. Enviei as sementes a McCauley, Paramore e John Swain de St. Augustine."
"9º. McCauley eliminado."
"10º. John Swain eliminado."
"12º. Visitei Paramore. Tudo bem."

— Obrigado! — disse Holmes, dobrando o papel e devolvendo-o a nosso visitante. — E agora você não deve, em hipótese alguma, perder nem mais um minuto. Não podemos desperdiçar tempo nem mesmo para discutir o que me disse. Você deve chegar em casa imediatamente e agir.

— O que devo fazer?

— Só há uma coisa a fazer, e logo. Você deve colocar este pedaço de papel na caixa de latão que descreveu. Deve incluir uma nota dizendo que todos os outros foram queimados pelo seu tio e que este é o único que resta. Você precisa afirmar isso em palavras que transmitam convicção. Tendo feito isso, deve imediatamente colocar a caixa no relógio de sol, conforme as instruções. Entendeu?

— Totalmente.

— Não pense em vingança ou qualquer coisa do tipo, por ora. Acho que podemos consegui-la por meio da lei, mas temos nossa teia para tecer, enquanto a deles já está tecida. A primeira medida é remover o perigo urgente que o ameaça. A segunda é esclarecer o mistério e punir os culpados.

— Agradeço-lhe — disse o jovem, levantando-se e vestindo o sobretudo. — Você me deu vida nova e esperança. Certamente farei o que aconselhar.

— Não perca um minuto. E, acima de tudo, cuide-se, pois não creio que possa haver dúvidas de que está ameaçado por um perigo muito real e iminente. Como você volta?

— De trem, partindo de Waterloo.

— Ainda não são nove. As ruas estarão lotadas, então creio que estará em segurança. Ainda assim, toda proteção é pouca.

— Estou armado.

— Isso é bom. Amanhã vou começar a trabalhar no seu caso.

— Eu te vejo em Horsham, então?

— Não, seu segredo está em Londres. É aqui que irei procurá-lo.

— Então virei visitá-lo em um dia ou dois dias, com notícias sobre a caixa e os papéis. Vou seguir seu conselho em todos os detalhes. — Ele apertou nossa mão e saiu.

Lá fora, o vento soprava, e a chuva respingava e ribombava nas janelas.

Aquela estranha e bárbara história parecia nos ter surgido entre descontrolados elementos soprados sobre nós, como uma folha de argaço em um vendaval, e agora reabsorvida por eles mais uma vez.

Sherlock Holmes ficou sentado por algum tempo em silêncio, com a cabeça inclinada para frente e os olhos voltados para o brilho vermelho do fogo. Em seguida, acendeu o cachimbo e, recostando-se na cadeira, observou os anéis de fumaça azul perseguindo uns aos outros até o teto.

— Eu acho, Watson — observou, por fim —, que de todos os nossos casos, não tivemos nenhum mais fantástico do que esse.

— Exceto, talvez, o *Signo dos Quatro*.

— Bem, sim. Exceto esse, talvez. No entanto, esse John Openshaw me parece caminhar em meio a perigos ainda maiores do que os Sholtos.

— Mas você — perguntei — já formou alguma concepção definitiva sobre quais são esses perigos?

— Não pode haver dúvida quanto à natureza deles — respondeu.

— Então o que são? Quem é esse K. K. K. e por que persegue aquela família infeliz?

Sherlock Holmes fechou os olhos e apoiou os cotovelos nos braços da cadeira, com as pontas dos dedos unidas.

— O pensador ideal — observou —, quando um único fato em todas as suas relações lhe fosse mostrado apenas uma vez, deduziria não somente toda a cadeia de eventos que o levaram a ele, mas também todos os resultados que se seguiriam dele. Como Cuvier[12] poderia descrever corretamente um animal inteiro pela contemplação de um único osso, o observador que compreendeu completamente um elo, em uma série de incidentes, deve ser capaz de declarar com precisão todos os outros, antes e depois. Ainda não compreendemos os resultados que somente a razão pode atingir. Os problemas podem ser resolvidos no estudo, que tem confundido todos aqueles que buscaram uma solução com a ajuda de seus sentidos. Para levar a arte, entretanto, a seu mais alto grau, é necessário que o pensador seja capaz de utilizar todos os fatos

---

12   Referência a Georges Cuvier, francês conhecido como pai da Paleontologia (N. E.).

Cinco Sementes de Laranja

que chegaram a seu conhecimento, e isso em si implica, como você verá prontamente, a posse de todo o conhecimento, o que, mesmo nestes dias de educação gratuita e enciclopédias, é uma realização um tanto rara. Não é tão impossível, porém, que um homem possua todo o saber que possa ser útil para ele em seu trabalho, e me esforcei nesse sentido. Se bem me lembro, você, em uma ocasião, nos primeiros dias de nossa amizade, definiu meus limites de uma maneira muito precisa.

— Sim — respondi, rindo. — Foi um documento singular. Em filosofia, astronomia e política, você tirou zero, eu me lembro. Nota razoável em botânica. Conhecimento profundo de geologia no que diz respeito às manchas de lama de qualquer região dentro de cinquenta milhas da cidade, excêntrico em química e assistemático em anatomia. Em literatura sensacionalista e registros de crimes, é único. Além disso, é violinista, boxeador, esgrimista, advogado e praticante de autoenvenenamento por cocaína e tabaco. Esses, acho, foram os pontos principais de minha análise.

Holmes sorriu para o último item.

"Bem — continuou —, digo agora, como disse então, que um homem deve manter seu pequeno sótão-cérebro abastecido com todos os móveis que provavelmente usará, e o resto guardar em sua biblioteca, onde pode usar, se quiser. Agora, para um caso como o que nos foi apresentado esta noite, certamente precisamos reunir todos os nossos recursos. Por favor, passe-me a letra K da *American Encyclopædia*, que está na prateleira a seu lado. Obrigado. Agora, consideremos a situação e vejamos o que é possível deduzir dela.

"Em primeiro lugar, podemos começar com uma forte suspeita de que o coronel Openshaw tinha uma razão muito forte para deixar a América. Os homens, naquela fase da vida, não mudam todos os seus hábitos e trocam de bom grado o clima encantador da Flórida pela vida solitária de uma cidade do interior da Inglaterra. Seu extremo amor pela solidão daqui sugere a ideia de que ele tinha medo de alguém ou de alguma coisa, de modo que podemos supor, como hipótese de trabalho, que foi o medo de alguém ou de algo o que o afastou da América. Quanto ao que temia, só podemos deduzir considerando as cartas formidáveis recebidas por ele e seus familiares. Você observou os carimbos dessas cartas?"

— O primeiro era de Pondicherry, o segundo, de Dundee e o terceiro, de Londres.

— Precisamente Londres Oriental. O que deduz disso?

— São todos portos marítimos. O autor estava a bordo de um navio.

— Excelente. Já temos uma pista. Não resta dúvidas de que existe a probabilidade, a grande probabilidade, de o remetente ter estado a bordo de um navio. E agora vamos considerar outro ponto. No caso de Pondicherry, sete semanas se passaram entre a ameaça e seu cumprimento. Em Dundee, foram apenas três ou quatro dias. Isso sugere alguma coisa?

— Uma distância maior para viajar.

— Mas a carta também tinha uma distância maior pela frente.

— Então não entendi.

— Ainda que mínima, há uma chance de o navio em que o homem ou homens estão ser um veleiro. É como se sempre enviassem seu aviso ou sinal singular antes de iniciar sua missão. Você viu como a ação aconteceu rapidamente após o aviso quando veio de Dundee. Se tivessem vindo de Pondicherry em um vapor, teriam chegado quase juntos com a carta. Mas, na verdade, passaram-se sete semanas. Acho que aquelas sete semanas representaram a diferença entre o barco-correio que trouxe a carta e o navio à vela que trouxe o autor.

— É possível.

— Mais que isso, é provável. E agora você vê a urgência mortal deste novo caso e porque instei o jovem Openshaw a ter cautela. O golpe sempre caiu no fim do prazo que os remetentes levariam para percorrer a distância. Mas esta vem de Londres e, portanto, não podemos contar com atrasos.

— Bom Deus! — exclamei. — O que isso pode significar, essa perseguição implacável?

— Os papéis que Openshaw carregava são obviamente de vital importância para a pessoa ou pessoas no navio. Acho que está bastante claro que deve haver mais de um deles. Um único homem não poderia ter cometido duas mortes de forma a enganar a investigação policial. Deve ter mais de um, e devem ter sido homens de recursos e determinação. Eles querem ter seus papéis, não importa quem seja o detentor deles. Logo, K. K. K. deixa de ser as iniciais de um indivíduo e se torna o emblema de uma sociedade.

— Mas de que sociedade?

— Você nunca... — disse Sherlock Holmes, curvando-se para frente e abaixando a voz. — Você nunca ouviu falar da Ku Klux Klan?

— Nunca.

Holmes virou as folhas do livro sobre os joelhos.

Cinco Sementes de Laranja

— Aqui está — disse após pouco tempo. — "Ku Klux Klan, nome derivado da semelhança fantasiosa com o som produzido por um rifle. Essa terrível sociedade secreta foi formada por alguns ex-soldados confederados dos estados do Sul após a Guerra Civil, e rapidamente formou filiais locais em diferentes partes do país, notadamente Tennessee, Louisiana, Carolinas, Geórgia e Flórida. Seu poder era usado para fins políticos, sobretudo para aterrorizar os eleitores negros e assassinar e expulsar do país aqueles que se opunham às suas opiniões. Seus ultrajes eram geralmente precedidos por um aviso enviado ao homem marcado, por meio de alguma forma fantástica, mas em geral reconhecida: um ramo de folhas de carvalho em algumas partes, sementes de melão ou de laranja em outras. Ao receber isso, a vítima poderia abjurar abertamente seus hábitos anteriores ou fugir do país. Se reagisse, a morte viria infalivelmente sobre ela, e frequentemente de alguma maneira estranha e imprevista. Tão meticulosa era a organização da sociedade, e tão sistemáticos seus métodos, que dificilmente há um caso registrado de algum homem que tenha conseguido enfrentá-la de maneira impune, ou que qualquer um de seus ultrajes tenha revelado os criminosos. Por alguns anos, a organização floresceu, apesar dos esforços do governo dos Estados Unidos e das melhores classes da comunidade do Sul. Por fim, no ano de 1869, o movimento entrou em colapso repentino, embora tenha havido surtos esporádicos do mesmo tipo desde aquela data".

"Como você pode perceber — disse Holmes, abaixando o livro —, a súbita quebra da sociedade coincidiu com o desaparecimento de Openshaw da América com seus registros. Pode muito bem ter sido a causa e o efeito. Não é de admirar que ele e sua família tenham alguns dos espíritos mais implacáveis em seu encalço. Perceba também que esse registro e diário devem envolver alguns dos homens mais importantes do Sul, e que pode haver muitos que não dormirão bem à noite até que seja recuperado.

— Então a página que vimos...

— É do jeito que poderíamos esperar. Se bem me lembro, era "enviou as sementes para A, B e C", isto é, enviou o aviso da sociedade para eles. Depois, há entradas sucessivas que A e B foram eliminados, ou deixaram o país, e finalmente que C foi visitado, receio, tendo um resultado sinistro para ele. Bem, acho, doutor, que talvez possamos deixar alguma luz entrar nessa escuridão, e acredito que a única chance que o jovem Openshaw tem nesse meio-tempo é se fizer o que eu disse a ele. Não há mais nada a ser dito ou feito esta noite, então me entregue meu violino e vamos tentar esquecer por meia hora o tempo miserável e os modos ainda mais miseráveis de nossos semelhantes.

O tempo clareou pela manhã, e o sol brilhava moderadamente através do véu escuro que paira sobre a grande cidade. Sherlock Holmes já estava tomando o desjejum quando desci.

— Você vai me desculpar por não ter esperado por você — disse ele. — Tenho, prevejo, um dia muito ocupado investigando este caso do jovem Openshaw.

— O que você fará? — perguntei.

— Dependerá muito dos resultados das minhas primeiras investigações. Afinal, posso ter de ir para Horsham.

— Você não vai lá primeiro?

— Não. Devo começar com a cidade. Basta tocar a campainha, e a criada trará seu café.

Enquanto esperava, levantei o jornal fechado da mesa e olhei para ele. Ele se apoiava em um título que me arrepiou o coração.

— Holmes — exclamei —, tarde demais.

Cinco Sementes de Laranja

— Ah! — respondeu, pousando o copo. — Eu temia isso. Como foi feito? — Ele falou com calma, mas pude ver que estava profundamente comovido.

— Meus olhos captaram o nome de Openshaw e o título "Tragédia perto da Ponte Waterloo". Aqui está o relato:

TRAGÉDIA PERTO DA PONTE WATERLOO

"Entre nove e dez da noite passada, o policial Cook, da divisão H, de plantão perto da Ponte Waterloo, ouviu um grito de socorro e um respingo na água. A noite, porém, estava extremamente escura e tempestuosa, de modo que, apesar da ajuda de vários transeuntes, foi praticamente impossível efetuar um resgate. O alarme, entretanto, foi dado e, com a ajuda da polícia aquática, o corpo acabou sendo resgatado. Provou ser o de um jovem cavalheiro cujo nome, conforme consta em um envelope encontrado em seu bolso, era John Openshaw, e cuja residência fica perto de Horsham. Presume-se que possa ter descido com pressa para pegar o último trem da estação de Waterloo e que, em sua pressa e na extrema escuridão, se perdeu e andou até a beira de um dos pequenos locais de desembarque de barcos fluviais a vapor. O corpo não apresentava vestígios de violência, e não pode haver dúvida de que o falecido foi vítima de um infeliz acidente, que deveria ter o efeito de chamar a atenção das autoridades para o estado dos desembarques ribeirinhos."

Ficamos sentados em silêncio por alguns minutos, Holmes mais deprimido e abalado do que eu jamais o vira.

— Isso fere meu orgulho, Watson — disse, por fim. — É um sentimento mesquinho, sem dúvida, mas fere meu orgulho. Torna-se um assunto pessoal para mim agora, e, se Deus me enviar saúde, colocarei minha mão sobre essa gangue. Ele veio a mim em busca de ajuda, e eu o mandei embora para sua morte! — Ele saltou de sua cadeira e caminhou pela sala em agitação incontrolável, com um rubor em suas bochechas pálidas e um apertar e soltar nervoso de suas mãos longas e finas.

— Devem ser demônios astutos — exclamou. — Como poderiam tê-lo enganado lá embaixo? O Embankment não está na linha direta com a estação. A ponte, sem dúvida, estava lotada demais, mesmo naquela noite,

para seu propósito. Bem, Watson, veremos quem vencerá no longo prazo. Vou sair agora
— Para a polícia?
— Não, serei minha própria polícia. Quando eu tecer a teia, eles podem pegar as moscas, mas não antes.

Passei o dia todo empenhado em meu trabalho profissional, e já era tarde da noite quando voltei para Baker Street. Sherlock Holmes ainda não havia voltado. Eram quase dez horas quando entrou, pálido e cansado. Aproximou-se do aparador e, rasgando um pedaço de pão, devorou-o vorazmente, engolindo-o com um longo gole de água.
— Você está com fome — comentei.
— Morrendo de fome. Não comi nada desde o café da manhã.
— Nada?
— Nem uma mordida. Não tive tempo para pensar nisso.
— Houve algum sucesso?
— Bem...
— Você tem uma pista?

Cinco Sementes de Laranja

— Eu os tenho na palma da minha mão. O jovem Openshaw não ficará muito tempo sem vingança. Ora, Watson, vamos colocar sua própria marca diabólica sobre eles. É bem pensado!

— O que quer dizer?

Ele tirou uma laranja do armário e, rasgando-a em pedaços, espremeu as sementes sobre a mesa. Pegou cinco e as colocou em um envelope. No interior da aba, escreveu "S. H. para J. O". Em seguida, selou e endereçou ao capitão "James Calhoun, barco *Lone Star*, Savannah, Geórgia".

— Isso o aguardará quando ele entrar no porto — disse, rindo. — Pode dar a ele uma noite sem dormir. Ele irá interpretar como um aviso tão certo de seu destino quanto Openshaw o fez antes dele.

— E quem é esse capitão Calhoun?

— O líder da gangue. Chegarei aos outros, mas ele primeiro.

— Como você o rastreou?

Ele tirou uma grande folha de papel do bolso, toda coberta com datas e nomes.

— Passei o dia inteiro — contou — examinando os registros e arquivos do Lloyd's de documentos antigos, acompanhando a futura carreira de cada navio que tocou em Pondicherry em janeiro e fevereiro em 1893. Havia trinta e seis navios de boa tonelagem, relatados lá durante aqueles meses. Destes, um, o *Lone Star*, imediatamente atraiu minha atenção, pois, embora tenha sido catalogado como liberado de Londres, o nome é aquele que é dado a um dos estados da União.

— Texas, eu acho.

— Eu não tinha nem tenho certeza de qual, mas sabia que o navio devia ser de origem americana.

— E depois?

— Pesquisei os registros de Dundee e, quando descobri que o barco *Lone Star* estava lá em janeiro de 1895, minha suspeita tornou-se certeza. Eu então perguntei sobre os navios que estão atualmente no Porto de Londres.

— E...

— O *Lone Star* chegou aqui na semana passada. Desci para a Doca Albert e descobri que ele havia sido levado rio abaixo pela maré na madrugada, de volta para casa em Savannah. Mandei um telegrama para Gravesend e descobri que ele havia zarpado há algum tempo e, como o vento sopra do leste, não tenho dúvidas de que já passou dos Goodwins e que não está muito longe da Ilha de Wright.

— O que você vai fazer, então?

— Oh, estou com uma mão sobre ele. Ele e os dois companheiros, pelo que descobri, são os únicos americanos nativos no navio. Os outros são finlandeses e alemães. Sei também que estavam os três longe do navio na noite passada. Soube pelo estivador que está carregando sua carga. Quando a embarcação deles chegar a Savannah, o barco do correio terá levado esta carta, e o telegrama terá informado à polícia de Savannah que esses três cavalheiros são muito procurados aqui sob acusação de assassinato.

Sempre existe uma falha, no entanto, nos melhores planos humanos, e os assassinos de John Openshaw nunca receberiam as sementes de laranja que lhes mostrariam que outro, tão astuto e resoluto quanto eles, estava em seu encalço. Muito longos e severos foram os vendavais equinociais daquele ano. Esperamos muito por notícias do *Lone Star* de Savannah, mas nenhuma chegou até nós. Soubemos, por fim, que em algum lugar longínquo do Atlântico, um poste de popa despedaçado de um barco foi visto balançando no vale de uma onda, com as letras L. S. esculpidas nele, e isso é tudo que saberemos sobre o destino do *Lone Star*.

VI. O HOMEM COM LÁBIO TORCIDO

Isa Whitney, irmão do falecido Elias Whitney, D. D., diretor da Faculdade Teológica de St. George, era muito viciado em ópio. O hábito cresceu nele, pelo que entendi, em razão de algum surto tolo quando estava na faculdade. Após ter lido a descrição do De Quincey sobre seus sonhos e sensações, encharcou seu tabaco com láudano na tentativa de produzir os mesmos efeitos. Descobriu, como muitos outros já fizeram, que é mais fácil chegar ao vício do que se livrar dele, e, por muitos anos, continuou a ser um escravo da droga, um objeto de horror e pena mesclados para seus amigos e parentes. Posso vê-lo agora, com o rosto amarelo e pálido, pálpebras caídas e pupilas pontiagudas, todo encolhido em uma cadeira: os destroços e ruínas de um homem nobre.

Uma noite, era junho de 1889, soou minha campainha, mais ou menos na hora em que um sujeito deu seu primeiro bocejo e olhou para o relógio. Sentei-me na cadeira. Minha esposa colocou o bordado no colo e fez uma careta de desapontamento.

— Um paciente! — ela disse. — Você vai ter que sair.

Gemi, pois tinha acabado de voltar de um dia cansativo.

Ouvimos a porta da rua abrir, algumas palavras apressadas e, em seguida, passos rápidos no tapete. Nossa própria porta se abriu, e uma senhora, vestida com alguma coisa de cor escura, com um véu preto, entrou na sala.

— Você vai desculpar minha visita tão tarde — começou, e então, de repente perdendo o autocontrole, correu para frente, jogou os braços em volta do pescoço de minha esposa e soluçou no ombro dela. — Oh, estou com tantos problemas! — exclamou. — Preciso de ajuda.

— Ora — respondeu minha esposa, levantando o véu —, é Kate Whitney. Como você me assustou, Kate! Eu não tinha ideia de que era você quando entrou.

— Não sabia o que fazer, então vim direto ver você.

Esse sempre foi o jeito. Pessoas que estavam sofrendo vinham até minha esposa como pássaros para um farol no mar.

— Foi muito gentil da sua parte ter vindo. Agora, você precisa de um pouco de vinho e água; sente-se aqui confortavelmente e nos conte tudo a respeito do ocorrido. Ou você prefere que eu mande James para a cama?

— Oh, não, não! Quero o conselho e a ajuda do médico também. É sobre Isa. Ele não aparece em casa há dois dias. Estou com tanto medo por ele!

Não foi a primeira vez que ela nos falou dos problemas de seu marido; comigo, como médico; com minha esposa, uma velha amiga e companheira de escola. Nós a acalmamos e confortamos com as palavras que pudemos encontrar. Ela sabia onde seu marido estava? Seria possível que pudéssemos trazê-lo de volta para ela?

Parece que era. Ela tinha a informação mais segura de onde ele estava ultimamente; quando teve um ataque, frequentou um antro de ópio no extremo leste da cidade. Até então, suas farras sempre se limitaram a um dia, e ele voltava, contorcendo-se e moribundo, à noite. Mas agora o feitiço estava sobre ele por quarenta e oito horas, e ficou ali, sem dúvida entre os restos do cais, respirando o veneno ou dormindo para evitar os efeitos. Lá ele poderia ser encontrado, ela tinha certeza disso, no Bar de Ouro, em Upper Swandam Lane. Mas o que ela deveria fazer? Como ela, uma mulher jovem e tímida, conseguiria chegar a tal lugar e arrancar o marido dos rufiões que o cercavam?

Era esse o caso e, claro, só havia uma maneira de tirá-lo dali. Não posso acompanhá-la até esse lugar? Pensando bem, por que ela deveria ir?

O Homem com Lábio Torcido

Eu era o médico de Isa Whitney e, como tal, tinha influência sobre ele. Poderia lidar melhor com aquilo se estivesse sozinho. Prometi a ela, com minha palavra, que o mandaria para casa em uma charrete em duas horas, se realmente estivesse no endereço que ela me deu. E assim, em dez minutos, deixei minha poltrona e sala de estar alegre atrás de mim, e acelerei para o leste em uma charrete, em uma missão estranha, como me pareceu na época, embora só o futuro pudesse mostrar o quão estranha seria.

Mas não houve grande dificuldade na primeira etapa da minha aventura. Upper Swandam Lane é um beco vil, escondido atrás dos cais elevados que se alinham do lado norte do rio, a leste da London Bridge. Entre uma loja imunda e uma taberna, próximo a um lance de escada íngreme que descia até uma fenda negra como a boca de uma caverna, encontrei o covil que estava procurando. Ordenando que a charrete me esperasse, desci os degraus, desgastados no centro pelo passo incessante de pés bêbados, e, à luz de uma lamparina bruxuleante acima da porta, encontrei o trinco e abri caminho para um quarto comprido e baixo, espesso e pesado, cheio de fumaça marrom de ópio e fileiras de beliches de madeira, como o castelo de proa de um navio emigrante.

Através da escuridão, podia-se vislumbrar vagamente corpos deitados em estranhas poses fantásticas, ombros curvados, joelhos dobrados, cabeças jogadas para trás, queixos apontando para cima, e, de vez em quando, um olho escuro e sem brilho, que se voltava para o recém-chegado. Das sombras negras, brilhavam pequenos círculos vermelhos de luz, ora brilhantes, ora fracos, enquanto o veneno ardente aumentava ou diminuía nas cabeças dos cachimbos de metal. A maioria ficou em silêncio, mas alguns murmuravam para si, e outros conversavam juntos em uma voz estranha, baixa e monótona, a conversa vindo em jorros, e, de repente, terminando em silêncio, cada um resmungando seus próprios pensamentos e prestando pouca atenção às palavras de seu vizinho. Na outra extremidade, havia um pequeno braseiro de carvão, ao lado do qual, em um banquinho de madeira de três pernas, estava sentado um velho alto e magro, com o queixo apoiado nos dois punhos e os cotovelos sobre os joelhos, olhando para o fogo.

Quando entrei, um frágil atendente malaio se apressou com um cachimbo para mim e um estoque da droga, chamando-me para um beliche vazio.

— Obrigado. Não vim para ficar — disse. — Há um amigo meu aqui, Sr. Isa Whitney, e desejo falar com ele.

Houve um movimento e uma exclamação à minha direita, e, olhando através da escuridão, vi Whitney, pálido, abatido e desarrumado, olhando para mim.

— Meu Deus! É o Watson — exclamou. Estava em um estado de apatia lamentável, com todos os nervos tremendo. — Watson, que horas são?

— Quase onze.

— De que dia?

— Sexta-feira, 19 de junho.

— Deus do céu! Achei que fosse quarta-feira. É quarta-feira. Por que você quer assustar um cara? — Ele afundou o rosto nos braços e começou a soltar soluços agudos.

— Estou te dizendo que é sexta-feira, homem. Sua esposa está esperando por você há dois dias. Você deveria ter vergonha na cara!

— Eu tenho, mas você se confundiu, Watson, pois só estou aqui há algumas horas, três cachimbos, quatro... esqueci quantos. Mas vou para casa com você. Eu não assustaria Kate, pobre pequena Kate. Me dê sua mão! Você tem uma charrete?

— Sim, tenho uma esperando.

— Então preciso entrar nela. Mas devo uma quantia. Descubra quanto é, Watson. Estou sem condições. Não posso fazer nada por mim mesmo.

Desci a passagem estreita entre a fileira dupla de dormentes, prendendo a respiração para impedir a entrada dos vapores vis e inebriantes da droga, procurando o gerente. Quando passei pelo homem alto que estava sentado perto do braseiro, senti um puxão repentino em minha roupa, e uma voz baixa sussurrou:

— Passe por mim e olhe para trás.

As palavras caíram claramente em meus ouvidos. Olhei para baixo. Elas só poderiam ter vindo do velho a meu lado, e ainda assim ele estava sentado, agora tão absorto como antes, muito magro, muito enrugado, curvado pela idade, um cachimbo de ópio pendurado entre seus joelhos, como se a lassidão tivesse caído completamente de seus dedos. Dei dois passos para frente e olhei para trás. Usei todo o meu autocontrole para me impedir de explodir em um grito de espanto. Ele tinha virado as costas para que ninguém pudesse vê-lo, exceto eu. Sua forma se havia preenchido, suas rugas, sumido, os olhos opacos, recuperado o brilho,

O Homem com Lábio Torcido

e ali, sentado perto do fogo e sorrindo de minha surpresa, estava ninguém menos que Sherlock Holmes. Ele fez um leve movimento para que eu me aproximasse e, instantaneamente, ao virar o rosto mais uma vez para o grupo, caiu em uma senilidade trêmula e de lábios soltos.

— Holmes! — sussurrei. — O que diabos você está fazendo neste covil?

— O mais baixo possível — respondeu. — Tenho ouvidos excelentes. Se você tivesse a grande gentileza de se livrar daquele seu amigo estúpido, eu ficaria extremamente feliz em ter uma conversinha com você.

— Tenho uma charrete lá fora.

— Então mande-o para casa nela. Você pode confiar nele com segurança, pois parece estar muito mole para fazer qualquer travessura. Recomendo que também envie um bilhete por intermédio do cocheiro à sua esposa, para dizer que está comigo. Se esperar do lado de fora, estarei com você em cinco minutos.

Era difícil recusar qualquer um dos pedidos de Sherlock Holmes, pois eram sempre bastante taxativos e apresentados com um ar muito tranquilo de maestria. Senti, entretanto, que quando Whitney fosse confinado de vez na charrete, minha missão estaria praticamente cumprida, e, quanto ao resto, não poderia desejar algo melhor do que estar junto a meu amigo em uma daquelas aventuras singulares que eram a condição normal de sua existência. Em alguns minutos, escrevi minha nota, paguei a conta de Whitney, levei-o para a charrete e a vi desaparecer na escuridão. Em muito pouco tempo, uma figura decrépita emergiu do covil de ópio enquanto eu andava pela rua com Sherlock Holmes. Por duas ruas, ele arrastou os pés com as costas curvadas e cambaleando. Então, olhando rapidamente ao redor, se endireitou e caiu na gargalhada.

— Suponho, Watson — disse — que imagine que acrescentei o fumo de ópio às injeções de cocaína e a todos os outros pequenos maus hábitos que você me auxiliou a evitar com seus conselhos médicos.

— Fiquei certamente surpreso em encontrar você lá.

— Mas não mais do que eu ao encontrar você.

— Vim procurar um amigo.

— E eu para encontrar um inimigo.

— Um inimigo?

— Sim, um de meus inimigos naturais, ou, devo dizer, minha presa natural. Resumidamente, Watson, estou no meio de uma investigação notável e espero encontrar uma pista nas divagações incoerentes desses idiotas, como fiz antes. Se eu tivesse sido reconhecido naquele covil, minha vida não teria valido nada, pois já o usei antes para meus próprios objetivos, e o patife do marujo indiano que o dirige jurou vingança contra mim. Há um alçapão na parte de trás daquele edifício, perto da esquina da Paul's Wharf, que poderia contar algumas histórias estranhas do que aconteceu nela nas noites sem lua.

— O quê? Você não quer dizer corpos, quer?

— Sim, corpos, Watson. Seríamos homens ricos se tivéssemos mil libras para cada pobre diabo morto naquele covil. É a mais vil armadilha de assassinato em toda a margem do rio, e temo que Neville St. Clair tenha entrado nela para nunca mais sair. Mas nossa armadilha deveria estar aqui. — Ele colocou os dois indicadores entre os dentes e assobiou estridentemente, sinal que foi respondido por um apito semelhante à distância, seguido logo pelo barulho de rodas e o tilintar de cascos de cavalos.

— Agora, Watson — disse Holmes, quando uma alta carruagem disparou pela escuridão, lançando dois fachos dourados de luz de suas lanternas laterais. — Você virá comigo, certo?

— Se eu puder ser útil.

— Oh, um camarada de confiança é sempre útil, e um cronista, ainda mais. Meu quarto no The Cedars tem cama de casal.

— The Cedars?

— Sim, essa é a casa do Sr. St. Clair. Vou ficar lá enquanto conduzo o inquérito.

— Onde é, então?

— Perto de Lee, em Kent. Temos uma viagem de onze quilômetros pela frente.

— Mas estou totalmente no escuro.

— Claro que está. Você saberá tudo agora. Suba aqui. Tudo bem, John, não precisaremos de você. Aqui está meia coroa. Procure-me amanhã, por volta das onze. Deixe o cavalo solto. Até logo!

Ele açoitou o cavalo com seu chicote, e disparamos pela sucessão interminável de ruas sombrias e desertas que se alargavam gradualmente, até que estávamos voando através de uma ampla ponte balaustrada, com o rio escuro fluindo lentamente abaixo de nós. Mais além ficava outro deserto monótono de tijolos e argamassa, seu silêncio quebrado apenas pelos passos pesados e regulares de policiais, ou pelas canções e gritos de alguma festa tardia de farristas. Uma nuvem carregada espalhava-se

O Homem com Lábio Torcido

lentamente pelo céu, e uma ou duas estrelas cintilavam vagamente aqui e ali através das fendas das nuvens.

Holmes conduzia a carruagem em silêncio, com a cabeça afundada no peito e o ar de um homem perdido em pensamentos, enquanto eu estava sentado ao lado dele, curioso para saber o que poderia ser essa nova busca que parecia sobrecarregar seus poderes tão fortemente, mas me mantive calado, com medo de interromper a corrente de suas reflexões. Havíamos percorrido vários quilômetros e começávamos a chegar à orla do cinturão de casas suburbanas quando ele se sacudiu, encolheu os ombros e acendeu o cachimbo com o ar de um homem que se certificou de que está fazendo o melhor que pode.

— Você tem o grande dom do silêncio, Watson — disse. — Isso o torna inestimável como companheiro. Dou minha palavra de que, para mim, é uma coisa ótima ter alguém com quem conversar, pois meus próprios pensamentos não são muito agradáveis. Eu estava me perguntando o que deveria dizer àquela querida mulher esta noite quando ela abrir a porta a nós.

— Você esquece que eu não sei nada sobre o assunto.

— Terei tempo de contar a você os fatos do caso antes de chegarmos a Lee. Parece absurdamente simples e, no entanto, de alguma forma não consigo nada em que me basear. Há muito fio, sem dúvida, mas não consigo pegar a ponta em minha mão. Agora, vou expor o tema de forma clara e concisa, Watson, e talvez você possa ver uma centelha onde tudo é confuso para mim.

— Prossiga, então.

— Alguns anos atrás, para ser exato, em maio de 1884, veio a Lee um cavalheiro de nome Neville St. Clair, que parecia ter muito dinheiro. Ele comprou uma grande casa, preparou o terreno muito bem e viveu, de maneira geral, em grande estilo. Aos poucos, fez amigos na vizinhança e, em 1887, casou-se com a filha de um cervejeiro local, com quem teve dois filhos. Ele não tinha ocupação, mas interesse em várias empresas. Ia para a cidade, em geral pela manhã, e voltava da Cannon Street todas as tardes, às 17h14. O Sr. St. Clair está agora com 37 anos, é um homem de hábitos temperados, um bom marido, um pai muito afetuoso, além de querido por todos que o conhecem. Posso acrescentar que todas as suas dívidas no momento presente, até onde pudemos apurar, chegam a 88,10 libras, enquanto ele tem 220 libras em crédito no Capital and Counties Bank.

Não há razão, portanto, para pensar que problemas de dinheiro estejam pesando em sua mente.

— Na segunda-feira passada, o Sr. Neville St. Clair foi à cidade um pouco mais cedo do que de costume, comentando, antes de sair, que tinha duas encomendas importantes a entregar e que traria para casa uma caixa de blocos de brinquedo para seu filho pequeno. Ora, por mero acaso, a esposa dele recebeu um telegrama nessa mesma segunda-feira, logo após a partida do marido, informando que uma pequena parcela de considerável valor, pela qual ela esperava, estava nos escritórios da Aberdeen Shipping Company. Agora, se você conhecer bem Londres, saberá que a empresa fica na Fresno Street, que se ramifica na Upper Swandam Lane, onde você me encontrou esta noite. A Sra. St. Clair almoçou, partiu para a cidade, fez algumas compras, foi para o escritório, pegou seu pacote e se viu, exatamente às 16h35, andando na Swandam Lane no caminho de volta para a estação. Você me entendeu até agora?

— Está muito claro.

"Se você se lembra, segunda-feira foi um dia extremamente quente, e a Sra. St. Clair caminhou devagar, olhando em volta, na esperança de ver uma charrete, já que não gostava da vizinhança em que se encontrava. Enquanto caminhava dessa maneira pela Swandam Lane, de repente ouviu uma exclamação ou um grito e ficou paralisada ao ver o marido olhando e, ao que parecia, acenando para ela de uma janela do segundo andar, que estava aberta. Ela reconheceu com clareza o rosto dele e o descreveu como terrivelmente agitado. Ele acenou de maneira frenética e então desapareceu da janela tão repentinamente, que pareceu a ela que havia sido puxado para trás por alguma força irresistível. Um detalhe singular que chegou a seu sagaz olhar feminino foi que, embora ele vestisse um casaco escuro, como o que usava quando saiu para a cidade, não havia colarinho nem gravata.

"Convencida de que algo estava errado com o marido, ela desceu correndo os degraus – pois a casa não era outra senão o antro de ópio em que você me encontrou esta noite – e, correndo pela sala da frente, tentou subir as escadas que levavam ao primeiro andar. No primeiro degrau, porém, ela encontrou esse patife marujo indiano de quem falei, que a empurrou para trás e, auxiliado por um dinamarquês que ali atua como assistente, enxotou-a para a rua. Cheia das dúvidas e medos mais enlouquecedores, ela correu e, por rara sorte, encontrou vários policiais com um inspetor na Fresno Street, todos a caminho de suas rondas.

"O inspetor e dois homens a acompanharam de volta e, apesar da resistência contínua do proprietário, eles se dirigiram ao quarto onde o Sr. St. Clair fora visto pela última vez. Não havia sinal dele ali. De fato, em todo aquele andar, não havia ninguém a não ser um desgraçado aleijado de aspecto hediondo, que, ao que parece, ali morava. Ele e o marujo indiano juraram vigorosamente que ninguém mais estivera na sala da frente durante a tarde. Sua negação foi tão determinada, que o inspetor ficou pasmo e quase acreditou que a Sra. St. Clair havia se iludido quando, com um grito, ela saltou sobre uma pequena caixa que estava sobre a mesa e arrancou a tampa. Dela caiu uma cascata de blocos infantis. Era o brinquedo que ele prometera levar para casa.

"Essa descoberta e a evidente confusão que o aleijado demonstrou fizeram o inspetor perceber que o assunto era sério. Os quartos foram examinados cuidadosamente, e todos os resultados apontaram para um crime abominável. A sala da frente era mobiliada com simplicidade, como uma de estar, e dava para um pequeno quarto, que ficava aos fundos de um dos cais. Entre o cais e a janela do quarto, havia uma faixa estreita, que fica seca na maré baixa, mas que, na maré alta, fica coberta com, pelo menos, um metro e meio de água. A janela do quarto era ampla e abria por baixo. No exame, traços de sangue podiam ser vistos no parapeito da janela, e eram visíveis várias gotas espalhadas no chão de madeira do quarto. Escondidas atrás de uma cortina no cômodo da frente, estavam todas as roupas do Sr. Neville St. Clair, com exceção do casaco. Suas botas, meias, chapéu e relógio, tudo estava lá. Não havia sinais de violência em nenhuma dessas vestes, nem outros vestígios do Sr. Neville St. Clair. Aparentemente, ele devia ter saído pela janela, pois nenhuma outra saída pôde ser descoberta, e as nefastas manchas de sangue no peitoril davam pouca esperança de que ele poderia se salvar nadando, pois a maré estava no auge no momento da tragédia.

"E agora falemos dos vilões que pareciam estar diretamente implicados no assunto. O marujo indiano era conhecido por ser um homem dos mais vis antecedentes, mas como, pela história da Sra. St. Clair, se soube que ele estava ao pé da escada poucos segundos após o aparecimento do marido dela na janela, dificilmente poderia ter sido mais do que um cúmplice do crime. Sua defesa foi de absoluta ignorância. Ele alegou, indignado, que não tinha conhecimento das ações de Hugh Boone, seu inquilino, e que não podia explicar de maneira alguma a presença das roupas do cavalheiro desaparecido.

"Isso é tudo sobre o gerente marujo indiano. Agora, o sinistro aleijado, que mora no segundo andar do antro de ópio e que certamente foi o último ser humano cujos olhos pousaram em Neville St. Clair. Seu nome é Hugh Boone, e seu rosto horrível é conhecido por todos que vão muito à cidade. É um mendigo profissional, mas, para evitar a polícia, finge administrar um pequeno comércio de fósforos de cera. À certa distância, descendo a Threadneedle Street, do lado esquerdo, há, como você deve ter notado, um pequeno canto no muro. É ali que essa criatura toma seu assento diário, de pernas cruzadas, com seu minúsculo estoque de fósforos no colo. Como é um espetáculo lamentável, uma pequena chuva de caridade cai sobre o gorro de couro seboso que jaz na calçada ao lado dele. Já observei o sujeito mais de uma vez antes de pensar em conhecê-lo profissionalmente, e fiquei surpreso com a arrecadação que consegue em pouco tempo. Sua aparência, veja, é tão chamativa, que ninguém pode passar por ele sem observá-lo. Uma mecha de cabelo laranja; um rosto pálido desfigurado por uma cicatriz horrível, que, por sua contração, sobe para a borda externa do lábio superior; um queixo de buldogue e um par de olhos escuros muito penetrantes, que apresentam um contraste singular à cor de seu cabelo; tudo o distingue em meio à multidão comum de mendigos e, assim, também, seu humor, pois está sempre pronto para responder a qualquer zombaria que possa ser feita pelos transeuntes. Esse é o homem que, como agora descobrimos, era inquilino no covil do ópio e que foi o último a ver o cavalheiro que procuramos."

— Mas um aleijado! — exclamei. — O que ele poderia ter feito sozinho contra um homem no auge da vida?

— É um aleijado no sentido de que anda mancando, mas, em outros aspectos, parece ser poderoso e bem nutrido. Certamente, sua experiência médica diria a você, Watson, que a fraqueza em um membro costuma ser compensada por uma força excepcional nos outros.

— Continue sua narrativa.

— A Sra. St. Clair desmaiou ao ver o sangue na janela e foi escoltada pela polícia para casa em uma charrete, pois sua presença não forneceria ajuda alguma nas investigações. O inspetor Barton, que estava encarregado do caso, fez um exame cuidadoso das instalações, sem encontrar algo que lançasse alguma luz sobre o assunto. Foi um erro não prender Boone instantaneamente, pois ele teve alguns minutos durante os quais poderia ter se comunicado com seu amigo, o marujo indiano. Essa falha foi logo corrigida, e ele foi apreendido e revistado, sem que fosse encontrado nada que pudesse incriminá-lo. Havia, é verdade, algumas manchas de sangue na manga direita de sua camisa, mas ele apontou para o dedo anelar, que havia sido cortado perto da unha, e explicou que o sangramento vinha de lá, acrescentando que havia estado na janela não muito antes, e que as manchas ali observadas provinham, sem dúvida, da mesma origem. Ele negou veementemente ter visto o Sr. Neville St. Clair e jurou que a presença das roupas em seu quarto era um mistério tanto para ele quanto para a polícia.

— Quanto à afirmação da Sra. St. Clair de que realmente vira o marido na janela, ele declarou que ela devia estar louca ou sonhando. Ele foi removido, protestando ruidosamente, para a delegacia, enquanto o inspetor permaneceu no local na esperança de que a maré vazante pudesse fornecer alguma pista nova. E assim foi, embora dificilmente encontrassem o que temiam na margem de lama. Foi o casaco de Neville St. Clair, e não Neville St. Clair, que foi descoberto quando a maré baixou. E o que acha que eles encontraram nos bolsos?

— Não consigo imaginar.

— Não, não acho que você adivinharia. Cada bolso estava cheio de moedas de um centavo e meio centavo: 421 centavos e 270 meios centavos. Não era de admirar que não tivesse sido arrastado pela maré. Mas um corpo humano é uma questão diferente. Há uma contracorrente violenta entre o cais e a casa. Parecia bastante provável que o casaco pesado tivesse permanecido quando o corpo despido foi sugado pelo rio.

— Mas eu entendi que todas as outras roupas foram encontradas no quarto. Ele estaria vestindo apenas um casaco?

— Não, senhor, mas os fatos podem ser conhecidos de maneira bastante suspeita. Suponha que esse Boone tenha atirado Neville St. Clair pela janela. Não há olho humano que pudesse ter visto a ação. O que ele faria? É claro que imediatamente ocorreria a ele se livrar das vestes reveladoras. Pegaria o casaco, então, e, quando fosse jogá-lo fora, ocorreria a ele que a roupa boiaria. Teria pouco tempo, pois tinha ouvido a briga no andar de baixo, quando a esposa tentou forçar caminho para cima. Talvez ele já tivesse ouvido de seu aliado, o marujo indiano, que a polícia vinha correndo. Não havia um instante a perder. Ele foi até algum tesouro secreto, onde acumulou os frutos de sua mendigagem, e enfiou nos bolsos do casaco todas as moedas que conseguiu pegar para se certificar de que a roupa não afundaria. Ele a joga fora, e teria feito o mesmo com as outras se não tivesse ouvido o barulho nos degraus abaixo. Quando a polícia apareceu, só teve tempo de fechar a janela.

— Certamente parece viável.

— Bem, vamos tomar isso como uma hipótese, por falta de uma melhor. Boone, como já lhe disse, foi preso e levado para a delegacia, mas não foi possível descobrir se alguma vez, em seu passado, houve algo contra ele. Durante anos foi conhecido como um mendigo profissional, mas sua vida parece ter sido muito tranquila e inocente. Aí estão a questão do momento e as dúvidas que precisam ser resolvidas. O que Neville St. Clair estava fazendo no covil de ópio? O que aconteceu com ele quando esteve lá? Onde está agora? O que Hugh Boone tem a ver com seu desaparecimento? Todas continuam longe de uma solução, como sempre. Confesso que não consigo me lembrar de nenhum caso, em minha experiência, que parecesse tão simples à primeira vista, mas que apresentasse tantas dificuldades.

Enquanto Sherlock Holmes detalhava essa série singular de eventos, rondávamos os arredores da grande cidade até que as últimas casas dispersas fossem deixadas para trás, e sacolejávamos ao longo de uma cerca viva de cada lado da estrada. Assim que terminou, porém, passamos por duas aldeias espalhadas, onde algumas luzes ainda brilhavam nas janelas.

— Estamos nos arredores de Lee — disse meu companheiro. — Atravessamos três condados ingleses em nossa curta viagem, começando em Middlesex, passando por uma esquina de Surrey e terminando em Kent. Vê aquela luz entre as árvores? Esse é The Cedars, e, ao lado da

O Homem com Lábio Torcido

lâmpada, está sentada uma mulher cujos ouvidos ansiosos, tenho poucas dúvidas, já perceberam os sons dos cascos de nosso cavalo.

— Mas por que você não está conduzindo o caso de Baker Street? — perguntei.

— Porque há muitas consultas que devem ser feitas aqui. A Sra. St. Clair gentilmente colocou dois quartos à minha disposição, e você pode ter certeza de que ela não oferecerá nada além de boas-vindas para meu amigo e colega. Odeio encontrá-la, Watson, sem ter notícias do marido dela. Aqui estamos. Eia, aí, eia!

Havíamos estacionado em frente a uma casa grande que ficava no centro de seu próprio terreno. Um cavalariço correu até a cabeça do cavalo e, saltando, segui Holmes pela pequena e sinuosa estrada de cascalho que levava à residência. Quando nos aproximamos, a porta se abriu, e uma pequena mulher loira apareceu, vestindo uma espécie de musselina de seda leve, com um toque de chiffon rosa fofo no pescoço e nos pulsos. Ela ficou com sua figura delineada contra a inundação de luz. Uma mão na porta. A outra, meio erguida por sua ansiedade. Seu corpo ligeiramente curvado. Sua cabeça e rosto protuberantes, com olhos ávidos e lábios entreabertos, e uma pergunta constante.

— Então? — exclamou. — Então? — Vendo que éramos dois, deu um grito de esperança que se transformou em um gemido quando viu meu companheiro balançar a cabeça e encolher os ombros.

— Nenhuma boa notícia?

— Nenhuma.

— Nenhuma ruim?

— Não.

— Graças a Deus. Mas entrem. Vocês devem estar cansados, pois tiveram um longo dia.

— Este é meu amigo, Dr. Watson. Ele tem sido de importância vital para mim em vários dos meus casos, e por sorte pude trazê-lo e agregá-lo a essa investigação.

— Estou muito feliz em conhecer você — disse, apertando minha mão calorosamente. — Você vai, tenho certeza, perdoar qualquer coisa que possa faltar em nossa hospitalidade quando considerar o golpe que caiu tão repentinamente sobre nós.

— Minha querida senhora — respondi —, sou um antigo ativista e, mesmo se não fosse, posso muito bem ver que não há necessidade de qualquer desculpa. Se eu puder fornecer alguma ajuda, seja para você ou para meu amigo aqui, ficarei muito feliz.

— Agora, Sr. Sherlock Holmes — disse a senhora quando entramos em uma sala de jantar bem iluminada, com uma refeição fria servida sobre a mesa —, eu gostaria muito de fazer-lhe uma ou duas perguntas simples, a que imploro que você dê uma resposta clara.

— Certamente, madame.

— Não se preocupe com meus sentimentos. Não sou histérica, nem dada a desmaios. Simplesmente desejo ouvir sua mais sincera e verdadeira opinião.

— Em que ponto?

— Do fundo do seu coração, você acha que Neville está vivo?

Sherlock Holmes parecia constrangido pela pergunta.

— Francamente! — ela repetiu, de pé sobre o tapete e olhando de maneira atenta para ele, que se recostava em uma cadeira de vime.

— Francamente, então, madame, não acho.

— Você acha que ele está morto?

— Acho.

— Assassinado?

— Não disse isso. Possivelmente.

— E em que dia ele faleceu?

— Na segunda-feira.

— Então, talvez, Sr. Holmes, você tenha bondade suficiente para explicar como é que recebi uma carta dele hoje.

Sherlock Holmes saltou da cadeira como se tivesse sido eletrocutado.

— O quê?! — exclamou.

— Sim, hoje. — Ela sorriu, segurando um pequeno pedaço de papel no ar.

— Posso ver?

— Certamente.

Ele a tirou dela ansiosamente e, alisando-a sobre a mesa, puxou a lamparina e examinou-a com atenção. Eu tinha deixado minha cadeira e estava olhando para ela por cima do ombro dele. O envelope era muito grosso e estava com o carimbo do correio de Gravesend, com a data daquele mesmo dia, ou melhor, do dia anterior, pois já passava muito da meia-noite.

— Escrita grosseira — murmurou Holmes. — Certamente essa não é a caligrafia do seu marido, senhora.

— Não, mas a de dentro é.

— Percebo também que quem endereçou o envelope teve que perguntar sobre isso.

— Como você pode dizer isso?

— O nome, como pode ver, está em tinta perfeitamente preta, que secou sozinha. O resto é acinzentado, o que mostra que foi usado mata-borrão. Se tivesse sido escrito imediatamente e, em seguida, apagado, não teria um tom preto profundo. Esse homem escreveu o nome, e então houve uma pausa antes de redigir o endereço, o que só pode significar que não estava familiarizado com ele. É claro que é um detalhe, mas não há nada tão importante quanto detalhes. Vamos agora ver a carta. Ah! Havia um anexo aqui!

— Sim, havia um anel. Seu anel de sinete.

— E você tem certeza de que essa é a escrita do seu marido?

— Uma de suas escritas.

— Uma?

— Sua escrita, quando redige apressadamente, é muito diferente de sua caligrafia normal, mas conheço bem.

"— Querida, não tenha medo. Tudo vai ficar bem. Há um grande erro que pode levar algum tempo para ser corrigido. Espere com paciência. NEVILLE."

— Escrito a lápis na folha de rosto de um livro, tamanho oitavo, sem marca d'água. Hum! Postado hoje em Gravesend por um homem com o polegar sujo. Ah! E a aba foi colada, se não estou muito enganado, por uma pessoa que estava mascando tabaco. Você não tem dúvidas de que é a caligrafia do seu marido, senhora?

— Nenhuma. Neville escreveu essas palavras.

— E ela foi postada hoje em Gravesend. Bem, Sra. St. Clair, as nuvens ficaram menos carregadas, embora eu não deva ousar dizer que o perigo acabou.

— Mas ele deve estar vivo, Sr. Holmes.

— A menos que seja uma falsificação inteligente para nos colocar na pista errada. Afinal, o anel não prova nada. Pode ter sido tirado dele.

— Não, não. É a escrita dele!

— Muito bem. Pode, no entanto, ter sido redigido na segunda-feira e postado apenas hoje.

— É possível.

— Nesse caso, muito pode ter acontecido entre esses dias.

— Oh, você não deve me desencorajar, Sr. Holmes. Sei que está tudo bem com ele. Há uma conexão tão grande entre nós, que eu saberia se algum mal tivesse acontecido com ele. No mesmo dia em que o vi pela última vez, ele se cortou no quarto, mas eu, embora estivesse na sala de jantar, subi as escadas imediatamente com a certeza de que algo havia acontecido. Você acha que eu reagiria a tal insignificância e, ainda assim, ignoraria sua morte?

— Já vi muito para negar que a impressão de uma mulher pode ser mais valiosa do que a conclusão de um observador analítico. Nessa carta você certamente tem uma evidência muito forte para corroborar seu ponto de vista. Mas se seu marido está vivo e é capaz de escrever cartas, por que estaria longe de você?

— Não consigo imaginar. É impensável.

— E na segunda-feira, ele não fez comentários antes de deixá-la?

— Não.

— E você ficou surpresa ao vê-lo em Swandam Lane?

— Muito mesmo.

— A janela estava aberta?

— Sim.

— Então ele pode ter chamado você?

— Pode.

— Ele apenas, pelo que entendi, deu um grito inarticulado?

— Sim.

— Um pedido de ajuda, será?

— Sim. Ele acenou com as mãos.

— Mas pode ter sido um grito de surpresa. O espanto ao vê-la inesperadamente pode tê-lo induzido a acenar?

— É possível.

— E você achou que ele foi puxado para trás?

— Ele desapareceu muito de repente.

— Ele pode ter saltado para trás. Você não viu mais ninguém no quarto?

— Não, mas aquele homem horrível confessou ter estado lá, e o marujo indiano estava ao pé da escada.

— Exatamente. Seu marido, pelo que você pôde ver, estava com as próprias roupas?

— Mas sem colarinho ou gravata. Vi claramente sua garganta descoberta.
— Ele alguma vez tinha falado de Swandam Lane?
— Nunca.
— Já mostrou algum sinal de ter consumido ópio?
— Jamais.
— Obrigado, Sra. St. Clair. Esses são os pontos principais sobre os quais gostaria de estar absolutamente ciente. Devemos agora jantar um pouco e depois nos retirar, pois podemos ter um dia muito agitado amanhã.

Um grande e confortável quarto com duas camas fora colocado à nossa disposição, e eu rapidamente entrei embaixo dos lençóis, pois estava cansado após minha noite de aventura. Sherlock Holmes era um homem, no entanto, que, quando tinha um problema não resolvido em sua mente, ficava dias e, até mesmo uma semana sem descanso, revirando, reorganizando os fatos, olhando de todos os pontos de vista, até que o tivesse compreendido ou se convencesse de que os dados eram insuficientes. Logo, ficou evidente para mim que ele agora se preparava para uma sessão noturna. Tirou o casaco e o colete, vestiu um grande roupão azul e depois vagou pelo quarto, recolhendo travesseiros de sua cama e almofadas do sofá e poltronas. Com isso, construiu uma espécie de divã oriental, sobre o qual se sentou de pernas cruzadas, com um pouco de tabaco e uma caixa de fósforos à sua frente. Na penumbra, eu o vi sentado ali, um cachimbo velho entre os lábios, os olhos fixos vagamente no canto do teto, a fumaça azul rondando-o, silencioso, imóvel, com a luz brilhado sobre seus traços aquilinos bem definidos. Ainda estava sentado quando adormeci. Ele ainda estava na mesma posição quando uma exclamação repentina me fez acordar. Presenciei o sol de verão brilhando no quarto. O cachimbo ainda estava entre seus lábios. A fumaça circulava para cima, e o aposento estava cheio de uma densa névoa, mas nada restou da pilha de tabaco que eu vira na noite anterior.

— Acordado, Watson? — perguntou.
— Sim.
— Animado para um passeio matinal?
— Certamente.
— Então se vista. Ninguém despertou ainda, mas sei onde o cavalariço dorme, e logo teremos a carruagem pronta. — Ele ria consigo mesmo enquanto falava. Seus olhos

brilharam, e ele parecia um homem diferente do pensador sombrio da noite anterior.

Enquanto me vestia, olhei para o relógio. Não era de admirar que ninguém estivesse acordado. Eram 4h25. Mal tinha acabado, Holmes voltou com a notícia de que o rapaz estava montando o cavalo.

— Quero testar um pouco minha teoria — anunciou, calçando as botas. — Acho, Watson, que você está agora diante de um dos homens mais idiotas da Europa. Mereço ser chutado daqui para Charing Cross. Mas penso que agora tenho a chave do caso.

— E onde está? — perguntei, sorrindo.

— No banheiro — respondeu. — Oh, não, não estou brincando — continuou, vendo meu olhar de incredulidade. — Acabei de voltar, tirei-a de lá e coloquei-a nesta maleta. Venha, meu rapaz, e veremos se cabe na fechadura.

Descemos as escadas o mais silenciosamente possível e saímos sob o sol da manhã. Na estrada, estavam nosso cavalo e a charrete, com o cavalariço semivestido esperando, na frente. Nós dois entramos e saímos correndo pela London Road. Algumas carruagens rurais se deslocavam trazendo vegetais para a metrópole, mas as fileiras de casas dos dois lados estavam tão silenciosas e sem vida quanto uma cidade em um sonho.

— Em alguns pontos, esse foi um caso singular — disse Holmes, fazendo o cavalo galopar. — Confesso que fui cego como uma toupeira, mas antes adquirir sabedoria tarde do que nunca.

Na cidade, as primeiras pessoas acordadas começavam apenas a olhar sonolentas pelas janelas enquanto dirigíamos pelas ruas do lado de Surrey. Passando pela Waterloo Bridge Road, cruzamos o rio, subimos apressadamente a Wellington Street, viramos bruscamente para a direita e nos encontramos na Bow Street. Sherlock Holmes era bem conhecido na corporação, e os dois policiais que estavam na porta o saudaram. Um deles segurou a cabeça do cavalo enquanto o outro nos levou para dentro.

— Quem está de plantão? — perguntou Holmes.

— Inspetor Bradstreet, senhor.

— Ah, Bradstreet, como está? — Um oficial alto e corpulento desceu pelo corredor de pedra, com um quepe pontudo e uma jaqueta. — Gostaria de ter uma palavra tranquila com você, Bradstreet.

— Certamente, Sr. Holmes. Entre na minha sala.

O Homem com Lábio Torcido

Era pequena, semelhante a um escritório, com um grande livro-mestre sobre a mesa e um telefone instalado na parede. O inspetor sentou-se à mesa.

— O que posso fazer por você, Sr. Holmes?

— Estou aqui em razão daquele mendigo, Boone, acusado de estar envolvido com o desaparecimento do Sr. Neville St. Clair, de Lee.

— Sim. Ele foi trazido e detido para mais investigações.

— Foi o que ouvi. Ele está aqui?

— Na cela.

— Está quieto?

— Oh, ele não dá problemas. Mas é um porco sujo.

— Sujo?

— Sim, só conseguimos fazê-lo lavar as mãos. Seu rosto está preto como o de um funileiro. Bem, quando seu caso for resolvido, ele terá um banho regular na prisão, e acho que, se você o visse, concordaria comigo que ele precisa disso.

— Eu gostaria muito de vê-lo.

— Você gostaria? Isso é fácil. Venha por aqui. Pode deixar sua maleta.

— Não, acho que vou levá-la.

— Muito bem. Venha por aqui, por favor. — Ele nos conduziu por um corredor, abriu uma porta gradeada, desceu uma escada sinuosa e nos levou a um corredor caiado, com uma fileira de portas de cada lado.

— A terceira à direita é a dele — disse o inspetor. — Aqui está! — Ele calmamente abriu um painel na parte superior da porta e olhou para dentro.

— Ele está dormindo — disse. — Você pode vê-lo muito bem.

Nós dois colocamos os olhos na grade. O prisioneiro estava deitado com o rosto voltado para nós, em um sono muito profundo, respirando lenta e pesadamente. Era um homem de estatura média, vestido de maneira grosseira, como era sua vocação, com uma camisa colorida saindo do rasgo de seu casaco esfarrapado. Estava, como dissera o inspetor, extremamente sujo, mas a imundice que cobria seu rosto não escondia sua feiura repulsiva. Uma larga elevação de uma velha cicatriz corria do olho até o queixo e, por sua contração, subia de um lado do lábio superior, de modo que três dentes ficavam expostos em uma careta perpétua. Uma mecha de cabelo ruivo muito brilhante caía sobre seus olhos e testa.

— Ele é uma beleza, não é? — disse o inspetor.

— Certamente precisa de um banho — observou Holmes. — Tomei a liberdade de trazer os produtos necessários comigo. — Ele abriu a maleta enquanto falava e tirou, para meu espanto, uma esponja de banho muito grande.

— Ha! Ha! Você é engraçado — riu o inspetor.

— Agora, se tiver a grande bondade de abrir aquela porta muito silenciosamente, logo faremos dele uma figura muito mais respeitável.

— Bem, não vejo por que recusar — concordou o inspetor. — Ele não parece bom para as celas de Bow Street, não é? — Enfiou a chave na fechadura, e todos nós entramos muito silenciosamente. O adormecido mexeu-se e então se acomodou mais uma vez em um sono profundo. Holmes se abaixou até a jarra d'água, umedeceu a esponja e esfregou-a duas vezes de maneira vigorosa no rosto do prisioneiro.

— Deixem-me apresentá-los — exclamou — ao Sr. Neville St. Clair, de Lee, condado de Kent.

Nunca em minha vida vi tal espetáculo. O rosto do homem descascou sob a esponja como a casca de uma árvore. O tom marrom grosso se foi! Também se foi a horrível cicatriz que o cruzava e o lábio torcido que lhe dera aquele ar repulsivo! Com uma contração, arrancou o cabelo ruivo emaranhado, e ali, sentado na cama, estava um homem pálido, de rosto triste e aparência refinada, cabelos negros e pele lisa, esfregando os olhos e espiando ao redor com perplexidade sonolenta. Então, de repente, percebendo a exposição, gritou e se jogou, escondendo o rosto no travesseiro.

— Céus! — exclamou o inspetor. — É, de fato, o homem desaparecido. Eu o reconheço pela fotografia.

O prisioneiro voltou-se com o olhar temerário de quem se entrega a seu destino.

— Que assim seja — falou. — Diga, do que estou sendo acusado?
— De sumir com o Sr. Neville St... Oh, espere, você não pode ser acusado, a menos que façam disso uma tentativa de suicídio — disse o inspetor com um sorriso. — Bem, estou há vinte e sete anos na força, mas isso realmente nunca vi.
— Se sou o Sr. Neville St. Clair, é óbvio que nenhum crime foi cometido e que, portanto, estou detido ilegalmente.
— Nenhum crime, mas um erro muito grave — contestou Holmes. — Você teria feito melhor se tivesse confiado em sua esposa.
— Não foi a esposa, foram as crianças — gemeu o prisioneiro. — Deus sabe que eu não queria que tivessem vergonha do pai delas. Meu Deus! Que exposição! O que devo fazer?

Sherlock Holmes sentou-se ao lado dele na cama e deu um tapinha gentil em seu ombro.

— Se você deixar para um tribunal resolver a questão — aconselhou —, é claro que dificilmente poderá evitar um escândalo. Por outro lado, se convencer as autoridades policiais de que não há qualquer motivo para um processo contra você, não sei se há qualquer razão para que os detalhes cheguem aos jornais. Tenho certeza de que o inspetor Bradstreet faria anotações sobre qualquer coisa que você pudesse nos contar e enviaria às autoridades competentes. O caso, então, nunca iria a tribunal.

"Deus te abençoe! — exclamou o prisioneiro apaixonadamente. — Eu teria suportado a prisão, sim, até a execução, em vez de deixar meu miserável segredo manchar minha família. Vocês são os primeiros a ouvir minha história. Meu pai era professor em Chesterfield, onde recebi uma excelente educação. Viajei na juventude, subi ao palco e finalmente me tornei repórter de um jornal vespertino de Londres. Um dia, meu editor desejou ter uma série de artigos sobre mendigos da metrópole, e me ofereci para produzi-los. Foi aí que todas as minhas aventuras começaram. Só tentando mendigar como amador é que pude obter os fatos nos quais se baseiam minhas reportagens.

"Quando era ator, é claro que aprendi todos os segredos da maquiagem. Fui famoso nos camarins por minha habilidade. Aproveitei agora meus talentos. Pintei o rosto e, para ficar o mais digno de pena possível, fiz uma boa cicatriz e torci um dos lados do lábio com a ajuda de uma pequena tira de gesso cor de carne. Então, com uma cabeleira ruiva e roupas apropriadas, assumi meu posto na área comercial da cidade ostensivamente como vendedor de fósforos, mas, na verdade, como mendigo. Durante sete horas, exerci meu ofício e, quando voltei para casa à noite, descobri, para minha surpresa, que havia recebido nada menos que 26 xelins e 4 pences.

"Escrevi meus artigos e pensei um pouco mais no assunto até que, algum tempo depois, avalizei o título de um amigo e recebi uma ordem judicial de pagamento de 25 libras. Eu estava perdendo o juízo sem ter como conseguir o dinheiro, mas uma ideia repentina veio a mim. Pedi o prazo de quinze dias ao credor e férias a meus empregadores. Passei o tempo mendigando na cidade sob meu disfarce. Em dez dias, juntei o dinheiro e paguei a dívida.

"Bem, vocês podem imaginar como foi difícil me estabelecer para um trabalho árduo por 2 libras por semana, quando sabia que poderia ganhar o mesmo em um dia, manchando meu rosto com um pouco de tinta e colocando meu chapéu no chão, e ainda sentado. Foi uma longa luta entre meu orgulho e o dinheiro, mas este finalmente venceu. Abandonei as reportagens e sentei-me dia após dia na esquina que havia escolhido primeiro, inspirando pena com meu rosto horrível e enchendo meus bolsos de moedas. Apenas um homem sabia meu segredo. Era o gerente de um covil baixo em que eu costumava me hospedar em Swandam Lane, de onde podia emergir todas as manhãs como um mendigo esquálido e, à noite, me transformar em um homem bem-vestido da cidade. Esse sujeito, um marujo indiano, foi bem pago por mim por seus quartos, de modo que sabia que meu segredo estava seguro com ele.

O Homem com Lábio Torcido

"Bem, logo descobri que estava economizando somas consideráveis de dinheiro. Não quero dizer que qualquer mendigo nas ruas de Londres pudesse ganhar 700 libras por ano, o que é menos do que minha receita média, mas eu tinha vantagens excepcionais pelo meu poder de transformação e facilidade com atuação, que melhorou com a prática e me tornou um personagem bastante conhecido na cidade. Durante todo o dia, uma torrente de centavos, variando de acordo com a prata, caía sobre mim. Era um dia muito ruim quando não conseguia juntar duas libras.

"À medida que ficava mais rico, mais ambicioso me tornava. Aluguei uma casa no campo e acabei me casando, sem que ninguém suspeitasse de minha verdadeira ocupação. Minha querida esposa sabia que eu tinha negócios na cidade. Ela mal imaginava o quê.

"Na segunda-feira passada, eu tinha terminado o trabalho e estava me vestindo em meu quarto acima do covil de ópio. Foi quando olhei pela janela e vi, para meu horror e espanto, que minha esposa estava parada na rua, com os olhos fixos em mim. Soltei um grito de surpresa, ergui os braços para cobrir o rosto e, correndo para meu confidente, o marujo indiano, roguei-lhe que impedisse que alguém se aproximasse de mim. Ouvi a voz dela lá embaixo, mas sabia que ela não podia subir. Rapidamente tirei minhas roupas e coloquei as de mendigo, meus pigmentos e minha peruca. Mesmo os olhos de uma esposa não poderiam desmontar um disfarce tão completo.

"Mas então me ocorreu que poderia haver uma busca no quarto e que as roupas me trairiam. Abri a janela, perfurando com violência um pequeno corte que me infligira no quarto naquela manhã. Em seguida, peguei meu casaco, carregado com o peso das moedas que acabara de lhe transferir da bolsa de couro em que carregava minhas compras. Eu o atirei pela janela, e ele desapareceu no Tâmisa. As outras roupas teriam seguido, mas naquele momento houve uma corrida de policiais escada acima, e alguns minutos depois descobri, sim, confesso, para meu alívio, que em vez de ser identificado como Sr. Neville St. Clair, fui preso como seu assassino.

"Não sei se há mais alguma coisa para explicar. Eu estava determinado a preservar meu disfarce o máximo possível, por isso minha preferência por um rosto sujo. Sabendo que minha esposa estaria terrivelmente ansiosa, tirei meu anel e o entreguei ao marujo indiano num momento em que nenhum policial estava me observando. Com um rabisco apressado, escrevi uma nota a ela dizendo que não havia motivo para temer."

— Essa nota só chegou a ela ontem — disse Holmes.

— Bom Deus! Que semana ela deve ter tido!

— A polícia vigiou esse marujo indiano — disse o inspetor Bradstreet —, e posso afirmar que ele deve ter achado difícil postar uma carta sem ser observado. Provavelmente a entregou a algum marinheiro, cliente seu, mas este se esqueceu dela por alguns dias.

— Foi isso — disse Holmes, balançando a cabeça em aprovação. — Não tenho dúvidas. Mas você nunca foi processado por mendigar?

— Muitas vezes, mas o que era uma multa para mim?

— Deve parar agora, no entanto — aconselhou Bradstreet. — Se quiser que a polícia abafe essa coisa, não deve haver mais Hugh Boone.

— Juro com o juramento mais solene que um homem pode fazer.

— Nesse caso, penso que é melhor que não sejam dados mais passos adiante. Mas se você for encontrado mendigando novamente, tudo deverá ser revelado. Estou certo, Sr. Holmes, de que lhe devemos muito por ter esclarecido o assunto. Gostaria de saber como você alcança seus resultados.

— Alcancei esse — respondeu meu amigo — sentando-me sobre cinco travesseiros e consumindo 30 gramas de tabaco. — Acho, Watson, que se formos até Baker Street, chegaremos a tempo para o café da manhã.

VII. A AVENTURA DO CARBÚNCULO AZUL

Visitei meu amigo **SHERLOCK HOLMES** na segunda manhã depois do Natal, com a intenção de lhe dar os cumprimentos da temporada. Ele estava recostado no sofá com um roupão roxo, um cachimbo a seu alcance à direita e uma pilha de jornais matinais amassados, evidentemente recém-estudados. Ao lado do sofá havia uma cadeira de madeira. No canto das costas dela pendia um chapéu de feltro duro extremamente decadente e vergonhoso, muito surrado e rachado em vários lugares. Uma lente e uma pinça sobre o assento sugeriam que o chapéu tinha sido suspenso dessa maneira para ser examinado.

— Você está ocupado — disse. — Talvez eu o esteja interrompendo.

— De modo nenhum. Estou feliz por ter um amigo com quem posso discutir meus resultados. O assunto é perfeitamente trivial — apontou o polegar na direção do velho chapéu —, mas há detalhes relacionados a ele que não são totalmente desinteressantes.

Sentei-me em sua poltrona e esquentei as mãos ante a lareira crepitante, pois uma geada forte havia começado, e as janelas estavam grossas com os cristais de gelo.

— Suponho — comentei — que por mais simples que pareça, essa coisa tem alguma história mortal ligada a ela, que é a pista que vai guiá-lo na solução de certo mistério e na punição de algum crime.

— Não, não. Nenhum crime — respondeu Sherlock Holmes rindo. — Apenas um daqueles pequenos incidentes caprichosos que acontecem quando você tem quatro milhões de seres humanos se empurrando no espaço de alguns quilômetros quadrados. Em meio à ação e reação de um enxame tão denso de humanidade, pode-se esperar que todas as combinações possíveis de eventos ocorram, e muitos pequenos problemas podem ser impressionantes e bizarros, sem serem criminosos. Já tivemos experiência nesse sentido.

— Tanto que — observei — dos últimos seis casos que acrescentei às minhas notas, três foram totalmente isentos de qualquer crime legal.

— Precisamente. Você alude à minha tentativa de recuperar os papéis de Irene Adler, ao caso singular da Srta. Mary Sutherland e à aventura do homem do lábio torcido. Bem, não tenho dúvidas de que esse assunto cairá na mesma categoria inocente. Você conhece Peterson, o porteiro?

— Sim.

— É a ele que este troféu pertence.

— É o chapéu dele.

— Não, não, ele o encontrou. Seu dono é desconhecido. Imploro que você não olhe para isso como um chapéu-coco danificado, mas como um problema intelectual, e, primeiro, como veio parar aqui. Chegou na manhã de Natal, na companhia de um bom ganso gordo, que está, não tenho dúvida, neste momento assando no forno de Peterson. Os fatos são os seguintes: por volta das quatro horas da manhã de Natal, Peterson, que, como você sabe, é um sujeito muito honesto, estava voltando de uma pequena comemoração para casa, pela Tottenham Court Road. À sua frente, viu, sob a luz das lâmpadas de gás, um homem alto, caminhando cambaleando e carregando um ganso branco pendurado no ombro. Quando alcançou a esquina da Goodge Street, uma briga irrompeu entre esse estranho e um pequeno grupo de brutos. Um dos últimos arrancou o chapéu do homem, o qual ergueu a bengala para se defender e, balançando-a sobre a cabeça, quebrou a vitrine de si. Peterson correu para proteger o estranho de seus agressores, mas o homem, chocado por ter quebrado a janela e vendo uma pessoa de aparência oficial uniformizada correndo em sua direção, largou

A Aventura do Carbúnculo Azul

o ganso, pôs-se de pé e desapareceu no labirinto de pequenas ruas que ficam na parte de trás da Tottenham Court Road. Os brutamontes também fugiram com o aparecimento de Peterson, de modo que ficou com o campo de batalha e dos despojos da vitória na forma deste chapéu surrado e de um ganso de Natal impecável.

— Que, certamente, ele devolveu a seu dono?

— Meu caro amigo, aí está o problema. É verdade que "Para a Sra. Henry Baker" estava impresso em um pequeno cartão amarrado à perna esquerda do pássaro, e é verdade que as iniciais "H. B." são legíveis no forro deste chapéu, mas, como existem alguns milhares de Bakers e algumas centenas de Henry Bakers nesta nossa cidade, não é fácil devolver o item perdido a qualquer um deles.

— O que Peterson fez, então?

— Ele trouxe o chapéu e o ganso para mim na manhã de Natal, sabendo que até os menores problemas me interessam. O ganso, nós retivemos até esta manhã, quando surgiram indícios de que, apesar da ligeira geada, convinha que fosse comido sem demoras desnecessárias. Seu descobridor o levou, portanto, para cumprir o destino de um ganso, enquanto eu continuo a manter o chapéu do cavalheiro desconhecido que perdeu sua ceia de Natal.

— Ele não publicou anúncio?

— Não.

— Então que pista você poderia ter sobre a identidade do homem?

— Só o que podemos deduzir.

— Do chapéu dele?

— Precisamente.

— Mas você está brincando. O que pode deduzir deste feltro velho e surrado?

— Aqui está minha lente. Você conhece meus métodos. O que pode imaginar quanto à individualidade do homem que usou esta peça?

Peguei o objeto esfarrapado e o virei com tristeza. Era um chapéu preto muito comum, com o formato redondo usual, duro e muito desgastado. O forro era de seda vermelha, mas estava bastante desbotado. Não havia nome de fabricante, mas, como Holmes observou, as iniciais "H. B." foram rabiscadas de um lado. A aba era furada para um protetor de chapéu, mas faltava o elástico. Quanto ao resto, estava rachado, muito empoeirado e manchado em vários lugares, embora parecesse ter havido alguma tentativa de esconder as manchas descoloridas borrando-as com tinta.

— Não consigo ver nada — disse, devolvendo-o a meu amigo.

— Pelo contrário, Watson, você pode ver tudo. Você falha, entretanto, em raciocinar com base no que vê. Você é muito acanhado ao fazer suas inferências.

— Então diga-me o que pode inferir a partir deste chapéu?

Ele o pegou e olhou da maneira introspectiva peculiar que era sua característica.

— Talvez seja menos sugestivo do que poderia ser — observou. — Ainda assim, existem algumas inferências que são muito distintas e outras que representam pelo menos uma forte probabilidade. Que o homem era altamente intelectual e estava muito bem de vida nos últimos três anos, é óbvio à primeira vista, embora tenha passado por dias ruins recentemente. Ele tinha prudência, mas tem menos agora do que antes, o que aponta para um retrocesso moral que, junto ao declínio de sua fortuna, parece indicar alguma influência maligna – provavelmente bebida – agindo sobre ele. Isso pode explicar também o fato óbvio de que sua esposa deixou de amá-lo.

— Meu caro Holmes!

— Ele, no entanto, manteve certo grau de respeito próprio — continuou, desconsiderando meu protesto. — É um homem que leva uma vida sedentária, sai pouco, está completamente fora de forma, é de meia-idade e tem cabelos grisalhos que cortou nos últimos dias, nos quais passa creme. Esses são os fatos mais evidentes que podem ser deduzidos a partir de seu chapéu. Além disso, a propósito, é extremamente improvável que tenha gás em sua casa.

— Você certamente está brincando, Holmes.

— Nem um pouco. Será possível que mesmo agora, quando lhe dou esses resultados, você não consegue ver como são alcançados?

A Aventura do Carbúnculo Azul

— Não tenho dúvidas de que sou muito burro, mas devo confessar que não consigo acompanhá-lo. Por exemplo, como você deduziu que esse homem era intelectual?

Como resposta, Holmes jogou o chapéu na cabeça. Veio direto para a testa e pousou na ponta de seu nariz.

— É uma questão de capacidade cúbica — respondeu. — Um homem com um crânio tão grande deve ter algo dentro.

— E o declínio de sua fortuna?

— Este chapéu tem três anos. Essas abas planas enroladas na borda estavam na moda. É da melhor qualidade. Veja a faixa de seda com nervuras e o forro excelente. Se esse homem pôde comprar um chapéu tão caro há três anos, mas não teve nenhum desde então, certamente está decadente.

— Bem, isso é claro o bastante, de fato. Mas e quanto à prudência e ao retrocesso moral?

Sherlock Holmes riu.

— Aqui está a prudência — respondeu, colocando o dedo sobre o pequeno disco e a alça do protetor de chapéu. — Eles nunca são vendidos em chapéus. Se esse homem encomendou um, é sinal de certa dose de previdência, pois se esforçou para tomar essa precaução contra o vento. Mas, visto que ele rompeu o elástico e que não se preocupou em substituí-lo, é óbvio que tem menos prudência agora do que antes, o que é prova nítida de uma personalidade enfraquecida. Por outro lado, se esforçou para esconder algumas dessas manchas no feltro, pintando-as com tinta, o que é sinal de que não perdeu totalmente a dignidade.

— Seu raciocínio é certamente plausível.

— Os outros detalhes, que ele é de meia-idade, seu cabelo é grisalho, foi cortado recentemente e que usa creme, devem ser verificados examinando-se atentamente a parte inferior do forro. A lente revela grande número de pontas de cabelo bem cortadas pela tesoura do barbeiro. Há um odor distinto de creme. Essa poeira, você poderá ver, não é a cinzenta e arenosa da rua, mas a marrom-fofo de casa, mostrando que esteve pendurado a maior parte do tempo, enquanto as marcas de umidade no interior são provas evidentes de que o usuário transpirava muito e que, portanto, dificilmente poderia estar na melhor forma física.

— Mas e a esposa dele? Você disse que ela havia deixado de amá-lo.

— Este chapéu não é escovado há semanas. Quando eu vir você, meu caro Watson, com o acúmulo de poeira de uma semana em seu chapéu, e quando sua esposa permitir que você saia em tal estado, temerei que também tenha sido infeliz o suficiente para perder o afeto dela.

— Mas ele pode ser solteiro.

— Não. Ele estava levando o ganso para casa como oferta de paz para sua esposa. Lembre-se da carta na perna do pássaro.

— Você tem uma resposta para tudo. Mas como deduz que não tem gás na casa dele?

— Uma mancha de cera, ou mesmo duas, pode surgir por acaso, mas quando vejo não menos do que cinco, não há dúvida de que o indivíduo deve ser colocado em contato frequente com a cera em chamas. Ele sobe as escadas à noite, provavelmente com o chapéu em uma das mãos e uma vela acesa na outra. De qualquer forma, jamais teria manchas de cera se usasse gás. Está satisfeito?

— Bem, é muito engenhoso — respondi, rindo. — Mas, uma vez que, como você acabou de dizer, nenhum crime foi cometido e nenhum dano foi causado, exceto a perda de um ganso, tudo isso parece ser um desperdício de energia.

Sherlock Holmes abriu a boca para responder quando a porta se abriu e Peterson, o porteiro, entrou correndo no apartamento com as bochechas coradas e o rosto de um homem atordoado.

— O ganso, Sr. Holmes! O ganso, senhor! — arquejou.

— Ahn? E daí? Ele voltou à vida e voou pela janela da cozinha? — Holmes girou no sofá para ter uma visão mais ampla do rosto animado do homem.

— Veja aqui, senhor! Veja o que minha esposa encontrou no papo dele! — Ele estendeu a mão e exibiu, no centro da palma, uma pedra azul cintilante brilhante, um pouco menor do que um grão de feijão, mas de tal pureza e resplendor, que brilhou como um ponto luminoso em sua palma escura.

Sherlock Holmes sentou-se com um assobio.

— Por Deus, Peterson! — exclamou. — Este é um verdadeiro tesouro. Suponho que você saiba o que é.

— Um diamante, senhor. Uma pedra preciosa. Corta vidro como se fosse massa.

— É mais do que uma pedra preciosa. É *a* pedra preciosa.

— Não é o carbúnculo azul da condessa de Morcar? — exclamei.

A Aventura do Carbúnculo Azul

— Exatamente isso. Eu deveria saber seu tamanho e forma, visto que ultimamente tenho lido o anúncio sobre isso no *The Times*. É absolutamente único, e seu valor só pode ser conjecturado, mas a recompensa oferecida de mil libras certamente não corresponde a uma vigésima parte do preço de mercado.

— Mil libras! Grande Senhor da misericórdia! — O porteiro afundou-se em uma cadeira e olhou para mim e Holmes.

— Essa é a recompensa, e sei que há motivações sentimentais em segundo plano que levariam a condessa a se desfazer de metade de sua fortuna se ela pudesse apenas recuperar a joia.

— Estava perdida, se bem me lembro, no Hotel Cosmopolitan — comentei.

— Exatamente isso, no dia 22 de dezembro, há apenas cinco dias. John Horner, um encanador, foi acusado de tê-la abstraído da caixa de joias da senhora. As provas contra ele eram tão fortes, que o caso foi encaminhado à segunda instância. Tenho alguns relatos sobre o assunto aqui, acredito. Ele vasculhou seus jornais, olhando as datas, até que finalmente alisou um, dobrou-o e leu o seguinte parágrafo:

"Hotel Cosmopolitan Jewel Robbery. John Horner, 26, encanador, foi acusado de ter, no dia 22, retirado da caixa de joias da condessa de Morcar a joia valiosa conhecida como carbúnculo azul. James Ryder, assistente superior do hotel, deu seu depoimento de que havia conduzido Horner ao quarto da condessa de Morcar, no dia do roubo, para que ele pudesse soldar a segunda barra da grade, que estava solta. Ele havia permanecido com o profissional algum tempo, mas finalmente foi chamado. Ao retornar, descobriu que Horner havia desaparecido, que a escrivaninha fora aberta à força e que a pequena caixa de joias marroquina em que, como depois declarou, a condessa costumava guardar sua joia, estava vazia sobre a penteadeira.

"Ryder deu o alarme imediatamente e Horner foi preso na mesma noite, mas a pedra não pôde ser encontrada nem com ele, nem em seus aposentos. Catherine Cusack, empregada doméstica da condessa, declarou ter ouvido o grito de consternação de Ryder ao descobrir o roubo, e ter entrado correndo na sala, onde encontrou as coisas descritas pela última testemunha. O inspetor Bradstreet, divisão B, deu provas da prisão de Horner, que lutou freneticamente e protestou sua inocência nos termos mais veementes. Comprovada a existência de anterior condenação por roubo contra o preso, o magistrado recusou-se a tratar sumariamente do delito, mas encaminhou-o à segunda instância. Horner, que havia mostrado sinais de intensa emoção durante o processo, desmaiou na conclusão e foi levado para o tribunal."

— Hum! Grande tribunal policial — disse Holmes pensativo, jogando o jornal de lado. — A questão que devemos resolver agora é a sequência de eventos, que vai desde uma caixa de joias saqueada, em uma ponta, até o papo de um ganso em Tottenham Court Road, na outra. Veja, Watson, nossas pequenas deduções de repente assumiram um aspecto muito mais importante e menos inocente. Aqui está a pedra; a pedra veio do ganso, e o ganso veio do Sr. Henry Baker, o cavalheiro com o chapéu ruim e todas as outras características com as quais te entediei. Agora devemos, portanto, nos empenhar muito seriamente em encontrar esse cavalheiro e descobrir que papel desempenhou nesse pequeno mistério. Para isso, devemos tentar primeiro os meios mais simples, e esses meios, sem dúvida, estão em um anúncio em todos os jornais noturnos. Se isso falhar, devo recorrer a outros métodos.

— O que vai fazer?

— Dê-me um lápis e aquele pedaço de papel. Pois bem: "Encontrado na esquina da Goodge Street um ganso e um chapéu de feltro preto. O Sr. Henry Baker pode reavê-los aparecendo às 18h30 na 221B, Baker Street". Isso é claro e conciso.

— Muito. Mas ele vai ver?

— Bem, com certeza vai ficar de olho nos jornais, já que, para um pobre homem, a perda foi pesada. Ele estava claramente tão assustado com a infelicidade em quebrar a janela e com a abordagem de Peterson, que não pensou em nada além de fugir, mas, desde então, deve ter lamentado com amargura o impulso que o levou a largar o pássaro. Então, de novo, a menção a seu nome o fará ver, pois todos que o conhecem irão chamar sua atenção. Aqui está, Peterson. Vá até a agência de publicidade e coloque isso nos jornais da noite.

— Em quais, senhor?

— Oh, no *Globe, Star, Pall Mall, St. James's Gazette, Evening News, Standard, Echo* e quaisquer outros que lhe ocorrerem.

— Muito bem, senhor. E esta pedra?

— Ah, sim, devo ficar com a pedra. Obrigado. E digo, Peterson, compre um ganso no seu caminho de volta e deixe-o aqui comigo, pois devemos ter um para dar a este cavalheiro no lugar daquele que sua família está agora devorando.

Quando o porteiro saiu, Holmes pegou a pedra e segurou-a contra a luz.

— É bonita — disse. — Basta ver como brilha e cintila. Claro que é o núcleo e objeto do crime. Toda boa pedra é. Elas são as iscas de estimação do diabo. Nas joias maiores e mais antigas, cada faceta pode representar uma ação sangrenta. Esta pedra ainda não tem vinte anos. Foi encontrada nas margens do Rio Amoy, no sul da China, e é notável por ter todas as características do carbúnculo, exceto pelo fato de ser azul em vez de vermelho-rubi. Apesar da juventude, já tem uma história sinistra. Houve dois assassinatos, ataque com ácido, um suicídio e vários roubos provocados por causa deste peso de quarenta grãos de carvão cristalizado. Quem pensaria que um brinquedo tão bonito seria um caminho para a forca e a prisão? Vou trancá-lo no meu cofre agora e mandar um recado para a condessa para dizer que o pegamos.

— Você acha que esse homem, Horner, é inocente?

— Não tenho como afirmar isso.

— Bem, então você imagina que esse outro, Henry Baker, tenha algo a ver com o assunto?

— Acho que é muito mais provável que Henry Baker seja absolutamente inocente e que não fazia ideia de que a ave que carregava tinha muito mais valor do que se fosse feita de ouro maciço. Isso, no entanto, determinarei por um teste muito simples se tivermos uma resposta a nosso anúncio.

— E você não pode fazer nada por ora?

— Nada.

— Bom, então vou continuar minha ronda. Mas voltarei à noite, na hora que mencionou, pois gostaria de ver a solução de um negócio tão complicado.

— Ficarei muito feliz em vê-lo. Janto às sete. Há uma galinhola, acredito. A propósito, em vista das ocorrências recentes, talvez eu deva pedir à Sra. Hudson para examinar seu papo.

Fui atrasado por um atendimento. Era um pouco depois das 18h30 quando me vi na Baker Street mais uma vez. Quando me aproximei da casa, avistei um homem alto com um gorro escocês e um casaco abotoado até o queixo, esperando do lado de fora no semicírculo brilhante que fora formado pela luz da claraboia. Assim que cheguei, a porta foi aberta, e fomos conduzidos juntos à sala de Holmes.

— Sr. Henry Baker, creio — ele disse, levantando-se da poltrona e cumprimentando o visitante com o ar descontraído da genialidade que poderia assumir tão facilmente. — Por favor, tome esta cadeira perto da lareira, Sr. Baker. É uma noite fria, e observo que sua circulação está mais adaptada ao verão do que ao inverno. Ah, Watson, você chegou na hora certa. Este é seu chapéu, Sr. Baker?

— Com certeza! Este é sem dúvida meu chapéu.

Ele era um homem grande com ombros arredondados, uma cabeça enorme e um rosto amplo e inteligente, caindo para uma barba pontuda marrom e grisalha. Um toque de vermelho no nariz e nas bochechas, com um leve tremor de sua mão estendida, lembrou a suposição de Holmes sobre seus hábitos. Sua sobrecasaca preta e enferrujada estava abotoada bem na frente, com a gola levantada, e seus pulsos magros projetavam-se das mangas sem nenhum sinal de punho ou camisa. Ele falava em *staccato* lento, escolhendo as palavras com cuidado, e dava a impressão geral de um homem de erudição que tinha sido maltratado pelas mãos do destino.

— Guardamos essas coisas por alguns dias — disse Holmes — porque esperávamos ver um anúncio seu informando o endereço. Não consigo saber por que não o fez.

Nosso visitante deu uma risada um tanto envergonhada.

— Os xelins não têm sido tão abundantes comigo como antes — observou. — Não tive dúvidas de que a gangue de brutamontes que me agrediu tinha levado meu chapéu e o pássaro. Eu não me importava em gastar mais dinheiro em uma tentativa frustrada de recuperá-los.

— Muito naturalmente. A propósito, sobre o pássaro, fomos obrigados a comê-lo.

— Comê-lo? — Nosso visitante se levantou parcialmente de sua cadeira, aflito.

A Aventura do Carbúnculo Azul

— Sim, não teria sido útil para ninguém se não o tivéssemos feito. Mas presumo que este outro ganso no aparador, que tem mais ou menos o mesmo peso e está perfeitamente fresco, atenderá seu propósito igualmente bem.

— Oh, certamente, certamente — respondeu Sr. Baker com um suspiro de alívio.

— Claro, ainda temos as penas, pernas, papo e tudo o mais de seu pássaro. Então, se desejar...

O homem caiu na gargalhada.

— Podem ser úteis para mim como relíquias de minha aventura — respondeu —, mas, além disso, dificilmente posso ver que utilidade terá para mim a *disjecta membra* do meu falecido conhecido. Não, senhor. Acho que, com sua permissão, vou limitar minhas atenções ao excelente pássaro que vejo no aparador.

Sherlock Holmes olhou bruscamente para mim com um leve encolher de ombros.

— Aí está seu chapéu, e, ali, seu pássaro — indicou. — A propósito, iria te aborrecer me dizer onde arranjou o outro? Adoro aves e raramente vi um ganso tão crescido.

— Certamente, senhor — disse Baker, que se levantou e colocou sua propriedade recém-adquirida debaixo do braço. — Alguns de nós frequentam o Alpha Inn, perto do museu. Podemos ser encontrados no próprio museu durante o dia, sabe? Este ano, nosso bom anfitrião, que se chama Windigate, instituiu um clube de ganso, pelo qual, em troca de alguns poucos centavos todas as semanas, cada um de nós receberia um pássaro no Natal. Meus centavos foram devidamente pagos, e o resto já é conhecido por você. Estou muito grato ao senhor, pois um chapéu escocês não se ajusta nem à minha idade, nem à minha seriedade. — Com uma pomposidade cômica, ele se curvou solenemente para nós e partiu em seu caminho.

— É o suficiente sobre o Sr. Henry Baker — disse Holmes quando fechou a porta atrás de si. — É certo que ele não sabe absolutamente nada sobre o assunto. Você está com fome, Watson?

— Não exatamente.

— Então sugiro que transformemos nosso jantar em uma ceia e sigamos essa pista enquanto ainda está quente.

— Com certeza.

Era uma noite gelada, então colocamos nossos coletes e enrolamos echarpes em volta da garganta. Lá fora, as estrelas brilhavam frias no céu sem nuvens, e o hálito dos transeuntes transformava-se em fumaça como muitos tiros de pistola. Nossos passos soaram nítidos e altos enquanto passávamos pelo bairro dos médicos, Wimpole Street, Harley Street e, por fim, pela Wigmore Street até Oxford Street. Em um quarto de hora, estávamos em Bloomsbury, no Alpha Inn, pequena taberna na esquina de uma das ruas que desce para Holborn. Holmes abriu a porta do bar e pediu dois copos de cerveja ao atendente de rosto corado e avental branco.

— Sua cerveja deve ser excelente se for tão boa quanto seus gansos — disse.

— Meus gansos? — O homem pareceu surpreso.

— Sim. Estava conversando há apenas meia hora com o Sr. Henry Baker, membro do seu clube do ganso.

— Ah! Sim, entendo. Mas veja, senhor, eles não são *nossos* gansos.

— Sério! São de quem, então?

— Bem, ganhei as duas dúzias de um vendedor em Covent Garden.

— É mesmo? Conheço alguns deles. Qual foi?

— Breckinridge é o nome dele.

— Ah! Não o conheço. Bem, brindemos à sua boa saúde e à prosperidade de sua casa. Boa noite.

— Agora vamos ao Sr. Breckinridge — continuou, abotoando o casaco enquanto saíamos para o ar gelado. — Lembre-se, Watson, de que, embora tenhamos uma coisa tão simples como um ganso em uma ponta dessa corrente, temos, na outra, um homem que certamente receberá sete anos de servidão penal, a menos que possamos provar sua inocência. É possível que nossa investigação apenas confirme sua culpa, mas, em todo caso, temos uma linha de investigação que a polícia perdeu e que um acaso singular colocou em nossas mãos. Vamos seguir até o amargo fim. Para o sul, então, e marcha rápida!

Atravessamos Holborn, descemos a Endell Street e, assim, passamos por um zigue-zague de barracas até o Covent Garden Market. Uma das maiores trazia o nome de Breckinridge, e o proprietário, homem de aparência de cavalo com um rosto afilado e bigodes laterais elegantes, ajudava um menino a fechar as venezianas.

— Boa noite. É uma noite fria — disse Holmes.

A Aventura do Carbúnculo Azul

O vendedor acenou com a cabeça e lançou um olhar questionador para meu companheiro.

— Os gansos foram vendidos, pelo que vejo — continuou Holmes, apontando para as placas de mármore vazias.

— Deixo você comprar quinhentos amanhã de manhã.

— Isso não é bom.

— Bem, há alguns naquela tenda com o sinalizador de gás.

— Ah, mas fui recomendado a você.

— Por quem?

— Pelo proprietário do Alpha.

— Ah, sim. Enviei-lhe algumas dúzias.

— Eles eram ótimos pássaros também. Agora, onde você os conseguiu?

Para minha surpresa, a pergunta provocou uma explosão de raiva no vendedor.

— Senhor — reagiu, com a cabeça inclinada e os braços nos quadris —, aonde você quer chegar? Vamos ser diretos.

— Bem diretos. Eu gostaria de saber quem lhe vendeu os gansos que você forneceu ao Alpha.

— Bem, então não vou te dizer. Pronto!

— Oh, é um assunto sem importância, mas não sei por que você está tão desconfiado de uma bagatela.

— Desconfiado? Você ficaria desconfiado, talvez, se estivesse tão incomodado quanto eu. Quando pago um bom dinheiro por um bom artigo, o negócio deve ser encerrado, mas com "Onde estão os gansos?", "Para quem vendeu os gansos?" e "Quanto quer pelos gansos?", alguém poderia pensar que eram os únicos no mundo pelo barulho que é feito sobre eles.

— Bem, não tenho nenhuma ligação com qualquer outra pessoa que tenha feito perguntas — disse Holmes despreocupadamente. — Se você não nos contar, o negócio está cancelado, pronto. Mas estou sempre pronto para sustentar minha opinião sobre a questão das aves, e aposto uma nota de cinco que a que comi é de criação do interior.

— Bem, então você perdeu sua nota de cinco, pois é criado na cidade — retrucou o vendedor.

— Nada disso.

— Sei o que estou falando.

— Não acredito.

— Você acha que sabe mais sobre aves do que eu, que cuido delas desde que era criança? Estou dizendo, todos aqueles pássaros enviados ao Alpha foram criados na cidade.

— Você nunca vai me fazer acreditar nisso.

— Quer apostar, então?

— Seria apenas para tomar seu dinheiro, pois sei que estou certo. Mas apostarei uma moeda de ouro com você, apenas para ensiná-lo a não ser afobado.

O vendedor deu uma risadinha sombria.

— Traga-me os livros, Bill — pediu.

O menino trouxe um pequeno volume fino e um grande e oleoso, colocando-os juntos sob a lâmpada pendurada.

— Bem, Sr. Espertão — começou o vendedor —, pensei que estivesse sem gansos, mas, antes de sair, você vai descobrir que ainda há um na minha loja. Vê este livrinho?

— Sim, e daí?

— Essa é a lista das pessoas de quem compro. Vê? Bem, então, aqui nesta página estão os camponeses, e os números após seus nomes são onde suas contas estão no grande livro-mestre. Vê esta outra página em tinta vermelha? Bem, esta é uma lista dos fornecedores da cidade. Agora olhe para o terceiro nome. Apenas leia para mim.

— "Sra. Oakshott, 117, Brixton Road – 249" — leu Holmes.

— Exatamente. Agora veja isso no livro-mestre.

Holmes virou para a página indicada.

— Aqui está, "Sra. Oakshott, 117, Brixton Road, fornecedora de ovos e aves".

— Qual é a última entrada?

— "22 de dezembro. Vinte e quatro gansos por 7 xelins e 6 pences."

— Exatamente. Aí está. E embaixo?

— "Vendido para o Sr. Windigate, do Alpha, por 12 xelins."

— O que tem a dizer agora?

Sherlock Holmes parecia profundamente consternado. Ele tirou uma moeda do bolso e jogou-a sobre a laje, virando-se com o ar de um homem cujo nojo é profundo demais para palavras. A poucos metros de distância, parou sob um poste de luz e riu da maneira cordial e silenciosa que lhe era peculiar.

A Aventura do Carbúnculo Azul

— Quando você vê um homem com bigodes desse corte e um bilhete de loteria saindo de seu bolso, sempre pode atraí-lo com uma aposta — disse. — Ouso dizer que se eu tivesse colocado 100 libras na frente dele, aquele sujeito não teria me dado informações tão completas quanto as que foram extraídas dele pela ideia de que estava ganhando de mim. Bem, Watson, creio que estamos chegando ao fim de nossa busca, e o único ponto que resta descobrir é se devemos prosseguir com aquela Sra. Oakshott esta noite, ou reservá-la para amanhã. Está claro, pelo que aquele homem ranzinza disse, que existem outros além de nós que estão preocupados com o assunto, e eu deveria...

Seus comentários foram repentinamente interrompidos por um grande burburinho que irrompeu da barraca que havíamos acabado de deixar. Virando-nos, vimos um pequeno sujeito com cara de rato, parado no centro do círculo de luz amarela lançado pela lâmpada oscilante, enquanto Breckinridge, o vendedor, enquadrado na porta de sua barraca, estava sacudindo os punhos ferozmente para a figura amedrontada.

— Estou farto de você e seus gansos — gritou. — Gostaria que fossem ao inferno juntos. Se vier me incomodar com sua conversa boba de novo, vou mandar o cachorro atrás de você. Traga a Sra. Oakshott aqui e responderei, mas o que tem a ver com isso? Comprei os gansos de você?

— Não, mas um deles era meu — lamentou o homenzinho.

— Bem, então peça isso à Sra. Oakshott.

— Ela me disse para perguntar a você.

— Bem, pergunte ao rei da Prússia. Estou farto disso. Saia daqui! — Ele avançou ferozmente para a frente, e o inquiridor fugiu para a escuridão.

— Ah! Isso pode nos salvar de uma visita a Brixton Road — sussurrou Holmes. — Venha comigo, e veremos o que será feito deste sujeito.

Passando por entre os grupos dispersos que vadiavam ao redor, meu companheiro rapidamente alcançou o homenzinho e o tocou no ombro. Ele deu um salto, e pude ver, sob a luz a gás, que todos os vestígios de cor haviam sumido de seu rosto.

— Quem são vocês? O que querem? — perguntou com voz trêmula.

— Você me desculpe — disse Holmes suavemente —, mas não pude deixar de ouvir as perguntas que fez ao vendedor há pouco. Acho que posso lhe ser útil.

— Você? Quem é você? Como poderia saber alguma coisa sobre o assunto?

— Meu nome é Sherlock Holmes. É minha função saber o que outras pessoas não sabem.

— Mas como pode saber algo sobre isso?

— Com licença, sei tudo sobre isso. Você está se esforçando para rastrear alguns gansos que foram vendidos pela Sra. Oakshott, de Brixton Road, a um vendedor chamado Breckinridge, e por ele, por sua vez, ao Sr. Windigate, do Alpha, que o vendeu a seu clube, do qual o Sr. Henry Baker é membro.

— Oh, senhor, você é exatamente o homem que anseio conhecer — exclamou o pequenino com as mãos estendidas e dedos trêmulos. — Dificilmente posso explicar o quanto estou interessado nesse assunto.

Sherlock Holmes chamou uma carruagem que estava passando.

— Nesse caso, é melhor discutirmos isso em uma sala aconchegante, em vez de neste mercado varrido pelo vento — sugeriu. — Mas, diga-me, antes de prosseguirmos, quem tenho o prazer de ajudar?

O homem hesitou por um instante.

— Meu nome é John Robinson — respondeu.

— Não, não, o nome verdadeiro — disse Holmes docemente. — É sempre estranho tratar de negócios com um pseudônimo.

A Aventura do Carbúnculo Azul

Um rubor surgiu nas bochechas brancas do estranho.

— Bem, então — disse —, meu nome verdadeiro é James Ryder.

— Exatamente. Atendente principal do Hotel Cosmopolitan. Por favor, entre na carruagem, e logo poderei lhe dizer tudo o que você gostaria de saber.

O homenzinho ficou olhando para mim e Holmes com olhos meio amedrontados e esperançosos, como quem não sabe ao certo se está à beira de uma sorte inesperada ou de uma catástrofe. Então, entrou na charrete e, meia hora depois, estávamos de volta à sala de estar da Baker Street. Nada havia sido dito durante nossa viagem, mas a respiração alta e fraca de nosso novo companheiro e o aperto e soltar de suas mãos refletiam a tensão nervosa dentro dele.

— Chegamos! — disse Holmes alegremente enquanto entrávamos na sala. — O fogo parece bastante apropriado a esse tempo. Você parece estar com frio, senhor Ryder. Por favor, sente-se na cadeira de vime. Vou apenas calçar meus chinelos antes de resolvermos esse seu pequeno problema. Você quer saber o que aconteceu com aqueles gansos?

— Certamente, senhor.

— Ou melhor, acho, com um ganso. Imagino que era um pássaro no qual você estava interessado, branco, com uma barra preta na cauda.

Ryder estremeceu de emoção.

— Oh, senhor — exclamou —, pode me dizer para onde foi?

— Veio para cá.

— Aqui?

— Sim, um pássaro notável. Não me surpreende você se interessar por ele. Pôs um ovo depois de morto, o ovo azul mais ossudo e brilhante já visto. Tenho aqui no meu cofre.

Nosso visitante levantou-se cambaleando e agarrou-se à lareira com a mão direita. Holmes destrancou seu cofre e ergueu o carbúnculo azul, que brilhava como uma estrela, com um resplendor frio, cintilante, de muitas pontas. Ryder ficou olhando com o rosto contraído, sem saber se deveria reivindicá-lo ou negá-lo.

— O jogo acabou, Ryder — disse Holmes calmamente. — Fique parado, ou vai entrar na lareira! Dê a ele uma ajuda de volta à cadeira, Watson. Ele não tem brio suficiente para ser acusado impunemente de um crime. Dê a ele um pouco de conhaque. Isso! Agora ele parece um pouco mais humano. E medroso, com certeza!

Por um momento, ele cambaleou e quase caiu, mas o conhaque trouxe um tom de cor a suas bochechas, e ele ficou olhando com olhos assustados para seu acusador.

— Tenho quase todos os elos em minhas mãos e todas as provas de que poderia precisar, então há pouco que você necessite me dizer. Ainda assim, esse pouco pode muito bem ser esclarecido para tornar o caso completo. Você já ouviu falar, Ryder, dessa pedra azul da condessa de Morcar?

— Foi Catherine Cusack quem me contou isso — disse com a voz estridente.

— Entendo, a criada de sua senhoria. Bem, a tentação de uma fortuna repentina adquirida tão facilmente foi demais para você, como foi para homens melhores antes de você, mas não foram muito escrupulosos os meios que usou. Parece-me, Ryder, que existe em você um vilão formidável. Você sabia que esse homem, Horner, o encanador, já havia se envolvido com algum assunto semelhante antes, e que a suspeita recairia sobre ele com mais facilidade. O que fez em seguida? Forjou um pequeno trabalho no quarto da senhora, você e sua cúmplice, Cusack, e conseguiu que ele fosse o homem chamado para consertar. Então, quando ele foi embora, você vasculhou a caixa de joias, deu o alarme e mandou prender esse infeliz. Então...

Ryder se jogou de repente sobre o tapete e agarrou os joelhos de meu companheiro.

— Pelo amor de Deus, tenha misericórdia! — implorou. — Pense no meu pai! Na minha mãe! Isso partiria seus corações. Nunca errei antes! Jamais errarei novamente. Juro. Vou jurar pela Bíblia. Oh, não me leve ao tribunal! Pelo amor de Deus, não!

— Volte para sua cadeira! — ordenou Holmes severamente. — É muito conveniente se encolher e rastejar agora, mas você pensou pouco no pobre Horner no banco dos réus por um crime do qual ele não sabia nada.

A Aventura do Carbúnculo Azul

— Vou fugir, Sr. Holmes. Vou deixar o país, senhor. Então a acusação contra ele será desfeita.

— Hum! Vamos conversar sobre isso. Agora vamos ouvir um relato verdadeiro do próximo ato. Como a pedra entrou no ganso, e como o ganso entrou no mercado aberto? Diga-nos a verdade, pois aí reside sua única esperança de sair ileso.

Ryder passou a língua pelos lábios ressecados.

— Vou lhe contar exatamente como aconteceu, senhor — começou. — Quando Horner foi preso, pareceu-me que seria melhor eu fugir com a pedra imediatamente, pois não sabia em que momento a polícia poderia pensar em revistar meu quarto e a mim. Não havia nenhum lugar no hotel onde fosse seguro. Saí, como se fosse um chamado urgente, e fui para a casa da minha irmã. Ela se casou com um sujeito chamado Oakshott e morava em Brixton Road, onde engordava aves para o mercado. Durante todo o caminho até lá, cada homem que vi me parecia um policial ou detetive, e, apesar de ser uma noite fria, o suor escorria pelo meu rosto antes de chegar à Brixton Road. Minha irmã me perguntou o que estava acontecendo e por que eu estava tão pálido, mas disse a ela que tinha ficado chateado com o roubo de joias no hotel. Depois fui para o quintal, fumei cachimbo e me perguntei o que seria melhor fazer.

"Certa vez, tive um amigo chamado Maudsley, que se dedicou ao mal e acabou de cumprir pena em Pentonville. Um dia, ele me conheceu e começou a falar sobre os hábitos dos ladrões e sobre como eles podiam se livrar do que roubavam. Eu sabia que me dizia a verdade pois conhecia uma ou duas coisas sobre ele, então decidi ir direto para Kilburn, onde ele morava, confidenciar tudo. Ele me mostraria como transformar a pedra em dinheiro. Mas como chegar até lá em segurança? Pensei nas agonias que havia passado ao sair do hotel. Eu poderia a qualquer momento ser agarrado e revistado, com a pedra no bolso do meu colete. Estava encostado na parede certa hora e olhando para os gansos que gingavam em volta de meus pés, quando de repente uma ideia me veio à cabeça, que me mostrou como eu poderia derrotar o melhor detetive que já existiu.

"Minha irmã havia me dito algumas semanas antes que eu poderia escolher um de seus gansos como presente de Natal, e eu sabia que ela sempre cumpria sua palavra. Eu pegaria meu ganso agora e nele carregaria minha pedra para Kilburn. Havia um pequeno galpão no quintal, e para trás dele levei um dos pássaros, um belo e grande, branco, com a cauda listrada. Eu o agarrei e, abrindo seu bico, empurrei a pedra em sua garganta o mais longe que meu dedo pôde alcançar. O pássaro engoliu em seco, e senti a pedra passar ao longo de sua garganta e descer em seu papo. Mas a criatura se agitou e lutou, e minha irmã saiu para saber o que estava acontecendo. Quando me virei para falar com ela, o bruto se soltou e saiu voando entre os outros.

"— O que estava fazendo com aquele pássaro, Jem?" — ela perguntou.

"— Bem" — eu disse —, "você falou que me daria um ganso de Natal, e eu estava sentindo qual era o mais gordo."

"— Oh" — ela disse. — "Reservamos um para você, o 'pássaro de Jem', como chamamos. É o grande branco ali. Há vinte e seis deles: um para você, um para nós e duas dúzias para o mercado."

"— Obrigado, Maggie" — agradeci. — "Mas se for tudo bem para você, prefiro aquele com que estava lidando agora."

"— O outro pesa uns três quilos a mais" — ela disse —, "e nós o engordamos expressamente para você."

"— Deixa pra lá. Quero o outro, e vou pegá-lo agora" — disse.

"— Ah, como quiser" — ela aceitou, um pouco ofendida. — "Qual você quer, então?"

"— Aquele branco com a cauda listrada, bem no meio do rebanho."

"— Oh, muito bem. Mate-o e leve com você."

— Bem, fiz o que ela disse, Sr. Holmes, e carreguei o pássaro até Kilburn. Contei a meu amigo o que tinha feito, pois ele era um homem a quem era fácil relatar uma coisa dessas. Ele riu até engasgar. Pegamos uma faca e abrimos o ganso. Meu coração gelou, pois não havia sinal da pedra, e eu sabia que algum erro terrível havia ocorrido. Deixei o pássaro, corri de volta para a casa da minha irmã e fui para o quintal. Não havia um pássaro à vista.

"— Onde estão todos eles, Maggie?" — exclamei.

"— Levei ao vendedor, Jem."

"— Qual vendedor?"

"— Breckinridge, de Covent Garden."

"— Mas havia outro com uma cauda listrada?" — perguntei. — "Igual ao que eu escolhi?"

"— Sim, Jem, havia dois com cauda listrada, e eu não consegui distingui-los."

A Aventura do Carbúnculo Azul

— Bem, então é claro que entendi tudo, e corri o mais rapidamente que meus pés puderam me levar até aquele homem, Breckinridge, mas ele vendeu o lote de uma vez, e nenhuma palavra me disse sobre aonde eles tinham ido. Vocês mesmos o ouviram esta noite. Bem, ele sempre me respondeu assim. Minha irmã acha que estou enlouquecendo. Às vezes, penso que estou mesmo. Agora sou um ladrão sem nunca ter tocado na riqueza pela qual vendi meu caráter. Deus me ajude! Deus me ajude!

Ele começou a soluçar convulsivamente, com o rosto enterrado nas mãos.

Houve um longo silêncio, interrompido apenas pela respiração pesada dele e pelas batidas medidas das pontas dos dedos de Sherlock Holmes na borda da mesa. Então meu amigo se levantou e abriu a porta.

— Saia! — ordenou.

— Como é, senhor? Oh, Deus te abençoe!

— Sem mais palavras. Saia!

Não foram necessárias mais palavras. Houve uma correria, um barulho nas escadas, o estrondo de uma porta e o barulho de passos correndo na rua.

— Afinal, Watson — disse Holmes, estendendo a mão para pegar o cachimbo de argila, — não fui contratado pela polícia para suprir suas deficiências. Se Horner estivesse em perigo, seria outra coisa, mas aquele sujeito não testemunhará contra ele, e o caso deve desmoronar. Suponho que estou acobertando um crime, mas é possível que esteja salvando uma alma. Aquele sujeito não errará de novo. Ele está terrivelmente assustado. Mande-o para a prisão agora, e você o tornará um bandido para o resto da vida. Além disso, é a época do perdão. O acaso colocou em nosso caminho um problema dos mais singulares e caprichosos, e sua solução é a própria recompensa. Se tiver a bondade de tocar o sino, doutor, iniciaremos outra investigação da qual também um pássaro será o objeto principal.

VIII. A AVENTURA DA FAIXA PINTADA

Ao examinar minhas anotações, durante os últimos oito anos, sobre os setenta casos estranhos a partir dos quais estudei os métodos de meu amigo **SHERLOCK HOLMES**, concluí que alguns eram muitos trágicos, e outros, cômicos. Um grande número era simplesmente estranho, mas nenhum era comum, pois, trabalhando mais pelo amor à sua arte do que por dinheiro, ele se recusou a se associar a qualquer investigação que não tendesse ao incomum e até mesmo ao fantástico. De todos esses casos variados, entretanto, não consigo me lembrar de nenhum que tenha apresentado características mais singulares do que aquele relativo à conhecida família de Surrey, os Roylotts de Stoke Moran. Os eventos em questão ocorreram nos primeiros dias de minha amizade com Holmes, quando dividíamos os quartos como solteiros em Baker Street. É possível que eu os tivesse registrado antes, mas uma promessa de segredo foi feita na época, da qual só fui libertado no último mês pela morte prematura da senhora a quem foi feito o juramento. Talvez seja bom que os fatos agora venham à luz, pois tenho razões para acreditar que existem

A Aventura da Faixa Pintada

rumores generalizados sobre a morte do Dr. Grimesby Roylott que tendem a tornar o assunto ainda mais terrível do que a verdade.

Foi no início de abril de 1883 que acordei uma manhã e encontrei Sherlock Holmes de pé, totalmente vestido, ao lado de minha cama. Ele costumava acordar tarde, como regra, e como o relógio sobre a lareira me mostrava que eram apenas 7h15, pisquei para ele com alguma surpresa e talvez um pouco de ressentimento, porque eu era regular em meus hábitos.

— Sinto muito por te acordar, Watson — ele disse —, mas é o que está acontecendo esta manhã. A Sra. Hudson foi acordada, ela me acordou e eu a você.

— O que é, então? Um incêndio?

— Não, um cliente. Parece que chegou uma jovem muito exaltada, que insiste em me ver. Ela está esperando agora na sala de estar. Quando moças vagam pela metrópole a esta hora da manhã, e tiram as pessoas sonolentas de suas camas, presumo que seja porque têm algo muito urgente a comunicar. Se for um caso interessante, estou certo de que gostaria de acompanhá-lo desde o início. Pensei, de qualquer forma, que deveria te chamar e lhe dar uma chance.

— Meu caro amigo, eu não perderia por nada.

Não havia nada mais prazeroso do que acompanhar Holmes em suas investigações profissionais e admirar as deduções rápidas, tão rápidas quanto as intuições, mas sempre fundadas em uma base lógica com a qual ele desvendava os problemas que lhe eram submetidos. Vesti minhas roupas rapidamente e, em poucos minutos, fiquei pronto para acompanhar meu amigo até a sala de estar. Uma senhora vestida de preto e fortemente enlutada, que estava sentada na janela, se levantou quando entramos.

— Bom dia, senhora — disse Holmes com alegria. — Meu nome é Sherlock Holmes. Este é meu amigo íntimo e associado, Dr. Watson, diante de quem você pode falar tão livremente quanto diante de mim. Ah! Fico feliz em ver que a Sra. Hudson teve o bom senso de acender o fogo. Por favor, aproxime-se dele. Pedirei uma xícara de café quente, pois vejo que está tremendo.

— Não é frio que me faz tremer — disse a mulher em voz baixa, mudando de assento conforme solicitado.

— O que é, então?

— É medo, Sr. Holmes. É terror. — Ela ergueu o véu enquanto falava, e pudemos ver que estava realmente em um estado lamentável de agitação, o rosto todo contraído e cinzento, com olhos inquietos e assustados, como os de algum animal caçado. Suas feições e corpo eram os de uma mulher de trinta anos, mas seu cabelo estava marcado de um cinza prematuro. Sua expressão estava cansada e abatida. Sherlock Holmes a examinou com um de seus olhares rápidos e abrangentes.

— Você não deve temer — ele disse suavemente, curvando-se para frente e dando tapinhas em seu antebraço. — Em breve, resolveremos as coisas, não tenho dúvidas. Você veio de trem esta manhã, pelo que vejo.

— Você me conhece, então?

— Não, mas observo a segunda metade de uma passagem de volta na palma da sua luva esquerda. Você deve ter começado cedo, e, ainda assim, fez uma boa viagem de carruagem, ao longo de estradas pesadas, antes de chegar à estação.

A senhora teve um sobressalto violento e olhou perplexa para meu companheiro.

— Não há mistério, minha cara senhora — ele disse, sorrindo. — O braço esquerdo de sua jaqueta está salpicado de lama em nada menos que sete lugares. As marcas estão perfeitamente frescas. Não há veículo, exceto uma carruagem, que jogue lama dessa maneira, e apenas quando você se senta do lado esquerdo do condutor.

— Quaisquer que sejam suas razões, você está perfeitamente correto — ela disse. — Saí de casa antes das seis, cheguei a Leatherhead às 6h20 e vim no primeiro trem para Waterloo. Senhor, não aguento mais esta tensão. Ficarei louca se continuar. Não tenho ninguém a quem recorrer, ninguém, exceto um, que cuida de mim, e ele, pobre sujeito, pode ser de pouca ajuda. Já ouvi falar de você, Sr. Holmes, pela Sra. Farintosh, a quem você ajudou na hora de sua necessidade. Foi com ela que consegui seu endereço. Oh, senhor, não acha que poderia me ajudar também, e pelo menos lançar um pouco de luz na densa escuridão que me cerca? No momento, não está em meu poder recompensá-lo por seus serviços, mas em um mês ou seis semanas estarei casada, com o controle de minha própria renda, e então poderei retribuir para que o senhor não me ache ingrata.

Holmes voltou-se para sua mesa e, destrancando-a, tirou um pequeno livro de casos, que consultou.

A Aventura da Faixa Pintada

— Farintosh — disse. — Sim, lembro-me do caso. Estava relacionado com uma tiara de opala. Acho que foi antes do seu tempo, Watson. Só posso dizer, senhora, que ficarei feliz em dedicar a seu caso o mesmo cuidado que dediquei ao de sua amiga. Quanto à recompensa, minha profissão é ela própria, mas você tem a liberdade de arcar com quaisquer despesas que eu possa ter, no momento que mais lhe convier. Agora imploro que coloque diante de nós tudo que possa nos ajudar a formar uma opinião sobre o assunto.

— Ai de mim! — respondeu nossa visitante. — O próprio horror da minha situação reside no fato de que meus medos são tão vagos, e minhas suspeitas dependem tão inteiramente de pequenos detalhes, que podem parecer triviais para outros. Mesmo aquele, a quem de todos tenho o direito de procurar ajuda e conselho, acha que tudo o que conto são fantasias de mulher nervosa. Ele não diz isso, mas posso ler em suas respostas reconfortantes e olhos arredios. Mas ouvi, Sr. Holmes, que você pode ver profundamente as múltiplas maldades do coração humano. Pode me aconselhar a como andar em meio aos perigos que me cercam.

— Você tem toda a minha atenção, senhora.

— Meu nome é Helen Stoner e estou morando com meu padrasto, que é o último sobrevivente de uma das famílias saxãs mais antigas da Inglaterra, os Roylotts de Stoke Moran, na fronteira oeste de Surrey.

Holmes acenou com a cabeça.

— O nome é familiar para mim — disse.

— A família estava entre as mais ricas da Inglaterra, e as propriedades se estendiam além das fronteiras de Berkshire, ao norte, e Hampshire, a oeste. No século passado, no entanto, quatro herdeiros sucessivos eram de uma disposição dissoluta e perdulária, e a ruína da família foi finalmente completada por um jogador nos dias da Regência. Nada sobrou, exceto alguns acres de terreno e a casa de duzentos anos, destruída por uma pesada hipoteca. O último escudeiro arrastou seus dias lá, levando a vida horrível de um pobre aristocrático, mas seu único filho, meu padrasto, vendo que deveria se adaptar às novas condições, obteve um adiantamento de um parente que lhe permitiu se formar em medicina, e partiu para Calcutá, onde, por sua habilidade profissional e força de caráter, estabeleceu uma grande clínica. Em um acesso de raiva, no entanto, causado por alguns roubos na casa, ele espancou seu mordomo nativo até a morte e escapou por pouco da pena capital. Assim, ficou preso por um longo tempo e depois voltou para a Inglaterra um homem taciturno e decepcionado.

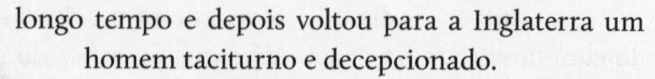

"Quando o Dr. Roylott estava na Índia, se casou com minha mãe, a Sra. Stoner, jovem viúva do Major-General Stoner, da Artilharia de Bengala. Minha irmã Julia e eu éramos gêmeas e tínhamos apenas dois anos na época do novo casamento de minha mãe. Ela tinha uma soma considerável de dinheiro, não menos do que mil libras por ano, que deixou ao Dr. Roylott inteiramente enquanto residíamos com ele, com a cláusula de que uma certa quantia anual deveria ser liberada a cada uma de nós no caso de nosso casamento. Pouco depois de nosso retorno à Inglaterra, há oito anos, minha mãe morreu em um acidente ferroviário perto de Crewe. O Dr. Roylott, então, abandonou suas tentativas de estabelecer sua clínica em Londres e nos levou para morar com ele na velha casa ancestral em Stoke Moran. O dinheiro que minha mãe deixara era suficiente para todas as nossas necessidades, e parecia não haver obstáculo a nossa felicidade.

"Mas uma mudança terrível aconteceu em nosso padrasto nessa época. Em vez de fazer amigos e trocar visitas com nossos vizinhos, que a princípio ficaram muito felizes ao ver um Roylott de Stoke Moran de volta à antiga casa da família, ele se trancou na propriedade e raramente saía, a não ser para entrar em brigas ferozes com quem quer que cruzasse seu caminho. A violência de temperamento que se aproxima da mania tem sido hereditária nos homens da família e, no caso do meu padrasto, foi, acredito, intensificada por sua longa residência nos trópicos. Uma série de brigas vergonhosas aconteceu, duas das quais terminaram no tribunal policial, até que, por fim, ele se tornou o terror da aldeia. O povo fugia quando ele se aproximava, pois é um homem de imensa força e absolutamente incontrolável em sua raiva.

"Na semana passada, ele jogou o ferreiro local por cima de um parapeito e dentro de um riacho. Só com todo o dinheiro que consegui reunir, pude evitar outra exposição pública. Ele não tinha nenhum amigo, exceto os ciganos, e daria a esses vagabundos permissão para acampar nos

A Aventura da Faixa Pintada

poucos hectares de terra coberta de amoreiras, que representam a propriedade da família, e aceitaria em troca a hospitalidade de suas tendas, vagando com eles às vezes por semanas a fio. Também tem uma paixão por animais indianos, enviados a ele por um correspondente. Neste momento, ele tem um guepardo e um babuíno, que circulam livremente por seus terrenos e são temidos pelos aldeões quase tanto quanto seu mestre.

"O senhor pode imaginar, pelo que digo, que minha pobre irmã Julia e eu não tínhamos muito prazer em nossas vidas. Nenhum servo ficava conosco, e por muito tempo fazíamos todo o trabalho da casa. Ela tinha apenas trinta anos quando morreu, mas seu cabelo já havia começado a embranquecer, assim como o meu."

— Sua irmã está morta, então?

— Ela morreu há apenas dois anos, e é sobre sua morte que desejo falar. Você pode entender que, vivendo o que descrevi, era pouco provável que víssemos alguém de nossa idade e posição. Tínhamos, no entanto, uma tia, irmã solteira de minha mãe, Srta. Honoria Westphail, que mora perto de Harrow. Ocasionalmente tínhamos permissão para fazer visitas curtas à casa dessa senhora. Julia foi para lá no Natal, há dois anos, e conheceu um major dos Fuzileiros Navais com meio salário, de quem ficou noiva. Meu padrasto soube do noivado quando minha irmã voltou e não fez objeções ao casamento, mas quinze dias depois da data marcada, ocorreu o terrível acontecimento que me privou de minha única companheira.

Sherlock Holmes estava recostado na cadeira com os olhos fechados e a cabeça afundada em uma almofada, mas agora meio que abriu as pálpebras e olhou para a visitante.

— Dê o máximo de detalhes — pediu.

— É fácil para mim, pois cada acontecimento daquela época terrível está gravado na minha memória. A casa senhorial é, como já disse, muito antiga, e apenas uma ala está habitada. Os quartos dessa ala se situam no térreo, e as salas de estar, no bloco central dos edifícios. Desses quartos, o primeiro é o do Dr. Roylott, o segundo é de minha irmã e o terceiro é meu. Não há comunicação entre eles, mas todos se abrem para o mesmo corredor. Estou sendo clara?

— Perfeitamente.

— As janelas dos três quartos se abrem para o gramado. Naquela noite fatal, o Dr. Roylott foi cedo para o quarto, embora soubéssemos que não se retirara para descansar, pois minha irmã estava incomodada com o cheiro dos fortes charutos indianos que costumava fumar. Ela saiu de seu quarto, portanto, e entrou no meu, onde se sentou por algum tempo, conversando sobre o casamento que se aproxima. Às onze horas, ela se levantou para me deixar, mas parou na porta e olhou para trás.

"— Diga-me, Helen" — ela pediu —, "já ouviu alguém assobiar na calada da noite?"

"— Nunca" — respondi.

"— Suponho que você não poderia assobiar sozinha durante o sono."

"— Certamente não. Mas por quê?"

"— Porque durante as últimas noites, eu sempre, por volta das três da manhã, ouvi um assobio baixo e claro. Tenho o sono leve, e isso me despertou. Não sei dizer de onde vem. Talvez da sala ao lado, talvez do gramado. Pensei em perguntar se você ouviu."

"— Não, não ouvi. Devem ser aqueles ciganos miseráveis da plantação."

"— Muito provavelmente. No entanto, se estivesse no gramado, eu me pergunto como você também não ouviu."

"— Ah, mas durmo mais pesadamente do que você."

"— Bem, não é de grande importância, de qualquer maneira." — Ela sorriu de volta para mim, fechou minha porta e, alguns momentos depois, ouvi sua chave girar na fechadura.

— De fato — começou Holmes — era seu costume sempre se trancar à noite?

— Sempre.

A Aventura da Faixa Pintada

— E por quê?

— Acho que mencionei a você que o doutor tinha um guepardo e um babuíno. Não tínhamos sensação de segurança, a menos que nossas portas estivessem trancadas.

— Certo. Prossiga com sua declaração.

— Não consegui dormir naquela noite. Uma vaga sensação de infortúnio iminente me tomou. Minha irmã e eu, você deve se lembrar, éramos gêmeas, e você sabe como são sutis os elos que unem duas almas tão intimamente ligadas. Foi uma noite agitada. O vento uivava lá fora, e a chuva batia nas janelas. De repente, em meio a toda a agitação do vendaval, irrompeu o grito selvagem de uma mulher apavorada. Eu sabia que era a voz da minha irmã. Saltei da cama, enrolei um xale em volta de mim e corri para o corredor. Ao abrir a porta, me pareceu ouvir um assobio baixo, como o que minha irmã descrevera. Alguns momentos depois, um som estridente, como se metal tivesse caído.

"Enquanto eu corria pela passagem, a porta da minha irmã foi destrancada e girava lentamente sobre as dobradiças. Eu olhei para ela aterrorizada, sem saber o que estava prestes a sair dali. À luz da lâmpada do corredor, vi minha irmã aparecer na abertura, o rosto pálido de terror, as mãos tateando em busca de ajuda, toda a sua figura balançando para frente e para trás, como a de um bêbado. Corri e joguei meus braços em volta dela, mas naquele momento seus joelhos pareciam ceder, e ela caiu no chão. Contorceu-se como quem sente uma dor terrível, e seus membros estavam terrivelmente convulsionados. A princípio, pensei que ela não tinha me reconhecido, mas, quando me inclinei sobre ela, gritou de repente com uma voz que nunca esquecerei: "Oh, meu Deus! Helen! Foi a faixa! A faixa salpicada!". Havia outra coisa que ela teria dito de bom grado, e apontou com o dedo no ar na direção do quarto do médico, mas uma nova convulsão a dominou e sufocou suas palavras. Corri para fora, chamando em voz alta pelo meu padrasto, e o encontrei correndo de seu quarto em seu roupão. Quando chegou ao lado de minha irmã, ela estava inconsciente e, embora ele derramasse conhaque em sua garganta e mandasse buscar ajuda médica da aldeia, todos os esforços foram em vão, porque ela afundou lentamente e morreu sem ter recuperado a consciência. Esse foi o terrível fim da minha amada irmã."

— Um momento — pediu Holmes. — Você tem certeza sobre o apito e esse som metálico? Poderia jurar?

— Foi isso o que o legista do condado me perguntou no inquérito. É forte minha impressão de tê-los ouvido, mas, entre o estrondo do vendaval e o ranger de uma casa velha, posso ter sido enganada.

— Sua irmã estava vestida?

— Não, ela estava de camisola. Em sua mão direita, foi encontrado o toco carbonizado de um fósforo e, na esquerda, uma caixa de fósforos.

— Mostrando que ela acendeu uma lamparina e olhou em volta quando o alarme disparou. Isso é importante. E a que conclusões o legista chegou?

— Ele investigou o caso com muito cuidado, pois a conduta do Dr. Roylott era notória no condado, mas não conseguiu encontrar nenhuma causa satisfatória de morte. Minhas evidências mostraram que a porta havia sido fechada do lado interno, e as janelas, bloqueadas por venezianas antigas com largas barras de ferro, que eram fechadas todas as noites. As paredes foram sondadas cuidadosamente e mostraram-se bastante sólidas em toda a volta. O piso também foi minuciosamente examinado, com o mesmo resultado. A chaminé é larga, mas barrada por quatro grandes grampos. É certo, portanto, que minha irmã estava completamente sozinha quando conheceu seu fim. Além disso, não havia marcas de qualquer violência contra ela.

A Aventura da Faixa Pintada

— Que tal veneno?

— Os médicos a examinaram, mas sem sucesso.

— Acredito que ela morreu de puro medo e choque nervoso, embora eu não consiga imaginar o que foi que a assustou. Havia ciganos na plantação na época?

— Sim, quase sempre há alguns lá.

— Ah, e o que você descobriu dessa alusão a uma faixa, uma faixa salpicada?

— Às vezes, pensei que fosse apenas uma conversa louca, um delírio; outras, que se referisse a algum bando de pessoas, talvez àqueles próprios ciganos da plantação. Não sei se os lenços manchados, que tantos deles usam sobre a cabeça, podem ter sugerido o estranho adjetivo que ela usou.

Holmes balançou a cabeça como um homem que está longe de estar satisfeito.

— São águas muito profundas — refletiu. — Por favor, continue com sua narrativa.

— Dois anos se passaram desde então, e minha vida tem sido até recentemente mais solitária do que nunca. Há um mês, porém, um querido amigo, que conheço há muitos anos, deu-me a honra de pedir minha mão em casamento. Seu nome é Armitage, Percy Armitage, o segundo filho do Sr. Armitage, da Crane Water, perto de Reading. Meu padrasto não se opôs ao casamento, e vamos nos casar no decorrer da primavera. Dois dias atrás, alguns reparos foram iniciados na ala oeste do edifício, e a parede do meu quarto foi perfurada, de modo que tive que me mudar para o quarto em que minha irmã morreu e dormir na mesma cama em que ela dormia.

"Imagine, então, meu terror quando, na noite passada, enquanto estava acordada pensando sobre seu terrível destino, de repente ouvi no silêncio da noite o assobio baixo que tinha sido o arauto de sua própria morte. Pulei e acendi a lamparina, mas não havia nada para ser visto no quarto. Eu estava abalada demais para ir para a cama novamente, então me vesti e, assim que amanheceu, desci, peguei uma carruagem no Crown Inn, que fica em frente, e dirigi para Leatherhead, de onde venho esta manhã com o único objetivo de vê-lo e pedir seu conselho.

— Você agiu com sabedoria — reconheceu meu amigo. — Mas me contou tudo?

— Sim, tudo.

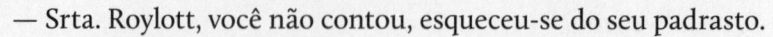

— Srta. Roylott, você não contou, esqueceu-se do seu padrasto.

— Por quê? O que quer dizer?

Em resposta, Holmes empurrou para trás o folho de renda preta que circundava a mão que estava sobre o joelho de nossa visitante. Cinco pequenas manchas lívidas, as marcas de quatro dedos e um polegar, estavam impressas no pulso branco.

— Você foi cruelmente apertada — disse Holmes.

A senhora corou profundamente e cobriu o pulso ferido.

— Ele é um homem duro — respondeu —, e talvez mal conheça sua própria força.

Houve um longo silêncio, durante o qual Holmes apoiou o queixo nas mãos e olhou para a lareira crepitante.

— Esse é um negócio muito profundo — disse, por fim. — Existem milhares de detalhes que eu gostaria de saber antes de decidir sobre nosso curso de ação. No entanto, não temos um momento a perder. Se fôssemos para Stoke Moran hoje, seria possível vermos estes quartos sem o conhecimento de seu padrasto?

— Acontece que ele falou em vir à cidade hoje para tratar de alguns negócios importantes. É provável que fique fora o dia todo e que não haja nada para perturbá-lo. Temos uma governanta agora, mas ela é velha e tola, e eu poderia facilmente tirá-la do caminho.

— Excelente. Você é contrário a essa viagem, Watson?

— De jeito nenhum.

— Então nós dois iremos. O que você vai fazer?

— Tenho uma ou duas coisas que gostaria de fazer agora, já que estou na cidade, mas voltarei no trem das doze horas, a fim de chegar a tempo de sua visita.

— Você pode nos esperar no início da tarde. Tenho alguns pequenos negócios para tratar. Não vai esperar e tomar café da manhã?

— Não, preciso ir. Meu coração já se iluminou desde que lhe confiei meu problema. Estou ansiosa para vê-lo novamente esta tarde. — Ela deixou cair o espesso véu preto sobre o rosto e saiu da sala.

— E o que você acha de tudo isso, Watson? — perguntou Sherlock Holmes, recostando-se na cadeira.

— Parece-me um negócio muito sombrio e sinistro.

— Sombrio e sinistro o suficiente.

A Aventura da Faixa Pintada

— No entanto, se a senhora está correta ao dizer que o piso e as paredes são sólidos, e que a porta, a janela e a chaminé são intransponíveis, então sua irmã deve ter estado sem dúvida sozinha quando conheceu seu misterioso fim.

— O que dizer, então, desses apitos noturnos e das palavras muito peculiares da mulher moribunda?

— Não consigo imaginar.

— Quando se combinam as ideias dos apitos à noite, a presença de um bando de ciganos que tem relações íntimas com esse velho médico, o fato de termos todos os motivos para acreditar que este tem interesse em impedir o casamento de sua enteada, a vaga alusão a uma faixa, e, finalmente, o fato de a Srta. Helen Stoner ter ouvido um barulho metálico que pode ter sido causado por uma daquelas barras de metal que prendiam as venezianas ao caírem de volta a seu lugar, acho que há um bom terreno e que o mistério pode ser esclarecido a partir desses indícios.

— Mas o que, então, os ciganos fizeram?

— Não tenho ideia.

— Vejo muitas objeções a qualquer teoria.

— Eu também. É precisamente por essa razão que vamos para Stoke Moran hoje. Quero ver se as objeções são fatais ou se podem ser explicadas. Mas o que é isso, em nome do diabo?

A exclamação foi emitida por meu companheiro após nossa porta ter sido repentinamente aberta. Um homem enorme se enquadrou na abertura. Seu traje era uma mistura peculiar de profissional e agrícola, tendo uma cartola preta, uma sobrecasaca comprida e um par de polainas altas, com um chicote balançando na mão. Ele era tão alto, que seu chapéu roçava na barra transversal da porta, e sua largura parecia estendê-lo de um lado a outro. Um rosto grande, marcado por mil rugas, amarelado pelo sol e que sinalizava todas as paixões malignas foi virado para Holmes e para mim, enquanto seus olhos profundos e injetados de bile e seu nariz sem carne lhe davam certa semelhança com uma velha ave de rapina feroz.

— Qual de vocês é Holmes? — perguntou aquela aparição.

— Sou eu, senhor, mas você leva vantagem sobre mim — disse meu companheiro calmamente.

— Sou o Dr. Grimesby Roylott, de Stoke Moran.

— Pois não, doutor — disse Holmes com tom suave. — Por favor, sente-se.

— Não farei nada disso. Minha enteada esteve aqui. Eu a localizei. O que ela disse a você?

— Está um pouco frio para esta época do ano — desconversou Holmes.

— O que ela disse a você? — gritou o velho furiosamente.

— Mas ouvi dizer que os açafrões prometem muito — continuou meu companheiro, imperturbável.

— Ah! Quer me despistar, não é? — perguntou nosso novo visitante, dando um passo à frente e sacudindo sua arma de caça. — Eu te conheço, seu canalha! Já ouvi falar de você antes. Você é Holmes, o intrometido.

Meu amigo sorriu.

— Holmes, o intrometido!

Seu sorriso se alargou.

— Holmes, o encarregado da Scotland Yard!

Holmes riu com vontade.

— Sua conversa é muito divertida — disse. — Quando sair, feche a porta, pois está entrando uma brisa.

— Irei quando terminar o que tenho a dizer. Não se atreva a se intrometer nos meus negócios. Sei que a Srta. Stoner esteve aqui. Eu a encontrei! Sou um homem perigoso para se enganar! Veja aqui. — Ele avançou rapidamente, agarrou o utensílio com que se aviva a lareira e dobrou-o com suas enormes mãos marrons. — Cuide para que se mantenha fora de meu alcance — rosnou e, jogando o utensílio torcido no fogo, saiu da sala.

— Ele parece uma pessoa muito amável — disse Holmes, rindo. — Não sou tão forte, mas, se ele tivesse ficado, poderia ter mostrado que meu aperto não é muito mais fraco do que o dele. — Enquanto falava, ele pegou a peça de aço e, com um esforço repentino, endireitou-a novamente.

— Imagine que ele teve a insolência de me confundir com a força de um detetive oficial! Esse incidente dá entusiasmo à nossa investigação. Só espero que nossa amiguinha não sofra com sua imprudência ao permitir que aquele bruto a localize. E agora, Watson, devemos pedir o café

A Aventura da Faixa Pintada

da manhã e, depois, devo descer até Doctors' Commons, onde espero obter alguns dados que possam nos ajudar nesse assunto.

Era quase uma hora quando Sherlock Holmes voltou de sua excursão. Ele segurava na mão uma folha de papel azul rabiscada com notas e números.

— Vi o Testamento da esposa falecida — contou. — Para determinar seu significado exato, fui obrigado a calcular os preços atuais dos investimentos de que trata. A renda total, que na época da morte da esposa era pouco menos de 1.100 libras, agora, com a queda dos preços agrícolas, não passa de 750. Cada filha pode reivindicar uma renda de 250 em caso de casamento. É evidente, portanto, que se as duas moças se casassem, essa beldade teria uma ninharia, ao passo que uma delas o deixaria gravemente desfalcado.

"Meu trabalho matinal não foi desperdiçado, pois provou que ele tem os motivos mais fortes para atrapalhar qualquer coisa desse tipo. Watson, isso é muito sério para perdermos tempo, especialmente porque o velho está ciente de que nos interessamos por seus assuntos. Então, se você estiver pronto, chamaremos uma carruagem e iremos para Waterloo. Ficaria muito grato se colocasse o revólver no bolso. O Eley número 2 é um excelente argumento com cavalheiros que podem torcer aço em nós. Isso e uma escova de dente são, acho, tudo de que precisamos.

Em Waterloo, tivemos a sorte de pegar um trem para Leatherhead, onde alugamos uma carruagem na pousada da estação e dirigimos por seis ou sete quilômetros pelas lindas vielas de Surrey. Foi um dia perfeito, com um sol brilhante e algumas nuvens felpudas no céu. As árvores e as sebes à beira do caminho estavam apenas lançando seus primeiros brotos verdes, e o ar estava cheio do cheiro agradável da terra úmida. Para mim, pelo menos, havia um estranho contraste entre a doce promessa da primavera e essa busca sinistra em que estávamos envolvidos. Meu companheiro sentou-se na frente da carruagem, os braços cruzados, o chapéu puxado para baixo sobre os olhos e o queixo afundado no peito, enterrado na reflexão mais profunda. De repente, no entanto, ele se assustou, me deu um tapinha no ombro e apontou para os prados.

— Olhe ali! — exclamou.

Um parque densamente arborizado se estendia em uma encosta suave, engrossando em um bosque no ponto mais alto. Entre os galhos, se sobressaíam as empenas cinzentas e o telhado de uma mansão muito antiga.

— Stoke Moran? — perguntou.

— Sim, senhor. É a casa do Dr. Grimesby Roylott — respondeu o cocheiro.

— Há algumas obras acontecendo lá — reconheceu Holmes. — É para lá que estamos indo.

— Lá está a vila — disse o cocheiro, apontando para um aglomerado de telhados a alguma distância à esquerda. — Mas, se você quiser chegar até a casa, é mais rápido passar por cima desta escada e pela trilha sobre os campos, ali onde a senhora está caminhando.

— E a senhora, imagino, é a Srta. Stoner — observou Holmes, protegendo os olhos. — Sim, acho melhor fazermos o que sugere.

Descemos, pagamos nossa passagem, e a carruagem sacudiu de volta a Leatherhead.

— Também pensei — disse Holmes enquanto subíamos a escada — que aquele sujeito acha que viemos aqui como arquitetos ou por algum negócio definido. Isso pode acabar com a fofoca. — Boa tarde, Srta. Stoner. Como vê, cumprimos nossa palavra.

Nossa cliente da manhã se apressou para nos encontrar com um rosto que expressava sua alegria.

— Estive esperando por vocês com tanta ansiedade — exclamou, apertando nossa mão calorosamente. — Tudo acabou de maneira esplêndida. O Dr. Roylott foi para a cidade, e é improvável que volte antes do anoitecer.

— Tivemos o prazer de conhecê-lo — anunciou Holmes, e em poucas palavras descreveu o ocorrido. Srta. Stoner ficou pálida enquanto ouvia.

— Deus do céu! — exclamou — Ele me seguiu, então.

— É o que parece.

— Ele é tão astuto, que nunca sei quando estou a salvo dele. O que ele vai dizer quando voltar?

— Ele deve se proteger, pois pode descobrir que há alguém mais astuto do que ele em seu encalço. Você deve se proteger esta noite. Se ele for violento, vamos levá-la para a casa de sua tia em Harrow. Agora devemos fazer o melhor uso de nosso tempo. Por isso, por gentileza, nos leve imediatamente para os quartos que devemos examinar.

A construção era de pedra cinza manchada de líquen, com uma parte central alta e duas asas curvas, como as garras de um caranguejo, jogadas de cada lado. Em uma dessas alas, as janelas foram quebradas e bloqueadas com tábuas de madeira, enquanto o telhado estava parcialmente desabado. Uma imagem de ruína. A parte central não estava em melhor estado de conservação, mas o bloco da direita era relativamente moderno, e as persianas das janelas, com a fumaça azul subindo das chaminés, mostravam que era ali que a família residia. Alguns andaimes foram erguidos contra a parede final, e a pedra foi arrombada, mas não havia sinais de nenhum trabalhador no momento de nossa visita. Holmes caminhou devagar para cima e para baixo no gramado maltratado e examinou com profunda atenção as laterais das janelas.

— Esta, suponho, pertence ao quarto em que você costumava dormir; a do centro, de sua irmã, e a próxima, à edificação principal do Dr. Roylott.

— Exatamente assim, mas agora durmo no meio.

— A propósito, não parece haver nenhuma necessidade muito urgente de reparos nessa parede final.

— Não havia nenhuma. Acredito que foi uma desculpa para me tirar de meu quarto.

— Ah! Isso é sugestivo. Agora, do outro lado dessa ala estreita, passa o corredor de onde se abrem esses três quartos. Tem janelas nele, certo?

— Sim, mas muito pequenas. São muito estreitas para alguém passar.

— Como vocês duas trancaram suas portas à noite, seus quartos eram inacessíveis daquele lado. Agora, você teria a gentileza de entrar em seu quarto e trancar suas venezianas?

A Srta. Stoner obedeceu, e Holmes, após exame cuidadoso através da janela aberta, esforçou-se de todas as maneiras para forçar a abertura da veneziana, mas sem sucesso. Não havia fenda através da qual uma faca pudesse ser passada para levantar a barra. Então, com sua lente, testou as dobradiças, mas eram de ferro sólido, firmemente embutidas na maciça alvenaria.

— Hum! — disse, coçando o queixo com certa perplexidade. — Minha teoria certamente apresenta alguns pontos falhos. Ninguém poderia passar por essas venezianas se estivessem trancadas. Bem, veremos se o interior lança alguma luz sobre o assunto.

Uma pequena porta lateral conduzia a um corredor branco de onde se abriam os três quartos. Holmes recusou-se a examinar a terceira câmara, de modo que passamos imediatamente para a segunda, aquela em que a Srta. Stoner dormia agora e em que sua irmã havia encontrado seu destino. Era um quartinho acolhedor, com teto baixo e uma lareira aberta, à moda das antigas casas de campo. Uma cômoda marrom ficava em um canto, uma cama estreita com colcha branca em outro e uma penteadeira no lado esquerdo da janela. Essas peças, com duas pequenas cadeiras de vime, compunham toda a mobília do quarto, exceto um quadrado de carpete Wilton no centro. As tábuas redondas e os painéis das paredes eram de carvalho castanho, comido por vermes, tão antigo e descolorido, que podia ser datado da construção original da casa. Holmes puxou uma das cadeiras para um canto e sentou-se em silêncio, enquanto seus olhos percorriam todos os lados, para cima e para baixo, observando cada detalhe do quarto.

— Com o que esse sino se comunica? — perguntou finalmente, apontando para uma grossa corda de sino que pendia ao lado da cama, a borla deitada sobre o travesseiro.

— Com o quarto da governanta.

— A corda parece mais nova do que as outras coisas.

— Sim, foi colocada lá há apenas alguns anos.

— Sua irmã pediu, suponho.

— Não. Nunca ouvi falar dela usando. Costumávamos sempre pegar o que queríamos nós mesmas.

— Na verdade, parecia desnecessário colocar uma bela corda de sino ali. Você vai me dar licença por alguns minutos enquanto analiso este andar. — Ele se jogou de cara no chão com a lente na mão e rastejou rapidamente para frente e para trás, examinando de maneira minuciosa as rachaduras entre as tábuas. Em seguida, fez o mesmo com a madeira que revestia a câmara. Por fim, caminhou até a cama e passou algum tempo olhando fixamente para ela, correndo os olhos para cima e para baixo na parede. Depois pegou a corda do sino e deu-lhe um puxão vigoroso.

— Ora, é falsa — disse.

— Não vai tocar?

— Não, o sino não está nem preso a um fio. Isso é muito interessante. Como pode ver, está preso a um gancho logo acima de onde fica a pequena abertura para o duto de ventilação.

— Que absurdo! Nunca percebi isso antes.

— Muito estranho! — murmurou Holmes, puxando a corda. — Há um ou dois pontos muito singulares neste quarto. Por exemplo, que idiota um construtor deve ser ao instalar um duto de ventilação em outro cômodo, quando, com menos esforço, poderia tê-la aberto à entrada do ar vindo de fora!

A Aventura da Faixa Pintada

— Isso também é bastante recente — disse a senhora.

— Feito quase ao mesmo tempo em que a corda do sino — observou Holmes.

— Sim, várias pequenas mudanças foram realizadas naquela época.

— Elas parecem ter sido de um caráter muito interessante. Cordas de sino falsas e dutos de ventilação que não ventilam. Com sua permissão, Srta. Stoner, devemos agora levar nossas pesquisas para o apartamento interno.

O aposento do Dr. Grimesby Roylott era maior do que o de sua enteada, mas mobiliado com simplicidade. Uma cama de campanha, uma pequena estante de madeira cheia de livros, a maioria de caráter técnico, uma poltrona ao lado da cama, uma cadeira de madeira lisa contra a parede, uma mesa redonda e um grande cofre de ferro foram as principais coisas que encontramos. Holmes deu a volta lentamente e examinou cada uma delas com o mais vivo interesse.

— O que há aqui? — perguntou, batendo no cofre.

— Documentos de negócios de meu padrasto.

— Oh! Você viu lá dentro, então?

— Só uma vez, há alguns anos. Lembro que estava cheio de papéis.

— Não tem gato, por exemplo?

— Não. Que ideia estranha!

— Bem, olhe para isso! — Ele pegou um pequeno pires de leite que estava em cima dele.

— Não, nós não temos um gato. Mas há um guepardo e um babuíno.

— Ah, sim, claro! Bem, o guepardo é um gato grande, e um pires de leite seria muito pouco para satisfazer seus desejos, ouso dizer. Há um detalhe que gostaria de examinar. — Ele se agachou em frente à cadeira de madeira e analisou o assento com o maior cuidado.

— Obrigado. Isso está bem resolvido — disse, levantando-se e colocando as lentes no bolso. — Ora! Aqui está algo interessante!

O objeto que chamou sua atenção foi um pequeno chicote de cachorro pendurado em um canto da cama. O chicote, porém, estava enrolado sobre si e amarrado, de modo a formar um laço.

— O que acha disso, Watson?

— É um chicote bastante comum, mas não sei por que está amarrado.

— Isso não é tão comum, é? Ah! Este mundo é perverso, e quando um homem inteligente usa seu cérebro para o crime, é pior ainda. Acho que já vi o suficiente, Srta. Stoner. Com sua permissão, vamos caminhar até o gramado.

Nunca tinha visto o rosto de meu amigo tão sério ou sua testa tão profunda como estava quando saímos do cenário daquela investigação. Tínhamos caminhado várias vezes para cima e para baixo no gramado, nem Srta. Stoner, nem eu arriscando interromper seus pensamentos antes que despertasse de seu devaneio.

— É muito essencial, Srta. Stoner — recomendou —, que siga absolutamente meu conselho em todos os aspectos.

— Irei certamente fazer isso.

— O assunto é muito sério para qualquer hesitação. Sua vida pode depender de sua obediência.

— Garanto que estou em suas mãos.

— Em primeiro lugar, tanto meu amigo quanto eu devemos passar a noite em seu quarto.

Tanto a Srta. Stoner quanto eu olhamos para ele com espanto.

— Sim, deve ser assim. Deixe-me explicar. Acredito que aquela é a pousada da aldeia...

— Sim, essa é a Coroa.

— Muito bem. Suas janelas seriam visíveis de lá?

— Certamente.

— Você deve se confinar em seu quarto sob pretexto de estar com dor de cabeça quando seu padrasto voltar. Então, quando o ouvir se retirando para dormir, precisa abrir as venezianas de sua janela, desfazer o ferrolho e colocar sua lamparina lá como um sinal para nós. Em seguida, retirar-se silenciosamente, com tudo o que provavelmente deseja, para o quarto que costumava ocupar. Não tenho dúvidas de que, apesar dos reparos, você poderia ficar lá por uma noite.

— Oh, sim, facilmente.

— O resto você deixará em nossas mãos.

— Mas o que vai fazer?

— Vamos passar a noite em seu quarto e investigaremos a causa desse barulho que a incomodou.

— Acredito, Sr. Holmes, que o senhor já tirou suas conclusões — disse a Srta. Stoner, colocando a mão na manga do meu companheiro.

— Talvez sim.

A Aventura da Faixa Pintada

— Então, pelo amor de Deus, me diga qual foi a causa da morte da minha irmã.

— Prefiro ter provas mais claras antes de falar.

— Você pode pelo menos me dizer se meu próprio pensamento está correto, e se ela morreu de algum susto repentino?

— Não, não creio. Acho que provavelmente houve alguma causa mais tangível. Agora, Srta. Stoner, devemos deixá-la porque, se o Dr. Roylott voltar e nos vir, nossa jornada será em vão. Adeus e seja corajosa, pois se fizer o que eu disse, pode ter certeza de que em breve iremos afastar os perigos que a ameaçam.

Sherlock Holmes e eu não tivemos dificuldade em arranjar um quarto e uma sala de estar na Pousada Coroa. Eles ficavam no andar superior e, de nossa janela, podíamos ter uma vista do portão da avenida e da ala habitada da casa senhorial Stoke Moran. Ao anoitecer, vimos o Dr. Grimesby Roylott passar, sua enorme forma surgindo ao lado da pequena figura do rapaz que o conduzia. O menino teve uma ligeira dificuldade em abrir os pesados portões de ferro. Ouvimos o rugido rouco da voz do médico e vimos a fúria com que balançou os punhos cerrados para ele. A carruagem continuou e, alguns minutos depois, vimos uma luz repentina surgir entre as árvores, quando a lamparina foi acesa em uma das salas de estar.

— Sabe, Watson — disse Holmes enquanto nos sentávamos juntos na escuridão crescente —, tenho alguns escrúpulos em levá-lo esta noite. Existe um elemento distinto de perigo.

— Posso ajudar?

— Sua presença pode ser inestimável.

— Então certamente irei.

— Muito gentil de sua parte.

— Você fala de perigo. Evidentemente viu mais nestes quartos do que era visível para mim.

— Não, mas imagino que deduzi um pouco mais. Suponho que viu tudo o que notei.

— Não vi nada de notável, exceto a corda do sino e o propósito que isso poderia responder. Confesso, é mais do que posso imaginar.

— Você viu o duto de ventilação também?

— Sim, mas não acho que seja uma coisa tão incomum ter uma pequena abertura entre dois quartos. Era tão pequena, que um rato mal conseguia passar.

— Sabia que deveríamos encontrar um duto de ventilação antes mesmo de virmos para Stoke Moran.

— Meu caro Holmes!

— Oh, sim, sabia. Você se lembra que, na declaração, ela disse que a irmã dela podia sentir o cheiro do charuto do Dr. Roylott? Bem, é claro que isso sugeriu de imediato que deve haver uma comunicação entre os dois quartos. Só poderia ser uma pequena, ou teria sido observada no inquérito do legista. Deduzi um duto de ventilação.

— Mas que mal pode haver nisso?

— Bem, há pelo menos uma curiosa coincidência de datas. Um duto de ventilação é construído, um cordão é pendurado e uma senhora que dorme na cama morre. Não te impressiona?

— Ainda não consigo ver nenhuma conexão.

— Você observou algo muito peculiar sobre aquela cama?

— Não.

— Estava presa no chão. Já viu uma cama presa assim antes?

— Não posso dizer que vi.

— A senhora não conseguia mover a cama. Deve estar sempre na mesma posição relativa ao ventilador e à corda, ou assim podemos chamá-la, já que claramente não foi feita para puxar o sino.

— Holmes — exclamei —, parece que vejo vagamente o que está insinuando. Chegamos bem a tempo de prevenir algum crime sutil e horrível.

— Sutil o suficiente e horrível o suficiente. Quando um médico erra, é o primeiro dos criminosos. Ele tem coragem e conhecimento. Palmer e Pritchard estavam entre os chefes de sua profissão. Esse homem golpeia fundo, mas acho, Watson, que seremos capazes de golpear ainda mais fundo. Teremos horrores o bastante antes que a noite acabe. Pelo amor de Deus, vamos fumar um cachimbo e voltar nossas mentes por algumas horas para algo mais alegre.

Por volta das vinte e uma horas, a luz entre as árvores foi apagada, e tudo estava escuro na direção da mansão. Duas horas se passaram lentamente, e então, de repente, apenas às vinte e três horas, uma única luz brilhante reluziu bem na nossa frente.

A Aventura da Faixa Pintada

— Aquele é nosso sinal — disse Holmes, pondo-se de pé. — Vem da janela do meio.

Quando passamos, ele trocou algumas palavras com o proprietário, explicando que faríamos uma visita tardia a um conhecido e que poderíamos passar a noite ali. Um momento depois, estávamos na estrada escura, um vento frio soprando em nossos rostos e uma luz amarela brilhando à nossa frente através da escuridão, para nos guiar em nossa missão sombria.

Foi fácil entrar no terreno, pois havia brechas não reparadas na velha parede do parque. Abrindo caminho por entre as árvores, chegamos ao gramado, o cruzamos e estávamos prestes a entrar pela janela quando, de uma moita de louro, disparou o que parecia ser uma criança horrível e distorcida, que se jogou na grama com membros se contorcendo e que depois correu rapidamente pelo gramado na escuridão.

— Meu Deus!— sussurrei. — Você viu aquilo?

Holmes estava no momento tão surpreso quanto eu. Sua mão fechou-se como um torno em meu pulso em sua agitação. Então, ele deu uma risada baixa e colocou os lábios no meu ouvido.

— É uma bela casa — murmurou. — Aquele é o babuíno.

Eu havia esquecido os estranhos animais de estimação que o doutor tinha. Havia um guepardo também. Talvez fôssemos encontrá-lo sobre nossos ombros a qualquer momento. Confesso que me senti mais tranquilo quando, depois de seguir o exemplo de Holmes e tirar os sapatos, me vi dentro do quarto. Meu companheiro fechou silenciosamente as venezianas, colocou a lamparina sobre a mesa e olhou ao redor. Tudo estava como tínhamos visto durante o dia. Em seguida, aproximando-se de maneira sorrateira de mim e fazendo uma concha com a mão, ele sussurrou em meu ouvido de novo com tanta suavidade, que tudo o que pude fazer foi distinguir as palavras:

— O mínimo de som seria fatal para nossos planos.

Balancei a cabeça para mostrar que tinha ouvido.

— Devemos sentar-nos sem luz. Ele veria através do ventilador.

Balancei a cabeça novamente.

— Não durma. Sua própria vida pode depender disso. Tenha sua pistola pronta para o caso de precisarmos dela. Vou sentar-me ao lado da cama, e você, naquela cadeira.

Peguei meu revólver e o coloquei no canto da mesa.

Holmes havia trazido uma bengala longa e fina e a colocou na cama ao lado dele. Com ela, colocou a caixa de fósforos e o toco de uma vela. Então, apagou a lamparina e ficamos na escuridão.

Como vou esquecer aquela vigília terrível? Não pude ouvir um som, nem mesmo uma respiração, mas sabia que meu companheiro estava sentado de olhos abertos, a poucos metros de mim, no mesmo estado de tensão nervosa em que eu estava. As venezianas cortaram o menor raio de luz, e esperamos na escuridão absoluta.

Do lado de fora, vinha o grito ocasional de um pássaro noturno e, uma vez em nossa própria janela, um longo ganido felino, que nos mostrou que o guepardo estava realmente em liberdade. Ao longe, podíamos ouvir os tons profundos do relógio paroquial, que soava a cada quarto de hora. Como pareciam longos aqueles minutos! Doze soaram, e um e dois e três, e ainda assim ficamos sentados, esperando em silêncio pelo que poderia acontecer.

De repente, houve o brilho momentâneo de uma luz na direção do ventilador, que desapareceu imediatamente, mas foi sucedido por um forte cheiro de óleo queimado e metal aquecido. Alguém no quarto ao lado acendeu uma lanterna escura. Ouvi um som suave de movimento, e então tudo ficou em silêncio mais uma vez, embora o cheiro tenha ficado mais forte. Por meia hora, fiquei sentado com os ouvidos atentos. Então, de repente, outro som se tornou audível, muito suave e calmo, como o de um pequeno jato de vapor escapando continuamente de uma chaleira. No instante em que o ouvimos, Holmes saltou da cama, riscou um fósforo e golpeou furiosamente com sua bengala a corda do sino.

— Você vê, Watson? — exclamou — Você vê?

Mas não vi nada. No momento em que Holmes acendeu a lamparina, ouvi um assobio baixo e claro, mas o clarão repentino brilhando em meus olhos cansados tornou impossível saber o que meu amigo atacara

A Aventura da Faixa Pintada

com tanta ferocidade. Eu podia, entretanto, ver que seu rosto estava mortalmente pálido e cheio de horror e ódio. Ele havia parado de golpear e estava olhando para o ventilador quando, de repente, quebrou o silêncio da noite o grito mais horrível que já ouvi. Ele cresceu cada vez mais, um grito rouco de dor, medo e raiva, tudo misturado de um jeito terrível. Dizem que lá embaixo na aldeia, e mesmo na casa paroquial distante, aquele grito tirou os adormecidos de suas camas. Nossos corações ficaram frios, e me mantive olhando para Holmes e ele para mim, até que os últimos ecos morreram no silêncio do qual surgiu.

— O que isso significa? — suspirei.

— Significa que tudo acabou — respondeu Holmes. — E que, talvez, seja o melhor. Pegue sua pistola. Entraremos no quarto do Dr. Roylott.

Com uma expressão séria, ele acendeu a lamparina e liderou o caminho pelo corredor. Duas vezes golpeou a porta da câmara, sem nenhuma resposta de dentro. Então, girou a maçaneta e entrou, eu em seus calcanhares, com a pistola engatilhada na mão.

Foi uma visão singular que nossos olhos encontraram. Sobre a mesa estava uma lanterna escura, com a veneziana entreaberta lançando um raio de luz brilhante sobre o cofre de ferro, cuja porta estava entreaberta. Ao lado dessa mesa, na cadeira de madeira, estava sentado o Dr. Grimesby Roylott, vestido com um longo roupão cinza, os tornozelos nus projetando-se para baixo e os pés enfiados em chinelos turcos vermelhos, sem salto. Em seu colo estava a coronha curta com o longo chicote que havíamos notado durante o dia. Seu queixo estava inclinado para cima, e seus olhos, fixos em um olhar rígido e terrível no canto do teto. Em volta da testa, ele tinha uma faixa amarela peculiar, com manchas acastanhadas, que pareciam amarradas firmemente em volta da cabeça. Quando entramos, não fez nenhum som nem movimento.

"A faixa! A faixa pintada! — sussurrou Holmes.

Dei um passo à frente. Em um instante, seu estranho capacete começou a se mover, e dele se ergueu, entre seus cabelos, a cabeça atarracada em forma de diamante e o pescoço estufado de uma repugnante serpente.

"É uma víbora de pântano! — exclamou Holmes. — A cobra mais mortal da Índia. Ele morreu dez segundos depois de ser mordido. A violência, na verdade, se volta ao violento, e o conspirador cai no poço que cava para outro. Vamos empurrar esta criatura de volta para sua cova, e então levar a Srta. Stoner a algum abrigo e deixar a polícia do condado saber o que aconteceu."

Enquanto falava, ele puxou o chicote rapidamente do colo do homem morto e, jogando o laço em volta do pescoço do réptil, o puxou de seu poleiro horrível. Carregando-o com o braço estendido, jogou-o no cofre de ferro, onde o fechou.

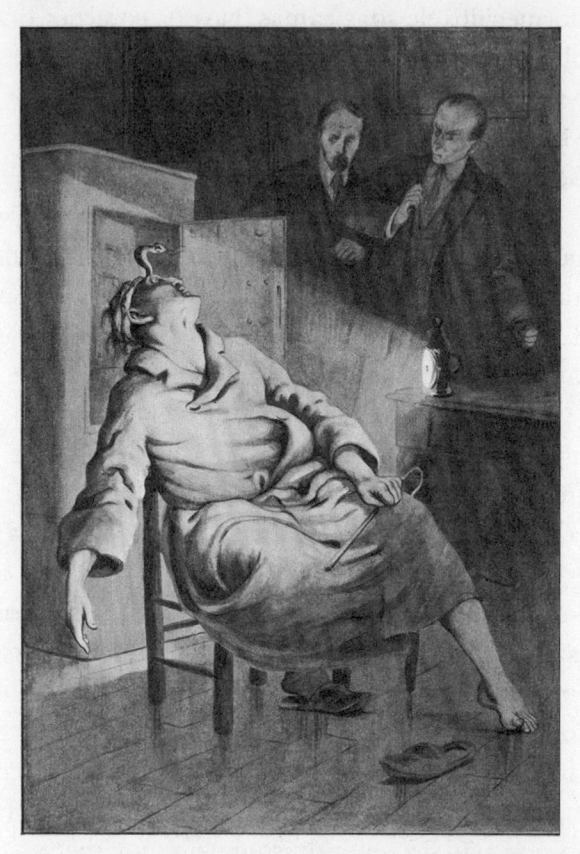

Tais são os verdadeiros fatos da morte do Dr. Grimesby Roylott, de Stoke Moran. Não é necessário que eu prolongue uma narrativa que já se estende por muito tempo contando como demos a triste notícia à menina aterrorizada, como a transportamos no trem da manhã aos cuidados de sua boa tia em Harrow, e como o lento processo de inquérito oficial chegou à conclusão de que o médico encontrou seu destino enquanto brincava indiscretamente com um animal de estimação perigoso. O pouco que eu ainda tinha a aprender sobre o caso me foi contado por Sherlock Holmes quando viajamos de volta no dia seguinte.

A Aventura da Faixa Pintada

— Eu tinha chegado — disse — a uma conclusão inteiramente errada que mostra, meu caro Watson, como é sempre perigoso raciocinar com base em dados insuficientes. A presença dos ciganos, e o uso da palavra "faixa" pela pobre moça, sem dúvida para explicar a aparência que ela havia vislumbrado apressadamente à luz de seu fósforo, foram suficientes para me colocar na pista errada. Só posso reivindicar o mérito de reconsiderar instantaneamente minha posição quando, no entanto, ficou claro para mim que qualquer perigo que ameaçasse um ocupante do quarto não poderia vir nem da janela nem da porta. Minha atenção foi rapidamente atraída, como já lhe disse, para o duto de ventilação e para a corda da campainha pendurada na cama. A descoberta de que era falsa, e de que a cama estava presa ao chão, imediatamente levantou a suspeita de que a corda servia de ponte para algo que passasse pelo buraco e viesse para a cama. A ideia de uma cobra logo me ocorreu, e quando a juntei ao meu conhecimento de que o médico tinha um suprimento de exemplares da Índia, senti que provavelmente estava no caminho certo. A ideia de usar uma forma de veneno, que não poderia ser descoberta por nenhum teste químico, era exatamente a que ocorreria a um homem inteligente e implacável que tivesse um treinamento oriental. A rapidez com que tal veneno surtiria efeito também seria, do seu ponto de vista, uma vantagem. Seria um legista perspicaz, de fato, que poderia distinguir os dois pequenos furos escuros que mostrariam onde as presas venenosas haviam feito seu trabalho. Então pensei no apito. É claro que ele deve chamar a cobra antes que a luz da manhã a revele à vítima. Ele a havia treinado, provavelmente pelo uso do leite que vimos, para retornar a ele quando convocada. Ele a colocaria neste duto de ventilação na hora que achasse melhor, com a certeza de que rastejaria pela corda e cairia na cama. Pode ou não morder a ocupante. Talvez ela poderia escapar todas as noites durante uma semana, mas mais cedo ou mais tarde seria vítima.

"Eu cheguei a essas conclusões antes mesmo de entrar em seu quarto. Uma inspeção em sua cadeira me mostrou que ele tinha o hábito de subir nela, o que obviamente seria necessário para que pudesse alcançar o duto de ventilação. A visão do cofre, o pires de leite e o laço do chicote foram suficientes para finalmente dissipar quaisquer dúvidas que possam ter permanecido. O barulho metálico ouvido pela Srta. Stoner foi obviamente causado por seu padrasto fechando com pressa a porta de seu cofre para sua terrível ocupante. Uma vez resolvido, conheça os passos que dei para pôr a questão à prova. Ouvi a criatura sibilar, não tenho dúvidas de que você também, e imediatamente acendi a lamparina e a ataquei."

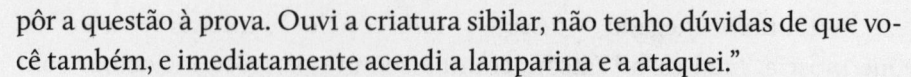

— Com o objetivo de conduzi-la pelo duto de ventilação.

— E de fazer com que ela se voltasse contra seu dono do outro lado. Alguns dos golpes de minha bengala atiçaram seu temperamento de cobra, de modo que voou sobre a primeira pessoa que viu. Dessa forma, sou, sem dúvida, indiretamente responsável pela morte do Dr. Grimesby Roylott, e não posso dizer que isso pesa muito na minha consciência.

IX. A AVENTURA DO POLEGAR DO ENGENHEIRO

De todos os problemas apresentados a meu amigo, Sr. **SHERLOCK HOLMES**, durante os anos de nossa intimidade, houve apenas dois que fui eu quem lhe apresentou, o do polegar do Sr. Hatherley e aquele da loucura do Coronel Warburton. Desses, o último pode ter proporcionado um campo mais refinado para um observador agudo e original, mas o outro era tão estranho em seu início e tão dramático em seus detalhes, que pode ser mais digno de registro, mesmo que tenha oferecido a meu amigo menos aberturas para aqueles métodos dedutivos de raciocínio pelos quais alcançou resultados tão notáveis. A história, creio, foi contada mais de uma vez nos jornais. No entanto, como o de todas essas narrativas, seu efeito é muito menos impressionante quando apresentado em bloco, em uma única meia coluna impressa, do que quando os fatos lentamente evoluem diante de seus próprios olhos, e o mistério se desvanece gradualmente à medida que cada nova descoberta fornece um passo que conduz à verdade completa. Na época, as circunstâncias me impressionaram bastante, e o intervalo de dois anos não foi capaz de enfraquecer o efeito.

Foi no verão de 1889, não muito depois de meu casamento, que ocorreram os eventos que agora estou prestes a contar. Eu havia retornado à prática civil e finalmente abandonado Holmes em seus aposentos na Baker Street, embora o visitasse com frequência e, de vez em quando, até o persuadisse a abandonar seus hábitos boêmios e a nos visitar. Meus atendimentos aumentaram gradualmente, e, como por acaso eu morava a uma distância não muito grande da estação Paddington, recebi alguns funcionários entre os pacientes. Um deles, a quem eu havia curado de uma doença dolorosa e persistente, nunca se cansava de anunciar minhas virtudes e de se empenhar em me enviar todo enfermo sobre quem pudesse exercer alguma influência.

Uma manhã, um pouco antes das sete horas, fui acordado pela empregada batendo na porta para anunciar que dois homens tinham vindo de Paddington e que estavam esperando no consultório. Vesti-me às pressas, pois sabia, por experiência própria, que os casos de ferrovias raramente eram triviais, e corri escada abaixo. Enquanto eu descia, meu velho aliado, o guarda, saiu e fechou a porta com força atrás de si.

— Ele está aqui — sussurrou, sacudindo o polegar por cima do ombro. — Está bem.

— O que é? — perguntei, pois seus modos sugeriam que era alguma criatura estranha que ali estava enjaulada.

— Um novo paciente — sussurrou de novo. — Pensei em trazê-lo eu mesmo, assim ele não poderia escapar. Lá está ele, são e salvo. Devo ir agora, doutor. Tenho meus afazeres, igual a você. — E lá foi ele, esse cretino confiável, sem nem mesmo me dar tempo para agradecê-lo.

Entrei em meu consultório e encontrei um senhor sentado à mesa. Estava discretamente vestido com um terno de tweed e uma boina de pano macio, que havia colocado sobre meus livros. Em uma das mãos, tinha um lenço enrolado, todo manchado de sangue. Era jovem. Não tinha mais de vinte e cinco anos, devo dizer, com um rosto forte e masculino, mas estava extremamente pálido. Ele me deu a

A Aventura do Polegar do Engenheiro

impressão de ser um homem sofrendo de forte agitação, que precisava de toda a sua força mental para se controlar.

— Lamento tê-lo acordado tão cedo, doutor — disse —, mas sofri um acidente muito grave durante a noite. Cheguei de trem esta manhã e, ao perguntar em Paddington onde poderia encontrar um médico, um sujeito digno muito gentilmente me acompanhou até aqui. Dei um cartão à empregada, mas vejo que ela o deixou sobre a mesinha de cabeceira.

Peguei e olhei para ele: "Sr. Victor Hatherley, engenheiro hidráulico, 16A, Victoria Street (3º andar)". Esses eram o nome, profissão e residência do meu visitante matinal.

— Lamento tê-lo deixado esperando — disse enquanto me sentava. — Você acabou de chegar de uma viagem noturna, que é em si algo monótono.

— Oh, minha noite não poderia ser chamada de monótona — discordou, e riu muito, com uma nota aguda e vibrante, recostando-se na cadeira e sacudindo os lados. Todos os meus instintos médicos se levantaram contra aquela risada.

— Pare! — exclamei — Controle-se! — E derramei um pouco de água de uma jarra.

Porém, era inútil. Ele começou uma daquelas explosões histéricas que atingem uma natureza forte quando se passa por alguma grande crise. Logo voltou a si mais uma vez, muito cansado e de aparência pálida.

— Fiz papel de bobo — engasgou.

— De modo nenhum. Beba isso. — Joguei um pouco de conhaque na água, e a cor começou a voltar às suas faces sem sangue.

— Bem melhor! — disse. — E agora, doutor, talvez o senhor possa gentilmente cuidar do meu polegar, ou melhor, do lugar onde meu polegar costumava estar.

Ele desenrolou o lenço e estendeu a mão. Até meus nervos endurecidos estremeceram ao olhar para ele. Havia quatro dedos protuberantes e uma horrível superfície vermelha e esponjosa onde o polegar deveria estar. Ele havia sido cortado ou arrancado pela raiz.

— Deus do céu! — exclamei. — Este é um ferimento terrível. Deve ter sangrado muito.

— Sim. Desmaiei no fim e acho que devo ter ficado desacordado por muito tempo. Quando voltei a mim, descobri que ainda estava sangrando. Então, amarrei uma ponta do meu lenço com força em volta do pulso e o segurei com um galho.

— Excelente! Você devia ser cirurgião.

— É uma questão de hidráulica, sabe, e veio da minha própria área.

— Isso foi feito — disse eu, examinando a ferida — por um instrumento muito pesado e afiado.

— Algo como um cutelo — respondeu.

— Um acidente, presumo.

— De jeito nenhum.

— O quê? Tentativa de assassinato?

— Uma tentativa, de fato.

— Você me horroriza.

Passei uma esponja na ferida, limpei-a, fiz um curativo e, por fim, cobri-a com um chumaço de algodão e bandagens elásticas. Ele se deitou sem estremecer, embora mordesse os lábios de vez em quando.

— Como está? — perguntei ao terminar.

— Excelente! Entre seu conhaque e bandagem, me sinto um novo homem. Eu estava muito fraco, mas tinha muito pela frente.

— Talvez seja melhor você não falar sobre o assunto. Evidentemente, está cansando seus nervos.

— Oh, não, agora não. Terei de contar minha história à polícia, mas, entre nós, se não fosse pela evidência convincente dessa minha ferida, eu ficaria surpreso se acreditassem em minha afirmação, pois é uma história muito extraordinária, e não tenho muitas provas com as quais apoiá-la. Mesmo se acreditarem em mim, as pistas que posso lhes dar são tão vagas, que é uma questão de saber se a justiça será feita.

— Ah! — exclamei — Se houver algo na natureza de um problema que você deseja ver resolvido, recomendo fortemente que venha até meu amigo, o Sr. Sherlock Holmes, antes de ir à polícia.

— Oh, já ouvi falar desse sujeito — respondeu meu visitante. — E ficaria muito feliz se ele levasse o assunto em consideração, embora, é claro, eu deva usar a polícia também. Você poderia me apresentar a ele?

— Vou fazer melhor. Vou levá-lo pessoalmente até ele.

— Muito obrigado.

— Vamos chamar uma carruagem e ir juntos. Chegaremos a tempo de tomar o café da manhã com ele. Você se sente bem?

— Sim. Não vou me sentir bem até ter contado minha história.

— Então meu criado chamará uma carruagem, e estarei com você em um instante. — Corri escada acima, expliquei o assunto brevemente

A Aventura do Polegar do Engenheiro

para minha esposa e, em cinco minutos, estava dentro de um cabriolé, conduzindo, com meu novo conhecido, para Baker Street.

Sherlock Holmes estava, como eu esperava, descansando em sua sala de estar em seu roupão, lendo a coluna de conselhos do *The Times* e fumando seu cachimbo antes do café da manhã, composto de todos os plugues, cachimbos e seus fumos do dia anterior, tudo cuidadosamente seco e recolhido no canto da lareira. Ele nos recebeu com seu jeito calmo e cordial, pediu fatias de pão e ovos frescos e se juntou a nós em uma refeição farta. Quando terminou, acomodou nosso novo conhecido no sofá e colocou um travesseiro sob sua cabeça e um copo de conhaque e água a seu alcance.

— É fácil ver que sua experiência não foi comum, Sr. Hatherley — disse. — Ora, deite-se aí e sinta-se absolutamente em casa. Diga-nos o que conseguir, mas pare quando estiver cansado e mantenha suas forças com um pouco de estimulante.

— Obrigado — disse meu paciente —, mas me sinto outro homem desde que o médico me enfaixou, e acho que seu café da manhã completou a cura. Vou ocupar o menos possível seu valioso tempo, então vou começar imediatamente com minhas experiências peculiares.

Holmes estava sentado em sua grande poltrona com a expressão cansada e de pálpebras pesadas, que ocultava sua natureza aguda e ávida, enquanto eu me sentava em frente a ele e ouvíamos em silêncio a estranha história que nosso visitante nos contava.

— Você deve saber — disse — que sou um órfão e solteiro morando sozinho em aposentos em Londres. Sou engenheiro hidráulico de profissão e tive uma experiência considerável em meu trabalho durante os sete anos em que fui aprendiz da Venner & Matheson, a conhecida empresa de Greenwich. Dois anos atrás, tendo cumprido meu contrato e ganhado uma boa quantia com a morte de meu pobre pai, decidi começar um negócio por mim mesmo e alugar um escritório profissional na Victoria Street.

"Suponho que todo mundo considere uma experiência sombria este início de atuação profissional independente. Para mim, tem sido excepcionalmente assim. Durante dois anos, tive três consultas e um pequeno trabalho, e isso é absolutamente tudo o que minha profissão me trouxe. Meus ganhos brutos chegam a 27 libras. Todos os dias, das nove da manhã às dezesseis horas, esperava na minha pequena cova, até que por fim meu coração começou a afundar e passei a acreditar que nunca deveria ter um escritório próprio.

"Ontem, porém, no momento em que pensava em sair do escritório, meu escriturário entrou para dizer que havia um senhor à minha espera, que queria me ver a negócios. Ele também trouxe um cartão com o nome de "Coronel Lysander Stark" gravado nele. Logo atrás vinha o próprio coronel, um homem um tanto mais alto que a média, mas extremamente magro. Acho que nunca vi um homem tão magro. Todo o seu rosto se acentuava no nariz e no queixo, e a pele das bochechas estava bastante tensa sobre os ossos salientes. No entanto, esse emagrecimento parecia ser natural e não por doença, pois seus olhos eram brilhantes; seus passos, rápidos; e sua postura, segura. Ele estava vestido de maneira simples, mas bem-cuidada, e sua idade, devo julgar, seria mais próxima dos quarenta do que dos trinta."

"— Sr. Hatherley?" — disse, com um sotaque alemão. — "Você foi recomendado para mim, Sr. Hatherley, como um homem que não só é proficiente em sua profissão, mas também discreto e capaz de guardar um segredo."

— Fiz uma reverência, sentindo-me tão lisonjeado como qualquer jovem se sentiria com tal discurso.

"— Posso perguntar quem foi que me deu tão boas referências?"

"— Bem, talvez seja melhor que eu não diga isso a você neste momento. Soube pela mesma fonte que é órfão e solteiro e está morando sozinho em Londres."

"— Correto" — respondi —, "mas você me desculpará se eu disser que não posso ver como tudo isso afeta minhas qualificações profissionais. Entendo que seja por um assunto profissional que gostaria de falar comigo."

"— Sem dúvida, mas você descobrirá que tudo o que digo vai direto ao ponto. Tenho uma encomenda profissional para você, mas o sigilo absoluto é bastante essencial, sigilo absoluto, você entende, e é claro que podemos esperar isso mais de um homem que está sozinho do que de alguém que vive no seio de sua família."

"— Se eu prometer guardar um segredo" — disse — "você pode confiar totalmente de que eu o farei."

— Ele me olhou com muita atenção enquanto eu falava, e me pareceu nunca ter visto um olhar tão desconfiado e questionador.

"— Você promete, então?" — ele disse finalmente.

"— Sim, prometo."

"— Silêncio absoluto e completo antes, durante e depois? Nenhuma referência ao assunto, seja por palavra ou por escrito?"

"— Já dei minha palavra."

"— Muito bem." — De repente, ele se levantou e, disparando como um raio pela sala, abriu a porta. A passagem externa estava vazia.

"— Está tudo bem" — disse, voltando. — "Sei que os funcionários às vezes ficam curiosos sobre os assuntos de seu patrão. Agora podemos conversar com segurança." — Ele puxou sua cadeira bem perto da minha e começou a me observar novamente com o mesmo olhar questionador e pensativo.

— Uma sensação de repulsa e de algo semelhante a medo começou a crescer dentro de mim com as estranhas travessuras daquele homem sem carne. Mesmo meu medo de perder um cliente não me impediu de mostrar minha impaciência.

"— Imploro que declare seu negócio, senhor" — disse. — "Meu tempo é valioso." — Deus me perdoe por essa última frase, mas as palavras vieram a meus lábios.

"— O que você acha de cinquenta guinéus por uma noite de trabalho?" —perguntou.

"— Muito bom."

"— Digo uma noite de trabalho, mas uma hora seria um número mais exato. Só quero sua opinião sobre uma máquina de estampar hidráulica que saiu da marcha. Se você nos mostrar o que está errado, logo iremos consertar nós mesmos. O que acha de um serviço como esse?"

"— O trabalho parece ser leve, e o pagamento, generoso."

"— Exatamente. Queremos que você venha esta noite no último trem."

"— Para onde?"

"— Para Eyford, em Berkshire. É um pequeno lugar perto dos limites de Oxfordshire e a cerca de onze quilômetros de Reading. Há um trem de Paddington que o levará até lá por volta das 11h15."

"— Muito bem."

"— Devo descer em uma carruagem para te encontrar."

"— É longe, então?"

"— Sim, nosso pequeno lugar é bem afastado da cidade. Fica a cerca de onze quilômetros da Estação Eyford."

"— Então dificilmente podemos chegar lá antes da meia-noite. Suponho que não haveria chance de um trem de volta. Eu deveria ser compelido a passar a noite."

"— Sim, nós poderíamos facilmente dar uma cama para você."

"— Isso é muito estranho. Eu não poderia ir em uma hora mais conveniente?"

"— Achamos melhor que chegue tarde. É para recompensá-lo por qualquer inconveniente que estamos pagando a você, um homem jovem e desconhecido, taxa essa que compraria a opinião dos próprios chefes de sua profissão. Ainda assim, é claro, se quiser sair do negócio, há muito tempo para isso."

— Pensei nos cinquenta guinéus e em como seriam muito úteis para mim.

"— De jeito nenhum" — eu disse. — "Ficarei muito feliz em me adaptar a seus desejos. Gostaria, no entanto, de entender um pouco mais claramente o que deseja que eu faça."

"— Exatamente. É muito natural que o juramento de sigilo que exigimos de você tenha despertado sua curiosidade. Não desejo comprometê-lo com nada sem que tenha tudo exposto diante de si. Suponho que estejamos absolutamente protegidos de bisbilhoteiros."

"— Inteiramente."

"— Então a questão fica assim. Você provavelmente está ciente de que bentonita é um produto valioso e que só é encontrado em um ou dois lugares na Inglaterra."

"— Já ouvi falar."

"— Há pouco tempo, comprei um lugar pequeno, um lugar muito pequeno, a dezesseis quilômetros de Reading. Tive a sorte de descobrir que havia um depósito de bentonita em um de meus campos. Ao examiná-lo, no entanto, descobri que esse depósito era comparativamente pequeno e que ligava dois muito maiores, à direita e à esquerda, ambos, no entanto, no terreno de meus vizinhos. Essas boas pessoas ignoravam absolutamente que suas terras continham algo tão valioso quanto uma mina de ouro. Naturalmente, era do meu interesse comprar o terreno antes de descobrirem seu verdadeiro valor, mas infelizmente não tinha capital fazê-lo. Contei o segredo a alguns de meus amigos, no entanto, sugeriram que deveríamos trabalhar silenciosa e secretamente em nosso pequeno depósito e que, dessa forma, ganharíamos o dinheiro

A Aventura do Polegar do Engenheiro

que nos permitiria comprar os campos vizinhos. Já o fazemos há algum tempo e, para nos ajudar nas nossas operações, montamos uma prensa hidráulica. Esta prensa, como já expliquei, está fora de serviço, e desejamos sua opinião sobre o assunto. Guardamos nosso segredo com muito zelo. Porém, se soubesse que tínhamos engenheiros hidráulicos vindo à nossa casinha, isso logo despertaria uma investigação e, então, se os fatos fossem divulgados, seria o adeus a qualquer chance de obter esses campos e realizar nossos planos. É por isso que fiz você me prometer que não contará a ser humano algum que vai para Eyford esta noite. Espero ter deixado tudo claro."

"— Entendido" — eu disse. — "O único detalhe que não consegui compreender era que uso você poderia fazer de uma prensa hidráulica na escavação de bentonita, que, pelo que entendi, é escavada como cascalho de uma pedreira."

"— Ah!" — reagiu ele descuidadamente. — "Temos nosso próprio processo. Nós comprimimos a terra em tijolos, de modo a removê-los sem revelar o que são. Mas isso é mero detalhe. Agora confiei totalmente em você, Sr. Hatherley, e mostrei a confiança que lhe depositô.." — Ele se levantou enquanto falava. — "Espero você, então, em Eyford às 11h15."

"— Certamente estarei lá."

"— E nem uma palavra para uma alma." — Ele olhou para mim com um último olhar demorado e questionador, e então, segurando minha mão com um aperto frio e úmido, saiu correndo da sala.

— Bem, quando comecei a pensar em tudo com sangue frio, fiquei muito surpreso, como vocês dois podem pensar, com essa repentina comissão que me foi confiada. Por um lado, é claro, fiquei contente, pois os honorários eram pelo menos dez vezes maiores do que eu deveria ter pedido se tivesse fixado um preço para meus próprios serviços, e era possível que esse pedido levasse a outros. Por outro lado, o rosto e os modos de meu patrono causaram impressão desagradável em mim, e eu não poderia pensar que sua explicação da bentonita fosse suficiente para justificar a necessidade de minha ida à meia-noite, nem sua extrema ansiedade que eu contasse a qualquer um sobre minha missão. No entanto, joguei todos os medos ao vento, comi uma boa ceia, dirigi até Paddington e parti, tendo obedecido à risca a ordem de segurar minha língua.

"Em Reading, tive de mudar não só de carruagem, mas também de estação. No entanto, cheguei a tempo para pegar o último trem para

Eyford e, à pequena estação mal iluminada, depois das onze horas. Fui o único passageiro que desceu, e não havia ninguém na plataforma, exceto um único carregador sonolento com uma lanterna. Ao passar pelo portão, porém, encontrei meu conhecido da manhã esperando na sombra, do outro lado. Sem dizer uma palavra, agarrou meu braço e me apressou para entrar em uma carruagem, cuja porta estava aberta. Fechou as janelas de cada lado, bateu na madeira, e partimos o mais rapidamente que o cavalo podia."

— Um cavalo? — interrompeu Holmes.

— Sim, apenas um.

— Você observou a cor?

— Sim, vi pelas luzes laterais quando estava entrando na carruagem. Era castanho.

— Parecendo cansado ou revigorado?

— Oh, revigorado e lustroso.

— Obrigado. Lamento ter interrompido você. Continue sua declaração interessante.

— Saímos então e dirigimos por pelo menos uma hora. O coronel Lysander Stark havia dito que eram apenas onze quilômetros, mas acho, pelo ritmo em que parecíamos ir, e pelo tempo que levamos, que deviam ser quase doze quilômetros. Ele ficava sentado a meu lado em silêncio o tempo todo, e percebi, mais de uma vez quando olhei em sua direção, que estava olhando para mim com grande intensidade. As estradas secundárias parecem não ser muito boas naquela parte do mundo, pois balançamos e sacudimos terrivelmente. Tentei olhar pelas janelas para ver algo de onde estávamos, mas eram feitas de vidro fosco, e não consegui distinguir nada, exceto o ocasional borrão brilhante de uma luz que passava.

— De vez em quando, arrisquei fazer algum comentário para quebrar a monotonia da viagem, mas o coronel respondia apenas em monossílabos, e a conversa logo esmoreceu. Por fim, os solavancos foram trocados pela lisura nítida de uma estrada de cascalho, e a carruagem parou. O coronel Lysander Stark saltou e, enquanto o seguia, puxou-me rapidamente para uma varanda que se abriu à nossa frente. Saímos, por assim dizer, da carruagem e entramos no corredor, de modo que não consegui captar o mais fugaz relance da frente da casa. No instante em que cruzei a soleira, a porta bateu com força atrás de nós, e ouvi um leve barulho das rodas enquanto a carruagem se afastava.

A Aventura do Polegar do Engenheiro

— Estava escuro como breu dentro de casa, e o coronel se atrapalhou à procura de fósforos, resmungando baixinho. De repente, uma porta se abriu do outro lado da passagem, e uma longa barra de luz dourada disparou em nossa direção. Tornou-se mais ampla, e apareceu uma mulher com uma lamparina na mão, a qual segurava acima da cabeça, empurrando o rosto para a frente e olhando para nós. Pude ver que era bonita e, pelo brilho com que a luz incidia sobre seu vestido escuro, sabia que era um material rico. Ela falou algumas palavras em uma língua estrangeira em um tom como se estivesse fazendo uma pergunta, e, quando meu companheiro respondeu em um monossílabo áspero, ela estremeceu tanto, que a lamparina quase caiu de sua mão. O coronel Stark foi até ela, sussurrou algo em seu ouvido e então, empurrando-a de volta para a sala de onde ela tinha vindo, caminhou em minha direção novamente com a lamparina na mão.

"— Talvez você tenha a gentileza de esperar nesta sala por alguns minutos" — ele disse, abrindo outra porta. Era uma sala silenciosa, pequena e mobiliada com simplicidade, com uma mesa redonda no centro, na qual vários livros alemães estavam espalhados. O coronel Stark colocou a lamparina no topo de um órgão ao lado da porta. — "Não vou deixar você esperando muito" — disse e desapareceu na escuridão.

— Olhei os livros sobre a mesa e, apesar de minha ignorância do alemão, pude ver que dois deles tratavam de ciência. Os outros eram volumes de poesia. Depois, fui até a janela, na esperança de ter um vislumbre do campo, mas uma veneziana de carvalho, fortemente gradeada, estava dobrada sobre ela. Era uma casa maravilhosamente silenciosa. Havia um velho relógio batendo forte em algum lugar da passagem, mas, fora isso, tudo estava mortalmente parado. Uma vaga sensação de mal-estar começou a tomar conta de mim. Quem eram esses alemães e o que faziam morando naquele lugar estranho e remoto? E onde era o lugar? Eu estava a cerca de dezesseis quilômetros de Eyford, era tudo que eu sabia, mas não fazia ideia se era norte, sul, leste ou oeste.

"Por falar nisso, Reading, e possivelmente outras grandes cidades, ficavam dentro daquele raio, então o lugar poderia não ser tão isolado. No entanto, era certo, pela imobilidade absoluta, que estávamos no campo. Andei de um lado para o outro na sala, cantarolando uma melodia baixinho para manter o ânimo e sentindo que estava ganhando meus cinquenta guinéus.

"De repente, sem nenhum som preliminar no meio do silêncio absoluto, a porta da sala se abriu lentamente. A mulher estava parada na abertura, a escuridão do corredor atrás dela, a luz amarela da minha lamparina incidindo sobre seu rosto bonito e ansioso. Pude ver à primeira vista que estava com medo, e a visão enviou um arrepio a meu próprio coração. Ela ergueu um dedo trêmulo para me avisar para ficar em silêncio, e lançou algumas palavras sussurradas em um inglês errado para mim, seus olhos olhando para trás, como um cavalo assustado, para a escuridão atrás dela."

"— Eu iria" — ela disse, esforçando-se, ao que parecia, para falar com calma. — "Eu iria. Eu não ficaria aqui. Não há nada de bom para você fazer."

"— Mas, senhora" — disse —, "ainda não fiz o que vim fazer. Não posso sair antes de ver a máquina."

"— Não vale a pena esperar" — ela continuou. — "Você pode passar pela porta. Ninguém vai impedir." — E então, vendo que sorri e balancei a cabeça, ela de repente jogou de lado sua restrição e deu um passo à frente, com as mãos unidas. "— Pelo amor de Deus!" — sussurrou ela. — "Saia daqui antes que seja tarde demais!"

— Mas sou um tanto obstinado por natureza, ainda com mais vontade quando me envolvo em um caso com algum obstáculo no caminho. Pensei em meus honorários de cinquenta guinéus, em minha jornada cansativa e na noite desagradável que parecia estar diante de mim. Foi tudo em vão? Por que deveria fugir sem ter cumprido minha missão e sem o pagamento que me era devido? Aquela mulher pode, pelo que eu sabia, ser uma monomaníaca. Com um porte robusto, portanto, embora seus modos tivessem me abalado mais do que eu gostaria de confessar, balancei a cabeça e declarei minha intenção de permanecer onde estava. Ela estava prestes a renovar suas súplicas quando uma porta bateu no alto, e o som de vários passos foi ouvido na escada. Ela ouviu por um instante, ergueu as mãos com um gesto desesperado e desapareceu, tão repentina e silenciosamente quanto havia chegado.

"Os recém-chegados eram o coronel Lysander Stark e um homem baixo e atarracado, com uma barba de chinchila crescendo nas rugas de seu queixo duplo, que me foi apresentado como Sr. Ferguson."

"— Este é meu secretário e gerente" — disse o coronel. — "A propósito, tive a impressão de que deixei essa porta fechada há pouco. Temo que você tenha sentido a corrente de ar."

"— Pelo contrário" — eu disse —, "eu mesmo abri a porta porque senti a sala um pouco abafada."

— Ele lançou um de seus olhares suspeitos para mim.

"— Talvez seja melhor prosseguirmos com os negócios, então" — ele disse. — "Senhor Ferguson e eu vamos levá-lo para ver a máquina."

"— É melhor eu colocar meu chapéu, suponho."

"— Oh, não, fica na casa."

"— O quê? Você cava bentonita na casa?"

"— Não, não. É apenas aqui que a comprimimos. Mas não importa. Tudo o que desejamos que faça é examinar a máquina e nos informar o que há de errado com ela."

— Subimos juntos, o coronel primeiro, com a lamparina, o gerente gordo e eu atrás dele. Era um labirinto, com corredores, passagens, escadas estreitas e sinuosas e portinhas baixas, cujas soleiras foram escavadas pelas gerações que as cruzaram. Não havia tapetes e nenhum sinal de mobília acima do andar térreo, enquanto o gesso estava descascando das paredes, e a umidade se transformando em manchas verdes e prejudiciais à saúde. Tentei parecer o mais despreocupado possível, mas não tinha esquecido as advertências da senhora, embora as tenha desconsiderado, e fiquei de olho nos meus dois companheiros. Ferguson parecia ser um homem taciturno e silencioso, mas pude ver, pelo que disse, que era pelo menos um compatriota.

— O coronel Lysander Stark parou finalmente diante de uma porta baixa, que ele destrancou. Dentro havia uma pequena sala quadrada, na qual nós três mal podíamos entrar ao mesmo tempo. Ferguson permaneceu do lado de fora, e o coronel me conduziu para dentro.

"— Estamos agora" — ele disse — "dentro da prensa hidráulica, e seria uma coisa particularmente desagradável para nós se alguém a ligasse. O teto desta pequena câmara é realmente o fim do pistão descendente, e ele desce com a força de muitas toneladas sobre este piso de metal. Existem pequenas colunas laterais de água fora que recebem a força e que a transmitem e multiplicam da maneira que você conhece. A máquina funciona com facilidade, mas há certa rigidez em seu funcionamento, e ela perdeu um pouco de sua força. Talvez você tenha a bondade de dar uma olhada e nos mostrar como podemos consertar."

— Peguei a lâmpada dele e examinei a máquina minuciosamente. Era mesmo gigantesca e capaz de exercer enorme pressão. Quando saí, porém, e pressionei as alavancas que a controlavam, soube imediatamente, pelo som de um assobio, que havia um leve vazamento que permitia um regurgitamento de água por um dos cilindros laterais. Um exame mostrou que um dos elásticos, que ficavam em volta da cabeça de uma haste motriz, havia encolhido, de modo a não preencher o encaixe ao longo do qual funcionava. Esta era claramente a causa da perda de poder. Indiquei isso a meus companheiros, que seguiram minhas observações com muito cuidado e fizeram várias perguntas práticas sobre como deveriam proceder para consertá-la. Depois de deixar isso claro para eles, voltei para a câmara principal da máquina e dei uma boa olhada nela para satisfazer minha própria curiosidade. Era óbvio à primeira vista que a história da bentonita era mera invenção, pois seria absurdo supor que um motor tão poderoso pudesse ser projetado para um propósito tão inadequado. As paredes eram de madeira, mas o chão consistia em uma grande calha de ferro e, quando fui examiná-la, pude ver uma crosta de depósito metálico por toda parte. Eu tinha me abaixado e estava me esforçando para ver exatamente o que era quando ouvi uma exclamação murmurada em alemão e vi o rosto cadavérico do coronel olhando para mim.

"— O que está fazendo aí?" — perguntou.

— Fiquei com raiva por ter sido enganado por uma história tão elaborada como a que me contou.

"— Eu estava admirando sua bentonita" — disse. — "Acho que serei mais capaz de aconselhá-lo quanto à sua máquina se souber qual é a finalidade exata para a qual foi usada."

A Aventura do Polegar do Engenheiro

— No instante em que pronunciei as palavras, lamentei a precipitação do meu discurso. Seu rosto se endureceu, e uma luz sinistra surgiu em seus olhos cinzentos.

"— Muito bem" — ele disse —, "você saberá tudo sobre a máquina."
— Ele deu um passo para trás, bateu a portinha e girou a chave na fechadura. Corri em sua direção e puxei a maçaneta, mas era bastante segura e não cedia nem um pouco a meus chutes e empurrões.

"— Olá!" — gritei. — "Olá! Coronel! Me deixe sair!"
— E então, de repente, no silêncio, ouvi um som que mandou meu coração à boca. Era o barulho das alavancas e do cilindro vazando. Ele havia colocado o motor para funcionar. A lamparina ainda estava no chão, onde eu a coloquei ao examinar a calha. À sua luz, vi que o teto escuro estava caindo sobre mim, lentamente, aos trancos, mas, ninguém sabia melhor do que eu a força que dentro de um minuto iria me transformar em uma polpa informe. Eu me joguei, gritando, contra a porta e arranhei com minhas unhas a fechadura. Implorei ao coronel que me deixasse sair, mas o tilintar implacável das alavancas abafou meus gritos. O teto estava a apenas 30 ou 60 centímetros acima da minha cabeça e, com a mão erguida, pude sentir sua superfície dura e áspera. Então, passou pela

minha mente que a dor da minha morte dependeria muito da posição em que eu a encontrasse. Se eu deitasse de bruços, o peso cairia sobre minha espinha, e estremeci ao pensar naquele estalo terrível. Mais fácil do outro jeito, talvez. Eu teria a coragem de deitar e olhar para aquela sombra escura mortal oscilando sobre mim? Já não conseguia ficar de pé quando meus olhos encontraram algo que trouxe um jorro de esperança de volta a meu coração.

"Eu disse que, embora o chão e o teto fossem de ferro, as paredes eram de madeira. Quando dei uma última olhada apressada ao redor, vi uma linha fina de luz amarela entre duas das placas, que se alargou quando um pequeno painel foi empurrado para trás. Por um instante, mal pude acreditar que ali estava realmente uma porta que conduzia para longe da morte. No instante seguinte, me joguei e caí quase desmaiado do outro lado. O painel se fechou novamente atrás de mim, mas o estrondo da lamparina e, alguns momentos depois, o barulho das duas placas de metal me disseram o quão estreita foi minha fuga."

— Fui trazido de volta por uma puxada frenética em meu pulso, e me vi deitado no chão de pedra de um corredor estreito, enquanto uma mulher se curvava sobre mim e me puxava com a mão esquerda, segurando uma vela na direita. Era a mesma boa amiga cujo aviso tão tolamente rejeitei.

"— Venha! Venha!" — ela exclamou sem fôlego. — "Eles estarão aqui em um momento. Eles verão que você não está lá. Oh, não perca esse tempo tão precioso, venha!"

— Desta vez, pelo menos, não desprezei o conselho dela. Levantei-me cambaleando, corri com ela pelo corredor e desci uma escada sinuosa. Esta última conduzia a outra passagem larga e, assim que a alcançamos, ouvimos o som de pés correndo e o grito de duas vozes, uma respondendo no andar em que estávamos, e a outra, do andar de baixo. Minha guia parou e olhou em volta, como alguém que está perdendo o juízo. Então, ela abriu uma porta que dava para um quarto cuja janela permitia a entrada de um intenso luar.

"— É sua única chance" — disse. — "É alto, mas pode ser que consiga pular."

— Enquanto ela falava, uma luz surgiu na outra extremidade da passagem, e eu vi a figura esguia do coronel Lysander Stark correndo para frente com uma lanterna em uma mão e uma arma semelhante a um cutelo de açougueiro na outra. Corri pelo quarto, abri a janela e olhei para fora.

A Aventura do Polegar do Engenheiro

Quão quieto, doce e saudável o jardim parecia ao luar. Não poderia ser uma queda maior que nove metros. Escalei o peitoril, mas hesitei em pular, até ouvir o que se passou entre minha salvadora e o rufião que me perseguia. Se ela fosse maltratada, correndo qualquer risco, eu estava determinado a voltar para ajudá-la. O pensamento mal passou pela minha mente antes que ele estivesse na porta, abrindo caminho por ela, mas ela o abraçou e tentou impedi-lo.

"— Fritz! Fritz!" — ela gritou em inglês. — "Lembre-se de sua promessa depois da última vez. Você disse que não aconteceria novamente. Ele ficará em silêncio! Oh, ele vai ficar em silêncio!"

"— Você está louca, Elise!" — ele gritou, lutando para se afastar dela. — "Você será nossa ruína. Ele viu muito. Deixe-me passar, estou mandando!"

— Ele a empurrou para o lado e, correndo para a janela, me cortou com sua arma pesada. Eu tinha me soltado e estava pendurado pelas mãos no parapeito quando o golpe caiu. Tive consciência de uma dor surda. Meu aperto afrouxou e caí no jardim lá embaixo.

"Fiquei abalado, mas não ferido pela queda, então me levantei e corri entre os arbustos o mais rápido que pude, pois entendi que ainda estava longe de estar fora de perigo. De repente, porém, enquanto corria, uma tontura mortal e um enjoo me dominaram. Baixei os olhos para minha mão, que latejava dolorosamente, e então, pela primeira vez, vi que meu polegar havia sido cortado e que o sangue escorria do meu ferimento. Esforcei-me por amarrar meu lenço em volta dele, mas ouvi um zumbido repentino em meus ouvidos e, no momento seguinte, caí desmaiado entre as roseiras.

"Quanto tempo permaneci inconsciente, não sei dizer. Deve ter se passado muito tempo, pois a lua havia baixado, e uma manhã brilhante raiava quando voltei a mim. Minhas roupas estavam encharcadas de orvalho, e a manga do meu casaco, com o sangue do meu polegar ferido. A ardência me fez lembrar, em um instante, todos os detalhes da minha aventura noturna, e fiquei de pé com a sensação de que dificilmente poderia estar a salvo de meus perseguidores. Mas, para minha surpresa, quando olhei à minha volta, não vi nem casa nem jardim. Eu estava deitado em um ângulo da cerca viva perto da estrada, e um pouco mais abaixo estava um longo edifício, que provou ser, ao me aproximar, a mesma estação a que eu havia chegado na noite anterior. Se não fosse pelo ferimento feio em minha mão, tudo o que se passou durante aquelas horas terríveis poderia ter sido um sonho ruim.

"Meio tonto, entrei na estação e perguntei sobre o trem da manhã. Haveria um para Reading em menos de uma hora. O mesmo carregador estava de serviço, notei, pois estava lá quando cheguei. Perguntei a ele se já tinha ouvido falar do coronel Lysander Stark. O nome lhe era estranho? Ele observara uma carruagem na noite anterior à minha espera? Não, ele não tinha. Havia uma delegacia de polícia por perto? Havia uma a cerca de cinco quilômetros.

— Era muito longe para eu ir, fraco e doente como estava. Decidi esperar até voltar para a cidade antes de contar minha história para a polícia. Passava um pouco das seis quando cheguei. Fui primeiro fazer um

A Aventura do Polegar do Engenheiro

curativo no meu ferimento. Em seguida, o médico foi gentil o suficiente para me trazer aqui. Eu coloco o caso em suas mãos e farei exatamente o que você aconselhar.

Nós dois ficamos sentados em silêncio por algum tempo depois de ouvir aquela narrativa extraordinária. Então, Sherlock Holmes puxou da prateleira um dos pesados livros em que colocava seus recortes.

— Aqui está um anúncio que vailhe interessar — ele disse. — Saiu em todos os jornais há cerca de um ano. Ouça isto: "Perdido, no dia 9, o Sr. Jeremiah Hayling, de 26 anos, engenheiro hidráulico. Saiu de seu alojamento às dez da noite e nunca mais houve notícias dele. Estava vestido, etc., etc.". Ah! Isso representa a última vez que o coronel precisou de uma revisão de sua máquina, imagino.

— Deus do céu! — gritou meu paciente. — Então isso explica o que a garota disse.

— Sem dúvida. É claro que o coronel era um homem frio e desesperado, absolutamente decidido a que nada atrapalhasse seu joguinho, como aqueles piratas que não pouparão nenhum sobrevivente de um navio capturado. Bem, cada momento agora é precioso, então, se você se sentir capaz, iremos imediatamente para a Scotland Yard como uma preliminar para começar em Eyford.

Cerca de três horas depois, estávamos todos no trem juntos, indo de Reading para a pequena aldeia de Berkshire. Lá estávamos Sherlock Holmes, o engenheiro hidráulico, o inspetor Bradstreet, da Scotland Yard, um homem à paisana e eu. Bradstreet havia espalhado um mapa do condado no assento e estava ocupado com suas bússolas, desenhando um círculo com Eyford no centro.

— Aqui — disse ele. — Esse círculo está desenhado em um raio de dezesseis quilômetros da aldeia. O lugar que queremos deve ser em algum lugar perto dessa linha. Você disse dezesseis quilômetros, acho, senhor.

— Foi uma viagem de uma hora.

— E acha que eles trouxeram você de volta daquele jeito quando estava inconsciente?

— Devem ter feito isso. Também tenho uma memória confusa de ter sido erguido e transportado para algum lugar.

— O que não consigo entender — disse — é a razão para terem lhe poupado quando o encontraram desmaiado no jardim. Talvez o vilão tenha sido acalmado pelas súplicas da mulher.

— Acho isso pouco provável. Nunca vi um rosto mais inexorável em minha vida.

— Oh, em breve esclareceremos tudo isso — disse Bradstreet. — Bem, desenhei meu círculo e só gostaria de saber em que ponto dele as pessoas que estamos procurando podem ser encontradas.

— Acho que posso responder — disse Holmes calmamente.

— É mesmo! — exclamou o inspetor. — Você formou sua opinião! Certo, agora veremos quem concorda com você. Digo que é ao sul, porque é mais deserto lá.

— E eu digo leste — disse meu paciente.

— Eu sou a favor do oeste — observou o homem à paisana. — Existem várias pequenas aldeias tranquilas por lá.

— E eu digo norte — disse — porque não há morros lá, e nosso amigo diz que não percebeu que a carruagem subia.

— Ora! — gritou o inspetor, rindo. — É uma diversidade de opiniões muito bonita. Encaixotamos a bússola entre nós. Para quem você dá seu voto de Minerva?

— Vocês estão todos errados.

— Mas é impossível.

— Oh, sim, é possível. Este é meu ponto. — Ele colocou o dedo no centro do círculo. — É aqui que os encontraremos.

— Mas e a viagem de dezesseis quilômetros? — Hatherley engasgou.

— Oito de ida e oito de volta. Nada mais simples. Você mesmo diz que o cavalo estava fresco e lustroso ao chegar. Como poderia se ele tivesse percorrido vinte quilômetros em estradas pesadas?

— Na verdade, é um truque provável — observou Bradstreet, pensativo. — É claro que não pode haver dúvida quanto à natureza dessa gangue.

— Nenhuma — disse Holmes. — Eles são cunhadores em grande escala e usaram a máquina para formar o amálgama que substituiu a prata.

— Já sabemos há algum tempo que uma gangue esperta estava em ação — disse o inspetor. — Ela tem produzido meias-coroas aos milhares. Inclusive a rastreamos até Reading, mas não pudemos ir mais longe, pois havia coberto seus rastros de uma forma que mostrava que eram mãos muito experientes. Mas agora, graças a essa chance do destino, acho que acertamos o suficiente.

Mas o inspetor se enganou, pois esses criminosos não estavam destinados a cair nas garras da justiça. Quando entramos na estação Eyford, vimos uma gigantesca coluna de fumaça, que subia por trás de um pequeno grupo de árvores na vizinhança e pairava como uma imensa pena de avestruz sobre a paisagem.

— Uma casa em chamas? — perguntou Bradstreet enquanto o trem partia novamente.

— Precisamente isso, senhor! — disse o chefe da estação.

— Quando começou?

— Ouvi dizer que foi durante a noite, senhor, mas piorou, e o lugar inteiro está em chamas.

— De quem é essa casa?

— Dr. Becher.

— Diga-me — interrompeu o engenheiro —, o Dr. Becher é alemão, muito magro, com um nariz comprido e pontudo?

O chefe da estação riu com vontade.

— Não, senhor, o Dr. Becher é inglês e não há um homem na paróquia que tenha um colete mais volumoso. Mas ele tem um cavalheiro consigo, um paciente, pelo que sei, que é estrangeiro, e parece que um pouco de bife de Berkshire não lhe faria mal.

O chefe da estação não havia terminado seu discurso antes que todos estivéssemos correndo na direção do fogo. A estrada chegava ao topo de uma colina baixa, e havia um grande edifício caiado de branco à nossa frente, jorrando fogo em cada fresta e janela, enquanto, no jardim em frente, três carruagens de bombeiros se esforçavam em vão para conter as chamas.

— É aqui! — exclamou Hatherley, em intensa excitação. — Lá está o caminho de cascalho e as roseiras onde eu estava. Essa segunda janela é aquela da qual saltei.

— Bem, pelo menos — disse Holmes — você se vingou deles. Não há dúvida de que foi sua lamparina a óleo que, ao ser esmagada na prensa, incendiou as paredes de madeira, embora sem dúvida estivessem muito envolvidos na perseguição para perceber na hora. Agora mantenha seus olhos abertos para seus amigos da noite passada, embora eu tema muito que estejam a centenas de quilômetros de distância agora.

E os temores de Holmes se concretizaram, pois, daquele dia em diante, nenhuma palavra jamais foi ouvida sobre a bela mulher, o sinistro alemão ou o taciturno inglês. Cedo naquela manhã, um camponês encontrou uma carruagem contendo várias pessoas e algumas caixas muito volumosas, elas iam rapidamente na direção de Reading, mas todos os vestígios dos fugitivos desapareceram, e mesmo a engenhosidade de Holmes nunca conseguiu descobrir a menor pista sobre seu paradeiro.

Os bombeiros ficaram muito perturbados com os estranhos arranjos que encontraram lá dentro, e ainda mais ao descobrirem um polegar humano recém-decepado no parapeito de uma janela do segundo andar. Perto do pôr do sol, no entanto, seus esforços foram finalmente bem-sucedidos, e eles apagaram as chamas, mas não antes que o telhado caísse e todo o lugar fosse reduzido a tal ruína absoluta que, exceto alguns cilindros retorcidos e tubos de ferro, nenhum vestígio restou da máquina que havia custado tão caro a nosso infeliz conhecido. Descobriram grandes massas de níquel e de estanho armazenadas em anexo, mas não encontraram moedas, o que pode ter explicado a presença das caixas volumosas já referidas.

O modo como nosso engenheiro hidráulico fora transportado do jardim para o local onde recuperou os sentidos poderia ter permanecido para sempre um mistério, não fosse a forma como nos contou uma história muito simples. Ele evidentemente havia sido carregado para baixo por duas pessoas, uma das quais tinha pés notavelmente pequenos, e a outra, incomumente grandes. No geral, era mais provável que o silencioso inglês, sendo menos ousado ou menos assassino que seu companheiro, tivesse ajudado a mulher a tirar o homem inconsciente do caminho do perigo.

— Bem — disse nosso engenheiro com tristeza, enquanto nos sentávamos para voltar mais uma vez a Londres —, foi um belo negócio para mim! Perdi meu polegar e honorários de cinquenta guinéus. O que ganhei?

— Experiência — disse Holmes, rindo. — Indiretamente pode ter valor, sabe? Você só precisa colocar isso em palavras para ganhar uma reputação pelo resto de sua existência.

X. A AVENTURA DO NOBRE SOLTEIRO

O casamento de lorde St. Simon e seu curioso término há muito deixaram de ser um assunto de interesse nos círculos exaltados que o infeliz noivo frequenta. Escândalos recentes o eclipsaram, e seus detalhes mais picantes afastaram as fofocas desse drama de quatro anos. Como tenho motivos para acreditar, no entanto, que os fatos completos nunca foram revelados ao público geral, e como meu amigo **SHERLOCK HOLMES** teve uma participação considerável no esclarecimento do assunto, sinto que nenhuma memória dele estaria completa sem alguns pequenos esboços desse episódio notável.

Poucas semanas antes de meu casamento, durante os dias em que eu ainda dividia a moradia com Holmes na Baker Street, ele voltou de um passeio à tarde e encontrou uma carta à sua espera na mesa. Eu tinha ficado dentro de casa o dia todo, pois o tempo havia se transformado repentinamente em chuva, com fortes ventos outonais, e a bala, que eu trouxera em um dos membros como uma relíquia de minha campanha no Afeganistão, latejava com persistência monótona. Com meu corpo em uma poltrona e minhas pernas em outra, eu havia me cercado por uma nuvem de jornais até que, finalmente, saturado com as notícias do dia, joguei todos de lado e fiquei deitado, apático, observando o enorme brasão e monograma sobre o envelope na mesa e me perguntando preguiçosamente quem poderia ser o nobre correspondente de meu amigo.

— Esta é uma epístola muito requintada — comentei quando ele entrou. — Suas cartas matinais, se bem me lembro, eram de um peixeiro e um garçom.

— Sim, minha correspondência certamente tem o encanto da variedade — respondeu sorrindo —, e os mais humildes geralmente são os mais interessantes. Isso parece uma daquelas convocações sociais indesejáveis que convidam um homem a se entediar ou a mentir.

Ele rasgou o selo e deu uma olhada no conteúdo.

— Ora, parece ser algo interessante.

— Não é social, então?

— Não, distintamente profissional.

— É de um cliente nobre?

— Um dos mais altos da Inglaterra.

— Meu caro amigo, eu o parabenizo.

— Garanto a você, Watson, sem afetação, que o status de meu cliente é uma questão de menos importância para mim do que o interesse de seu caso. É possível, no entanto, que isso também não esteja faltando nessa nova investigação. Você tem lido os jornais com diligência ultimamente, não tem?

— Parece que sim — disse eu, com tristeza, apontando para um pacote enorme no canto. — Não tive mais nada para fazer.

— É uma sorte, pois você talvez possa me atualizar. Não li nada, exceto as notícias criminais e a coluna de conselhos. Esta é sempre instrutiva. Mas se você acompanhou os eventos recentes tão de perto, deve ter lido sobre lorde St. Simon e seu casamento.

— Oh, sim, com o mais profundo interesse.

— Isso é bom. A carta que tenho em minhas mãos é de lorde St. Simon. Vou ler e, em troca, você deve revirar esses papéis e me dar o que quer que seja sobre o assunto. Isso é o que ele diz:

A Aventura do Nobre Solteiro

"Meu caro Sr. Sherlock Holmes,

Lorde Backwater me disse que posso confiar cegamente em seu julgamento e discrição. Decidi, portanto, chamá-lo e consultá-lo a respeito do fato doloroso que ocorreu em conexão com meu casamento. O Sr. Lestrade, da Scotland Yard, já está agindo no assunto, mas me garante que não vê objeções à sua cooperação e que até pensa que pode ser de alguma ajuda. Eu o visitarei às quatro horas da tarde e, caso tenha algum outro compromisso nessa hora, espero que o adie, pois esse assunto é de suma importância. Com os melhores cumprimentos,

Robert St. Simon"

— É datada de Mansões Grosvenor, escrito com caneta de pena, e o nobre senhor teve a infelicidade de deixar uma mancha de tinta no lado externo de seu dedo mínimo direito — observou Holmes ao dobrar a epístola.

— Ele disse quatro horas. São três agora. Estará aqui em uma hora.

— Então tenho pouco tempo, com sua ajuda, de me inteirar sobre o assunto. Vire esses papéis e organize os extratos em sua ordem cronológica enquanto dou uma olhada em quem é nosso cliente.

Ele escolheu um volume de capa vermelha de uma sequência de livros de referência ao lado da lareira.

— Aqui está — disse, sentando-se sobre o joelho. — "Lorde Robert Walsingham de Vere St. Simon, segundo filho do duque de Balmoral". Hum! "Armas: Azure, três estrepes superiores sobre uma zibelina. Nasceu em 1846". Ele tem 41 anos, o que é considerado muito maduro para o casamento. Foi subsecretário para as colônias em uma administração tardia. O duque, seu pai, foi secretário de Relações Exteriores. Eles herdam o sangue Plantageneta por descendência direta, e os Tudor, pelo lado materno. Ah! Bem, não há nada instrutivo nisso. Preciso me voltar para você, Watson, para algo mais sólido.

— Tenho muito pouca dificuldade em encontrar o que desejo — disse —, pois os fatos são bastante recentes, e o assunto me pareceu notável. Eu temia encaminhá-los a você porque sabia que tinha um inquérito em mãos e que não gostava da intrusão de outros assuntos.

— Oh, você quer dizer o pequeno problema da van de móveis Grosvenor Square. Isso está bastante esclarecido agora, embora, de fato, fosse óbvio desde o início. Por favor, me dê os resultados de suas seleções de jornais.

— Aqui está a primeira notícia que posso encontrar, na coluna pessoal do *Morning Post*. É datada, como pode ver, de algumas semanas atrás: "Um casamento foi arranjado", diz, "e, se o boato estiver correto, acontecerá muito em breve entre lorde Robert St. Simon, segundo filho do duque de Balmoral, e Srta. Hatty Doran, a única filha de Aloysius Doran. Esq., De San Francisco, Cal., EUA". Isso é tudo.

— Conciso e direto ao ponto — observou Holmes, esticando as pernas longas e finas em direção à lareira.

— Havia um parágrafo mais completo em um dos jornais da sociedade da mesma semana. Ah, aqui está:

"Em breve, haverá um pedido de proteção no mercado do casamento, pois o presente princípio do livre comércio parece pesar contra nosso produto doméstico. Uma por uma, a gestão das casas nobres da Grã-Bretanha está passando para as mãos de nossas belas primas do outro lado do Atlântico. Uma adição importante foi feita durante a última semana à lista de prêmios arrematados por esses encantadores invasores. Lorde St. Simon, que se mostrou por mais de vinte anos à prova de flechas do pequeno deus, agora definitivamente anunciou seu casamento próximo com a Srta. Hatty Doran, a filha fascinante de um milionário da Califórnia. A Srta. Doran, cuja figura graciosa e rosto marcante atraiu muita atenção nas festividades da Westbury House, é filha única, e hoje em dia é relatado que seu dote ultrapassará consideravelmente os seis dígitos, com expectativas para o futuro. Como é um segredo aberto que o duque de Balmoral foi obrigado a vender seus quadros nos últimos anos, e como lorde St. Simon não possui nenhuma propriedade, exceto a pequena, de Birchmoor, é óbvio que a herdeira californiana não é a única em vantagem em uma aliança que lhe permitirá fazer a transição fácil e comum de uma senhora republicana para uma nobre britânica."

— Algo mais? — perguntou Holmes, bocejando.

— Sim, bastante. Depois há outra nota no *Morning Post*, dizendo que o casamento seria absolutamente tranquilo, no St. George's, na Hanover Square, que apenas meia dúzia de amigos íntimos seriam convidados e que a festa rumaria para a casa mobiliada, em Lancaster Gate, do Sr. Aloysius Doran. Dois dias depois, ou seja, na última quarta-feira, houve um breve anúncio de que o casamento havia ocorrido e que a lua de mel aconteceria na casa de lorde Backwater, perto de Petersfield. Esses são todos os avisos que surgiram antes do desaparecimento da noiva.

— Antes do quê? — perguntou Holmes, assustado.

— Do desaparecimento da noiva.

— Quando ela desapareceu?

— No café da manhã do dia do casamento.

— Isso é mais interessante do que prometia. Bastante dramático, na verdade.

— Sim, me pareceu um pouco fora do comum.

— Elas costumam desaparecer antes da cerimônia, e ocasionalmente durante a lua de mel, mas não consigo lembrar de nada tão rápido quanto isso. Por favor, me dê os detalhes.

— Eu te aviso que estão muito incompletos.

— Talvez possamos torná-los mais completos.

— Até o momento, são apresentados num único artigo de um jornal matutino de ontem, que vou ler para você. É intitulado:

OCORRÊNCIA SINGULAR EM UM CASAMENTO ELEGANTE

A família de lorde Robert St. Simon foi lançada à maior consternação pelos episódios estranhos e dolorosos que ocorreram em conexão com seu casamento. A cerimônia, tal como brevemente anunciada nos jornais de ontem, ocorreu na manhã anterior, mas só agora foi possível confirmar os estranhos rumores que tão persistentemente têm circulado. Apesar das tentativas dos amigos de abafar o assunto, tanta atenção pública foi atraída para ele, que nenhum bom propósito pode ser cumprido ao se fingir desconsiderar que é um assunto comum nas rodas de conversas.

A cerimônia, realizada em St. George's, Hanover Square, foi muito tranquila, ninguém estando presente, exceto o pai da noiva, Sr. Aloysius Doran, a duquesa de Balmoral, lorde Backwater, lorde Eustace e lady Clara St. Simon (o irmão mais novo e a irmã do noivo) e lady Alicia Whittington. Todo o grupo seguiu depois para a casa do Sr. Aloysius Doran, em Lancaster Gate, onde o café da manhã foi preparado. Parece que alguns pequenos problemas foram causados por uma mulher cujo nome não foi confirmado, que se esforçou para entrar à força na casa após a festa nupcial, alegando que tinha alguma reclamação sobre lorde St. Simon. Só depois de uma cena dolorosa e prolongada é que foi expulsa pelo mordomo e pelo criado. A noiva, que felizmente havia entrado em casa antes dessa interrupção desagradável, sentou-se para o café da manhã com os outros, quando se queixou de uma indisposição repentina e se retirou para seu quarto. Tendo sua prolongada ausência causado algum comentário, seu pai a seguiu, mas soube, por sua criada, que ela só subira a seu quarto por um instante, pegara um casaco e um gorro e descera correndo para a passagem. Um dos empregados declarou ter visto uma senhora sair de casa assim vestida, mas se recusou a dizer que era sua patroa, acreditando que ela estivesse com companhia. Ao saber que sua filha havia desaparecido, Sr. Aloysius Doran, em conjunto com o noivo, imediatamente entrou em contato com a polícia. Investigações muito enérgicas estão sendo feitas, o que provavelmente

A Aventura do Nobre Solteiro

resultará em um rápido esclarecimento desse assunto tão singular. Até tarde da noite passada, no entanto, não houve nenhuma novidade sobre o paradeiro da senhora. Há rumores de crime, e consta que a polícia logrou a prisão da mulher, que provocara o distúrbio, por acreditar que, por ciúme ou outro motivo, pudesse ter se envolvido com o estranho desaparecimento da noiva.

— Isso é tudo?
— Há apenas um pequeno item em outro jornal matutino, mas é sugestivo.
— E...
— Aquela Srta. Flora Millar, dama que causou a confusão, foi realmente presa. Parece que foi dançarina no Allegro e que conhece o noivo há alguns anos. Não há mais particularidades, e todo o caso está em suas mãos agora, até onde foi divulgado pela imprensa.
— Parece ser um caso extremamente interessante. Eu não teria perdido por nada. Mas a campainha toca, Watson, e como o relógio passa poucos minutos das quatro, não tenho dúvidas de que é nosso cliente nobre. Não sonhe em sair, Watson, pois prefiro muito mais ter uma testemunha, nem que seja apenas como um totem para a minha própria memória.
— Lorde Robert St. Simon — anunciou nosso pajem, abrindo a porta.

Um cavalheiro entrou com um rosto agradável e culto, nariz alto e pálido, com algo talvez de petulância na boca, e com o olhar firme e bem aberto de um homem cujo destino agradável sempre foi comandar e ser obedecido. Seus modos eram enérgicos, mas sua aparência geral dava uma impressão indevida de idade, pois inclinava-se ligeiramente para a frente e dobrava um pouco os joelhos ao caminhar. Seu cabelo também, quando tirou o chapéu de aba muito enrolada, era grisalho nas têmporas e fino no topo. Quanto a suas vestimentas, eram cuidadosas até a beira do exagero, com gola alta, sobrecasaca preta, colete branco, luvas amarelas, sapatos de verniz e polainas de cores claras. Ele avançou devagar para dentro da sala, virando a cabeça da esquerda para a direita e balançando, na mão direita, a corda que segurava seus óculos de ouro.

— Bom dia, lorde St. Simon — disse Holmes, levantando-se e curvando-se. — Por favor, pegue a cadeira de vime. Este é meu amigo e colega, Dr. Watson. Aproxime-se um pouco da lareira e conversaremos sobre o assunto.

— Um assunto muito doloroso para mim, como pode imaginar prontamente, Sr. Holmes. Fui muito magoado. Sei que já administrou vários casos delicados desse tipo, senhor, embora presuma que dificilmente pertençam à mesma classe da sociedade.

— Não, estou retrocedendo.
— Perdão?
— Meu último cliente desse tipo foi um rei.
— Sério? Eu não fazia ideia. E qual rei?
— O rei da Escandinávia.
— O quê?! Ele tinha perdido sua esposa?
— Você pode compreender — disse Holmes com suavidade — que estendo aos negócios de meus outros clientes o mesmo sigilo que lhe prometo nos seus.

A Aventura do Nobre Solteiro

— Claro! Certo! Certo! Peço perdão. Quanto a meu caso, estou pronto para lhe dar qualquer informação que possa ajudá-lo a formar uma opinião.

— Obrigado. Já li tudo o que está na imprensa, nada mais. Presumo que posso considerar correto este artigo, por exemplo, sobre o desaparecimento da noiva.

Lorde St. Simon olhou para ele.

— Sim, está correto.

— Mas é preciso muita informação antes que alguém possa dar uma opinião. Acho que posso chegar a conclusões mais diretamente questionando você.

— Por favor, faça isso.

— Quando você conheceu a Srta. Hatty Doran?

— Em São Francisco, há um ano.

— Você estava viajando aos Estados Unidos?

— Sim.

— Ficou noivo na época?

— Não.

— Mas estava em uma relação amigável?

— Eu me divertia em sua companhia, e ela percebeu isso.

— O pai dela é muito rico?

— Dizem que é o homem mais rico da costa do Pacífico.

— E como ganhou dinheiro?

— Na mineração. Ele não tinha nada alguns anos atrás. Então encontrou ouro, investiu e se ergueu aos trancos e barrancos.

— Agora, qual é sua impressão sobre a jovem senhora, o caráter de sua esposa?

O nobre balançou os óculos um pouco mais rapidamente e olhou para a lareira.

— Sabe, Sr. Holmes — disse —, minha esposa tinha vinte anos antes de o pai se tornar rico. Durante esse tempo, correu livremente em um acampamento de mineração e vagou por bosques ou montanhas, de modo que sua educação veio da natureza, e não da escola. É o que chamamos na Inglaterra de uma moleca, com uma natureza forte, selvagem e livre, livre de qualquer tipo de tradição. Ela é impetuosa e vulcânica, eu diria. É rápida em se decidir e destemida em cumprir suas resoluções. Por outro lado, não teria dado a ela o nome que tenho a honra de usar — ele deu uma tossida majestosa — se não tivesse pensado que fosse, no fundo, uma mulher nobre. Acredito que ela seja capaz de sacrifício heroico e que qualquer coisa desonrosa seria repugnante para ela.

— Você tem a fotografia dela?

— Trouxe comigo. — Ele abriu um medalhão e nos mostrou o rosto de uma mulher adorável. Não era uma fotografia, mas uma miniatura de marfim, e o artista destacou todo o efeito do cabelo preto lustroso, dos grandes olhos escuros e da boca requintada. Holmes olhou longa e seriamente para ele. Em seguida, fechou o medalhão e o devolveu a lorde St. Simon.

— A jovem veio para Londres, então, e vocês estreitaram a amizade?

— Sim, o pai dela a trouxe para essa última temporada em Londres. Eu a encontrei várias vezes, fiquei noivo dela e agora me casei.

— Ela trouxe, imagino, um dote considerável.

— Um dote justo. Não mais do que o normal em minha família.

— Isso, claro, permanece com você, já que o casamento foi consumado.

— Realmente não fiz pesquisas sobre o assunto.

— Muito naturalmente, não. Você viu a Srta. Doran um dia antes do casamento?

— Sim.

— Ela estava de bom humor?

— Como nunca. Ficou falando sobre o que deveríamos fazer em nossas vidas futuras.

— Isso é muito interessante! E na manhã do casamento?

— Estava o mais feliz possível, pelo menos até depois da cerimônia.

— Você notou alguma mudança nela, então.

— Bem, para dizer a verdade, vi os primeiros sinais de que seu temperamento estava um pouco afiado. O incidente, no entanto, foi muito trivial para ser relatado, e não pode ter relação com o caso.

— Por favor, conte-nos.

— Oh, é infantil. Ela deixou cair o buquê enquanto íamos para a sacristia. Estava passando pelo banco da frente na hora, e ele caiu no banco. Houve um atraso de um momento, mas o cavalheiro no banco entregou-lhe de volta. Não parecia ter estragado com a queda. No entanto, quando falei sobre o assunto, ela me respondeu de maneira abrupta, e, na carruagem a caminho de casa, parecia absurdamente agitada com essa causa insignificante.

— Você diz que havia um cavalheiro no banco. Então, algum público em geral estava presente.

— Sim. É impossível excluí-los quando a igreja está aberta.

— Aquele senhor não era um dos amigos de sua esposa?

— Não, não. Eu o chamo de cavalheiro por cortesia, mas era uma pessoa de aparência comum. Quase não notei sua aparência, mas realmente acho que estamos divagando.

— Lady St. Simon, então, voltou do casamento com um estado de espírito menos alegre do que antes. O que ela fez ao entrar de novo na casa de seu pai?

— Eu a vi conversando com sua criada.

— E quem é?

— Alice é o nome dela. É americana e veio da Califórnia com ela.

— Uma criada confidente?

— Um pouco demais. Pareceu-me que sua senhora permitia que ela tomasse grandes liberdades. Ainda assim, é claro, na América eles veem essas coisas de uma maneira diferente.

— Quanto tempo ela falou com essa Alice?

— Oh, alguns minutos. Eu tinha outras coisas em que pensar.

— Você não ouviu o que disseram?

— Lady St. Simon disse algo sobre "grilagem". Estava acostumada a usar gírias desse tipo. Não tenho ideia do que ela quis dizer.

— A gíria americana às vezes é muito expressiva. E o que sua esposa fez quando terminou de falar com a empregada?

— Entrou na sala do café da manhã.

— Em sua companhia?

— Não, sozinha. Era muito independente em pequenos assuntos como esse. Então, depois de nos sentarmos por cerca de dez minutos, se levantou apressadamente, murmurou algumas palavras de desculpas e saiu. Ela nunca mais voltou.

— Mas essa criada, Alice, pelo que entendi, declara que ela foi para seu quarto, cobriu o vestido de noiva com um longo casaco, colocou um gorro e saiu.

— Exatamente, e foi vista depois entrando no Hyde Park na companhia de Flora Millar, uma mulher que agora está sob custódia e que já havia causado distúrbio na casa do Sr. Doran naquela manhã.

— Ah, sim. Gostaria de alguns detalhes sobre essa jovem e suas relações com ela.

Lorde St. Simon encolheu os ombros e ergueu as sobrancelhas.

— Há alguns anos, temos uma relação amigável. Devo dizer que estamos em uma relação muito amigável. Ela costumava frequentar o Allegro. Não a tratei mal, e ela não tinha motivo justo para reclamar de mim, mas você sabe como são as mulheres, Sr. Holmes. Flora era uma coisinha querida, mas extremamente impulsiva e devotadamente ligada a mim. Ela me escreveu cartas terríveis quando soube que eu estava prestes a me casar e, para falar a verdade, a razão pela qual fiz por onde o casamento ser celebrado de maneira tão discreta foi porque temia que pudesse haver um escândalo na igreja. Ela veio até a porta do Sr. Doran logo depois que voltamos e se esforçou para entrar, proferindo expressões muito abusivas para minha esposa e até mesmo ameaçando-a, mas eu tinha previsto a possibilidade de algo do tipo, e por isso contava com dois policiais lá à paisana, que logo a empurraram para fora de novo. Ela ficou quieta quando viu que não adiantava fazer uma cena.

— Sua esposa ouviu tudo isso?

— Não, graças a Deus ela não ouviu.

— E foi vista caminhando com essa mesma mulher depois?

— Sim. Isso é o que o Sr. Lestrade, da Scotland Yard, considera seriamente. Acredita-se que Flora enganou minha esposa e armou uma armadilha terrível para ela.

— Bem, é uma suposição possível.

— Você também acha?

— Não disse provável. Mas você mesmo não considera isso provável?

— Duvido que Flora fizesse mal a uma mosca.

— Ainda assim, o ciúme é um estranho transformador de personalidades. Ora, qual é sua própria teoria sobre o que aconteceu?

— Bem, vim buscar uma teoria, não tecer uma. Eu lhe dei todos os fatos. Já que me perguntou, no entanto, posso dizer que me ocorreu, como possível, que a excitação desse caso, a consciência de que ela havia feito uma ascensão social tão imensa, teve o efeito de causar algum pequeno distúrbio nervoso em minha esposa.

— Em suma, ela ficou subitamente perturbada.

— Bem, de fato, quando considero que ela deu as costas, não direi a mim, mas a tantas coisas que muitos aspiraram sem obter sucesso, dificilmente posso explicar de outra forma.

— Bem, com certeza essa também é uma hipótese concebível — disse Holmes, sorrindo. — E agora, Lorde St. Simon, acho que tenho quase todos os dados de que preciso. Posso perguntar se você estava sentado à mesa do café da manhã para poder ver pela janela?

— Podíamos ver o outro lado da estrada e o parque.

— Exatamente. Então não acho que devo segurá-lo por mais tempo. Entrarei em contato com você.

— Espero que tenha a sorte de resolver esse problema — disse nosso cliente, levantando-se.

— Já resolvi.

— Como é?

— Disse que resolvi.

— Onde está minha esposa?

— Esse é um detalhe que irei apresentar logo.

Lorde St. Simon balançou a cabeça.

— Temo que isso vá exigir cabeças mais sábias do que a sua ou a minha — comentou, e, se curvando de maneira antiquada e imponente, partiu.

— É muito bom lorde St. Simon honrar minha cabeça, colocando-a no mesmo nível da dele — disse Sherlock Holmes, rindo. — Acho que terei um uísque com soda e um charuto depois de todo esse interrogatório. Eu havia formado minhas conclusões sobre o caso antes que nosso cliente entrasse na sala.

— Meu caro Holmes!

— Tenho anotações de vários casos semelhantes, embora nenhum, como observei antes, tão imediatos. Todo o meu exame serviu para transformar minha conjectura em uma certeza. A evidência circunstancial é ocasionalmente muito convincente, como quando você encontra uma truta no leite, para citar o exemplo de Thoreau.

— Mas ouvi tudo o que você ouviu.

— Sem, no entanto, o conhecimento de casos pré-existentes que tão úteis me são. Houve um exemplo paralelo em Aberdeen, alguns anos atrás, e algo muito parecido em Munique, um ano após a Guerra Franco-Prussiana. É um desses casos, mas, olá, aqui está Lestrade! Boa tarde, Lestrade! Você encontrará um copo extra no aparador e há charutos na caixa.

O detetive oficial estava vestido com uma jaqueta e gravata, o que lhe dava uma aparência decididamente náutica, e carregava uma sacola de lona preta nas mãos. Com uma breve saudação, sentou-se e acendeu o charuto que lhe fora oferecido.

— O que houve? — perguntou Holmes com um brilho nos olhos. — Parece insatisfeito.

— E me sinto insatisfeito. É aquele caso infernal do casamento de St. Simon. Não consigo concluir nada acerca do assunto.

— Sério? Isso me surpreende.

— Quem já ouviu falar de um caso tão complexo? Cada pista parece escapar dos meus dedos. Estive trabalhando nisso o dia todo.

— Isso parece tê-lo deixado bastante molhado — disse Holmes, pousando a mão sobre o braço da jaqueta.

— Sim, estive fazendo buscas no Serpentine.

— Meu Deus! Para quê?

— Em busca do corpo de lady St. Simon.

Sherlock Holmes recostou-se na cadeira e riu com vontade.

— Você procurou na bacia da fonte da Trafalgar Square? — perguntou.

— Por quê? O que quer dizer com isso?

— Porque você tem uma chance tão boa de encontrar aquela senhora em um quanto no outro.

Lestrade lançou um olhar zangado para meu companheiro.

— Suponho que saiba tudo sobre aquilo — rosnou.

— Bem, acabei de ouvir os fatos, mas estou decidido.

— Oh, de fato! Então acha que o Serpentine não desempenha nenhum papel no assunto?

— Acho muito improvável.

— Então talvez você possa gentilmente explicar como é que encontramos isso nele. — Ele abriu sua bolsa enquanto falava, e caíram no chão um vestido de noiva de seda, um par de sapatos de cetim branco, uma coroa e véu, tudo descolorido e encharcado de água. — Pronto — disse, colocando uma aliança nova no topo da pilha. — Um pequeno mistério para você desvendar, mestre Holmes.

— Oh, verdade! — respondeu meu amigo, soprando anéis azuis no ar. — Você as achou no Serpentine?

— Não. Foram encontradas flutuando perto da margem por um zelador do parque. Foram identificadas como as roupas dela, e me pareceu que, se estavam lá, o corpo não estaria longe.

— Pelo mesmo raciocínio brilhante, o corpo de cada homem pode ser encontrado nas proximidades de seu guarda-roupa. Ora, aonde esperava chegar com isso?

— Algumas evidências que implicam participação de Flora Millar no desaparecimento.

— Receio que ache isso improvável.

— Sério?! — gritou Lestrade com alguma amargura. — Temo, Holmes, que você não seja muito prático em suas deduções e inferências. Cometeu dois erros em poucos minutos. Este vestido envolve a Srta. Flora Millar.

— Como?

— No vestido tem um bolso. No bolso tem um estojo de cartão. No estojo do cartão está uma nota. E aqui está a própria nota. — Ele a bateu na mesa à sua frente. — Ouça isto: "Você me verá quando tudo estiver pronto. Venha logo. F. H. M.". Agora, minha teoria o tempo todo foi que lady St. Simon foi enganada por Flora Millar, e que ela, junto com seus aliados, sem dúvida, foi responsável por seu desaparecimento. Aqui, assinada com suas iniciais, está a própria nota que, sem dúvida, foi silenciosamente entregue em sua mão na porta e que a atraiu a seu alcance.

— Muito bem, Lestrade — disse Holmes, rindo. — Você de fato está no caminho certo. Deixe-me ver. — Pegou o papel com indiferença, mas sua atenção aumentou instantaneamente, e ele deu um leve grito de satisfação. — Isso é muito importante — disse.

— Ah! Você acha mesmo?

— Sim, muito. Meus calorosos parabéns.

Lestrade ergueu-se triunfante e abaixou a cabeça para olhar.

— Ora — exclamou —, você está olhando o lado errado.

— Pelo contrário, este é o lado certo.

— O lado certo? Você é louco! Aqui está a nota escrita a lápis.

— E aqui está o que parece ser o fragmento de uma conta de hotel, o que me interessa profundamente.

— Não há nada nisso. Já vi antes — disse Lestrade. — "4 de outubro, quartos: 8 xelins, café da manhã: 2 xelins e 6 pences, coquetel: 1 xelim, almoço: 2 xelins e 6 pences, copo de xerez: 8 pences." Não vejo nada nisso.

— Muito provavelmente, não. É o mais importante, mesmo assim. Quanto à nota, é importante também, ou pelo menos as iniciais são, por isso quero felicitá-lo de novo.

— Já perdi muito tempo — disse Lestrade, levantando-se. — Acredito no trabalho árduo e não em ficar sentado perto da lareira tecendo belas teorias. Bom dia, Sr. Holmes. Veremos quem esclarece primeiro o assunto. — Ele recolheu as roupas, colocou-as na sacola e foi para a porta.

— Só uma dica para você, Lestrade — disse Holmes antes que seu rival desaparecesse. — Direi a verdadeira solução do caso. Lady St. Simon é um mito. Não existe, e nunca existiu, tal pessoa.

Lestrade olhou com tristeza para meu companheiro. Então, se virou para mim, bateu três vezes na testa, balançou a cabeça solenemente e saiu correndo.

Mal tinha fechado a porta atrás de si quando Holmes se levantou para vestir o sobretudo.

— Há algo no que o sujeito diz sobre o trabalho ao ar livre — observou ele —, então acho, Watson, que devo deixá-lo com seus jornais por um tempo.

Já passava das dezessete horas quando Sherlock Holmes me deixou, mas não tive tempo para ficar sozinho, pois em uma hora chegou um entregador com uma caixa muito grande. Ele a desempacotou com ajuda de um jovem que trouxera consigo, e logo, para minha grande surpresa, uma pequena ceia fria bastante epicurista começou a ser servida em nossa humilde mesa de mogno. Havia um par de galinhas geladas, um faisão, uma torta de patê de *foie gras* com um grupo de garrafas antigas e teias de aranha. Depois de expor todos aqueles luxos, meus dois visitantes desapareceram como os gênios das *Mil e Uma Noites*, sem nenhuma explicação, exceto que as coisas foram pagas e encomendadas para esse endereço.

Pouco antes das nove horas, Sherlock Holmes entrou com rapidez na sala. Suas feições estavam gravemente definidas, mas havia uma luz em seus olhos que me fez pensar que não ficara desapontado com suas conclusões.

— Eles serviram a ceia, então — disse, esfregando as mãos.

A Aventura do Nobre Solteiro

— Você parece esperar companhia. Serviram para cinco.

— Sim, acho que podemos ter alguma companhia vindo — confirmou. — Estou surpreso que lorde St. Simon ainda não tenha chegado. Ah! Acho que agora estou ouvindo seus passos subindo as escadas

De fato, foi nosso visitante da tarde que entrou apressadamente, balançando os óculos com mais vigor do que nunca e com uma expressão muito perturbada em seus traços aristocráticos.

— Meu mensageiro chegou até você, então? — perguntou Holmes.

— Sim, e confesso que o conteúdo me assustou além da medida. Você tem certeza do que diz?

— A melhor possível.

Lorde St. Simon afundou em uma cadeira e passou a mão na testa.

— O que o duque dirá — murmurou — quando souber que alguém da família foi submetido a tal humilhação?

— É o mais puro acidente. Não posso conceber que haja qualquer humilhação.

— Ah, você vê essas coisas de outro ponto de vista.

— Não consigo ver que a culpa seja de alguém. Não consigo ver como a senhora poderia ter agido de outra forma, embora seu método abrupto de fazê-lo fosse, sem dúvida, lamentável. Não tendo mãe, ela não tinha ninguém para aconselhá-la em tal crise.

— Foi uma humilhação, senhor, uma humilhação pública — disse lorde St. Simon, batendo os dedos na mesa.

— Você deve levar em consideração aquela pobre garota, colocada em uma posição tão sem precedentes.

— Não vou fazer nenhuma concessão. Estou com muita raiva, de fato, e fui vergonhosamente usado.

— Acho que ouvi um toque — disse Holmes. — Sim, há passos lá fora. Se não posso persuadi-lo a ter uma visão tolerante do assunto, lorde St. Simon, trouxe aqui um advogado que pode ser mais bem-sucedido. — Ele abriu a porta e introduziu uma senhora e um cavalheiro. — Lorde St. Simon — disse ele —, permita-me apresentá-lo ao Sr. e à Sra. Francis Hay Moulton. A senhora, creio, você já conheceu.

Ao ver aqueles recém-chegados, nosso cliente saltou de sua cadeira e ficou muito ereto, com os olhos baixos e a mão enfiada no peito da sobrecasaca, uma imagem de dignidade ofendida. A senhora deu um rápido passo à frente e estendeu a mão, mas ele ainda assim se recusou a levantar os olhos. Foi bom para a resolução dele, talvez, pois ao rosto suplicante dela era difícil resistir.

— Você está com raiva, Robert — disse. — Bem, acho que tem todos os motivos para estar.

— Por favor, não me peça desculpas — disse lorde St. Simon amargamente.

— Oh, sim, sei que te tratei muito mal e que deveria ter falado com você antes de ir, mas estava meio abalada, e desde o momento em que vi Frank aqui de novo, simplesmente não sabia o que estava fazendo ou dizendo. Só me pergunto como não caí e desmaiei bem ali diante do altar.

— Talvez, Sra. Moulton, você gostaria que meu amigo e eu saíssemos da sala enquanto explica esse assunto?

— Se me permite dar uma opinião — observou o estranho cavalheiro —, já temos um pouco de sigilo demais sobre esse negócio. De minha parte, gostaria que toda a Europa e América ouvissem sobre isso. — Ele era pequeno, magro, bronzeado, bem barbeado e tinha rosto afilado e modos alertas.

— Então contarei nossa história imediatamente — anunciou a senhora. — Frank e eu nos conhecemos em 1884, no acampamento de McQuire, perto das Montanhas Rochosas, onde papai estava trabalhando em um garimpo. Estávamos noivos um do outro, Frank e eu, mas então, um dia, papai ficou rico, enquanto o pobre Frank tinha uma mina que se esgotou e deu em nada. Quanto mais rico o pai ficava, mais pobre ficava Frank. Então, finalmente, papai não quis saber de nosso noivado por mais tempo e me levou para São Francisco. Frank não desistiria, então me seguiu até lá e me viu sem que papai soubesse de nada. Isso só o deixaria louco, então apenas fizemos tudo às escondidas. Frank disse que iria fazer fortuna também e que nunca voltaria para me reivindicar até que tivesse tanto quanto papai. Prometi esperar por ele até o fim dos tempos e não me casar com mais ninguém enquanto ele vivesse. "Por que não nos casamos imediatamente?", ele disse, "e assim terei certeza de que você é minha; não pretendo ser seu marido apenas quando eu voltar". Bem, conversamos sobre isso, e ele havia arrumado tudo tão bem, com um clérigo pronto para esperar, que simplesmente resolvemos ali mesmo. Então Frank saiu em busca da fortuna, e eu voltei para o papai.

"Quando ouvi falar de Frank de novo, ele estava em Montana. Depois foi fazer prospecção no Arizona, e soube que ele havia ido ao Novo México. Depois disso, houve uma longa reportagem sobre como um acampamento de mineiros foi atacado por índios Apache, e lá estava o nome do meu Frank entre os mortos. Desmaiei e fiquei muito doente durante meses. Papai achou que eu tinha piorado e me levou à metade dos médicos de São Francisco. Nem uma palavra ou notícia chegaram por mais de um ano, de modo que nunca duvidei que Frank estivesse mesmo morto. Em seguida, lorde St. Simon veio para São Francisco, e nós partimos para Londres, um casamento foi arranjado, e papai ficou muito satisfeito, mas eu sentia o tempo todo que nenhum homem nesta Terra jamais tomaria o lugar em meu coração que foi dado a meu pobre Frank.

"Ainda assim, se tivesse me casado com lorde St. Simon, é claro que teria cumprido meu dever com ele. Não podemos controlar nosso amor, mas nossas ações, sim. Fui ao altar com ele com a intenção de ser uma esposa tão boa quanto deveria ser. Mas você pode imaginar o que senti quando, assim que cheguei à grade do altar, olhei para trás e vi Frank de pé olhando para mim do primeiro banco. A princípio, pensei que fosse o fantasma dele, mas, quando voltei a olhar, ele ainda estava lá, com uma espécie de interrogação nos olhos, como se me perguntasse se eu estava feliz ou com pena de vê-lo. Eu me pergunto como não caí. Sei que tudo estava girando, e as palavras do clérigo eram como o zumbido de uma abelha em meu ouvido. Não sabia o que fazer. Devo interromper o culto e fazer uma cena na igreja? Olhei para ele de novo, que parecia saber o que eu estava pensando, pois levou o dedo aos lábios para me pedir para ficar quieta. Então o vi rabiscar um pedaço de papel e percebi que estava me escrevendo um bilhete. Quando passei por seu banco, na saída, deixei cair meu buquê sobre ele, que colocou o bilhete na minha mão quando me devolveu as flores. Tinha apenas uma linha, pedindo que me juntasse a ele quando fizesse um sinal. Claro que nunca duvidei, nem por um momento, que meu primeiro dever agora era com ele, e decidi fazer tudo o que me ordenasse.

— Quando voltei, contei para minha criada que o conheci na Califórnia e que sempre fui sua amiga. Ordenei que ela não dissesse nada, mas que empacotasse algumas coisas e preparasse meu sobretudo. Sei que deveria ter falado com lorde St. Simon, mas foi terrivelmente difícil diante de sua mãe e de todas aquelas pessoas importantes. Apenas decidi fugir e explicar depois. Eu estava na mesa quando vi Frank pela janela, do outro lado da rua. Em dez minutos, me juntei a ele. Frank acenou para mim e começou a caminhar para o parque. Saí, peguei minhas coisas e o segui. Uma mulher veio falar uma coisa ou outra sobre lorde St. Simon, me pareceu, do pouco que ouvi, como se ele também tivesse um segredinho antes do casamento, mas consegui me afastar dela e logo alcancei Frank. Pegamos uma carruagem e fomos para um alojamento que ele alugara em Gordon Square. Aquele foi meu verdadeiro casamento depois de tantos anos de espera. Frank tinha sido um prisioneiro entre os Apaches. Escapou, foi para São Francisco, descobriu que eu o havia dado como morto e que tinha ido para a Inglaterra e me seguiu, até finalmente me deparar com ele na manhã de meu segundo casamento."

"— Vi num jornal" — explicou o americano. — "Ele informou o nome e a igreja, mas não onde a senhora morava."

— Então conversamos sobre o que deveríamos fazer. Frank era totalmente a favor da honestidade, mas eu estava com tanta vergonha de tudo, que senti que gostaria de desaparecer e nunca mais ver nenhum deles de novo. Apenas enviar uma carta para o papai, talvez, para mostrar a ele que eu estava viva. Era horrível para mim pensar em todos aqueles senhores e senhoras sentados em volta da mesa do café da manhã, esperando que eu voltasse. Então, Frank pegou minhas roupas de casamento

A Aventura do Nobre Solteiro

e outras coisas e fez uma trouxa com elas, para que eu não fosse localizada, e as jogou em algum lugar onde ninguém pudesse encontrá-las. É provável que tivéssemos ido a Paris amanhã, só que este bom cavalheiro, Sr. Holmes, veio até nós esta noite, embora eu nem imagine como nos encontrou. Ele nos mostrou muito clara e gentilmente que eu estava equivocada, que Frank estava certo e que estávamos fazendo a coisa errada ao sermos tão discretos. Então se ofereceu para nos dar uma chance de falar com lorde St. Simon a sós. Assim viemos imediatamente para seus aposentos. Agora, Robert, você já ouviu tudo, e sinto muito por ter causado dor a você. Espero que não pense mal de mim.

Lorde St. Simon não relaxou de forma alguma sua atitude rígida, mas ouviu aquela longa narrativa com a testa franzida e os lábios comprimidos.

— Desculpe-me — disse —, mas não é meu costume discutir meus assuntos pessoais mais íntimos dessa maneira pública.

— Então não vai me perdoar? Não vamos apertar as mãos antes de eu partir?

— Oh, com certeza, se isso lhe der algum prazer. — Ele estendeu a mão e agarrou friamente a que ela lhe estendera.

— Eu esperava — sugeriu Holmes — que você se juntasse a nós em um jantar amigável.

— Acho que aí você pede um pouco demais — respondeu o homem. — Posso ser forçado a concordar com esses acontecimentos recentes, mas dificilmente podem esperar que me alegre com eles. Agora, com sua permissão, desejo a todos uma boa-noite. — Ele incluiu todos nós em uma ampla reverência e saiu da sala.

— Então, acredito que vocês pelo menos me honrarão com sua companhia — disse Sherlock Holmes. — É sempre uma alegria conhecer um americano, Sr. Moulton, pois sou um daqueles que acreditam que a loucura de um monarca e a asneira de um ministro em anos longínquos não impedirão que nossos filhos sejam algum dia cidadãos do mesmo país, sob uma só bandeira, que será a do Reino Unido, com estrelas e listras.

— O caso foi interessante — observou Holmes quando nossos visitantes nos deixaram — porque serve para mostrar com muita clareza como pode ser simples a explicação de um caso que, à primeira vista, parece quase inexplicável. Nada poderia ser mais natural do que a sequência de eventos narrada por aquela senhora, e nada mais estranho do que o resultado visto, por exemplo, pelo Sr. Lestrade da Scotland Yard.

— Você não teve dúvida, então?

— Desde o início, dois fatos foram muito óbvios para mim, um de que a senhora estava bastante disposta a se submeter à cerimônia de casamento, e outro, de que se arrependeu poucos minutos depois de voltar para casa. Obviamente, algo ocorreu durante a manhã para fazê-la mudar de ideia. O que poderia ser? Ela não poderia ter falado com ninguém quando estava fora, pois estava na companhia do noivo. Tinha visto alguém, então? Se tivesse, devia ser alguém da América, porque ela havia passado tão pouco tempo neste país, que dificilmente poderia ter permitido que alguém adquirisse uma influência tão profunda sobre ela, a ponto de a simples visão dele a induzir a mudar seus planos assim completamente. Veja, já chegamos, por um processo de exclusão, à ideia de que ela poderia ter visto um americano. Então quem poderia ser esse americano e por que deveria ter tanta influência sobre ela? Pode ser um amante, um marido. Eu sabia que sua juventude havia sido vivida em cenas difíceis e sob condições estranhas.

— Eu tinha chegado a essas conclusões antes de ouvir a narrativa de lorde St. Simon. Quando nos contou sobre um homem sentado em um banco, sobre a mudança nos modos da noiva, sobre um jeito tão transparente de passar um bilhete com a queda de um buquê, sobre sua conversa com a criada confidente e sua alusão muito significativa à grilagem, que, na linguagem dos mineiros, significa tomar posse daquilo que outra pessoa tem por direito, toda a situação tornou-se absolutamente clara. Ela tinha fugido com um homem, e o homem era um amante ou o marido anterior. As chances eram a favor do último.

— E como diabos você os encontrou?

— Podia ter sido difícil, mas o amigo Lestrade tinha informações em mãos cujo valor ele mesmo desconhecia. As iniciais eram, é claro, da maior importância, mas mais valioso ainda era saber que, no intervalo de uma semana, ele havia liquidado sua conta em um dos hotéis mais renomados de Londres.

— Como você deduziu isso?

— Pelos preços. Oito xelins por uma cama e oito pences por uma taça de xerez indicavam um dos hotéis mais caros. Não há muitos em Londres que cobram essa taxa. No segundo que visitei, na Northumberland Avenue, descobri, por meio de uma inspeção no livro, que Francis H. Moulton, cavalheiro americano, havia partido apenas no dia anterior. Ao examinar as entradas feitas em nome dele, deparei-me com os itens que tinha visto na duplicata. Suas cartas deveriam ser encaminhadas para a Gordon Square, nº 226. Então fui para lá e, tendo a sorte de encontrar o casal apaixonado em casa, ousei dar-lhes alguns conselhos paternos e mostrar-lhes que seria melhor, em todos os sentidos, que deixassem sua posição um pouco mais clara para todos, e para o lorde St. Simon em particular. Convidei-os a encontrá-lo aqui e, como pôde ver, fiz com que cumprissem o prometido.

— Mas sem nenhum desfecho bom — comentei. — Sua conduta certamente não foi muito cortês.

— Ah, Watson — disse Holmes, sorrindo —, talvez você também não fosse muito gentil se, depois de todo o trabalho de cortejar e casar, se encontrasse privado em um instante de esposa e fortuna. Acho que podemos julgar lorde St. Simon com muita misericórdia e agradecer a nossas estrelas por nunca sermos susceptíveis a nos encontrar na mesma situação. Puxe sua cadeira e me entregue meu violino, pois o único problema que ainda temos que resolver é como passar essas noites sombrias de outono.

XI. A AVENTURA DO DIADEMA DE BERILO

— **HOLMES** — eu disse, certa manhã, diante de nossa janela em arco, olhando para a rua —, aqui vem um louco. É bem triste que seus parentes o deixem sair sozinho.

Meu amigo se levantou com preguiça da poltrona e ficou com as mãos nos bolsos do roupão, olhando por cima de meu ombro. Era uma manhã clara e fresca de fevereiro, e a neve do dia anterior ainda caía profundamente no chão, brilhando de maneira intensa sob o sol de inverno. No centro da Baker Street, o tráfego arou uma faixa marrom esfarelada, mas os dois lados e bordas amontoados ainda estavam brancos. O pavimento cinza tinha sido limpo e raspado, mas ainda estava perigosamente escorregadio, de modo que havia menos pedestres do que o normal. Na verdade, da direção da Estação Metropolitana não vinha ninguém, exceto o cavalheiro solitário cuja conduta excêntrica havia chamado minha atenção.

Era um homem de cerca de cinquenta anos, alto, corpulento, com um rosto maciço e muito marcado. Uma figura imponente. Estava vestido com um estilo sombrio, mas rico, com sobrecasaca preta, chapéu brilhante, polainas marrons bem cortadas e calças cinza-pérola costuradas com esmero. No entanto, suas ações contrastavam absurdamente com a dignidade de suas roupas e feições, pois corria muito, com pequenos pulos ocasionais, como os que dá um homem cansado e pouco acostumado a colocar força sobre as pernas. Enquanto corria, sacudia as mãos para cima e para baixo, balançava a cabeça e contorcia o rosto nas mais extraordinárias caretas.

— O que diabos pode estar acontecendo com ele? — perguntei. — Está olhando para o número de casas.

— Acredito que esteja vindo para cá — disse Holmes, esfregando as mãos.

— Para cá?

— Sim, prefiro pensar que vem me consultar. Acho que reconheço os sintomas. Ah! Não te disse? — Enquanto falava, o homem, bufando e soprando, correu para nossa porta e puxou nossa campainha até que toda a casa ressoasse com o barulho.

Alguns momentos depois, estava em nossa sala, ainda bufando e gesticulando, mas com uma expressão de tristeza e desespero tão fixa em seus olhos, que nossos sorrisos se transformaram em horror e pena em um instante. Por um tempo, ele não conseguiu pronunciar as palavras, mas balançou o corpo e puxou os cabelos como quem fora levado aos limites da razão. Então, levantando-se de repente, bateu a cabeça contra a parede com tanta força, que nós dois corremos até ele e o arrastamos para o centro da sala. Sherlock Holmes empurrou-o para a poltrona e, sentando-se ao lado, deu um tapinha em sua mão e conversou no tom suave e reconfortante que sabia tão bem usar.

— Você veio até mim para contar sua história, não é? — perguntou. — Está cansado de sua corrida. Por favor, espere até que se recupere, e aí terei o maior prazer em examinar qualquer pequeno problema que possa me apresentar.

O homem ficou sentado por um minuto ou mais com o peito arfando, lutando contra sua emoção. Então, passou o lenço na testa, apertou os lábios e virou o rosto para nós.

— Sem dúvida você me acha louco — disse.

— Vejo que teve grandes problemas — respondeu Holmes.

— Deus sabe que tive! Um problema suficiente para derrubar minha razão, de tão repentino e terrível. Eu poderia ter enfrentado desgraça pública, embora seja um sujeito cujo caráter ainda não carrega uma mancha. A aflição privada também é o destino de todo homem, mas os dois se unindo, e de uma forma tão assustadora, foram o bastante para abalar minha própria alma. Além disso, não sou só eu. Os mais nobres da Terra podem sofrer, a menos que seja encontrada alguma forma de sair desse horrível caso.

— Por favor, controle-se, senhor — pediu Holmes —, e deixe-me ter um relato claro de quem é e do que aconteceu com você.

— Meu nome — respondeu nosso visitante — provavelmente é familiar a seus ouvidos. Sou Alexander Holder, da empresa bancária Holder & Stevenson, da Threadneedle Street.

O nome era, de fato, bem conhecido por nós como pertencente ao sócio sênior do segundo maior banco privado de Londres. O que poderia ter acontecido, então, para causar postura tão lamentável a um dos mais importantes cidadãos londrinos? Esperamos, curiosos, até que, com esforço, ele se preparasse para contar sua história.

— Acho que o tempo tem valor — começou. — É por isso que me apressei até aqui quando o inspetor de polícia sugeriu que eu assegurasse sua cooperação. Cheguei à Baker Street pelo bonde e dali saí correndo a pé, pois as carruagens passam devagar pela neve. Por isso estava tão sem fôlego, pois sou um homem que faz muito pouco exercício. Sinto-me melhor agora e apresentarei os fatos o mais brevemente, mas da forma mais clara possível.

"É óbvio que você bem sabe que um negócio bancário de sucesso depende tanto de sermos capazes de encontrar investimentos rentáveis para nossos fundos, quanto de aumentarmos nossa conexão e o número de nossos cotistas. Um dos nossos meios mais lucrativos são os empréstimos, em que o título é incontestável. Temos feito muito nessa

A Aventura do Diadema de Berilo

direção durante os últimos anos, e há muitas famílias nobres para as quais adiantamos grandes somas para a segurança de seus quadros, bibliotecas ou porcelanas.

"Ontem de manhã, eu estava sentado em meu escritório no banco quando um dos funcionários me trouxe um cartão. Assustei quando vi o nome, pois era de ninguém menos que, bem, talvez seja melhor até para você eu não dizer nada além de que era um nome familiar em toda a Terra, um dos mais elevados, nobres e exaltados da Inglaterra. Fiquei impressionado com a honra e tentei, quando entrou, dizer isso, mas ele mergulhou imediatamente no negócio com o ar de um homem que deseja apressar-se em uma tarefa desagradável."

"— Sr. Holder" — disse —, "fui informado de que o senhor tem o hábito de adiantar dinheiro."

"— A empresa faz isso quando há segurança" — respondi.

"— É absolutamente essencial para mim" — continuou — "que eu deva ter 50 mil libras de uma só vez. Eu poderia, é claro, pedir dez vezes uma soma tão insignificante a meus amigos, mas prefiro muito mais fazer disso um assunto de negócios e cuidar disso eu mesmo. Na minha posição, você pode entender prontamente que não é sensato se colocar sob obrigações."

"— Por quanto tempo, se eu puder saber, quer essa quantia?"

"— Na próxima segunda-feira terei uma grande quantia devida a mim, e então irei certamente reembolsar o que você adiantar, com todos os juros que achar correto cobrar. Mas é muito essencial, para mim, que o dinheiro seja pago de uma vez."

"— Ficaria feliz em avançar sem mais negociações, tirando de minha própria bolsa particular" — eu disse — "se o peso não fosse muito maior do que poderia suportar. Se, por outro lado, devo fazê-lo em nome da empresa, então, em justiça a meu sócio, preciso insistir que, mesmo no seu caso, todas as precauções comerciais sejam tomadas."

"— Prefiro que seja assim" — ele concordou, levantando uma caixa quadrada de marroquim preta que colocara ao lado de sua cadeira. — "Você sem dúvida já ouviu falar do Diadema de Berilo."

"— Um dos bens públicos mais preciosos do Império" — acrescentei.

"— Exatamente." — Ele abriu a caixa e, ali, embutida no veludo macio bege, estava a magnífica joia. — "Existem trinta e nove berilos enormes" — informou — "e o preço do ouro é incalculável. A estimativa mais baixa colocaria o valor da tiara no dobro da soma que pedi. Estou preparado para deixá-la com você como caução."

— Peguei a preciosa caixa em minhas mãos e olhei perplexo para meu ilustre cliente.

"— Você duvida do valor?" — perguntou.

"— De modo nenhum. Só duvido..."

"— De que vou deixá-lo. Você pode ficar tranquilo quanto a isso. Não sonharia em fazê-lo se não estivesse absolutamente seguro de que serei capaz de recuperá-lo em quatro dias. É uma questão de forma. A caução é suficiente?"

"— Certamente."

"— Você entende, Sr. Holder, que estou lhe dando uma forte prova de confiança, baseada em tudo o que ouvi a seu respeito. Conto com você não apenas para ser discreto e abster-se de todos os mexericos sobre o assunto, mas, acima de tudo, para preservar esta tiara com todas as precauções possíveis. Não preciso dizer que um grande escândalo público seria causado se algum dano acontecesse a ela. Qualquer dano seria quase tão grave quanto sua perda total, pois não há berilos no mundo que se igualem a estes. Seria impossível substituí-los. Deixo-o com você, com toda a confiança, e buscarei pessoalmente na manhã de segunda-feira."

— Vendo que meu cliente estava ansioso para ir embora, não disse mais nada, mas, ligando para meu caixa, ordenei que lhe desse cinquenta notas de mil libras. Quando fiquei sozinho mais uma vez, no entanto, com a preciosa caixa sobre a mesa à minha frente, não pude deixar de pensar, com algumas dúvidas, na imensa responsabilidade que acarretava para mim. Não poderia haver dúvida de que, por ser uma joia nacional, um horrível escândalo se seguiria se qualquer infortúnio lhe ocorresse. Já tinha me arrependido de assumir a custódia. No entanto, era tarde demais para mudar de ideia, então eu o tranquei em meu cofre particular e voltei ao trabalho.

"Ao cair da noite, achei que seria uma imprudência deixar algo tão precioso no escritório. Os cofres dos banqueiros foram arrombados antes, e por que não os meus? Nesse caso, quão terrível seria a posição em que me encontraria! Decidi, portanto, que pelos próximos dias eu sempre carregaria o estojo comigo, para que nunca estivesse realmente fora de meu alcance. Com essa intenção, chamei uma carruagem e dirigi até minha casa em Streatham, carregando a joia comigo. Não respirei livremente antes de levá-la para cima e trancá-la na cômoda de meu quarto.

A Aventura do Diadema de Berilo

"E agora uma palavra quanto à minha casa, Sr. Holmes, pois desejo que compreenda perfeitamente a situação. Meu cavalariço e meu escudeiro dormem fora de casa e podem ser deixados de lado por completo. Tenho três criadas que estão comigo há vários anos, cuja confiabilidade absoluta está bem acima de qualquer suspeita. Outra, Lucy Parr, a segunda empregada doméstica, está comigo há apenas alguns meses. Ela possui um excelente caráter, porém, e sempre me deu satisfação. É uma garota muito bonita e atraiu admiradores que ocasionalmente andavam pelo lugar. É a única desvantagem que descobrimos dela, mas acreditamos que seja uma boa menina em todos os sentidos.

"Esses são os criados. Minha família é tão pequena, que não demorarei muito para descrevê-la. Sou viúvo e tenho um filho único, Arthur. Ele foi uma decepção para mim, Sr. Holmes, uma decepção dolorosa. Não tenho dúvidas de que sou eu mesmo o culpado. As pessoas me dizem que eu o mimei. Muito provavelmente, sim. Quando minha querida esposa morreu, senti que ele era tudo o que eu tinha para amar. Não pude suportar, nem por um momento, ver o sorriso sumir de seu rosto. Nunca neguei um desejo a ele. Talvez tivesse sido melhor para nós dois se eu tivesse sido mais severo, mas quis o melhor.

— Era minha intenção, naturalmente, que ele me sucedesse, mas não era voltado aos negócios. Era selvagem, obstinado e, para falar a verdade, não podia confiar nele para lidar com grandes somas de dinheiro. Quando jovem, tornou-se membro de um clube aristocrático, e lá, tendo modos charmosos, logo se tornou íntimo de vários homens com bolsas grandes e hábitos caros. Aprendeu a jogar cartas e a desperdiçar dinheiro com a pista de corrida de cavalos, até que repetidamente tinha de vir a mim e implorar-me que lhe desse um adiantamento de sua mesada, para que pudesse saldar suas dívidas de honra. Ele tentou mais de uma vez se separar da perigosa companhia que mantinha, mas a influência de seu amigo, Sir George Burnwell, era sempre suficiente para atraí-lo de volta.

"De fato, não me surpreendia que um homem como Sir George Burnwell ganhasse autoridade sobre ele, pois o trazia com frequência à minha casa. Descobri que dificilmente poderia resistir ao fascínio de seus modos. Ele é mais velho que Arthur, um homem experiente e vivido, alguém que esteve em toda parte, viu de tudo, orador brilhante e de grande beleza pessoal. No entanto, quando penso nele a sangue frio, longe do encanto de sua presença, estou convencido, por sua fala cínica e olhar que captei de seus olhos, que é alguém de quem se deve desconfiar profundamente. Então é isso o que acho, e assim também pensa minha pequena Mary, que tem visão rápida de mulher quando o assunto é caráter.

"E agora falta descrevê-la. É minha sobrinha. Quando meu irmão morreu há cinco anos e a deixou sozinha no mundo, a adotei, e desde então a considerei como filha. Ela é um raio de sol em minha casa, doce, amorosa, linda, uma gerente e governanta maravilhosa, tão terna, quieta e gentil quanto uma mulher poderia ser; é meu braço direito. Não sei o que poderia fazer sem ela. Em apenas um assunto foi contra minha vontade: meu filho pediu duas vezes que se casasse com ele, pois a ama com devoção, mas em todas as vezes ela o recusou. Acho que se alguém pudesse tê-lo conduzido para o caminho certo, teria sido ela, e o casamento poderia ter mudado toda a sua vida, mas agora, infelizmente, é tarde demais, tarde demais!

"Agora, Sr. Holmes, que senhor conhece as pessoas que vivem sob meu teto, vou continuar com minha história miserável.

"Quando tomávamos café na sala de estar naquela noite, depois do jantar, contei a Arthur e Mary minha experiência sobre o precioso tesouro que tínhamos sob nosso teto, suprimindo apenas o nome de meu cliente. Lucy Parr, que trouxera o café, tinha, tenho certeza, saído da sala, mas não posso jurar que a porta estivesse fechada. Mary e Arthur estavam muito interessados e queriam ver a famosa tiara, mas achei melhor não."

"— Onde você colocou?" — perguntou Arthur.

"— Em minha própria cômoda."

"— Bem, espero que a casa não seja roubada durante a noite" — disse.

"— Está trancada" — respondi.

"— Oh, qualquer chave velha caberá nessa cômoda. Quando era criança, eu mesmo a abri com a chave do armário."

— Ele sempre tinha um jeito selvagem de falar, de modo que pouco pensei no que dizia. Ele me seguiu até meu quarto, porém, naquela noite, com uma expressão muito séria.

"— Olha aqui, pai" — disse, com os olhos baixos —, "pode me dar 200 libras?"

"— Não, não posso!" — respondi bruscamente. — "Tenho sido generoso demais com você em questões de dinheiro."

"— Tem sido muito gentil" — ele disse —, "mas preciso desse dinheiro, senão nunca poderei mostrar minha cara dentro do clube novamente."

"— Uma coisa muito boa, então!" — gritei.

"— Sim, mas você não quer que eu vire um homem desonrado" — ele disse. — "Não posso suportar uma desgraça dessas. Devo levantar o dinheiro de alguma forma, e, se você não me ajudar, então devo tentar outros meios."

— Fiquei muito bravo, pois esse foi o terceiro pedido no mês.

"— Você não receberá um tostão de mim" — gritei, quando se curvou e saiu sem dizer mais nada.

— Quando se foi, destranquei minha cômoda, certifiquei-me de que meu tesouro estava seguro e tranquei-o novamente. Então, comecei a dar uma volta na casa para ver se tudo estava seguro, um dever que normalmente deixo para Mary, mas que achei bom cumprir pessoalmente naquela noite. Ao descer as escadas, vi a própria Mary na janela lateral do corredor, que ela fechou e trancou quando me aproximei.

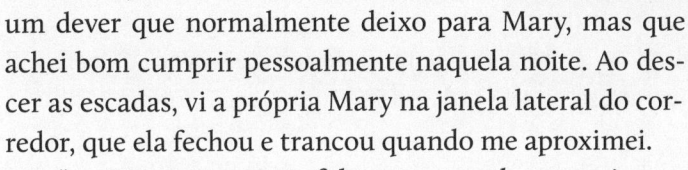

"— Diga-me, pai — falou, parecendo, pensei, um pouco perturbada —, "você deu a Lucy, a empregada, permissão para sair esta noite?"

"— Certamente não."

"— Ela acabou de entrar pela porta dos fundos. Não tenho dúvidas de que só foi ao portão lateral para ver alguém, mas não acho seguro. É melhor ela parar."

"— Você deve falar com ela pela manhã, ou eu falo, se preferir. Tem certeza de que tudo está trancado?"

"— Certeza absoluta, pai."

"— Então, boa noite." — Eu a beijei e subi para meu quarto novamente, onde logo adormeci.

— Estou me esforçando para lhe contar tudo, Sr. Holmes, que possa ter alguma relação com o caso, mas imploro que me questione sobre qualquer ponto que eu não deixe claro.

— Pelo contrário. Sua declaração é singularmente clara.

— Chego agora a uma parte da minha história na qual gostaria de ser particularmente claro. Não tenho sono muito pesado, e a ansiedade em minha mente tendia, sem dúvida, a me deixar ainda mais alerta que o normal. Por volta das duas da manhã, então, fui acordado por um som na casa. Tinha cessado antes que eu despertasse, mas deixara uma impressão atrás de si, como se uma janela tivesse se fechado suavemente em algum lugar. Fiquei ouvindo com todos os meus ouvidos. De repente, para meu horror, houve um barulho distinto de passos movendo-se suavemente no cômodo ao lado. Saí da cama, palpitante de medo, e espiei pelo canto da porta do meu quarto.

"— Arthur!" — gritei —, "seu vilão! Seu ladrão! Como ousa tocar naquela tiara?"

— O gás estava pela metade, como eu havia deixado, e meu infeliz menino, vestido apenas de camisa e calça, estava de pé ao lado da luz, segurando a tiara nas mãos. Ele parecia estar torcendo-a ou dobrando-a com toda a força. Com meu grito, a soltou de suas mãos e ficou pálido como a morte. Eu peguei e examinei. Um dos cantos de ouro, com três dos berilos, estava faltando.

"— Seu canalha!" — gritei, fora de mim de raiva. — "Você a destruiu! Você me desonrou para sempre! Onde estão as joias que roubou?"

"— Roubei?" — gritou.

"— Sim, ladrão!" — rugi, sacudindo-o pelo ombro.

"— Não há nenhuma faltando. Não pode estar faltando nenhuma" — ele disse.

"— Estão faltando três e você sabe onde estão. Devo chamá-lo de mentiroso, além de ladrão? Não vi você tentando arrancar outro pedaço?"

"— Você já me xingou o suficiente" — ele disse —, "não vou aguentar mais. Não direi mais nada sobre esse assunto, pois você decidiu me insultar. Vou sair de sua casa pela manhã e seguir meu próprio caminho no mundo."

"— Você deve ir para as mãos da polícia" — gritei, meio enlouquecido de tristeza e raiva. — "Vou mandar investigar isso até o fundo."

"— Você não encontrará nada comigo" — ele disse, com uma paixão que eu não imaginava que fosse de sua natureza. — "Se decidir chamar a polícia, deixe-a descobrir o que puder."

— A essa altura, a casa inteira estava em movimento, pois eu havia levantado minha voz de tanta raiva. Mary foi a primeira a entrar correndo em meu quarto e, ao ver a tiara e o rosto de Arthur, leu toda a história. Com um grito, caiu sem sentidos no chão. Mandei a empregada chamar a polícia e coloquei a investigação em suas mãos imediatamente. Quando o inspetor e um policial entraram na casa, Arthur, que permanecia taciturno com os braços cruzados, perguntou-me se era minha intenção acusá-lo de furto. Respondi que deixou de ser assunto privado e passara a ser público, pois a tiara destruída era propriedade nacional. Eu estava determinado a que a lei prevalecesse em tudo.

"— Pelo menos" — ele disse — "você não vai me prender imediatamente. Seria uma vantagem para você, assim como para mim, se eu pudesse sair de casa por cinco minutos."

"— Para que você possa escapar ou talvez esconder o que roubou" — respondi. E então, percebendo a terrível posição em que fui colocado, implorei-lhe que se lembrasse não apenas de minha honra, mas de algo muito maior que eu em jogo. Ele ameaçou causar um escândalo que convulsionaria a nação. Arthur poderia evitar tudo se me contasse o que fez com as três pedras perdidas.

"— Você pode muito bem enfrentar o assunto" — eu disse. — "Foi pego em flagrante, e nenhuma confissão poderia tornar sua culpa mais hedionda. Se apenas fizer a reparação que estiver a seu alcance, nos dizendo onde estão os berilos, tudo será perdoado e esquecido."

"— Guarde seu perdão para aqueles que o pedirem" — respondeu, afastando-se de mim com um sorriso de escárnio.

— Vi que ele estava muito irredutível para que qualquer palavra minha pudesse influenciá-lo. Havia apenas uma maneira de fazer isso. Chamei o inspetor e o coloquei a par do assunto. Uma busca foi feita não apenas em sua pessoa, mas em seu quarto e em todas as partes da casa onde poderia ter escondido as joias, mas nenhum vestígio delas pôde ser encontrado. O infeliz garoto nem abriu a boca após todos os nossos argumentos e ameaças. Esta manhã, foi levado para uma cela, e eu, depois de passar por todas as formalidades policiais, corri até você para implorar que use sua habilidade para desvendar o caso. A polícia alegou abertamente que, no momento, não pode fazer nada a respeito. Você pode gerar a despesa que julgar necessária. Já ofereci uma recompensa de mil libras. Meu Deus, o que devo fazer? Perdi minha honra, minhas joias e meu filho em uma noite. Oh, o que devo fazer?

Ele colocou uma mão em cada lado da cabeça e balançou-se para frente e para trás, zumbindo para si mesmo como uma criança cuja dor vai além das palavras.

Sherlock Holmes ficou sentado em silêncio por alguns minutos, com as sobrancelhas franzidas e os olhos fixos na lareira.

— Você recebe muita visita? — perguntou.

— Nenhuma, exceto meu parceiro com sua família e um amigo ocasional de Arthur. Sir George Burnwell nos visitou várias vezes ultimamente. Ninguém mais, acho.

— Vai muito a festas?

— Arthur, sim. Mary e eu ficamos em casa. Nenhum de nós se importa com isso.

— Isso é incomum em uma jovem.

— Ela é de uma natureza quieta. Além disso, não é tão jovem. Tem vinte e quatro anos.

— Esse assunto, pelo que disse, parece ter sido um choque para ela também.

— Terrível! Está ainda mais abalada que eu.

— Não tem nenhuma dúvida quanto à culpa de seu filho?

— Como posso duvidar se o vi, com meus próprios olhos, com a tiara nas mãos?

— Não considera isso uma prova conclusiva. O restante da tiara foi danificada?

— Sim, foi torcida.

A Aventura do Diadema de Berilo

— Você não acha, então, que ele poderia estar tentando consertá-la?

— Deus te abençoe! Você está fazendo o que pode por ele e por mim. Mas é uma tarefa muito ingrata. O que ele estava fazendo lá? Se seu propósito fosse inocente, por que não se defendeu?

— Precisamente, se fosse culpado, por que não inventaria uma mentira? Seu silêncio me parece contemplar os dois lados. Existem vários detalhes singulares sobre o caso. O que a polícia achou do barulho que te acordou do sono?

— Consideraram que poderia ter sido causado por Arthur fechando a porta de seu quarto.

— Imagine! Como se um homem inclinado ao crime fosse bater a porta para acordar a família. O que disseram, então, do desaparecimento dessas joias?

— Ainda estão revirando as tábuas e móveis, na esperança de encontrá-las.

— Já cogitaram olhar fora da casa?

— Sim, mostraram uma disposição extraordinária. Todo o jardim já foi examinado minuciosamente.

— Ora, meu caro senhor — disse Holmes —, não é óbvio para você, agora que esse incidente é mesmo muito mais complexo do que você ou a polícia a princípio pensaram? Pareceu-lhe um caso simples. Para mim, parece extremamente intrincado. Considere sua teoria. Você supõe que seu filho desceu da cama, foi, com grande risco, a seu quarto, abriu sua cômoda, tirou sua tiara, quebrou com força uma pequena porção dela, foi para algum outro lugar, escondeu três joias das trinta e nove com tal habilidade que ninguém conseguiu encontrá-las, e depois voltou com as outras trinta e seis para o quarto em que se expôs ao maior perigo de ser descoberto. Eu pergunto agora, tal hipótese é sustentável?

— Mas que outra existe? — exclamou o banqueiro com um gesto de desespero. — Se os motivos dele eram inocentes, por que não os revela?

— É nossa tarefa descobrir isso — respondeu Holmes. — Agora, por favor, Sr. Holder, partiremos para Streatham juntos e dedicaremos uma hora para examinar um pouco mais de perto os detalhes.

Meu amigo insistiu que os acompanhasse em sua expedição, o que eu estava bastante ansioso para fazer, pois minha curiosidade e simpatia foram profundamente tocadas pela história que havíamos ouvido. Confesso que a culpa do filho do banqueiro me parecia tão óbvia quanto para seu infeliz pai, mas ainda assim eu tinha tanta fé no julgamento de Holmes, que senti que devia haver motivos para esperança, apesar de ele estar insatisfeito com a explicação dada. Ele mal disse uma palavra durante todo o caminho até o subúrbio, ao sul, mas sentou-se com o queixo sobre o peito e o chapéu puxado para cima dos olhos, mergulhado em pensamentos profundos. Nosso cliente parecia ter se animado com o pequeno vislumbre de esperança que tinha sido apresentado a ele, e até começou uma conversa desconexa comigo sobre seus negócios. Uma curta viagem de trem e uma caminhada mais curta ainda nos levaram a Fairbank, a modesta residência do grande financista.

Fairbank era uma casa quadrada de bom tamanho, de pedra branca, um pouco afastada da estrada. Uma dupla via de carruagem, com um gramado coberto de neve, estendia-se em frente a dois grandes portões de ferro que fechavam a entrada. Do lado direito, havia uma pequena moita que conduzia a um caminho estreito entre duas sebes bem-cuidadas, que se estendiam da estrada até a porta da cozinha e formavam a entrada dos comerciantes. À esquerda, havia uma alameda que levava aos estábulos. Ela própria não estava dentro do terreno, sendo uma via pública, embora pouco usada. Holmes nos deixou parados na porta e caminhou lentamente ao redor da casa, pela frente, descendo o caminho dos comerciantes, e assim contornando o jardim atrás rumo à pista do estábulo. Ficou tanto tempo, que o Sr. Holder e eu entramos na sala de jantar e esperamos perto da lareira até que voltasse. Estávamos sentados em silêncio quando a porta se abriu e uma jovem entrou. Era um tanto acima da estatura média, esguia, com cabelos e olhos escuros que pareciam ainda mais escuros contra a palidez absoluta de sua pele. Não acho que tenha visto tal palidez mortal no rosto de uma mulher. Seus lábios também estavam sem sangue, mas seus olhos estavam vermelhos de tanto chorar. Ao entrar silenciosamente na sala, ela me impressionou com um sentimento de tristeza maior do que o do banqueiro pela manhã, e isso foi mais impressionante nela, pois era evidentemente uma mulher de caráter forte, com imensa capacidade de autocontrole. Desconsiderando minha presença, foi direto a seu tio e passou a mão sobre sua cabeça, com uma doce carícia feminina.

— Você deu ordens para que Arthur fosse libertado, não deu, pai? — perguntou.

— Não, não, minha menina. O assunto deve ser investigado até o fim.

A Aventura do Diadema de Berilo

— Mas tenho certeza de que ele é inocente. Você sabe como são os instintos femininos. Sei que ele não fez mal e que você vai se arrepender por ter agido de forma tão dura.

— Por que ele está em silêncio, então, se é inocente?

— Quem sabe? Talvez porque estava com muita raiva por você suspeitar dele.

— Como eu poderia deixar de suspeitar dele, quando o vi com a tiara na mão?

— Ah, mas ele só a pegou para olhar. Oh, acredite, acredite na minha palavra de que ele é inocente. Deixe o assunto de lado e não diga mais nada. É tão terrível pensar em nosso querido Arthur na prisão!

— Nunca vou deixar de lado até que as joias sejam encontradas, nunca, Mary! Sua afeição por Arthur lhe cega quanto às terríveis consequências para mim. Longe de silenciar sobre o assunto, trouxe um cavalheiro de Londres para inquirir mais profundamente sobre isso.

— Este cavalheiro? — ela perguntou, virando-se para mim.

— Não, amigo dele. Ele queria que o deixássemos sozinho. Está no caminho dos estábulos agora.

— A pista do estábulo? — Ela ergueu as sobrancelhas escuras. — O que ele pode esperar encontrar lá? Ah! Este, suponho, é ele. Espero, senhor, que consiga provar, o que tenho certeza ser verdade, que meu primo Arthur é inocente.

— Partilho totalmente da sua opinião e creio que o possamos provar — respondeu Holmes, voltando ao tapete para tirar a neve dos sapatos. — Acredito ter a honra de me dirigir à Srta. Mary Holder. Posso te fazer uma ou duas perguntas?

— Por favor, senhor, se isso ajudar a esclarecer esse caso horrível.

— Você não ouviu nada ontem à noite?

— Nada, até meu tio aqui começar a falar alto. Ouvi isso e desci.

— Fechou as janelas e portas na noite anterior. Fechou todas as janelas?

— Sim.

— Estavam trancadas esta manhã?

— Sim.

— Você tem uma criada que tem um namorado? Acho que comentou com seu tio na noite passada que ela tinha saído para vê-lo.

— Sim. Ela era a garota que esperava na sala de estar e que pode ter ouvido os comentários do tio sobre a tiara.

— Entendo. Você infere que ela pode ter saído para contar a seu namorado, e que os dois podem ter planejado o roubo.

— Mas de que adianta todas essas teorias vagas — exclamou o banqueiro impaciente —, se lhe disse que vi Arthur com a tiara nas mãos?

— Espere um pouco, Sr. Holder. Devemos voltar a esse ponto. Essa garota, Srta. Holder. Você a viu voltar pela porta da cozinha, presumo.

— Sim, quando fui ver se a porta estava trancada à noite, encontrei-a entrando. Também vi o homem na escuridão.

— Você o conhece?

— Sim! É o verdureiro que traz nossos vegetais. Seu nome é Francis Prosper.

— Ele ficou — disse Holmes — à esquerda da porta, isto é, mais adiante no caminho do que o necessário para chegar à porta?

— Sim, ficou.

— É um homem com uma perna de pau?

Algo parecido com medo surgiu nos olhos negros expressivos da jovem.

— Ora, você é como mágico — exclamou. — Como sabe disso? — Ela sorriu, mas não houve sorriso de resposta no rosto magro e ansioso de Holmes.

A Aventura do Diadema de Berilo

— Gostaria de subir as escadas agora — respondeu. — Provavelmente desejarei revisar o exterior da casa novamente. Talvez seja melhor eu dar uma olhada nas janelas inferiores antes de subir.

Ele caminhou com rapidez de uma para a outra, parando apenas em uma grande, que dava para o caminho dos estábulos. Ele a abriu e examinou cuidadosamente o peitoril, com sua poderosa lente de aumento.

— Agora vamos subir — disse, por fim.

O quarto do banqueiro era um pequeno cômodo mobiliado de maneira simples, com um tapete cinza, uma grande escrivaninha e um espelho comprido. Holmes foi primeiro à cômoda e olhou atentamente para a fechadura.

— Qual chave foi usada para abri-la? — perguntou.

— Aquela que meu próprio filho indicou, a do armário da despensa.

— Está aqui?

— Sim, aquela, na penteadeira.

Sherlock Holmes a pegou e abriu a cômoda.

— É uma fechadura silenciosa — informou. — Não é de se admirar que não o tenha acordado. Este estojo, presumo, contém a tiara. Precisamos dar uma olhada nele. — Ele abriu a caixa e, tirando o diadema, colocou-o sobre a mesa. Era um magnífico espécime da arte da joalheria, e as 36 pedras eram as melhores que já vi. De um lado da tiara, havia uma borda rachada, onde um canto contendo três pedras preciosas havia sido arrancado.

— Agora, Sr. Holder — disse Holmes —, aqui está a borda que corresponde àquela que infelizmente se perdeu. Imploro que quebre o restante.

O banqueiro recuou, horrorizado.

— Eu nem sonharia em tentar — disse.

— Então eu vou. — Holmes de repente concentrou suas forças nela, mas sem resultado. — Sinto que cedeu um pouco — disse. — Mas, embora eu seja excepcionalmente forte nos dedos, levaria todo o meu tempo para quebrá-la. Um homem comum não poderia fazer isso. Agora, o que acha que aconteceria se eu a quebrasse, Sr. Holder? Haveria um ruído como o de um tiro de pistola. Você me diz que tudo isso aconteceu a poucos metros de sua cama e que não ouviu nada?

— Não sei o que pensar. Está tudo confuso para mim.

— Mas talvez possa ficar menos confuso à medida que avançarmos. O que acha, Srta. Holder?

— Confesso que ainda compartilho da perplexidade de meu tio.
— Seu filho estava sem sapatos ou chinelos quando o viu?
— Não estava usando nada, exceto calças e camisa.
— Obrigado. Com certeza, fomos agraciados com uma sorte extraordinária durante essa investigação, e será inteiramente nossa própria culpa se não conseguirmos esclarecer o assunto. Com sua permissão, Sr. Holder, vou agora continuar minhas investigações lá fora.

Ele foi sozinho, a seu próprio pedido, pois explicou que quaisquer pegadas desnecessárias poderiam tornar sua tarefa mais difícil. Por uma hora ou mais, esteve trabalhando, voltando finalmente com os pés pesados de neve e feições tão inescrutáveis como sempre.

— Acho que já vi tudo o que havia para ver, Sr. Holder — disse. — Posso atendê-lo melhor voltando para meus aposentos.

— Mas e as joias, Sr. Holmes? Onde estão?
— Não posso dizer.

O banqueiro torceu as mãos.

— Nunca mais as verei! — exclamou. — E meu filho? Você me dá esperanças?

— Minha opinião não foi alterada de forma alguma.
— Então, pelo amor de Deus, o que foi aquele negócio sombrio que aconteceu na minha casa na noite passada?

— Se puder me visitar em meus aposentos na Baker Street amanhã de manhã, entre nove e dez horas, ficarei feliz em fazer o que puder para deixar isso mais claro. Entendo que me deu carta branca para agir em seu nome, desde que eu recupere as joias e você não coloque nenhum limite na soma que posso sacar.

— Eu daria minha fortuna para tê-las de volta.
— Muito bem. Devo examinar o assunto nesse meio-tempo. Adeus. É bem possível que tenha de vir aqui novamente antes do anoitecer.

Era óbvio para mim que a mente de meu companheiro estava decidida sobre o caso, embora suas conclusões fossem mais do que eu poderia vagamente imaginar. Várias vezes, durante nossa jornada de volta para casa, tentei sondá-lo sobre o assunto, mas sempre mudava para algum outro tema, até que finalmente desisti, em desespero. Ainda não eram três horas quando nos encontramos de novo em nossos quartos. Ele correu para o seu e desceu novamente em alguns minutos, vestido como um vadio comum. Com o colarinho levantado, casaco brilhante e decadente,

A Aventura do Diadema de Berilo

gravata vermelha e botas gastas, era uma amostra perfeita da classe.

— Acho que isso deve servir — disse, olhando para o vidro acima da lareira. — Só queria que você pudesse vir comigo, Watson, mas temo não ser possível. Posso estar no caminho certo ou seguindo uma pista falsa, mas logo saberei a verdade. Espero estar de volta em algumas horas. — Ele cortou uma fatia de carne no aparador, colocou-a entre duas fatias de pão e, enfiando a comida rude no bolso, deu início à expedição.

Eu tinha acabado de terminar meu chá quando ele voltou, evidentemente de excelente humor, balançando uma velha bota com elástico nos lados. Ele a jogou em um canto e se serviu de uma xícara de chá.

— Só estou de passagem — avisou — Já estou indo.

— Para onde?

— Oh, para o outro lado do West End. Pode demorar algum tempo antes de eu voltar. Não espere por mim no caso de eu chegar tarde.

— Como anda a investigação?

— Oh, nada mal. Estive em Streatham desde a última vez que te vi, mas não visitei a casa. É um probleminha muito sutil, e eu não o teria perdido por nada. No entanto, não devo sentar aqui fofocando, mas sim tirar essas roupas de má reputação e voltar a ser meu eu altamente respeitável.

Pude ver, por seus modos, que tinha motivos de satisfação mais fortes do que suas palavras por si só poderiam sugerir. Seus olhos brilhavam, e havia até um toque de cor em suas faces pálidas. Ele subiu apressadamente as escadas. Alguns minutos depois, ouvi a batida da porta do corredor, sinal de que ele estava mais uma vez em sua caçada agradável.

Esperei até meia-noite, mas não havia sinal de sua volta. Então me retirei para meu quarto. Não era incomum que ficasse dias e noites ausente quando estava atrás de uma pista, de modo que seu atraso não me causou surpresa. Não sei a que horas chegou, mas, quando desci para tomar o café da manhã, lá estava ele com uma xícara de café em uma das mãos e o jornal na outra, o mais fresco e arrumado possível.

— Você vai desculpar por eu ter começado sem você, Watson — disse —, mas se lembra de que nosso cliente tem um compromisso bastante cedo esta manhã.

— Ora, já passa das nove — respondi. — Não ficaria surpreso se fosse ele. Pensei ter ouvido um toque.

Era, de fato, nosso amigo, o banqueiro. Fiquei chocado com a mudança que ocorrera nele, pois seu rosto, naturalmente de um molde largo e maciço, estava agora pinçado e caído, enquanto seu cabelo me parecia pelo menos um pouco mais branco. Ele entrou com um cansaço e letargia ainda mais dolorosos do que sua violência da manhã anterior, e caiu pesadamente na poltrona que empurrei para frente.

— Não sei o que fiz para ser tão severamente testado — disse. — Há apenas dois dias, eu era um homem feliz e próspero, sem nenhuma preocupação no mundo. Agora estou solitário e desonrado. Uma tristeza vem logo atrás de outra. Minha sobrinha, Mary, me abandonou.

— Abandonou?

— Sim. Não havia dormido em sua cama esta manhã. Seu quarto estava vazio, e um bilhete para mim estava sobre a mesa do corredor. Eu disse a ela na noite anterior, com tristeza e não com raiva, que, se ela tivesse se casado com meu filho, tudo poderia estar bem com ele. Talvez tenha sido imprudente de minha parte dizer isso. É a essa observação que ela se refere nesta nota:

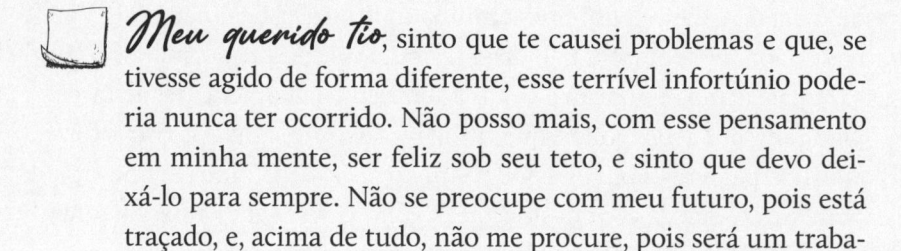

> *Meu querido tio*, sinto que te causei problemas e que, se tivesse agido de forma diferente, esse terrível infortúnio poderia nunca ter ocorrido. Não posso mais, com esse pensamento em minha mente, ser feliz sob seu teto, e sinto que devo deixá-lo para sempre. Não se preocupe com meu futuro, pois está traçado, e, acima de tudo, não me procure, pois será um trabalho infrutífero e um desserviço para mim. Na vida ou na morte, sempre te amarei,
>
> *Mary*.

— O que ela quis dizer com esse bilhete, Sr. Holmes? Acha que aponta para o suicídio?

— Não, não, nada disso. Talvez seja a melhor solução possível. Acredito, Sr. Holder, que você está chegando ao fim de seus problemas.

— Ah! Você ouviu algo, Sr. Holmes! Descobriu algo! Onde estão as joias?

— Não acha que mil libras cada uma é uma soma excessiva para elas?

— Eu pagaria dez.

A Aventura do Diadema de Berilo

— Desnecessário. Três mil cobrirão o assunto. Há uma pequena recompensa, como já sabemos. Você está com seu talão de cheques? Aqui está uma caneta. Melhor fazer isso por quatro mil libras.

Com uma expressão confusa, o banqueiro preencheu o cheque exigido. Holmes foi até sua mesa, tirou uma pequena peça triangular de ouro com três pedras preciosas e a jogou sobre a mesa.

Com um grito de alegria, nosso cliente agarrou-as.

— Você as recuperou! — engasgou. — Estou salvo! Estou salvo!

A reação de alegria foi tão apaixonada quanto sua dor, e ele abraçou as joias contra o peito.

— Você deve saber de outra coisa, Sr. Holder — disse Sherlock Holmes com severidade.

— Nossa! — Ele pegou uma caneta. — Diga a quantia que eu pagarei.

— Não, a dívida não é comigo. Você deve desculpas muito humildes àquele nobre rapaz, seu filho, que se portou neste assunto como eu deveria estar orgulhoso de ver meu próprio filho fazer, caso eu tivesse a chance de ter um.

— Então não foi Arthur quem as levou?

— Disse ontem, e repito hoje, que não foi.

— Você tem certeza disso? Então vamos nos apressar imediatamente para que ele saiba que a verdade foi descoberta.

— Ele já sabe. Quando esclareci tudo, tive uma conversa com ele, e, descobrindo que não me contaria a história, contei a ele, de maneira que teve que reconhecer que eu estava certo e adicionar os poucos detalhes que ainda não estavam muito claros para mim. Suas notícias desta manhã, no entanto, podem deixá-lo de "boca aberta".

— Pelo amor de Deus, diga-me, então, a solução desse mistério extraordinário!

— Eu o farei e lhe mostrarei os passos que me levaram a desvendá-lo. Deixe-me dizer-lhe primeiro algo que é mais difícil, para mim, dizer, e, para você, ouvir: houve um entendimento entre Sir George Burnwell e sua sobrinha Mary. Eles agora fugiram juntos.

— Minha Mary? Impossível!

— Infelizmente é mais do que possível, é certeza. Nem você nem seu filho conheciam o verdadeiro caráter desse homem quando o admitiram em seu círculo familiar. É um dos sujeitos mais perigosos da Inglaterra, jogador arruinado, vilão absolutamente desesperado, sem coração ou consciência. Sua sobrinha não sabia nada sobre esse homem. Quando sussurrou seus votos a ela, como tinha feito a cem antes dela, se gabou de que somente ela havia tocado seu coração. O diabo sabe melhor o que ele disse, então ela se tornou sua ferramenta e tinha o hábito de vê-lo quase todas as noites.

— Não posso nem vou acreditar! — exclamou o banqueiro com o rosto pálido.

— Vou lhe contar, então, o que aconteceu em sua casa ontem à noite. Sua sobrinha, quando você tinha, como ela pensava, ido a seu quarto, escapuliu e falou com o amante pela janela que dá para o estábulo. Suas marcas de pés pressionaram a neve. Ele ficou lá durante esse tempo. Contou-lhe ele sobre a tiara. Seu desejo perverso por ouro acendeu com a notícia, e ele a curvou à sua vontade. Não tenho dúvidas de que ela te amava, mas há mulheres em quem o amor de um amante extingue todos os outros amores, e acho que ela deve ter sido uma dessas. Mary mal ouviu suas instruções quando o viu descendo as escadas, fechou a janela rapidamente e contou sobre a escapada de uma criada com seu amante de perna de pau, o que era perfeitamente verdade.

"Seu filho, Arthur, foi para a cama depois da conversa que tiveram, mas dormiu mal por causa de seu desconforto com as dívidas do clube. No meio da noite, ouviu passos suaves passarem por sua porta, então se levantou e, olhando para fora, ficou surpreso ao ver a própria prima caminhando furtivamente pelo corredor até desaparecer em seu quarto. Petrificado de espanto, o rapaz vestiu algumas roupas e esperou no escuro para ver o que aconteceria após aquela estranha cena. Logo saiu da sala novamente e, à luz da lamparina de passagem, seu filho viu que Mary carregava a preciosa tiara nas mãos. Ela desceu as escadas e ele, aterrorizado, correu e se escondeu atrás da cortina perto de sua porta, de onde pôde ver o que se passava no salão inferior. Ele a viu furtivamente abrir a janela, entregar a tiara para alguém na escuridão e, em seguida, fechá-la mais uma vez, correndo de volta para o quarto, passando bem perto de onde ele estava escondido atrás da cortina.

"Enquanto ela estava em cena, ele não poderia agir sem expor horrivelmente a mulher que amava. Mas, no instante em que Mary se foi, ele percebeu como isso seria uma desgraça esmagadora para você e como era muito importante consertar tudo. Arthur desceu correndo, exatamente

A Aventura do Diadema de Berilo

como estava, descalço, abriu a janela, saltou na neve e correu pela alameda, onde pôde ver uma figura escura ao luar. Sir George Burnwell tentou fugir, mas Arthur o segurou, e houve uma luta entre os dois, seu filho puxando um lado da tiara, e o oponente, o outro. Na briga, seu filho atingiu Sir George e cortou-o no olho. Então, algo repentinamente estalou, e seu filho, descobrindo que estava com a tiara nas mãos, correu de volta, fechou a janela, subiu para seu quarto e observou que ela havia sido retorcida na luta. Ele estava se esforçando para endireitá-la quando você apareceu em cena."

— É possível? — engasgou o banqueiro.

— Você então despertou sua raiva ao xingá-lo em um momento em que ele sentiu que merecia seus mais calorosos agradecimentos. Arthur não conseguiria explicar o verdadeiro ocorrido sem trair alguém que certamente não merece sua consideração. Ele optou pela saída mais cavalheiresca, no entanto, e preservou seu segredo.

"Foi por isso que ela gritou e desmaiou ao ver a tiara — exclamou Holder. — Meu Deus! Que idiota cego eu fui! E seu pedido para sair por cinco minutos! Meu querido filho queria saber se a peça que faltava estava no local da luta. Quão cruelmente o julguei!

"Quando cheguei à casa — continuou Holmes —, imediatamente dei a volta nela com muito cuidado para observar se havia algum traço na neve que pudesse me ajudar. Eu sabia que não havia nevado desde a noite anterior, e que havia geada forte o bastante para preservar as pegadas. Passei pelo caminho dos comerciantes, mas encontrei tudo pisoteado e indistinguível. Logo perto, no entanto, do outro lado da porta da cozinha, uma mulher havia parado e conversado com um homem, cujas pegadas redondas de um lado mostravam que tinha uma perna de pau. Eu poderia até dizer que haviam sido perturbados, pois a mulher havia corrido de volta rapidamente para a porta, como demonstravam as marcas profundas do dedão do pé e do calcanhar, enquanto o homem com a perna de pau esperou um pouco e depois foi embora. Na hora, pensei que poderia ser a empregada e seu namorado, de quem você já havia me falado, e a investigação mostrou que sim. Passei pelo jardim sem ver nada além de pegadas aleatórias, que imaginei serem da polícia, mas, quando entrei no caminho dos estábulos, uma história muito longa e complexa foi escrita na neve à minha frente.

"Havia uma linha dupla de pegadas de um homem com botas, e uma segunda linha dupla, que vi, com prazer, que pertencia a um homem descalço. Fiquei imediatamente convencido, pelo que me disse, de que o último era seu filho. O primeiro havia caminhado para os dois lados, mas, o outro havia corrido com velocidade. Como seus passos estavam marcados em alguns pontos sobre a depressão da bota, era óbvio que ele havia passado atrás do outro. Eu os segui e descobri que levavam à janela do corredor, onde Botas havia desgastado toda a neve enquanto esperava. Em seguida, caminhei até a outra extremidade, que ficava a cem metros ou mais abaixo na pista. Vi onde Botas se virou, onde a neve foi cortada como se tivesse havido uma luta e, por fim, onde caíram algumas gotas de sangue, para me mostrar que não me enganei. Botas então correu pela estrada, e outra pequena mancha de sangue mostrou que era ele quem havia se machucado. Quando cheguei à estrada na outra extremidade, descobri que o pavimento havia sido limpo. Então essa pista tinha fim.

"Ao entrar na casa, porém, examinei com minhas lentes, como você se lembra, o peitoril e a moldura da janela do vestíbulo. Então, pude ver o que havia se passado, e distingui o contorno de um peito do pé onde o pé molhado fora colocado. Eu estava então começando a formar uma opinião sobre o que havia ocorrido. Um homem esperava do lado de fora da janela. Alguém entregou-lhe as joias. A troca foi supervisionada por seu filho. Ele havia perseguido o ladrão e lutado com ele. Cada um puxou a tiara. Suas forças combinadas causaram danos à peça que nenhum deles sozinho poderia ter infligido. Ele voltou com o prêmio, mas deixou um fragmento nas mãos de seu oponente. Até agora fui claro. A questão passa a ser: quem é o homem e quem levou a tiara a ele?

"É uma teoria minha que, quando você exclui o impossível, tudo o que resta, por mais improvável que seja, deve ser a verdade. Bem, eu sabia que não era você quem a havia levado, então só restavam sua sobrinha e as criadas. Mas se fossem as criadas, por que seu filho se permitiria ser acusado em seu lugar? Não poderia haver nenhuma razão possível. Como ele amava sua prima, entretanto, havia uma excelente explicação para ele guardar o segredo dela, ainda mais um segredo vergonhoso. Quando me lembrei de que você a tinha visto naquela janela, e de como ela desmaiou ao ver a tiara novamente, minha conjectura se tornou certeza.

"E quem poderia ser seu parceiro? Um amante, evidentemente, pois quem mais poderia superar o amor e a gratidão que ela deve sentir por

A Aventura do Diadema de Berilo

você? Eu sabia que você saía pouco e que seu círculo de amigos era muito limitado. Mas entre eles estava Sir George Burnwell. Já tinha ouvido falar dele como um homem de má reputação entre as mulheres. Deve ter sido ele quem usou aquelas botas e reteve as joias que faltavam. Mesmo sabendo que Arthur o havia descoberto, ele ainda poderia se gabar de que estava seguro, pois o garoto não podia dizer uma palavra sem comprometer sua própria família.

"Bem, seu próprio bom senso irá sugerir quais medidas tomei a seguir. Fui disfarçado de vadio à casa de Sir George. Consegui encontrar um conhecido com seu valete. Soube que seu mestre havia se ferido na cabeça na noite anterior e, finalmente, à custa de seis xelins, garanti tudo comprando um par de seus sapatos usados. Com eles, viajei até Streatham e vi que se encaixavam perfeitamente nas marcas."

— Vi um vagabundo malvestido na rua ontem à noite — disse Holder.

— Precisamente. Era eu. Descobri meu homem, então voltei para casa e troquei de roupa. Foi um papel delicado que precisei desempenhar, pois vi que uma acusação deve ser evitada para não causar escândalos. Eu sabia que um vilão tão astuto veria que nossas mãos estavam atadas. Fui e o vi. No início, é claro, ele negou tudo, mas quando dei a ele todos os detalhes que ocorreram, tentou fazer barulho e derrubou um colete salva-vidas da parede. Eu conhecia meu homem, porém, e coloquei uma pistola em sua cabeça antes que pudesse atacar. Então ele se tornou um pouco mais razoável. Disse a ele que lhe daríamos um preço pelas pedras que tinha consigo, mil libras cada. Isso trouxe à tona os primeiros sinais de tristeza que havia demonstrado. "Raios!", disse, "eu as vendi por seiscentos as três!". Logo consegui obter o endereço do comprador que as tinha, ao prometer-lhe que não haveria processo. Conversei com ele e, depois de muita negociação, consegui nossas pedras por mil libras cada. Então olhei para seu filho, disse-lhe que tudo estava bem e, finalmente, fui para minha cama por volta das duas horas, após o que posso chamar de um dia de trabalho realmente difícil.

— Um dia que salvou a Inglaterra de um grande escândalo público — disse o banqueiro, levantando-se. — Senhor, não consigo encontrar palavras para agradecê-lo, e não serei ingrato depois de tudo o que fez por mim. Sua habilidade de fato excedeu tudo o que ouvi sobre ela. Agora devo voar até meu querido filho para me desculpar pelo mal que fiz a ele. Quanto ao que você me disse sobre a pobre Mary, isso me atinge profundamente. Nem mesmo sua habilidade pode me informar onde ela está agora.

— Acho que podemos dizer, com segurança — respondeu Holmes —, que ela está onde quer que Sir George Burnwell esteja. É igualmente certo, também, que quaisquer que sejam seus pecados, eles logo receberão uma punição mais do que suficiente.

XII. A AVENTURA DAS FAIAS AVERMELHADAS

— Para o homem que ama a arte pela arte — comentou **SHERLOCK HOLMES**, jogando de lado a folha de anúncios do *The Daily Telegraph* —, é frequentemente em suas manifestações menos importantes e mais humildes que obtém o maior prazer. Para mim, é agradável observar, Watson, que você compreendeu essa verdade nestes pequenos registros de nossos casos, os quais foi bom o suficiente para redigir e, devo dizer, ocasionalmente embelezar. Você deu destaque não tanto às muitas causas célebres e aos julgamentos sensacionais em que figurava, mas sim aos incidentes, que podem ter sido triviais em si, mas que deram lugar às faculdades de dedução e de síntese lógica.

— E, no entanto — eu disse sorrindo —, não consigo me manter absolvido da acusação de sensacionalismo impelida contra meus escritos.

— Você errou, talvez — ele observou, pegando uma brasa brilhante com a pinça e acendendo com ela o longo cachimbo de cerejeira, que costumava substituir o seu de barro quando estava em um estado de disputa em vez de meditativo. — Talvez tenha errado ao tentar colocar cor e vida em cada uma de suas declarações em vez de se limitar à tarefa de registrar o raciocínio da causa para o efeito, que é realmente a única característica notável sobre a coisa.

— Parece-me que lhe fiz justiça no assunto — comentei com alguma frieza, pois sentia repulsa pelo egoísmo que mais de uma vez havia observado ser um traço forte no caráter singular de meu amigo.

— Não, não é egoísmo ou presunção — ele disse, respondendo, como era seu costume, meus pensamentos em vez de minhas palavras. — Se eu reivindico justiça total para minha arte, é porque é uma coisa impessoal, algo além de mim. O crime é comum. A lógica é rara. Portanto, é mais na lógica do que no crime que você deve insistir. Você degradou o que deveria ter sido um curso de palestras a uma série de contos.

Era uma manhã fria do início da primavera e, depois do café da manhã, nos sentamos de cada lado de uma lareira acesa no nosso clássico endereço Baker Street. Uma espessa neblina desceu entre as fileiras de casas pardas, e as janelas opostas surgiram como manchas escuras e disformes através das grinaldas amarelas pesadas. Nosso gás estava aceso e cintilava sobre o pano branco e o brilho da porcelana e do metal, pois a mesa ainda não fora limpa. Sherlock Holmes ficara calado a manhã inteira, mergulhando continuamente nas colunas de anúncios de uma sucessão de jornais, até que, aparentemente, tendo desistido de sua pesquisa, surgiu com um temperamento nada amável para me dar um sermão sobre minhas deficiências literárias.

— Ao mesmo tempo — observou após uma pausa, durante a qual se sentou fumando seu longo cachimbo, olhando para a lareira —, você dificilmente pode estar suscetível a uma acusação de sensacionalismo, pois desses casos em que tem sido gentil a ponto de se interessar, uma boa proporção não trata do crime, em seu sentido legal, de forma alguma. O simples caso em que me esforcei para ajudar o rei da Boêmia, a experiência singular de Srta. Mary Sutherland, o problema relacionado com o homem com o lábio torcido e o incidente do solteiro nobre foram todos assuntos fora do alcance da lei. Mas, ao evitar a sensação, temo que possa ter beirado o trivial.

— O fim pode ter sido assim — respondi —, mas são os métodos o que considero novo e interessante.

— Shh, meu caro amigo. Como o público, o grande público desatento, que dificilmente saberia distinguir um tecelão pelo dente ou um compositor pelo polegar esquerdo, se preocupa com os tons mais finos de análise e dedução! Mas, na verdade, se você é trivial, não posso culpá-lo, pois os dias dos grandes casos já passaram. O homem, ou pelo menos o criminoso, perdeu toda a iniciativa e originalidade. Quanto à minha própria atuação, parece estar degenerando rumo a uma agência de recuperação de lápis grafite perdidos e aconselhamento a moças de internatos. Acho que finalmente cheguei ao fundo do poço. Esta nota que recebi esta manhã marca meu fim, imagino. Leia-a! — Ele jogou uma carta amassada para mim.

Era datada de Montague Place na noite anterior, e falava o seguinte:

Querido Sr. Holmes, estou muito ansiosa para consultá-lo sobre se devo ou não aceitar uma situação que me foi oferecida como governanta. Pretendo visitá-lo amanhã às 10h30, se não for incomodá-lo. Com os melhores cumprimentos,

Violet Hunter.

— Você conhece a jovem? — perguntei.
— Não.
— São dez e meia agora.
— Sim, e não tenho dúvidas de que ela chegou.
— Pode acabar sendo mais interessante do que pensa. Você se lembra de que o caso do carbúnculo azul, que a princípio parecia um mero capricho, acabou se transformando em uma investigação séria. Pode ser assim também nesse aqui.
— Bem, esperemos que sim. Mas nossas dúvidas muito em breve serão esclarecidas, pois a menos que eu esteja muito enganado, essa pessoa já está aqui.

Enquanto ele falava, a porta se abriu e uma jovem entrou na sala. Estava vestida com simplicidade, mas com capricho, com um rosto alegre e rápido, sardento como o ovo de uma tarambola, e com os modos enérgicos de uma mulher que teve seu próprio jeito de vencer na vida.

— Você vai desculpar-me por incomodá-lo, tenho certeza — ela disse quando meu companheiro se levantou para cumprimentá-la —, mas tive uma experiência muito estranha, e como não tenho pais ou parentes de qualquer tipo a quem possa pedir um conselho, pensei que talvez você fosse fazer a gentileza de me dizer como devo proceder.

— Por favor, sente-se, Srta. Hunter. Ficarei feliz em fazer tudo que puder para atendê-la.

Pude ver que Holmes ficou favoravelmente impressionado com a maneira e a fala de sua nova cliente. Ele a examinou com seu jeito perscrutador e então se recompôs, com as pálpebras fechadas e as pontas dos dedos juntas, para ouvir a história dela.

— Fui governanta por cinco anos — ela começou — na família do coronel Spence Munro, mas há dois meses ele foi nomeado em Halifax, na Nova Escócia, e levou seus filhos para a América com ele. Desde então, estou sem emprego. Publiquei e respondi anúncios, mas sem sucesso. Por fim, o pouco dinheiro que eu havia economizado começou a escassear, e eu estava perdendo o juízo sobre o que deveria fazer.

"Há uma agência de governantas bem conhecida no West End chamada Westaway's. Eu costumava ir até lá cerca de uma vez por semana para ver se havia algo que pudesse me servir. Westaway era o nome do fundador do negócio, mas, na verdade, é administrado pela Srta. Stoper. Ela se senta em seu pequeno escritório, e as senhoras que procuram emprego esperam em uma antessala. São chamadas uma a uma, quando ela consulta seus livros e vê se tem algo que lhes convenha.

"Bem, quando me apresentei na semana passada, fui conduzida ao pequeno escritório, como de costume, mas descobri que a Srta. Stoper não estava sozinha. Um homem prodigiosamente corpulento, com um rosto muito sorridente e um queixo grande e pesado, que se enrolava em dobra sobre a garganta, estava sentado ao lado dela, com um par de óculos no nariz, olhando muito sério para as damas que entravam. Quando entrei, ele deu um salto na cadeira e voltou-se rapidamente para a Srta. Stoper."

"— Essa vai servir" — ele disse. — "Eu não poderia pedir nada melhor. Excelente! Excelente!"

— Ele parecia bastante entusiasmado, e esfregou as mãos da maneira mais genial. Era um homem de aparência tão confortável, que foi um prazer olhar para ele.

"— Você está procurando um emprego, senhorita?" — perguntou.

"— Sim, senhor."

"— Como governanta?"

"— Sim, senhor."

"— E que salário pede?"

A Aventura das Faias Avermelhadas

"— Eu recebia 4 libras por mês no meu último posto com o Coronel Spence Munro."

"— Oh, não, não! Exploração, grande exploração!" — exclamou, jogando as mãos gordas para o ar como um homem em uma paixão fervente. — "Como alguém pode oferecer uma quantia tão lamentável para uma senhora com tantos atributos e realizações?"

"— Minhas realizações, senhor, podem ser menores do você imagina" — respondi. — "Um pouco de francês, um pouco de alemão, música e desenho..."

"— Não, não!" — exclamou de novo. — "Isso tudo está fora de questão. O principal é: você tem ou não o porte e a conduta de uma dama? Aí está, em poucas palavras. Se não tem, não está apta para a criação de um filho que pode algum dia desempenhar um papel considerável na história do país. Mas se tem, por que, então, um cavalheiro poderia pedir a você que aceitasse qualquer coisa menos que três dígitos? Seu salário comigo, senhora, começaria em 100 libras por ano."

— Você pode imaginar, Sr. Holmes, que para mim, miserável como estava, tal oferta parecia boa demais para ser verdade. O cavalheiro, entretanto, vendo talvez a expressão de incredulidade em meu rosto, abriu uma carteira e tirou uma nota.

"— É também meu costume" — ele disse, sorrindo da maneira mais agradável, até que seus olhos fossem apenas duas pequenas fendas brilhantes entre as rugas brancas de seu rosto — "adiantar às minhas jovens metade do salário de antemão, para que possam cobrir quaisquer pequenas despesas de sua viagem e guarda-roupa."

— Pareceu-me que nunca tinha conhecido um homem tão fascinante e atencioso. Como eu já estava em dívida com meus fornecedores, o adiantamento era uma grande conveniência, mas havia algo de anormal em toda a transação, que me fez desejar saber um pouco mais antes de me comprometer totalmente."

"— Posso perguntar onde mora, senhor?"

"— Hampshire. Região rural e encantadora. As Faias Avermelhadas, a oito quilômetros do outro lado de Winchester. É o campo mais adorável, minha cara jovem, e a mais querida casa de campo antiga."

"— E meus deveres, senhor? Eu ficaria feliz em saber quais seriam."

"— Uma criança, um querido menininho de apenas seis anos de idade. Oh, se você pudesse vê-lo matando baratas com um chinelo! Smack!

Smack! Smack! Três se foram antes que você pudesse piscar!" — Ele se recostou na cadeira e riu com os olhos fixos novamente.

— Fiquei um pouco surpresa com a diversão da criança, mas a risada do pai me fez pensar que talvez estivesse brincando.

"— Minha função, então" — perguntei —, "é cuidar de um único filho?"

"— Não, não, não dele, não dele, minha querida jovem" — exclamou. — "Seu dever é, como tenho certeza de que seu bom senso sugere, obedecer a quaisquer pequenas ordens que minha esposa dê, desde que sejam ordens a que uma dama possa obedecer com propriedade. Você não vê nenhuma dificuldade, certo?"

"— Eu ficaria feliz em ser útil."

"— Exatamente. Sobre vestidos, por exemplo. Somos pessoas modestas, sabe, modestas, mas de bom coração. Se lhe pedissem para usar qualquer vestido que pudéssemos lhe dar, você não se oporia a nosso pequeno capricho. Certo?"

"— Não" — respondi, consideravelmente espantada com suas palavras.

"— Ou se sentar aqui, ou se sentar lá. Isso não seria ofensivo para você?"

"— Ah, não."

"— Ou cortar o cabelo bem curto antes de vir até nós?"

— Eu duvidei que estivesse ouvindo aquilo. Como pode observar, Sr. Holmes, meu cabelo é um tanto exuberante e de um tom castanho bastante peculiar. Foi considerado artístico. Não poderia imaginar sacrificá-lo dessa maneira improvisada.

A Aventura das Faias Avermelhadas

"— Receio que isso seja completamente impossível" — disse. Ele estava me observando ansiosamente com seus olhos pequenos, e pude ver uma sombra passar por seu rosto enquanto eu falava.

"— Receio que seja essencial" — insistiu. — "É um pouco caprichoso por parte da minha esposa, e caprichos de mulheres, sabe, senhora, caprichos de mulheres devem ser atendidos. E então, você não vai cortar o cabelo?"

"— Não, senhor, realmente não vou" — respondi com firmeza.

"— Ah, muito bem, então isso resolve completamente a questão. É uma pena, porque em outros aspectos você realmente teria se saído muito bem. Nesse caso, Srta. Stoper, é melhor eu inspecionar mais algumas de suas garotas."

— A gerente tinha ficado o tempo todo ocupada com seus papéis, sem dizer uma palavra a nenhum de nós, mas olhou para mim agora com tanto aborrecimento em seu rosto, que não pude deixar de suspeitar que havia perdido uma bela comissão por causa de minha recusa.

"— Você deseja que seu nome seja mantido nos livros?" — ela perguntou.

"— Por favor, Srta. Stoper."

"— Bem, realmente, parece bastante inútil, já que recusa as ofertas mais excelentes dessa forma" — ela disse bruscamente. — "Você dificilmente pode esperar que nos esforcemos para encontrar outra abertura para você. Bom dia, Srta. Hunter." — Ela bateu um gongo na mesa, e fui retirada pelo pajem.

— Bem, Sr. Holmes, quando voltei para meu alojamento e não encontrei o suficiente no armário, além de duas ou três notas sobre a mesa, comecei a me perguntar se não tinha feito uma coisa muito tola. Afinal, se essas pessoas tinham modismos estranhos e esperavam obediência nos assuntos mais extraordinários, pelo menos estavam dispostas a pagar por sua excentricidade. Poucas governantas na Inglaterra estão recebendo 100 libras por ano. Além disso, para que servia meu cabelo para mim? Muitas mulheres ficam melhor ao usá-lo curto, e talvez eu devesse ser uma delas. No dia seguinte, estava inclinada a pensar que havia cometido um erro. Tive certeza disso. Quase passei por cima de meu orgulho a ponto de voltar à agência e perguntar se o cargo ainda estava aberto, quando recebi esta carta do próprio senhor. Tenho-a aqui e vou ler para você:

As faias avermelhadas, perto de Winchester

Cara Srta. Hunter, a Srta. Stoper gentilmente me deu seu endereço, e escrevo aqui para perguntar se você reconsiderou sua decisão. Minha esposa está muito ansiosa para que você venha, pois se sentiu muito atraída por minha descrição de você. Estamos dispostos a dar 30 libras por trimestre, ou 120 por ano, para recompensá-la por qualquer pequeno inconveniente que nossos modismos possam lhe causar. Afinal, não são muito exigentes. Minha esposa adora determinado tom de azul-elétrico e gostaria que você usasse esse vestido dentro de casa pela manhã. No entanto, não precisa se dar ao trabalho de comprar um, pois temos um que pertence à minha querida filha Alice (agora na Filadélfia), que, creio eu, seria muito adequado a você. Então, quanto a sentar-se aqui ou ali, ou divertir-se da maneira indicada, isso não deve causar-lhe nenhum incômodo. No que diz respeito a seu cabelo, é sem dúvida uma pena, especialmente porque não pude deixar de notar sua beleza durante nossa curta entrevista, mas temo que devo permanecer firme neste ponto, e só espero que o aumento do salário possa recompensá-la pela perda. Seus deveres, no que dizem respeito à criança, são muito leves. Agora tente vir, e a encontrarei com carruagem em Winchester. Deixe-me saber qual trem tomará.

Com os melhores cumprimentos,
Jephro Rucastle.

— Essa é a carta que acabo de receber, Sr. Holmes, e estou decidida a aceitá-la. Achei, no entanto, que, antes de dar o passo final, seria melhor submeter todo o assunto à sua consideração.

— Bem, Srta. Hunter, se você se decidiu, isso resolve a questão — disse Holmes sorrindo.

— Mas não me aconselharia a recusar?

— Confesso que não é a situação para a qual gostaria que uma irmã minha se candidatasse.

— Qual é o significado de tudo isso, Sr. Holmes?

— Ah, não tenho dados. Não posso dizer. Talvez você mesma tenha formado alguma opinião.

— Bem, parece-me haver apenas uma explicação possível. O Sr. Rucastle parecia ser um homem muito bom e de bom humor. Não é possível que sua esposa seja uma lunática, que ele deseje manter o assunto em segredo por medo de que seja levada para um asilo, e que acalme suas fantasias de todas as maneiras, a fim de evitar um surto?

— Essa é uma possibilidade. Na verdade, do jeito que as coisas estão, é a mais provável. Mas, de qualquer forma, não parece ser uma casa agradável para uma jovem.

— Mas o dinheiro, Sr. Holmes, o dinheiro!

— Bem, sim, é claro que o pagamento é bom, bom demais. É isso que me deixa inquieto. Por que eles deveriam dar a você 120 libras por ano, quando poderiam pagar 40? Deve haver algum motivo forte por trás.

— Pensei que, se eu contasse a você as circunstâncias, entenderia depois se eu quisesse sua ajuda. Eu me sentiria muito melhor com seu apoio.

— Oh, você pode carregar esse sentimento consigo. Garanto que seu probleminha promete ser o mais interessante entre os que chegaram a mim nos últimos meses. Há algo nitidamente novo. Se você se encontrar em dúvida ou em perigo...

— Perigo? Que perigo prevê?

Holmes balançou a cabeça gravemente.

— Deixaria de ser um perigo se pudéssemos antecipá-lo — respondeu. — Mas a qualquer hora, do dia ou da noite, um telegrama me levaria a seu socorro.

— É suficiente. — Ela se levantou rapidamente de sua cadeira com a ansiedade desaparecendo de seu rosto. — Devo ir para Hampshire bem tranquila agora. Vou escrever para o Sr. Rucastle imediatamente, sacrificar meu pobre cabelo esta noite e partir para Winchester amanhã. — Com algumas palavras de agradecimento a Holmes, a jovem despediu-se de nós e partiu apressada.

— Pelo menos — disse eu ao ouvi-la descer as escadas, passos firmes e rápidos — ela parece ser uma jovem que sabe se cuidar muito bem.

— E ela precisará saber se cuidar — disse Holmes gravemente. — Vou me surpreender se não tivermos notícias dela em breve.

Não demorou muito para que a previsão de meu amigo se confirmasse. Passaram-se quinze dias, durante os quais frequentemente encontrei meus pensamentos voltando-se na direção dela e me perguntando em que estranho beco da experiência humana essa mulher solitária havia se metido. O salário incomum, as condições curiosas, as tarefas leves, tudo indicava algo anormal, embora fosse uma moda passageira ou uma conspiração. Determinar se o homem era um filantropo ou vilão estava além da minha capacidade. Quanto a Holmes, observei que ficava sentado com frequência por meia hora a fio, com as sobrancelhas franzidas e um ar abstraído. Ele desviou do assunto com um aceno de mão quando o mencionei.

— Dados! Dados! Dados! — gritou, impaciente. — Não consigo fazer tijolos sem argila. — No entanto, sempre terminava resmungando que nenhuma irmã sua jamais deveria ter aceitado tal situação.

O telegrama que finalmente recebemos chegou tarde da noite, quando eu estava pensando em me deitar, e Holmes, se acomodando em uma daquelas pesquisas químicas que duravam a noite toda, às quais frequentemente se entregava quando eu o deixava curvado sobre uma retorta e um tubo de ensaio à noite para encontrá-lo na mesma posição ao descer para o café da manhã. Ele abriu o envelope amarelo e, em seguida, olhando para a mensagem, jogou-o para mim.

— Procure os trens no Guia Bradshaw — disse, e voltou aos estudos de química.

A convocação foi breve e urgente:

"POR FAVOR, ESTEJA NO HOLTEL BLACK SWAN
EM WINCHESTER MEIO-DIA DE AMANHÃ", dizia.
"VENHA! NÃO SEI MAIS O QUE FAZER."
                                                    HUNTER.

— Watson, me acompanha? — perguntou Holmes, erguendo os olhos.
— Adoraria.
— Basta pesquisar os horários, então.
— Há um trem às nove e meia — disse, olhando por cima de meu exemplar do Guia Bradshaw. — É previsto para chegar em Winchester às onze e meia.

A Aventura das Faias Avermelhadas

— Esse será muito útil. Talvez seja melhor adiar minha análise das acetonas, pois podemos precisar estar no nosso melhor de manhã.

Por volta das onze horas do dia seguinte, estávamos bem ncaminhados para a velha capital inglesa. Holmes ficara enterrado nos jornais matutinos durante todo o percurso, mas, depois que passamos a fronteira de Hampshire, os jogou no chão e começou a admirar a paisagem. Era um dia ideal de primavera, um céu azul-claro, salpicado de pequenas nuvens brancas felpudas movendo-se de oeste para leste. O sol estava brilhando intensamente, e ainda havia um frio estimulante no ar, que definia o limite da energia de um homem. Por todo o campo, até as colinas ao redor de Aldershot, os pequenos telhados vermelhos e cinzas das fazendas apareciam em meio ao verde-claro da nova folhagem.

— Não são frescas e bonitas? — exclamei com todo o entusiasmo de um homem recém-saído da névoa da Baker Street.

Mas Holmes balançou a cabeça gravemente.

— Sabe, Watson — disse —, é uma das maldições de uma mente como a minha a tendência de olhar para tudo como se fosse meu assunto particular. Você olha para essas casas espalhadas e fica impressionado com sua beleza. Eu olho para elas, e o único pensamento que me vem é um sentimento de seu isolamento e da impunidade com que o crime pode ser cometido ali.

— Deus do céu! — exclamei. — Quem associaria o crime a essas queridas e antigas propriedades?

— Elas sempre me enchem de certo horror. É minha convicção, Watson, baseada em minha experiência, que os becos mais baixos e vis em Londres não apresentam registro de pecado tão terrível quanto o belo e sorridente campo.

— Você me horroriza!

— Mas a razão é muito óbvia. A pressão da opinião pública pode fazer na cidade o que a lei não pode fazer. Não existe rua tão vil que o grito de uma criança torturada, ou o baque de um golpe de um bêbado, não gere simpatia e indignação entre os vizinhos. Toda a máquina da justiça está tão perto, que uma palavra de reclamação pode ser definida. Há apenas um passo entre o crime e o cais. Mas olhe para essas casas solitárias, cada uma em seus próprios campos, cheias em sua maior parte de gente pobre e ignorante, que sabe pouco da lei. Pense nas ações da crueldade infernal, na maldade oculta que pode continuar ano após ano em tais lugares. Se essa jovem que nos pede ajuda tivesse ido morar em Winchester, eu nunca teria temido por ela. São os cinco quilômetros de terreno que representam o perigo. Ainda assim, está claro que não foi pessoalmente ameaçada.

— Não. Se ela puder vir a Winchester para nos encontrar, então pode fugir.

— Exatamente. Ela tem sua liberdade.

— Qual é o problema, então? Você pode sugerir alguma explicação?

— Elaborei sete explicações separadas, cada uma das quais cobriria os fatos tanto quanto os conhecemos. Mas a correta só pode ser determinada pelas novas informações que, sem dúvida, encontraremos esperando por nós. Bem, ali está a torre da catedral, e em breve saberemos tudo o que a Srta. Hunter tem a contar.

O Black Swan é uma pousada de renome na High Street, à pouca distância da estação, e lá encontramos a jovem esperando por nós. Ela alugou uma sala de estar, e nosso almoço nos esperava sobre a mesa.

— Estou tão feliz por você ter vindo — disse seriamente. — É muito gentil de sua parte, mas na verdade não sei o que fazer. Seu conselho será inestimável para mim.

— Por favor, conte-nos o que aconteceu.

— Farei isso, e devo ser rápida, pois prometi ao Sr. Rucastle estar de volta antes das três. Tive sua licença para vir à cidade esta manhã, embora ele pouco soubesse com que propósito.

— Deixe-nos colocar tudo na devida ordem. — Holmes estendeu as pernas compridas e finas na direção da lareira e se recompôs para ouvir.

— Em primeiro lugar, posso dizer que, de modo geral, não encontrei nenhum tipo de maus-tratos por parte do Sr. e da Sra. Rucastle. É justo dizer isso. Mas não consigo entendê-los, e não estou tranquila em relação a eles.

— O que você não consegue entender?

— As razões de sua conduta. Você ouvirá tudo exatamente como ocorreu. Quando desci, o Sr. Rucastle me encontrou aqui e me levou em sua carruagem até As Faias Avermelhadas. É, como ele disse, muito bem situado, mas não é bonito, pois é um grande bloco quadrado de uma casa, caiada, mas toda manchada e raiada pela umidade e mau tempo. Há terrenos ao redor, bosques em três lados e, no quarto, um campo que

A Aventura das Faias Avermelhadas

desce até a estrada Southampton, que faz uma curva a cerca de cem metros da porta da frente. Este terreno em frente pertence à casa, mas os bosques ao redor fazem parte das reservas de lorde Southerton. Um aglomerado de faias de cobre, imediatamente em frente à porta do corredor, deu nome ao lugar.

"Fui conduzida por meu patrão, que estava tão amável como sempre, e apresentada por ele naquela noite à esposa e ao filho. Não havia verdade, Sr. Holmes, na hipótese que nos pareceu provável em seus aposentos na Baker Street. A Sra. Rucastle não está louca. Descobri que era uma mulher silenciosa, de rosto pálido, muito mais jovem que o marido, não mais de trinta, creio eu, enquanto ele dificilmente pode ter menos de quarenta e cinco. Pela conversa deles, concluí que estão casados há cerca de sete anos, que ele era viúvo e que teve apenas uma filha com a primeira esposa, que é a jovem que agora vive na Filadélfia. O Sr. Rucastle me disse em particular que a razão pela qual ela os deixou foi porque tinha uma aversão irracional à sua madrasta. Como a filha não poderia ter menos de vinte anos, posso imaginar que sua relação com a jovem esposa de seu pai deve ter sido desconfortável.

"A Sra. Rucastle me parecia incolor tanto na mente quanto nas feições. Ela não me impressionou nem favoravelmente nem o contrário. Era uma nulidade. Era fácil ver que era apaixonadamente devotada ao marido e ao filho pequeno. Seus olhos cinza-claros vagavam continuamente de um para o outro, notando cada pequena necessidade e evitando-a, se possível. Ele era gentil com ela também em seu jeito franco e turbulento, e, no geral, pareciam ser um casal feliz. Ainda assim ela tinha alguma tristeza secreta, aquela mulher. Muitas vezes se perdia em pensamentos profundos, com uma expressão triste em seu rosto. Mais de uma vez a surpreendi em lágrimas. Algumas vezes, pensei que era o comportamento de seu filho que pesava em sua mente, pois nunca conheci uma criaturinha tão mimada e mal-humorada. Ele é pequeno para sua idade, com uma cabeça desproporcionalmente grande. Toda a sua vida parece ser marcada por uma alternância entre selvagens acessos de paixão e sombrios intervalos de mau humor. Causar dor a qualquer criatura mais fraca do que ele parece ser sua única ideia de diversão, e ele mostra um talento notável em planejar a captura de ratos, passarinhos e insetos. Mas prefiro não falar sobre a criatura, Sr. Holmes. Na verdade, ele tem pouco a ver com a minha história."

— Fico feliz com todos os detalhes — comentou meu amigo —, quer eles pareçam relevantes para você, ou não.

— Vou tentar não deixar passar nada de importante. A única coisa desagradável sobre a casa, que me impressionou de imediato, foi a aparência e a conduta dos criados. Existem apenas dois, um homem e sua esposa. Toller, pois esse é seu nome, é um homem rude e bruto, com cabelos e bigodes grisalhos e um cheiro perpétuo de bebida. Duas vezes desde que estive com eles, esteve bastante bêbado, mas o Sr. Rucastle parecia não notar. Sua esposa é uma mulher muito alta e forte, de rosto azedo, tão calada quanto a Sra. Rucastle e muito menos amável. São um casal muito desagradável, mas felizmente passo a maior parte do tempo no quarto do garoto e em meu próprio quarto, que ficam um ao lado do outro em um canto da casa.

"Por dois dias depois da minha chegada minha vida foi muito tranquila. No terceiro, a Sra. Rucastle desceu logo após o café da manhã e sussurrou algo para o marido."

"— Oh, sim" — ele disse, virando-se para mim —, "estamos muito gratos a você, Srta. Hunter, por acatar nossos caprichos a ponto de cortar seu cabelo. Garanto-lhe que não desfavoreceu nem um pouco sua aparência. Veremos agora como o vestido azul-elétrico ficará em você. Você o encontrará estendido sobre a cama do seu quarto e, se fizer a gentileza de colocá-lo, nós dois ficaremos extremamente gratos."

— O vestido que encontrei esperando por mim era de um tom peculiar de azul. Era de um material excelente, uma espécie de lã crua, mas tinha sinais inconfundíveis de ter sido usado antes. Nem sob medida, teria me caído tão bem. Tanto o Sr. quanto a Sra. Rucastle expressaram prazer com a aparência, que parecia bastante exagerada em sua veemência. Estavam à minha espera na sala de estar, muito grande, que se estende por toda a frente da casa, com três janelas compridas que vão até o chão. Uma cadeira foi colocada perto da janela central, com as costas voltadas para ela.

"Nesse momento, pediram que eu me sentasse, e então o Sr. Rucastle, andando de um lado para o outro na outra extremidade da sala, começou a me contar uma série de histórias, as mais engraçadas que já ouvi. Você não pode imaginar como ele era cômico, e eu ri até ficar bastante cansada. A Sra. Rucastle, no entanto, que evidentemente não tem senso de humor, nem mesmo sorriu, mas ficou sentada com as mãos no colo e um olhar triste e ansioso. Depois de mais ou menos uma hora, o Sr. Rucastle observou, de repente, que era hora de começar os deveres do dia, e que eu poderia mudar de vestido e ir até o pequeno Edward no berçário.

"Dois dias depois, essa mesma apresentação aconteceu em circunstâncias exatamente semelhantes. De novo mudei de vestido, de novo sentei-me à janela e de novo ri com gosto das histórias engraçadas de que meu patrão tinha imenso repertório e que contava inimitavelmente. Então, ele me entregou um romance de capa amarela e, movendo minha cadeira um pouco para o lado, para que minha própria sombra não caísse na página, implorou que eu lesse em voz alta para ele. Li por cerca de dez minutos, começando no meio de um capítulo. De repente, no meio de uma frase, ele ordenou que eu parasse e trocasse de roupa.

"Você pode facilmente imaginar, Sr. Holmes, como fiquei curiosa para saber qual poderia ser o significado dessa performance extraordinária. Eles sempre tiveram muito cuidado, observei, em afastar meu rosto da janela, de modo que me consumisse de desejo de ver o que estava acontecendo nas minhas costas. A princípio, parecia impossível, mas logo criei um meio. Meu espelho de mão estava quebrado, então um pensamento feliz se apoderou de mim, e escondi um pedaço do vidro no meu lenço. Na ocasião seguinte, em meio a minhas risadas, coloquei meu lenço na altura dos olhos e consegui, com um pouco de controle, ver tudo o que havia atrás de mim. Confesso que fiquei desapontada. Não havia nada. Pelo menos essa foi minha primeira impressão. À segunda vista, porém, percebi que havia um homem parado na Southampton Road, um homenzinho barbudo de terno cinza, que parecia estar olhando na minha direção. A estrada é uma via importante, e geralmente há pessoas lá. Aquele homem, entretanto, estava encostado na grade que delimitava nosso campo, olhando para cima com seriedade. Baixei meu lenço e olhei para a

Sra. Rucastle para encontrar seus olhos fixos em mim com o olhar mais perscrutador. Ela não disse nada, mas estou convencida de que adivinhou que eu tinha um espelho na mão e visto o que estava atrás de mim. Ela se levantou imediatamente."

"— Jephro" — chamou —, "há um sujeito impertinente na estrada, encarando a Srta. Hunter."

"— Não é amigo seu, Srta. Hunter?" — ele perguntou.

"— Não, não conheço ninguém por aqui."

"— Minha nossa! Muito impertinente! Por favor, vire-se e faça sinal para que ele vá embora."

"— Certamente seria melhor não dar atenção."

"— Não, não devemos tê-lo perambulando aqui sempre. Por favor, vire-se e acene para ele."

— Fiz o que me foi dito e, no mesmo instante, a Sra. Rucastle fechou a persiana. Isso foi há uma semana, e desde então não voltei a sentar-me à janela, nem usei o vestido azul, nem vi o homem na estrada.

— Continue contando — disse Holmes. — Sua narrativa promete ser muito interessante.

— Você vai achar que é bastante desconectada, temo, e talvez haja pouca relação entre os diferentes incidentes de que falo. No primeiro dia em que estive nas Faias Avermelhadas, o Sr. Rucastle me levou a uma pequena casinha que fica perto da porta da cozinha. Ao nos aproximarmos, ouvi o barulho agudo de uma corrente e o som de um grande animal se movendo.

"— Olhe aqui!" — disse o Sr. Rucastle, mostrando-me uma fenda entre duas tábuas. — "Ele não é uma beleza?"

— Olhei e tive consciência de dois olhos brilhantes e uma vaga figura encolhida na escuridão.

"— Não tenha medo" — disse meu empregador, rindo do susto que eu havia levado. — "É apenas Carlo, meu mastim. Eu o chamo de meu, mas o velho Toller, meu cavalariço, é o único homem que pode fazer alguma coisa com ele. Nós o alimentamos uma vez por dia, e não muito, para que esteja sempre esfomeado. Toller o solta todas as noites, e Deus ajude o invasor em quem ele coloca suas presas. Pelo amor de Deus, nunca, sob qualquer pretexto, ponha os pés na soleira da porta à noite, pois vale sua vida."

— O aviso não foi em vão, pois, duas noites depois, olhei pela janela do meu quarto por volta das duas horas da manhã. Era uma bela noite de luar,

A Aventura das Faias Avermelhadas

e o gramado em frente à casa estava prateado e quase tão claro quanto o dia. Eu estava de pé, extasiada com a beleza pacífica da cena, quando percebi que algo se movia sob a sombra das faias de cobre. Quando emergiu a luz da lua, vi o que era. Era um cão gigante, do tamanho de um bezerro, de cor fuliginosa, com papada pendente, focinho preto e enormes ossos salientes. Ele caminhou lentamente pelo gramado e desapareceu na sombra do outro lado. Aquela sentinela terrível enviou um calafrio a meu coração, o que não creio que qualquer ladrão pudesse ter feito.

"E agora tenho uma experiência muito estranha para lhe contar. Como você sabe, cortei meu cabelo em Londres e o coloquei no fundo do baú. Uma noite, depois que a criança estava na cama, comecei a me divertir examinando a mobília do meu quarto e reorganizando minhas pequenas coisas. Havia uma cômoda velha no quarto, as duas superiores vazias e abertas, e a inferior, trancada. Enchi as duas primeiras com a minha roupa de cama e, como ainda tinha muito para arrumar, fiquei naturalmente aborrecida por não poder usar a terceira gaveta. Ocorreu-me que poderia ter sido fechada por um simples descuido, então peguei meu molho de chaves e tentei abri-la. A primeiríssima chave se encaixou perfeitamente, e abri. Havia apenas uma coisa nela, mas tenho certeza de que você nunca adivinharia o que era. Era minha mecha de cabelo.

"Eu a peguei e examinei. Tinha a mesma tonalidade peculiar e a mesma espessura. Mas então a impossibilidade da coisa me tomou. Como meu cabelo pode ter ficado preso na gaveta? Com as mãos trêmulas, desfiz meu baú, revirei o conteúdo e tirei de baixo meu próprio cabelo. Coloquei as duas tranças juntas, e garanto que eram idênticas. Não é extraordinário? Por mais que eu quisesse, não pude entender o que significava.

Devolvi o cabelo estranho à gaveta e não disse nada aos Rucastle, pois senti que me enganara ao abrir uma gaveta que eles haviam trancado.

"Sou naturalmente observadora, como o senhor deve ter notado, Sr. Holmes, e logo formei um bom mapa de toda a casa na cabeça. Havia uma ala, no entanto, que parecia não ser habitada. Uma porta que dava para o que levava aos aposentos dos Tollers se abria para essa suíte, mas estava invariavelmente trancada. Um dia, porém, ao subir a escada, encontrei o Sr. Rucastle saindo por aquela porta, com as chaves na mão e uma expressão no rosto que o tornava uma pessoa muito diferente do homem redondo e jovial com quem eu estava acostumada. Suas bochechas estavam vermelhas, sua testa enrugada de raiva, e as veias saltavam em suas têmporas. Ele trancou a porta e passou correndo por mim sem dizer uma palavra nem olhar.

"Isso despertou minha curiosidade. Por isso, quando saí para dar um passeio no terreno com o menino, dei a volta para o lado, de onde podia ver as janelas daquela parte da casa. Havia quatro delas em uma fileira, três das quais estavam simplesmente sujas, enquanto a quarta estava fechada. Estavam evidentemente desertas. Enquanto eu caminhava para cima e para baixo, olhando para elas ocasionalmente, o Sr. Rucastle veio até mim, parecendo tão alegre e jovial como sempre."

"—Ah!" — disse. — "Não pense que sou rude e passei por você sem uma palavra, minha querida jovem. Eu estava preocupado com questões de negócios."

— Assegurei-lhe que não estava ofendida.

"— A propósito" — eu disse —, "você parece ter um conjunto de cômodos extras lá em cima, e um deles está com as persianas fechadas."

— Ele pareceu surpreso e, ao que me pareceu, um pouco assustado com meu comentário.

"— Fotografia é um dos meus hobbies" — respondeu. — Fiz meu quarto escuro lá em cima. Mas, minha cara! Que jovem observadora encontramos. Quem teria acreditado? Quem teria acreditado?" — Ele falou em tom de brincadeira, mas não havia bom humor em seus olhos enquanto olhava para mim. Eu li suspeita e aborrecimento, não brincadeira.

— Bem, Sr. Holmes, a partir do momento em que entendi que havia algo sobre aquele conjunto de quartos que eu não devia saber, fiquei ansiosa para examiná-los. Não foi mera curiosidade, embora eu seja curiosa. Era mais um sentimento de dever, um sentimento de que algo de bom

A Aventura das Faias Avermelhadas

poderia vir de minha invasão àquele lugar. Fala-se sobre o instinto da mulher. Talvez tenha sido isso o que me causou aquela sensação. De qualquer forma, ele estava lá, e eu estava ansiosamente à procura de qualquer chance de passar pela porta proibida.

"Foi ontem que surgiu a oportunidade. Devo dizer-lhe que, além do Sr. Rucastle, Toller e sua esposa encontram algo para fazer naqueles quartos desertos, e uma vez o vi carregando uma grande sacola de linho preta com ele pela porta. Recentemente, ele tem bebido muito e, ontem à noite, estava muito embriagado. Quando subi a escada, a chave estava na porta. Não tenho dúvidas de que ele a havia deixado lá. O Sr. e a Sra. Rucastle estavam lá embaixo, e a criança estava com eles, de modo que tive uma oportunidade admirável. Virei a chave suavemente na fechadura, abri a porta e entrei.

"Havia uma pequena passagem à minha frente, sem papel e sem carpete, que fazia um ângulo reto na extremidade oposta. Naquele canto, havia três portas enfileiradas. A primeira e a terceira estavam abertas. Cada uma delas conduzia a uma sala vazia, empoeirada e triste, com duas janelas em uma e uma na outra, tão espessa de sujeira, que a luz da noite cintilava vagamente através delas. A porta central estava fechada e, do lado de fora, havia sido presa uma das largas barras de ferro, trancada em uma das extremidades por um anel na parede e presa na outra com uma corda forte. A porta em si também estava trancada, e a chave não estava lá. Essa porta com barricadas correspondia claramente à janela fechada do lado de fora, mas eu podia ver, pelo brilho que vinha de baixo, que o quarto não estava escuro. Evidentemente havia uma claraboia que deixava entrar a luz de cima.

"Enquanto eu estava na passagem olhando para a porta sinistra e me perguntando que segredo ela poderia ocultar, de repente ouvi o som de passos dentro do quarto e vi uma sombra passar para trás e para frente contra a pequena fenda de luz fraca que brilhava sob a porta. Um terror louco e irracional cresceu em mim com a visão, Sr. Holmes. Meus nervos excessivamente tensos falharam do nada. Eu me virei e corri, como se uma mão terrível estivesse atrás de mim, agarrando a barra do meu vestido. Corri pelo corredor, passei pela porta e fui direto para os braços do Sr. Rucastle, que estava esperando do lado de fora."

"— Então" — ele disse sorrindo —, "era você, então. Achei que deveria ser quando vi a porta aberta."

"— Oh, estou com tanto medo" — ofeguei.

"— Minha querida jovem! Minha querida jovem!" — Você não pode imaginar como suas maneiras eram carinhosas e reconfortantes. — "E o que a assustou, minha querida jovem?"

— Mas a voz dele era um pouco persuasiva. Ele exagerou. Eu estava muito alerta contra ele.

"— Fui tola o suficiente para ir para a ala vazia" — respondi. — "Mas é tão solitário e assustador nesta luz fraca, que fiquei com medo e saí correndo de novo. Oh, está tão terrivelmente quieto lá!"

"— Só isso?" — ele disse, olhando para mim intensamente.

"— Por quê? O que pensou?" — eu perguntei.

"— Por que acha que eu tranco aquela porta?"

"— Não sei."

"— É para manter de fora as pessoas que não têm interesse. Você vê?" — Ele ainda estava sorrindo da maneira mais amável.

"— Tenho certeza de que se eu soubesse..."

"— Bem, então sabe agora. E se colocar o pé naquele limiar novamente" — em um instante, seu sorriso endureceu e se tornou um sorriso de raiva. Ele olhou para mim com o rosto de um demônio —, "vou jogá-la para o mastim."

A Aventura das Faias Avermelhadas

— Fiquei tão apavorada, que não sei o que fiz. Suponho ter passado correndo por ele e entrado em meu quarto. Não me lembro de nada até que me vi deitada na cama, tremendo toda. Então pensei em você, Sr. Holmes. Eu não poderia viver mais lá sem alguns conselhos. Tinha medo da casa, do homem, da mulher, dos criados, até mesmo da criança. Foram todos horríveis comigo. Se eu pudesse levá-lo lá, tudo ficaria bem. Claro que podia ter fugido, mas minha curiosidade era quase tão forte quanto meus medos. Minha mente logo se decidiu a lhe enviar um telegrama. Coloquei o chapéu e a capa, desci para o correio, que fica a cerca de oitocentos metros, e voltei, sentindo-me muito melhor. Quando me aproximei da porta, uma terrível dúvida veio à minha mente, mas me lembrei de que Toller havia bebido em até ficar inconsciente naquela noite. Eu sabia que ele era o único na casa que tinha alguma influência sobre a criatura selvagem, ou que se aventuraria a libertá-la. Entrei em segurança e fiquei acordada metade da noite por causa da alegria por saber que você viria. Não tive dificuldade em obter licença para vir a Winchester esta manhã, mas devo estar de volta antes das três horas, pois o Sr. e a Sra. Rucastle vão fazer uma visita e ficarão fora toda a noite, de modo que devo cuidar da criança. Agora lhe contei todas as minhas aventuras, Sr. Holmes, e ficaria muito feliz se pudesse me dizer o que isso significa e, acima de tudo, o que devo fazer.

Holmes e eu ouvimos fascinados essa história extraordinária. Meu amigo levantou-se agora e andou de um lado para o outro na sala, com as mãos nos bolsos e uma expressão da mais profunda gravidade no rosto.

— O Toller ainda está bêbado? — perguntou.

— Sim. Ouvi sua esposa dizer à Sra. Rucastle que ela não poderia fazer nada com ele.

— Certo. E os Rucastles saem esta noite?

— Sim.

— Existe um porão com uma boa fechadura?

— Sim, a adega.

— Você me parece ter agido durante todo este caso como uma garota muito corajosa e sensata, Srta. Hunter. Acha que poderia realizar mais uma façanha? Não pediria isso a você se não a achasse uma mulher excepcional.

— Vou tentar. O que é?

— Estaremos ns Faias Avermelhadas às sete horas, meu amigo e eu. Os Rucastles já terão saído, e Toller, esperamos, estará incapacitado. Resta apenas a Sra. Toller, que pode dar o alarme. Se pudesse mandá-la para o porão em alguma missão, e então trancá-la, facilitaria as coisas imensamente.

— Eu o farei.

— Excelente! Em seguida, examinaremos detalhadamente o local. É claro que há apenas uma explicação viável. Você foi levada até lá para personificar alguém, e a pessoa real está aprisionada nesta câmara. Isso é óbvio. Quanto a quem é aquela prisioneira, não tenho dúvidas de que é a filha, Srta. Alice Rucastle, se bem me lembro, que dizem ter ido para a América. Você foi escolhida, sem dúvida, por se parecer com ela em altura, corpo e cor de cabelo. O dela foi cortado, muito possivelmente por alguma doença, e então, é claro, o seu também teve de ser sacrificado. Por um acaso curioso, você encontrou as tranças dela. O homem na estrada era sem dúvida algum amigo dela, possivelmente seu noivo, e certamente, como você usava o vestido da garota e é tão parecida com ela, ele se convenceu pelo seu riso, sempre que a via, e depois por seu gesto, que a Srta. Rucastle estava perfeitamente feliz e que não desejava mais suas atenções. O cão é solto à noite para evitar a comunicação entre a Srta. Alice e o jovem. Está muito claro. O ponto mais sério do caso é a disposição da criança.

— O que diabos ele tem a ver com isso? — exclamei.

— Meu caro Watson, você, como médico está sempre procurando entender as tendências de uma criança pelo estudo dos pais. Não vê que o inverso é igualmente válido. Frequentemente, obtive minha primeira visão real do caráter dos pais estudando seus filhos. A disposição daquela criança é anormalmente cruel, apenas por causa da crueldade, e se ela deriva de seu pai sorridente, como eu deveria suspeitar, ou de sua mãe, é um mau presságio para a pobre garota que está em seu poder.

— Tenho certeza de que o senhor está certo, Sr. Holmes — falou nossa cliente. — Mil coisas voltam para mim que me dão certeza de que você acertou. Oh, não percamos um minuto em levar ajuda àquela pobre criatura.

— Devemos ser cautelosos, pois estamos lidando com um homem muito astuto. Não podemos fazer nada até as sete horas. Nesta hora, estaremos com você, e não demorará muito para resolvermos o mistério.

A Aventura das Faias Avermelhadas

Cumprimos nossa palavra, pois eram exatamente sete horas quando chegamos às Faias Avermelhadas, depois de pegar nossa carruagem em um bar à beira da estrada. O grupo de árvores, com suas folhas escuras brilhando como metal polido à luz do sol poente, era suficiente para marcar a casa, mesmo que a Srta. Hunter não estivesse sorrindo na soleira da porta.

— Você conseguiu? — perguntou Holmes.

Um barulho alto e surdo veio de algum lugar lá embaixo.

— Aquela é a Sra. Toller no porão — disse ela. — O marido dela está roncando no tapete da cozinha. Aqui estão suas chaves, que são cópias das do Sr. Rucastle.

— Você fez muito bem! — exclamou Holmes com entusiasmo. — Agora mostre o caminho, e em breve veremos o fim desse caso.

Subimos a escada, destrancamos a porta, seguimos por um corredor e nos encontramos em frente à barricada que a Srta. Hunter havia descrito. Holmes cortou o cordão e removeu a barra transversal. Em seguida, experimentou as várias chaves da fechadura, mas sem sucesso. Nenhum som veio de dentro e, com o silêncio, o rosto de Holmes se anuviou.

— Espero que não seja tarde demais — disse. — Acho, Srta. Hunter, que é melhor nós irmos sem você. Agora, Watson, ponha seu ombro nessa posição e veremos se não conseguimos entrar.

Era uma porta velha e frágil, que cedeu imediatamente diante de nossas forças unidas. Juntos, corremos dentro. Estava vazio. Não havia móveis, exceto uma pequena cama de estrado, uma mesinha e um cesto cheio de roupa de cama. A claraboia acima estava aberta, e prisioneira, desaparecida.

— Alguma vilania ocorreu aqui — disse Holmes. — Aquele patife adivinhou as intenções da Srta. Hunter e levou sua vítima embora.

— Mas como?

— Através da claraboia. Em breve, veremos como ele conseguiu. — Ele subiu no telhado. — Ah, sim — exclamou —, aqui está o fim de uma longa escada leve contra o beiral. Foi assim que ele conseguiu.

— Mas é impossível — disse a Srta. Hunter. — A escada não estava lá quando os Rucastles foram embora.

— Ele voltou e fez isso. Digo a você que é um homem inteligente e perigoso. Não ficaria muito surpreso se fossem dele os passos que ouço agora na escada. Acho, Watson, que seria bom preparar sua pistola.

As palavras mal saíram de sua boca quando um homem apareceu na porta do quarto, muito gordo e corpulento, com uma vara pesada na mão. A Srta. Hunter gritou e encolheu-se contra a parede ao vê-lo, mas Sherlock Holmes saltou para frente e o confrontou.

— Seu bandido! — acusou — Onde está sua filha?

O homem maior olhou ao redor e depois para a claraboia aberta.

— Cabe a mim perguntar isso — gritou —, seus ladrões! Espiões e ladrões! Peguei vocês, não é? Vocês estão em meu poder. Vou pegá-los! — Ele se virou e desceu as escadas com toda a força que pôde.

— Ele foi atrás do cachorro! — gritou a Srta. Hunter.

— Estou com meu revólver — eu disse.

— Melhor fechar a porta da frente — gritou Holmes, e todos nós descemos correndo as escadas juntos. Mal havíamos chegado ao salão, ouvimos o latido de um cão de caça e, em seguida, um grito de agonia, com um som horrível e preocupante, terrível de ouvir. Um homem idoso com o rosto vermelho e membros trêmulos, cambaleando por uma porta lateral.

— Meu Deus! — exclamou. — Alguém soltou o cachorro. Não é alimentado há dois dias. Rápido, rápido, ou será tarde demais!

Holmes e eu saímos correndo e contornamos o ângulo da casa, com Toller correndo atrás de nós. Lá estava o enorme animal faminto, seu focinho preto enterrado na garganta de Ruscatle enquanto ele se contorcia e gritava no chão. Correndo, explodi seus miolos, e ele caiu com seus dentes brancos e afiados ainda cravados nas grandes dobras de seu pescoço. Com muito trabalho, os separamos e o carregamos, vivo, mas terrivelmente mutilado, para dentro de casa. Nós o colocamos no sofá da sala de estar e, depois de despachar o sóbrio Toller para levar a notícia à esposa, fiz o que pude para aliviar sua dor. Estávamos todos reunidos em torno dele quando a porta se abriu e uma mulher alta e magra entrou na sala.

— Sra. Toller! — gritou a Srta. Hunter.

— Sim, senhorita. O Sr. Rucastle me deixou sair quando voltou, antes de ir até você. Ah, senhorita, é uma pena você não ter me avisado o que estava planejando, pois eu teria lhe dito que seus esforços seriam em vão.

— Ah! — disse Holmes, olhando intensamente para ela. — É claro que a Sra. Toller sabe mais sobre esse assunto do que qualquer outra pessoa.

— Sim, senhor, sei, e estou pronta o suficiente para contar.

A Aventura das Faias Avermelhadas

— Então sente-se e deixe-nos ouvir, pois há vários detalhes ainda confusos para mim, confesso.

— Em breve, vou deixar tudo claro para você — ela disse. — Eu teria feito isso antes, se pudesse ter saído do porão. Se houver assuntos do tribunal de polícia sobre isso, você vai se lembrar que fui eu quem ficou sua amiga e que também fui amiga da Srta. Alice.

— A Srta. Alice nunca mais foi feliz depois que seu pai se casou novamente. Foi desprezada e nada disse, mas isso não foi ruim para ela até conhecer o senhor Fowler na casa de um amigo. Da melhor maneira que pude perceber, a Srta. Alice tinha direitos na herança, mas era muito quieta e paciente. Ela jamais disse uma palavra sobre eles. Apenas deixou tudo nas mãos do senhor Rucastle. Ele sabia que estava seguro em relação a ela, mas, quando havia uma chance de um marido se apresentar, que pediria tudo o que a lei lhe garantiria, seu pai achava que era hora de desistir da ideia. Ele queria que ela assinasse um papel, para que, casada ou não, ele pudesse usar o dinheiro dela. Já que ela não fez isso, ele continuou a intimidá-la, até que ela teve febre e por seis semanas esteve às portas da morte. Então enfim melhorou, embora estivesse seu lindo cabelo cortado, mas isso não causou nenhuma mudança a seu jovem, e ele se apegou a ela tão fielmente quanto um homem pode se apegar.

— Ah — disse Holmes —, acho que você narrou bem os fatos, deixando o assunto bastante claro, e posso deduzir tudo o que resta. O senhor Rucastle, então, presumo, adotou esse sistema de prisão.

— Exatamente, senhor.

— E trouxe a Srta. Hunter de Londres para se livrar da desagradável persistência do senhor Fowler.

— Era isso, senhor.

— Mas o senhor Fowler, sendo um homem perseverante, como um bom marinheiro deve ser, bloqueou a casa e, tendo-a encontrado, conseguiu, por meio de certos argumentos, metálicos ou não, convencê-la de que seus interesses eram iguais aos dele.

— Senhor Fowler era um cavalheiro muito bondoso e liberal — disse a Sra. Toller serenamente.

— E dessa forma, ele conseguiu que a seu bom homem não faltasse bebida, e que uma escada estivesse pronta no momento em que seu mestre saísse.

— Agora o senhor sabe como tudo aconteceu.

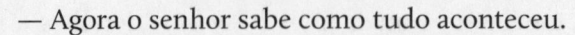

— Tenho certeza de que lhe devemos desculpas, Sra. Toller — disse Holmes —, pois certamente esclareceu tudo o que nos intrigava. E aí vem o cirurgião rural e a Sra. Rucastle. Acho, Watson, que é melhor escoltarmos a Srta. Hunter de volta a Winchester, pois me parece que nosso *locus standi* agora é bastante questionável.

E assim foi resolvido o mistério da casa sinistra com as faias avermelhadas em frente à porta. O senhor Rucastle sobreviveu, mas sempre foi um homem quebrado, mantido vivo apenas graças aos cuidados de sua devotada esposa. Eles ainda vivem com seus antigos criados, que provavelmente sabem tanto sobre a vida passada de Rucastle, que ele acha difícil se separar deles. O senhor Fowler e a Srta. Rucastle se casaram, por licença especial, em Southampton, no dia seguinte à fuga, e agora ele é titular de um cargo governamental nas Ilhas Maurício. Quanto à Srta. Violet Hunter, meu amigo Holmes, para minha decepção, não manifestou mais interesse por ela, uma vez que ela deixou de ser o centro de uma de suas investigações e se tornou diretora de uma escola particular em Walsall, onde acredito que teve um sucesso considerável.

XIII. A AVENTURA DO VAMPIRO DE SUSSEX

HOLMES leu atentamente uma carta que havia acabado de receber do carteiro. Em seguida, com uma risada rouca, como se estivesse limpando a garganta, que era o que ele tinha de mais próximo do riso, atirou a missiva em minha direção.

— Nessa mescla do moderno e medieval, do prático e puramente fantástico, acredito que realmente chegamos ao limite — disse. — O que você acha disso, Watson?

Li o seguinte:

>46, OLD JEWRY, 19 de novembro.
>Assunto: Vampiros
>
>SENHOR: Nosso cliente, Sr. Robert Ferguson, da Ferguson & Muirhead, produtora de chás localizada em Mincing Lane, enviou-nos uma consulta datada de hoje relacionada a vampiros. Visto que nossa especialidade reside inteiramente na avaliação de maquinários, esse tópico claramente foge à nossa alçada, e, portanto, sugerimos que o Sr. Ferguson o aborde diretamente e que lhe apresente a questão. Não nos esquecemos de sua notável intervenção no caso de Matilda Briggs.
>
>Com elevada estima, subscrevemo-nos,
>MORRISON, MORRISON & DODD.
>por E. J. C.

— Matilda Briggs não era o nome de nenhuma jovem, Watson — disse Holmes com um tom reminiscente. — Era um navio associado ao gigantesco rato de Sumatra, uma história para a qual o mundo ainda não está preparado. Mas o que sabemos sobre vampiros? Isso também não foge à nossa alçada? Qualquer coisa é melhor do que a estagnação, mas realmente parece que fomos transportados para um conto de fadas dos Irmãos Grimm. Estenda a mão, Watson, pegue aquele livro e veja o que a letra "V" tem a nos dizer.

Recostei-me e peguei o grande volume de registro ao qual se referia. Holmes ajeitou-o sobre o joelho e, com ternura, seus olhos percorreram o arquivo de antigos casos, entrelaçados com o conhecimento acumulado ao longo de toda uma existência.

— Viagem do Gloria Scott — leu. — Um negócio desventurado, esse. Eu me lembro vagamente de que você registrou os acontecimentos do caso, Watson, embora não pudesse felicitá-lo pelo desfecho alcançado. Victor Lynch, o falsário. Veneno de lagarto ou do monstro de Gila. Notável caso, esse! Vittoria, a beldade circense. Vanderbilt e o vagabundo infrator. Víboras. Vitor, o prodígio de Hammersmith. Sim, sim. Um índice notável! Verdadeiramente insuperável. Ouça isto, Watson: vampirismo na Hungria. E ainda: vampiros na Transilvânia. — Ele folheou as páginas com entusiasmo, mas, após leitura minuciosa e rápida, afastou o volumoso livro com um rosnado de desapontamento.

"Tolices, Watson, tolices! O que temos a ver com mortos-vivos que só podem ser retidos em seus sepulcros por estacas fincadas em seus corações? Isso é completa insensatez."

— Mas, claro — repliquei —, o vampiro não necessariamente é um cadáver, não é? Uma pessoa viva pode ter tal hábito. Já li, por exemplo, sobre os mais velhos, que sugam o sangue dos jovens na tentativa de manter a juventude.

— Você está correto, Watson. Uma das referências menciona essa lenda. No entanto, devemos realmente dedicar nossa atenção séria a essas questões? Nossa agência tem sua base bem estabelecida e deve permanecer assim. O mundo é vasto o bastante para nós. Não há necessidade de lidarmos com fantasmas. Temo que não possamos levar o Sr. Robert Ferguson muito a sério. É bem provável que tenha sido ele mesmo quem escreveu essa carta, a qual pode vir a lançar alguma luz sobre o que o perturba.

A Aventura do Vampiro de Sussex

Ele pegou uma segunda correspondência que estava em cima da mesa e que havia passado despercebida enquanto estivera absorto com a primeira. Começou a lê-la com um sorriso divertido, que gradualmente desapareceu, cedendo lugar a uma expressão de intenso interesse e concentração. Após terminar a leitura, permaneceu sentado por algum tempo, imerso em pensamentos profundos, segurando a carta entre os dedos. Finalmente, com um sobressalto, pareceu emergir de suas reflexões.

— Cheeseman's, Lamberley. Onde fica Lamberley, Watson?

— Fica em Sussex, ao sul de Horsham.

— Não muito longe, não é? E Cheeseman's?

— Conheço bem essa região, Holmes. Está repleta de casas antigas, carregando os nomes dos homens que as ergueram séculos atrás. Lá, encontramos Odley's, Harvey's e Carriton's. As pessoas são esquecidas, mas seus nomes permanecem gravados em suas antigas moradias.

— Exatamente — respondeu Holmes com uma frieza característica. Era uma peculiaridade de sua natureza orgulhosa e reservada, embora assimilasse com cuidado qualquer nova informação em seu cérebro, raramente demonstrar agradecimento ao informante. — Tenho a sensação de que ficaremos sabendo muito mais sobre Cheeseman's, Lamberley, antes de concluirmos essa questão. Confirmando minhas suspeitas, a carta é de Robert Ferguson. A propósito, alega conhecer você.

— Ele me conhece?

— É melhor que leia a carta dele.

Ele me entregou a missiva, que tinha o endereço citado no cabeçalho.

Caro Sr. Holmes [dizia]:

Meus advogados sugeriram que eu procurasse sua orientação, embora o tema em questão seja de extrema sensibilidade, o que o torna complexo de discutir. Trata-se de um amigo pelo qual estou agindo como intermediário. Esse cavalheiro uniu-se em matrimônio há cerca de cinco anos com uma dama peruana, filha de um negociante daquele país, a qual conheceu no contexto da importação de nitratos. A senhora destacava-se por sua notável beleza. No entanto, a divergência de origem e crenças religiosas sempre criou um abismo entre marido e esposa. Com o tempo, essa divisão de interesses e sentimentos causou um esfriamento no amor, levando o cavalheiro a considerar seu casamento um erro. Ele sentia que havia aspectos da personalidade dela que lhe permaneciam inacessíveis e misteriosos, o que aumentava sua angústia. Isso tornava a situação ainda mais dolorosa, pois, aos olhos de todos, ela era uma esposa amorosa e completamente dedicada.

Agora o ponto que esclarecerei quando nos encontrarmos. Esta carta, na verdade, tem como único propósito fornecer uma visão geral da situação e verificar se o senhor está interessado em se envolver no caso. A senhora começou a manifestar alguns traços peculiares, diametralmente opostos à sua costumeira disposição doce e gentil. O cavalheiro, que já havia se casado duas vezes, tinha um filho do primeiro casamento, rapaz de quinze anos, encantador e extremamente afetuoso, embora tenha sido infelizmente ferido em um acidente quando ainda criança. Em duas ocasiões, a senhora foi surpreendida agredindo o pobre rapaz sem justificativa. Uma vez, ela o golpeou com um pedaço de madeira, deixando um grande vergão em seu braço. No entanto, esse incidente é de pequena importância em comparação com seu comportamento em relação ao próprio filho, um querido bebê com menos de um ano de idade. Há aproximadamente um mês, a enfermeira deixou a criança sozinha por alguns instantes. Foi então que o choro do bebê, intenso como um lamento de dor, a fez retornar às pressas. Ao entrar correndo no quarto, testemunhou um quadro que a encheu de espanto e horror. A senhora, sua patroa, estava inclinada sobre o bebê e parecia mordiscar seu pescoço, deixando uma pequena ferida de onde um filete de sangue se desprendia. A enfermeira, perplexa, cogitou chamar o marido, mas a senhora implorou com tal veemência que não o fizesse, que, na verdade, chegou a lhe entregar cinco libras como compensação por seu silêncio. Nenhuma explicação foi oferecida, e o incidente foi momentaneamente relegado ao esquecimento. Entretanto, essa experiência deixou uma impressão indelével na mente da enfermeira, e, a partir desse momento, ela

A Aventura do Vampiro de Sussex

passou a observar com cautela sua patroa e a vigiar de perto o bebê, a quem amava ternamente. Tinha a sensação de que, da mesma forma como observava a mãe, esta também a observava. Começou a perceber que, toda vez que era forçada a deixar o bebê sozinho, a mãe estava à espreita, pronta para atacá-lo. Dia e noite, a enfermeira protegia a criança, e dia e noite a mãe, silente e vigilante, parecia aguardar sua presa como um predador. Compreendo que possa parecer inacreditável, mas peço que leve essa situação a sério, pois a vida de uma criança e a sanidade de um homem estão em jogo.

Chegou, enfim, um dia terrível, em que os fatos não podiam mais ser ocultados do marido. A enfermeira estava à beira do colapso nervoso; a tensão se tornara insuportável, e ela decidiu confessar tudo ao homem. Para ele, soava tão absurdo quanto pode parecer agora para o senhor. Ele tinha certeza de que sua esposa era uma mulher amorosa e, tirando os ataques ao enteado, uma mãe afetuosa. Então, por que feriria seu próprio e querido bebê? Ele disse à enfermeira que ela estava delirando, que suas suspeitas eram de uma lunática, e que difamações contra sua senhora não seriam toleradas. Enquanto conversavam, um grito súbito de dor ecoou. Enfermeira e patrão correram juntos para o berçário. Imagine, Sr. Holmes, os sentimentos que o dominaram quando viu sua esposa, ajoelhada ao lado do berço, levantar-se, e percebeu manchas de sangue no delicado pescoço exposto do bebê e roupas de cama. Com um grito de horror, ele virou o rosto de sua esposa em direção à luz e observou vestígios de sangue ao redor de seus lábios. Não há nenhuma sombra de dúvida: ela foi a responsável por beber o sangue do pobre bebê. E assim se desenrola o caso. Ela está agora confinada em seu quarto, sem qualquer explicação razoável. O marido encontra-se meio insano. O conhecimento que ele e eu temos sobre vampirismo é escasso, limitando-se a seu nome. Acreditávamos, até então, que se tratava de uma lenda exótica de terras distantes. No entanto, aqui, no coração de Sussex, Inglaterra... Bem, todas essas questões podem ser discutidas com mais detalhes pela manhã. Seria uma honra contar com sua distinta presença. Estaria disposto a empregar seus notáveis talentos para socorrer um homem em desespero? Se assim for, pedimos que envie um telegrama para Ferguson, Cheeseman's, Lamberley, e estaremos em seus aposentos às dez horas.

Atenciosamente,
Robert Ferguson.

P. S.: Acredito que seu amigo Watson tenha jogado rúgbi pelo Blackheath quando eu jogava pelo Richmond. É a única apresentação da minha pessoa que tenho a lhe oferecer.

— É claro que me lembro dele. O grande Bob Ferguson, aclamado como o melhor jogador que Richmond já teve. Um camarada de coração nobre, e cuja profunda preocupação com os problemas de um amigo revela seu caráter — falei enquanto guardava a carta.

Holmes olhou pensativo para mim e balançou a cabeça.

— Nunca compreendo seus limites, Watson — disse. — Há possibilidades inexploradas em você. Como um bom camarada, envie a ele um telegrama dizendo: "Com prazer, examinaremos seu caso".

— Seu caso?

— Não podemos permitir que ele suponha que esta agência é um refúgio para indivíduos de mentes debilitadas. Certamente que se trata do caso dele. Despache o telegrama e deixe o assunto repousar até amanhã.

Pontualmente às dez horas da manhã do dia seguinte, Ferguson adentrou nossos aposentos com passos firmes. Recordo-me dele como um cavalheiro alto e magro, de membros esguios e uma agilidade notável, que lhe permitia driblar muitos oponentes. Não há, na verdade, nada mais doloroso na vida do que nos depararmos com os destroços do que fora um atleta de primeira grandeza, que conhecemos em todo o seu esplendor. Seu físico majestoso estava murcho, a cabeleira loira rareava e os ombros, outrora imponentes, pendiam curvados. Temi que, de igual modo, eu tivesse evocado emoções semelhantes nele.

— Olá, Watson — disse ele, e sua voz ainda era rouca e calorosa. — Percebo que o senhor também não é o mesmo homem que enfrentei nas margens lotadas do Old Deer Park. Confesso que eu mesmo sofri algumas

A Aventura do Vampiro de Sussex

mudanças. No entanto, os acontecimentos recentes foram os que mais me envelheceram. A julgar pelo seu telegrama, Sr. Holmes, não posso mais me fazer passar por representante de ninguém.

— É mais simples ir direto ao assunto — recomendou Holmes.

— Claro que é. Entretanto, o senhor consegue imaginar a extrema dificuldade envolvida quando se trata da única mulher pela qual se é moralmente obrigado a proteger e assistir? O que posso fazer? Como procurar a ajuda da polícia com uma história tão extraordinária? No entanto, a segurança das crianças é de suma importância. Será que isso é insanidade, Sr. Holmes? Será uma predisposição sanguínea? O senhor já se deparou com algum caso semelhante em sua vasta experiência? Pelo amor de Deus, peço-lhe um conselho, pois minha paciência está prestes a se esgotar.

— Muito naturalmente, Sr. Ferguson. Agora, sente-se aqui, se recomponha e me dê algumas respostas claras. Asseguro-lhe que ainda estou longe de atingir o limite de minha paciência e confiante de que encontraremos alguma solução. Em primeiro lugar, peço que o senhor me informe sobre as providências que já tomou. Sua esposa ainda está perto das crianças?

— Tivemos um episódio terrível. Ela é uma mulher excepcionalmente afetuosa, Sr. Holmes. Se alguma vez uma mulher amou um homem com todo o seu coração e alma, essa mulher é ela. Ficou com o coração partido por eu ter descoberto esse segredo tão atroz, tão inacreditável. Ela nem conseguia articular uma palavra que fosse. Permaneceu em silêncio diante das minhas censuras, limitando-se a me encarar com uma expressão selvagem e com os olhos cheios de desespero. Depois, correu para seus aposentos e lá trancafiou-se. Desde então, tem recusado veementemente ver-me. Contamos com uma criada que a acompanha desde antes de nosso casamento, chamada Dolores. Trata-se mais de uma amiga do que de uma criada. Dolores é encarregada de levar-lhe comida.

— Então a criança não está correndo nenhum perigo iminente?

— A Sra. Mason, enfermeira, prometeu que não deixará a criança sozinha, nem de noite, nem de dia. Tenho plena confiança nela. Fico mais apreensivo por causa de Jack. Conforme mencionei na carta, ele foi agredido pela minha esposa em duas ocasiões.

— Mas nunca foi gravemente ferido?

— Não, ela o agrediu brutalmente. É ainda mais terrível porque é um pobre e indefeso inválido. — As feições magras de Ferguson se suavizaram ao mencionar o filho. — Seria de se esperar que a condição do querido rapaz derretesse o coração de qualquer pessoa. Uma queda na infância resultou em uma coluna torta, Sr. Holmes, mas ele detém o coração mais bondoso que se pode imaginar.

Holmes pegou a carta do dia anterior e começou a lê-la.

— Quem são as outras pessoas que moram em sua casa, Sr. Ferguson?

— Duas criadas que não estão conosco há muito tempo. Um cavalariço, Michael, que dorme na casa. Minha esposa, eu, meu filho Jack, o bebê, Dolores e a Sra. Mason. É só.

— Suponho que o senhor não conhecia bem sua esposa na época do casamento.

— Só a conhecia havia algumas semanas.

— Há quanto tempo aquela criada, Dolores, está com ela?

— Alguns anos.

— Então Dolores conhece mais a verdadeira natureza de sua esposa do que o senhor, é isso?

— Sim, pode-se dizer que sim.

Holmes fez uma anotação.

— Suponho — disse Holmes — que minha presença em Lamberley pode ser mais útil do que ficar aqui. É evidente que se trata de um caso que exige minha investigação pessoal. Se a senhora permanecer em seu quarto, nossa presença não deverá incomodá-la ou causar-lhe desconforto. Naturalmente, ficaríamos hospedados na estalagem.

Ferguson fez um gesto de alívio.

— Eu nutria esperanças de que o senhor fosse fazer isso, Sr. Holmes. Há um excelente trem partindo às duas horas da estação Victoria, caso os senhores possam embarcar.

— Claro que podemos embarcar. Neste momento, encontro-me em um período de calmaria. Posso dedicar todas as minhas energias a isso. É claro que Watson nos acompanhará. Há, no entanto, um ou dois detalhes que desejo esclarecer antes de prosseguirmos. Pelo que pude entender, aquela desafortunada senhora teria atacado as duas crianças, o próprio bebê e seu jovem filho, certo?

— Isso mesmo.

— Mas os ataques assumem formas diferentes, não é? Ela bateu em seu filho.

— Com um pedaço de madeira em uma ocasião e de maneira extremamente violenta, com as mãos, em outra.

— Ela não deu nenhuma explicação sobre o motivo de tê-lo atacado?

— Nenhuma, exceto pelo fato de odiá-lo. Repetiu isso em várias ocasiões.

— Bem, isso não é incomum entre as madrastas. Poderíamos chamar de ciúme póstumo. A senhora, por acaso, é uma pessoa naturalmente ciumenta?

— Sim, ela é bastante ciumenta, como uma demonstração intensa de seu amor apaixonado e tropical.

— Mas o rapaz... pelo que entendi, tem quinze anos e está consideravelmente desenvolvido em termos intelectuais, visto que seu corpo sofreu limitações, não? Ele não deu nenhuma explicação para esses ataques dela?

— Não. Declarou que não havia motivo algum para ser atacado.

— Em outros momentos, eram eles bons amigos?

— Não, nunca houve afeição entre eles.

— Ainda assim, o senhor diz que ele é afetuoso, correto?

— Nunca houve no mundo um filho tão devotado quanto ele. Minha vida é a dele. Ele se entrega ao que digo ou faço.

Mais uma vez, Holmes fez uma anotação. Por algum tempo, ficou mergulhado em uma reflexão profunda.

— Sem sombra de dúvida, o senhor e o menino eram grandes companheiros antes desse seu segundo casamento. Eram muito próximos, não?

— Muito mesmo.

— E o menino, tendo uma natureza tão afetuosa, era, sem dúvida, devotado à memória de sua mãe, não?

— Muito devotado.

— Ele aparenta ser um jovem deveras interessante. Há outro aspecto a ser considerado: aqueles ataques peculiares ao bebê e as agressões contra seu filho ocorreram na mesma época?

— No primeiro caso, sim. Foi como se uma espécie de insanidade a dominasse, e ela descarregasse sua fúria em ambos. No segundo, somente Jack foi afetado. A Sra. Mason não apresentou queixas relacionadas ao bebê.

— Isso certamente complica as coisas.

— Não entendi bem o que quer dizer com isso, Sr. Holmes.

— Possivelmente, não. Formulamos teorias provisórias e esperamos que o tempo ou um conhecimento mais amplo as desminta. Um hábito imperfeito este, Sr. Ferguson, mas a natureza humana é frágil. Receio que seu velho amigo aqui lhe tenha dado uma visão exagerada de meus métodos científicos. No entanto, nesse momento posso afirmar que seu problema não me parece insolúvel, e que o senhor pode contar conosco, pois estaremos na estação Victoria às duas horas.

Era uma tarde de novembro sombria e brumosa quando, após depositarmos nossas bagagens no Tabuleiro de Xadrez, em Lamberley, seguimos cruzando Sussex por uma longa estrada sinuosa até alcançarmos a isolada e antiga propriedade onde Ferguson residia. A construção era vasta e de arquitetura irregular, com uma parte central de grande antiguidade e alas laterais recentes. Chaminés imponentes, à moda Tudor, se erguiam no alto, e o telhado íngreme era composto de telhas de Horsham, cobertas de líquen. Os degraus da entrada exibiam desgaste em padrões sinuosos, e os azulejos antigos, que revestiam o alpendre, ostentavam o enigma de um queijo e um homem, homenageando seu construtor original, Cheeseman, "o homem do queijo". No interior da residência, os tetos apresentavam textura ondulada devido às pesadas vigas de carvalho, e os assoalhos irregulares se curvavam acentuadamente. Um aroma de antiguidade e decadência permeava toda a construção em ruínas.

Ferguson nos conduziu até uma sala central de considerável tamanho, onde uma ampla lareira de estilo antigo, protegida por uma tela de ferro datada de 1670, abrigava um esplêndido fogo de lenha que estalava e crepitava. Enquanto eu observava o ambiente ao redor, notei que a sala continha uma singular mescla de diferentes épocas e origens. As paredes, adornadas até a metade com painéis de madeira, sugeriam sua provável relação com os primeiros agricultores do século XVII. Contudo, logo abaixo, uma seleção criteriosa de aquarelas modernas acrescentava uma pitoresca contemporaneidade à decoração. Por outro lado, na parte superior, onde o carvalho dava lugar a um reboco amarelo, estava disposta uma notável coleção de armas e utensílios sul-americanos, sem dúvida trazida pela senhora peruana que ocupava o andar superior. Holmes, demonstrando sua inata curiosidade e agilidade mental, ergueu-se para examiná-los minuciosamente. Ao retornar, seus olhos transbordavam pensamentos.

— Olá! — gritou. — Olá!

No canto, descansando em uma cesta, encontrava-se um pequeno cão, um cocker spaniel, o qual se aproximou com lentidão de seu dono, movendo-se com dificuldade. Suas patas traseiras demonstravam um movimento desigual, e seu rabo arrastava-se pelo chão. O cãozinho então lambeu a mão de Ferguson.

— O que foi, Sr. Holmes?
— O cão. O que há de errado com ele?
— Foi algo que deixou o veterinário intrigado. Uma espécie de paralisia. Segundo ele, trata-se de meningite dorsal. Mas ele está melhorando. Ele vai ficar bem logo, não vai, Carlo?

Um arrepio de assentimento percorreu sua cauda caída. Os olhos melancólicos do cão oscilavam entre nós dois. Estava claro que compreendia que discutíamos sua condição.

— Isso aconteceu repentinamente?
— Em uma única noite.
— Há quanto tempo?
— Deve ter sido há uns quatro meses.
— Muito notável. Muito sugestivo.
— O que o senhor vê nisso, Sr. Holmes?
— Uma confirmação do que já havia passado pela minha cabeça.
— Meu Deus, Sr. Holmes, o que lhe passa pela cabeça? É possível que para o senhor isso seja apenas um enigma intelectual, mas para mim envolve vida e morte! Existe a possibilidade de que minha esposa seja uma assassina e que meu filho esteja constantemente em perigo! Por favor, não brinque comigo, Sr. Holmes. A situação é de uma seriedade avassaladora.

O corpo inteiro do robusto jogador de rúgbi estremeceu. Holmes pôs sua mão reconfortante sobre seu braço.

— Receio que possa ser doloroso para o senhor, Sr. Ferguson, independentemente de qual seja a resolução — declarou. — Farei meu melhor para minimizar o sofrimento. Por enquanto, não posso oferecer mais informações, mas espero ter uma resposta definitiva antes de partir desta residência.

— Por favor, Deus queira que sim! Com sua licença, cavalheiros, subirei ao aposento de minha esposa e verificarei se houve alguma mudança.

Ele ausentou-se por alguns minutos, durante os quais Holmes retomou sua inspeção das peculiaridades nas paredes. Quando nosso anfitrião voltou, a melancolia em seu rosto deixou claro que não havia obtido nenhum avanço. Ele trouxe consigo uma moça alta, esguia e de pele bronzeada.

— O chá está pronto, Dolores — disse Ferguson. — Certifique-se de que sua senhora tenha tudo o que desejar.

— Ela está extremamente enferma! — exclamou a jovem, que falava sempre com um sotaque fortemente peruano, lançando um olhar indignado para seu empregador. — Ela se recusa a comer. Sua condição é grave. Necessita de um médico. Tenho receio de cuidar dela sem assistência médica.

Ferguson olhou para mim com uma pergunta nos olhos.

— Eu ficaria muito feliz se pudesse ser útil.

— Sua senhora receberia o Dr. Watson?

— Eu o levarei. Não vou pedir permissão. Ela precisa de um médico.

— Então irei com a senhorita imediatamente.

Acompanhei a jovem, que tremia de intensa emoção enquanto subíamos a escadaria e percorríamos um corredor antigo. No final desse corredor, nos deparamos com uma porta imponente, reforçada com ferro. Pensei que, se Ferguson tentasse forçar sua entrada para ter com sua esposa, essa não seria uma tarefa fácil. A moça tirou uma chave do bolso, e as pesadas tábuas de carvalho rangiam em suas velhas dobradiças. Entrei, e ela adentrou rapidamente o aposento depois de mim, fechando a porta atrás de si.

Na cama, repousava uma mulher que, evidentemente, estava acometida de uma febre alta. Embora sua consciência estivesse parcialmente obscurecida, ao entrarmos, seus olhos, apesar do temor que refletiam, possuíam uma beleza singular, fitando-me com preocupação. Ao notar a presença de um estranho ali, pareceu experimentar certo alívio. Recostou-se no travesseiro, soltando um suspiro. Aproximei-me dela, proferindo algumas palavras reconfortantes, e ela permaneceu quieta enquanto eu avaliava sua pulsação e temperatura. Ambas estavam acima do normal. No entanto, minha impressão era a de que seu estado se assemelhava mais a uma agitação mental e nervosa do que a algum mal físico.

— Está assim há um ou dois dias. Tenho medo de que morra — disse a moça.

A mulher voltou seu rosto ruborizado e belo na minha direção.

— Onde está meu marido?

— Está lá embaixo e deseja vê-la.

— Não o verei. Não o verei. — Depois ela parecia cair em um estado de delírio. — Um demônio! Um demônio! Oh, como enfrentarei esse maldito?

— Posso ajudá-la de alguma forma?

— Não. Ninguém pode ajudar. Está consumado. Tudo está destruído. Faça o que eu fizer, tudo está destruído.

A mulher devia estar acometida por alguma estranha ilusão. Não conseguia conceber como o respeitável Bob Ferguson poderia ser visto como um demônio, diabo ou coisa do tipo.

— Madame — disse eu —, seu marido a ama muito. Ele está profundamente entristecido com o que está acontecendo.

Novamente, ela voltou para mim aqueles olhos gloriosos.

— Ele me ama, é verdade. Mas será que eu não o amo o suficiente para me sacrificar em vez de partir seu querido coração? Eis o tamanho do meu amor. E ainda assim ele pôde me ver... ele pôde me descrever dessa forma.

— Ele está cheio de pesar, mas não consegue entender...

— Não, não consegue entender. Mas deveria confiar.

— A senhora não deseja vê-lo? — sugeri.

— Não, não, as palavras terríveis e aquela expressão no rosto dele ficaram gravadas em minha mente. Não o verei. Por favor, vá agora. Não existe nada que o senhor possa fazer por mim. Há apenas uma coisa que peço que transmita a ele. Quero meu filho. Tenho todo o direito a meu filho. Essa é a única mensagem que posso enviar a ele. — Virou o rosto para a parede e calou-se.

Voltei à sala no andar de baixo, onde Ferguson e Holmes ainda estavam sentados junto à lareira. Foi com um semblante sombrio que Ferguson ouviu meu relato sobre a conversa que tive com sua esposa.

— Como posso enviar a criança a ela? — perguntou. — Como posso saber que estranho impulso poderia apossar-se dela? Como posso me esquecer de quando ela se ergueu ao lado dele com sangue nos lábios? — Ele estremeceu com a lembrança. — A criança está segura com a Sra. Mason, e é lá, com ela, que deve permanecer.

Uma criada perspicaz, a única figura contemporânea que tínhamos encontrado na casa, trouxe chá. Enquanto ela o servia, a porta se abriu, e um jovem entrou na sala. Era um rapaz notável, de rosto pálido e cabelos loiros, com olhos azul-claros e inquietos, que se iluminaram com uma súbita chama de emoção e alegria quando se fixaram em seu pai. Ele se aproximou correndo e o abraçou com efusão, como se fosse uma jovem apaixonada.

— Oh, papai! — exclamou. — Eu não sabia que o senhor já estava aqui. Deveria ter vindo para recebê-lo. Oh, estou tão feliz em vê-lo!

Ferguson se desvencilhou gentilmente do abraço com certo constrangimento.

— Meu querido menino — disse, afagando os cabelos dourados com gestos extremamente afetuosos. — Cheguei mais cedo, pois consegui convencer meus amigos, o Sr. Holmes e o Dr. Watson, a nos fazerem companhia durante a noite.

— Este é o Sr. Holmes, o detetive?

— Sim.

O jovem nos observou com um olhar muito penetrante e, ao que me pareceu, nada amigável.

— E quanto a seu outro filho, Sr. Ferguson? — perguntou Holmes. — Poderíamos conhecer o bebê?

— Peça à Sra. Mason para trazer o bebê aqui — orientou Ferguson.

O jovem saiu com uma marcha peculiar, sugerindo, a meus olhos treinados de cirurgião, que sofria de alguma fragilidade na coluna. Não demorou muito para que retornasse, acompanhado de uma mulher alta e esbelta, que trazia consigo uma criança notavelmente bonita. Com olhos escuros e cabelos dourados, a criança era uma encantadora mistura de características saxônicas e latinas. Ficou evidente que Ferguson nutria um profundo amor por seu filho, pois o tomou nos braços e o acariciou com grande ternura.

— Imagine alguém tendo coragem de machucá-lo — murmurou enquanto olhava para o pequeno vinco vermelho e irritado no pescoço do querubim.

Naquele instante, virei-me casualmente na direção de Holmes e observei uma expressão notavelmente intensa em seu semblante. Seu rosto mantinha uma seriedade tal, que parecia talhado em marfim antigo, e seus olhos, que se afastaram brevemente para o pai e o filho, agora estavam fixados com uma curiosidade ansiosa em algo do outro lado da sala. Segui a direção de seu olhar e pude apenas presumir que estava observando o lado de fora da janela, voltado para o jardim melancólico e encharcado pela chuva. É verdade que uma persiana parcialmente fechada bloqueava um pouco a vista. No entanto, não havia dúvida de que era aquela janela que monopolizava a atenção de Holmes. Momentos depois, um sorriso emergiu em seus lábios, e seus olhos retornaram ao bebê.

A Aventura do Vampiro de Sussex

Na dobrinha do pescoço rechonchudo, havia uma pequena marca enrugada. Sem proferir nem uma palavra sequer, Holmes examinou-a minuciosamente. Por fim, apertou um dos punhos roliços que se agitavam diante dele.

— Até mais, meu pequeno. Seu início de vida foi, de fato, peculiar. Enfermeira, desejo conversar com a senhora em particular.

Ele a conduziu para o lado e manteve uma conversa séria com ela por alguns minutos. Só pude captar suas últimas palavras, que foram: "Sua preocupação acabará logo, assim espero".

A mulher, que parecia uma criatura amarga e silenciosa, retirou-se com a criança.

— A Sra. Mason... como ela é? — quis saber Holmes.

— Não tem uma aparência muito atraente, como dá para ver, mas tem um coração de ouro e é totalmente dedicada à criança.

— Você gosta dela, Jack? — Holmes se virou subitamente para o rapaz. Seu rosto expressivo ficou sombrio, e ele balançou a cabeça em negativa.

— O Jacky tem afetos e desafetos bem definidos — disse Ferguson, abraçando o garoto. — Felizmente, sou um dos de quem ele gosta.

O menino arrulhou e aninhou a cabeça no peito do pai. Ferguson desvencilhou-se dele com gentileza.

— Vá, meu pequeno Jacky — disse, observando seu filho com olhos carinhosos até que o garoto desaparecesse. — Agora, Sr. Holmes — prosseguiu após a partida do menino —, parece que o envolvi em uma empreitada fútil, pois o que o senhor pode fazer senão me oferecer sua simpatia? De seu ponto de vista, presumo que se trate de um assunto de extrema delicadeza e complexidade.

— Certamente que se trata de um assunto delicado — confirmou meu amigo com um sorriso divertido —, mas até agora não fui impressionado por sua complexidade. Tratava-se de um caso de dedução intelectual, mas quando essa dedução inicial é minuciosamente confirmada por vários incidentes independentes, o subjetivo se transforma objetivo, e podemos afirmar com confiança que alcançamos nosso propósito. De fato, cheguei a essa conclusão antes mesmo de partirmos de Baker Street, e o restante foi apenas uma questão de observação e confirmação.

Ferguson levou a mão grande à testa enrugada.

— Pelo amor de Deus, Holmes — disse o homem, com a voz rouca —, se o senhor consegue divisar a verdade nesta questão, não me deixe ansioso.

Qual é minha situação? O que devo fazer? Pouco me importa o método pelo qual o senhor desvendou os fatos, contanto que os tenha efetivamente desvendado.

— Com toda a certeza, devo-lhe uma explicação, e o senhor a receberá. No entanto, permitirá que eu dirija o assunto à minha maneira? Watson, a senhora pode nos receber?

— Ela está enferma, mas bem lúcida.

— Muito bem. Somente na presença dela poderemos esclarecer o assunto. Encaminhemo-nos até lá.

— Ela não vai querer me ver! — exclamou Ferguson.

— Oh, sim, ela o receberá — disse Holmes. Ele rabiscou algumas linhas em uma folha de papel. — Pelo menos você tem acesso a ela, Watson. Teria a gentileza de entregar este bilhete à senhora?

Subi novamente e entreguei o bilhete de Holmes a Dolores, que abriu a porta com cautela. Um minuto depois, ouvi um grito de lá de dentro, um grito em que alegria e surpresa pareciam se fundir. Dolores, então, olhou para fora.

— Ela os receberá. Ouvirá o que têm a dizer — declarou.

A meu chamado, Ferguson e Holmes subiram. Ao adentrarmos o quarto da enferma, foi com passos hesitantes que Ferguson se aproximou da cama de sua esposa, onde ela agora se encontrava sentada, mas esta ergueu a mão em sinal de repulsa. Ele então buscou aconchego em uma poltrona enquanto Holmes se posicionou a seu lado, cumprimentando a senhora, que o fitava com olhos repletos de surpresa.

— Acredito que podemos dispensar Dolores — declarou Holmes. — Porém, senhora, se desejar que ela permaneça aqui, não vejo objeções. Agora, Sr. Ferguson, sou um homem com inúmeras obrigações, e meus métodos requerem brevidade. A cirurgia mais breve é a menos dolorosa. Permita-me começar por aquilo que lhe proporcionará, sem sombra de dúvida, certo alívio. Sua esposa é uma mulher notável, extremamente amorosa, e lamentavelmente, muito sofrida.

Ferguson se sentou com um grito de alegria.

— Prove o que está falando, Sr. Holmes, e eu ficarei eternamente em dívida com o senhor.

— Farei isso, mas temerei magoá-lo profundamente com outra questão.

— Não me importo, contanto que minha esposa possa ser inocentada. Não há nada no mundo que se compare a isso.

— Deixe-me contar, então, o raciocínio que percorreu minha mente ainda quando eu estava em Baker Street. A ideia de um vampiro me pareceu absurda. Tais coisas não têm lugar na investigação criminal na Inglaterra. No entanto, sua observação foi precisa. O senhor a viu levantar-se ao lado do berço da criança com sangue nos lábios.

— De fato, vi.

— Não considerou, talvez, que uma ferida sangrando poderia ser sugada por algum outro motivo que não fosse tirar o sangue dela? Nunca existiu, na história da Inglaterra, uma rainha que tenha sugado uma ferida desse tipo para extrair veneno dela?

— Veneno?

— Estamos em uma residência sul-americana. Meu instinto captou a presença dessas armas na parede antes mesmo de meus olhos as registrarem. Poderia ter sido outro veneno, mas essa ideia me passou pela cabeça. Quando me deparei com aquela pequena aljava vazia, ao lado do modesto arco, foi precisamente o que eu esperava encontrar. Se a criança fosse ferida por uma dessas flechas embebidas em curare ou em algum outro veneno maligno, isso resultaria em morte, a menos que o veneno fosse sugado.

"Agora o cão. Se alguém fosse utilizar tal veneno, não o testaria primeiro para garantir que não tivesse perdido sua potência? Embora eu não houvesse previsto a presença do cachorro, ao menos compreendi a situação, e ele confirmou minha reconstituição.

"Agora compreende, Sr. Ferguson? Sua esposa temia que tal ataque ocorresse. Ela percebeu que aconteceu e salvou a vida do bebê, mas ficou relutante em lhe contar toda a verdade, sabendo o quanto o senhor ama aquele menino e temendo pelo impacto que essa revelação teria em seu coração."

— Jacky!

O menino observava-o enquanto o senhor fazia carinho no bebê. O rosto dele estava nitidamente refletido no vidro da janela, onde a persiana servia de pano de fundo. Percebi ciúmes, um ódio tão feroz quanto raramente encontro em um semblante humano.

— Meu Jacky!

— É imperativo que o senhor confronte essa dura realidade, Sr. Ferguson. A dor é acentuada devido ao amor distorcido, uma afeição excessiva e obsessiva por sua pessoa, e talvez até pela memória da mãe falecida do menino, que pode ter sido o gatilho para as ações dele. A alma de seu filho mais velho está corroída por um ódio profundo em relação a essa criança notável, cuja vitalidade e beleza se destacam diante de sua própria fragilidade.

— Meu bom Deus! É inacreditável!

— Falei a verdade, madame?

A senhora soluçava, com o rosto enterrado nos travesseiros. Agora ela se virou para o marido.

— Como poderia eu lhe comunicar isso, Bob? Compreendi o peso que isso representaria para você. Decidi que seria mais apropriado aguardar e permitir que essas revelações viessem de uma fonte alheia a mim. Quando esse cavalheiro, aparentemente dotado de habilidades sobrenaturais, afirmou que estava ciente de toda a situação, senti como se um fardo tivesse sido tirado de meus ombros.

— Creio que um ano no mar seria minha recomendação para o jovem Jacky — declarou Holmes, levantando-se de sua poltrona. — Contudo, uma questão ainda permanece nebulosa, madame. Podemos compreender perfeitamente seus deslizes para com o pequeno Jacky. A paciência de uma mãe tem seus limites. Porém, como teve a coragem de deixar a criança desprotegida durante esses dois últimos dias?

— Eu havia compartilhado a verdade com a Sra. Mason, que já estava a par dos fatos.

— Exatamente. Foi o que imaginei.

Ferguson estava ao lado da cama da esposa, com as mãos estendidas e trêmulas, sentindo-se sufocado.

— Acho que está na hora de irmos embora, Watson — sussurrou Holmes. — Se você se segurar no braço da leal Dolores, me segurarei no outro. E agora — completou ao fechar a porta atrás deles —, vamos deixá-los resolver o restante entre si.

Tenho apenas um apontamento final a fazer sobre este caso. Trata-se da carta que Holmes escreveu em resposta final àquela com a qual a

A Aventura do Vampiro de Sussex

narrativa começa. Dizia o seguinte:

Baker Street,
21 de novembro.

Assunto: Vampiros

Senhor:

Em referência à sua missiva datada de 19 de agosto do ano corrente, gostaria de informar que analisei a investigação de seu cliente, o Sr. Robert Ferguson, da Ferguson & Muirhead, produtora de chá de Mincing Lane, e o caso foi concluído de maneira satisfatória. Agradeço por sua recomendação.

Com elevada estima,
Subscrevo-me,

Sherlock Holmes.

XIV. A Aventura da Casa Vazia

Foi na primavera de 1894 que toda Londres se viu interessada, e a alta sociedade, consternada, pelo assassinato do ilustríssimo Ronald Adair em circunstâncias extremamente incomuns e inexplicáveis. O público já tomou conhecimento dos pormenores do crime, que vieram à tona na investigação policial, mas muito foi suprimido naquela ocasião, visto que o caso da acusação era tão esmagadoramente sólido, que não foi necessário revelar todos os fatos. Somente agora, quase uma década depois, é que posso apresentar os elos perdidos que compõem essa notável cadeia de eventos. O próprio crime despertou interesse, mas este é insignificante em comparação com o que senti em relação à sequência inacreditável dos acontecimentos, a qual proporcionou o maior choque e a maior surpresa na minha vida cheia de aventuras. Até mesmo agora, após esse longo intervalo, ainda vibro ao recordar o que se passou, e sinto a mesma onda de alegria, espanto e incredulidade que invadiu por completo minha mente naquela época. Permitam-me dizer a esse público, que demonstrou algum interesse nos relatos esporádicos que compartilhei sobre os pensamentos e ações de um homem notável, que não me censurem por não ter revelado meu conhecimento anteriormente, pois assim o teria feito de bom grado, não fosse por uma proibição expressa saída dos lábios desse mesmo homem, proibição essa que só foi retirada no terceiro dia do mês passado.

Pode-se imaginar que minha estreita relação com Sherlock Holmes havia despertado em mim um profundo interesse por casos criminais. Após seu desaparecimento, nunca deixei de ler atentamente os variados dilemas que surgiam diante do público. Até mesmo me aventurei, mais de uma vez, a empregar seus métodos na tentativa de resolvê-los, embora

A Aventura da Casa Vazia

com resultados apenas medianos. No entanto, nenhum deles me cativou tanto quanto a tragédia de Ronald Adair. Enquanto eu examinava as provas apresentadas no inquérito que culminou em um veredicto de assassinato premeditado por parte de uma ou mais pessoas desconhecidas, percebi, com maior clareza do que nunca, a perda que a comunidade havia sofrido com a morte de Sherlock Holmes. Havia aspectos nesse intrigante caso que, eu tinha certeza, teriam atraído particularmente sua atenção, e os esforços da polícia teriam sido complementados, ou mais provavelmente antecipados, pela observação aguçada e pela mente perspicaz do maior detetive da Europa. Ao longo desse dia, enquanto seguia minha rotina, ponderava sobre o caso de maneira incessante, mas não conseguia encontrar uma explicação que me satisfizesse. Correndo o risco de repetir uma história que já é amplamente conhecida, vou resumir os fatos conforme eram de domínio público ao final do inquérito.

O ilustríssimo Ronald Adair era o segundo filho do conde de Maynooth, naquela época governador de uma das colônias australianas. A mãe de Adair havia retornado da Austrália para se submeter a uma operação de catarata, e ela, seu filho Ronald e sua filha Hilda viviam juntos na residência de número 427, na Park Lane. O jovem, que frequentava a alta sociedade, não tinha, até onde se sabia, inimigos ou vícios. Estivera comprometido com a Srta. Edith Woodley, de Carstairs, mas o noivado havia sido dissolvido por acordo mútuo meses atrás, e não se notava qualquer vestígio de que tal desfecho tivesse deixado resquícios de ressentimentos profundos. Além disso, a vida do homem transcorria em um círculo estreito e convencional, visto que seus costumes eram serenos, e sua disposição, desapaixonada. No entanto, foi a esse jovem aristocrata, que vivia de forma despreocupada, que a morte chegou de maneira peculiar e inesperada, entre entre as 10h e as 11h20, na noite de 30 de março de 1894.

Ronald Adair apreciava jogos de cartas, dos quais participava com frequência, mas sem fazer apostas que pudessem prejudicá-lo. Era membro dos clubes de cartas Baldwin, Cavendish e Bagatelle. Ficou comprovado que, no dia de sua morte, após o jantar, ele tinha jogado uma partida de uíste no clube Bagatelle, onde também havia ficado jogando durante a tarde. O testemunho daqueles que estiveram com ele, Sr. Murray, Sir John Hardy e o coronel Moran, indicou que a partida era de uíste e que o jogo havia transcorrido em relativo equilíbrio. Adair poderia ter perdido cinco libras, não mais do que isso. Sua fortuna era substancial, e essa perda não o afetaria de maneira significativa. Jogava quase todos os dias em um dos clubes, e geralmente saía vitorioso. Ficou comprovado que, em parceria com o coronel Moran, havia ganhado até quatrocentas e vinte libras em uma única sessão algumas semanas antes, jogando contra Godfrey Milner e lorde Balmoral. Isso é o que sabemos de sua história recente, conforme foi revelado no inquérito.

Na noite do crime, ele regressou do clube exatamente às dez horas. Sua mãe e irmã estavam ausentes. Tinham ido visitar parentes. Em seu depoimento, a criada afirmou tê-lo escutado adentrar o quarto da frente do segundo andar, espaço que costumeiramente utilizava como sala de estar. Ela havia acendido uma lareira no local, que, por exalar fumaça, teve sua janela aberta. O dormitório permaneceu em completo silêncio até as onze e vinte, quando lady Maynooth e sua filha voltaram para casa. Desejando se despedir do filho antes de dormir, a senhora tentou acessar o quarto dele. A porta encontrava-se trancada por dentro, e ela não teve nenhuma resposta às suas chamadas e batidas. Foram buscar ajuda, e a porta foi arrombada. O jovem infeliz estava estirado perto da mesa, cruelmente ferido por uma bala de revólver expansiva. No entanto, nenhum tipo de arma havia sido encontrado no quarto. Sobre a mesa estavam duas notas de dez libras, além de dezessete libras e dez xelins em moedas de prata e ouro, cuidadosamente dispostos em pequenos montes. Havia ainda anotações em uma folha de papel, com os nomes de alguns amigos do clube, insinuando que, antes de sua morte, ele estivera tentando somar seus ganhos ou perdas nos jogos de cartas.

Uma investigação minuciosa das circunstâncias serviu apenas para complicar ainda mais o caso. Em primeiro lugar, não havia um motivo claro para o jovem trancar a porta por dentro. Havia a possibilidade de que o assassino tivesse feito isso e, posteriormente, escapado pela janela. No entanto, a queda seria de pelo menos vinte pés, e havia um canteiro de açafrões em plena floração logo abaixo. As flores e a terra abaixo da janela não exibiam nenhum indício de perturbação, e não havia marcas na estreita faixa de grama entre a casa e a estrada. Tudo indicava que o próprio jovem havia trancado a porta. No entanto, como teria encontrado a morte? Ninguém poderia ter se aproximado da janela sem deixar vestígios. Suponhamos que um homem tenha disparado pela janela; seria um tiro notável, capaz de infligir um ferimento tão mortal com um revólver. Além disso, Park Lane é uma rua movimentada, com um ponto de táxi a menos

A Aventura da Casa Vazia

de cem metros da casa. Ninguém relatou ter ouvido um tiro. Não obstante, ali estava o homem morto e a bala de revólver, que havia se expandido, como acontece com as balas de ponta macia, infligindo um ferimento que, sem sombra de dúvida, causou sua morte imediata. Tais eram as circunstâncias do Enigma de Park Lane, que se tornaram ainda mais complexas devido à total ausência de motivo. Como mencionei, não havia conhecimento de inimigos do jovem Adair, e nenhum esforço fora feito para roubar dinheiro ou objetos de valor de seu quarto.

Durante todo o dia, revirei esses fatos em minha mente, tentando encontrar alguma teoria que pudesse conciliá-los e descobrir a linha mais provável, o ponto de partida de toda investigação, como meu estimado amigo costumava dizer. Confesso que fiz pouco progresso. À noite, vaguei pelo parque e, por volta das seis horas, me encontrava na extremidade da Oxford Street, em Park Lane. Ali, um grupo de curiosos na calçada chamou minha atenção. Todos estavam olhando para uma janela específica, o que me indicou que eu estava diante da casa que procurava. Um homem alto e magro, usando óculos escuros, que eu fortemente suspeitava ser um detetive à paisana, estava compartilhando sua própria teoria com a multidão que se aglomerava para ouvir suas palavras. Aproximei-me o mais que pude, mas suas observações me pareceram absurdas, então me afastei de novo com certo desgosto. Enquanto o fazia, esbarrei em um homem idoso e deformado que estava atrás de mim, e derrubei vários livros que ele estava carregando. Lembro-me de que, ao pegá-los, observei o título de um deles, "A Origem da Adoração às Árvores", e pensei que o sujeito devia ser um pobre bibliófilo que, como profissão ou hobby, colecionava volumes obscuros. Tentei pedir desculpas pelo acidente, mas ficou evidente que esses livros, que eu havia infelizmente derrubado, eram objetos de grande estima aos olhos de seu dono. Com um rosnado de desdém, ele se virou, e pude observar suas costas curvadas e costeletas brancas enquanto ele desaparecia em meio à multidão.

Minhas observações sobre a residência de número 427 na Park Lane pouco contribuíram para esclarecer o enigma que me intrigava. A moradia se encontrava separada da via pública por um muro e grades de modesta elevação, que não passavam de um metro e meio de altura. Desse modo, a entrada no jardim era facilmente viável a qualquer pessoa, porém, a janela permanecia completamente inacessível, desprovida de qualquer tubulação de água ou recurso que auxiliasse o homem mais ágil do mundo a escalá-la. Retornei a Kensington ainda mais confuso diante das circunstâncias. Minha permanência no escritório mal alcançava cinco minutos quando a criada ali adentrou com a informação de que alguém desejava me ver. Para minha surpresa, tratava-se do excêntrico colecionador de obras antigas, cujo rosto magro e enrugado emergia por entre uma moldura de cabelos brancos. O homem carregava consigo uma dúzia ou mais de seus preciosos volumes, cuidadosamente acomodados sob seu braço direito.

— Minha presença, senhor, o surpreendeu? — proferiu, com um timbre singularmente rouco e estranho.

Respondi que estava mesmo surpreso com sua presença.

— Bem, tenho bom senso, senhor, e quando o avistei entrando nesta casa, enquanto eu vinha cambaleando atrás do senhor, pensei comigo: "Vou apenas entrar ali e encontrar aquele amável cavalheiro, expressar-lhe que, caso minha abordagem tenha parecido ríspida, não foi minha intenção causar nenhuma ofensa, e comunicar minha profunda gratidão por ter cuidadosamente recuperado meus livros".

— O senhor está dando importância demais a um assunto tão pequeno — disse eu. — Posso perguntar como sabia quem eu era?

— Bem, senhor, se não for uma liberdade excessiva, sou um vizinho seu, pois encontrará minha pequena livraria na esquina da Church Street, e ficaria muito feliz em vê-lo por lá, certamente. Talvez o senhor também seja um colecionador; aqui estão "Aves Britânicas", "Catulo" e "A Guerra Santa", todos eles a um bom preço. Com cinco volumes, o senhor poderia preencher aquele espaço na segunda prateleira, que parece desorganizada assim, o senhor não acha?

Virei a cabeça para olhar para a estante que ficava atrás de mim. Quando me virei novamente, Sherlock Holmes estava de pé, sorrindo para mim, do outro lado da mesa de meu escritório. Eu me levantei, olhei para ele por alguns segundos em total espanto e, então, parece que devo ter desmaiado pela primeira e última vez em minha vida. Certamente, uma névoa cinzenta girou diante de meus olhos, e, quando se dissipou, eu estava com meu colarinho aberto e o gosto persistente de conhaque nos lábios. Holmes estava inclinado sobre minha cadeira, com sua garrafa na mão.

— Meu caro Watson — disse a voz bem conhecida —, devo-lhe mil desculpas. Não tinha ideia de que ficaria tão afetado assim.

A Aventura da Casa Vazia

Eu o agarrei pelo braço.

— Holmes! — gritei. — É você mesmo? Será que está vivo? É possível que tenha conseguido sair daquele abismo terrível?

— Espere um momento — pediu. — Você tem certeza de que está de fato em condições de discutir alguma coisa? Reconheço que minha reaparição desnecessariamente dramática pode tê-lo alarmado mais do que o necessário.

— Estou bem. Entretanto, Holmes, mal posso conceber o que presencio. Pelos céus, o mero pensamento de que você, você, entre todos os homens, esteja diante de mim em meu próprio escritório! — Novamente, segurei-lhe a aba do casaco e percebi o braço esbelto e sinuoso oculto sob o tecido. — De toda forma, não se trata de um espectro — declarei. — Meu caro, é com grande satisfação que o vejo. Tome assento e narre como logrou escapar ileso daquela abissal provação.

Sentou-se defronte a mim e, com sua habitual indiferença, acendeu um cigarro. Estava envolto na vestimenta desgastada de um bibliotecário, porém, a essência daquele indivíduo revelava-se na pilha de cabelos prateados e nos veneráveis tomos que repousavam sobre a mesa. Holmes apresentava-se ainda mais magro e perspicaz do que outrora, mas um matiz cadavérico pairava sobre sua fisionomia aquilina, indício claro de que sua saúde havia sofrido abalos recentemente.

— Sinto alívio em poder me estirar, Watson — proferiu. — Não é para menos quando um homem de elevada estatura se vê compelido a encolher-se por inúmeras horas a fio. Agora, meu estimado colega, quanto a essas elucidações, se me permitir contar com sua colaboração, aguarda-nos uma noite de labor intenso e perigoso. Talvez seja prudente que eu lhe relate toda a situação após a consumação desse trabalho.

— Minha curiosidade está a transbordar, Holmes. Muito preferiria ouvir o relato agora.

— Vai me acompanhar nesta noite?

— Quando e onde desejar.

— Isso realmente assemelha-se aos tempos de outrora. Teremos tempo para uma refeição ligeira antes de partirmos. Quanto ao abismo em questão, não enfrentei maiores obstáculos para dele emergir, por uma razão bastante singela: nunca me encontrei em seu interior.

— Você nunca esteve dentro do abismo?

— Não, Watson, jamais estive. Minha mensagem para você foi totalmente sincera. Abalado pela convicção de que meu fim se avizinhava, divisei a figura ligeiramente sinistra do finado professor Moriarty, de pé na estreita passagem que conduzia à salvação. Percebi a inabalável resolução em seus olhos acinzentados. Por conseguinte, mantive com ele breve diálogo e obtive a gentil permissão de redigir a breve mensagem que, posteriormente, chegou às suas mãos. Deixei-a junto à minha caixa de cigarros e bengala, prosseguindo pela passagem, com Moriarty ainda em meu encalço. Quando cheguei ao fim da passagem, fiquei de frente para ele, que não fez menção de empunhar nenhuma arma, preferindo, em vez disso, precipitar-se sobre mim, envolvendo-me com seus longos braços. Ciente de que seu próprio jogo se encontrava no final, ansiava apenas por livrar-se de mim. Assim, permanecemos unidos à beira do abismo. No entanto, disponho de certo entendimento em baritsu, o sistema japonês de combate, que em mais de uma ocasião me foi de grande valia. Desvencilhei-me de seu aperto, e ele, com um grito horrível, ficou se debatendo com frenesi por breves instantes, agarrando o vazio com ambas as mãos. Entretanto, a despeito de todos os seus esforços, não logrou recuperar o equilíbrio e precipitou-se no abismo. Com o semblante à beira do precipício, observei-o despencar por uma longa extensão. Logo depois, chocou-se contra uma pedra, foi lançado para cima e depois afundou nas águas.

Ouvi com espanto essa explicação que Holmes entregava entre baforadas de seu cigarro.

— Mas as pegadas! — exclamei. — Com meus próprios olhos, vi o rastro de duas indo na direção do abismo, e nenhuma retornando.

— Foi assim que tudo ocorreu: no instante em que o professor desapareceu, percebi que a sorte havia me brindado com uma oportunidade verdadeiramente extraordinária. Tinha consciência de que Moriarty não era o único a jurar minha morte. Pelo menos outros três indivíduos nutriam desejo de vingança contra mim, desejo este que apenas se acentuaria com o falecimento de seu líder. Todos eram homens de extrema periculosidade. Alguns deles, sem sombra de dúvida, me alcançariam. No entanto, se o mundo inteiro acreditasse na minha morte, tais inimigos relaxariam suas precauções, tornando-se negligentes, expondo-se. Mais cedo ou mais tarde, eu poderia eliminá-los. Chegaria, então, o momento de anunciar que ainda estava vivo. O cérebro age tão

A Aventura da Casa Vazia

rapidamente, que acredito que já tinha pensado em tudo isso antes de o professor Moriarty chegar ao fundo da cachoeira de Reichenbach.

"Levantei-me e examinei a parede rochosa atrás de mim. Em sua narrativa pitoresca, que li com grande interesse alguns meses depois, você menciona que a parede era totalmente vertical. Tal descrição não condizia com a realidade. Algumas pequenas protuberâncias se faziam presentes, e notava-se uma saliência. O penhasco elevava-se a uma altura tal, que a escalada completa se mostrava uma impossibilidade flagrante, e atravessar o caminho encharcado sem deixar vestígios de minha passagem era igualmente impossível. Poderia, é verdade, ter invertido a posição das solas de minhas botas, como fiz em situações similares. Porém, a visão de três conjuntos de pegadas na mesma direção certamente teria suscitado suspeitas. Portanto, considerei a escalada como sendo a alternativa menos desfavorável. Não foi uma tarefa agradável, Watson. A cachoeira rugia sob mim. Não sou dado a devaneios, mas lhe asseguro que me parecia ouvir a voz de Moriarty ecoando do abismo. Qualquer deslize teria sido fatal. Por diversas vezes, quando tufos de grama se desprendiam em minha mão ou meu pé escorregava nas fendas úmidas das pedras, julguei que estava prestes a perecer. Todavia, forcei-me a prosseguir, e, enfim, alcancei uma saliência de considerável profundidade, coberta por macio musgo verde, onde pude me estirar sem ser detectado, desfrutando do máximo conforto. Nesse local repousava quando, meu caro Watson, você e seu grupo se dedicavam, com uma louvável, mas ineficaz diligência, à investigação das circunstâncias de meu suposto óbito.

"Por fim, quando todos vocês haviam chegado a suas inevitavelmente equivocadas conclusões, partiram em direção ao hotel, e fiquei sozinho. Acreditava então que havia alcançado o epílogo de minhas aventuras. Contudo, um acontecimento inesperado demonstrou que ainda me aguardavam surpresas. Uma pesada pedra, desprendendo-se do alto, passou zumbindo por mim, atingiu o caminho e precipitou-se no abismo. Em um primeiro instante, julguei tratar-se de um acidente; entretanto, em uma questão de segundos, voltando meu olhar para cima, vislumbrei a silhueta de um homem recortando o céu que se tornava crepuscular, e uma segunda pedra atingiu a própria saliência em que eu me encontrava, a menos de um metro de minha cabeça. O significado de tal ocorrência revelou-se patente. Moriarty não estava sozinho. Um cúmplice e mesmo um único olhar revelaram a ameaça que este representava. Ele mantivera vigília enquanto o professor investia contra mim. À distância, para mim invisível, havia testemunhado a queda de seu comparsa e minha fuga. Aguardou seu momento e, em seguida, trilhando o caminho até o topo do penhasco, almejou triunfar onde seu comparsa fracassara.

"Não levei muito tempo a ponderar, Watson. Mais uma vez, avistei aquele rosto sinistro espreitando sobre o penhasco e compreendi que era um presságio de outra pedrada iminente. Deslizei pelo caminho. Duvido que pudesse fazê-lo com serenidade. Foi cem vezes mais árduo que a subida. No entanto, não houve espaço para reflexão sobre o perigo, pois outra pedra passou zunindo por mim quando eu pendia, sustentado apenas pelas mãos, à borda da saliência. Ao longo do trajeto, um deslize quase me custou a vida, mas, por graça divina, pousei no caminho, ferido e ensanguentado. Prossegui à pressa, percorrendo mais de quinze quilômetros, cruzando as montanhas na escuridão, e, uma semana depois, encontrava-me em Florença, certo de que ninguém no mundo tinha conhecimento do que havia se passado comigo.

"Só tive um confidente, meu irmão Mycroft. Devo-lhe muitas desculpas, meu caro Watson, mas era absolutamente essencial que acreditasse que eu estava morto. É inquestionável que você jamais teria composto um relato tão persuasivo do meu trágico fim se também não houvesse acreditado que eu havia de fato morrido. Em diversas ocasiões durante os últimos três anos, estive a ponto de escrever-lhe, mas sempre hesitei, temendo que seu afeto por mim o conduzisse a alguma indiscrição que pudesse comprometer meu segredo. Por essa razão, mantive distância de você nesta noite, quando derrubou meus livros, uma vez que naquele instante enfrentava uma situação de perigo. Qualquer manifestação de surpresa e emoção de sua parte teria facilmente chamado atenção para minha identidade, acarretando resultados desastrosos e irremediáveis. Em relação a Mycroft, não havia alternativa senão depositar nele minha confiança para obter os recursos financeiros necessários. Os desdobramentos em Londres não seguiram exatamente o curso que eu havia previsto, uma vez que o julgamento da quadrilha de Moriarty resultou na libertação de dois dos membros mais perigosos, meus inimigos mais implacáveis. Assim, embarquei em uma jornada de dois anos pelo Tibete, aproveitando para visitar Lhasa e passar alguns dias na companhia do líder Lhama. É provável que você já deva ter ouvido falar

A Aventura da Casa Vazia

das notáveis explorações de um norueguês chamado Sigerson, mas duvido que tenha suspeitado que estava, na verdade, recebendo notícias de seu amigo. Subsequentemente, viajei pela Pérsia, fiz uma breve parada em Meca e realizei uma interessante visita ao califa em Cartum, cujas informações compartilhei com o Ministério das Relações Exteriores. Ao retornar à França, dediquei alguns meses à pesquisa de subprodutos de alcatrão de carvão, trabalho que conduzi em um laboratório em Montpellier, no sul do país. Satisfeito com os resultados, sabendo que apenas um de meus inimigos permanecia em Londres, estava a ponto de regressar quando fui atraído pela notícia desse notável Mistério de Park Lane. O caso, de méritos inquestionáveis, também me oferecia oportunidades de natureza peculiar. Desse modo, dirigi-me imediatamente a Londres e visitei a Baker Street, assustando a pobre Sra. Hudson a ponto de provocar na mulher um acesso de histeria, e constatei que Mycroft havia mantido meus aposentos e documentos exatamente como eu os havia deixado. Foi assim, meu caro Watson, que, às duas da tarde de hoje, me vi acomodado em minha antiga poltrona, em minha antiga sala, ansiando apenas que meu velho amigo Watson ocupasse a outra poltrona que tantas vezes dignificou com sua presença."

 Essa foi a narrativa notável que ouvi naquela noite de abril, que teria sido totalmente inacreditável para mim se não tivesse sido confirmada pela visão real da figura alta e magra e do rosto aguçado e ansioso, que nunca achei que fosse ver de novo. De alguma forma, ele soube da minha própria triste perda, e sua simpatia foi demonstrada em sua maneira, mais do que em suas palavras.

 — O trabalho é o melhor antídoto para a tristeza, meu caro Watson — disse. — E temos uma tarefa para nós nesta noite que, se a conduzirmos a uma conclusão satisfatória, justificará, por si só, a existência de um homem neste planeta. — Em vão implorei que me contasse mais. — Ouça e veja o que for necessário até a manhã — orientou. — Temos três anos de eventos passados para discutir. Deixe que isso seja o bastante até as nove e meia, quando começaremos a notável aventura da casa vazia.

 Foi verdadeiramente como nos velhos tempos, quando me vi sentado ao lado dele na carruagem, com meu revólver no bolso e a emoção da aventura latejando em meu coração. Holmes permanecia frio, austero e silencioso. À medida que a luz dos postes de rua iluminava seu semblante severo, percebi que suas sobrancelhas estavam franzidas em profundo pensamento e que seus lábios finos estavam comprimidos. Eu desconhecia a natureza da fera selvagem que estávamos prestes a perseguir na sombria selva do crime londrino, mas estava certo, pela postura determinada desse mestre caçador, de que a empreitada era de extrema seriedade. O ocasional sorriso sardônico que rompia sua expressão ascética não prenunciava nada de bom para o alvo de nossa busca.

Eu havia suposto que estávamos nos encaminhando para a Baker Street, mas Holmes ordenou que o cocheiro parasse na esquina da Cavendish Square. Observei que, ao desembarcar, ele lançou olhares aguçados para a direita e para a esquerda, e que, em cada esquina subsequente, tomou precauções para assegurar-se de que não estávamos sendo seguidos. Nosso percurso revelou-se singular, e a exímia familiaridade de Holmes com as ruas de Londres se mostrou evidente. Nessa ocasião, ele nos conduziu rapidamente e com confiança através de uma complexa rede de vielas e estábulos, cuja existência eu desconhecia por completo. Por fim, fomos parar em uma estreita estrada, ladeada por sombrias e antigas residências, que nos direcionou à Manchester Street e, posteriormente, à Blandford Street. Naquele ponto, Holmes fez uma ágil virada por um beco estreito, passando por um portão de madeira que dava acesso a um pátio deserto. Então, com uma chave, abriu a porta dos fundos de uma residência. Juntos, adentramos o recinto, e ele fechou a porta depois que na casa entramos.

O recinto estava mergulhado na escuridão, um breu total, mas era evidente que nos encontrávamos em uma casa desocupada. À medida que avançávamos, nossos passos rangiam e ecoavam sobre as tábuas nuas. Minha mão esticada foi de encontro a uma parede cujo papel pendia em tiras. Os dedos frios e esguios de Holmes fecharam-se sobre meu pulso e me guiaram adiante por um longo corredor, até que eu divisasse vagamente a luz difusa que penetrava pela claraboia acima de uma porta. Naquele ponto, Holmes fez uma curva repentina à direita, e nos deparamos com uma sala grande e quadrada, totalmente vazia. Sombras densas se acumulavam nos cantos, mas um fraco brilho no centro provinha dos postes de luz da rua do lado de fora. Não havia luminária próxima, e a janela estava empoeirada, tornando difícil distinguir nossas próprias silhuetas. Meu companheiro pôs a mão em meu ombro e sussurrou a meu ouvido:

— Você sabe onde estamos?

— Certamente que aqui é a Baker Street — respondi, encarando a janela escura.

— Exato. Estamos na Camden House, que fica em frente a nossos antigos aposentos.

— Mas por que estamos aqui?

— Pois desta posição temos uma vista privilegiada daquele cenário pitoresco. Você se importaria, meu caro Watson, de se aproximar um pouco mais da janela, tendo todo o cuidado para não se expor, e lançar um olhar em direção a nossos antigos aposentos, que foram o ponto de partida de tantas das nossas pequenas aventuras? Veremos se meus três anos de ausência me roubaram por completo o dom de surpreendê-lo.

Avancei com cautela e dirigi meu olhar à janela familiar. Quando meus olhos pousaram nela, deixei escapar um suspiro e soltei uma exclamação de surpresa. A persiana estava abaixada, e uma luz intensa iluminava o lugar. A sombra de um homem sentado em uma poltrona estava projetada nitidamente na tela luminosa da janela. A inclinação da cabeça, a largura dos ombros, a nitidez dos traços, todo o conjunto não deixava margem para dúvidas. O rosto estava meio voltado para o lado, criando o efeito de um daqueles perfis negros que nossos avós costumavam emoldurar. Era uma reprodução perfeita de Holmes. Tão atordoado fiquei, que estendi a mão para ter certeza de que o próprio homem estava a meu lado. Ele estava tremendo, com uma risada silenciosa.

— E então? — disse.

— Meu Deus! — exclamei. — É incrível!

— Espero que a idade não tenha murchado meu vigor nem enfraquecido minha versatilidade — disse ele, e reconheci em sua voz a alegria e o orgulho que o artista sente por sua própria criação. — Realmente, se parece bastante comigo, não acha?

— Juraria que é você.

— O crédito pela execução é devido ao senhor Oscar Meunier, de Grenoble, que passou alguns dias fazendo o molde. É um busto de cera. O resto eu mesmo arranjei durante minha visita desta tarde à Baker Street.

— Mas por quê?

— Porque, meu caro Watson, eu tinha a mais forte razão possível para querer que certas pessoas acreditassem que eu estava aqui quando, na realidade, estava em outro lugar.

— E você achou que os aposentos estavam sendo vigiados?

— EU SABIA que estavam sendo vigiados.

— Por quem?

— Por meus velhos inimigos, Watson. Pela encantadora sociedade cujo líder jaz nas quedas da cachoeira de Reichenbach. Você deve se lembrar de que eles sabiam, e só eles sabiam, que eu ainda estava vivo. Mais cedo ou mais tarde, acreditavam que eu voltaria para meus aposentos. Eles os vigiavam continuamente, e, nesta manhã, me viram chegar.

— Como é que você sabe disso?

— Reconheci o vigia deles quando espreitei pela minha janela. Trata-se de um sujeito inofensivo, chamado Parker, um ladrão profissional e habilidoso tocador de gaita. Ele não me preocupa, mas o que de fato me deixa apreensivo é alguém consideravelmente mais formidável que o segue de perto, o íntimo aliado de Moriarty, o homem que fez as pedras caírem do penhasco, o criminoso mais astuto e perigoso de Londres. Esse é o indivíduo que nos persegue esta noite, Watson, e está totalmente alheio ao fato de que somos NÓS que o estamos seguindo.

Os planos de meu amigo estavam aos poucos sendo revelados. De nosso conveniente local de tocaia, os observadores estavam sendo observados, e os rastreadores, rastreados. Aquela figura angular lá em cima era a isca, e nós éramos os caçadores. Em silêncio, permanecemos juntos na escuridão, atentos às figuras apressadas que passavam diante de nós. Holmes estava imóvel e silencioso, mas eu podia perceber sua vigilância aguçada e seus olhos intensamente fixos na corrente de transeuntes. A noite estava fria e tempestuosa, com o vento uivando alto pela longa rua. Muitas pessoas se deslocavam de um lado para o outro, a maioria envolvida em seus casacos e cachecóis. Em algumas ocasiões, acho que reconheci a mesma figura, e observei especialmente dois homens que pareciam estar se abrigando do vento na entrada de uma casa um pouco adiante. Tentei chamar a atenção de meu companheiro para eles, mas ele emitiu uma pequena exclamação de impaciência e manteve o olhar na rua. Mais de uma vez, movimentou os pés inquietos e batucou com os dedos na parede rapidamente. Estava claro para mim que ele estava ficando inquieto, e que seus planos não estavam se desenvolvendo como esperava. Por fim, à medida que a meia-noite se aproximava e a rua gradualmente ficava vazia, começou a andar de um lado para o outro na sala, em uma agitação incontrolável. Eu estava prestes a fazer um comentário quando levantei os olhos para a janela iluminada e experimentei quase a mesma surpresa de antes. Agarrei o braço de Holmes e apontei para cima.

— A sombra se moveu! — exclamei.

De fato, não víamos mais o perfil. Agora eram suas costas que estavam voltadas para nós.

Três anos com certeza não haviam amenizado as arestas de seu temperamento nem sua impaciência com uma inteligência menos ágil do que a sua.

— Certamente que se moveu — declarou. — Acaso acha que eu faria um truque tão óbvio de usar um simples boneco e esperaria que fosse eficaz com homens tão astutos quanto esses? Estamos aqui há duas horas, e a Sra. Hudson mexeu naquele boneco oito vezes, uma vez a cada quinze minutos. Ela o manipula pela frente de forma que a sombra dela nunca seja visível. Ah! — Ele puxou o ar com um suspiro excitado. Na penumbra, percebi sua cabeça inclinando-se para a frente, sua postura rígida de concentração. Lá fora, a rua estava completamente deserta. Aqueles dois homens poderiam ainda estar escondidos na entrada, mas eu já não conseguia vê-los. Tudo permanecia calmo e escuro, à exceção daquela tela amarelada brilhante diante de nós, com a figura negra delineada no centro. Mais uma vez, no absoluto silêncio, ouvi aquele som fino e sibilante que denotava uma excitação intensa reprimida. Logo em seguida, ele me puxou para o canto mais escuro do lugar, e senti sua mão me alertando para que ficasse quieto. Os dedos que me seguravam tremiam. Nunca havia visto meu amigo tão agitado, e ainda assim a rua escura estendia-se solitária e imóvel diante de nós.

Mas subitamente percebi o que os sentidos mais apurados de Holmes já haviam detectado. Um som baixo e furtivo chegou a meus ouvidos, não vindo da direção de Baker Street, mas dos fundos da própria casa onde estávamos escondidos. Uma porta se abriu e se fechou. Um instante depois, passos se arrastaram pelo corredor, passos que tentavam ser silenciosos, mas que ecoavam de forma áspera na casa vazia. Holmes se recolheu contra a parede e eu fiz o mesmo, minha mão se fechando na empunhadura de meu revólver. Olhando pela penumbra, avistei a vaga silhueta de um homem, um tom mais escuro que a própria escuridão da porta aberta. Ele parou por um momento e então avançou, agachado, ameaçador, para dentro da sala. Estava a uns três metros de nós, aquela figura sinistra, e me preparei para seu salto, antes de perceber que ele não tinha a menor noção de nossa presença ali. Ele passou bem perto de nós, aproximou-se da janela e a levantou com grande suavidade e silêncio, cerca de quinze centímetros. Enquanto se inclinava na direção da abertura, a luz da rua, agora não mais obscurecida pelo vidro empoeirado, banhou completamente seu rosto. O homem parecia fora de si de tanta excitação. Seus dois olhos brilhavam como estrelas, e seus traços se retorciam convulsivamente. Era mais velho, com um nariz afilado e proeminente, uma testa alta e calva, e um grande bigode grisalho. Trajava seu sobretudo aberto, com um chapéu de ópera ligeiramente afastado da testa. Um elegante peitilho de camisa reluzia sob a vestimenta noturna. Seu rosto, austero e sulcado por anos de vivência, revelava um retrato marcado pelas intempéries da vida. Carregava um objeto que, à primeira vista, assemelhava-se a uma bengala, mas, ao tocar no chão com ela, emitiu um som metálico característico. Em seguida, do bolso do sobretudo, retirou um volume considerável e dedicou-se a uma tarefa que culminou com um distintivo clique, como se uma mola ou trinco se encaixasse perfeitamente em seu lugar. Mantendo-se de joelhos, aplicou força em uma alavanca, resultando em um prolongado ruído de algo girando, findando novamente com outro marcante clique. Endireitando-se, exibiu o estranho artefato que mantinha em sua mão, uma arma com a empunhadura notavelmente disforme. Abrindo-a na culatra, inseriu algo em seu interior, fechando-a com um estalido. Em seguida, ajoelhou-se mais uma vez, apoiando o cano da arma no peitoril da janela aberta, com seu icônico bigode curvando-se sobre a coronha enquanto seu olhar focava precisamente as miras. Escutei um leve suspiro de contentamento quando fixou a coronha no ombro e contemplou o alvo inesperado, o homem negro em destaque no fundo amarelo, perfeitamente alinhado à sua mira. Por um momento, permaneceu imóvel e rígido, e, depois, seu dedo pressionou o gatilho. Um estranho ruído agudo cortou o ar, seguido de um longo retinir prateado que indicava o vidro quebrado. Nesse instante, Holmes saltou como um felino nas costas do atirador, derrubando-o com determinação. Com incrível agilidade, o homem se pôs de pé novamente, seus dedos cerrados em volta da garganta de Holmes, mas respondi ao perigo, atingindo-o com a coronha do meu revólver, derrubando-o novamente. Caí por cima dele e, enquanto o imobilizava, meu colega fez soar um agudo apito.

A Aventura da Casa Vazia

O som de passos apressados ecoou no corredor, e dois policiais uniformizados, acompanhados de um detetive à paisana, entraram pela porta da frente e adentraram a sala.

— É você, Lestrade? — questionou Holmes.

— Sim, Sr. Holmes. Assumi o caso pessoalmente. É bom vê-lo de volta a Londres, senhor.

— Parece que você precisa de um auxílio extraoficial, meu caro Lestrade. Três assassinatos não resolvidos em um ano não são uma boa estatística. No entanto, devo reconhecer que conduziu a investigação do caso do Mistério de Molesey de maneira mais competente do que seu padrão habitual.

Todos nós nos erguemos, nosso prisioneiro ofegando, ladeado por dois robustos policiais. Na rua, alguns curiosos já começavam a se aglomerar. Holmes se dirigiu à janela, fechou-a e abaixou as persianas. Lestrade providenciou duas velas enquanto os policiais acendiam suas lanternas. Finalmente, consegui observar nosso prisioneiro com atenção.

Seu rosto, voltado para nós, exibia uma virilidade notável, mas também uma sinistra ameaça. Com uma fronte de filósofo acima e um maxilar de sensualista, o homem, por certo, tinha talentos que poderiam ter se inclinado para o bem ou para o mal. Contudo, observando seus olhos cruéis e azuis, com suas pálpebras caídas e cínicas, o nariz feroz e a testa marcada por sulcos profundos, a leitura da feição tornava-se inescapável. Embora ignorasse nossa presença, os olhos permaneciam fixos no semblante de Holmes, revelando uma mescla igual de ódio e surpresa.

— Demônio! — ficava murmurando. — Seu demônio astuto e perspicaz!

— Ah, coronel! — Holmes declarou, alisando o colarinho desalinhado. — "As jornadas frequentemente culminam com encontros de amantes", como diz a antiga peça. Acredito que não tive o prazer de vê-lo desde aquela ocasião em que me deu uma atenção tão particular enquanto eu estava à beira das cataratas de Reichenbach.

O coronel, como um homem em transe, ainda encarava meu amigo.

— Demônio astuto! Demônio de habilidades infernais! — era tudo o que conseguia dizer.

— Permitam-me as devidas apresentações — declarou Sherlock Holmes. — Este é o coronel Sebastian Moran, um ex-militar do Exército Indiano de Sua Majestade, e possivelmente o mais habilidoso caçador de animais selvagens que já serviu a nosso Império no Oriente. Teria eu razão em afirmar, coronel, que sua notória coleção de tigres permanece inigualável?

O coronel, de semblante severo, manteve-se em silêncio. Contudo, não cessava de observar atentamente meu companheiro. Com seus olhos faiscantes e bigode eriçado, sua semelhança com um tigre era notável.

— Pergunto-me como pude enganar tão facilmente um caçador tão experiente — comentou Holmes. — Isso deve lhe parecer bastante familiar, não é mesmo? Certa vez, prendeu um filhote de bode sob uma árvore, acomodou-se acima dele com seu rifle e esperou que a isca atraísse o tigre. Essa casa vazia equivale à minha árvore, e você é meu tigre. Provavelmente, você tem outras armas à sua disposição, como faria se houvesse mais de um tigre ou na improvável eventualidade de sua própria mira falhar. Estas — ele fez um gesto abrangente com a mão ao redor da sala — são minhas outras armas. A analogia é precisa.

O coronel Moran se lançou para a frente, com um rosnado de raiva, mas os policiais o puxaram de volta. A fúria em seu rosto era terrível de se ver.

— Devo admitir que me pegou de surpresa — declarou Holmes. — Não previ que usaria esta casa vazia e esta conveniente janela. Minha suposição era que estaria operando na rua, onde meu amigo Lestrade e seus homens estavam preparados para interceptá-lo. De qualquer forma, com essa exceção, os acontecimentos transcorreram de acordo com o que previ.

O coronel Moran se virou para o detetive oficial.

— Pode ser que o senhor tenha ou não motivos justos para me prender — retrucou. — Entretanto, é inadmissível suportar o deboche desta pessoa. Se estou nas mãos das leis, exijo que todos os procedimentos sejam conduzidos de acordo com elas.

— Bem, isso é bastante razoável — disse Lestrade. — Alguma observação final, Sr. Holmes, antes de irmos?

Holmes havia pegado do chão a poderosa arma de ar comprimido e estava examinando seu mecanismo.

— Uma arma admirável e única — elogiou —, silenciosa e de tremenda potência. Conheci Von Herder, o mecânico alemão cego que a construiu, a pedido do falecido professor Moriarty. Por anos, estive ciente de sua existência, embora nunca tivesse tido a oportunidade de manuseá-la.

A Aventura da Casa Vazia

Sugiro que dedique sua atenção especial a essa peça, Lestrade, bem como às munições que a acompanham.

— Pode confiar que cuidaremos disso, Sr. Holmes — declarou Lestrade enquanto todo o grupo se dirigia à porta. — Alguma consideração adicional?

— Desejo apenas perguntar qual acusação pretende fazer.

— Qual acusação, senhor?! Ora, é claro que será pela tentativa de assassinato do Sr. Sherlock Holmes.

— Não, Lestrade. Não tenho a menor intenção de me envolver no caso. Todo o crédito pela notável prisão é inteiramente seu. Sim, Lestrade, estou lhe oferecendo meus sinceros parabéns! Com sua habitual combinação de perspicácia e audácia, você conseguiu capturá-lo.

— Eu o capturei? Quem foi que eu capturei, Sr. Holmes?

— O homem que escapou a todas as buscas da força policial: o coronel Sebastian Moran, que disparou uma bala expansiva de uma arma de ar comprimido através da janela aberta do segundo andar da frente da residência de número 427, na Park Lane, no dia 30 do mês passado, contra o ilustríssimo Ronald Adair. Essa é a acusação, Lestrade. E agora, Watson, se puder suportar a corrente de ar vinda da janela quebrada, creio que meia hora em meu escritório, acompanhado de um charuto, pode lhe proporcionar algum entretenimento proveitoso.

Nossos antigos aposentos permaneceram intactos, graças à supervisão de Mycroft Holmes e aos cuidados imediatos da Sra. Hudson. Ao adentrar o recinto, observei que, embora a disposição dos objetos estivesse ligeiramente alterada, todos os conhecidos marcos permaneciam iguais. Ali estavam o canto químico e a mesa de madeira com suas manchas de ácido. Ali, nas prateleiras, os notórios álbuns de recortes e livros de referência, que muitos dos nossos compatriotas desejariam ver consumidos pelas chamas. Os diagramas, o estojo de violino e o suporte para cachimbos, e até mesmo o chinelo persa que continha tabaco, todos esses elementos chamaram minha atenção enquanto eu observava a sala. Havia duas presenças no recinto: uma era a Sra. Hudson, que nos cumprimentou com um sorriso ao entrarmos; a outra, o peculiar manequim, que havia desempenhado papel crucial naquela noite de aventuras. Era uma réplica em cera de meu amigo, tão surpreendentemente bem-feita que chegava a ser uma imitação perfeita dele. O manequim repousava sobre uma pequena mesa de pedestal, envolto em um robe antigo de Holmes, tão habilmente arrumado, que a ilusão de presença, se visto das ruas de Londres, era absolutamente convincente.

— Espero que tenha tomado todas as precauções, Sra. Hudson — disse Holmes.

— Fiz tudo conforme o senhor mandou.

— Excelente. Executou um trabalho admirável. A senhora viu aonde a bala foi parar?

— Sim, senhor. Receio que tenha arruinado sua bela estátua, porque passou direto pela cabeça e se chocou contra a parede. Peguei-a do tapete. Aqui está!

Holmes me entregou a bala.

— Uma bala de revólver macia, como você pode notar, Watson. Há certa genialidade nisso, pois quem esperaria encontrar tal projétil vindo de uma arma de ar comprimido? Muito obrigado, Sra. Hudson, por toda a sua assistência. Agora, Watson, por favor, permita-me guiá-lo até sua cadeira habitual, pois há vários pontos que desejo debater com você.

Ele havia tirado o surrado paletó e agora era o Holmes de sempre, com o roupão cinza-claro que retirou de seu próprio manequim.

— Os nervos do velho caçador continuam firmes, e seus olhos permanecem precisos — disse, com um riso enquanto inspecionava a testa estilhaçada de seu busto.

— O chumbo acertou bem no meio da parte de trás da cabeça e atravessou o cérebro. Ele era o melhor atirador da Índia, e acredito que há poucos melhores do que ele em Londres. Já tinha ouvido falar dele?

— Não, não tinha ouvido falar.

— Bem, bem, é assim que a fama funciona! Mas, então, se me lembro direito, você também desconhecia o professor James Moriarty, que tinha um dos grandes cérebros do século. Você também nunca tinha ouvido falar dele, Watson. Agora me passe meu índice de biografias da prateleira.

Holmes folheou as páginas preguiçosamente, recostando-se na cadeira e soltando grandes nuvens de fumaça de seu charuto.

— Minha coleção de sobrenomes que começam com "M" é muito boa — disse. — O próprio Moriarty é suficiente para tornar qualquer letra ilustre. E aqui está Morgan, o envenenador, e Merridew, de memória abominável, e Mathews, que arrancou meu canino esquerdo na sala de espera de Charing Cross, e, finalmente, nosso amigo desta noite.

A Aventura da Casa Vazia

Ele entregou-me o livro, e li:

"MORAN, SEBASTIAN, CORONEL. Desempregado. Pertenceu ao 1º Regimento de Pioneiros de Bangalore. Nasceu em Londres, em 1840. Filho de Sir Augustus Moran, C. B., ex-Ministro Britânico na Pérsia. Realizou estudos em Eton e Oxford. Serviu na Campanha de Jowaki, Campanha do Afeganistão, Charasiab (despachos), Sherpur e Cabul. Autor de "O Pesado Jogo dos Himalaias Ocidentais", 1881; "Três Meses na Selva", 1884. Endereço: Conduit Street. Clubes: Anglo-Indiano, Tankerville e Bagatelle"

Na margem estava escrito, na caligrafia precisa de Holmes: *"O segundo homem mais perigoso de Londres"*.

— Isso é surpreendente — disse eu enquanto lhe entregava o volume. — A carreira do homem é a de um soldado honrado.

— Certamente — concordou Holmes. — Em certa medida, desempenhou seu papel adequadamente. Sempre foi conhecido por seus nervos de aço. Circula na Índia a história sobre como rastreou um tigre ferido, que estava acostumado a se alimentar de seres humanos, ao longo de um esgoto. Algumas árvores, meu caro Watson, alcançam certa altura e, de repente, adotam estranhos caprichos. Isso também é algo que vemos com frequência entre as pessoas. Tenho uma teoria de que o desenvolvimento de um indivíduo ecoa toda a linhagem de seus antepassados, e que mudanças súbitas, para melhor ou para pior, representam a influência poderosa que penetrou na corrente genealógica. O sujeito se torna, em certo sentido, a epítome da história de sua própria família.

— Isso é certamente um tanto quanto fantasioso.

— Não insisto na questão. Seja qual for a razão, o coronel Moran começou a se envolver em atividades ilícitas. Sem criar alarde, tornou insustentável sua permanência na Índia. Posteriormente, aposentou-se e veio para Londres, onde adquiriu uma reputação infame. Foi nesse período que chamou a atenção do professor Moriarty, que o empregou como chefe de equipe por um tempo. Moriarty o recompensava financeiramente e o envolvia apenas em tarefas de alta complexidade, que nenhum criminoso comum seria capaz de realizar. Lembra-se do caso da morte da Sra. Stewart em Lauder, em 1887? Não? Bem, tenho certeza de que Moran estava envolvido, mas não conseguimos provar nada. O coronel estava tão bem escondido, que nem mesmo quando a quadrilha de Moriarty foi desmantelada fomos capazes de incriminá-lo. Você se recorda de nossa estadia na Suíça e de quando fechei as persianas com medo de tiros de espingarda de ar comprimido? Talvez tenha pensado que eu estivesse exagerando. Eu sabia exatamente o que estava fazendo, pois tinha conhecimento da existência daquela arma peculiar, e sabia que um dos melhores atiradores do mundo estava por trás dela. Quando estávamos na Suíça, ele nos seguiu a mando de Moriarty, e, sem sombra de dúvidas, foi ele quem me proporcionou aqueles desagradáveis cinco minutos à beira de Reichenbach.

"Você pode achar que li os jornais cuidadosamente durante minha estadia na França, buscando qualquer oportunidade de capturá-lo. Enquanto ele vagasse livre por Londres, minha vida seria insuportável. Sua sombra pairaria sobre mim, dia e noite, e, mais cedo ou mais tarde, sua oportunidade chegaria. O que eu poderia fazer? Não poderia simplesmente atirar nele à queima-roupa, pois acabaria eu mesmo atrás das grades. Apelar a um juiz também seria inútil. Eles não poderiam intervir com base no que lhes pareceria uma suspeita infundada. Eu estava de mãos atadas. No entanto, continuei acompanhando as notícias criminais, sabendo que, mais cedo ou mais tarde, eu o pegaria. E então veio a morte de Ronald Adair. Finalmente, a oportunidade havia se apresentado! Com base no que eu sabia, não era lógico que o coronel Moran estivesse envolvido? Ele havia jogado cartas com o rapaz, o havia seguido e o havia matado através da janela aberta. Não restavam dúvidas. As evidências balísticas por si seriam suficientes para enredá-lo. Parti imediatamente para cá. Sabia que seria visto pelo vigia, que, deduzi, alertaria o coronel quanto à minha presença. Ele não deixaria de associar meu retorno súbito com seu ato criminoso, e ficaria terrivelmente inquieto por causa disso. Tinha certeza de que ele tentaria me eliminar IMEDIATAMENTE e que, para esse fim, traria sua arma mortífera. Deixei uma marca notável na janela para atraí-lo e, após avisar a polícia de que talvez a presença deles, que, aliás, Watson, você observou com precisão naquele momento, poderia se fazer necessária, assumi o que me pareceu ser uma posição estratégica para observação. Jamais imaginaria que ele escolheria o mesmo local para seu ataque. Agora, meu caro Watson, há algo mais que eu deva esclarecer?"

— Sim — respondi. — Você não esclareceu o motivo pelo qual o coronel Moran assassinou o ilustríssimo Ronald Adair.

— Ah, meu caro Watson! Agora adentramos o território da conjectura, onde mesmo a mente mais lógica pode falhar. Cada um pode formar sua própria hipótese com base nas evidências disponíveis, e a sua tem tanta probabilidade de estar correta quanto a minha.

— Você já formulou uma hipótese, então?

— Acredito que não seja difícil explicar os acontecimentos. As evidências indicam que o coronel Moran e o jovem Adair haviam ganhado juntos uma quantia de dinheiro considerável. Ora, é inquestionável que Moran estava envolvido em jogos desonestos, algo que eu já sabia havia algum tempo. Acredito que, no dia do assassinato, Adair descobriu que Moran estava trapaceando. Muito provavelmente, conversou com Moran em particular e ameaçou expô-lo, a menos que concordasse em deixar voluntariamente o clube e prometesse nunca mais jogar cartas. É improvável que um jovem como Adair causasse de imediato um tremendo escândalo expondo um homem muito mais velho e conhecido. Provavelmente, agiu conforme imaginei. A expulsão dos clubes significaria a ruína de Moran, que dependia de seus ganhos desonestos nos jogos de cartas. Portanto, assassinou Adair, que na ocasião estava tentando calcular quanto dinheiro ele próprio deveria devolver, já que não poderia lucrar com a fraude de seu parceiro. Ele trancou a porta para que as senhoras não o surpreendessem e não ficassem curiosas para saber o que estava fazendo com nomes e moedas. O que acha? É possível?

— Não duvido que tenha acertado.

— Isso será comprovado ou refutado no julgamento. Nesse ínterim, aconteça o que acontecer, o coronel Moran não nos incomodará mais, a famosa arma de ar comprimido de Von Herder adornará o Museu da Scotland Yard e, mais uma vez, o Sr. Sherlock Holmes estará livre para dedicar sua vida a examinar aqueles interessantes pequenos problemas que o complexo dia a dia londrino tão abundantemente apresenta.

XV. A AVENTURA DA ESCOLA DO PRIORADO, PARTE 1

Tivemos diversas entradas e saídas dramáticas em nosso modesto palco da Baker Street. Contudo, não consigo evocar nada mais súbito e estonteante do que a primeira aparição do ilustre Thorneycroft Huxtable, detentor de títulos como mestrado, doutorado e tantos outros, cujo cartão de visitas, que parecia pequeno demais para conter o peso de suas conquistas acadêmicas, adiantou-se por alguns segundos e, então, ele mesmo ali entrou. Tão majestoso, tão pomposo e tão solene – a personificação da compostura inabalável e de uma substância inquebrantável. Todavia, tão logo a porta se fechou, seu primeiro movimento foi cambalear, colidindo com a mesa, escorregando e caindo no chão. E assim, lá estava ele, aquele homem majestoso, prostrado e inconsciente sobre nosso tapete de pele de urso perto da lareira.

Nós nos levantamos abruptamente e, por alguns momentos, contemplamos em muda perplexidade aquele pesado pedaço de destroços que indicava alguma tempestade súbita e fatídica ocorrida no alto-mar da vida. Então, Holmes trouxe uma almofada para sua cabeça, e eu, conhaque para seus lábios. Seu rosto, pálido e abatido, exibia as marcas profundas das preocupações. Olheiras cor de chumbo sob os olhos cerrados, os cantos de sua boca pendendo com melancolia e a barba crescida em seu queixo roliço. As manchas de sujeira no colarinho e na camisa denunciavam uma longa jornada, e seus cabelos estavam eriçados e desalinhados, contrastando com sua cabeça bem delineada. O homem prostrado à nossa frente estava profundamente abalado.

— O que é isso, Watson? — perguntou-me Holmes.

— Total exaustão, mas talvez seja apenas fome e cansaço — respondi, com o dedo sobre o pulso débil, onde a corrente da vida fluía fraca e fina.

— Uma passagem de ida e volta. Mackleton, norte da Inglaterra — declarou Holmes, tirando-a do bolso do relógio. — Ainda não é nem meio-dia. Certamente ele madrugou.

As pálpebras contraídas começaram a tremer, e então um par de olhos cinzentos e inexpressivos voltou-se para nós. Pouco depois, o homem se levantou com dificuldade, com o rosto rubro pela vergonha.

— Peço desculpas por esta fraqueza, Sr. Holmes. Estou um tanto sobrecarregado. Ficaria grato se pudesse me providenciar um copo de leite e biscoitos, pois tenho certeza de que isso me ajudará a melhorar. Eu mesmo decidi vir, Sr. Holmes, para garantir que voltará comigo. Receava que nenhum telegrama pudesse convencê-lo da extrema urgência do caso.

— Quando estiver plenamente recuperado...

— Já estou bem de novo. Não consigo entender como pude ficar tão debilitado. Peço, Sr. Holmes, que embarque comigo no próximo trem rumo a Mackleton.

Meu amigo balançou a cabeça em negativa.

— Meu colega, o Dr. Watson, pode lhe dizer o quanto estamos ocupados no momento. Estou imerso no caso dos Documentos Ferrers. Além disso, o assassinato de Abergavenny está indo a julgamento. Apenas uma questão de extrema importância seria capaz de me afastar de Londres neste momento.

— Importância?! — Nosso visitante jogou as mãos para o alto. — Não ficaram sabendo de nada sobre o sequestro do único filho do duque de Holdernesse?

— O quê? O ex-ministro do gabinete?

— Isso mesmo. Tentamos manter o caso longe dos jornais, mas houve alguns rumores no *Globe* ontem à noite. Pensei que talvez já tivesse ficado sabendo disso.

Holmes estendeu seu longo e esguio braço e alcançou o volume "H" de sua enciclopédia de referências.

— "Holdernesse, o sexto duque, cavaleiro da Nobilíssima Ordem da Jarreteira, membro do Conselho Privado do Reino Unido"... Metade do alfabeto! "Barão Beverley, Conde de Carston"... Notável! Que lista impressionante! "Lorde Tenente de Hallamshire desde 1900. Casou-se com Edith, filha de sir Charles Appledore, em 1888. Lorde Saltire é seu herdeiro e filho único. Proprietário de aproximadamente duzentos e cinquenta acres de terra. Detém minas em Lancashire e no País de Gales. Suas residências são: Carlton House Terrace; Mansão Holdernesse, em Hallamshire; e Carston Castle, em Bangor, País de Gales. Foi Lorde do Almirantado em 1872, e ocupou o cargo de secretário-geral de Estado por...". Ora, ora, esse homem é realmente um dos mais notáveis homens da Coroa!

— O mais notável e, possivelmente, o mais rico. Estou ciente, Sr. Holmes, de que o senhor mantém um nível muito elevado em questões profissionais, e que está preparado para trabalhar por amor ao que faz. No entanto, permita-me informar-lhe de que Sua Graça já me comunicou que um cheque no valor de cinco mil libras será entregue àquele que puder fornecer informações sobre o paradeiro de seu filho, e mais mil libras a quem souber dizer quem o raptou.

— Essa é uma oferta majestosa — afirmou Holmes. — Watson, creio que devemos acompanhar o Dr. Huxtable de volta ao norte da Inglaterra. E agora, Dr. Huxtable, após degustar este leite, conte-me, por favor, o que aconteceu, quando, como, e, por fim, o que o senhor, Dr. Thorneycroft Huxtable, da Escola do Priorado, que fica perto de Mackleton, tem a ver com o caso, e por qual motivo vem solicitar meus modestos serviços três dias após o ocorrido. A barba crescida em seu queixo revela a data.

Após ter consumido seu leite e biscoitos, nosso visitante recobrou a luz de seus olhos e a cor de suas bochechas. Energicamente e com clareza, começou a nos explicar a situação.

— Permitam-me informá-los, senhores, que a Escola do Priorado é uma preparatória, da qual sou fundador e diretor. Talvez estejam familiarizados com meu nome através da obra *Huxtable's Sidelights on Horace*. A Escola do Priorado é, indubitavelmente, a melhor e mais seleta instituição de ensino preparatório da Inglaterra. Lorde Leverstoke, o conde de Blackwater, bem como sir Cathcart Soames, confiaram seus preciosos filhos a meus cuidados. Contudo, senti que a escola chegara a seu apogeu quando, há três semanas, o duque de Holdernesse mandou seu secretário, Sr. James Wilder, informar-me que o jovem lorde Saltire, de dez anos, único filho e herdeiro, estava prestes a ser enviado a mim. Mal sabia eu que aquele seria o prelúdio da mais devastadora tragédia de minha vida.

"O menino chegou no primeiro dia de maio, que marcava o início do trimestre de verão. Era um jovem encantador, e logo se adaptou a nossos costumes. Posso lhes dizer, sem receio de ser indiscreto, pois meias-confidências são absurdas em um caso como esse, que não estava completamente feliz em casa. Não é nenhum segredo que a vida matrimonial do duque não havia sido pacífica, culminando em uma separação por consentimento mútuo. Depois disso, a duquesa fixou residência no sul da França. Isso ocorrera havia muito pouco tempo, e sabe-se que o menino havia claramente tomado o partido da mãe. Ele ficou abatido depois que ela deixou a Mansão Holdernesse, e, por isso, o duque desejava enviá-lo para minha instituição. Em duas semanas, o menino estava completamente à vontade conosco e parecia plenamente feliz.

"Ele foi visto pela última vez na noite de 13 de maio, ou seja, na noite da última segunda-feira. Seu quarto ficava no segundo andar, e só podia ser acessado por meio de outro maior, onde dormiam dois meninos, os quais não viram nem ouviram nada, então é certo que o menino Saltire por ali não saiu. A janela de seu aposento estava aberta, e há ali uma hera resistente que vai até o chão. Não encontramos pegadas lá embaixo, mas certamente aquela é a única possível saída.

"A ausência do menino Saltire foi descoberta às sete horas da manhã de terça-feira. Sua cama estava desarrumada, e ele havia se vestido completamente antes de partir, usando seu traje escolar habitual, que consistia em um paletó preto de estilo Eton e uma calça cinza-escuro. Não havia nenhum sinal de que alguém havia entrado no quarto, e é bem certo que qualquer tipo de grito ou luta teria sido ouvido, pois Caunter, o menino mais velho, no quarto interno, tem sono muito leve.

"Quando descobrimos que lorde Saltire havia desaparecido, imediatamente convoquei todos os que se encontravam na instituição: alunos, professores e empregados. Foi então que descobrimos que ele não havia partido sozinho. Heidegger, o professor alemão, também estava desaparecido. Seu quarto ficava no segundo andar, bem no fundo do prédio, com vista para a mesma direção do quarto do jovem. Sua cama também estava desarrumada, mas ele aparentemente partira em trajes incompletos, já que sua camisa e meias estavam jogadas no chão. Sem dúvida, ele havia descido pela hera, pois pudemos ver as marcas de seus pés onde aterrissara no gramado. Sua bicicleta ficava guardada em um pequeno galpão ao lado daquele gramado, e ela também havia desaparecido.

"Heidegger estava trabalhando comigo havia dois anos. Viera com as melhores referências, mas era um homem silencioso e sombrio, não muito popular nem com os professores, nem com os alunos. Não se conseguiu achar nenhum vestígio dos fugitivos, e agora, na manhã de quinta-feira, não sabemos mais do que sabíamos na terça. É claro que logo foi feita uma investigação na Mansão Holdernesse, que fica a apenas alguns quilômetros da escola, e pensamos que, em um súbito ataque de saudades de casa, ele voltara para seu pai, mas ninguém sabia dele. O duque está imensamente preocupado e, quanto a mim, os senhores viram por si o estado de esgotamento nervoso ao qual fui reduzido pela responsabilidade e pelo suspense. Sr. Holmes, se nunca fez pleno uso de seus dons, imploro que o faça agora, pois é certo que dificilmente encontrará caso mais digno para eles."

Sherlock Holmes ouviu atentamente o relato do infeliz diretor da escola. Suas sobrancelhas franzidas e o sulco profundo entre elas mostravam que não precisava que o incitassem a concentrar-se plenamente em um problema que, além dos imensos interesses em jogo, deveria ser tão fascinante e apelava diretamente a seu amor pelo complexo e incomum. Sacou o caderno de notas e fez um ou dois apontamentos.

— O senhor foi muito relapso por não ter vindo a mim antes — disse Holmes, em tom severo. — Coloca-me em grande desvantagem no início de minha investigação. É inconcebível, por exemplo, que a hera e o gramado não tenham revelado nada a um observador experiente.

— Não tenho culpa, Sr. Holmes. Sua Graça desejava muito evitar todo e qualquer escândalo público. Temia que a infelicidade de sua família fosse exposta ao mundo. Ele tem um horror profundo a qualquer coisa desse tipo.

— Mas houve alguma investigação oficial?

— Sim, senhor, e foi uma decepção tremenda. Logo após o desaparecimento, recebemos um relato de que um menino e um rapaz tinham sido vistos deixando uma estação vizinha em um trem matutino. Foi apenas na noite passada que ficamos sabendo que os dois haviam sido localizados em Liverpool e que não têm nenhuma conexão com o caso. Foi então, em meu desespero e desapontamento, depois de uma noite insone, que peguei o primeiro trem da manhã e vim procurar o senhor.

— Suponho que a investigação local tenha sido suspensa enquanto aquela pista falsa estava sendo seguida, não?

— Sim, senhor, foi completamente abandonada.

— Assim, três dias foram desperdiçados. O caso foi conduzido de uma maneira bem lamentável.

A Aventura da Escola do Priorado, Parte 1

— Não tenho como discordar.
— Contudo, o problema deve ser passível de uma solução cabal. Ficarei muito feliz em investigar o caso. O senhor conseguiu encontrar alguma ligação entre o menino desaparecido e esse professor de alemão?
— Nenhuma.
— Era aluno dele?
— Não, e, até onde sei, nunca trocaram uma palavra que fosse.
— Isso é certamente muito peculiar. O menino tinha uma bicicleta?
— Não.
— Alguma outra bicicleta estava desaparecida?
— Não.
— Tem certeza?
— Absoluta.
— Ora, ora... O senhor não está sugerindo seriamente que esse alemão saiu pedalando com o menino nos braços na calada da noite, não?
— De forma alguma.
— Então, qual é sua teoria?
— A bicicleta pode ter sido uma distração. Talvez tenha sido escondida em algum lugar, e a dupla tenha deixado o local a pé.
— Exatamente, mas parece uma distração extremamente absurda, não é mesmo? Havia outras bicicletas guardadas nesse galpão?
— Diversas.
— Ele teria escondido duas delas se quisesse insinuar que partiram nelas, não acha?
— Creio que sim.
— É óbvio que sim. A teoria da distração não se sustenta. Contudo, esse incidente é um ponto de partida notável para uma investigação. Afinal, esconder ou destruir uma bicicleta não é uma tarefa fácil. Mais uma pergunta: alguém foi visitar o menino no dia anterior a seu desaparecimento?
— Não.
— Ele recebeu alguma carta?
— Sim, uma.
— De quem?
— Do pai.
— O senhor abre as cartas dos meninos?
— Não.
— Então como sabe que a carta era do pai dele?

— O envelope continha o brasão, e a carta estava endereçada com a caligrafia caracteristicamente rígida do duque. Além disso, ele mesmo se lembra de ter escrito essa carta para o filho.

— Quando ele recebeu uma carta dessa antes?

— Fazia um tempo.

— Ele já recebeu alguma da França?

— Não, nunca.

— O senhor compreende o propósito das minhas indagações, naturalmente. Ou o menino foi levado à força, ou partiu por sua própria vontade. Nesse caso, seria de se esperar que alguma influência externa fosse necessária para levar um jovem de tão pouca idade a agir de tal forma. Se não recebeu visitas, essa influência deve ter vindo por meio de cartas. Portanto, busco descobrir com quem se correspondia.

— Receio que não possa ajudá-lo muito nesse sentido. Até onde sei, seu único correspondente era o próprio pai.

— Aquele que lhe escreveu no exato dia de seu desaparecimento. As relações entre pai e filho eram muito cordiais?

— Sua Graça nunca demonstra muita simpatia por ninguém. Está completamente imerso em questões de grande relevância pública e é bastante inacessível a quaisquer sentimentos comuns. No entanto, sempre foi bom para o menino, à sua maneira.

— Mas as afeições do menino estavam voltadas para a mãe, certo?

— Sim.

— Ele afirmou isso?

— Não.

— E quanto ao duque?

— Valha-me Deus, não!

— Então como é que o senhor sabe disso?

— Tive algumas conversas confidenciais com o senhor James Wilder, o secretário de Sua Graça. Foi quem me informou sobre os sentimentos de lorde Saltire.

— Entendo. A propósito, essa última carta do duque foi encontrada no quarto do menino depois que ele partiu?

— Não, ele a levou consigo. Creio, Sr. Holmes, que está na hora de irmos para Euston.

— Vou solicitar uma carruagem. Dentro de um quarto de hora, estaremos a seu dispor. Caso vá telegrafar para casa, Sr. Huxtable, seria bom deixar as pessoas de sua vizinhança suporem que a investigação ainda está em andamento em Liverpool, ou no local aonde essa pista falsa tenha levado seus homens. Enquanto isso, farei um pouco de trabalho discreto em suas próprias portas, e talvez o rastro não esteja tão frio assim, permitindo que dois velhos cães de caça como Watson e eu possamos farejá-lo.

XVI. A AVENTURA DA ESCOLA DO PRIORADO, PARTE 2

Naquela noite, nos reunimos na atmosfera gélida e revigorante da região de Peak, onde fica a renomada escola do Dr. Huxtable. Já era noite quando chegamos ao lugar. Um cartão repousava sobre a mesa do corredor, e o mordomo sussurrou algo para seu patrão, que se voltou para nós e parecia o próprio retrato da agitação, entalhada em cada traço pesado seu.

— O duque está aqui — disse. — O duque e o Sr. Wilder estão no escritório. Venham, cavalheiros, e os apresentarei.

Eu já conhecia, é claro, as fotografias do renomado estadista. Contudo, pessoalmente, era bastante distinto de sua imagem. Era alto e imponente, vestido com esmero, de rosto magro e encovado, e um nariz grotescamente curvado e longo. Sua tez cadavérica era ainda mais chocante em contraste com a barba longa de um vívido ruivo, que fluía sobre seu colete branco, com a corrente do relógio brilhando por seu corte. Era assim a majestosa figura que nos fitava imperturbável ao centro do tapete de pele de urso no escritório do Dr. Huxtable. A seu lado estava um jovem, que imaginei ser Wilder, seu secretário particular. Era de baixa estatura, nervoso, alerta, com olhos perspicazes de um tom claro de azul, e traços faciais expressivos. Foi ele quem, de imediato, deu início à conversa, com um tom incisivo e decidido.

— Vim ver o senhor hoje pela manhã, Dr. Huxtable, tarde demais para impedi-lo de partir para Londres. Fiquei sabendo que pretendia convidar o Sr. Sherlock Holmes para assumir a investigação do caso. Sua Graça está surpresa, Dr. Huxtable, que o senhor tenha tomado tal medida sem o consultar.

— Quando soube que a polícia havia fracassado...

— Sua Graça não está de forma alguma convencida de que a polícia tenha fracassado.

— Mas certamente, Sr. Wilder...

— Como o senhor bem sabe, Dr. Huxtable, Sua Graça está particularmente empenhada em evitar qualquer escândalo público, e prefere confiar seu segredo ao menor número de pessoas possível.

— Essa questão pode ser facilmente remediada — disse o doutor, resignado. — O Sr. Sherlock Holmes pode retornar a Londres no trem da manhã.

— Não é bem assim, doutor, não é bem assim — discordou Holmes, com seu tom mais afável. — Este ar do norte é revigorante e agradável, por isso proponho passar alguns dias em suas matas e ocupar minha mente da melhor maneira possível. Certamente cabe ao senhor decidir se ficarei ao abrigo de seu teto ou da estalagem da vila.

Eu podia ver claramente que o desafortunado doutor estava à beira de um dilema final, do qual foi salvo pela voz retumbante e grave do duque de barba ruiva, que ecoou como um gongo de jantar.

— Concordo com o Sr. Wilder, Sr. Huxtable, que teria sido sensato consultar-me. No entanto, uma vez que o Sr. Holmes já foi inteirado do caso, seria absurdo não fazermos uso de seus serviços. Em vez de se dirigir à estalagem, Sr. Holmes, seria um prazer tê-lo como meu hóspede na Mansão Holdernesse.

— Agradeço-lhe, Vossa Graça. Para os fins de minha investigação, acredito que seja sensato permanecer nos arredores do local onde esse mistério teve sua gênese.

— Como preferir, Sr. Holmes. Estamos à sua disposição para fornecer quaisquer informações; tanto eu quanto o Sr. Wilder.

— Provavelmente será necessário que eu o visite em sua residência — disse Holmes. — Só gostaria de perguntar se o senhor já concebeu alguma explicação, em seus próprios pensamentos, para o misterioso desaparecimento de seu filho.

— Não, senhor, não concebi nenhuma.

— Perdoe-me, senhor, se minhas indagações forem dolorosas. São necessárias. Não me resta escolha. Existe a possibilidade de a duquesa estar envolvida de alguma forma no que ocorreu?

O ilustre ministro demostrou uma perceptível hesitação.

— Creio que não — respondeu, por fim.

— A explicação mais evidente é que o menino tenha sido sequestrado com a finalidade de exigir um resgate. Não houve, por acaso, alguma demanda desse tipo?

— Não, senhor.

— Mais uma pergunta, Vossa Graça. Pelo que entendi, o senhor escreveu a seu filho no dia em que ocorreu o incidente, correto?

— Certamente não.

— Exatamente. Mas ele recebeu a carta naquele dia?

— Sim.

— Havia algo na sua missiva que pudesse tê-lo perturbado ou levado a tomar tal atitude?

— Não, senhor, certamente não.

— O senhor postou aquela carta pessoalmente?

A resposta do nobre foi interrompida por seu secretário, cuja interferência parecia demonstrar certa irritação.

— Vossa Graça não costuma postar cartas pessoalmente — disse. — Aquela correspondência foi colocada com outras na mesa do escritório, e eu mesmo as coloquei na caixa postal.

— Tem certeza de que aquela carta estava entre as correspondências?

— Sim, a vi entre as outras.

— Quantas cartas Vossa Graça escreveu naquele dia?

— Vinte ou trinta. Tenho uma quantidade considerável de correspondência. Contudo, isso é um tanto insignificante para o caso, não é verdade?

— Não exatamente — contestou Holmes.

— De minha parte — continuou o duque —, sugeri à polícia que concentrasse suas investigações no sul da França. Embora eu tenha afirmado não acreditar que a duquesa tenha incentivado uma ação tão monstruosa, o rapaz era obstinado em suas convicções, e é possível que tenha fugido para junto dela, provavelmente incitado e ajudado por aquele alemão. Creio eu, Dr. Huxtable, que esteja na hora de voltarmos para casa.

Claramente discerni que Holmes nutria mais indagações. Contudo, a atitude súbita do nobre assinalou o término da entrevista. Restou claro que, devido à sua natureza profundamente aristocrática, era extremamente desagradável para ele discutir seus assuntos familiares íntimos com um estranho. O duque temia que cada nova pergunta revelasse informações sobre os discretamente sombreados aspectos de sua história ducal.

A Aventura da Escola do Priorado, Parte 2

Após a partida do nobre e de seu secretário, meu amigo mergulhou prontamente na investigação, conforme seu costume, demonstrando grande entusiasmo.

O quarto do rapaz foi examinado com minúcia, mas nada revelou, exceto a certeza de que sua fuga só poderia ter ocorrido pela janela. Quanto ao dormitório e pertences do professor alemão, não forneceram pistas adicionais. Quanto ao professor, notamos que um ramo de hera havia cedido sob seu peso, e, com a ajuda de uma lanterna, identificamos a marca no gramado onde seus calcanhares haviam afundado. Aquele afundamento na curta grama verde era a única evidência física remanescente da inexplicável fuga noturna.

Sherlock Holmes deixou a casa sozinho e não retornou até depois das onze horas. Tinha adquirido um grande mapa militar da região e levou-o para meu quarto. Lá, o estendeu na cama e, equilibrando a lamparina no centro do mapa, começou a fumar. De vez em quando, destacava pontos de interesse com o âmbar fumegante e de odor pungente de seu cachimbo.

— Esse caso está se tornando cada vez mais intrigante para mim. Sem dúvida, há várias facetas interessantes a ele conectadas. Nesse estágio inicial, gostaria que compreendesse essas características geográficas que podem exercer uma influência substancial em nossa investigação.

"Observe este mapa. Este quadrado escuro representa a Escola do Priorado. Vou indicá-lo com um alfinete. Agora, esta linha representa a estrada principal. Repare como se estende de leste a oeste, passando pela instituição. Além disso, note que não existem estradas secundárias em um raio de até um quilômetro em qualquer direção. Se essas duas pessoas partiram por alguma estrada, foi por ESTA estrada."

— Exatamente.

— Por uma singular e feliz coincidência, conseguimos investigar, em parte, o que ocorreu naquela estrada na noite em questão. Neste ponto, onde meu cachimbo repousa agora, um policial local manteve vigília da meia-noite às seis da manhã. Esta é, como pode notar, a primeira estrada secundária no lado leste. Ele afirma que permaneceu firme em seu posto, sem se afastar nem por um único momento que fosse, e acredita firmemente que nenhuma criança ou adulto teria passado despercebido por ele. Tive uma conversa com esse policial esta noite, e ele me parece um indivíduo inteiramente digno de confiança, o que amarra essa ponta.

Agora precisamos abordar a outra. Há uma estalagem aqui, o Touro Vermelho, cuja proprietária estava doente. Ela havia mandado chamar um médico de Mackleton, mas o doutor só chegou pela manhã, pois estava ocupado com outro caso. As pessoas na estalagem estiveram atentas durante toda a noite, esperando qualquer sinal dele, e algumas pareciam observar constantemente a estrada. Afirmam que ninguém passou por ali. Se seus relatos forem precisos, então podemos razoavelmente descartar a rota oeste e concluir que os fugitivos NÃO seguiram por esta estrada de forma alguma.

— Mas e a bicicleta? — objetei.

— Certamente. Abordaremos a questão da bicicleta em breve. Para prosseguirmos com nossa linha de raciocínio: se essas pessoas não seguiram pela estrada, devem ter percorrido a região ao norte ou ao sul da casa. Isso é certo. Vamos ponderar uma opção em relação à outra. Ao sul da casa, como pode observar, há uma extensa área de terra cultivável, dividida em pequenos campos cercados por muros de pedra. Admito que por lá seja impossível andar de bicicleta. Podemos descartar essa ideia. Voltemos nossa atenção para o campo ao norte. Aqui há um bosque de árvores marcado como Ragged Shaw, e, do outro lado, se estende uma vasta mata ondulante, a Lower Gill Moor, com uns quinze quilômetros de extensão e inclinação gradual para cima. Aqui, em um lado desta região selvagem, fica a Mansão Holdernesse, a uns quinze quilômetros de estrada, mas apenas a uns dez atravessando a mata, que fica em uma planície peculiarmente desolada. Alguns fazendeiros da área têm pequenas propriedades ali, onde criam ovelhas e gado. Exceto por eles, taramboias e maçaricos são os únicos habitantes até que se chegue à estrada principal de Chesterfield. Veja que há uma igreja lá, algumas casas e uma estalagem. Dali em diante, as colinas se tornam íngremes. Com certeza é aqui, ao norte, em que nossa busca deve se concentrar.

— Mas e a bicicleta? — insisti.

— Bem, bem! — disse Holmes, impaciente. — Um bom ciclista não precisa de uma estrada principal. A mata é cortada por trilhas, e a lua estava cheia. Ei! O que é isso?

Houve uma batida apressada na porta, e um instante depois, Dr. Huxtable entrou. Ele segurava um boné de críquete azul, com um distintivo branco na aba.

— Por fim, temos uma pista! — exclamou. — Afortunadamente! Até que enfim estamos no rastro do querido menino! Trata-se do boné dele.

— Onde foi encontrado?

— Na grande carroça dos ciganos que acamparam na mata. Partiram na terça-feira. Hoje a polícia os localizou e inspecionou a caravana, e lá encontraram isso.

— Que explicação deram?

— Titubearam e mentiram. Disseram que encontraram no pântano na terça-feira de manhã. Sabem onde ele está, os patifes! Graças aos céus, todos estão sob custódia. Seja pelo temor da lei ou pelo dinheiro do duque, tenho certeza de que serão compelidos a revelar todos os segredos que conhecem.

— Até agora, tudo está saindo conforme o planejado — afirmou Holmes, assim que o doutor finalmente deixou o quarto. — Pelo menos, isso corrobora a teoria de que é do lado de Lower Gill Moor que devemos esperar por resultados. A polícia, na realidade, não tomou nenhuma ação no local, a não ser a prisão desses ciganos. Veja aqui, Watson! Há um curso d'água atravessando a mata. Pode vê-lo claramente no mapa. Em algumas áreas, ele se alarga, criando terrenos pantanosos. Isso é particularmente notável na região entre a Mansão Holdernesse e a escola. É inútil buscar por pistas em outro lugar nesse clima seco; no entanto, NAQUELE ponto, certamente há uma chance de algum registro ter sido deixado. Eu o chamarei amanhã de manhã bem cedo, e então tentaremos lançar alguma luz sobre o mistério.

O dia estava raiando quando acordei e me deparei com a longa e esguia figura de Holmes ao lado de minha cama. Ele estava completamente vestido e parecia já ter saído e voltado.

— Já cuidei do gramado e do galpão das bicicletas — informou. — Também dei um passeio pela Ragged Shaw. Por favor, Watson, há um chocolate quente esperando por você no aposento ao lado. Peço que se apresse, pois temos um longo dia à nossa frente.

Seus olhos brilhavam, e sua bochecha estava corada com a exaltação do mestre artesão ao ver diante de si sua obra pronta. Aquele homem ativo e alerta era um Sherlock Holmes muito diferente, em comparação com o introspectivo e pálido sonhador da Baker Street. Ao observar aquela figura ágil e transbordante de energia nervosa, tive a sensação de que nos aguardava, de fato, um dia vigoroso.

No entanto, este iniciou-se com a maior decepção. Com grandes esperanças, atravessamos a turfa do pântano de cor ruiva, entrecortada por mil veredas, até chegarmos à larga faixa verde-clara que marcava o brejo que ficava entre nós e Holdernesse. Com certeza, se o menino tivesse retornado para casa, teria que ter passado por aqui, e não poderia ter feito isso sem deixar suas pegadas. No entanto, nenhum sinal dele ou do alemão podia ser visto. Com uma expressão sombria no rosto, meu amigo avançou pela margem, observando com avidez cada mancha lamacenta na superfície musgosa. Havia marcas de ovelhas em profusão, e, em um ponto, alguns quilômetros adiante, encontramos pegadas de gado. Nada mais.

— Verificação número um — disse Holmes, voltando um olhar sombrio para a vasta extensão ondulante da mata. — Há outro brejo lá embaixo e uma estreita passagem entre eles. Ei, ei, ei! O que temos aqui?

Chegamos a um caminho estreito e escuro. No centro dele, claramente gravada no solo encharcado, estava a trilha de uma bicicleta.

— Hurra! — exclamei. — Conseguimos.

Mas Holmes balançava a cabeça, e seu rosto demonstrava perplexidade e expectativa em vez de alegria.

— Uma bicicleta, certamente, mas não A bicicleta — disse. — Estou familiarizado com 42 tipos de impressões diferentes deixadas por pneus. Esta, como pode perceber, é a marca de um Dunlop, com um remendo na cobertura externa. Os pneus da bicicleta de Heidegger eram da Palmer, os quais deixam marcas longitudinais. Aveling, o professor de matemática, foi categórico quanto a isso. Portanto, não se trata da trilha de Heidegger.

— Seria a trilha do menino, então?

— Possivelmente, contanto que possamos comprovar que esteve em posse de uma bicicleta. No entanto, fracassamos completamente nessa empreitada. Como pode perceber, essa trilha foi deixada por alguém que vinha das proximidades da escola.

— Ou que ia em direção a ela.

— Negativo, meu caro Watson. A marca mais profunda, como é óbvio, pertence à roda traseira, onde o peso se concentra. Observe diversas áreas onde passou por cima, apagando a marca menos profunda da roda dianteira. Evidentemente, indicava que o ciclista estava saindo da escola. Seja ou não relevante para nossa investigação, a seguiremos na direção oposta antes de desbravarmos mais adiante — explanou Holmes.

A Aventura da Escola do Priorado, Parte 2

Assim procedemos, e, após percorrermos algumas centenas de metros, perdemos de vista as marcas de pneus de bicicletas quando emergimos de uma parte lamacenta da mata. Durante o retorno, identificamos outro ponto onde um riacho cruzava o caminho. Mais uma vez, a marca do veículo estava presente, embora quase apagada pelas pegadas de gado. Após esse ponto, não encontramos mais sinais, mas o caminho seguia diretamente em direção à Ragged Shaw, a floresta que ficava atrás da escola e de onde a bicicleta deve ter emergido. Holmes sentou-se sobre uma pedra e apoiou o queixo nas mãos. Eu havia fumado dois cigarros antes que ele desse algum sinal de movimento.

— Bem, bem... — disse, por fim. — Claro que é possível que um homem astuto consiga trocar o pneu de sua bicicleta para obscurecer suas trilhas. Eu ficaria honrado em enfrentar um criminoso com tamanha sagacidade. Deixaremos essa questão sem resposta por enquanto e voltaremos a nosso brejo, pois há muito ainda a ser explorado.

Demos continuidade à nossa investigação minuciosa na margem da parte lamacenta da mata, e em breve nossa persistência foi ricamente recompensada. Logo abaixo da área enlameada do pântano, encontramos um caminho igualmente lamacento. Holmes soltou um grito de entusiasmo ao se aproximar dali. Bem no centro do caminho, estava impressa uma marca que parecia um fino conjunto de fios telegráficos Tratava-se do rastro deixado pela bicicleta com pneu Palmer.

— Aqui está a trilha de Herr Heidegger, com certeza! — exclamou Holmes, exultante. — Minha dedução parece ter sido bastante acertada, Watson.

— Meus parabéns.

— Mas ainda temos um longo percurso pela frente. Peço que se afaste do caminho. Agora, sigamos a trilha. Receio que não nos conduzirá até muito longe — disse Holmes.

Contudo, à medida que avançávamos, notamos que essa região da floresta era irregular, com trechos de solo macio, e embora por vezes o rastro se perdesse de vista, sempre conseguíamos reencontrá-lo.

— Note, meu caro — observou Holmes —, que o ciclista está inquestionavelmente aumentando a velocidade agora, sem sombra de dúvida. Observe esta marca, onde se vê ambos os pneus claramente delineados. A profundidade de uma delas é igual à da outra. Isso só pode significar que está inclinando seu peso sobre o guidão, como um homem faz quando está em plena corrida. Pelos céus! Ele sofreu uma queda.

Encontramos uma mancha ampla e irregular que cobria alguns metros da trilha. Logo depois, vimos algumas pegadas, e o pneu reapareceu.

— Derrapagem? — sugeri.

Holmes segurou um ramo amassado de urze em flor. Para meu horror, percebi que as flores amarelas estavam todas salpicadas de vermelho. No caminho também, e entre o brejo, havia manchas escuras de sangue coagulado.

— Isso é ruim! — disse Holmes. — Péssimo! Afaste-se, Watson! Não dê nenhum passo desnecessário! O que estou vendo aqui? Ele caiu ferido, levantou-se, montou novamente e continuou. Mas não há outra trilha, tampouco gado visível.. Ele certamente não foi ferido por um boi, não? Impossível! Mas não vejo vestígios de mais ninguém. Devemos seguir em frente, Watson. Certamente, com as manchas e a trilha para nos guiar, ele não pode mais escapar de nós.

Nossa busca não foi muito longa. As marcas do pneu começaram a curvar-se de forma fantástica no caminho molhado e brilhante. De repente, enquanto olhava adiante, notei um brilho de metal entre os densos arbustos de urze. De lá, arrastamos uma bicicleta com pneus Palmer, um pedal torto e toda a parte da frente horrivelmente manchada e suja de sangue. Do outro lado dos arbustos, projetava-se um sapato. Demos a volta correndo, e lá estava o infeliz ciclista. Era um homem alto, barbudo, de óculos, que estavam quebrados. Um golpe terrível na cabeça, que esmagou parte de seu crânio, foi a causa de sua morte. De fato, a capacidade do sujeito de continuar em movimento após sofrer uma lesão tão séria demonstra notável vigor e bravura. Vale notar também o fato curioso de estar usando sapatos, mas sem meias, além da camisa de dormir sob seu casaco. Era, sem dúvida, o professor alemão.

Holmes virou o corpo com reverência e o examinou com bastante atenção. Permaneceu imerso em profundo pensamento por um tempo, e, pela expressão de sua testa franzida, pude perceber que essa descoberta sombria, em sua opinião, não havia contribuído muito para o progresso de nossa investigação.

— É um pouco difícil saber o que fazer, Watson — disse após uma pausa. — Minha tendência natural é seguir adiante com essa investigação, uma vez que já perdemos muito tempo e não podemos nos dar ao luxo de desperdiçar mais um minuto. Por outro lado, temos o dever de notificar a polícia sobre essa descoberta e garantir que o corpo deste pobre homem seja tratado adequadamente.

— Eu poderia levar um bilhete.

— Mas preciso de sua companhia e ajuda. Espere um pouco! Há um sujeito cortando turfa ali em cima. Traga-o até aqui, e ele buscará a polícia.

Levei o camponês até ele, e Holmes enviou o homem assustado, com um bilhete, ao Dr. Huxtable.

— Já temos duas pistas esta manhã, Watson — disse. — Uma delas é a bicicleta com pneu Palmer. Já seguimos essa trilha. A outra é a bicicleta com o pneu Dunlop remendado. Antes de prosseguirmos com essa investigação, vamos analisar aquilo que REALMENTE sabemos e separar o essencial do supérfluo. Antes de mais nada, permita-me deixar-lhe claro que o menino, indubitavelmente, partiu de sua própria vontade. Desceu pela janela e empreendeu sua saída, sozinho ou em companhia de alguém. Essa é uma certeza inquestionável.

Assenti.

— Muito bem. Agora retomemos o assunto desse infortunado professor alemão. O menino estava devidamente trajado quando efetuou sua fuga. Logo, ele deve ter planejado sua partida. No entanto, o alemão partiu sem suas meias. É evidente que agiu com extrema pressa — observou Holmes.

— Sem sombra de dúvida.

— Qual teria sido o motivo de sua partida? — indagou Holmes. — Acredito que tenha saído após avistar o menino fugindo, através da janela de seu quarto. Seu objetivo era alcançá-lo e trazê-lo de volta. Assim, montou em sua bicicleta, iniciou a perseguição e, ao fazê-lo, deparou-se com a morte — explicou Holmes.

— É o que parece.

— Chegamos agora à parte crucial de meu raciocínio — continuou. — A ação mais natural para um homem que está perseguindo um menino é correr atrás dele, pois sabe que poderá alcançá-lo. No entanto, não foi o que o alemão fez. Em vez disso, voltou-se para sua bicicleta. Segundo informações, era um ciclista habilidoso. Não agiria daquela forma a menos que percebesse que o menino tinha algum meio rápido de fuga à disposição.

— A outra bicicleta!

— Prosseguindo com nossa reconstituição dos fatos, o professor alemão encontrou a morte a cerca de oito quilômetros da escola, e não por meio de um tiro, como se poderia imaginar, algo que até um rapaz poderia disparar. Não, sua morte foi o resultado de um golpe brutal, desferido com grande força. Isso indica que o rapaz DE FATO TINHA um cúmplice em sua fuga. Ademais, a velocidade com que esta ocorreu é notável, já que que um ciclista experiente levou pouco mais de oito quilômetros para que conseguisse alcançá-lo. No entanto, ao examinarmos as imediações do local da tragédia, com o que nos deparamos? Apenas pegadas de gado, nada mais. Não há trilhas a menos de cinquenta metros de distância. Portanto, outro ciclista não poderia estar envolvido diretamente no assassinato. E, o que é mais intrigante, não encontramos nenhuma pegada humana.

— Holmes! — gritei. — Isso é impossível.

— Admirável! — exclamou. — Um comentário muito esclarecedor. Minha descrição deve conter algum erro, pois, como você mesmo notou, é impossível da maneira como a descrevi. Consegue sugerir alguma falha em meu raciocínio?

— Ele não poderia ter fraturado o crânio em uma queda?

— Em um brejo, Watson?

— Estou no limite de minha paciência.

— Tsc, tsc. Já resolvemos problemas piores. Pelo menos temos bastante material, se conseguirmos usá-lo. Venha, então. Depois de explorar o pneu Palmer, vamos ver o que o Dunlop com o remendo tem a nos oferecer.

Prosseguimos na trilha, mas a floresta se estendeu em uma longa curva, toda ela revestida de urze, e deixamos o curso d'água para trás. Não havia mais pistas das pegadas a serem acompanhadas. No ponto em que encontramos o último vestígio do pneu Dunlop, poderíamos ter escolhido seguir em direção à Mansão Holdernesse, com suas torres majestosas erguendo-se a alguns quilômetros à esquerda, ou virar na direção de uma aldeia baixa e cinzenta que estava à nossa frente, marcando a posição da estrada principal que levaria a Chesterfield.

À medida que nos aproximávamos da sombria e sórdida pousada, com a placa de um galo de briga pendurada acima da porta, Holmes soltou um gemido repentino e segurou-me pelo ombro para evitar cair. Ele tinha sofrido uma daquelas violentas distensões no tornozelo que deixam um homem praticamente indefeso. Com dificuldade, se aproximou da porta, onde um homem idoso, baixo e moreno estava ocupado, fumando um cachimbo de argila preta.

— Como vai, Sr. Reuben Hayes? — cumprimentou Holmes.

— Quem é o senhor, e como tem meu nome assim tão na ponta da língua? — respondeu o homem do campo, com um lampejo suspeito em um par de olhos astutos.

— Bem, seu nome está escrito na placa acima de sua cabeça. É fácil reconhecer um homem que é senhor de sua própria casa. Imagino que não tenha algo como uma carruagem em seus estábulos, tem?

— Não, não tenho.

— É com dificuldade que apoio o pé no chão.

— Não o faça.

— Mas não consigo andar.

— Bem, então dê um salto.

Os modos do Sr. Reuben Hayes distavam muito da cortesia. No entanto, Holmes os aceitou com um notável bom humor.

— Perceba, meu caro — declarou —, estou, de fato, em uma situação muito difícil, o que é bastante constrangedor para minha pessoa. Devo encontrar uma saída, não importa qual.

— Eu também — disse o mal-humorado dono do lugar.

— O assunto é muito importante. Eu lhe ofereceria uma libra pelo uso de uma bicicleta.

O proprietário ficou interessado.

— Para onde deseja ir?

— Para a Mansão Holdernesse.

— Camaradas do duque, suponho? — disse o proprietário da estalagem, examinando nossas roupas manchadas de lama com olhos cheios de ironia.

Holmes riu, de bom humor.

— Seja como for, ele ficará feliz em nos ver.

— Por quê?

— Porque trazemos notícias de seu filho perdido.

O proprietário ficou visivelmente alarmado.

— O quê? Vocês estão no rastro dele?

— Há notícias dele em Liverpool. Esperam encontrá-lo a qualquer momento.

Mais uma vez, uma rápida mudança passou pelo rosto pesado e barbudo do homem, cujo comportamento de repente se tornou afável.

— Tenho menos motivo para desejar o bem ao duque mais do que a maioria dos homens — disse. — Pois já fui seu cocheiro-chefe uma vez, e ele me tratou cruelmente. Foi ele quem me demitiu sem me dar referências, com base nas palavras de um mentiroso vendedor de cereais. Mas fico feliz em saber que há notícias do jovem lorde em Liverpool, e vou ajudá-los a levar as boas-novas até a mansão.

— Obrigado — agradeceu Holmes. — Primeiro, vamos comer algo. Depois o senhor pode nos providenciar uma bicicleta.

— Não tenho uma bicicleta.

Holmes mostrou ao homem uma libra esterlina.

— Estou lhe dizendo, homem, que não tenho uma bicicleta. Vou fornecer-lhe dois cavalos para que sigam até a mansão.

— Bem, bem... — disse Holmes. — Vamos conversar sobre isso depois de comermos alguma coisa.

Quando fomos deixados sozinhos na cozinha de pedra com chão de laje, foi surpreendente o quão rápido o tornozelo torcido dele se recuperou. Estava quase anoitecendo, e não tínhamos comido nada desde as primeiras horas, então nos demoramos um pouco com nossa refeição. Holmes estava absorto em seus pensamentos, ocasionalmente caminhando até a janela e fitando intensamente o exterior. A janela dava para um pátio sujo, em cujo canto mais afastado havia uma forja, onde um jovem sujo estava ocupado. Do outro lado, ficavam os estábulos. Holmes se sentou novamente após uma dessas incursões, quando, de repente, se ergueu da cadeira, exclamando, alto:

— Pelos céus, Watson, creio que entendi! Sim, sim, deve ser isso. Watson, você se lembra de ter visto pegadas de gado hoje?

— Sim, várias.

— Onde?

— Bem, por toda parte. Estavam no pântano, novamente no caminho, e outra vez próximas ao local onde o pobre Heidegger encontrou seu fim.

— Exato. Bem, agora me diga, Watson, quantos bois ou vacas você avistou na mata?

A Aventura da Escola do Priorado, Parte 2

— Não me recordo de ter visto nenhum.

— Estranho, Watson, que tenhamos avistado trilhas por todo nosso trajeto, mas jamais uma vaca ou um boi em toda a floresta. Muito estranho, Watson, não é?

— Sim, de fato isso é estranho.

— Agora, Watson, faça um esforço, puxe pela memória! Consegue ver essas trilhas no caminho?

— Sim, consigo.

— Consegue se recordar de que, por vezes, as trilhas eram assim, Watson? — ele dispôs algumas migalhas de pão desta maneira :::::., por vezes assim :.:.:. e ocasionalmente assim . ˙. ˙. ˙. — Consegue se recordar disso?

— Não, não consigo.

— Mas eu consigo. Eu poderia jurar que sim, com convicção. No entanto, retornaremos com calma para verificar. Que cegueira a minha por não ter tirado minhas próprias conclusões!

— E qual foi a conclusão a que chegou?

— Um feito notável, esse gado que anda, trota e galopa. Realmente, Watson, um camponês comum não teria concebido uma artimanha tão engenhosa como essa! O caminho parece estar livre, exceto pelo jovem na ferraria. Vamos sair discretamente e observar o que pudermos.

Havia dois equinos de pelagem áspera e maltratada nas instalações decadentes. Holmes ergueu a pata traseira de um deles e soltou uma risada estrondosa.

— Velhas ferraduras, mas cravadas recentemente. Ferraduras velhas, mas pregos novos. Este promete se tornar um caso clássico. Vamos até a ferraria.

O jovem continuou trabalhando, ignorando-nos por completo. Vi os olhos de Holmes inspecionarem o entulho de ferro e madeira espalhado pelo chão. Subitamente, ouvimos um passo atrás de nós, e lá estava o proprietário da estalagem, com suas sobrancelhas espessas franzidas sobre os olhos selvagens e traços morenos contorcidos pela cólera.

Ele segurava um bastão curto com uma cabeça de metal na mão e avançava de forma tão ameaçadora, que fiquei aliviado por sentir o revólver no meu bolso.

— Seus espiões malditos! — exclamou o homem. — O que estão fazendo aqui?

— Bem, Sr. Reuben Hayes — disse Holmes com serenidade —, poderíamos concluir que o senhor está com medo de que venhamos a descobrir alguma coisa.

O homem fez um esforço visível para controlar-se, e sua expressão sombria se desfez em um riso falso, mais ameaçador do que sua carranca.

— Fiquem à vontade para investigar o que quiserem em minha ferraria — disse. — Mas ouçam bem, senhores, não aprecio intrusões em minha propriedade. Quanto mais rápido pagarem a conta e partirem, melhor será para todos nós.

— Tudo bem, Sr. Hayes, não houve má intenção de nossa parte — disse Holmes. — Estivemos dando uma olhada em seus cavalos, mas acho que vou, no fim das contas. Creio que não seja longe.

— Não mais do que três quilômetros até os portões da mansão. Peguem a estrada à sua esquerda. — Ele nos observou com olhos sombrios até que deixamos suas instalações.

Não seguimos muito adiante pela estrada, pois Holmes parou assim que a curva nos escondeu da vista do proprietário.

— Estávamos apenas nos aquecendo, como dizem as crianças, naquela estalagem — explicou. — Parece que estou ficando com um pressentimento cada vez mais sombrio à medida que nos afastamos dela. Não, não posso simplesmente ir embora.

— Estou convencido — afirmei — de que Reuben Hayes sabe de tudo. Um vilão mais evidente, nunca vi.

— Ah, ele lhe deixou essa impressão, não foi? Lá estão os cavalos, e ali está a ferraria. Sim, aquela estalagem chamada "Galo de Briga" é mesmo um lugar intrigante. Acho que deveríamos dar mais uma olhada ali, porém, com discrição.

Estirava-se atrás de nós uma encosta de colina longa e íngreme, salpicada de grandes rochas de calcário cinza. Tínhamos deixado a estrada e começado a subir a colina quando, olhando na direção da Mansão Holdernesse, avistei um ciclista que se aproximava rapidamente.

— Agache-se, Watson! — exclamou Holmes, com uma mão firme em meu ombro. Mal tínhamos nos escondido quando o homem passou voando pela estrada. Em meio a uma nuvem de poeira, vislumbrei um rosto pálido e agitado, um rosto com o terror estampado em cada traço, a boca aberta, os olhos fitando freneticamente à sua frente. Era como uma estranha caricatura do elegante James Wilder que tínhamos visto na noite anterior.

A Aventura da Escola do Priorado, Parte 2

— O secretário do duque! — exclamou Holmes. — Vamos, Watson, vamos ver o que ele está tramando.

Subimos de pedra em pedra até chegarmos rapidamente a um ponto de onde podíamos observar a porta da frente da estalagem. A bicicleta de Wilder estava encostada na parede ao lado. Nenhuma movimentação era visível dentro da casa, e não vimos nenhum rosto nas janelas. Lentamente, o crepúsculo caiu sobre nós enquanto o sol se punha atrás das altas torres da Mansão Holdernesse. Então, na penumbra, notamos as duas lanternas laterais de uma carruagem se acendendo no pátio do estábulo da estalagem e, logo em seguida, ouvimos o som dos cascos dos cavalos enquanto ela partia em direção a Chesterfield.

— O que acha disso, Watson? — sussurrou Holmes.

— Parece uma fuga.

— Um homem sozinho em uma carruagem de dois lugares, pelo que pude ver. Bem, certamente não era o Sr. James Wilder, pois lá ele está na porta.

Um quadrado vermelho de luz surgiu na escuridão. No meio dele, estava a figura escura do secretário, com a cabeça esticada para fora, espiando a noite. Era evidente que estava esperando alguém. Então, por fim, ouviram-se passos na estrada, uma segunda figura ficou visível por um instante contra a luz, a porta se fechou e tudo ficou escuro novamente. Cinco minutos depois, uma lamparina foi acesa em um quarto no primeiro andar.

— Parece que aquele estabelecimento, Galo de Briga, atrai uma categoria peculiar de clientes — comentou Holmes.

— O bar fica do outro lado.

— Com certeza. Aqueles podem ser considerados convidados especiais. Agora, por que diabos o Sr. James Wilder estaria naquele lugar a essa hora da noite, e quem é o companheiro que o encontrará lá? Vamos, Watson, precisamos nos arriscar e investigar isso mais de perto.

Juntos, nos dirigimos silenciosamente para a estrada e cruzamos o caminho até a porta da estalagem. A bicicleta ainda estava apoiada na parede. Holmes acendeu um fósforo e o aproximou da roda traseira. Ouvi sua risada quando a luz mostrou um pneu Dunlop remendado. Acima de nós, estava a janela iluminada.

— Preciso dar uma espiada lá, Watson. Se você se abaixar, encostando-se à parede, creio que consigo.

Um instante depois, ele estava com os pés nos meus ombros. No entanto, mal tinha subido, quando desceu novamente.

— Venha, meu amigo — disse. — Nosso dia de trabalho já foi longo o bastante. Acho que já conseguimos todas as informações que podíamos coletar. É uma longa caminhada até a escola, e, quanto mais cedo começarmos a andar, melhor.

Ele mal abriu os lábios durante aquela caminhada cansativa pela mata, nem sequer entrou na escola quando lá chegamos, mas seguiu para a estação de Mackleton, de onde poderia enviar alguns telegramas. Tarde da noite, ouvi-o consolando o Dr. Huxtable, prostrado pela tragédia da morte de seu professor. Ainda mais tarde, entrou no meu quarto tão alerta e vigoroso quanto estava pela manhã.

— Tudo está indo bem, meu amigo — disse ele. — Prometo que até a noite de amanhã teremos chegado à solução do mistério.

Às onze da manhã seguinte, meu amigo e eu estávamos caminhando pela famosa alameda de teixos da Mansão Holdernesse. Fomos conduzidos pela magnífica entrada elisabetana até o escritório do duque. Lá encontramos o Sr. James Wilder, composto e cortês, mas com algum vestígio da selvagem agonia da noite anterior ainda à espreita em seus olhos furtivos e feições trêmulas.

— Vieram ter com Sua Graça? Lamento, mas o duque não está nada bem. Ficou muito abalado com a trágica notícia. Recebemos um telegrama do Dr. Huxtable ontem à tarde, que nos informou sobre sua descoberta.

— Preciso ver o duque, Sr. Wilder.

— Mas ele está em seu quarto.

— Então preciso ir até o quarto dele.

— Creio que esteja na cama.

— Eu o verei lá.

A atitude fria e implacável de Holmes deixou claro ao secretário que não havia espaço para argumentação.

— Muito bem, Sr. Holmes. Vou informá-lo que o senhor está aqui.

Após meia hora de espera, o grande nobre apareceu. Seu rosto estava ainda mais cadavérico, seus ombros, mais curvados, e me parecia um homem consideravelmente mais velho do que na manhã anterior. Ele nos cumprimentou com uma cortesia majestosa e se sentou à sua escrivaninha, sua barba ruiva resvalando na mesa.

— E então, Sr. Holmes? — inquiriu..

Mas os olhos de meu amigo estavam fixos no secretário, que permanecia ao lado da cadeira de seu mestre.

— Creio, Vossa Graça, que eu poderia falar mais livremente na ausência do Sr. Wilder.

O homem ficou com um tom mais pálido e lançou um olhar maligno de relance na direção de Holmes.

— Se Vossa Graça assim desejar...

— Sim, sim. É melhor que vá embora. Agora, Sr. Holmes, o que tem a me dizer?

Meu amigo esperou até que a porta se fechasse atrás do secretário, que se retirava.

— De fato, Vossa Graça — explicou Holmes —, o Dr. Huxtable nos comunicou que uma recompensa será oferecida a quem resolver o caso. Poderia Vossa Excelência confirmar isso em suas próprias palavras?

— Certamente, Sr. Holmes.

— Era, se estou corretamente informado, de cinco mil libras para qualquer pessoa que lhe dissesse onde está seu filho.

— Exatamente.

— E mais mil libras para quem indicasse a pessoa ou pessoas que o mantêm prisioneiro.

— Correto.

— Neste último aspecto, incluem-se, sem dúvida, não apenas aqueles que podem tê-lo levado embora, mas também que conspiram para mantê-lo prisioneiro?

— Sim, sim! — exclamou o duque, impaciente. — Se fizer um bom trabalho, Sr. Sherlock Holmes, não terá motivo para reclamar de mesquinhez de minha parte.

Meu amigo esfregou as mãos magras com uma aparência de avidez que me surpreendeu, pois conhecia seus gostos frugais.

— Creio estar vendo o talão de cheques de Vossa Graça sobre a mesa — disse. — Ficaria grato se pudesse fazer um cheque de seis mil libras para mim. Seria conveniente, talvez, que o cruzasse. Meu banco é o Capital and Counties, agência da Oxford Street.

Sua Graça sentou-se muito rígido em sua cadeira e olhou fixamente para meu amigo.

— Isso é uma piada, Sr. Holmes? Não creio que este seja um assunto para brincadeiras.

— De jeito nenhum, Vossa Graça. Nunca falei tão sério em toda a minha vida.

— O que quer dizer com isso, então?

— Quero dizer que fiz por merecer a recompensa. Sei onde está seu filho e sei, pelo menos, quem são alguns dos quais o estão mantendo cativo.

A barba do duque ficou ainda mais agressivamente vermelha, em contraste com seu rosto pálido como a morte.

— Onde ele está? — perguntou, ofegante.

— Ele está, ou estava na noite passada, em uma estalagem chamada Galo de Briga, a cerca de três quilômetros do portão de sua propriedade.

O duque recuou em sua cadeira.

— E quem o senhor acusa?

A resposta de Sherlock Holmes foi surpreendente. Deu um passo rápido à frente e tocou no ombro do duque.

— Acuso O SENHOR — disse. — E agora, Vossa Graça, vou lhe pedir o cheque.

Nunca me esquecerei da aparência do duque quando ele se ergueu e agarrou-se à mesa, como alguém afundando em um abismo. Então, com um esforço extraordinário de autocontrole aristocrático, se sentou e afundou o rosto nas mãos. Passaram-se alguns minutos antes que se pronunciasse.

— Quanto o senhor sabe da história? — perguntou, por fim, sem erguer a cabeça.

— Vi o senhor com ele ontem à noite.

— Alguém além de seu amigo sabe disso?

— Não falei com ninguém sobre a questão.

O duque pegou uma caneta com os dedos trêmulos e abriu seu talão de cheques.

— Serei fiel à minha palavra, Sr. Holmes. Estou prestes a assinar seu cheque, apesar da desagradável informação que trouxe até mim. Quando a oferta foi inicialmente feita, jamais poderia prever que os acontecimentos tomariam esse rumo. No entanto, Sr. Holmes, posso confiar em sua discrição, assim como na de seu amigo?

— Mal entendo o que quer dizer, Vossa Graça.

— Devo ser franco, Sr. Holmes. Se apenas os senhores têm conhecimento desse incidente, não há motivo para que a história se espalhe mais. Creio que a quantia que lhe devo seja de doze mil libras, correto?

Mas Holmes sorriu e balançou a cabeça.

A Aventura da Escola do Priorado, Parte 2

— Receio, Vossa Graça, que as coisas não possam ser resolvidas assim tão facilmente. A questão da morte daquele professor ainda precisa ser esclarecida.

— Mas James não estava ciente disso. Não é justo culpá-lo. A culpa recai sobre as ações desse criminoso brutal que ele teve o infortúnio de acionar.

— Preciso considerar, Vossa Graça, que quando alguém se envolve em um crime, é moralmente culpado por qualquer outro que possa decorrer do primeiro.

— Moralmente sim, Sr. Holmes. Quanto a isso, sem sombra de dúvida, o senhor está certo, mas não aos olhos da lei. Um homem não pode ser condenado por um assassinato do qual não participou e que abomina tanto quanto o senhor. No instante em que soube disso, fez uma confissão completa para mim, tamanho seu horror e remorso. Em menos de uma hora, ele havia rompido completamente com o assassino. Oh, Sr. Holmes, o senhor deve salvá-lo, deve salvá-lo! Digo-lhe que deve salvá-lo! — O duque havia abandonado sua última tentativa de autocontrole e percorria a sala com o rosto convulsionado, mexendo selvagemente as mãos cerradas no ar. Por fim, se recompôs e sentou-se novamente à sua escrivaninha. — Agradeço por sua conduta de vir até aqui antes de falar com qualquer outra pessoa — disse. — Pelo menos podemos discutir sobre como minimizar ao máximo esse escândalo.

— Exatamente — concordou Holmes. — Creio, Vossa Graça, que isso só pode ser feito com absoluta e completa franqueza entre nós. Estou disposto a ajudá-lo da melhor maneira possível; mas, para fazê-lo, preciso entender todos os detalhes da situação. Percebo que suas palavras se referem ao Sr. James Wilder e que ele não é o assassino.

— Não. O assassino fugiu.

Sherlock Holmes abriu um sorriso modesto.

— Vossa Graça, é possível que o senhor não esteja familiarizado com minha modesta reputação. Caso contrário, não acharia tão simples escapar de minha vigilância. O Sr. Reuben Hayes foi detido em Chesterfield, com base em informações que forneci, às onze horas da noite passada. Recebi um telegrama do chefe da polícia local antes de sair da escola nesta manhã.

O duque recostou-se em sua cadeira e olhou com espanto para meu amigo.

— O senhor parece ter poderes quase sobrenaturais — disse. — Então Reuben Hayes foi capturado? Fico muito feliz com isso, caso não afete o destino de James.

— Seu secretário?

— Não, senhor. Meu filho.

Agora foi a vez de Holmes ficar surpreso.

— Confesso que essa informação é completamente nova para mim. Peço que seja mais explícito.

— Não ocultarei nada do senhor. Concordo que, por mais dolorosa que seja para mim, a completa franqueza é a melhor medida nessa situação desesperada à qual a imprudência e o ciúme de James nos reduziram. Quando eu era muito jovem, Sr. Holmes, experimentei um amor que só ocorre uma vez na vida. Propus casamento à senhora, mas ela recusou com base no argumento de que tal união poderia arruinar minha carreira. Se ela tivesse vivido, certamente nunca teria me casado com mais ninguém. Ela morreu e deixou esse único filho, de quem, por amor a ela, cuidei e protegi. Não pude reconhecer a paternidade dele perante o mundo, mas lhe dei a melhor educação, e desde que se tornou adulto, mantive-o por perto. Ele descobriu meu segredo e, desde então, tem abusado da influência que acredita ter sobre mim e do poder de provocar um escândalo que eu abominaria. Sua presença teve algo a ver com o desfecho infeliz de meu casamento. Sobretudo, nutriu desde o início um ódio persistente a meu jovem herdeiro legítimo. Você pode muito bem me perguntar por que, nessas circunstâncias, ainda mantive James sob meu teto. Respondo que foi porque podia ver o rosto de sua mãe nele e que, por amor a ela, minha paciência não tinha fim. Todas as maneiras encantadoras dela, também. Não havia uma única que ele não pudesse sugerir e trazer de volta à minha memória. Eu NÃO PODIA mandá-lo embora. No entanto, tinha muito medo de que pudesse prejudicar Arthur, isto é, lorde Saltire, e por isso enviei o menino para a escola do Dr. Huxtable.

"James entrou em contato com esse sujeito, Hayes, porque o homem era meu inquilino, e James assumiu o papel de agente. O sujeito era um canalha desde o início, porém, extraordinariamente, James se tornou íntimo dele. Sempre demonstrou uma inclinação por más companhias. Quando James decidiu sequestrar lorde Saltire, foi o serviço daquele homem que utilizou. Você se lembra de que escrevi para Arthur naquele último dia? Pois bem, James abriu a carta e inseriu uma nota pedindo a Arthur que o encontrasse em um pequeno bosque chamado Ragged Shaw, que fica próximo à escola. Mencionou a duquesa e, assim, conseguiu fazer com que o menino fosse até lá. Estou contando ao senhor o que ele mesmo a mim confessou. Naquela noite, James foi atrás de Arthur de bicicleta, e, ao encontrá-lo no bosque, disse ao menino que sua mãe estava ansiosa para vê-lo, que ela o estava esperando na floresta e que, se ele retornasse ao bosque à meia-noite, lá encontraria um homem com um cavalo que o levaria até ela. O pobre Arthur caiu na armadilha. Aceitou o convite e encontrou o sujeito, Hayes, acompanhado por um pônei que estava conduzindo. Arthur montou no pônei, e eles partiram juntos. Embora essa informação só tenha chegado aos ouvidos de James ontem, ao que parece eles foram perseguidos. Hayes atacou o perseguidor com seu cajado, e o homem veio a falecer devido aos ferimentos. Hayes levou Arthur para sua residência, a estalagem chamada Galo de Briga, onde ele foi trancado em um quarto no andar de cima, sob os cuidados da Sra. Hayes, que é uma mulher gentil, mas totalmente controlada pelo marido.

"Bem, Sr. Holmes, essa era a situação quando o vi pela primeira vez, há dois dias. Na ocasião, nem eu, nem o senhor tínhamos ideia da verdade. O senhor pode estar se perguntando qual era a motivação de James para cometer tal ato. Eu lhe respondo que havia muito de irracional e fanático em seu ódio a meu herdeiro. Em sua mente, ele acreditava que deveria ser o único herdeiro de todas as minhas propriedades e nutria um profundo ressentimento pelas leis que tornavam isso impossível. Ao mesmo tempo, tinha um motivo concreto. Desejava que eu revogasse o fideicomisso e estava convencido de que eu tinha o poder de fazê-lo. James pretendia propor um acordo: devolver Arthur em troca de eu quebrar o vínculo, possibilitando que a propriedade fosse deixada para ele por meio de um Testamento. Ele sabia muito bem que eu nunca recorreria à polícia contra ele voluntariamente. Eu diria que ele estava planejando me apresentar essa proposta, porém, na prática, James não teve tal oportunidade, pois os eventos se desenrolaram rápido demais, e ele não teve tempo de concretizar seus planos.

"O que arruinou por completo esse perverso plano dele foi que o senhor se deparou com a descoberta do corpo daquele homem, o professor Heidegger. James ficou horrorizado com a notícia. Chegou até nós ontem, enquanto estávamos juntos neste escritório. O Dr. Huxtable havia enviado um telegrama a ele. James ficou tão abalado com o luto e a agitação, que minhas suspeitas, que nunca estiveram totalmente ausentes, transformaram-se instantaneamente em certeza, e eu o acusei do crime. Ele confessou tudo voluntariamente. Depois, implorou-me que guardasse seu segredo por mais três dias, a fim de dar a seu miserável cúmplice uma chance de salvar sua vida criminosa. Cedi às súplicas dele, como sempre fiz, e James foi correndo imediatamente até a estalagem Galo de Briga para avisar Hayes e providenciar-lhe os meios de fuga. Eu não podia ir até lá à luz do dia sem suscitar comentários, porém, assim que a noite caiu, apressei-me até lá para ver meu querido Arthur. Eu o encontrei são e salvo, mas horrorizado além da conta pela terrível cena que testemunhou. Em deferência à minha promessa e muito contra minha vontade, concordei em deixá-lo lá por três dias, sob os cuidados da Sra. Hayes, uma vez que ficou evidente que era impossível informar a polícia sobre seu paradeiro sem dizer também quem era o assassino, e eu não conseguia ver como o homem poderia ser punido sem causar a ruína de meu infeliz James. O senhor pediu-me franqueza, Sr. Holmes, e eu o levei a sério, pois agora lhe contei tudo sem tentar circunlóquios nem ocultar nada. Peço que seja, por sua vez, igualmente franco comigo."

— Serei — prometeu Holmes. — Em primeiro lugar, Vossa Graça, devo dizer que o senhor se colocou em uma posição muito séria aos olhos da lei. Perdoou um crime e ajudou na fuga de um assassino. Não tenho dúvidas de que qualquer dinheiro que tenha sido levado por James Wilder, para ajudar seu cúmplice em sua fuga, veio de seu bolso.

O duque fez um gesto de assentimento.

— Esse é de fato um assunto muito sério. Ainda mais censurável, em minha opinião, Vossa Graça, é sua atitude em relação a seu filho mais novo. O senhor o deixou nesse covil por três dias.

— Sob promessas solenes...

— O que são promessas para pessoas como aquelas? O senhor não tem nenhuma garantia de que ele não será sequestrado novamente. Para agradar seu culpado filho mais velho, expôs seu inocente caçula a perigos iminentes e desnecessários, algo totalmente injustificável.

O orgulhoso senhor de Holdernesse não estava acostumado a ser repreendido dessa forma em seu próprio salão ducal. O sangue subiu à sua alta testa, mas sua consciência o manteve em silêncio.

A Aventura da Escola do Priorado, Parte 2

— Vou ajudá-lo, mas com uma única condição: chame seu criado me permita dar as ordens que considerar necessárias.

Sem dizer uma palavra, o duque apertou a campainha, e um lacaio entrou ali.

— Fico contente em informar — disse Holmes — que seu jovem mestre foi localizado. O duque solicitou que a carruagem seja enviado imediatamente à estalagem Galo de Briga para trazer lorde Saltire de volta para casa.

— Agora — disse Holmes quando o alegre criado havia se retirado —, tendo garantido o futuro, podemos ser mais indulgentes com o passado. Não me encontro em uma posição oficial nesta investigação e, contanto que se atenda aos propósitos da justiça, não há motivo algum para que eu revele tudo o que sei. Quanto a Hayes, não digo nada. O cadafalso o espera, e eu não faria nada para salvá-lo dele. O que ele vai revelar, não sei dizer, mas não tenho dúvidas de que Vossa Graça poderia fazê-lo entender que é de seu interesse ficar em silêncio. Do ponto de vista policial, ele terá sequestrado o menino com o propósito de pedir dinheiro do resgate. Se não encontrarem mais evidências, não vejo motivo para abrir os olhos deles. No entanto, eu gostaria de advertir Vossa Graça de que a presença contínua de Sr. James Wilder em sua casa só pode levar à desgraça.

— Compreendo isso, Sr. Holmes, e já está decidido que ele partirá permanentemente e buscará sua sorte na Austrália.

— Nesse caso, Vossa Graça, dado que o senhor mesmo afirmou que qualquer infelicidade em seu casamento foi causada pela presença dele, sugiro que faça as devidas reparações à duquesa e tente restabelecer as relações que foram tão infelizmente interrompidas.

— Isso também já está resolvido, Sr. Holmes. Escrevi para a duquesa esta manhã.

— Assim sendo — disse Holmes, levantando-se —, creio que meu amigo e eu podemos nos parabenizar pelos vários resultados positivos de nossa breve visita ao Norte. Há um último ponto sobre o qual desejo esclarecimento. Esse sujeito, Hayes, ferrava os cavalos com ferraduras que imitavam pegadas de gado. Teria ele aprendido essa técnica extraordinária com o Sr. Wilder?

O duque ficou pensativo por um instante, com uma expressão de intensa surpresa no rosto. Em seguida, abriu uma porta e nos conduziu a uma grande sala mobiliada como se fosse um museu. Ele nos levou até uma vitrine em um canto e apontou para a inscrição.

— Estas ferraduras — dizia — foram encontradas no fosso da Mansão Holdernesse. São destinadas ao uso em cavalos, mas têm a parte inferior moldada com um casco bipartido de ferro, de forma a confundir possíveis perseguidores. Supõe-se que tenham pertencido a alguns dos barões saqueadores de Holdernesse na Idade Média.

Holmes abriu a vitrine e, umedecendo o dedo, passou-o ao longo da ferradura. Havia uma leve camada de lama recente em sua superfície.

— Obrigado — disse ao recolocar o vidro no lugar. — É o segundo objeto mais interessante que vi no Norte.

— E qual seria o primeiro?

Holmes dobrou o cheque com cuidado e o colocou em seu caderno de anotações.

— Sou um homem pobre — disse ao tempo que o acariciava afetuosamente e o enfiava nas profundezas de seu bolso interno.

XVII. A AVENTURA DO PÉ-DO-DIABO

Ao tomar nota, de tempos em tempos, de algumas das experiências curiosas e recordações interessantes associadas à minha longa e íntima amizade com o Sr. **SHERLOCK HOLMES**, deparei-me invariavelmente com desafios decorrentes de sua notória aversão à publicidade. Para seu temperamento sombrio e cínico, todo tipo de elogio público era sempre repugnante, e nada o satisfazia mais, ao término de um caso bem-sucedido, do que transferir a fama merecida para algum burocrata convencional e ouvir, com um sorriso de escárnio, o coro geral de congratulações indevidas. Na verdade, foi graças àquela atitude de meu amigo e, com toda certeza, não à falta de material interessante, que, nos últimos anos, publiquei tão poucos de meus relatos. Minha presença em algumas de suas aventuras sempre foi um privilégio que exigia discrição e reserva de minha parte.

Portanto, foi com considerável surpresa que recebi um telegrama de Holmes, que nunca foi conhecido por escrever uma carta quando um serviria a seu propósito, na última terça-feira, com os seguintes dizeres:

"Por que não contar a eles sobre o horror da Cornualha? O mais estranho caso com o qual já trabalhei."

> "POR QUE NÃO CONTAR A ELES SOBRE O HORROR DA CORNUALHA? O MAIS ESTRANHO CASO COM O QUAL JÁ TRABALHEI."

Desconheço o que trouxe esse assunto à mente dele mais uma vez, ou que capricho o levou a desejar que o relatasse ao público. Entretanto, antes que um novo telegrama chegue cancelando o que foi dito no anterior, apresso-me em buscar as notas que me fornecem os detalhes precisos desse caso e apresentar esta narrativa a meus leitores.

Foi, portanto, na primavera de 1897, que o organismo de ferro de Holmes começou a exibir sintomas de fraqueza, debilitado pelo trabalho incessante e muito exigente, possivelmente agravado por ocasionais excessos de sua parte. Em março daquele ano, o Dr. Moore Agar, da Harley Street, cuja dramática apresentação a Holmes talvez eu venha a relatar em algum momento, emitiu instruções rigorosas para que o famoso detetive particular abandonasse todos os seus casos e se entregasse ao completo repouso, a fim de evitar um esgotamento nervoso total. O estado de sua saúde não era um tópico que o interessasse nem um pouco, pois mantinha uma distância mental completa em relação a isso. No entanto, sob a ameaça de ser desqualificado em definitivo para o trabalho, acabou persuadido a se submeter a uma mudança completa de cenário e a respirar novos ares. Foi assim que, nos primeiros dias daquela primavera, nos vimos juntos em uma pequena casa próxima à Baía de Poldhu, na extremidade mais afastada da Península da Cornualha.

Era um lugar singular, peculiarmente adequado ao humor sombrio de meu paciente. Das janelas de nossa modesta casa caiada de branco, que se erguia no topo de um monte coberto de gramíneas, tínhamos uma vista panorâmica de toda a sinistra semicircunferência da Baía de Mounts, armadilha antiga e mortal para embarcações à vela, com suas margens de penhascos negros e recifes varridos pelas ondas, onde inúmeros marinheiros encontraram seu fim. Com a brisa nortenha, a baía repousava tranquila e protegida, convidando os barcos acossados pela tempestade a buscar repouso e abrigo.

Em seguida, irrompe inesperadamente a reviravolta do vento, o vendaval abrasador do sudoeste, a âncora arrastando, o litoral de barlavento e a última batalha nas ondas espumantes. O sábio marinheiro mantém-se afastado desse lugar maligno.

Nos recantos terrestres, nossos arredores eram tão sombrios quanto os marítimos. A paisagem consistia em matas ondulantes, solitárias e de um tom pardo, com uma igreja aqui e outra ali, assinalando a localização de antigos povoados. Para onde olhávamos sobre essas florestas, nos deparávamos com vestígios de uma raça havia muito desaparecida, que se extinguira por completo, deixando, como único legado, estranhas construções de pedra, montes irregulares que continham as cinzas

A Aventura do Pé-do-diabo

dos falecidos, e curiosos fortes que insinuavam conflitos de tempos pré-históricos. O encanto e mistério daquele local, com sua atmosfera sinistra de civilizações esquecidas, cativaram a imaginação de meu amigo, que dedicou longas horas a caminhadas solitárias e meditações pelas matas. O antigo idioma da Cornualha também havia despertado seu interesse, e ele desenvolveu a ideia de que tinha semelhanças com o caldeu e, em grande parte, derivava dos comerciantes de estanho fenícios. Na verdade, havia recebido uma remessa de livros sobre filologia e estava se preparando para explorar essa teoria. Entretanto, de repente, para minha tristeza e sua alegria genuína, nos encontramos, até mesmo naquela terra de sonhos, envolvidos em um mistério que surgira em nossa própria porta, mais intenso, mais absorvente e infinitamente mais enigmático do que qualquer um daqueles que nos haviam afastado de Londres. Nossas vidas simples e rotina pacífica e saudável foram violentamente interrompidas, e fomos catapultados no meio de uma série de eventos que causaram a maior comoção, não apenas na Cornualha, mas em todo o oeste da Inglaterra. Muitos de meus leitores podem ter alguma lembrança do que foi chamado na época de "O horror da Cornualha", embora um relato muito imperfeito do assunto tenha chegado à imprensa de Londres. Agora, treze anos depois dos acontecimentos, revelarei ao público os detalhes verídicos desse caso inacreditável.

Disse que torres espalhadas marcavam as aldeias que pontilhavam aquela parte da Cornualha. A mais próxima delas era o vilarejo de Tredannick Wollas, onde as casas de umas duas centenas de habitantes se agrupavam ao redor de uma igreja antiga, coberta de musgo. O vigário da paróquia, Sr. Roundhay, era uma espécie de arqueólogo, e, como tal, Holmes já o havia conhecido. Era um homem de meia-idade, corpulento e afável, com um considerável conhecimento sobre a região, a convite do qual tomamos chá na casa paroquial e conhecemos também o Sr. Mortimer Tregennis, um cavalheiro independente que aumentava os escassos recursos do pároco alugando quartos em sua grande e desordenada casa. O pároco, sendo solteiro, aceitou o arranjo com satisfação, embora tivesse pouca afinidade com seu inquilino, homem magro, de óculos escuros, que carregava uma corcunda que parecia indicar uma deformidade física genuína. Durante nossa breve visita, recordo que o sacerdote estava bastante comunicativo, enquanto seu inquilino permanecia notavelmente reservado. O homem tinha um semblante triste e introspectivo, sentando-se com os olhos desviados, como se estivesse absorto em seus próprios pensamentos.

Esses foram os dois homens que entraram abruptamente em nossa pequena sala de estar na terça-feira, 16 de março, passada a hora de nosso café da manhã, enquanto fumávamos juntos, nos preparando para nossa excursão diária pelas matas.

— Sr. Holmes — proferiu o vigário com uma voz marcada pela agitação —, aconteceu algo verdadeiramente extraordinário e trágico na noite passada. Um evento tão insólito, que só podemos interpretar o fato de o senhor estar aqui, por acaso, neste momento, como sendo uma intervenção divina, pois, em toda a Inglaterra, é de um homem como o senhor que precisamos.

Lancei um olhar furioso ao intrusivo vigário, com uma expressão não muito amigável, mas Holmes retirou o cachimbo dos lábios e se sentou à cadeira como um velho cão que ouve o clamor da caçada. Ele apontou para o sofá, e nosso ainda agitado visitante acomodou-se ali, ao lado de seu companheiro igualmente nervoso. O Sr. Mortimer Tregennis demonstrava um controle maior que o clérigo, porém, o tremor em suas mãos magras e o brilho em seus olhos escuros revelavam que ambos sentiam a mesma emoção.

— O senhor fala ou falo eu? — perguntou ao vigário.

— Bem, dado que parece que o senhor fez a descoberta, seja qual for, e o vigário ficou sabendo disso pelo senhor, talvez seja mais sensato que faça o relato — declarou Holmes.

Lancei um olhar de relance para o pároco, que havia se vestido às pressas, com seu inquilino trajado formalmente e sentado a seu lado, e me diverti com a surpresa que a simples dedução de Holmes trouxe a seus rostos.

— Talvez seja melhor eu proferir algumas palavras preliminares — propôs o vigário —, e então o senhor poderá decidir se deseja escutar os detalhes fornecidos pelo Sr. Tregennis ou se não devemos nos dirigir prontamente até o local desse evento enigmático. Posso explicar, então, que nosso amigo aqui passou a noite de ontem na companhia de seus dois irmãos, Owen e George, e de sua irmã Brenda, em sua casa em Tredannick Wartha, perto da antiga cruz de pedra na mata. Ele os deixou pouco depois das dez horas, envolvidos em uma partida de cartas na sala de jantar, desfrutando de excelente saúde e disposição. Nesta manhã, sendo um

A Aventura do Pé-do-diabo

madrugador, caminhou naquela direção antes do desjejum e foi alcançado pela carruagem do Dr. Richards, que explicou que havia sido chamado com a máxima urgência para Tredannick Wartha. O Sr. Mortimer Tregennis naturalmente o acompanhou. Ao chegar em Tredannick Wartha, deparou-se com uma situação extraordinária. Seus dois irmãos e irmã estavam sentados à mesa exatamente como os havia deixado, as cartas ainda espalhadas na frente deles e as velas queimadas até o fim. A irmã estava rígida, morta na cadeira, enquanto os dois irmãos estavam sentados um de cada lado dela, rindo, gritando e cantando, completamente fora de si. Os três, ou seja, a falecida irmã e os dois irmãos transtornados, tinham expressões de intenso terror, um vislumbre de pavor indescritível. Não havia sinal da presença de nenhuma pessoa na casa, exceto a Sra. Porter, a velha cozinheira e governanta, que declarou que havia dormido profundamente e que não ouviu nenhum som durante a noite. Nada havia sido roubado ou desarrumado, e não há absolutamente nenhuma explicação para o horror que matou de susto uma mulher e deixou dois homens fortes fora de si. Essa é a situação, Sr. Holmes, resumidamente, e se o senhor puder nos ajudar a esclarecê-la, terá feito um grande trabalho.

Eu tinha esperanças de que, de alguma forma, poderia persuadir meu companheiro a voltar à tranquilidade que havia sido o objetivo de nossa jornada. No entanto, um único olhar para seu semblante tenso e suas sobrancelhas franzidas deixou claro o quão fútil era minha expectativa. Ele permaneceu em silêncio por algum tempo, absorto no estranho drama que havia irrompido em meio à nossa paz.

— Examinarei essa questão — declarou, por fim. — À primeira vista, pareceria ser um caso de natureza bastante excepcional. Esteve lá pessoalmente, Sr. Roundhay?

— Não, Sr. Holmes. O Sr. Tregennis trouxe o relato de volta para o vicariato, e imediatamente me apressei em acompanhá-lo para consultar o senhor.

— A que distância fica a residência onde ocorreu tão singular tragédia?

— A cerca de um quilômetro e meio terra adentro.

— Então seguiremos caminhando juntos até lá. Porém, antes de partirmos, devo fazer-lhe algumas perguntas, Sr. Mortimer Tregennis.

O outro homem havia permanecido em silêncio durante todo o tempo, mas eu havia notado que sua excitação, embora mais contida, era ainda mais intensa do que a emoção evidente do clérigo. Ele estava sentado, com o rosto pálido e carregado de tensão, fitando Holmes com um olhar ansioso, e suas mãos finas estavam convulsivamente unidas. Enquanto ouvia a terrível história que havia ocorrido com sua família, seus lábios pálidos tremiam, e seus olhos sombrios pareciam refletir parte do horror da cena.

— Faça suas perguntas, Sr. Holmes — disse com ansiedade. — É uma situação horrível de ser mencionada, mas serei honesto em minha resposta.

— Relate os eventos da noite passada.

— Bem, Sr. Holmes, lá jantei, como o senhor vigário mencionou, e meu irmão mais velho, George, propôs uma partida de uíste depois. Sentamo-nos para jogar por volta das nove horas. Eram 10h15 quando me levantei para ir embora. Deixei-os sentados à mesa, todos muito alegres.

— Quem o acompanhou até a saída?

— A Sra. Porter já havia ido deitar-se, de modo que saí sozinho. Fechei a porta do corredor depois de sair. A janela do cômodo, onde estavam sentados, se encontrava fechada, mas a persiana não estava abaixada. Não houve mudanças na porta ou na janela esta manhã, e não tínhamos motivo para acreditar que algum estranho tivesse entrado na casa. Ainda assim, lá estavam eles, consumidos pelo terror, e Brenda, literalmente morta de medo, com a cabeça pendendo sobre o braço da poltrona. A imagem daquele cômodo naquela manhã nunca sairá de minha memória!

— Os acontecimentos que o senhor descreve são verdadeiramente singulares — observou Holmes. — Teria o senhor formulado alguma teoria que esclareça esses eventos?

— Foi obra do diabo, Sr. Holmes! Isso foi obra do diabo! — exclamou Mortimer Tregennis. — Não é deste mundo. Alguma coisa entrou naquele aposento e apagou a luz da razão das mentes deles. Que artifício humano seria capaz de fazer uma coisa assim?

— Receio — disse Holmes — que se o assunto esteja além da capacidade humana, certamente está além da minha. No entanto, devemos esgotar todas as explicações naturais antes de recorrermos a uma teoria como essa. O senhor se afastou de sua família por algum motivo, já que seus irmãos viviam juntos. O senhor não mora com eles, correto?

— Isso é verdade, Sr. Holmes, embora o assunto seja coisa do passado. Éramos uma família de mineiros de estanho em Redruth. Vendemos

A Aventura do Pé-do-diabo

nosso negócio para uma empresa e nos aposentamos com o suficiente para nos sustentar. Não negarei que houve algum ressentimento em relação à divisão do dinheiro, e que isso nos afastou por um tempo. Mas tudo foi perdoado e esquecido, e éramos melhores amigos.

— Ao relembrar a noite que passaram juntos, há algo que se destaque em sua memória que poderia vir a lançar alguma luz sobre a tragédia? Pense bem, Sr. Tregennis, pois qualquer pista pode ser de grande valia.

— Não me recordo de absolutamente nada que possa ajudar, senhor.

— Seus irmãos estavam em seu estado de ânimo habitual?

— Melhor do que nunca.

— Estavam nervosos? Em algum momento demonstraram apreensão quanto a um perigo iminente?

— De modo algum.

— Portanto, não há mais nada que o senhor possa acrescentar para me ajudar?

Mortimer Tregennis ponderou profundamente por um instante.

— Uma coisa me vem à cabeça — disse, por fim. — Enquanto estávamos à mesa, eu estava de costas para a janela, e meu irmão George, meu parceiro nas cartas, estava de frente para ela. Vi-o olhar fixamente por cima de meu ombro uma vez, e então me virei para ver o que havia chamado a atenção dele. A persiana estava levantada, e a janela, fechada, mas só conseguia discernir as moitas no jardim, e, por um breve momento, tive a impressão de que havia algo se movendo entre elas. Não conseguiria dizer se era um homem ou um animal, mas tive a estranha sensação de que algo estava lá. Quando perguntei a meu irmão para onde estava olhando, me confidenciou que também havia tido a mesma sensação. Isso é tudo que posso lhe dizer.

— Os senhores não foram então investigar de que se tratava?

— Não. O detalhe foi dispensado como sendo desprovido de importância.

— Então o senhor os deixou sem nenhum presságio de que algo maligno poderia acontecer?

— Sim, sem nenhum presságio maligno.

— Não ficou claro para mim como tomou conhecimento das notícias tão cedo esta manhã.

— Sou madrugador e costumo fazer uma caminhada antes de meu desjejum. Nesta manhã, mal tinha começado quando o médico, em sua carruagem, me alcançou. Ele me disse que a velha Sra. Porter havia enviado um menino com uma mensagem urgente. Saltei para dentro, ao lado dele, e seguimos adiante. Quando lá chegamos, olhamos para aquele aposento horrível. Provavelmente as velas e a lareira haviam se apagado horas antes, e eles ficaram sentados ali na escuridão até o amanhecer. O médico disse que Brenda deveria estar morta havia pelo menos seis horas. Não foram encontrados sinais de violência. Ela estava simplesmente deitada sobre o braço da poltrona, com aquela expressão no rosto. George e Owen estavam cantando trechos de canções e falando, agitados e de forma ininteligível, como se fossem dois gorilas. Oh, que cena horrível de se ver! Eu não suportei aquilo, e o médico ficou branco como uma folha de papel. Na verdade, caiu em uma cadeira como se tivesse desmaiado, e quase tivemos que cuidar dele também.

— Extraordinário, verdadeiramente extraordinário! — exclamou Holmes, erguendo-se e apanhando seu chapéu. — Eu diria que talvez seja sábio irmos até Tredannick Wartha sem demora. Confesso que raramente me deparei com um caso que, à primeira vista, apresentasse um enigma tão peculiar.

A princípio, nossas ações naquela primeira manhã trouxeram poucos avanços à investigação. No entanto, desde o início, o dia havia sido marcado por um incidente que deixou a impressão mais sinistra em minha mente. A estrada que nos conduziu até o local da tragédia era rural, estreita e sinuosa. Enquanto por ela passávamos, ouvimos o tilintar de uma carruagem se aproximando de nós, e nos afastamos para deixá-la passar. Conforme o veículo nos ultrapassava, vislumbrei, através da janela fechada, um rosto horrivelmente contorcido, com um sorriso sinistro nos lábios e olhar fixo em nós. Aqueles olhos arregalados e dentes cerrados passaram diante de nós como uma visão terrível.

— Meus irmãos! — exclamou Mortimer Tregennis, lívido como um cadáver. — Estão levando-os para Helston.

Observamos cheios de horror a carruagem negra que continuava seu percurso. Em seguida, retrocedemos em direção àquela fatídica residência, onde os moradores haviam encontrado um destino tão estranho.

Era uma casa grande e iluminada, mais de vila do que uma choupana, com um jardim considerável que já estava, naquele ar da Cornualha, repleto de flores da primavera. A janela da sala de estar se abria para esse jardim, e, conforme Mortimer Tregennis alegou, de lá provinha aquela

A Aventura do Pé-do-diabo

entidade maligna que, em um único e aterrador instante, devastou aquelas mentes. Holmes perambulava entre os canteiros de flores e vagarosamente seguia o caminho, imerso em pensamentos, antes de entrarmos no alpendre. Estava tão absorto que, recordo-me bem, tropeçou em um regador, derramando seu conteúdo e encharcando nossos pés e a trilha no jardim. No interior da residência, fomos acolhidos por uma idosa governanta da Cornualha, a Sra. Porter, que contava com a assistência de uma jovem em seus afazeres para cuidar das necessidades da família. Ela respondeu prontamente a todas as perguntas de Holmes. A Sra. Porter não havia ouvido nada durante a noite. Seus patrões estavam todos em excelente estado de espírito nos últimos tempos, e ela nunca os tinha visto mais alegres e satisfeitos. Desmaiara de horror ao entrar na sala pela manhã e deparar-se com aquele quadro aterrador ao redor da mesa. Quando se recuperou do choque, abriu a janela para deixar o ar da manhã entrar e foi correndo até a estrada, de onde mandou um garoto da fazenda ir buscar o médico. A senhorita Brenda estava em seu quarto no andar de cima, se quiséssemos vê-la. Foram necessários quatro homens fortes para colocar os irmãos na carruagem do manicômio. Ela mesma não ficaria na casa por mais um dia e estava partindo naquela tarde para se reunir à sua família em St. Ives.

Subimos as escadas e vimos o corpo. A senhorita Brenda Tregennis tinha sido uma moça muito bela, embora agora estivesse chegando à meia-idade. Seu rosto moreno e de feições bem definidas era bonito, mesmo na morte, mas ainda havia nele algo da convulsão de horror que havia sido sua última emoção. De seu quarto, descemos para a sala de estar, onde essa estranha tragédia havia ocorrido de fato. As cinzas carbonizadas da fogueira da noite anterior jaziam na lareira. Sobre a mesa estavam as quatro velas consumidas e apagadas, com as cartas espalhadas pela superfície. As cadeiras haviam sido recuadas junto às paredes. No entanto, tudo o mais estava como na noite anterior. Holmes caminhava com passos leves e rápidos pela sala. Ele sentou-se nas várias cadeiras, puxando-as e reconstituindo suas posições. Observou o quanto do jardim era visível, examinou o chão, o teto e a lareira. No entanto, em nenhum momento percebi aquele brilho repentino em seus olhos e a pressão firme de seus lábios, que teriam sinalizado sua percepção de alguma pista nesse breu.

— Por que a lareira estava acesa? — perguntou. — Eles sempre ficavam com ela assim nesta pequena sala numa noite de primavera?

Mortimer Tregennis explicou que a noite estava fria e úmida. Por essa razão, após sua chegada, o fogo foi feito.

— O que vai fazer agora, Sr. Holmes? — quis saber.

Meu amigo sorriu e pôs a mão em meu braço.

— Creio, Watson, que vou retornar ao antigo hábito de entregar-me ao tabaco, uma indulgência que você tantas vezes censurou, e não sem razão — disse. — Com sua permissão, cavalheiros, agora retornaremos à nossa casa, pois não acredito que aqui possa surgir algo de novo. Vou ponderar sobre os fatos, Sr. Tregennis, e, se algo me ocorrer, com certeza entrarei em contato com o senhor e o vigário. Enquanto isso, desejo a ambos um bom-dia.

Somente muito depois de retornarmos à casa de campo em Poldhu foi que Holmes quebrou seu completo e absorto silêncio. Estava aninhado em sua poltrona. Seu rosto magro e ascético mal estava visível em meio à fumaça azul de seu cachimbo. Suas sobrancelhas negras estavam franzidas. Sua testa, contraída. Seus olhos, vagos e distantes. Por fim, colocou o cachimbo de lado e levantou-se.

— Isso não vai funcionar, Watson! — disse, com uma risada. — Que tal darmos um passeio até os penedos e procurarmos por setas de pedra? Pode ser mais fácil encontrar tais vestígios arqueológicos do que soluções para nosso enigma atual! Forçar o cérebro a funcionar sem material adequado é como exigir de uma máquina o que não pode fornecer. Ela se desgasta. O ar do mar, o sol e a paciência, Watson... O resto virá.

"Ora, vamos definir calmamente nossa posição, Watson — continuou falando enquanto contornávamos os penhascos juntos. — Vamos nos agarrar firmemente ao muito pouco que, DE FATO, SABEMOS, para que, quando fatos novos surgirem, estejamos prontos para encaixá-los em seus lugares. Pressuponho, em primeiro lugar, que nenhum de nós está disposto a admitir intrusões diabólicas nos assuntos dos homens. Vamos começar excluindo isso completamente de nossas mentes. Muito bem. Restam, assim, três pessoas gravemente afetadas por alguma ação humana, consciente ou inconsciente. Agora estamos adentrando terreno seguro. Ora, e quando foi que isso aconteceu? É evidente, presumindo que sua narrativa seja verdadeira, que tenha sido imediatamente depois que o Sr. Mortimer Tregennis deixou a casa. Este é um ponto muito importante. Presume-se que tenha ocorrido alguns minutos depois que ele saiu de lá. As cartas ainda estavam sobre a mesa. Já tinha passado da hora em que costumavam ir dormir. Ainda assim, não tinham mudado de posição nem afastado suas cadeiras. Repito, então, que o ocorrido foi imediatamente após a saída dele, e não depois das onze horas da noite passada.

"Nosso próximo passo óbvio é verificar, na medida do possível, os movimentos de Mortimer Tregennis depois que deixou o local. Nisso não há dificuldade, e parecem estar acima de qualquer suspeita. Você conhece bem meus métodos e, naturalmente, compreendeu minha estratégia um tanto desajeitada com o regador, por meio da qual obtive uma impressão mais nítida do pé dele do que seria possível de qualquer outra forma. A trilha úmida e arenosa funcionou maravilhosamente para reter a pegada. Ontem à noite também estava úmido, você se recordará, e não foi difícil, depois de ter obtido uma amostra da impressão, encontrar seu rastro entre outros e seguir seus movimentos. Ao que parece, ele se afastou rapidamente em direção à casa do vigário.

"Se, portanto, Mortimer Tregennis desapareceu da cena e, no entanto, alguma pessoa de fora afetou os jogadores de cartas, como podemos reconstruir essa pessoa e como foi transmitida tal impressão de horror? A Sra. Porter pode ser descartada. Ela é evidentemente inofensiva. Há alguma evidência de que alguém tenha se aproximado da janela do jardim e de alguma forma causado um efeito tão terrível, que deixou fora de si aqueles que o viram? A única pista nessa direção é fornecida pelo próprio Mortimer Tregennis, que menciona que seu irmão fez referência a algum movimento no jardim. De fato, é bastante notável, uma vez que a noite estava chuvosa, nublada e escura. Qualquer um que quisesse assustar essas pessoas teria que pressionar seu rosto contra o vidro antes de ser visto. Há uma faixa de flores com quase um metro de extensão fora dessa janela, mas não há nenhuma indicação de pegadas por ali. É de fato um desafio intrigante, Watson. Não consigo conceber como alguém do lado externo poderia ter causado tal terror ao grupo. Além disso, o motivo por trás de uma tentativa tão bizarra e elaborada permanece totalmente obscuro. Nossas dificuldades são evidentes, não acha, Watson?"

— Evidentes até demais — respondi com convicção.

— Com um pouco mais de material, acredito que poderemos superar essas dificuldades — disse Holmes. — Em seus vastos registros, Watson, talvez encontre casos quase tão enigmáticos quanto esse. Por enquanto, o deixaremos de lado até que tenhamos informações mais substanciais. Vamos dedicar o resto de nossa manhã à busca de artefatos neolíticos.

Posso ter comentado sobre o poder de desprendimento mental de meu amigo, mas nunca me surpreendi com isso mais do que naquela manhã de primavera na Cornualha, quando, por duas horas, discorreu sobre celtas, pontas de flecha e cacos de cerâmica, como se nenhum sinistro mistério estivesse esperando para ser solucionado. Nós só retornamos à nossa casa de campo à tarde, quando encontramos um visitante à nossa espera. Imediatamente, nossas mentes se voltaram para o assunto em questão. Nenhum de nós precisava ser informado de quem era aquele visitante. O corpo enorme, o rosto duro e profundamente sulcado com rugas, com olhos ferozes e um nariz aquilino, os cabelos grisalhos que quase roçavam o teto da nossa casa de campo, a barba, dourada nas extremidades e branca perto dos lábios, exceto pela mancha de nicotina deixada pelo charuto constantemente fumado, tudo isso era tão conhecido em Londres quanto na África, e só poderia ser associado à tremenda personalidade do Dr. Leon Sterndale, célebre caçador e explorador de leões.

Havíamos ouvido falar de sua presença na região e avistado sua alta silhueta nas trilhas das matas algumas vezes. No entanto, ele não se aproximou de nós, e não teríamos ousado nos aproximar dele. Era sabido que seu amor pela solidão o levava a passar a maior parte dos intervalos entre suas viagens em um pequeno bangalô escondido na solitária floresta de Beauchamp Arriance. Ali, entre seus livros e mapas, vivia uma vida completamente solitária, atendendo a suas próprias necessidades modestas e parecendo prestar pouca atenção aos assuntos de seus vizinhos. Portanto, foi uma surpresa, para mim, ouvi-lo perguntar a Holmes, com uma voz ansiosa, se ele havia feito algum progresso em sua reconstrução desse episódio misterioso.

— A polícia do condado está completamente perdida — disse —, porém, o senhor, com sua vasta experiência, talvez tenha sugerido alguma explicação concebível, não? A única razão pela qual me considero apto a merecer sua confiança é que, durante minhas frequentes estadias aqui, tive a oportunidade de conhecer profundamente a família Tregennis. Na verdade, considerando minha mãe, eu poderia chamá-los de primos, e seu estranho fardo, naturalmente, foi um grande choque para mim. Posso lhe dizer que eu tinha chegado até Plymouth a caminho da África, mas a notícia chegou a mim esta manhã, e voltei imediatamente para ajudar na investigação.

Holmes ergueu as sobrancelhas.

— O senhor perdeu o navio por causa disso?

A Aventura do Pé-do-diabo

— Seguirei no próximo.

— Inacreditável! Isso sim é amizade!

— Eu lhe disse, éramos parentes.

— Exatamente, primos de sua mãe. Sua bagagem estava a bordo do navio?

— Uma parte dela, sim, mas o principal estava no hotel.

— Entendo. Mas, certamente, esse evento não poderia ter chegado aos jornais matutinos de Plymouth.

— Exatamente, recebi um telegrama.

— Posso perguntar de quem?

Uma sombra passou pelo rosto magro e ossudo do explorador.

— O senhor é muito curioso, Sr. Holmes.

— É meu trabalho.

Com um esforço, o Dr. Sterndale recuperou sua compostura abalada.

— Não tenho por que não lhe contar — disse. — Foi o vigário, o Sr. Roundhay, quem me enviou o telegrama que me fez voltar para cá.

— Agradeço — disse Holmes. — Em resposta à sua pergunta original, devo dizer que ainda não elucidei por completo esse caso, mas mantenho a esperança de chegar a alguma conclusão. Seria precipitado dizer mais do que isso por enquanto.

— Talvez o senhor não se importe em me dizer se suas suspeitas apontam a alguma direção específica...

— Não, mal tenho como responder essa pergunta.

— Então perdi meu tempo e não preciso prolongar minha visita.

O renomado doutor deixou nossa casa de campo visivelmente contrariado, e, em uma questão de cinco minutos, Holmes o seguiu. Não o vi novamente até a noite, quando regressou com passos arrastados e um semblante abatido, indicando que seus avanços na investigação haviam sido limitados. Lançou um olhar ao telegrama que o aguardava e, em seguida, o arremessou na lareira.

— Recebi um telegrama do hotel em Plymouth, Watson — explicou. — Consegui o nome do local com o vigário e, para confirmar a veracidade do relato do Dr. Leon Sterndale, mandei um recado para lá. Pelos registros, ele realmente passou a noite no hotel e permitiu que parte de sua bagagem fosse embarcada para a África, enquanto voltava para cá com o intuito de estar presente nesta investigação. O que acha disso, Watson?

— Parece que está profundamente interessado no caso.

— Exatamente, profundamente interessado. Há um elemento aqui que ainda não compreendemos por completo, mas que pode ser a chave para desvendarmos esse mistério. Mantenha os ânimos elevados, Watson, pois estou certo de que ainda não dispomos de todas as informações necessárias. Quando as obtivermos, tenho plena confiança de que superaremos essas adversidades.

Jamais poderia ter imaginado o quão rapidamente as palavras de Holmes se tornariam realidade, ou como um estranho e sinistro desdobramento abriria uma nova e intrigante linha de investigação. Pela manhã, enquanto fazia minha barba junto à janela, ouvi o som dos cascos de cavalos se aproximando rapidamente pela estrada. Olhei para cima e avistei uma carruagem que parou à nossa porta. Nosso amigo, o vigário, desceu com pressa e veio correndo pela trilha de nosso jardim. Holmes já estava vestido, e nós nos apressamos para encontrá-lo.

Nosso visitante estava tão exaltado, que mal conseguia articular as palavras. Finalmente, com palavras entrecortadas e ofegantes, conseguiu relatar sua trágica história.

— Isso é obra do demônio, Sr. Holmes! Minha pobre paróquia está assolada pelo demônio! — clamou. — O próprio Satanás está solto nela! Fomos entregues a suas mãos!

Ele dançava em agitação, uma figura que teria parecido cômica se não fosse por seu rosto pálido e olhos aterrorizados. Por fim, soltou a terrível notícia.

— O Sr. Mortimer Tregennis faleceu durante a noite, apresentando exatamente os mesmos sintomas que afligiram o restante de sua família.

Holmes se levantou de um salto, com toda a sua energia instantaneamente despertada.

— O senhor pode acomodar a nós dois em sua carruagem, Sr. Roundhay?

— Sim, posso.

— Então, Watson, adiaremos nosso desjejum. Sr. Roundhay, estamos inteiramente a seu dispor. Rápido, vamos depressa, antes que alguém vá ao local e mova qualquer coisa do lugar.

O hóspede ocupava dois cômodos na casa paroquial, dispostos em níveis diferentes, um acima do outro. Embaixo, ficava uma ampla sala de estar; em cima, seu quarto. Ambos davam para um campo de croque que se estendia até as janelas. Chegamos antes do doutor ou da polícia, de modo

A Aventura do Pé-do-diabo

que tudo estava absolutamente intocado. Permita-me descrever exatamente a cena como a vimos naquela manhã nebulosa de março, cena essa que deixou uma impressão na minha mente que nunca poderá ser apagada.

O ambiente do aposento era de uma atmosfera horrivelmente abafada e deprimente. A criada, que havia chegado primeiro, demonstrou a gentileza de abrir a janela, aliviando um pouco a atmosfera sufocante. Parte da angústia que pairava no ambiente podia ser atribuída à presença de uma lamparina sobre a mesa central, a qual emitia uma fumaça espessa. Ao lado dela, encontrava-se o homem agora sem vida, reclinado em sua poltrona. Sua barba rala apontava para a frente, seus óculos estavam repousados em sua testa e seu rosto magro e moreno estava voltado para a janela, exibindo a mesma expressão de terror que havia se eternizado no semblante da falecida irmã. Seus membros estavam retorcidos e os dedos, contorcidos, como se tivesse cedido a um acesso de terror avassalador. Estava inteiramente trajado, embora fosse evidente que suas roupas haviam sido vestidas às pressas. Tínhamos apurado que sua cama havia sido usada, e a tragédia o havia alcançado nas primeiras horas da manhã.

Era notável a energia incandescente que pulsava sob a fleumática aparência de Holmes, especialmente quando testemunhamos a súbita metamorfose que se operou nele ao adentrar o fatídico aposento. Num momento, se tornou tenso e alerta, os olhos brilhando, o rosto decidido, os membros trêmulos de intensa ansiedade. Percorreu o jardim, entrou pela janela, atravessou o cômodo e subiu até o quarto, como um intrépido cão de caça em busca de sua presa. Ali, fez uma rápida investigação e, ao abrir a janela, encontrou uma nova razão para se entusiasmar. Inclinou-se para fora com exclamações audíveis de interesse e deleite. Em seguida, desceu as escadas, saltou pela janela aberta, jogou-se de bruços no gramado, levantou-se e retornou ao quarto, tudo com a determinação de um caçador prestes a alcançar sua caça. Examinou detalhadamente o lampião, luminária comum, realizando medidas precisas na cúpula. Com sua lente, escrutinou minuciosamente a fuligem que cobria o topo da chaminé, raspando algumas cinzas que aderiam à sua superfície e as colocando em um envelope, que guardou na carteira. Por fim, quando o doutor e o oficial de polícia apareceram, fez um gesto chamando o vigário, e nós três saímos para o gramado.

— Fico feliz em dizer que minha investigação não foi de todo infrutífera — observou Holmes. — Não posso permanecer aqui para discutir o assunto com a polícia, mas ficaria muito grato, Sr. Roundhay, se o senhor pudesse transmitir meus cumprimentos ao inspetor e chamar sua atenção para a janela do quarto e o lampião da sala de estar. Cada um deles é sugestivo, e, juntos, são quase conclusivos. Se a polícia desejar mais informações, ficarei feliz em receber qualquer um deles na minha casa de campo. E agora, Watson, acredito que talvez nosso tempo seja mais fecundo em algum outro lugar.

É possível que a polícia tenha se ressentido com a intromissão de um amador, ou que tenha imaginado estar seguindo uma linha promissora de investigação, mas é certo que não tivemos nenhuma notícia deles nos dois dias seguintes. Nesse ínterim, Holmes dedicava parte de seu tempo a fumar e a divagar em nossa choupana, mas, na maior parte do tempo, se perdia em longas caminhadas solitárias pelo campo. Quando retornava depois de muitas horas, não fazia comentários sobre onde havia estado. Um experimento serviu para mostrar-me o rumo de sua investigação. Ele comprou um lampião que era idêntico àquele que havia queimado no dormitório de Mortimer Tregennis, na manhã da tragédia, o qual encheu com o mesmo óleo usado na casa paroquial e cronometrou cuidadosamente o período que levaria para que apagasse. Outro experimento que fez foi de natureza mais desagradável e de que dificilmente esquecerei.

— Você há de se lembrar, Watson — observou numa tarde — de que há um único ponto comum de semelhança nas diferentes versões dos acontecimentos que chegaram até nós. Como a atmosfera do aposento afetou aqueles que entraram nele inicialmente. Você há de se lembrar de que Mortimer Tregennis, ao descrever o episódio de sua última visita à casa do irmão, observou que o doutor, ao entrar no aposento, prostrou-se em uma cadeira. Você havia se esquecido disso? Bem, eu não. Ora, também há de se lembrar de que a Sra. Porter, a governanta, nos disse que ela mesma desmaiou ao entrar na sala, e que foi só depois que abriu a janela. No segundo caso, o de Mortimer Tregennis em si, você não pode ter esquecido o quão horrivelmente abafado estava o aposento quando chegamos, embora a criada tivesse aberto a janela. Ela, fiquei sabendo após perguntar, ficou se sentindo tão mal, que tinha ido para a cama. Você há de concordar, Watson, que esses fatos são muito sugestivos. Em cada caso, há evidências de uma atmosfera venenosa. Em ambos, uma combustão ocorre na sala. Em um, lareira acesa, noutro, uma lamparina. Era necessário mantê-la acesa, pois a noite estava fria.

A Aventura do Pé-do-diabo

No entanto, quanto à lamparina, pode-se perceber, pela quantidade de óleo consumido, que foi acesa muito tempo após o amanhecer. Por quê? Certamente porque há alguma conexão entre três coisas: a combustão, a atmosfera abafada e, finalmente, o enlouquecimento ou a morte dessas pessoas infelizes. Isso está claro, não está?

— Ao que parece, sim.

— Pelo menos podemos aceitar que essa seja uma hipótese com a qual podemos trabalhar. Suponhamos, então, que algo tenha sido queimado em ambos os casos, resultando em uma atmosfera que desencadeou estranhas reações tóxicas. Muito bem. No primeiro, o da família Tregennis, essa substância foi colocada no fogo. Ora, a janela estava fechada, mas a lareira naturalmente levaria os vapores em certa medida pela chaminé. Portanto, seria de se esperar que os efeitos do veneno fossem menores do que no segundo caso, em que havia menos escape para o vapor. O resultado sugere que foi assim, pois, no primeiro incidente, apenas a mulher, que presumivelmente tinha um organismo mais sensível, perdeu a vida, enquanto os outros experimentaram aquela insanidade temporária ou duradoura, primeiro efeito da substância. No segundo, o resultado foi completo. Os fatos, portanto, parecem confirmar a teoria de um veneno que age por meio de combustão.

"Seguindo esse raciocínio, busquei naturalmente por vestígios dessa substância no quarto de Mortimer Tregennis. O local óbvio para procurar era a base ou a cúpula da lamparina. Lá, sem dúvida, notei uma série de cinzas esfareladas e, ao redor das bordas, uma franja de pó amarronzado que ainda não tinha sido consumido. Como você pôde notar, coletei metade disso e acondicionei em um envelope.

— Por que metade, Holmes?

— Não me cabe, meu caro Watson, obstruir a atuação da polícia oficial. Deixo para eles todas as provas que encontrei. O veneno ainda permanece na foligem, caso tenham o discernimento de encontrá-lo. Agora, Watson, acendamos nossa lamparina. Todavia, tomemos a precaução de abrir nossa janela para evitar a morte prematura de dois membros dignos da sociedade, e você se acomodará perto dessa janela aberta em uma poltrona, a menos que, como um homem sensato, opte por não se envolver na questão. Ah, então vai aguentar até o fim, não é? Sabia que conhecia meu Watson. Colocaremos esta cadeira em frente à sua, de modo que mantenhamos a mesma distância em relação ao veneno, ficando face a face. Manteremos a porta escancaradamente aberta. Agora, ambos estamos em posição para nos observar de maneira mútua e encerrar o experimento se notarmos sintomas alarmantes. Está tudo claro? Muito bem, então, retiro nosso pó, ou o que dele resta, do envelope e o coloco acima da lamparina acesa. Assim! Agora, Watson, devemos nos sentar e esperar pelos desdobramentos."

Os esperados desdobramentos não tardaram a surgir. Assim que me acomodei na cadeira, fui atingido por um odor espesso e musgoso, levemente nauseante. No primeiro indício desse aroma, minha mente e imaginação escaparam a meu controle. Uma densa e escura nuvem rodopiava diante dos meus olhos, e minha consciência me alertava para o fato de que, oculta dentro dessa nuvem, e prestes a envolver meus sentidos apavorados, espreitava tudo o que era vagamente terrível, monstruoso e maligno além da imaginação. Formas indistintas giravam e flutuavam no seio da espessa bruma, cada uma delas carregando uma ameaça e prenunciando um horror indescritível que se aproximava, a chegada de alguma entidade inominável à porta, cuja sombra, por si só, parecia capaz de aniquilar minha alma. Um terror gélido tomou conta de mim. Percebi meus pelos se eriçando, meus olhos se abrindo ao máximo, minha boca se escancarando e minha língua ficando áspera como uma lixa. A agitação em minha mente era tão intensa, que parecia que algo estava prestes a se romper. Tentei gritar e tudo o que consegui produzir foi um grasnado rouco, que mal reconheci como minha própria voz, distante e separada de mim. Ao mesmo tempo, em um esforço desesperado para escapar, rompi através daquele turbilhão de desespero e avistei o rosto de Holmes, pálido, rígido e contorcido pelo terror, precisamente a mesma expressão que eu havia observado nas feições dos falecidos. Foi esse vislumbre que me concedeu um lampejo de sanidade e determinação. Arremessei-me da cadeira, abracei Holmes e, juntos, saímos pela porta. Corremos para o jardim e, em instantes, estávamos prostrados lado a lado na grama, cientes apenas do glorioso sol que surgia através da terrível nuvem de horror que nos envolvia. Pouco a pouco, aquela sensação se esvaiu de nossas almas, como as névoas diante de uma paisagem, até que a serenidade e a razão retornaram. Encontramo-nos sentados na relva, enxugando as testas úmidas e observando um ao outro, ansiosos para registrar os últimos vestígios da terrível experiência que compartilhamos.

A Aventura do Pé-do-diabo

— Palavra de honra, Watson! — exclamou Holmes por fim, com a voz vacilante. — A você devo meus agradecimentos e um pedido de desculpas. Foi um experimento injustificável, mesmo que tivesse sido apenas comigo, pior ainda com um amigo como você. Sinto muito, de verdade.

— Você bem sabe — respondi, emocionado, pois jamais havia enxergado tão nitidamente a sinceridade de Holmes — que é uma honra e uma alegria ajudá-lo.

Imediatamente, ele retomou seu tom característico, uma combinação de humor e cinismo em relação ao mundo à sua volta.

— Seria desnecessário nos enlouquecer, meu caro Watson — disse. — É certo que um observador sincero declararia que já estávamos loucos antes de embarcarmos em um experimento tão selvagem. Confesso que nunca imaginei que o efeito pudesse ser tão súbito e severo. — Ele entrou correndo na nossa casa de campo e, reaparecendo com a lamparina acesa, segurada à distância com o braço estendido, a atirou num banco de espinheiros. — Devemos dar ao recinto um tempo para arejar. Suponho, Watson, que não reste mais sombra de dúvida quanto à origem dessas tragédias.

— Nenhuma, absolutamente nenhuma.

— Mas a causa permanece tão obscura quanto antes. Venha para cá, nesta área coberta, e vamos discutir isso juntos. Essa substância vil ainda parece pairar em minha garganta. Acho que devemos admitir que todas as evidências apontam para aquele homem, Mortimer Tregennis, como sendo o criminoso na primeira tragédia, embora tenha sido a vítima na segunda. Vale destacar, em primeiro lugar, a existência dos relatos de uma desavença na família, seguida por uma reconciliação. Quão intensa teria sido aquela briga, ou quão genuína a reconciliação, não podemos afirmar com certeza. Quando penso em Mortimer Tregennis, com seu semblante astuto e pequenos olhos brilhantes ocultos atrás dos óculos, não parece ser alguém que eu imagino possuir uma disposição particularmente inclinada ao perdão. Além disso, lembre-se de que foi ele quem trouxe a ideia de alguém perambulando pelo jardim, distraindo-nos, por um momento, do verdadeiro enigma por trás da tragédia. Parece que ele tinha um motivo para nos induzir ao erro. Por fim, se não foi ele quem descartou a substância no fogo quando saiu da sala, quem mais poderia tê-lo feito? O incidente ocorreu logo depois que ele partiu. Se outra pessoa tivesse entrado, a família com certeza teria se levantado da mesa. Além disso, na pacata Cornualha, é raro que os visitantes cheguem após as dez da noite. Podemos, então, concluir que todas as evidências apontam para Mortimer Tregennis como o culpado.

— Então a morte dele foi suicídio!

— Bem, Watson, à primeira vista, é uma suposição que não pode ser descartada. O homem que carregava a culpa em sua alma por ter trazido tal destino à sua própria família poderia muito bem ter sido motivado pelo remorso a infligir isso a si mesmo. No entanto, existem algumas razões convincentes que contestam essa hipótese. Felizmente, há um especialista na Inglaterra com profundo conhecimento sobre o assunto, e tomei providências para que nos conte pessoalmente os fatos ainda hoje. Ah, parece que está um pouco adiantado. Talvez queira vir por aqui, Dr. Leon Sterndale. Estávamos conduzindo uma experiência química no interior, o que deixou nossa pequena sala pouco adequada para receber um visitante tão ilustre como o senhor.

Eu tinha ouvido o rangido do portão do jardim, e agora a figura majestosa do grande explorador da África surgiu. Ele virou-se com alguma surpresa em direção à rústica pérgula sob a qual estávamos sentados.

— O senhor mandou me chamar, Sr. Holmes. Recebi seu bilhete há cerca de uma hora, e vim, embora realmente não saiba por que deveria obedecer a seu chamado.

— Talvez possamos esclarecer o ponto antes de nos separarmos — disse Holmes. — Enquanto isso, sou muito grato pela sua cortês concordância. O senhor deve me desculpar por essa recepção informal ao ar livre, mas meu amigo Watson e eu quase acrescentamos um capítulo a que os jornais chamam de "O horror da Cornualha", e estamos preferindo um ambiente aberto, no momento. Talvez, considerando que os assuntos que temos a discutir o afetarão pessoalmente de uma maneira muito íntima, seja bom que conversemos onde não possa haver escuta indiscreta.

O explorador tirou seu charuto dos lábios e olhou com severidade para meu companheiro.

— Estou atônito, senhor — disse —, sem saber do que se trata o que pode afetar-me pessoalmente de maneira tão íntima.

— O assassinato de Mortimer Tregennis — respondeu Holmes.

Por um momento, desejei estar armado. O rosto feroz de Sterndale tornou-se vermelho-escuro, seus olhos faiscaram e as veias enraivecidas e entrelaçadas saltaram em sua testa, enquanto avançava com as mãos cerradas em direção a meu companheiro. Então parou e, com um esforço

A Aventura do Pé-do-diabo

violento, recuperou uma calma fria e rígida, que talvez fosse mais sugestiva de perigo do que sua explosão impulsiva.

— Vivi tanto entre selvagens como foras-da-lei — disse —, que acabei adquirindo o hábito de fazer justiça com minhas próprias mãos. Seria sensato, Sr. Holmes, que não se esqueça disso, pois não tenho desejo algum de prejudicá-lo.

— Nem eu tenho desejo algum de prejudicá-lo, Dr. Sterndale. Certamente a prova mais clara disso é que, sabendo do que sei, foi o senhor que chamei, e não a polícia.

Sterndale sentou-se com um suspiro, subjugado, talvez pela primeira vez em sua vida aventureira. Havia uma calma segurança no modo como Holmes se expressou, algo que não podia ser contestado. Nosso visitante gaguejou por um momento, suas mãos grandes se abrindo e fechando devido à sua agitação.

— O que o senhor quer dizer com isso? — perguntou, por fim. — Se for um blefe de sua parte, Sr. Holmes, o senhor escolheu um homem ruim para seu experimento. Abandonemos as evasivas e prossigamos com franqueza. O que EXATAMENTE o senhor quer dizer com isso?

— Colocarei o senhor a par — proferiu Holmes —, e a causa pela qual exponho o relato é minha esperança de que franqueza gere franqueza. O curso subsequente de minhas ações se baseará integralmente na natureza de sua própria defesa.

— Minha defesa?

— Exatamente.

— Minha defesa contra o quê?

— Contra a acusação de ter assassinado Mortimer Tregennis.

Sterndale enxugou a testa com o lenço.

— Pelos céus, o senhor está passando dos limites — disse. — Será que todos os seus êxitos dependem desse seu prodigioso poder de blefar?

— Se temos alguém blefando aqui — afirmou Holmes com firmeza —, esse alguém é o senhor, Dr. Leon Sterndale, e não eu. Como prova, vou lhe relatar alguns dos fatos em que baseio minhas conclusões. Sobre seu retorno de Plymouth, deixando grande parte de sua bagagem seguir para a África, não direi nada, apenas que isso me informou, em primeiro lugar, que o senhor era um dos elementos a serem considerados na reconstrução desse drama...

— Retornei...

— Ouvi suas justificativas e as acho pouco convincentes e inadequadas. Deixemos isso de lado. O senhor veio até aqui para questionar-me sobre minhas suspeitas. Neguei-me a responder. O senhor, em seguida, dirigiu-se à residência do vigário, permaneceu à espera do lado de fora por algum tempo e, por fim, retornou à sua própria morada.

— Como o senhor sabe disso?

— Eu o segui.

— Não vi ninguém me seguindo.

— Isso é o que se pode esperar de mim quando sigo alguém, que não me veja. O senhor teve uma noite inquieta em sua casa e concebeu certos planos, que, na manhã seguinte, começou a executar. Ao sair de sua residência ao raiar do dia, encheu o bolso com algumas pedras vermelhas que estavam empilhadas junto a seu portão.

Sterndale deu um salto violento e olhou espantado para Holmes.

— Então o senhor cruzou rapidamente, caminhando, a distância de mais ou menos um quilômetro e meio que o separava da casa paroquial. Estava usando, devo observar, o mesmo par de tênis listrados de agora. Na casa paroquial, atravessou o pomar e contornou a cerca lateral, emergindo sob a janela do morador Tregennis. A manhã estava clara, mas a residência ainda estava silenciosa. O senhor retirou algumas das pedras do bolso e as arremessou contra a janela acima.

Sterndale se levantou de um sobressalto.

— Acredito que o senhor seja o próprio diabo! — exclamou.

Holmes sorriu com o elogio.

— Foram necessárias duas, talvez três mãos cheias de pedras até que o inquilino finalmente aparecesse à janela. O senhor o convenceu a descer. Ele se vestiu rapidamente e se dirigiu à sala de estar. O senhor adentrou pela janela. Uma conversa ocorreu, breve, durante a qual o senhor andava inquietamente. Então o senhor saiu e fechou a janela, ficando no gramado do lado de fora, fumando um charuto e observando o que acontecia. Finalmente, após a morte de Tregennis, saiu da mesma forma como havia entrado. Ora, Dr. Sterndale, como justifica tal conduta, e quais foram os motivos de suas ações? Se optar por mentir ou me enganar, saiba que dou minha palavra de que o caso será retirado de minhas mãos para sempre.

O semblante de nosso visitante empalideceu enquanto escutava as palavras de seu acusador. Permaneceu sentado, absorto em pensamentos, com o rosto oculto pelas mãos por algum tempo. Em seguida, com um gesto impulsivo, retirou uma fotografia do bolso de seu paletó e a lançou sobre a mesa rústica diante de nós.

— Foi por ela que fiz o que fiz — confessou.

A imagem exibia o busto e o rosto de uma mulher notavelmente bela. Holmes curvou-se para examiná-la atentamente.

— Brenda Tregennis — reconheceu.

— Sim, Brenda Tregennis — repetiu nosso visitante. — Eu a amei por anos, e ela me amou por anos. Aí reside o segredo daquela reclusão na Cornualha que tanto surpreende as pessoas. Isso me aproximou da única coisa na Terra que era querida para mim. Não pude me casar com ela, pois tenho uma esposa que me deixou há tempos, e da qual, devido às lamentáveis leis da Inglaterra, não posso me divorciar. Brenda esperou durante anos, eu também, e esse foi o resultado de nossa espera! — Um terrível soluço sacudiu seu robusto corpo, e ele agarrou a garganta sob sua barba grisalha. Então, com um esforço, se controlou e continuou:

— O vigário sabia. Era nosso confidente. Ele lhes diria que ela era um anjo na Terra. Foi por isso que ele me telegrafou, e eu retornei. O que eram as minhas bagagens ou a África para mim quando tomei conhecimento de que um destino tão terrível havia se abatido sobre minha querida? Aí está, Sr. Holmes, a explicação que faltava para o que fiz.

— Prossiga — disse meu amigo.

O Dr. Sterndale retirou do bolso um pacote de papel e o colocou sobre a mesa. Na superfície do invólucro, estava inscrito "Radix pedis diaboli", com um rótulo vermelho de veneno logo abaixo. Ele deslizou o pacote em minha direção.

— Sei que o senhor é médico. Já ouviu falar dessa substância? — indagou.

— Radix pedis diaboli! Não, nunca me deparei com isso — respondi.

— Isso não reflete falta de conhecimentos profissionais de sua parte, doutor — explicou ele —, pois creio que, salvo por uma amostra em um laboratório em Budapeste, não haja nenhuma outra em toda a Europa. Ainda não figura em nenhuma farmacopeia ou literatura de toxicologia. A raiz tem a forma de um pé, parte humana, parte semelhante à de um bode, daí o nome fantasioso atribuído por um missionário botânico. É usada como um componente em rituais de julgamento por curandeiros em determinadas regiões da África Ocidental, e mantida em segredo entre eles. Este exemplar específico adquiri em circunstâncias muito singulares no Ubangui.

Ele desdobrou o papel enquanto discorria sobre o assunto, e revelou um monte de pó marrom-avermelhado, que era semelhante a rapé.

— E então, senhor? — perguntou Holmes, com um olhar severo.

— Estou prestes a lhe relatar, senhor Holmes, tudo o que efetivamente ocorreu, uma vez que já está ciente de grande parte. É evidente que é de meu interesse que o senhor tome conhecimento de todos os detalhes. Expliquei previamente o relacionamento que mantinha com a família Tregennis. Através da irmã, era amigo dos irmãos. Houve uma disputa familiar relacionada a questões financeiras que afastou um dos irmãos, Mortimer, por algum tempo. No entanto, acredita-se que tenha havido uma reconciliação posterior, e eu reatei com ele, da mesma forma que os outros. Mortimer era uma pessoa astuta e perspicaz, e algumas circunstâncias me levaram a suspeitar dele, embora não houvesse motivo para um conflito aberto.

"Certo dia, há apenas algumas semanas, ele veio até a minha casa, e mostrei-lhe algumas das minhas curiosidades africanas. Esclareci, entre outros detalhes, a natureza desse pó, incluindo suas propriedades peculiares, tais como a capacidade de estimular os centros cerebrais responsáveis pelo medo, bem como o fato de que insanidade ou morte frequentemente aguardam o infeliz nativo submetido ao julgamento pelo sacerdote de sua tribo. Também destaquei a ineficácia da ciência europeia em detectá-lo. Quanto à forma como ele o conseguiu, não posso afirmar, uma vez que não saí do cômodo, mas é inegável que, durante o tempo em que eu estava ocupado vasculhando armários e examinando caixas, ele conseguiu obter uma pequena quantidade da raiz do pé-do-diabo. Lembro-me claramente de como me inundou com perguntas sobre a quantidade necessária e o tempo que levaria para fazer efeito, embora eu nunca tenha suspeitado que tivesse algum motivo pessoal para tal questionamento.

"Não pensei mais no assunto até receber o telegrama do vigário em Plymouth. Aquele malfeitor supôs que eu já estaria no mar quando a notícia chegasse até mim, e que eu permaneceria ausente por anos na África. Contudo, retornei de imediato. Certamente não pude ouvir os detalhes sem a certeza de que minha substância venenosa havia sido usada. Vim até o senhor na esperança de que alguma outra explicação tivesse surgido, mas não foi o caso. Estava convicto de que Mortimer Tregennis

A Aventura do Pé-do-diabo

era o assassino, movido pela ganância e, talvez, pela ideia de que, se os outros membros de sua família enlouquecessem, ele seria o único guardião de sua propriedade conjunta. Ele usou o pó de pé-do-diabo neles, levando seus dois irmãos à insanidade e tirando a vida de sua irmã Brenda, a única pessoa que já amei ou que já me amou na vida. Eis seu crime. Qual seria sua punição?

"Deveria eu apelar para a lei? Onde estavam minhas provas? Tinha plena convicção quanto à veracidade dos fatos, mas conseguiria persuadir um júri de compatriotas a acreditar em uma história tão extraordinária? Talvez sim, talvez não, mas não poderia correr esse risco. Minha alma clamava por vingança. Como mencionei anteriormente, Sr. Holmes, boa parte de minha vida foi à margem da lei e acabei, por fim, ditando as minhas próprias. Foi exatamente o que fiz. Resolvi que o destino que ele infligiu aos outros devia ser compartilhado por ele próprio. Era isso, ou eu faria justiça com minhas próprias mãos. Na Inglaterra, não há homem que dê menos valor à própria vida do que eu neste momento.

"Agora lhe contei tudo. O senhor mesmo forneceu o restante. Como falou, após uma noite inquieta, saí de casa cedo, antecipando a dificuldade de acordar o homem. Reuni cascalho do monte que mencionou e utilizei-o para atirar em sua janela. Ele desceu e me permitiu entrar pela janela da sala de estar. Ali apresentei-lhe sua acusação, explicando que havia vindo como juiz e executor. O miserável afundou em uma cadeira, paralisado diante da visão de minha arma. Acendi a lamparina, despejando o pó sobre ela, e permaneci do lado de fora, pronto para cumprir minha ameaça de atirar nele caso tentasse sair da sala. Em questão de cinco minutos, estava morto. Meu Deus! Que morte foi aquela! No entanto, meu coração estava imutável, pois não sofreu mais do que minha inocente querida havia sofrido antes. Essa é a minha narrativa, Sr. Holmes. Talvez, se o senhor tivesse amado uma mulher da mesma forma, teria agido igual. Independentemente disso, estou sob sua custódia. O senhor tem a liberdade de tomar as ações que considerar apropriadas. Como já mencionei, não existe homem algum que tema a morte menos do que eu neste momento."

Holmes permaneceu em silêncio por um tempo.

— Quais eram seus planos? — ele indagou por fim.

— Pretendia continuar meu trabalho na África Central e lá me isolar. Meus compromissos ali estão apenas pela metade.

— Vá e complete a outra metade — recomendou. — Não pretendo ser um impedimento para o senhor.

O Dr. Sterndale ergueu sua figura imponente, fez uma reverência grave e saiu. Holmes acendeu seu cachimbo e me entregou sua bolsinha de tabaco.

— Seria um alívio desfrutar de uma atmosfera livre de vapores venenosos e preenchida com fumaça de tabaco — disse. — Creio que há de concordar comigo, Watson, que esse não é um caso no qual devamos intervir. Nossa investigação foi independente, e nossa ação também assim será. Você tem alguma intenção de denunciá-lo às autoridades?

— Certamente não — respondi.

— Nunca amei ninguém na minha vida, Watson, mas, se amasse e essa pessoa tivesse encontrado um destino tão trágico, poderia muito bem agir da mesma forma como fez nosso caçador de leões fora-da-lei. Quem sabe? Bem, Watson, não vou ofender sua inteligência explicando o que é óbvio. O cascalho na soleira da janela foi, evidentemente, o ponto de partida de minha investigação. Era claramente diferente de qualquer coisa encontrada no jardim da casa paroquial. Somente quando minha atenção foi direcionada para o Dr. Sterndale e sua casa, encontrei algo semelhante. A lamparina acesa à luz do dia e os vestígios de pó no suporte foram elos consecutivos em uma cadeia bastante evidente. Agora, meu caro Watson, acredito que possamos encerrar esse assunto e retornar com a consciência tranquila ao estudo das raízes caldeias, que certamente têm ramificações na língua celta da Cornualha.

SOBRE O AUTOR

Arthur Ignatius Conan Doyle nasceu em 22 de maio de 1859, em Edimburgo, Escócia, foi escritor e médico, mas seu nome é sempre ligado à criação do mais célebre detetive da História: **SHERLOCK HOLMES**.

Ainda jovem, Doyle estudou medicina na Universidade de Edimburgo e começou a atuar na profissão, sobretudo em expedições navais. Já escrevia paralelamente à atividade de médico, e uma malograda viagem o fez antecipar a renúncia à medicina e se dedicar integralmente à veia artística. Ele começou a escrever histórias ainda na faculdade, mas foi em 1887 que criou Sherlock Holmes.

Embora as histórias de Sherlock Holmes tenham sido a criação mais famosa do autor, ele também escreveu obras de ficção científica, romances históricos, poesia e ensaios. Também se aventurou na dramaturgia, assinando peças de teatro. Doyle muitas vezes se ressentiu do sucesso de Holmes, que ao longo dos anos eclipsou outras realizações literárias suas. Como vimos, ele se dedicou a diversos gêneros literários e chegou a considerar, em carta à mãe, os contos policiais uma espécie de "literatura de baixa qualidade". Apesar de sua obra abundante e diversificada, nenhum outro personagem ou trama alcançou o sucesso de público e crítica de Sherlock Holmes e suas aventuras.

O autor também se dedicou ao ativismo político, sendo um apoiador importante da aplicação da justiça e de uma investigação criminal ampla e baseada em comprovação de culpa. Também produziu panfletos com conteúdo político, alguns deles muito difundidos e traduzidos para diversos idiomas. No início do século XX, tentou entrar para a política, candidatando-se a um assento no Parlamento do Reino Unido. Teve boa votação, mas não foi eleito em nenhuma das duas oportunidades nas quais participou de eleições.

Em 1902, Doyle foi condecorado com o título de Cavaleiro da Ordem do Império Britânico, honraria recebida das mãos de Eduardo VII por suas contribuições à Coroa Britânica e seus notáveis feitos literários, tendo sido um difusor da cultura e de vários cartões-postais britânicos, muitos deles panos de fundo para os mistérios retratados em 'As Aventuras de Sherlock Holmes'. A condecoração resultou no "Sir" que muitas vezes vemos precedendo seu nome, o tratamento é um reconhecimento ao título formal concedido a figuras ilustres.

Além das atividades políticas e do engajamento social, o escritor dedicou-se a práticas ligadas à espiritualidade e à investigação de fenômenos paranormais, participando ativamente de sessões mediúnicas e pesquisas campais. Com temática espírita, escreveu, por exemplo, 'A Nova Revelação', obra em que defende a doutrina espírita como pilar para explicar manifestações paranormais anteriormente estudadas.

Casou-se duas vezes. Em 1885, com Louise Howkins, permanecendo 21 anos casado, pois, em 1906, ela faleceu vítima de tuberculose, doença comum à época. Posteriormente, em 1907, Arthur voltou a se casar, desta vez com Jean Elizabeth Leckie.

Com sua primeira esposa, teve dois filhos: Mary Louise e Arthur Alleyne Kingsley. Com Jean Elizabeth, segunda esposa, teve Denis Percy, Adrian Malcolm e Lena Annette Jean.

Sir Arthur Conan Doyle faleceu em 7 de julho de 1930, aos 71 anos, em Crowborough, vítima de ataque cardíaco.

CURIOSIDADES

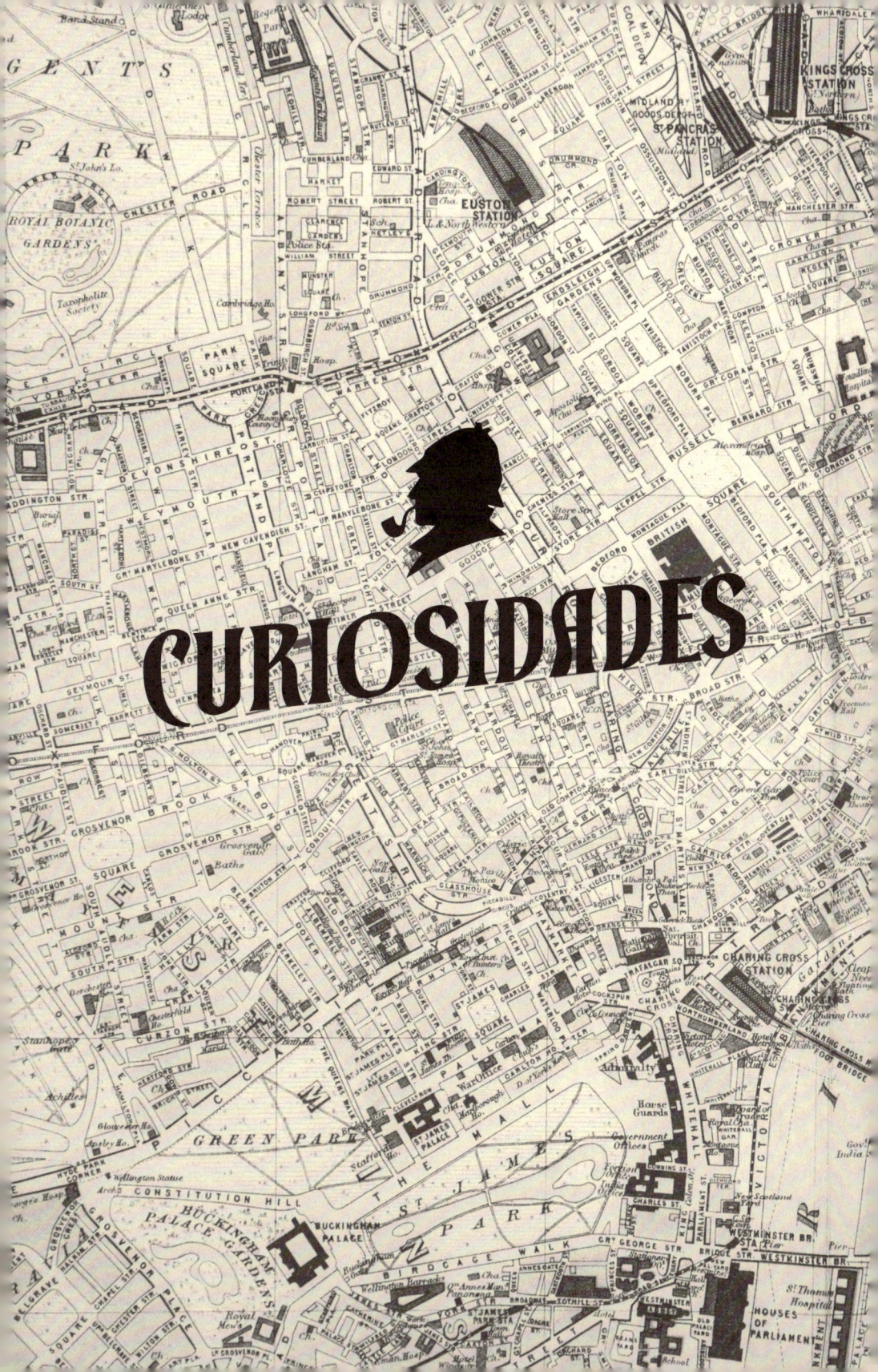

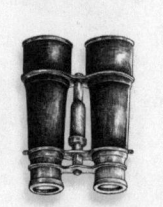

CONAN DOYLE,
-- o criador de Sherlock - Holmes

Desapparece uma das figuras mais interessantes da literatura mundial

A gloria de Sir Arthur Conan Doyle, — gloria que lhe porporcionou grandes lucros de livraria e direitos autoraes — se encontra nos livros que escreveu a respeito das proezas de Sherlock Holmes. Elle foi o inventor da "novella policial", que hoje tem um exito estupendo, especialmente na Inglaterra e nos Estados Unidos.

Sir Arthur Conan Doyle, fallecido agora na Inglaterra, aos 71 annos, nasceu a 22 de maio de 1859 e era filho mais velho do artista gravador Charles Doyle. Cursou o Stonyhurst College, passando mais tarde á Allemanha (Universidade de Gottingen) e depois á Escocia, formando-se em 1881 em medicina, pela famosa Universidade de Edimburgo.

Começou a praticar a medicina em Southsea. Em 1887, elle publicou o seu "Estudo em Vermelho", que suscitou attenção entre os criticos inglezes. Em 1888, publicou o seu "Micah Clark", um romance historico dos tempos de Cromwell, que se encontra hoje vulnerando

Recorte do jornal *Diário de Notícias*, 1930.

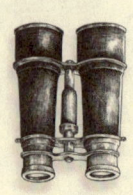

Desde as primeiras publicações na *Strand Magazine*[13], Sherlock Holmes despertou idolatria e fascínio. A trajetória do personagem e das aventuras tem diversas peculiaridades e marcos históricos, sempre influenciando a cultura popular global.

Capa da revista *The Strand Maganize*, 1982.

---

13 *The Strand Magazine* foi uma revista de origem britânica. De baixo custo, logo popularizou-se. Seu período de atividade vai de 1890 a 1950. Por sessenta anos, a *Strand Magazine* foi uma fonte popular para o melhor da ficção, apresentando obras de alguns dos maiores autores do século XX, incluindo Graham Greene, Agatha Christie, Rudyard Kipling, G. K. Chesterton, Liev Tolstói, Georges Simenon e, claro, Sir Arthur Conan Doyle.

Curiosidades

De acordo com o Comic Book Resources, Holmes é o personagem literário humano mais retratado no cinema e televisão em todos os tempos. Há muitas décadas, o personagem da literatura foi transportado às telonas em diversas épocas e produções:

O Cão dos Baskervilles (1959), Assassinato por Decreto (1979), O Enigma da Pirâmide (1985), Sherlock e Eu (1988), Sherlock Holmes (2009), Sherlock (2010) e Sr. Sherlock Holmes (2015) são alguns exemplos de adaptações ao cinema. Há também séries, como Elementary (2012) e Enola Holmes (2020), mas o início das adaptações é datado de muito antes, com registros de peças de rádio e teatro sendo produzidas nos últimos cem anos.

Ator britânico Basil Rathbone, interpretando
o personagem Sherlock Holmes.
(Courtesy of the New York Public Library Digital Collection - 1930)

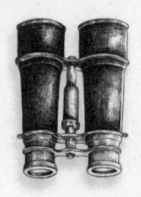

O site especializado CBR traz ainda um número surpreendente: mais de duzentos atores interpretaram o icônico personagem, seja no rádio, teatro, cinema ou televisão. A lista de intérpretes tem desde os lendários Basil Rathbone e Christopher Lee até astros contemporâneos como Jonny Lee Miller, Robert Downey Jr. e Henry Cavill.

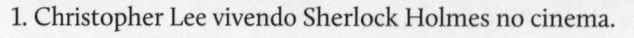

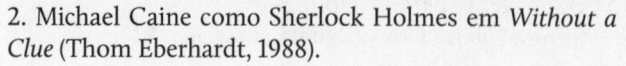

1. Christopher Lee vivendo Sherlock Holmes no cinema.

2. Michael Caine como Sherlock Holmes em *Without a Clue* (Thom Eberhardt, 1988).

Curiosidades

3. Placa alusiva ao endereço famoso de Sherlock Holmes.

4. Baker Street retratada na série Sherlock, 2010.

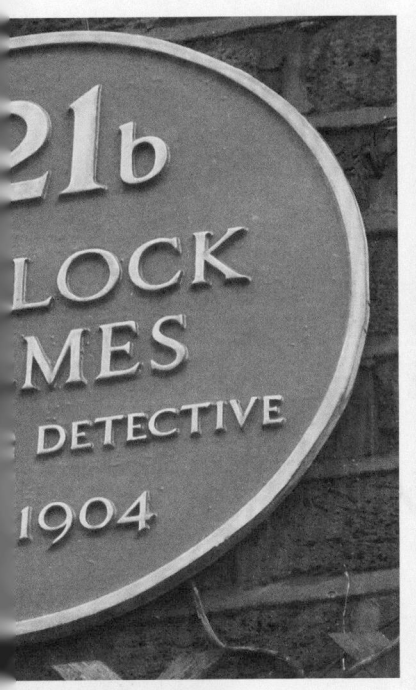

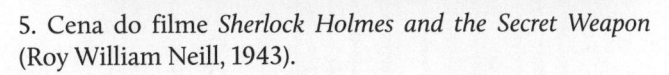

5. Cena do filme *Sherlock Holmes and the Secret Weapon* (Roy William Neill, 1943).

6. Baker Street retratada no filme *Priklyucheniya Sherloka Kholmsa i doktora Vatsona* (Igor Maslennikov, 1980)

Pouca gente sabe, mas a célebre frase "Elementar, meu caro Watson" jamais foi escrita por Arthur Conan Doyle em seus contos e romances, mas introduzida nos filmes como um bordão que se tornou a marca registrada do personagem.

"Elementar, meu caro Watson."

Curiosidades

O endereço Baker Street, 221B ficou conhecido como o local onde viveram Sherlock Holmes e o Dr. John H. Watson. Embora a rua já existisse, o número utilizado por Doyle era fictício. Desde 1990, porém, nas redondezas da Baker Street, 221B há um museu em homenagem a Holmes.

Museu Sherlock Holmes.

O personagem Sherlock Holmes não surgiu apenas da imaginação de seu criador, mas da convivência com um professor do jovem Conan Doyle; o médico Dr. Joseph Bell, que emprestou muitas características ao personagem, como a inteligência e a capacidade de observação. Segundo biógrafos e registros da época, o então estudante de medicina Arthur Conan Doyle sempre admirou profundamente o professor, e dele extraiu muitos traços de personalidade e método para moldar Holmes.

Joseph Bell em Londres, 1914.

Curiosidades

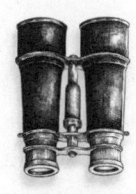

Cansado de se ver sempre ligado ao personagem, Sir Arthur Conan Doyle o "matou" no conto 'O Último Problema', publicado em 1893. A ideia era pôr fim ao personagem e se dedicar a outros escritos e atividades, ele não contava, porém, com a repercussão negativa e as pressões vindas da opinião pública e de leitores. Em 1901, cedeu à vontade popular e "ressuscitou" o personagem. 'O Cão dos Baskerville' foi publicado em fascículos na *Strand Magazine* e tornou-se uma das aventuras mais icônicas do detetive.

Capa da 1ª edição de *The Hound of the Baskervilles*
(*Os Cães dos Bakerville*), 1902.

Irene Adler é uma personagem que rouba a cena no conto 'Um Escândalo na Boêmia', mas que frequentemente foi mencionada nas observações de Watson e nos pensamentos de Holmes em outras histórias. O detetive se viu cativado pela inteligência, beleza e força de Irene. Conan Doyle nunca esclareceu por completo a natureza do sentimento que o detetive nutria por Irene, o que só fez aumentar as hipóteses e debates. Em todas as menções que faz, Holmes se refere a ela como 'A mulher', dada sua singularidade e destaque. A admiração do detetive por vezes se situa entre a estima e a adoração. No cinema, ela também ganhou papel de destaque, mantendo as características originais da personagem dos livros, embora com conotação amorosa, sendo, nestas adaptações, possivelmente o grande amor da vida de Holmes.

Charlotte Ramping em Sherlock Holmes,
Nova Iorque, 1976.

Curiosidades

Em vários contos, há referências a um segredo guardado a sete chaves pelo investigador, porém ele não revela qual é, o que intriga os personagens e leitores. Nem mesmo Conan Doyle, em seus ensaios e entrevistas, revelou do que se tratava. Como tantas outras, esta dúvida só serviu para aguçar o lado detetive dos leitores, fazendo com que teorias e discussões começassem. Algumas delas duram até hoje...

Manuscrito de *A Aventura da Casa Vazia*,
(The Arthur Conan Doyle Encyclopedia).

Manuscrito de *A Aventura do Vampiro de Sussex*,
(The Arthur Conan Doyle Encyclopedia).

Curiosidades

Manuscrito de *Escândalo na Boemia*,
(The Athur Conan Doyle Encycopledia).

O Cavalo Velho, desenho do próprio autor resumindo sua vida.
(The Athur Conan Doyle Encyclopedia)

Curiosidades

Arthur Conan Doyle posando com o escultor Jo Davidson
em 15 Buckingham Palace Mansions (15 de janeiro de 1930).
(Toronto Public Library)

South Villa
Toxopholite Society
CLARENCE GATE
OUTER CIRCLE
YORK TERR.
PARK SQUARE
Cambridge Ho.
MUNSTER SQUARE
DRUMMOND
LONGFORD
OSNABURGH ST.
SEATON ST.
EUSTON
PORTLAND STA.
WARREN STR.
TOTTENHAM
FITZROY SQUARE
GRAFTON STR.
PARK CRESC.
BAKER STR. STA.
TUSSAUDS EXHIB.
MARYLEBONE ROAD
Marylebone Ch.
Workhouse
Hotel
DORSET SQU.
NEW ST.
YORK PLA.
DEVONSHIRE ST.
DEVONSHIRE PL.
HARLEY ST.
Bloomsbury County Ct.
BOLSOVER
CLEVELAND
CARBURTON ST.
CHARLOTTE
LONDON STREET
HOWLAND ST.
CLIPSTONE STR.
PADDINGTON STR.
WEYMOUTH ST.
YORK STR.
CRAWFORD STR.
GLOUCESTER PL.
Burial Grd.
PARADISE ST.
UP. MARYLEBONE ST.
NEW CAVENDISH ST.
FOLEY ST.
GREAT TITCHFIELD
DORSET STR.
MONTAGU PLA.
BRYANSTON SQUARE
MONTAGU SQUARE
Portman Rooms
KING ST.
SOUTH ST.
MANCHESTER ST.
GT. MARYLEBONE ST.
WELBECK
LANGHAM ST.
QUEEN ANNE STR.
CHANDOS ST.
LANGHAM PLA.
St. Georges Hall
Hotel
RIDING STREET
BERNERS
NEWMAN
GEORGE STR.
Cha. Harford
MANCHESTER SQUARE
BENTINCK STR.
CAVENDISH SQUARE
MORTIMER
UP. GEORGE STR.
SEYMOUR PLA.
PORTMAN SQUARE
WIGMORE STR.
Portland Ho.
Polytechnic
MARGARET ST.
CASTLE STR.
UP. BERKELEY STR.
SEYMOUR ST.
HENRIETTA STR.
Crystal Pal.
Princess's Theatre
SEYMOUR STR.
ORCHARD ST.
BARRETT S.
JAMES ST.
OXFORD CIRCUS
OXFORD CIR. STA.
POLAND STR.
Police Court
BERWICK
SOMERSET S.
OXFORD STREET
NEW BOND ST.
HANOVER SQUARE
ARGYLL S.
GT. MARLBOROUGH ST.
St. John's St. James' Hosp.
Marble Arch
NORTH ROW
GREEN STREET
PARK STR.
NTH. AUDLEY ST.
DAVIES ST.
BROOK STR.
GEORGE STREET
MADDOX ST.
KING ST.
BROAD ST.
GROSVENOR
UP. BROOK STR.
GROSVENOR SQUARE
GROSVENOR STR.
Grosvenor Gall.
CONDUIT ST.
NEW BURLINGTON ST.
SAVILE ROW
REGENT STREET
WARWICK ST.
GOLDEN SQUARE
BREWER STR.
Dudley Ho.
UP. GROSVENOR ST.
Grosvenor Ho.
Grosvenor Gate
CARLOS PL.
Baths
BRUTON STR.
CLIFFORD ST.
New Gall.
VIGO ST.
CLASSHOUSE STR.
MAYFAIR
MOUNT STR.
SOUTH AUDLEY
FARM STR.
BERKELEY SQUARE
BERKELEY STR.
CORK ST.
OLD BOND STR.
ALBEMARLE STR.
BURLINGTON
St. James' Hall
Geological Museum
HYDE PARK
BROAD WALK
ALFORD STR.
SOUTH STR.
JOHN ST.
CHARLES STR.
Lansdowne Ho.
DOVER STR.
Piccadilly Hall
Egyptian Hall
JERMYN ST.
DUKE ST.
BURY ST.
Dorchester Ho.
Chesterfield Ho.
QUEEN ST.
BOLTON STR.
CURZON STR.
Shepherd Market
HALF MOON ST.
Bath Ho.
PARK LANE
PICCADILLY
ST. JAMES ST.
KING STR.
Willis's Rooms
St. James Th.
PARK PL.
ST. JAMES PL.
Stanhope Gate
THE QUEEN'S WALK
ROAD
The Dell
Achilles
HAMILTON PL.
HERTFORD STR.
BRICK STREET
CLEVELAND ROW
War Off.
Marlboro' Ho.
ST. JAMES PALACE
Stafford Ho.
Bridgewater Ho.
Gloucester Ho.
Apsley Ho.
GREEN PARK
ROTTEN ROW
HYDE PARK CORNER
Wellington Statue
Arch
CONSTITUTION HILL
THE MALL
ST. JAMES PARK
Barracks
ALBERT GATE
KNIGHTSBRIDGE
St. George's Hosp.
BUCKINGHAM PALACE GARDENS
BUCKINGHAM PALACE
Buckingham Gate
BIRDCAGE WALK
Wellington Barracks
Qn. Anne's Mansions
WILTON PL.
KINNERTON ST.
LOWNDES SQUARE
SLOANE STREET
BASIL STR.
NEW STREET
WILTON CRESCENT
GROSVENOR CREST
HALKIN ST.
GROSVENOR PLACE
BELGRAVIA
BELGRAVE SQUARE
CHAPEL ST.
CHESTER STR.
UP. BELGRAVE ST.
WILTON STR.
Royal Mews
CATHERINE ST.
Workhouse
YORK ST.
JAMES STR.
PALACE ST.
HANS ROAD
CADOGAN
HALKIN ST.
LR. GROSVENOR PL.

ENDSLEIGH GARDENS
GORDON SQUARE
TAVISTOCK SQUARE
WOBURN SQUARE
TORRINGTON SQUARE
RUSSELL SQUARE
BEDFORD SQUARE
BRITISH MUSEUM
MONTAGUE PLA.
KEPPEL STR.
STORE STR.
GUILFORD STR.
Foundling Hospital
BRUNSWICK SQUARE
MECKLENBURG SQUARE
DOUGHTY STR.
GT. CORAM STR.
BERNARD STR.
SOUTHAMPTON ROW
THEOBALDS ROAD
RED LION SQUARE
BEDFORD ROW
JOHN STR.
GRAYS INN
CLERKENWELL ROAD
Holborn Union
MOUNT PLEASANT
CALTHORPE ST.
EXMOUTH STR.
SKINNER ST.
FARRINGDON ROAD
HOLBORN
HIGH HOLBORN
CHANCERY LANE
Furnivals Inn
LINCOLNS INN
LINCOLNS INN FIELDS
Recreation Ground
NEW OXFORD STR.
GREAT RUSSELL STR.
BLOOMSBURY
HART STR.
BROAD STR.
HIGH STR.
Oxford Music Hall
CHARING CROSS ROAD
SOHO SQUARE
GREEK ST.
DRURY LANE
LONG ACRE
Covent Garden
BOW ST.
Police Court
Drury Lane Theatre
RUSSELL ST.
WELLINGTON ST.
ST. MARTINS LANE
GARRICK STR.
KING ST.
HENRIETTA ST.
BEDFORD ST.
FLEET STR.
COURTS OF JUSTICE
THE TEMPLE
Temple Gardens
FETTER LANE
FARRINGDON STR.
LUDGATE CIRCUS
STRAND
SOMERSET HO.
VICTORIA EMBANKMENT
TEMPLE
Temple Pier
Waterloo Pier
WATERLOO BRIDGE
CHARING CROSS STATION
CHARING CROSS
Cleopatras Needle
Charing Cross Pier
CHARING CROSS RAILY. & FOOT BRIDGE
NORTHUMBERLAND AVENUE
National Gallery
TRAFALGAR SQ.
LEICESTER SQUARE
HAYMARKET
COVENTRY ST.
CRANBOURN ST.
Alhambra Pal. Thea.
COCKSPUR STR.
WATERLOO PLACE
SPRING GARDENS
Admiralty
Horse Guards
WHITEHALL
WHITEHALL PLACE
Government Offices
Foreign Office
India Office
DOWNING ST.
CHARLES ST.
KING ST.
PARLIAMENT ST.
New Scotland Yard
WESTMINSTER BR. STA. Pier
GT. GEORGE STR.
BRIDGE STR.
WESTMINSTER BR.
WESTMINSTER ABBEY
OLD PALACE YARD
HOUSES OF PARLIAMENT
TOTHILL ST.
St. Thomas Hospital
BELVEDERE ROAD
YORK ROAD
COLLEGE ST.
Govt. India Stores
WATERLOO STATION
WATERLOO ROAD
COMMERCIAL ROAD
CORNWALL ROAD
STAMFORD ST.
LOWER MARSH
LAMBETH
WESTMINSTER BRIDGE ROAD
PEABODY SQUARE
Surrey Thea.
NEW CUT
CHURCH ST.
160
140
120
100
80
60
40
20
340
320

INFORMAÇÕES SOBRE NOSSAS
PUBLICAÇÕES E NOSSOS
ÚLTIMOS LANÇAMENTOS

- editorapandorga.com.br
- /editorapandorga
- @pandorgaeditora
- @editorapandorga

PandorgA

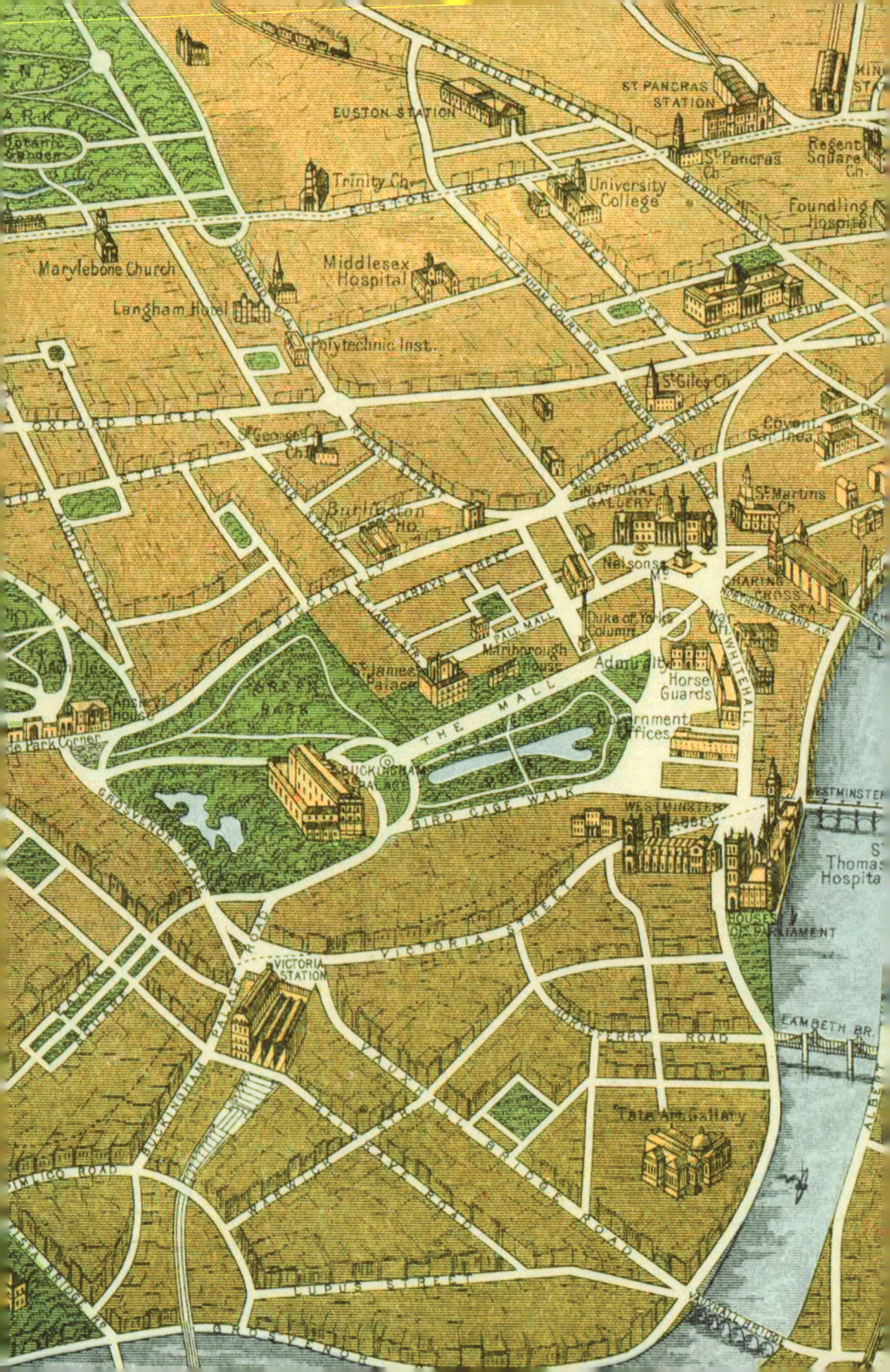

- BOTANIC GARDEN
- EUSTON STATION
- ST PANCRAS STATION
- St Pancras Ch.
- Regent Square Ch.
- Trinity Ch.
- University College
- Foundling Hospital
- Marylebone Church
- Middlesex Hospital
- Langham Hotel
- Polytechnic Inst.
- British Museum
- OXFORD STREET
- St Georges Ch.
- St Giles Ch.
- Covent Garden
- Burlington Ho.
- St Martins Ch.
- National Gallery
- Nelsons Mt.
- CHARING CROSS STA.
- Pall Mall
- Duke of Yorks Column
- NORTHUMBERLAND AV.
- St James Palace
- Marlborough House
- Admiralty
- WHITEHALL
- Horse Guards
- GREEN PARK
- Government Offices
- Hyde Park Corner
- Apsley House
- BUCKINGHAM PALACE
- BIRD CAGE WALK
- WESTMINSTER ABBEY
- WESTMINSTER BR.
- St Thomas Hospital
- HOUSES OF PARLIAMENT
- GROSVENOR PLACE
- VICTORIA STATION
- VICTORIA STREET
- HORSEFERRY ROAD
- LAMBETH BR.
- Tate Art Gallery
- PIMLICO ROAD
- BUCKINGHAM PALACE ROAD
- VAUXHALL BRIDGE ROAD
- LUPUS STREET
- VAUXHALL BRIDGE
- GROSVENOR ROAD